B. J. Hoff



# Insel der Erinnerung

francke

**Über die Autorin:**

B. J. Hoff hat irische Vorfahren, die vor dem Unabhängigkeitskrieg nach Amerika kamen. Neben exakter historischer Forschung prägt deshalb persönliches Engagement ihr Werk. Ihre Liebe zum irischen Volk und seinen Kämpfen, seiner Musik und seinem unbeugsamen Willen verleiht ihrem Werk die Leidenschaft ihres gälischen Erbes.

Bibliografische Information Der Deutschen Bibliothek
Die Deutsche Bibliothek verzeichnet diese Publikation in der Deutschen Nationalbibliografie; detaillierte bibliografische Daten sind im Internet über http://dnb.ddb.de abrufbar.

ISBN 978-3-86827-187-4

Originalitel: Cloth of Heaven

Published by Tyndale House Publishers, Wheaton, USA

Deutsch von Reimer Dietze
Umschlagbild: © istockphoto.com / clu
Umschlaggestaltung: Verlag der Francke-Buchhandlung / Christian Heinritz
Satz: Verlag der Francke-Buchhandlung GmbH
Druck und Bindung: CPI Moravia Books, Pohorelice

www.francke-buch.de

# Inhaltsverzeichnis

# *Himmelsgewand*

*Dir, der Zeit und Unendlichkeit wob,*
*verschlung'ne Muster meines Lebens zeichnet –*
*all den Tagen, all den Jahren –,*
*Dir bring ich Lachen wie Tränen hin:*
*Hoffen, Träumen und Gedenken,*
*Triumphe und Tragödien.*
*Dir bring ich's, ein ums andere Mal –*
*Dir: nichts weist Du ab, machst alles neu!*
*Mein Leben nimm, Herr,*
*nimm's und web mir drum*
*den Mantel der Ewigkeit.*

B. J. Hoff

# Prolog: Die Stille

*Tödliche Stille hing schwer in der Luft;*
*überall Schweigen, dass man erschrak ...*
Thomas D'Arcy McGee

*Irland, 6. Januar 1839*

An jenem Tag blickten viele in Irland mit bangem Stirnrunzeln gen Himmel – beinah so, als erwarteten sie, ein Zeichen zu erblicken oder womöglich einen Hinweis auf irgendeine unnatürlich-düstere Macht, die hinter den Wolken lauerte. Die warme Stille des winterlichen Tages hatte etwas Zermürbendes, so willkommen das Ende der bitteren Kälte auch sein mochte.

Der Epiphaniassonntag war über einer stillen weißen Welt heraufgedämmert; das dichte Schneetreiben der vergangenen Nacht hatte alles zugedeckt. Als es Nachmittag wurde, war das Thermometer so hoch gestiegen wie seit Menschengedenken zu dieser Jahreszeit noch nicht. In Hemdsärmeln standen die Männer an den Weggabelungen und ergingen sich in Erörterungen über die Kapriolen des Wetters und darüber, ob diese Absonderlichkeit etwas ankündige und wenn ja, was.

Den Frauen auf der Insel blieb landauf, landab keine Zeit, sich derlei Spekulationen hinzugeben. Den ganzen Nachmittag hindurch hatten sie alle Hände voll zu tun, um mit dem Wenigen, was ihre Geldbörsen hergaben, irgendwie eine festlich gedeckte Tafel zu zaubern. Stundenlang geschürte Backofenglut hüllte die Katen in Rauch, und je weiter die Uhrzeiger vorrückten, umso zappeliger wurden die Kinder vor Vorfreude auf den Abend. Doch wen wunderte es, wenn ganze Dörfer vor Erregung zu vibrieren schienen, zumal festliche Tage im ländlichen Irland allzu selten waren. In letzter Zeit war man weit mehr an Totenklagen gewöhnt als an die beschwingten Klänge eines Tanzvergnügens.

So kam es, dass man an diesem Tage selbst in den entlegensten und zurückgebliebensten Grafschaften jeden Augenblick der Wärme wie ein Geschenk empfand, wie eine Stundung der winterlichen Düsternis und des allseitigen Schreckens, der Irland schon lange in seinem Klammergriff hielt. Der heutige Abend würde den Familien, die sich glücklich schätzen konnten, noch ein Dach überm Kopf zu besitzen, ein paar Stunden des Zusammenseins rund ums Herdfeuer gewähren, in denen sie sich der Gaben eines gedeckten Tisches erfreuen würden, Gaben, deren Knappheit sie umso kostbarer machte. Für einen Abend wenigstens würden die irischen Männer ihre Sorgen über steigende Pachten und die erschreckenden Berichte von Zwangsräumungen vergessen, während ihre Frauen bei dem Versuch, auch ihre Ängste zu verdrängen, tapfer lächelten und sich in helle Gewänder kleideten.

Gelächter würde erschallen, man würde Lieder singen und Gott um seine Bewahrung bitten; und das Herzstück von allem würde die Musik sein: eine Musik voller Tiefe und Lebenswillen, erwachsen aus Jahrhunderten der Sorgen und der Sehnsucht nach Freiheit. Musik, die dem Wunsch Ausdruck verlieh, endlich hoffen zu können.

Indessen gab es einige, deren Hoffnung sich weder auf die fröhlichen Feierlichkeiten des bevorstehenden Abends gründete noch auf den Boden des uralten Landes ihrer Geburt, ja, noch nicht einmal auf den Gott ihrer Väter oder den Glauben, der ihre Familien seit

Generationen am Leben erhalten hatte. Ihre Hoffnung klammerte sich an einen einzigen Gedanken: Flucht!

Diese Leute gehörten nicht unbedingt zu denen, die unentwegt davon redeten, die „arme alte Insel" endlich hinter sich zu lassen. Es war nicht so, dass der Gedanke sie bedrückte, Haus und Hof, ja das Vaterland im Stich zu lassen und sich auf die beschwerliche Reise übers Meer machen zu müssen, um ein besseres Leben zu finden. Sie hatten gar kein Zuhause mehr oder waren tagtäglich von der Zwangsräumung bedroht. Zum Erschauern brachten sie eher die beißende Kälte des Winters und der Hunger als irgendwelche Ängste vor der Überfahrt über den weiten Atlantik.

Diese Menschen hofften auf die Möglichkeit zur Flucht. Für viele von ihnen gab es keine andere Hoffnung mehr.

# 1. Terese

*Voll Spuk ist die Luft des Zwielichts:*
*fremd und still.*
*Lieber ist meiner Seele*
*der sanfte Hauch der Dämmerung.*
Eva Gore-Booth

*Inishmore (Aran-Inseln, vor der Westküste Irlands)*

Terese Sheridan stand in dem tiefen Schatten von Dun Aengus und sah zu, wie sich die Nacht über den Ozean senkte. Es war ein warmer, ein geradezu unnatürlich warmer Tag gewesen, die Luft so stickig, dass die Flamme eines Talglichts nicht einmal flackerte. Inzwischen aber war eine leichte Brise aufgesprungen, die die Felsen umspielte. In der Ferne flammte hier und da ein Blitz auf und erhellte den Himmel.

Die gewaltige steinerne Festung, die über ihr aufragte, hatte schon immer an ihrem Platz gestanden – längst vor der Ankunft Patricks, wenn man den Dorfältesten Glauben schenken durfte. Die gewaltigen Ringmauern mit ihren einst nach Tausenden zählenden Zinnen, hinter denen man sich in grauer Vorzeit verschanzte, um Angreifer zurückzuwerfen, ließen die Burg über Inishmore und seinen Bewohnern erscheinen wie ein kolossales, ehrfurchtgebietendes Urtier, das der See entstiegen und in endlosen Jahrhunderten der Wacht zu Stein erstarrt war.

In ihrer irgendwie schwerelosen Riesenhaftigkeit war die Burganlage für Terese nicht bloß zum Wächter über die ganze Insel, sondern auch zu einer Art persönlichem Hüter geworden. Neben Dun Aengus gab es nichts in ihrem Leben, was sich als wirklich beständig erwiesen hatte. Heute Abend jedoch nahm sie Abschied von der alten Burg. Sie war aus der Kate ihrer Tante hinten im Dorf ins Freie getreten, um der Burg und Inishmore Lebewohl zu sagen. Noch vor der ersten Morgendämmerung würde sie nicht mehr hier sein.

Monatelang hatte sie mit ihrer besten Freundin, Peggy O'Grady, ihre Abreise von der Insel geplant. Doch sosehr sie auch den Tag herbeigesehnt hatte, der sie von hier wegbringen würde, ganz frei machen konnte Terese sich nicht von dem schwermütigen Gefühl, das sie schon den letzten Abend empfunden hatte. Oft hatte sie Abschied nehmen müssen, zu oft; und mochte sie auch an diesem Ort Bitterkeit und Sorgen durchlebt haben, so ließ sie hier doch Erinnerungen zurück, Spuren ihres Lebens und der Familie, die sie verloren hatte, Spuren – viel zu selten von Liebe und Wärme.

Mit siebzehn Jahren war Terese die Einzige aus ihrer Familie, die noch auf dieser Seite des Atlantiks lebte. Mehr als sechs Jahre war es her, dass ihr Vater wie auch ihr Bruder Cavan die Überfahrt nach Amerika angetreten hatten. Zurückgelassen hatten sie nichts weiter als das Versprechen, binnen eines Jahres Geld zu schicken, damit der Rest der Familie nachkommen konnte.

Es hatte sich erwiesen, dass die Straßen Amerikas keineswegs, wie man hatte erzählen hören, mit Gold gepflastert waren, sondern mit Pferdeäpfeln. Aus den Stellungen, von deren Lohn man die Passagegebühren für die Familie – wenn nicht sogar ein eigenes Haus in der Neuen Welt – hätte bezahlen können, war nie etwas geworden. Ihr Vater war verstorben, nachdem er noch nicht einmal ein Jahr aus Irland fort war, und Cavan hatte sich schließlich in einem Land namens

Pennsylvanien wiedergefunden, wo er mit ihrem Onkel Tibbot und dessen Söhnen unter der Erde nach Kohle grub.

Binnen Jahresfrist nach der Auswanderung von Vater und Bruder hatten Terese und die übrigen Angehörigen den Pachtzins nicht mehr aufbringen können, und man hatte sie von Haus und Hof vertrieben. Nachdem sie den größten Teil des Winters in einer Höhle auf den Klippen der Küste hatten hausen müssen, waren sowohl die kleine Mada als auch Tereses ältere Schwester, Honor, an Kälte und Lungenentzündung gestorben. Danach hatte es keine Woche gedauert, bis auch ihre Mutter tot dalag und Terese, damals noch nicht ganz zwölf Jahre alt, allein zurückließ.

Bis auf die Knochen durchgefroren und halbtot vor Hunger hatte sich Terese aufgemacht, um ihre Tante Una um Unterschlupf zu bitten, die in Field of the Horses lebte, einem verschlafenen Nest nicht weit hinter der Küste. Als sie zum ersten Mal anklopfte, hatte ihre Tante ihr die kalte Schulter gezeigt und gefragt: „Wie soll ich es denn bitteschön fertigkriegen, noch einen weiteren Esser sattzubekommen? Ich habe weder Platz noch Essen übrig. Du bist doch jetzt 'n feines, großes Mädchen. Du wirst keine Mühe haben, von deiner eigenen Arbeit zu leben."

Es hatte aber auf der hungernden Insel keine Arbeit für sie gegeben. Verzweifelter denn je hatte Terese schließlich ihren Stolz überwunden und ein zweites Mal Tante Una aufgesucht. Und jetzt, sei es aus Schuldgefühlen oder plötzlich wieder zum Leben erwachten Familienbindungen hatte ihre Tante der Nichte einen stinkenden Strohsack in der Ecke zugewiesen, wo manchmal das Schwein lagerte, und einen beengten Sitzplatz am Tisch inmitten ihrer fünf Vettern und Cousinen.

Seitdem war kein einziger Tag vergangen, an dem die Tante Terese nicht daran erinnerte, welch eine Last sie ihr war und wie unendlich glücklich sie sich schätzen konnte, dass sie, Tante Una, aus christlichem Hause stammte und sich deshalb willens zeigte, ihr unter derartigen Opfern Obdach zu bieten. Andererseits hatte es in den Jahren, die folgten, ebenso wenig einen Tag gegeben, an dem Terese nicht vor Genugtuung erglühte, während sie das Geld zählte, das Cavan endlich zu schicken begonnen hatte und das sie in der Absicht, genug zu sparen, um Inishmore und der „christlichen Nächstenliebe" ihrer Tante den Rücken zu kehren, sorgfältig verbarg.

Mitunter, wenn die Einsamkeit am allerschlimmsten war, hatte sie sich gefragt, ob es nicht besser gewesen wäre, sie wäre in der Höhle umgekommen wie ihre Mutter und ihre Schwestern. Doch jedes Mal schaffte sie es, sich vor der Versuchung des Selbstmitleids in acht zu nehmen in der Hoffnung, dass eine bessere Zukunft ihrer harrte – eine Zukunft dort drüben, jenseits des Atlantiks.

Tatsächlich war es diese Hoffnung, die Terese buchstäblich am Leben hielt, diese verzweifelte Hoffnung, in der sie einem Tag entgegensah, an dem sie endlich der erbärmlichen Armut ihres Daseins den Rücken kehren und jene bessere Zukunft sehen würde.

Jetzt war dieser Tag gekommen. Morgen um diese Zeit würden sie und Peggy schon in Galway sein. Terese hatte es geschafft, von dem Geld, das Cavan ihr im Laufe der Jahre geschickt hatte, und ihrem Verdienst in der Küche von *Corcoran's Inn* jeweils fast doppelt so viel beiseitezulegen, wie sie gewöhnlich ihrer Tante für Kost und Logis aushändigte. Nun hatte sie genug für die Überfahrt nach Amerika beisammen – genug für ein neues Leben.

Plötzlich, so als wäre die Hoffnung höchstselbst vom Himmel her auf sie herabgekommen und hätte sie auf den Schwingen des Windes davongetragen, wich die melancholische Stimmung von ihr, die ihr den ganzen Abend zu schaffen gemacht hatte. Terese fühlte sich irgendwie erleichtert, ja erlöst, so dass sie ihre zum Greifen nahe Freiheit am liebsten über die ganze Insel hinausgeschrien hätte.

In diesem Moment heulte eine jähe Windbö über die Küste hinweg, gefolgt von krachendem Donner und einem atemberaubend grellen Blitz. Augenblicklich wurde die Luft kühl, und Terese wünschte, sie hätte ihren Mantel übergezogen und nicht bloß den dünnen Pullover ihrer Cousine Nancy.

Sie wurde gewahr, dass es schon spät war, wahrscheinlich schon nach acht, und nach einem letzten Blick auf die steinerne Festung wandte sie sich ab und machte sich auf den Rückweg ins Dorf. Ohne Vorwarnung traf sie ein weiterer Windstoß, noch stärker diesmal und klagend wie eine Todesfee, als er über die tückischen Gemäuer der Festung hinfuhr.

Terese blickte zum Himmel, dessen tintenblaue Färbung schwere Regenwolken erkennen ließ, und drehte sich dann noch mal zur Küste um, wo die Flut jetzt höher auflief. Draußen vor den Klippen bildeten sich immer mächtigere Brecher und rollten tosend auf das Land zu. Ein Sturm kam unglaublich rasch auf. Der Wind peitschte gegen ihr Gesicht und ihre Schultern. Als sie sich wieder umdrehte, um nach Hause zu rennen, schlang sie zum Schutz gegen die Kälte die Arme um sich.

# 2. Brady

*„Ich bin von Irland ...“*
W. B. Yeats

*Galway, Westirland*

Brady Kane hatte einen langen Tag in der Stadt Galway hinter sich, als er das Viertel betrat, das man Claddagh nannte. Er hatte von diesem Ort gelesen und hatte Jack im Lauf der Jahre öfters davon reden hören, doch das hatte ihn nicht auf die Fremdartigkeit vorbereitet, die dieses Fleckchen Erde ausstrahlte.

Es kam ihm vor, als sei er in eine andere Welt, ein anderes Zeitalter versetzt. In diesem südlichsten Bezirk der Stadt, nahe der Einfahrt zum Hafen, lebte eine Kolonie von Fischerfamilien, über die Zeit und Welt hinweggegangen zu sein schienen. Alles, was man von dem Viertel selbst und seinen Bewohnern wahrnahm, schien einer vergangenen Epoche anzugehören. Gewundene Gassen und Plätze, an denen strohgedeckte Hütten standen, die originelle farbenfrohe Kleidung der Einwohner, ihre Sprache – heute hatte Brady mehr Irisch gehört als während des ganzen Monats, den er in Dublin zugebracht –: alles vermittelte ihm das Gefühl, mit einem Volk und einer Kultur zu tun zu haben, die jahrhundertelang keine Veränderung erfahren hatten.

Er hielt inne und blickte über die Bucht. Nur wenige kleine Boote waren im Wasser zu sehen, die meisten von jener primitiven Bauart, die die Einheimischen *Curragh* nannten. Der größte Teil des Hafens war verwaist.

Die kühle Brise, die plötzlich vom Wasser her aufkam, tat gut. Bis vor einer Stunde war der Tag verblüffend mild gewesen, doch jetzt frischte es auf, schon zeigten sich Schaumkronen auf den Wellen. Brady war das gerade recht.

Er war auf seiner ersten Reise nach Irland und hatte lange mit Jack darum ringen müssen. Brady war sich nicht sicher, warum sein Bruder die Idee so steif und fest ablehnte, aber er hatte so seinen Verdacht. Jedenfalls glaubte er nicht, dass Jacks Widerstand etwas mit den fadenscheinigen Vorwänden zu tun hatte, die er seit Monaten von sich gab: *Wir haben viel zu viel Arbeit bei der Zeitung, ich kann auf keinen Fall auf dich verzichten, jedenfalls nicht jetzt ... Vergiss nicht, dass ich demnächst für zwei, drei Wochen nach Boston muss; dann wirst du mich sowohl bei der Zeitung als auch im Verlag zu vertreten haben ... Wir kriegen so viele Manuskripte rein, müssen uns mit Autoren zusammensetzen ... Und dann noch die ganze Arbeit im Komitee ...*

Am Ende war es das Komitee, das die Sache für Brady zum Guten gewandt hatte. Nach all dem Hin und Her war es ihm gelungen, Jack davon zu überzeugen, dass er viel mehr Erfolg beim Geldsammeln für Irland haben würde, wenn er sich zunächst mit eigenen Augen davon überzeugen könnte, wie es um ihr Heimatland wirklich stand und ob die Berichte, die von dort kamen, übertrieben waren oder nicht. Wie sollte es zugehen, hatte er Jack klargemacht, dass er für das Komitee erfolgreiche Arbeit leistete, solange er nicht aus eigener Anschauung mit Irland und den Iren vertraut war?

„Wenn die Umstände dort tatsächlich so unerträglich sind, wie man hört, dann werde ich mit Beweisen in der Hand zurückkommen, die unsere Arbeit voranbringen werden: Skizzen, Zeichnungen und einem umfassenden Bericht über das, was wirklich geschieht. Also los, Jack", hatte er gedrängt, „ich *muss* gehen, und das weißt du genau."

„Du *willst* gehen – das trifft es wohl eher", hatte sein Bruder widersprochen.

„Du hast selber gesagt, wir sollten ein paar Korrespondenten in Europa haben, Jack. Warum sollte ich nicht den ersten Schritt in diese Richtung gehen?"

Jacks finstere Miene hatte sich etwas aufgehellt, und der lange irische Seufzer, der dann folgte, zeigte Brady an, dass er gewonnen hatte.

„Zwei Monate!", stimmte Jack schließlich zu. „Zwei Monate und nicht einen Tag länger, das schreib dir hinter die Ohren!"

Bradys Verdacht, was den Widerwillen seines Bruders gegen seine irischen Reisepläne betraf, ging dahin, dass Jack womöglich argwöhnte, das Ganze werde damit enden, dass Brady in Irland bleiben würde. Und er musste sich eingestehen, dass sein Bruder einen treffsicheren Instinkt hatte. Das war schon immer so gewesen. Brady war jetzt mehr als vier Wochen unterwegs und dachte äußerst selten an zu Hause.

Es stimmte, dass er eine Menge Zeit damit vertrödelt hatte, sich der Faszination hinzugeben, die die Stadt Dublin in ihm auslöste, statt, wie Jack es von ihm erwartete, das ländliche Irland zu erkunden. Die alte Stadt hatte ihn mit ihrem exotischen, zigeunerhaften Charme und ihrer geradezu berauschenden Vielfalt an Bauten und herrlichen Brücken fast vom ersten Moment an in ihren Bann gezogen. Und dann waren da die Frauen, weitaus herrlicher noch als die steinernen Sehenswürdigkeiten ...

Oh, die Frauen!

Und doch: wenn Brady nicht gerade in dem fieberhaften Versuch, seine nicht zu leugnenden amerikanischen Gewohnheiten abzustreifen, sich ins pralle irische Leben gestürzt hatte, skizzierte und malte er wie ein Irrer, manchmal bis in die Abenddämmerung hinein. Auch hatte er sich vor sich selbst eine Rechtfertigung seiner Vorliebe für Dublin zurechtgelegt: Sie sei ja nun einmal die Hauptstadt des Landes, so dass es nur vernünftig ist, sie gründlich zu erkunden. Jawohl.

Endlich jedoch, als er seinen Aufenthalt so lange hingezogen hatte, wie er irgend konnte, ohne den eigentlichen Grund seiner Reise zu sabotieren, war er von Dublin aufgebrochen und hatte den Weg nach Galway eingeschlagen, zur irischen Westküste. Gestern war er in seiner Geburtsstadt angekommen, war aber, nachdem er sich Quartier gesucht hatte, zu müde gewesen, um sich noch umzuschauen. Dafür hatte er heute große Teile der Stadt durchstreift und in den verschiedenen Vierteln einige interessante Skizzen angefertigt, meist von Menschen, die ihrem Tagwerk nachgingen.

Mittlerweile frischte der Wind immer mehr auf, und die salzige Gischt brannte ihm im Gesicht. Brady wandte dem Hafen den Rücken zu und sah sich die geduckten, aus roh behauenen Feldsteinen errichteten Häuser an. Viele Fensterläden waren schon zur Nacht verschlossen. Von Zeit zu Zeit kam ein Mann aus einer Tür oder trat in ein Haus; gelegentlich war auch eine Frau zu sehen. Die Männer, jedenfalls die meisten von ihnen, schienen ein wortkarger Menschenschlag zu sein. Düster und verschlossen sahen sie aus in ihren altmodischen *Breeches*-Hosen und Joppen, zu denen die hellblauen Strümpfe einen eigenartigen Kontrast bildeten. Was die Frauen anbetraf – nun, ein, zwei Schönheiten hatte er schon zu Gesicht bekommen. Barfüßig waren sie gewesen, aber sonst fein herausgeputzt in ihren charakteristischen kurzen Umhängen. Besonders hatten ihm die roten *Petticoats* gefallen, die ihre nackten Beine umspielten, während sie durch die Gassen eilten.

Er streckte sich und sog die salzgesättigte Seeluft ein, gemischt mit dem beißenden Gestank der Fischstände, die längs der Pier aufgereiht waren. Es war ein seltsames Gefühl, an diesem Ort zu stehen in dem Wissen, dass seine Eltern und vielleicht auch Jack sich früher dann und wann unter diesen eigenartigen Menschen bewegt hatten. Vielleicht wohnten in einem dieser kleinen strohgedeckten Häuser sogar Verwandte von ihm.

Das war allerdings kaum möglich. Seit er das Claddagh-Viertel betreten hatte, waren ihm nicht mehr viele spanisch aussehende Gesichter begegnet – Gesichter wie sein eigenes und das von Jack, wie man sie in den übrigen Vierteln von Galway häufiger sah. Sein Blick fiel auf einen der alten spanischen Torbögen weiter weg zu seiner Linken und richtete sich dann wieder auf die Behausungen, vor denen er stand. Nein, Brady konnte sich nicht vorstellen, dass es hier viele gemischte Eheschließungen gegeben hatte. Diese Leute hier waren jahrhundertelang unter sich geblieben: eine isolierte, abgeschlossene Kolonie. Immerhin sagte man ihnen sogar nach, sie hätten einen eigenen König, der sie regierte, für die Fischersleute die Hoheit über die Bucht beanspruchte und am Masttopp seines Bootes einen eigenen Stander führte.

Außerhalb des Claddagh-Viertels hatte Brady auf Schritt und Tritt gesehen, dass Galway eine Hafenstadt war mit regem Verkehr nach Spanien. Überall gab es „schwarze" Iren vom Typ seiner eigenen Familie. Mehr als einmal hatte er eine schwarzhaarige, dunkeläugige Schönheit von solch erlesener Gestalt und Anmut erblickt, ein ideales Modell für einen Maler.

Seine Mutter hatte, genau wie Jack, rabenschwarzes

Haar gehabt, Brady aber hatte sie nicht mehr gekannt, ebenso wenig wie seinen Vater. Sie war verstorben, als sie mit ihm niederkam, und sein Vater hatte sie nicht allzu lange überlebt: Ein nächtlicher Überfall auf einen britischen Wachtposten, offenkundig von einer dieser Geheimgesellschaften gelenkt – der *Whiteboys*, *Thrashers*, *Ribbonmen* und wie sie alle hießen; zahllose derartige Gruppen hatten die Iren im Lauf der Jahre hervorgebracht –, hatte ihm den Galgen eingebracht.

Während Brady und seine Schwester Rose heranwuchsen, hatte Jack sein Bestes getan, um das Andenken ihrer Eltern lebendig zu erhalten – mit größerem Erfolg, als ihm selbst bewusst war. Brady hatte jedenfalls ein ganz ungewöhnliches Empfinden der Nähe zu jener jungen Mutter entwickelt, die starb, als sie ihm das Leben schenkte, und zu seinem zum Tode verurteilten Vater, Sean Kane.

Jack hatte ihn angewiesen, keine Zeit in Galway zu „vertrödeln". In der „Stadt der Stämme", so behauptete er, gebe es sowieso nichts wirklich Interessantes zu entdecken. Für Brady jedoch war es interessant genug, dass hier einst seine Eltern gelebt und gearbeitet hatten – und gestorben waren. Irgendwie waren die beiden schattengleichen Gestalten der Vergangenheit Teil seiner Leidenschaft.

Für den Unterschied, der zwischen Jacks Gefühlen für das Land und seinen eigenen bestand, war vielleicht der Umstand verantwortlich, dass Jack seine eigenen Erinnerungen an Irland hatte – schließlich war er fast vierzehn gewesen, als sie auswanderten –, während Brady rein gar nichts mehr davon wusste.

Doch jetzt war er hier, und er wollte sich nichts entgehen lassen. Mehrere Male hatte er sich im Laufe des Tages während seiner Wanderungen durch die engen, gewundenen Straßen der Stadt verirrt, bevor er schließlich in Claddagh gelandet war. Es wäre besser, sagte er sich, auf sein Zimmer zurückzukehren, anstatt hier rumzustehen und auf die See hinauszustarren. Der Wind hatte sich inzwischen zu einem veritablen Sturm aufgeschwungen, und es sah sehr danach aus, dass bald ein Wolkenbruch hinzukommen würde.

Er klemmte sein Skizzenbuch unter den anderen Arm und machte sich auf den Weg. Kaum war er in eine der schmalen Gassen eingebogen, die vom Hafen wegführten, als ein fröhlich lachendes kleines Mädchen zwischen zwei windschiefen Hütten hervorgeschossen kam. Jeden Augenblick musste es mit ihm zusammenstoßen.

„Hey!“, warnte er das Kind und streckte seine freie Hand nach vorn, um es abzufangen. Es war ein winzigkleines Ding, höchstens vier oder fünf Jahre alt, barfuß natürlich, spindeldürr und nicht allzu sauber. Doch in ihren Augen funkelte der Schalk, und als Brady sie anlächelte, lachte sie übers ganze Gesicht.

In diesem Moment trat von demselben schlammigen Pfad ein zweites Mädchen auf die Gasse hinaus – oder vielmehr eine junge Frau, wie Brady bei genauerem Hinsehen erkannte. Auch sie trug keine Schuhe, doch umwehte ein strahlend blauer Umhang ihre Gestalt. Ihr Kopftuch war verrutscht und gab eine üppige schwarze Mähne preis.

Dem Kind zugewandt, feuerte sie eine ganze Salve unverständlicher Wörter ab, die Brady für eine gälische Schimpfkanonade hielt, bekräftigt durch einen wütenden Zeigefinger, der vor der Nase des Mädchens herumfuchtelte. Erst nach ein, zwei Sekunden nahm sie Brady wahr, und ihre Verärgerung schlug in ängstliche Erregung um. Sie grabschte nach der Hand des kleinen Mädchens, zog es eng an sich und zerrte es die Gasse entlang mit sich fort.

Die abrupte Bewegung und der Wind ließen ihr das Kopftuch endgültig wegfliegen. Rasch streckte Brady die Hand aus, griff danach und gab es ihr mit schwungvoller Gebärde zurück. Ihre Augen wurden schmal – wundervolle Augen, riesengroß in ihrem hageren, doch feingezeichneten Gesicht –, aber sie bedankte sich mit einem grummelnden Kopfnicken.

In diesem Augenblick fegte eine Windbö von solcher Macht durch die Gasse, dass Brady sich dagegenstemmen musste.

Das Kind quiekte, doch offenbar nicht vor Angst: Das merkwürdige kleine Geschöpf lachte schon wieder!

Ihre Begleiterin war jedoch nicht im Geringsten belustigt. Ihr Blick wanderte zum Hafen hinab, und als Bradys Augen den ihren folgten, sah er überm Wasser eine Gewitterfront heranziehen und registrierte, dass von der eigenartigen Schwüle des Tages keine Spur mehr zu merken war. Der Wind hatte sie weggeblasen, und zugleich war es erheblich kühler geworden. Auf der Wasserfläche spiegelten sich Blitze, die das Kind begeistert aufjauchzen ließen. Die Ältere hingegen schien das Naturschauspiel gar nicht wahrzunehmen. Ihre feingliedrigen Gesichtszüge waren starr, und ohne dass sie ein Wort sprach, konnte Brady die Spannung spüren, die sich ihrer bemächtigte.

Er fragte sich, ob sie wohl die Mutter des kleinen Mädchens war. Aber sie sah selbst noch sehr jung aus und irgendwie eigenartig.

Während er noch zum Hafen hinuntersah, bückte sich das ältere Mädchen und nahm die Kleine auf den Arm, obwohl sie für solch eine Last eigentlich viel zu schmächtig war.

Merkwürdigerweise passte es Brady überhaupt nicht, dass sie gehen wollte, und er legte ihr eine Hand auf den Arm. „Bitte warten Sie!"

Sie sah auf seine Hand, bevor sie den Blick hob und ihn anschaute. Ihr Blick war so voller Angst, dass Brady regelrecht zusammenzuckte. „Oh, tut mir leid“, sagte er und zog seine Hand zurück. „Aber ich dachte, Sie könnten mir vielleicht den Weg sagen. Sprechen Sie Englisch?“

Das Mädchen machte keinerlei Anstalten zu antworten, sondern starrte Brady an, als wären ihm plötzlich Hörner aus der Stirn gewachsen.

„Englisch?“, versuchte er es noch einmal. „Verstehen Sie?“

Von hinten packte ihn ein erneuter Windstoß, so heftig, dass er um ein Haar das Gleichgewicht verloren hätte und gegen sie getaumelt wäre. Das Mädchen erstarrte, und die Urangst, die er in ihren Augen sah, weckte in ihm jähe Panik. Er fuhr herum und sah selbst das wirbelnde Bündel von Blitzen, das über die Bucht raste. Es sah aus, als hätte ein starker Arm vom Himmel her eine ganze Salve feuriger Pfeile abgeschossen.

Brady wurde klar, dass dieser Wind etwas weit Tückischeres mit sich brachte als nur einen stürmischen Wolkenbruch.

# 3. Suche nach Zuflucht

*„O du! Der du kommst wie ein Dieb in der Nacht, maßlos in deiner Wut zu zerstören ...“*
John Keegan

So mächtig war der heulende Orkan, der Terese umtoste, dass sie sich kaum auf den Beinen halten konnte. Zum ersten Mal ging ihr auf, dass dies mehr war als ein winterlicher Regensturm, dass irgendetwas Unvorstellbares geschah und sie sich womöglich in echter Gefahr befand. Instinktiv warf sie sich zu Boden und kauerte sich hinter den Felsbrocken zusammen, zitternd vor Furcht, ebenso aber wegen der plötzlichen Kälte.

Eine Weile vermochte sie nur gegen den Felsen gelehnt dazuliegen, benommen und am ganzen Leibe schlotternd. Von der See dröhnte ein Grollen herüber, das weitaus tiefer war als Donner und wie eine Furie über die Klippen und die Festung hinwegfegte. Noch nie hatte Terese ein solches Geräusch gehört – es klang, als risse der Wind schier die Erde in Stücke. Überall blitzte es, so dass sie sich vorkam wie in einem flackernden Lichtdom.

Sintflutartig stürzten Hagel und Regen vom Himmel und klatschten gegen ihren Kopf und die Arme, als würde sie mit Tausenden von Nadeln gestochen. Terese schrie auf vor Schmerz, und während sie sich aufrappelte und zu rennen begann, legte sie sich schützend die Arme über den Kopf.

Sie fühlte, wie der ungestüme Wind sie peitschte und vor sich hertrieb, als wollte er sie vom Erdboden wegheben und in den tödlichen Mahlstrom reißen.

Vor Entsetzen pochte ihr Herz so heftig, dass sie das Pulsieren ihres Blutes nicht mehr vom Dröhnen des Windes unterscheiden konnte. Panisch warf sie sich auf einen größeren Felsbrocken, schlang die Arme um den Stein und klammerte sich verzweifelt daran fest, während der strömende Regen gnadenlos und ohne Ende auf sie einprasselte.

Sie schrie in die Nacht hinein, aber der Sturm verschluckte ihre Stimme und klatschte ihren Schrei gegen die Felsklippen, bevor er ihn auf die See hinaustrug ...

* * *

Eine weitere Sturmbö ging auf Brady los, und jeder Muskel seines Körpers versteifte sich. Mit einem Satz war er vor die beiden Mädchen getreten, versuchte sie abzuschirmen. „Da rüber!", schrie er gellend und zeigte auf einen flachen Graben, der sich zwischen zwei Häusern hinzog.

Das schwarzhaarige Mädchen starrte ihn an, während es die Kleine mit den Armen noch fester umklammerte. Erschrocken kam Brady die Idee, sie sei vielleicht etwas begriffsstutzig, schien sie doch nichts zu kapieren, sogar nachdem er sie beim Arm gepackt und begonnen hatte, sie auf den Graben zuzuzerren.

Sie wehrte sich gegen ihn, schüttelte energisch den Kopf und drückte das Kind fest an sich, während sie sich Bradys Griff entwand. Gleichzeitig deutete sie mit einer brüsken Kopfbewegung an, sie sollten lieber in die entgegengesetzte Richtung rennen, was sie auch tat, ohne erst auf Brady zu warten.

Im selben Augenblick sauste ein weiterer enormer Windstoß über sie hinweg. Ein Krachen ertönte, gefolgt vom Geräusch brechenden und splitternden Holzes: Von einem der Häuser hob sich das komplette

Dach ab und flog, klumpiges Stroh in alle Winde verstreuend, davon.

Bisher hatte Brady sich von der Urgewalt des Sturms nur benommen gefühlt, jetzt aber spürte er – wie einen Stich durchs Herz – wirkliche Angst. Hier hatten sie es nicht mit normalem Wind zu tun, und er wusste, dass sie unverzüglich Unterschlupf brauchten.

Inzwischen hatte sich die Straße mit Menschen gefüllt. Wie Knäuel drängten sie in Panik aus den Häusern, wimmernd und schreiend. Viele schienen unter Schock zu stehen. Andere, fast nackt und voller Schrammen und Schnitte, taumelten umher und riefen nach Angehörigen und Freunden.

Als Brady das Mädchen einholte, hörte er sie etwas Irisches murmeln, was sie wie eine Litanei unablässig wiederholte. Jetzt sah er erst richtig, wie dürr sie war, und der Anblick entsetzte ihn. Er griff erneut nach ihrem Arm und stoppte sie, um ihr, ohne dass sie erst Gelegenheit fand zu protestieren, das Kind abzunehmen. Während sie die Kleine nur umso fester umklammerte, starrten die großen dunklen Augen ihn einen Sekundenbruchteil lang herausfordernd an. Selbst als sie schließlich nachgab und ihm das Kind überließ, fixierte ihr Blick ihn eindringlich, als könnte sie an seinen Augen ablesen, dass er kein Entführer war.

„Wohin?", brüllte Brady gegen den Wind an, während er sich das Kind an die Brust drückte. „Zeig's mir!"

Erneut machte sie eine Kopfbewegung, und sie rannten wieder los.

Der Abend schien sich im Orkan aufzulösen. Sie hatten den Wind im Rücken, und als plötzlich sintflutartiger, kalter Regen vom Himmel herniederprasselte, drohten sie der Länge nach hinzustürzen. Blitze zerrissen die Dunkelheit, trafen wie feurige Pfeile auf

Hausmauern und durchbohrten alles, was ihnen in den Weg kam, mit ungeheurer Wucht.

Brady hielt Ausschau nach irgendetwas, was ihnen als Unterschlupf dienen könnte, doch in einem solchen Orkan bildeten die kleinen Fischerhütten zweifellos eher eine Gefahr als einen Schutz. Davon abgesehen schien das Mädchen genau zu wissen, wohin es wollte. Zumindest hoffte er das.

Er warf einen Blick auf die Kleine in seinen Armen und war verblüfft zu sehen, dass sie eher vergnügt als ängstlich dreinschaute. Als spürte sie Bradys Blick, sah sie auf – und lächelte ihn tatsächlich an!

Sie war schon sonderbar, kein Zweifel!

Der Regen nahm ihm fast jede Sicht, der Wind peitschte ihn gnadenlos, und Brady musste all seine Kräfte mobilisieren, um mit dem schwarzhaarigen Mädchen Schritt zu halten, das vor ihm her die Pier entlangrannte. Sie war behände wie ein Reh, und wäre sie nicht so peinlich darauf bedacht gewesen, das Kind in Reichweite zu behalten, so schoss es ihm durch den Kopf, hätte sie ihm mit Leichtigkeit davonlaufen und in der Nacht verschwinden können.

Sie rannten, während der bösartige Wind sie umtoste. Der Sturm raste in unglaublichem Tempo landwärts, einer Horde Dämonen gleich, die aus dem Höllenfeuer losgelassen worden waren. Plötzlich kam ein hölzerner Kübel auf sie zugeflogen, und Brady stieß einen Warnruf aus. Der Kübel verfehlte nur knapp den Kopf des Mädchens, bevor er gegen den eisernen Schwengel einer Pumpe krachte und zu Bruch ging.

Noch gefährlicher waren Schieferplatten und Steine, die überall herumflogen. Brady meinte sich an Kräften mit jedem Mann messen zu können, aber mittlerweile wurde ihm schmerzlich bewusst, dass der angestrengte Lauf und das Gewicht des Kindes ihn zu erschöpfen begannen. Als ein besonders wütender Windstoß ihn packte, durchschüttelte und vor sich herschob, wäre er um ein Haar kopfüber zu Boden gestürzt.

Brady sah, dass das Mädchen auf eine bescheidene strohgedeckte Hütte an der anderen Straßenseite zulief. Als er ihre Absicht erkannte, stoppte er sie mit festem Griff, während er mit dem freien Arm das Mädchen eng an sich drückte. „Das ist keine gute Idee!", rief er, plötzlich besorgt, sie könnte ihn an allen steinernen Gebäuden und Geschäftshäusern am Hafen vorbei zu einer Bruchbude führen, die ihnen nichts nützen würde.

In ihren Augen glühte es, als sie herumfuhr und ihn musterte. Jäh stieß sie ihren Zeigefinger in Richtung der Hütte, bevor sie die Hand öffnete und Brady mit nachdrücklichen Bewegungen ihrer Finger aufforderte, ihr mit dem Kind zu folgen.

Rasch warf Brady einen weiteren Blick auf die geduckte Behausung mit ihrem windschiefen Schornstein und dem strohgedeckten Dach. Es hätte ihn keineswegs überrascht zu sehen, wie der ganze Bau von seinem Fundament gehoben und in die Luft gewirbelt würde. Energisch schüttelte er den Kopf. „Spinnst du, Mädchen? Da können wir ja besser auf der Straße bleiben!"

Aber sie lief schon davon, hüpfte über die Trümmerbrocken, die auf der Straße herumlagen, und rannte auf die Hütte zu. Brady schluckte einen Ausruf der Empörung hinunter und folgte ihr, stolperte über Steine und verbogene Metallteile, presste das Kind an sich und fragte sich unentwegt, wieso er die beiden nicht einfach auf der Straße stehen gelassen und sich selbst in Sicherheit gebracht hatte.

# 4. Der Schrecken des Windes

*Gewalt'ger Sturm, vom Ozean her,*
*über die Höhen brüllt;*
*Majestät ihm eignet*
*und Schrecken zugleich ...*
Eva Gore-Booth

Terese wusste, ihr ganzes Leben hing davon ab, dass die steinerne Wand dem Wind standhielt. Vorübergehend hatten der Sturm und der kalte, strömende Regen sie gelähmt und ihre Sinneswahrnehmungen gedämpft. Doch an der Schwelle ihres schwindenden Bewusstseins kauerte die Erkenntnis, dass die Mauern von Dun Aengus ihre einzige Hoffnung bildeten.

So lag sie da, durchweicht und frierend, und klammerte sich an den schrundigen Felsbrocken. Zeitweilig verdrängte Zorn ihren Schrecken. Gallige Bitterkeit stieg in ihrer Kehle auf, Wut sowohl auf den Vater als auch auf ihren Bruder, die sie verlassen hatten. Doch als sie den Versuch machte, ihren Grimm in den Wind hinauszuschreien, versagte ihr die Stimme, und sie biss die Zähne aufeinander, als steckte ihr Kopf in einem Schraubstock, so fest, dass der Schmerz von ihrem Kiefer bis hinauf in die Schläfen brannte. Zu benommen zum Denken, blieb ihr nichts anderes übrig, als hingestreckt in der Dunkelheit zu liegen, bedroht von der Gewalt des Sturms.

Einmal versuchte sie zu beten, aber es war vergebliche Liebesmüh; denn unter dem betäubenden Terror des Sturms und während ihr Körper zusehends zu einem bloßen Häuflein Elend verfiel, konnte sie nur noch ans Überleben denken.

Und im Übrigen, wenn man ihrer Tante Una glauben konnte, war Gott ja inmitten dieses Orkans. Er war es, der über dem Wüten, das heute Abend auf die Insel losgelassen worden war, herrschte. Terese konnte einem Gott, der an den Menschen und dem Land, das er selbst geschaffen hatte, derart wüsten Zorn ausließ, nur Empörung entgegenbringen.

Ein Gott, der solch mutwillige Verheerung anrichtet, war ihr unbegreiflich. Zu solch einem Gott konnte sie nicht flehen. Einem derartigen Gott konnte sie auch nicht trauen, das verstand sich von selbst.

Sie konnte ihm nur Widerstand entgegensetzen. Zweifellos würde ihre Tante sagen, Gott sei der einzige Anker im Sturm, und sei es ein Sturm wie dieser hier. Für Terese indes war Gott irgendwie mit dem Sturm identisch ... Er war darin, darüber, war ein Teil davon. *Ihr* Anker, und zwar der einzige, war dieser alte, raue Felsbrocken. Den konnte sie immerhin berühren, umklammern und sich daran festhalten.

Ein tiefer, klagender Schrei entrang sich ihr, ein urtümliches Aufbegehren angesichts dieses zerstörungswütigen Gottes. Sollte sie diese Schreckensnacht überleben –, dann konnte sie *alles* überleben, und zwar aus eigener Kraft, ohne Hilfe von Gott oder irgendjemandem sonst.

Plötzlich ging der Wind in einer Gewalt auf sie los, die bis zum Letzten gesteigert zu sein schien. Peitschend und klatschend droschen die Böen auf sie ein, der Hagel prasselte auf ihre Haut, der Wind presste sie zu Boden und drohte sie dann emporzuwirbeln und über die Klippen in die Tiefe zu schleudern. Terese wurde so gewaltig durchgeschüttelt, dass es ihr vorkam, als brächen ihr sämtliche Knochen im Leibe.

Schließlich begann sie zu schreien: fürchterliche, wilde Schreie, nicht so sehr aus Angst denn aus Wut – und dann war da noch ein verzweifelter, fast brutaler Zug von Trotz. Und mit jedem bitteren Schrei schien sie die Gewalt des Sturms in sich aufzusaugen, festzuhalten und zu ihrem ureigenen zu machen.

* * *

Brady kam es vor, als würden ihm die Kleider vom Rücken gerissen, so wütend war dieser Wind, der aus dem Nichts gekommen zu sein schien. Bisher hatte er über Hurrikans nur in Büchern gelesen – abgesehen von dem, was Ransom, Jacks schwarzer Kutscher, ihm erzählt hatte, der behauptete, ein solches Inferno irgendwo in der Karibik überlebt zu haben. Das hier, so meinte er, während er den Pfad zu der kleinen Elendshütte hinaufstolperte, musste einer dieser schrecklichen Wirbelstürme sein.

Er erinnerte sich, dass man davon ausging, ein Hurrikan könne eine Kirche glatt von ihrem Fundament abheben und quer über die Stadt fliegen lassen. Und diese junge Frau mit dem wildentschlossenen Blick nahm an, sie könnten sich in dieser erbärmlichen Hütte in Sicherheit bringen!

Sie tickte nicht richtig, so viel stand für ihn fest!

Wütend auf sich selber, dass er diesem beschränkten Mädchen in seinen eigenen Untergang gefolgt war, sah Brady keinen anderen Ausweg, als kehrtzumachen und sich anderswo nach einem geeigneteren Unterschlupf umzusehen. Er blieb stehen, rammte die Absätze seiner Stiefel in den Boden, um nicht umgeweht zu werden, und sah sich um. Zu seiner Enttäuschung erblickte er weit und breit nur strohgedeckte Häuser, von denen keines vertrauenerweckender aussah als dieses hier vor seiner Nase.

Er spürte, wie jemand grob an seinem Ärmel riss, und erblickte das Mädchen, das, die dunklen Augen blitzend vor Zorn, an ihm zerrte. Sie begann, in irischer Mundart auf ihn einzureden. *Amadon* war das einzige Wort, das er aufschnappte, und das auch nur, weil er mal gehört hatte, wie Jack es benutzte, als er von irgendwelchen Geschäftsbekanntschaften in New York sprach.

Wenn ihn nicht alles täuschte, bedeutete das Wort so viel wie „Dummkopf".

Brady stand unbeweglich – er würde ihr nicht in diese reetgedeckte Todesfalle nachlaufen. Das Nächste, was er mitbekam, war, wie dieses wild gewordene Mädchen ihm das Kind zu entreißen versuchte, während sie ihn unablässig mit ihrem gälischen Wortschwall traktierte, obwohl das meiste, was sie sagte, sofort vom Wind verschluckt wurde.

Sie hatten das Haus fast erreicht, mussten aber mittlerweile alle Kräfte aufwenden, bloß um sich aufrecht zu halten. Brady hielt das Kind nach wie vor in seinen Armen geborgen, aber sein Brustkorb fühlte sich an, als wollte er jeden Moment explodieren, und die Erschöpfung wie der peitschende Wind taten das Ihre – er war kurz davor zu stürzen. Er wusste, dass sie keine Zeit verlieren durften, und da das Mädchen sich offenbar um nichts in der Welt von ihrem Willen abbringen lassen wollte, lenkte er ein und stolperte ihr nach.

In diesem Moment tauchte ein Hüne von Mann, eine Laterne in der Hand, in der Tür der Hütte auf. Er sah aus wie aus Stein gehauen: ein wahrer Koloss mit harten, schroffen Gesichtszügen und vierschrötiger Gestalt, einem mächtigen Schädel mit vollem, pechrabenschwarzem, wenngleich von silbrigen Strähnen durchzogenem Haar und einem wilden schwarzen Bart. Brady war wie vom Donner gerührt: Hätte der Behemoth noch eine Pike in der Hand gehabt, so wäre er glatt für einen der kriegerischen Stammesführer aus uralter Zeit durchgegangen, die einst zorngrollend und einen roh behauenen Speer schwingend, mit nicht viel mehr als einem Kilt am Leibe, in die Schlacht gezogen waren.

Ohne jede Vorwarnung war der finster dreinschauende Geselle mit einem Satz bei ihnen, schnappte sich das Kind aus Bradys Arm, als wäre es nur ein dünner Zweig, und zog im selben Atemzug das ältere Mädchen an sich. Bevor Brady auch nur reagieren konnte, zischte der Riese dem kleinen Mädchen, das er an die Brust gedrückt hielt, auf Irisch irgendetwas zu. Sie zwitscherte eine Antwort, und der Mann warf Brady einen finsteren, durchdringenden Blick zu.

Der Riese zog dann das dunkelhaarige Mädchen mit sich, ohne weitere Notiz von Brady zu nehmen. Doch das Mädchen fasste den Hünen beim Arm und redete eifrig auf ihn ein, wobei sie immer wieder in Bradys Richtung deutete.

Dem Mann stand der Argwohn ins Gesicht geschrieben, doch schließlich nickte er abrupt mit dem Kopf und bedeutete Brady zu folgen. Der zögerte. Er hatte keine Ahnung, was ihn im Inneren der Behausung dieses Monstrums erwarten mochte.

Aber dann traf ihn ein neuer Windstoß wie eine rasende Wand ins Kreuz, schüttelte ihn durch wie eine Stoffpuppe und trieb ihn vor sich her, bis ins Innere des Hauses.

* * *

Nur ein einziges Mal wagte Terese den Kopf zu heben, um sich umzusehen. Nach wie vor schnellten furchterregende Blitzstrahlen wie toll durch die Nacht, doch selbst die immer wiederkehrenden taghellen Momente genügten kaum, um durch die windzerzausten Eis- und Regenschleier irgendetwas von ihrer Umgebung wahrzunehmen.

Die Felsen und der Boden waren, ebenso wie ihr Gesicht und die Hände, von Reif überzogen. Sogar über ihr Haar hatte sich eine dünne Eisschicht gelegt, so dass es sich steif und schwer anfühlte. Ohne den Felsen loszulassen, richtete sie sich so weit auf, dass sie einen Blick in Richtung der Stadt werfen konnte, doch traf sie ein Schwall eisigen Regens, der sich auf der Haut wie eine Drahtbürste anfühlte, und sie schrie auf vor Schmerz. Der Schrei blieb ihr im Halse stecken, als sie einen Tisch erblickte, der, komplett mit allen vier Beinen, quer über die Festung geschleudert wurde, um an einer der Felsklippen zu zerschellen.

Die Blitze schossen über die See, die Burg und die Klippen und erhellten schlaglichtartig Szenerien, von denen Terese geglaubt hätte, dass sie dem Reich der Alpträume angehörten. Boote waren zu Kleinholz zerschlagen. Ein armes Huhn, zu Tode verschreckt, wurde vom Wind mit zerzaustem Gefieder gackernd ins Meer getrieben. Überreste von Kleidungsstücken flatterten übers Ufer, einer makabren Parade von Vogelscheuchen gleich. Auch andere Gegenstände wurden durch die Luft gewirbelt: Geschirr, Holzstücke, Gras- und Strohbüschel, entwurzelte Sträucher; ja, sogar Tiere – jammervolle, todgeweihte Kreaturen – wurden in die Nacht hinausgeschleudert.

Terese weinte, aber ihre Tränen verloren sich in den Graupel- und Wasserströmen, die sich über ihr nach oben gewandtes Gesicht ergossen. Eine wütende Bö packte sie, und ihre Hände verloren an ihrem steinernen Anker den Halt. Panik stieg in ihr auf, aber sie schob sich auf den Stein zurück und klammerte sich aufs Neue am uralten Felsen von Dun Aengus fest.

* * *

Als Brady durch die offene Tür in die bescheidene Behausung eintrat, war er überrascht – und enorm erleichtert – zu sehen, wie dick die Mauern waren: viel stabiler, als sie auf den ersten Blick gewirkt hatten. Das Innere der Hütte war nicht so heruntergekommen, wie er es sich ausgemalt hatte – wenngleich seine Phantasie nicht allzu weit an der Realität vorbeiging.

Anscheinend gab es nicht mehr als zwei Räume, voneinander getrennt nur durch einen Vorhang. Er konnte nur ein einziges Fenster sehen, das viel zu klein war, um den Raum wirklich erhellen zu können. Zweifellos war es hier drinnen auch tagsüber dämmrig. Auf einem aus rohen Brettern gezimmerten Tisch blakte eine Bienenwachskerze, deren wildes Flackern augenfällig machte, wie stark der Sturm durch Ritzen und Löcher in den Wänden hereinpfiff.

Ein einziger rascher Rundblick genügte Brady, um das Inventar zu überschauen. Es gab eine mit Torf gespeiste offene Feuerstelle, umgeben von steinernen Sitzbänken.

Man hatte das Feuer ausgehen lassen, was unüblich, aber sicherlich im Hinblick auf den gefährlichen Sturm geschehen war. Es fand sich eine bemalte Truhe von erstaunlicher handwerklicher Qualität, sodann zwei dreibeinige Schemel, ein Weidenkorb, halb gefüllt mit Kartoffeln, schließlich ein recht ausladendes, aber übel durchgesacktes Bett, das an einer Wand stand. Der Boden bestand aus Lehm, war aber sauber gefegt. In einer Ecke stand eine Wasserpfütze, offensichtlich das Ergebnis eines Lochs im Strohdach über ihren Köpfen.

Er hatte schon genug Arme-Leute-Hütten gesehen, um sich vorstellen zu können, dass es auf der anderen Seite des Vorhangs kaum mehr geben würde als ein, zwei mit dünnen Decken versehene Strohsäcke für die Mädchen. In der Ecke, die der Feuerstelle am nächsten lag, hörte er ein Scharren und erblickte drei oder vier Hühner, die im Lehm herumkratzten. Er hatte lange gebraucht, um sich an den Anblick von Federvieh oder Schweinen zu gewöhnen, mit dem man sogar in besseren irischen Wohnungen konfrontiert werden konnte, jetzt aber fand er das Bild irgendwie tröstlich – als flößte ihm dieses Zeichen häuslicher Wirtschaft Hoffnung ein, dass die Bewohner des Hauses am Ende vielleicht doch nicht ganz so sonderbar waren. Dies war das Haus armer Leute – aber es waren normale Leute, und es handelte sich nicht etwa um ein Leichenhaus, wo arglose Besucher auf Nimmerwiedersehen zu verschwinden pflegten.

Freilich blieb ihm wenig Zeit, sich seiner Umgebung zu erfreuen; denn kaum war die Tür hinter ihnen geschlossen, als der Hüne den Tisch beiseiteschob und eine große hölzerne Falltür im Lehmboden freilegte, die er aufzog. Er sagte nichts, sondern gab erst dem Mädchen und dem Kind, schließlich auch Brady mit einer brüsken Handbewegung zu verstehen, dass sie alle hinabsteigen sollten.

Die Erleichterung überrollte Brady wie eine Woge: Sie würden unter der Erde Schutz finden! Offenbar hatte sein Schutzengel ihn doch nicht völlig vergessen!

Ungeachtet seiner dicken Wände vibrierte das kleine Haus, als wäre es ein Geschöpf, dessen sich eine gewaltige Schüttellähmung bemächtigt hatte. Umso mehr beeilte sich Brady, den anderen in den Untergrund zu folgen. Gerade wollte er einen Moment verharren, um dem Mann, der ihnen die Falltür aufhielt, ein Wort des Dankes zu sagen, als ihm der düstere Blick, mit dem der unfreundliche Riese ihn musterte, das Blut in den Adern gefrieren ließ. Eine ungeduldige Kopfbewegung und die kalten blauen Augen ließen keinen Zweifel daran, dass er Brady für einen Trottel hielt, und zwar einen unwillkommenen, und dass Bradys Anteil an ihrer unterirdischen Zuflucht ihm nur widerwillig gewährt wurde.

Mochte der Mann so ungehobelt sein, wie er wollte, Brady bedankte sich mit einem raschen Kopfnicken, während er sich anschickte, über eine Strickleiter nach unten zu klettern. Gerade als er in die Grube abtauchen wollte, packte eine heulende Bö die kleine Kate. Es gab ein ohrenbetäubendes Knirschen, dann ein Knarren über ihren Köpfen, gefolgt von dem fürchterlichen Geräusch brechenden Holzes.

Erschrocken warf Brady einen verstohlenen Blick nach oben und sah, wie das Strohdach erst zu schwanken begann, dann wie von Geisterhand bewegt auf und ab federte, bevor es sich schließlich völlig losriss und im nächtlichen Inferno davonflog. Einen Sekundenbruchteil lang traf sein eigener Blick den des großen Mannes, der immer noch die Falltür aufhielt, und dann schwankend und taumelnd in der Windhose, die jetzt durch das Haus raste, den Halt verlor. Die großen, rauen Hände konnten die Tür nicht mehr halten. In blitzartiger Klarheit erkannte Brady, was als Nächstes geschehen würde, unmittelbar bevor die schwere Falltür ihm auf den Kopf krachte.

# 5. Die Müden und Verwundeten

*Salomo – wo ist dein Thron? Vom Winde verweht.*
*Babylon – wohin deine Macht? Vom Winde verweht.*
*Des Mittags flücht'gen Schatten,*
*des Blinden Träumen gleich*
*schwinden im Winde dahin der Erde Prunk und Stolz.*
James Clarence Mangan

Es war fast hell, als das Inferno endlich vorüber war. Doch selbst nachdem der Sturm sich gelegt hatte, war Terese zunächst noch wie festgewachsen auf ihrem Felsenanker liegen geblieben, halb erfroren und taub von dem unnachgiebigen Ansturm des Windes und des eisigen Regens.

Jetzt stand sie am Ufer und blickte auf die See hinaus. Nach dem ohrenbetäubenden Heulen des Windes war die plötzliche Stille irgendwie schwer erträglich. Das Wasser war immer noch aufgewühlt, aber nicht mehr so kochend. Die schäumenden Wellenkämme rollten im Gleichmaß mit der morgendlichen Brise heran.

Das Hafenwasser wimmelte von Treibgut: Wrackteile von Booten, Tierkadaver, Möbelstücke, bündelweise Büsche und andere Pflanzen. Wohin sie den Blick auch wandte, überall mischte sich Rauch in der Luft mit dem beißenden Aroma des Salzwassers und verendeter Fische.

Erschöpft von ihrem nächtlichen Martyrium und benommen von dem Bild unvorstellbarer Verwüstung, das sie bei ihrer Rückkehr ins Dorf vorgefunden hatte, konnte Terese nichts anderes tun, als dazustehen und vor sich hin zu starren, während die Gischt der Brecher ihr Gesicht netzte. Der Alptraum der vergangenen Stunden hatte in ihr nichts als Leere zurückgelassen, das letzte Quäntchen Kraft aus ihr herausgesaugt. Ihre Haut, die stundenlang den Elementen ausgesetzt gewesen war, kribbelte immer noch, und sie spürte die Anfänge einer Kopfgrippe. Alles aber wurde überlagert durch die trübsinnige Erkenntnis, dass der Sturm vorübergezogen war und sie ihn zwar überlebt hatte, aber nur, um sich in größerer Einsamkeit denn jemals zuvor in ihrem Leben wiederzufinden.

Das kleine Dorf in ihrem Rücken war nahezu dem Erdboden gleichgemacht worden. Die wenigen Häuser, die noch standen, hatten keine Dächer mehr. Die meisten waren abgebrannt, eingestürzt oder weggeweht worden. Viele Dorfbewohner hatten bereits erklärt, dass sie die Landstraße unter die Stiefel nehmen wollten, um sich nach Galway durchzuschlagen und bei Verwandten Unterschlupf zu suchen. Terese rechnete damit, dass die Ortschaft am Abend so gut wie verlassen sein würde, abgesehen von denen, die gelobt hatten, dazubleiben und neu aufzubauen. Sie war sich nicht recht sicher, ob diese Handvoll Leute tapfer oder eher verrückt war. Sie wusste nur, dass sie selbst keineswegs die Absicht hatte, bei ihnen zu bleiben.

Im Dorf gab es nichts mehr für sie. Das Haus ihrer Tante war plattgemacht, völlig zusammengestürzt. Nur noch ein paar in der Gegend herumliegende Haufen Stroh und Schutt waren davon übrig. Die ganze Familie war, wie unzählige andere, obdachlos.

Unverzüglich hatte Tante Una mit unüberhörbar gehässigem Unterton klargestellt, dass Terese sich keine Hoffnungen machen sollte, sie könnte die Familie nach Galway begleiten, wo sie eine Zeitlang bei Onkel Felims betagten Eltern unterkriechen würden.

Zuvor hatte ihr gutmütiger, unterm Pantoffel stehender Onkel einen halbherzigen Versuch unternommen, sein Gewissen zu erleichtern, indem er sich bemüht hatte, Terese zu erklären, warum es so sein musste. „Das verstehst du doch, Mädel? Die alten Leutchen, weißt du ... Es ist nun mal so, dass sie nicht mal für uns Platz haben, geschweige denn für dich. Deine Tante hat Angst, sie schicken uns allesamt wieder weg."

Terese hatte sich bemüht, in ihrem Inneren irgendein Gefühl für ihren Onkel zu bewahren, aber sie brachte es weder fertig, ihn zu mögen, noch ihn zu verachten. Obwohl er das einzige Familienmitglied war, das von Zeit zu Zeit ein freundliches Wort für sie fand, hatte seine Frau ihn doch dermaßen unter der Knute, dass er nicht viel mehr war als der Schatten eines Mannes. Sie vermochte ihn nicht zu respektieren und so konnte sie auch keine Zuneigung für ihn empfinden. Die meiste Zeit brachte sie ihm nicht mehr entgegen als verhaltene Geringschätzung, die nur ein wenig dadurch gedämpft wurde, dass sie wusste, Onkel Felim war kein schlechter Mensch, ja, nicht einmal ein Mann ohne Gefühle. Er war einfach nur schwach.

Mit Schwäche konnte Terese nichts anfangen.

Und wenn sie auch innerlich zitterte, hatte sie doch seine vorgebliche Besorgnis vom Tisch gewischt, indem sie sagte, sie werde schon allein klarkommen, Er solle sich keine Gedanken machen. „Schließlich bin ich siebzehn! Wird sowieso Zeit, dass ich auf eigene Füße zu stehen komme."

„Du wirst es uns also nicht nachtragen?", sagte er, während er sich verstohlen umsah, um sicherzugehen, dass seine Frau außer Hörweite war.

Terese versicherte ihm, das liege ihr fern; vielmehr sei

sie gewiss, dass sich die Dinge für sie zum Allerbesten wenden würden. Freilich vermied sie es peinlichst, ihren Plan zur Auswanderung nach Amerika preiszugeben. Würden sie Verdacht schöpfen, dass sie Geld auf die hohe Kante gelegt hatte, so würden sie hinter ihr her sein wie hungrige Wölfe, die Beute wittern.

Während sie dastand und der Prozession der Heimatlosen zusah, die dem Dorf den Rücken kehrten, die wenigen Überreste ihrer irdischen Habseligkeiten zu Bündeln verschnürt auf dem Rücken, fragte sie sich, ob der Sturm der vergangenen Nacht wohl auch Galway verwüstet hatte. Gab es irgendeinen Anlass zu glauben, der böse Wind habe seine Verheerungen auf Inishmore beschränkt?

Andererseits: was machte es aus? Ihr Ziel war Amerika, und je eher sie dorthin kam, umso besser. Solange es noch einen Hafen gab, in dem sie ein Schiff besteigen konnte, tat es ihr um diese elende Insel nicht leid.

Wenn sie bei dem Gedanken, sich mutterseelenallein in ein solches Abenteuer zu stürzen, einen Anflug von Furcht verspürte, unterdrückte sie ihn. In den Nachwehen des Sturms war ihre Freundin Peggy zu dem Entschluss gekommen, sie könne jetzt ihre Familie nicht allein zurücklassen. Ihr Vater hatte sich eine Verletzung am Rücken zugezogen, und ihre Mutter, sagte sie, stand bloß noch da und heulte, so dass sie aushelfen musste, wo immer sie konnte.

Zuerst war Terese böse, und zwischen ihnen waren bittere Worte gefallen. Aber das hatte nicht lange angehalten. So viel Kraft besaß sie nicht mehr, sie mit Wütendsein zu vertun. Schließlich tat Peggy ja nur, was sie für nötig hielt.

Terese hatte ihre sieben Sinne beieinander, besaß das Kleid, das sie am Leibe trug – und zwar ein trockenes, dank Peggy, deren Habseligkeiten es irgendwie besser ergangen war als denen von Terese – und das Geld, das sie hinterm Hühnerstall vergraben hatte. Mehr brauchte sie nicht, jedenfalls vorerst nicht. Sobald sie in Galway angekommen war, würde sie versuchen, für die Überfahrt ein besseres Kleid zu erstehen.

Sie bückte sich, griff nach ihren abgetragenen *Pampootas*, den Schuhen, und streifte sie über. Sie hatte ein Stück von einem Schaltuch gefunden, das sie sich jetzt um die Schultern legte und verknotete – es half gegen die Kälte. Zuletzt band sie sich den *Crios* um die Hüfte, eine helle Schärpe, die sie selber genäht hatte, und hob den Kopf, um einen allerletzten Blick auf die turmhohe Erhabenheit ihres alten Freundes und Beschützers Dun Aengus zu werfen.

Dann straffte sie die Schultern, kehrte ihrer Vergangenheit den Rücken und zog los, um nach einer Schaufel Ausschau zu halten.

* * *

Brady hatte geträumt, er stünde an einem verlassenen Strand, allein und zitternd, während er von einer Horde düsterer Seefahrer angegriffen wurde, die von Bord eines Schiffes, das in der Bucht dümpelte, schwere Steine nach ihm warfen.

Während ihm ein Flüstern allmählich ins Bewusstsein drang und ihn, Nadelstichen gleich, langsam wach werden ließ, spürte er nichts außer Schmerz. Es waren abgehackte, schroff klingende Flüsterlaute und Silben, die er nicht verstand. In der Absicht, den Schmerz zu mildern, versuchte er sich umzudrehen, hielt aber sofort keuchend inne, als ihm ein weißglühender, stechender Blitz durch den Schädel schoss.

Jemand hielt seine Hand. Er konnte die Wärme und den sanften Druck fühlen und zwang sich, die Augen zu öffnen, was er nur unter Stöhnen fertigbrachte, denn das dämmrige, flackernde Licht sandte einen weiteren qualvollen Stich durch seinen Kopf.

Dicht neben ihm stand ein Schemel, und darauf saß ein kleines Mädchen mit dunklen Augen, das seine Hand hielt. Als es sah, dass er sich zu ihm umdrehte, lächelte es.

Brady starrte es an, und langsam kehrte seine Erinnerung zurück. Das Kind presste seine Hand zusammen, als würde ihm das Mut machen.

Während sein Blick schärfer wurde, kniff er mehrmals die Augen zusammen, um des Schmerzes Herr zu werden. Er befand sich in einem kalten, düsteren Loch. Die Luft war dick von Staub und Mehltau. In der Ecke konnte er eine schlanke, weibliche Gestalt ausmachen, die in gebückter Haltung offenbar damit beschäftigt war, ein Stück Stoff zusammenzurollen. Sie sah zu dem dunklen, vierschrötigen Kerl auf, der sich über sie beugte, und murmelte irgendetwas Irisches.

Brady versuchte zu sprechen, aber als er schließlich den Mund aufmachte, kam nichts heraus außer einer Welle von Schmerz in seinen Schläfen und im Hinterkopf, die ihm fast die Besinnung raubte.

Das Kind drückte seine Hand ein wenig fester, bevor es sich nach den anderen umdrehte und ihnen etwas zuzwitscherte. Die massige Gestalt löste sich aus dem Schatten und stierte finster auf Brady herab. Schlagartig kehrte seine Erinnerung zurück und fegte die Verwirrung hinweg: der Sturm mit seinen verheerenden Orkanböen, das baufällige Häuschen, schließlich die schwere Tür, die auf seinen Kopf herunterknallte.

In seinen Ohren gellte es, und ihm wurde übel, aber das ebbte rasch wieder ab. Er fasste sich an den Kopf und stutzte: Seine Stirn und ein Teil seines Schädels waren mit Bandagen umwickelt. Wie schlimm mochten seine Verletzungen sein? Er versuchte sich aufzusetzen, aber da war eine Hand von der Größe eines Buchdeckels, die ihn ohne Federlesens wieder hinabdrückte.

Als er in das dunkelhäutige Gesicht hinaufstarrte, das ihn von oben her ansah, erkannte er, dass der Mann mit dem granitenen Antlitz jünger war, als er auf den ersten Blick gedacht hatte. Jünger, aber es war dennoch das Gesicht eines harten Mannes, das spürte er – eines härteren Mannes sogar, als Jack es war, an dem man schon ein paar weichere Stellen entdecken konnte, wenn man ihn besser kannte. Was diesen hünenhaften Fremden in seiner selbstgestrickten Montur anbetraf, so bezweifelte Brady, ob sich an ihm nennenswerte weiche Stellen finden ließen.

Er wollte fragen, welche Stunde es war, ob Tag oder Nacht; aber dann fiel ihm ein, dass diese Leute irisch sprachen. Er vermochte zwar Bruchstücke der alten Sprache auszumachen, die er von Jack aufgeschnappt hatte, aber er beherrschte sie nicht genug, um sich zu verständigen.

Er sah zu dem älteren Mädchen hinüber. Sie schaute ihn zwar an, machte aber keinerlei Anstalten, aus ihrer Ecke zu ihm herüberzukommen. Das Kind ließ endlich seine Hand los, blieb aber an seiner Seite sitzen, und der neugierige Blick des kleinen Mädchens wich nicht eine Sekunde von ihm, sondern folgte noch der leisesten Bewegung, die er machte.

„Hast 'nen üblen Schlag abgekriegt. Die Tür ist dir vierkant auf den Kopf gefallen. Wirst 'ne Weile stillliegen müssen."

Verblüfft vom tiefen, sonoren Klang der Stimme, noch mehr aber von den englischen Lauten, starrte Brady den Mann mit offenem Mund an. „Sie sprechen Englisch?"

Der Mann quittierte Bradys Überraschung nur mit

einer hochgezogenen Braue. „Wer bist du?“, blaffte er, und irgendetwas an dieser trommelwirbelartigen Stimme klang nicht ganz unbedrohlich.

Brady brauchte etwas Zeit, um sich zu besinnen. Schließlich antwortete er: „Ich heiße Kane. Brady Kane.“

Die Augen des anderen wurden schmaler. „Amerikaner?“

Das eine scharfe Wort genügte, um die ungeheure Verachtung des schwarzbärtigen Riesen auszudrücken.

„*Irischer* Amerikaner“, erwiderte Brady rasch, und sein Schädel pochte von der Anstrengung des Sprechens.

Das änderte am Ausdruck des Mannes gar nichts, und Brady musste all seine Selbstbeherrschung mobilisieren, um sich unter der bedrohlichen, aggressiven Kraft dieses brennenden Blickes nicht zu winden. „Das Mädchen sagt, du hast ihr mit der Kleinen geholfen“, sagte er mit der Andeutung eines Kopfnickens in Richtung des Kindes.

„Die beiden waren mir eine größere Hilfe als ich ihnen“, stotterte Brady. „Wenn sie nicht des Weges gekommen wären und mich hierhergeführt hätten, wär ich womöglich ins Meer hinausgepustet worden.“

„Was in aller Welt hast du hier in Claddagh zu suchen, Yank?“ Der Hüne schmiss ihm die Wörter auf eine Weise an den Kopf, die Brady das Gefühl vermittelte, sich eines abscheulichen Verbrechens schuldig gemacht zu haben, bloß indem er hier in Galway auftauchte.

So schwach er auch war – von diesem übellaunigen Iren würde er sich nicht einschüchtern lassen. „Geschäfte“, sagte er, wobei seine pelzige, aufgequollene Zunge ihn zwang, Grimassen zu schneiden. „Ich bin geschäftlich hier.“

Sein Vernehmer kreuzte die Arme über der breiten Brust. „Und was sollten das für Geschäfte sein, die 'n reichen Yank nach Galway führen könnten? Wo wir doch nichts als 'n armes, rückständiges Völkchen sind?"

Brady kam nicht umhin sich zu fragen, ob dieser breite, spöttische irische Akzent nicht ein bisschen aufgesetzt war. Hinter dem starren, feindseligen Blick des Mannes hatte er ein Glitzern entdeckt, das durchaus auf einen scharfen Verstand, wenn nicht sogar auf erhebliche Intelligenz hindeutete. Ob der Mann ihn absichtlich piesackte? Aber warum?

„Zeitungsangelegenheiten", antwortete er: „Ne Art Auftrag." Er hielt inne und überlegte, wie viel er diesem Fremden mit dem Gesicht aus Stein wohl auf die Nase binden sollte.

Eine geraume Weile noch wandte der Mann keinen Blick von ihm. Dann hob er eine seiner Pranken und griff nach dem Tuch, das er sich um den Hals geschlungen hatte. Dabei verzog er den Mund, als sei Brady keines weiteren Interesses wert. Indessen folgte ein abrupter Themenwechsel: „Kannst du mich klar und deutlich sehen, Yank? Keinerlei Sichttrübung?"

Brady schüttelte den Kopf und bedauerte diese Bewegung auf der Stelle. Der Schmerz schoss ihm durch den Kopf, als hätte er den Hieb einer wohlgeschärften Axt abbekommen, und er konnte nicht verhindern, dass ihm ein Stöhnen entfuhr.

„Mach dir keine Sorgen", sagte der andere. „Ich glaub nicht, dass es was wirklich Ernstes ist, 'n Tag oder so, dann wirst du wieder auf'm Damm sein. Aber fürs Erste bleibst du am besten stramm liegen." Sein Tonfall ließ keinen Zweifel daran, dass er die Situation nicht sonderlich angenehm fand.

„Wo – was ist das hier?", fragte Brady, während er sich vorsichtig in dem dunklen Gelass umsah.

„Hast du noch nie 'n Keller gesehen, Yank?"

Da war sie wieder, die scheinbar herablassende Art, mit der der andere ihn wie einen Blödmann behandelte, und Brady verzog ärgerlich die Lippen. „Wie spät ist es?", beeilte er sich zu fragen, bevor der Mann sich abwenden konnte.

„Morgen, schon recht hell. Der Sturm ist vorbei, aber egal: Wir werden auf jeden Fall 'ne Zeitlang hier unten bleiben."

„Ihr Haus ..."

„... steht noch, mal abgesehen vom Dach."

Verstohlen sah Brady zu dem Mädchen in der Ecke hinüber, das sich erneut dem Stoffbündel in seinem Schoß widmete. „Ich würde ihr gern danke sagen", sprach er wieder den Mann an, der sich immer noch über ihn beugte. „Ich weiß noch nicht mal, wie sie heißt." Er machte eine Pause. „Und Ihren Namen kenne ich auch nicht."

Der Blick des Riesen wurde hart wie ein Kiesel. „Versuch nicht mehr draus zu machen, als es ist", sagte er in barschem Ton. „Das Mädchen hat 'n weiches Herz. Sie würd' sogar 'n Wolf mit nach Hause schleppen, wenn ihr das möglich wäre."

Sein düsterer Blick deutete an, dass womöglich haargenau dieser Fall eingetreten war. Die brüske Unhöflichkeit traf Brady unvorbereitet und verschlug ihm die Sprache.

Der Mann wandte sich ab, hielt aber mitten in seiner Bewegung inne. „Sie hört nicht, wenn du sprichst", sagte er, und die Worte klangen wie Hammerschläge auf einen Nagel. „Das Mädel ist taub."

Ohne ein weiteres Wort entfernte sich der Hüne, so dass Brady nichts anderes übrigblieb, als auf seinen Rücken zu starren. Nach einer Weile war da wieder eine kleine Hand, die sich sacht über seine legte. Er sah auf und erblickte das Kind, das ihn anschaute. Sie presste seine Hand, und ihr Mund formte ein Wort, das er nicht verstand.

Er runzelte die Stirn, und sie wiederholte, was sie gesagt hatte. Diesmal klang es klar und deutlich: „Gabriel“, sagte sie mit einer Kopfbewegung in Richtung des großen Mannes, der auf einem Schemel neben dem älteren Mädchen Platz genommen hatte. „Er heißt Gabriel.“ Es klang wie *Gah-brul.*

„Und ich bin Evie – Eveleen“, fügte sie altklug hinzu. „Und das da“, sie nickte mit dem Kopf zu dem älteren Mädchen in der Ecke hinüber, „ist Roweena.“

Das Kind sprach ebenfalls Englisch. Das hätte er niemals erwartet. In seinen Büchern hatte er gelesen, dass die meisten Fischer aus Claddagh und ihre Angehörigen nur Irisch sprachen, und schon in den Straßen Galways hatte er viele Leute die alte Mundart sprechen hören.

„Roweena“, wiederholte Brady, während er das Kind musterte. „Sie ist deine Schwester, nicht wahr?“

Das kleine Mädchen schüttelte den Kopf. „Gabriel hat sie gefunden. War verlorn, genau wie ich.“

Für ein so kleines Kind sprach das Mädchen bemerkenswert gut. „Versteh ich nicht“, sagte Brady. „Was meinst du damit: verloren?“

Sie schürzte die Lippen. „Verlorn – weißt du nicht, was das ist? Mich ham sie ausgesetzt, aber Roweena, weißt du, sie war im Feuer, wie sie 'n Baby war. Fast alle sind gestorben, bloß Roweena nich'.“

Es fiel Brady nicht leicht, die Augen von dem dunkelhaarigen Mädchen in der Ecke abzuwenden und wieder das Kind anzusehen. „Ja, dann, also – dann ist der Mann, Gabriel, gar nicht euer Vater?“

Erneutes Kopfschütteln. „Wir ham kein' Papa, Roweena und ich. Wir ham Gabriel.“

In diesem Augenblick schnauzte der Mann das Kind an, und seine Worte knallten wie Peitschenhiebe. Das kleine Mädchen presste ihre rosigen Lippen zu einem dünnen Strich zusammen, konnte aber offenbar nicht umhin, noch eine Erklärung anzufügen. „Gabriel sagt, ich soll nicht rumsabbeln; du musst schlafen", tuschelte sie rasch, während sie mit dem Kopf dichter an Bradys Ohr rückte. „Ich sag Roweena für dich Dankeschön."

Brady streckte die Hand aus, um sie zurückzuhalten. „Warte! Er hat gesagt, das Mädchen sei taub, aber sie redet."

Das Kind, Evie, sah ihn an, als wäre er schwer von Begriff. „Roweena is' schlau, jawohl!", sagte sie mit einem Anflug kindlicher Empörung. „Gabriel hat ihr Reden beigebracht – so." Sie umfasste ihre schmale Kehle mit beiden Händen und bewegte ihren Kiefer auf und ab.

Immer noch ein wenig durcheinander, was die Beziehung zwischen den beiden Mädchen und dem grimmig dreinschauenden Riesen anbetraf, sah Brady verstohlen zur anderen Seite des Raumes hinüber, wo Gabriel jetzt den Stoffballen festhielt, während das Mädchen ihn mit unablässigen Bewegungen neu aufwickelte.

Nach einer Weile wandte er sich wieder dem Kind zu. „Also, du wohnst hier mit ihm zusammen?", fragte er. „Du und ... Roweena auch?"

Sie nickte, und ein kurzes Grinsen entblößte eine beachtliche Lücke an der Stelle, wo die beiden vorderen Schneidezähne hätten sein sollen. Dann sagte sie im Brustton der Überzeugung: „Gabriel ist unser Engel."

„Euer Engel?" Brady starrte sie ungläubig an.

Sie nickte energisch. „Roweena sagt, Gabriel ist wie Gott sein Engel, der für uns sorgt und auf uns aufpasst."

Zwar wusste er nicht allzu viel über Engel, aber Brady konnte sich kaum eine Figur vorstellen, die weniger mit einem gemein gehabt hätte als der mürrische Koloss, der ihn von seiner dämmrigen Ecke am gegenüberliegenden Ende des Gelasses aus düster musterte.

* * *

Nicht weit von den Überresten von Tante Unas Haus entfernt fand Terese eine Schaufel, deren Stiel allerdings bis auf einen Stumpf abgebrochen war. Also packte sie mit beiden Händen zu und ging mit Inbrunst ans Buddeln.

Als sie auf den Beutel stieß, der ihre geheimen Ersparnisse enthielt, schwitzte sie wie im Fieber. Die Qualen, die sie letzte Nacht durchgemacht hatte, hatten sie mehr mitgenommen, als sie sich eingestehen wollte. Sie hatte nichts anderes im Sinn, als endlich ihr Geld einzustecken und sich auf den Weg zu machen, solange der Morgen noch ruhig war – man wusste ja nie, ob der Sturm nicht noch einmal zurückkehren würde.

Sie holte tief Luft, ihr Atem ging rasselnd. Der Beutel war intakt, sauber verschnürt – genauso, wie sie ihn zurückgelassen hatte. Im hohen Bogen schmiss sie die Schaufel beiseite und hob zitternd mit beiden Händen ihren Schatz aus seiner Grube.

Sie wusste es im selben Moment, als sie den Beutel berührte. Augenblicklich begannen ihre Hände so unkontrollierbar zu zittern, dass sie es kaum fertigbrachte, die Kordel zu lösen.

Sie schüttete den Beutel aus und starrte den Überrest ihrer jahrelangen Ersparnisse an: nicht mal zwei Dollar. Als sie die Summe vor nur drei Nächten zum letzten Mal gezählt hatte, waren es nahezu zwanzig gewesen – zwanzig amerikanische Dollar!

Ihr Herz ließ alle Hoffnung fahren, und sie fühlte sich so leer, als wäre sämtliches Blut aus ihrem Körper gewichen.

*Tante Una.*

Sie wusste sofort, wer sie bestohlen hatte. Zweifelsohne hatte die Tante sie irgendwann zu mitternächtlicher Stunde beobachtet, wenn sie sich rausgeschlichen hatte, um den Sparstrumpf zu überprüfen oder den jüngsten Betrag, den Cavan geschickt hatte, hinzuzutun.

Mit zwei Dollar würde sie nicht nach Amerika kommen.

Sie wusste nicht, wie lange sie dort hockte, über das Loch im Boden gekauert und mit den Fingern den Stoff des Beutels reibend, als wäre er etwas einst Lebendiges, das nunmehr kalt und leblos war. Um sie herum hätte die Welt untergehen können, ohne dass sie es bemerkt hätte. Nichts drang an ihr Ohr außer ihrem eigenen schweren Herzschlag, und sie empfand nichts außer resignierter Bitterkeit über ihren eigenen Leichtsinn.

Nach einer langen Weile sah sie blinzelnd auf und ließ den Blick über ihre verwüstete Umgebung schweifen. Fort. Alles war fort. Und sie hätte auch fort sein sollen, fort von Inishmore.

Sie hätte wissen müssen, dass die Tante ihr nachspionieren würde. Sie hätte größere Vorsicht walten lassen müssen: das Geld weiter vom Haus verstecken müssen, vielleicht sogar auf Dun Aengus ...

*Nein!* Es war nicht ihr Fehler! Sie war nicht die Diebin. Nicht sie hatte ihr eigen Fleisch und Blut beraubt, nicht um einer solch schändlichen Tat willen die eigenen Familienbande mit Füßen getreten.

Langsam erhob sie sich, getrieben von einer mächtigen Woge des Zorns, die in ihr aufstieg. Was – oder wer, besser gesagt – war schuld an all dem Elend, all der Ungerechtigkeit ihres Lebens, den dauernden Schwierigkeiten, mit denen sie zu kämpfen gehabt hatte, seit sie ein kleines Würmchen gewesen war?

Ihre Mutter hätte behauptet, es sei Gottes Wille für Terese, „auszuharren“ und „des Herrn Züchtigung anzunehmen“. Tante Una dagegen würde zweifellos dem Teufel die Schuld geben und sagen, hinter den Misshelligkeiten und Härten des Lebens stehe der alte Satan höchstselbst und gebe sich alle Mühe, „die Unschuldigen“ zu entmutigen und zu zerstören.

Wenn es sich so verhielt, dann war ihre falsche Tante gewiss eine der ureigensten Handlangerinnen des Teufels.

Wem sollte Terese die Schuld zuschieben? Irgendjemanden brauchte sie, den sie zum Sündenbock machen konnte. Irgendjemand musste geradestehen für ihr verkorkstes Leben, oder etwa nicht? Für ihr Leben und für das Leben so vieler anderer. Es musste jemanden geben, der verantwortlich war!

Mit einem spontanen Aufschrei des Zorns hob sie den leeren Beutel gen Himmel. „Du wirst mich nicht aufhalten!“, brüllte sie. Ohne zu wissen, wem ihre Wut eigentlich galt, fuhr sie fort, in den stillen Morgen hinauszuschreien. „Wer immer du bist ... wo immer du auch steckst, ich werde gehen, hörst du? Ich hau ab von dieser verfluchten Insel, und ich komm nie mehr zurück! Ich gehe, und was du auch tust, du wirst mich nicht aufhalten können!“

Ebenso abrupt, wie sie ihrem Zorn freien Lauf gelassen hatte, verstummte sie wieder, nach Luft japsend und den Beutel an ihr Herz drückend. „Ich gehe!“, verkündete sie erneut, diesmal flüsternd. Dann ließ sie die leere Grube hinter sich zurück und schritt davon.

# 6. Jack

*Bruder, Sohn – du, den ich liebe:*
*fort bist du – welch Hohn meinem Herzen!*
Anonymus

*New York, Mitte Februar*

Die Sonne war noch nicht aufgegangen, als Jack Kane bereits in seinem Arbeitszimmer saß und Ideen für seinen Leitartikel erwog. Zwar ging der größte Teil seiner Zeit für die kaufmännische Leitung der Zeitung drauf, doch hatte er sich strikt geweigert, die Kolumne des Herausgebers abzutreten. Falls es überhaupt etwas gab, womit sich ein Ire lieber abgab als mit Politik und schönen Frauen, dann damit, seine Meinung kundzutun, besser gesagt, sie in die Welt hinauszuposaunen. War ihm das Glück beschieden, eine Stellung erlangt zu haben, die es ihm ermöglichte, eine ganze Stadt seine Ansichten wissen zu lassen – umso besser.

Diese frühen Stunden vor der Dämmerung waren Jack von jeher die liebste Tageszeit. In vollen Zügen genoss er die Ruhe, die Stille des Hauses, bevor Addy die Küchenhilfe auf Trab brachte und ihren morgendlichen Beutezug antrat, der sich in erster Linie gegen beleidigende Staubflocken richtete. Noch eine Stunde oder so, dann würde, falls alles seinen gewohnten Lauf nahm, Ransom auftauchen. Obwohl er sehr wohl wusste, dass Jack niemals vor halb acht ins Büro aufbrach, pflegte der listige alte Stallknecht etwas früher einzutreffen – mit keiner anderen Absicht, als sich ein, zwei Biskuits und eine Scheibe Schinken einzuverleiben. Ohne Zweifel würde ihn Jacks Anweisung, heute nicht vor Mittag zu kommen, völlig aus dem Trott bringen.

Heute Morgen hatte Jack Mühe, sich zu konzentrieren. Was er hinsichtlich des Umstands empfand, dass „die Stadt von schmutzigen, heruntergekommenen Einwanderern überschwemmt" wurde, wie ein anonymer Brief erklärte, der der Zeitung Anfang der Woche zugegangen war. Mit den „schmutzigen, heruntergekommenen Einwanderern" waren fast ausschließlich Iren gemeint.

Mochten auch fünfundzwanzig Jahre und ein Ozean zwischen Jack und dem alten Irland liegen, so versuchte er doch, sich nichts vorzumachen: Er war Ire, genauso wie jede einzelne jener armen Seelen, die New York zu einer Stadt des Elends machten. Und sosehr er sich auch in seinem aktuellen Leitartikel um Ausgewogenheit bemüht hatte, war er doch nicht umhingekommen, das meiste, was er geschrieben hatte, wieder durchzustreichen: Viel zu abwehrend, ja gereizt im Tonfall war ihm die Kolumne geraten – ein bisschen wie das Schelten eines streitsüchtigen Betrunkenen.

Vielleicht wäre es besser, der Hetze, die der anonyme Briefschreiber gegen die Flüchtlinge richtete, die in den New Yorker Hafen strömten, überhaupt keine Beachtung zu schenken. Schließlich konnte man einen geltungssüchtigen Kleingeist mit nichts so sehr ärgern, wie wenn man ihn ignorierte.

Er stand auf und trat ans Fenster. Noch flackerten die Straßenlaternen; ihr Licht reichte gerade aus, um die großen alten Bäume und die kunstvoll geschmiedeten Einfriedungen, die die herrschaftlichen Wohnsitze der vierunddreißigsten Straße abschirmten, Schatten werfen zu lassen. In der Nacht hatte es ein wenig geschneit, so dass die Straße wie erfroren dalag, und der spürbare Wind, der die Zweige wiegte, ließ einen weiteren bitterkalten Tag erwarten.

Der Wind ließ seine Gedanken zu Brady schweifen. Seit die Nachrichten über den verheerenden Sturm eingetroffen waren, der Irland in den ersten Januartagen heimgesucht hatte, hatte er sich einzureden versucht, dass sein vorwitziger Bruder, der sich immer zu helfen wusste, mühelos zurechtkommen werde, selbst in einem Hurrikan. Und doch: Falls er nicht in Bälde etwas von dem jungen Naseweis hörte, würde er einen der Jungs von der Zeitung rüberschicken, um nach ihm suchen zu lassen.

Die ärgerliche Leichtfertigkeit seines Bruders und sein Hang, immer nur für den Augenblick – und nur für sich selbst, wie Jack mit einem säuerlichen Zug um die Mundwinkel dachte – zu denken, waren nichts Neues. Niemals schien es Brady in den Sinn zu kommen, dass es Leute gab, die sich um ihn sorgten. Unter normalen Umständen hätte Jack sich nicht das Geringste dabei gedacht, wochenlang keinerlei Nachricht von ihm zu erhalten. Doch zweifellos war Brady sich darüber im Klaren, dass die Neuigkeiten über den Sturm mittlerweile die Staaten erreicht haben mussten. Das Mindeste, was man von dem gedankenlosen Bengel hätte erwarten können, war, ein paar Zeilen in den Postkasten zu werfen und wissen zu lassen, wo er sich herumtrieb und wie es um ihn stand.

Er wandte sich vom Fenster ab und durchquerte das Zimmer, um das Kaminfeuer zu schüren. Sein Arbeitszimmer gehörte zu den kleinsten Räumen des zugigen alten Hauses und damit, so sollte man meinen, zu den wärmsten. Aber die Decke war so hoch, dass ein Eichbaum darunter Platz gefunden hätte, und die Fenster alles andere als dicht. Deshalb war es hier drinnen immer ein wenig kühl.

Das Schüreisen noch in der Hand richtete er sich auf und kehrte dem Feuer den Rücken. In letzter Zeit hatte er gelegentlich überlegt, das Anwesen zu verkaufen. Es lag erst ein paar Jahre zurück, dass er diesen fürchterlichen, verschachtelten alten Kasten erstanden hatte – aus einer Laune heraus. Da war er noch so jung – und ungehobelt – gewesen, dass er sich einen Spaß daraus gemacht hatte, mit seinem Erfolg zu protzen. Ein irischer Emporkömmling mit einem Bankkonto, das üppig genug war, um sich in die vierunddreißigste Straße einzukaufen, war ein Skandal, ein Affront; und es bereitete ihm innigsten Genuss, das feine Publikum in der Nachbarschaft mit seiner „Vulgarität" auf die Palme zu bringen.

Doch mittlerweile war ihm das weitläufige herrschaftliche Haus allein schon wegen seiner Riesenhaftigkeit und Überladenheit eher eine Last geworden, um nicht zu sagen ein Ärgernis, und ein teures und unbequemes dazu. Und doch widerstrebte ihm der Gedanke, es aufzugeben, war es doch das erste Zuhause, das er jemals hatte sein Eigen nennen können. Außerdem wollte er den Fuhrleuten kein Geld in den Rachen werfen.

*Black Jack Kane,* dachte er grinsend: *ein Ferkel, das sich in einem Palast suhlt.*

Immer noch zufrieden lächelnd warf er gerade einen Blick auf seine Taschenuhr, als Addy in der Zimmertür erschien. Wie üblich hatte sie ihn nicht länger als eine halbe Stunde alleingelassen. Die Frau schien es nicht fertigzubringen, einem Mann ein Plätzchen zu gönnen, an dem er seine Ruhe hatte.

Jack warf ihr einen finsteren Blick zu, doch sie stand unbeweglich da, die Hände in die ausladenden Hüften gestemmt, den vierschrötigen Unterkiefer vorgeschoben, funkelnde Blitze in den schwarzen Augen.

„Eine Schande, dass Sie nicht im Bett bleiben können, wie es sich für einen ehrenwerten Mann gehört", eröffnete die irische Haushälterin den Kampf. „Ganz sicher sind wir der einzige Haushalt über dem Niveau der Bowery, in dem das Frühstück vor Sonnenaufgang auf dem Tisch steht!"

„Geh mir nicht auf die Nerven, Frau! Selbst wenn ich bis Mittag schliefe, würdest du doch vor Tau und Tag hier herumschleichen, damit du auch ja was findest, worüber du dich aufregen kannst!"

Wie jeden Tag ließ seine vorgespielte Übellaunigkeit sie völlig kalt. „Sagten Sie nicht, Sie gingen heute Morgen nicht ins Kontor?", gemahnte sie ihn, wobei ihr perfekt frisierter schiefergrauer Witwenbürzel sich vor Entrüstung kräuselte.

„Das sagte ich."

„Nun, hätten Sie geruht, mich wissen zu lassen, dass Sie es sich anders überlegt haben, so hätte ich Ihnen das Frühstück zeitiger gerichtet."

„Sagte ich, ich hätte es mir anders überlegt?"

Sie funkelte ihn an. „Und warum sonst sollten Sie wohl zu dieser Stunde schon fix und fertig herausgeputzt sein?"

„Wie die Dinge liegen, du zänkische Alte, werde ich mich heute Morgen *nicht* ins Büro begeben. Aber ich habe Termine hier im Hause, und zwar ab zehn Uhr."

Die dunklen Brauen bogen sich hoch, und das kriegerische Kinn reckte sich ein klein wenig nach oben. „Termine, tatsächlich? Hier im Haus?"

Jack nickte, hängte das Schüreisen wieder an den Ständer und ging zurück an seinen Schreibtisch. „Es werden sich Bewerber für die Stelle des Kutschers vorstellen. Du kannst sie dann, immer einen nach dem anderen, zu mir vorlassen. Ich hab mir gedacht, ich bitte sie hierher. So kann sich ein möglicher Kandidat gleich mal in den Ställen umschauen."

Sie kniff die Lippen zusammen. „Na ja, wer weiß, was uns da so alles ins Haus steht."

Jack beugte sich über das Pult und begann seine Papiere aufzuschichten. „Keine Sorge, Addy", sagte er unbewegten Gesichts, „ich hab ‘ne Pistole, gleich hier in der obersten Schublade. Selbstredend werde ich deine Tugend beschützen, unter Einsatz meines Lebens."

Er blickte auf und sah, wie ihre Augen schmal wurden. Das geschah unweigerlich, wenn sie ihn ködern wollte. Berechenbarkeit gehörte zu Addys hervorstechendsten Eigenschaften.

„Und was, bitteschön, soll aus dem alten Ransom werden, dem armen Mann? Sie würden es fertigkriegen, ihn auf seine alten Tage sein Brot mit Lumpensammeln verdienen zu lassen!"

Jack lächelte sie an. „Du weißt ganz genau, dass Ransom darum gebeten hat, hier im Hause beschäftigt zu werden. Auf Ehre und Gewissen, Frau – der ist doch inzwischen mindestens hundert, oder? Kann sich vor Rheumatismus kaum noch rühren und ist vollkommen taub! Wir könnten auf der Straße von ‘ner Horde durchgegangener Gäule niedergetrampelt werden, und er würde sie nicht hören, bevor sie uns plattgemacht hätten." Er hielt inne. „Er wird ab sofort als Hausfaktotum arbeiten."

Die Haushälterin gab einen kurzen Laut der Entrüstung von sich. „Faktotum, ach ja? Da wird sich der alte Trottel ungefähr so nützlich machen wie ‘n besoffener Seemann!"

„Na ja, von betrunkenen Seeleuten verstehst du sicherlich mehr als ich, zänkisches Weib", sagte Jack aufgeräumt, während er zur Tür ging. „Ich glaub, ich nehm jetzt das Frühstück – wenn es dir beliebt, Addy?"

Sie schnaubte und war noch vor ihm aus der Tür. Der stramme kleine Knoten an ihrem Hinterkopf veränderte seine Position nicht im Geringsten, während sie energischen Schritts, unaufhörlich vor sich hinmurmelnd, das Vestibül Richtung Küche durchquerte. Jack hatte fast den Verdacht, sie befestigte ihn morgens mit Hühnerdraht.

Jack lächelte immer noch, als er ihr nachging, wusste er doch, dass sie dasselbe tat – wenn auch ein bisschen in der Art einer Wölfin beim Gedanken an die nächste Beute.

Addy O'Meara stand in Jacks Diensten, seit er und Martha damals, nach ihrer Hochzeit, ihre allererste Wohnung gemietet hatten. Addy war ursprünglich bei Martha in Stellung gewesen und mit ihr eingezogen, um den Neuvermählten in der ersten Zeit zur Hand zu gehen – um sie dann aber nie wieder zu verlassen. Sie hatte Martha während der langen Monate ihrer Krankheit gepflegt, der sie nach zwei Jahren erlegen war – und die ganze Zeit hatte sie Jack bei der Erziehung des „Kleinen" unterstützt: Brady, der für Jack in Wirklichkeit mehr Sohn war als Bruder. Sie hatte Adleraugen, eine feste Hand und das Herz einer irischen Mutter.

So viele Jahre hindurch war ihm Addy Mutter, Freundin und Vertraute gewesen, dass Jack sie längst nicht mehr anders sehen konnte denn als Mitglied der Familie, und ein Leben ohne sie war ihm vollends unvorstellbar geworden.

Zu seinem Leidwesen war sich auch die giftsprühende Alte ihrerseits dieser Tatsache sehr wohl bewusst.

# 7. Der Starke trifft den Starken

*Und weil ich aus dem Volke bin, verstehe ich die Leute:*
*Ihre Sorge ist die meine;*
*wonach sie verlangt, hungert auch mich ...*
Padraic Pearse

Die Mütze in der Hand bewunderte Cavan das vornehme Zimmer, in das die bärbeißige Haushälterin ihn geführt hatte. „Arbeitszimmer" hatte sie es genannt, wobei ihre irische Zunge das Wort respektvoll dehnte, als handele es sich um ein Heiligtum: „Mr Kane wird Sie im Arbeitszimmer empfangen."

Das Zimmer war geräumig, aber nicht übermäßig groß. Der verhaltene Stil seiner Einrichtung bildete einen überraschenden Kontrast zu dem irgendwie vergoldet aussehenden Mobiliar, das er im Vorbeigehen durch die offenstehenden Türen zu beiden Seiten des mondänen marmorgetäfelten Korridors hatte sehen können. Die Fenster waren von Samtvorhängen eingefasst, aber die Stores waren beiseitegezogen, um das fahle Nachmittagslicht hereinzulassen. Wo die Wände nicht von Bücherregalen beansprucht wurden, waren sie mit grünem Damast bezogen, was für Cavan eine Atmosphäre schuf, die der Stille des Waldes glich: dicht, ruhig und geborgen. Der Mann, der das robuste Mobiliar aus Leder und Rosenholz, die feine Täfelung, die wie reifer Honig schimmerte, und den dicken, kunstvoll gemusterten Teppich ausgewählt hatte, der jeden Schritt schluckte, musste eine Persönlichkeit sein, der Bequemlichkeit über Luxus ging, Zufriedenheit und Wärme über Üppigkeit.

Der Raum wollte nicht zu den Geschichten passen, die man sich über „Black Jack Kane“ erzählte. Wenngleich er erst seit sechs Wochen in New York war, hatte Cavan schon einigen Tratsch über den „irischen Schwarzbären“ gehört, der sich angeblich keinerlei Zurückhaltung auferlegte, mit dem Reichtum und Einfluss zu protzen, den ihm sein Zeitungsimperium eingetragen hatte. Je nachdem, wem man gerade zuhörte, wurde Kane als Schurke, Halunke, Emporkömmling, Ungläubiger – oder als Genie dargestellt. Einige bezeichneten ihn als ruchlos, andere als arrogant, gerissen und kaltblütig. Die meisten jedoch stimmten darin überein, dass Kane brillant war – was immer man sonst noch über ihn sagen mochte.

Ein leises Pfeifen hinter der Tür brachte Cavan dazu, sich umzudrehen. Seine Neugier hatte inzwischen solche Formen angenommen, dass er sich enorm zusammenreißen musste, um den Mann, der das Zimmer betrat, nicht mit offenem Mund anzustarren. Das Nicken, das Kane ihm zur Begrüßung entbot, war weder herablassend noch schroff, sondern von einer gewissen steifen Höflichkeit – so als wollte er sich bewusst gutmütig geben, obwohl ihm wichtigere Dinge im Kopf herumgingen als dieses Bewerbungsgespräch.

Kane blieb einen Augenblick hinter dem Schreibtisch stehen und musterte Cavan mit einem Blick, der zu dunkel war, um irgendein Gefühl erkennen zu lassen. Er war jünger, als Cavan angesichts seines schillernden Rufes und des Einflusses, den er augenscheinlich ausübte, erwartete – vierzig mochte er sein, kaum mehr. Und sollte er tatsächlich der Gauner sein, als der er überall ausgegeben wurde, so stellte seine Erscheinung eine geschickte Tarnung dar. Während Cavan sich auf eine übergewichtige, aufgeschwemmte Figur mittleren Alters mit dem rosigen Gesicht eines an Ausschweifungen gewöhnten Mannes eingestellt hatte, war Jack Kane hochgewachsen und gutaussehend: ein dunkler, hagerer Typ, der kühle Eleganz ausstrahlte und das überlegen wirkende Äußere der Iren südländischen Einschlags an sich hatte.

Cavan, der mit seiner Größe von knapp einem Meter fünfundachtzig nur selten älteren Männern begegnete, die auf einer Augenhöhe mit ihm waren, entging nicht, dass Kane ihn noch um ein paar Zentimeter überragte. Unter dem anthrazitfarbenen Schnauzbart hatte Kane die typisch irischen langen Lippen. Sein dunkler Teint und das rabenschwarze Haar verrieten spanisches Blut in seiner Ahnenreihe, wie man es im Westen Irlands häufig fand.

Cavan hatte seine Schularbeiten gemacht, was den Mann anging, der hoffentlich sein Arbeitgeber werden würde. Er wusste, dass Kane, der seine Eltern verloren hatte, noch als Kind aus der Alten Welt rübergekommen war, zusammen mit einem jüngeren Bruder und einer Schwester. Wenn man den Gerüchten glaubte, hatte er es dank einer Mischung aus harter Arbeit, einer geradezu legendären Schläue und kühnem Mut, der Risiken einging, wie sie die meisten Männer scheuten, zu seinem heutigen Erfolg gebracht. Vor weniger als zwei Jahrzehnten noch hatte Jack Kane im Obergeschoss eines Hauses an der Chatham Street den Fußboden einer Druckerwerkstatt geschrubbt, bevor er zum Lehrling und schließlich zum Besitzer und Herausgeber einer der größten und einflussreichsten Zeitungen des Landes aufstieg. Manche wollten auch wissen, dass er eine politische Karriere vor sich hatte. Ungeachtet seiner jugendlichen Erscheinung war der Mann eine lebende Legende.

Cavan war darauf aus, der nächste Angestellte der Legende zu werden. Mittlerweile war es über eine Woche her, dass ihm das letzte Geld ausgegangen war, und seitdem hatte er nicht mehr zu sich genommen als ein paar steinharte Brotkrusten. Jetzt konnte er sich kaum noch auf den Füßen halten. Den letzten einer ganzen Reihe fragwürdiger Jobs hatte er vor fast zwei Wochen verloren, und seither hatte er sein Nachtlager im Park aufgeschlagen, unter den Zeitungsjungen und Lumpensammlern, mit alten Zeitungen als notdürftigem Windschutz.

Er war am Ende, und noch nie in seinem Leben hatte er etwas so sehr gewollt und gebraucht wie die Stellung bei Kanes Zeitung. Sie bedeutete nichts weniger als den Unterschied zwischen Umkommen und Überleben.

Doch als sich sein Blick mit den dunklen Augen Jack Kanes traf und ihnen standhielt, wurde seine Entschlossenheit, für dessen Blatt, den *Vanguard*, zu arbeiten, nicht allein durch seine verzweifelte Lage beflügelt. Nein, da gab es noch etwas anderes. Cavan hätte nicht einmal ansatzweise beschreiben können, was es war, aber instinktiv fühlte er, dass der Mann an der anderen Seite des Tisches die Macht in der Hand hielt, sein Leben von Grund auf zu verändern. Kane hatte ihm etwas zu bieten, das mehr war als zeitweilige Rettung vor Hunger und Erniedrigung.

Auf diesen Moment hatte er gehofft, darauf hingearbeitet und dafür gebetet – auf diese Weggabelung, die er sich in seinen Gedanken ausgemalt hatte, hatte er hingelebt, seit er ein kleiner Junge war. Und immer hatte er gewusst, dass er sie erkennen würde, wenn es so weit war.

Und jetzt, wo er nur die Hand danach auszustrecken brauchte, war ihm klar, dass er rasch und fest zugreifen musste, bevor seine Chance ihm entglitt.

* * *

Jack war seltsam berührt, ja ein wenig belustigt darüber, dass er sich einer peinlichen Musterung ausgesetzt sah, so als wäre er der Bewerber und nicht der Arbeitgeber.

Der Junge wusste, was er wollte, das sah man ihm auf den ersten Blick an.

Vom Fleck weg hatte der junge Mann sein Interesse erregt. Er war fast so groß wie Jack selbst, wobei die breiten Schultern seine Statur wohlproportioniert erscheinen ließen, obwohl alles an ihm eckig und kantig war. Genaugenommen sah er aus, als hätte er schon seit langem keine richtige Mahlzeit mehr zu sich genommen – falls er das überhaupt jemals hatte. Doch was Jack faszinierte, war das intelligente Funkeln in der Tiefe jener verblüffend blauen Augen.

„Mein Name ist Sheridan, Sir“, sagte der junge Mann unaufgefordert. „Cavan Sheridan.“

„Und woher kommst du, Cavan Sheridan?“, fragte Jack, während er einen Blick auf das Papier warf, das der Junge ihm entgegenstreckte. Die Handschrift darauf war erstaunlich leserlich.

„Von Pennsylvanien, Sir.“

Jack blickte auf. „Was in aller Welt suchst du dann in New York?“

Der Junge zuckte die Schultern und blieb eine Antwort schuldig.

„Bist auf der Flucht, oder?“, fragte Jack herausfordernd.

Die Frage ging dem anderen sichtlich gegen den Strich. „Nein, Sir!“, entgegnete er. „Nichts dergleichen.“

Sein Akzent war unverkennbar westlich: westirisch. Mit an Sicherheit grenzender Wahrscheinlichkeit stammte er von einer der Inseln. „Warum bist du dann von Pennsylvanien fort?“

„Um aus den Gruben wegzukommen.“ Seine Mundart wurde beträchtlich breiter. „In den Gruben hätte ich nicht bleiben können.“

Irgendetwas in Jacks Herz wurde weich – zu seiner eigenen Überraschung. Er wusste eine ganze Menge über die Bedingungen, unter denen die Minenarbeiter des Landes schuften mussten: In den Kohlegruben herrschten in aller Regel grauenhafte Verhältnisse. Sein Blick blieb an der dünnen Narbe hängen, die sich der Länge nach, von den Brauen bis hinunter zu dem vorgeschobenen, hageren Kiefer über Sheridans Gesicht zog. „Hast dich ‘n bisschen angeschlagen, oder?“

Der junge Mann nickte zögernd. „Es gab ein Schlagwetter. Hab mir die Schulter und das Schlüsselbein gebrochen. Aber aus den Gruben wär ich trotzdem auf jeden Fall fort.“

„Wie alt bist du, Junge?“

„Fast zwanzig, Sir.“

Das war mehr, als Jack gedacht hätte. Vielleicht lag es an der schlaksigen Gestalt oder den Sommersprossen auf der Nase, dass man Sheridan eher für einen Halbwüchsigen hielt. Oder kam es von diesen ungeheuer blauen Augen? In seinem Blick lag eine Spur von Verletzlichkeit, die nicht so recht zu dem harten Zug um den Mund und der Narbe passen wollte.

Jack nahm sich noch einen Moment Zeit, den Jüngling zu mustern, bevor er ihm bedeutete, Platz zu nehmen. „Wie lange hast du unter Tage gearbeitet?“, fragte er, während er sich hinter den Schreibtisch setzte.

Der Mund wurde schmal. „Seit ich fünfzehn war, Sir.“

„Das ist ein bisschen jung für einen solchen Ort.“

„Nicht unbedingt, Sir“, erwiderte Sheridan, ein,

zwei Sekunden zögernd, bevor er seine hagere Gestalt in den Stuhl sinken ließ, der vor Jacks Tisch stand. „Da gibt's massenweise Jungs, die schon einfahren, bevor sie zehn sind."

Jack lehnte sich zurück und verschränkte die Hände im Nacken. „Kann mir nicht vorstellen, dass man da viel vom Leben hat."

Sheridans Blick verdüsterte sich, und alle Jugendlichkeit und Verletzlichkeit schienen von ihm abzufallen. „Nein, Sir, hat man nicht. Eigentlich ist es überhaupt kein Leben."

Jack betrachtete ihn und sagte: „Du stammst von den Inseln." Es hörte sich mehr nach einer Feststellung als nach einer Frage an.

Sheridan stand die Überraschung ins Gesicht geschrieben. „Jawohl, Sir. Von der Großen Insel."

„Inishmore?"

Der Junge nickte.

„Wie lange bist du dort weg?"

„Ich war dreizehn, als ich rüberkam, Sir."

Jack war vierzehn gewesen. Damals hatte er sich für einen Mann gehalten. Jetzt erkannte er, wie ungemein jung er in Wirklichkeit gewesen war. „Also – wie lange bist du jetzt hier in New York?"

Sheridan hockte auf der Stuhlkante, die großen Hände über den Knien verknotet. Er wirkte steif; die Umgebung schien ihn einzuschüchtern, wie Jack bemerkte.

„Noch nicht lange, Sir. Ein paar Wochen alles in allem."

„Wo hast du dich aufgehalten?" Die Antwort hätte Jack ebenso gut selbst geben können. Er wusste nur zu gut, wo mittellose Einwanderer zu kampieren pflegten, wenn sie ohne Unterkunft waren. New York war für Arme eine brutale Stadt, schob sie in die übelsten Elendsquartiere oder gleich auf die offene Straße ab.

Der Junge sah zur Seite, unbehaglicher denn je. Irgendetwas stach Jack ins Herz. „Ich hab das alles auch hinter mir, Junge“, sagte er mit belegter Stimme. „Deshalb musst du dich nicht schämen.“

Sheridan atmete tief aus. „Ich werd mir schon ’ne Unterkunft suchen, sobald ich erst irgendwo ’nen Job habe.“

Jack nahm die Arme herunter, griff nach seiner Zigarrenkiste und zündete sich einen Stumpen an. „Ich würde gern wissen, was dich qualifiziert, mein Kutscher zu sein.“

Sheridan wischte sich die Hände an den Knien ab, erst die eine, dann die andere. „Die letzten zwei Jahre hab ich in den Gruben Kohlewagen gefahren, Sir. Ich bin ein guter Kutscher. Ich hab Kraft und kann gut mit Pferden umgehen.“

Jacks Blick glitt zu den Händen des jungen Mannes. Sie waren groß und rissig, und unter den Nägeln zeigte sich noch eine Andeutung von Kohlenstaub. So schlaksig er auch war, schien der Junge doch zupacken zu können, ja, man empfand an ihm so etwas wie gezügelte Kraft.

„Das ist natürlich nicht ganz dasselbe, wie wenn man einen Buggy kutschiert“, gab Jack zu bedenken.

Sheridan rutschte noch ein wenig weiter auf die Stuhlkante. „Ich kann mir schon denken, dass sich für diesen Job ganz schön viele Leute bei Ihnen bewerben, Mr Kane. Sie werden aber keinen finden, der sich besser eignen würde – glauben Sie mir.“ Er hielt inne. „Es ist auch kein Schade, mich in der Nähe zu haben, wenn es mal Probleme gibt.“

„Nun mal halblang – ich brauche keinen Leibwächter, Junge. Ich suche einen Kutscher.“ Unwillkürlich verfiel Jack in die heimische Mundart. Das geschah immer wieder mal, und nichts war so geeignet, es auszulösen, wie eine Gemütsaufwallung oder ein Junge, der gerade von drüben kam, so wie dieser hier.

„Trotzdem bin ich der Beste, den Sie kriegen können."

„Du bist ganz schön selbstsicher, was? Aber das geht in Ordnung. Schadet nichts, solang's nur heiße Luft ist." Jack sah ihn einen langen Augenblick an. „Jetzt sag mir die Wahrheit, Junge: Läufst du vor dem Arm des Gesetzes davon? Ich find's sowieso raus, also lüg mich nicht an. Ich will mir keine Probleme anlachen – die hab ich auch ohne dich."

Sheridans Kopfschütteln war von überzeugender Vehemenz. „Ich bin in keinerlei Schwierigkeiten und werde Ihnen keine einbringen, Mr Kane. Alles, was ich will, ist 'ne ehrliche Stellung bei fairem Lohn."

„Trinkst du?"

Erneutes Kopfschütteln. „Nein, Sir. Da weiß ich mein Geld besser loszuwerden."

„Der Fluch unseres Volkes", murmelte Jack, mehr zu sich selbst als an Sheridan gerichtet. Er war bitterböse darüber, dass man maßlos zu übertreiben pflegte, wenn es um die Trinkgewohnheiten seiner Landsleute ging, und kam doch nicht umhin anzuerkennen, dass die Karikaturen nicht völlig an der Wahrheit vorbeigingen. Viele Iren tranken tatsächlich bis zum Umfallen, das ließ sich nicht leugnen. Sie tranken, um ihre Sorgen und Probleme zu ersäufen, offenkundig blind gegenüber der Tatsache, dass sie sich so umso mehr Leid einhandelten – sich und denen, die sie liebten.

Jack hielt den Whisky für ein Ungeheuer: ein Ungeheuer, das Seele und Leib gleichermaßen aufzehrt. Deswegen hatte er seit über zwanzig Jahren kein Glas von dem Fusel mehr angerührt und würde niemals einen Mann einstellen, der es nicht lassen konnte, einen über den Durst zu trinken. Ein Kerl, der seine Begierden nicht unter Kontrolle hatte, worin auch immer diese bestehen mochten, auf den konnte man sich auch nicht als Mitarbeiter verlassen. Das war seine Überzeugung.

Er sah Sheridan an. „Ich zahle vier Dollar die Woche."

Eigentlich hatte er nur drei bieten wollen, aber der hagere Jüngling, der da vor ihm saß, hatte irgendetwas an sich, was ihn dazu brachte, großzügiger zu sein. „Ich erwarte von dir, dass du entweder hier auf dem Grundstück Quartier nimmst oder aber allabendlich so lange dableibst, wie du gebraucht wirst. Normalerweise wird es nicht sehr spät werden, aber gelegentlich kann es auch nach Mitternacht sein. Essen könntest du hier in der Küche, solange du dich ranhältst und der Köchin keine Unannehmlichkeiten machst."

„Ich könnte hier wohnen?"

Jack bemerkte die aufflammende Begeisterung und nickte. „Über den Ställen gibt es ein bequemes Zimmer. Das könntest du haben, wenn du willst. Mein jetziger Stallbursche, der mir auch weiterhin im Haus zur Hand gehen wird, wohnt anderswo für sich allein."

„Also bieten Sie mir den Job an, Sir?"

Der Eifer, der Hunger in seinen Augen war unverkennbar: nicht bloß Hunger auf eine anständige Mahlzeit – wiewohl das auch, kein Zweifel –, sondern Hunger nach einer Gelegenheit, um nicht zu sagen schierer Hunger nach Hoffnung.

„Rede offen mit mir, Junge", sagte er mit Nachdruck, während er mit einer geübten Bewegung die Zigarre vom einen Mundwinkel in den anderen schob. „Gibt es noch irgendwas sonst, was ich über dich wissen sollte? Irgendeinen Grund, aus dem ich dich nicht anstellen sollte?“

Sheridan schien sorgfältig über die Frage nachzudenken. Als er schließlich antwortete, war Jack überrascht. „Ich bin nicht mehr in der Kirche“, sagte er.

Was auch immer Jack erwartet hatte – das ganz bestimmt nicht. „Ach?“, sagte er ruhig.

Der Junge nickte. „Ich konnt's nicht vertragen, wie die Priester mit den Bergleuten umgesprungen sind. Es gab einige Männer, die gegen die fürchterlichen Bedingungen in den Gruben protestieren wollten, wie die Besitzer die Arbeiter ausbeuteten. Wie Maulesel haben sie uns geschunden! Morgens lange vor Sonnenaufgang mussten wir anfangen, und wenn Feierabend war, war es längst wieder dunkel. Wenn du dich nur mal beklagt hast, drohten sie dir schon mit Entlassung, und den Lohn haben sie uns auch geraubt: Wenn man sein Geld abholen wollte, haben sie oft so viel an 'Auslagen' abgezogen, dass am Ende unsereiner *der Firma* was schuldig war. Nach der ganzen Knochenarbeit gingen die Leute dann mit leeren Händen heim zu ihren Familien!“

Unübersehbar war die hemmungslose Wut des Jungen, als er weitersprach. „Doch als die Männer schließlich anfingen zu protestieren, wollten die Priester nichts davon wissen. Titulierten diejenigen, die den Mund aufmachten, als ‚Unruhestifter‘ und hielten ihnen vor der ganzen Gemeinde eine Standpauke, die sich gewaschen hatte!“

„Gehe ich recht in der Annahme, dass nicht alle diese Proteste rein friedlicher Natur waren?“, sondierte Jack.

Sheridan zögerte mit der Antwort, aber als er sprach, spürte Jack, dass er die Wahrheit sagte. „Na ja, ein paar Männer gingen schon zu etwas ... handgreiflicheren Argumenten über, und es kam zu Tätlichkeiten gegen

Firmeneigentum, also die Büros. Verletzt wurde keiner, aber die Priester machte das verrückt. Sie ließen die Namen der beteiligten Männer in aller Öffentlichkeit abkündigen, stellten sie an den Pranger, ja denunzierten sie."

„Du würdest doch wohl nicht von einem Priester erwarten, dass er Gewalt gutheißt", warf Jack ein.

„Nein, das nicht. Das tue ich auch nicht. Aber die Art, wie sich die Priester auf diese Männer einschossen, war nicht richtig. Sie taten, was sie konnten, um ihre eigenen Leute zu demoralisieren." Er hielt inne. „Jedenfalls kam es mir so vor."

„Also hast du mit der Kirche gebrochen", sagte Jack rasch.

„Jawohl. Wie gesagt, ich bin nicht für Gewalt, Mr Kane, ganz bestimmt nicht. Aber ich war lange genug in den Gruben, um mit eigenen Augen zu sehen, wieso die Männer verzweifelt sind, warum sie sich gezwungen sehen, um ihre Rechte zu kämpfen. Sie können sich nicht vorstellen, wie das ist, wenn man sich tagein, tagaus unter Tage schindet: die Dunkelheit, der Staub, niemals das Tageslicht zu sehen – so ähnlich, stell ich mir vor, muss die Hölle sein."

Er verstummte und seufzte lautlos. Es war, als hätte die Erinnerung seine Worte erstickt. Als er endlich weitersprach, war seine Stimme so leise, dass Jack sich vorbeugen musste, um ihn zu verstehen. „Verstehen Sie, Sir, ich habe nicht *Gott* den Laufpass gegeben – obwohl die Priester mir natürlich genau das unterstellen würden. Mir für meinen Teil scheint, dass man für die jämmerlichen Zustände in den Kohlegruben, für das Leiden der Männer und ihrer Familien, nicht Gott verantwortlich machen kann. Menschen sind's und nicht Gott, die sich für diese Ungerechtigkeit verantworten müssen. Ich hab's nicht mehr ausgehalten, dazusitzen und mir das Gerede der Priester über die Sklaverei der Sünde anzuhören, während sie vor anderer Sklaverei die Augen verschlossen. Die meisten Bergleute haben getan, was sie taten, weil sie auf bessere Lebensbedingungen für ihre Frauen und Kinder hofften. Ich hätte es richtig gefunden, wenn die Priester sich bemüht hätten, den Männern unter die Arme zu greifen, statt sie zu demütigen und zu verdammen."

Jack musterte den Jungen noch einen Augenblick und stand dann vom Tisch auf. Eilig tat Sheridan es ihm gleich. „Also gibt es nichts weiter?", fragte Jack. „Nur diese Sache mit der Kirche?"

„Sonst gibt es nichts, Sir, und das ist die Wahrheit."

„Also schön. Wie du mit deiner Religion umgehst, ist deine eigene Sache, Sheridan. Jeder wird dir bestätigen, dass ich absolut nicht der Richtige bin, um geistliche Ratschläge zu erteilen." Er ging um den Tisch. „Wir werden's einen Monat miteinander probieren, um zu sehen, wie's läuft. Ich warne dich: Ich habe häufig unvorhergesehene Termine, und ich erwarte, dass du jederzeit innerhalb weniger Minuten reisefertig bist, ohne dass ich Klagen höre."

„Mich werden Sie nicht murren hören, das verspreche ich, Sir." Mit irgendetwas schien der Junge sich herumzuschlagen. Schließlich sagte er: „Mr Kane? Vielleicht gibt es doch noch eine Sache mehr, die ich erwähnen sollte."

Also steckte der Junge doch in Schwierigkeiten. In Jack stieg Enttäuschung auf, unbegründeterweise vielleicht, aber Sheridans unübersehbare Intelligenz, sein Eifer und seine geradlinige Art hatten ihn eben beeindruckt. Mit zusammengepressten Lippen wartete er, bis der Junge weitersprach.

„Ich denke, ich sollte ehrlich mit Ihnen sein, Sir." Der Jüngling knetete seine Mütze zwischen den Händen. „So dankbar ich auch für die Stellung bin, die Sie mir geben – es ist nicht die Art von Beschäftigung, die ich mein Leben lang ausüben möchte."

„Und was genau soll das heißen?", grummelte Jack über seinen Stumpen hinweg.

„Ich meine, Sir, dass ich hoffe, irgendwann eine Stelle direkt bei der Zeitung zu kriegen. *Ihrer* Zeitung natürlich", fügte er rasch hinzu. „Und selbstverständlich, wenn ich mehr an Voraussetzungen mitbringe."

Jack blickte finster. „Das solltest du mir genauer erklären. Wenn du eine Stelle bei der Zeitung wolltest, warum hast du dich dann nicht im Kontor des *Vanguard* beworben?"

Sheridans Züge wurden hart. „Das habe ich, Sir. Aber man sagte mir, für meinesgleichen gebe es dort keinen Platz, wo ich doch weder die Bildung noch die Erfahrung habe, die nötig ist. Ihr Angestellter hat mich noch nicht mal in sein Büro gelassen. Sagte, ich wär zu jung, zu schäbig und zu dumm."

Jack musste ein Lächeln unterdrücken. Walter Goff war noch nie ein Mann gewesen, der seine Worte auf die Goldwaage legte. „Ohne Frage hatte er recht", versetzte er spöttisch. „Du hast dir also gedacht, du könntest dir mein Wohlwollen erschleichen, indem du als Kutscher anheuerst und dir dann eine Stelle bei der Zeitung herausschindest?" Obwohl er seine Stimme absichtlich rauer klingen ließ, sah er den Jungen mit wachsendem Interesse an. „Wie kommst du denn darauf, bei einer Zeitung arbeiten zu wollen?"

„Nicht bei irgendeiner Zeitung, Sir", stellte Sheridan richtig. „Bei Ihrer Zeitung, dem *Vanguard*. Sie ist mit Abstand die beste."

„Nun, ich danke Ihnen sehr für Ihr Vertrauensvotum, Mr Sheridan", sagte Jack trocken. „Aber das ist keine Antwort auf meine Frage."

Der junge Mann schien seine Antwort äußerst sorgfältig zu formulieren. Und wieder war es eine überraschende Erwiderung – und offensichtlich eine, die aus tiefsitzender Überzeugung erwuchs.

„Die meisten Männer scheinen zu glauben, Macht habe mit Kanonen, mit Reichtum oder mit Politik zu tun", sagte Sheridan. Sein Tonfall war gepflegt, sein Ausdruck nachdenklich – und doch spürte Jack die Leidenschaft, die hinter seinen Worten stand. „Mich dagegen dünkt, die wahre Macht über ein Volk – über ein ganzes Land, wenn Sie so wollen – steckt in dem, was die Leute lesen: Bücher. Die Presse. Das sind die Dinge, die das Denken der Menschen verändern ... und sogar ihr Leben. Wenn es jemanden gibt, der mich verstehen müsste, sind Sie das doch, Mr Kane. Sie und Ihre Zeitung, Sie können die Menschen dazu bringen, die Dinge so zu sehen, wie Sie wollen, dass sie sie sehen, ja sogar so zu handeln, wie Sie es wollen. Das, scheint mir, ist wirkliche Macht und das Einzige, wonach es sich zu streben lohnt."

Jack atmete tief aus. Was Sheridan sagte, war die Wahrheit, wie er selbst sie nicht besser hätte ausdrücken können, obwohl er die Dinge eigentlich nie von dieser Seite gesehen hatte. Aus irgendeinem Grund machte Sheridans Erkenntnis ihn einerseits neugierig auf mehr, während ihn andererseits ein unbehagliches Gefühl beschlich. „Das also ist es, was du erreichen willst, Cavan Sheridan, stimmt's? Um Macht ist es dir zu tun? Zu welchem Zweck willst du dir diese Macht aneignen, wenn du mir diese Frage erlaubst?"

In den blauen Augen flackerte nichts. „Ich will sie eigentlich nicht für mich selbst, Sir. Jedenfalls nicht nur."

*In der Tat*, dachte Jack. In diesem Jungen steckte mehr als billige Selbstsucht. Weitaus mehr – darauf würde er wetten.

„Wofür dann?“ Er konnte nicht anders, als den Dingen noch etwas tiefer auf den Grund zu gehen.

Zum ersten Mal, seit sie sich begegnet waren, lächelte der junge Sheridan. Es war ein eigentümliches Lächeln, und obwohl es das ansehnliche, aber harte Gesicht ein wenig entspannte, war es noch viel zu grimmig für einen jungen Mann von Sheridans Jahren. Den gehetzten Ausdruck seiner Augen, Zeichen langgehegter, unbewältigter Sorge, konnte es nicht verdrängen, ebenso wenig wie das, was Jack, wenn er sich nicht allzu sehr täuschte, noch wahrzunehmen meinte: einen zwar gedämpften, aber immer spürbaren Zorn.

„Für unser Volk“, sagte Sheridan leise.

„Aha, für unser Volk“, äffte Jack nach, während er die Zigarre ausdrückte, unfähig, den Sarkasmus in seiner Stimme zu unterdrücken. „Auf welcher Seite des Ozeans denn, wenn ich fragen darf?“

Cavan Sheridan sah ihn mit festem, merkwürdig beunruhigendem Blick an. Dann sagte er gedehnt: „Mir will scheinen, für die Iren liegen die Dinge auf beiden Seiten des Ozeans so ziemlich gleich. Sind Sie nicht auch der Meinung, Mr Kane?“

Darauf sagte Jack nichts mehr, außer dass er Cavan Sheridan bedeutete, er sei eingestellt und könne sich unverzüglich an seine Arbeit machen.

Er streckte die Hand aus, um ihre Abmachung per Handschlag zu besiegeln, und war eigenartig berührt, als sein neuer Angestellter wie aus alter Gewohnheit seine Hand verstohlen an der Hosennaht abwischte, bevor er einschlug.

# 8. Zu lange getrennt

*Bitter ist deine Not – und ich bin fern von dir.*
Dora Sigerson Shorter

Eine Woche später saß Cavan in der Küche des Kane 'schen Anwesens beim Frühstück und hörte dem morgendlichen Klönschnack zwischen Mrs Flynn, der Köchin, und Nancy Lynch, der jungen irischen Hausmagd, zu.

Letztere war von kecker Natur: drall und nicht hässlich mit ihren fröhlichen Augen, gesunder Farbe und den glänzenden kastanienbraunen Locken, die sich jeder Bändigung durch eine Haube widersetzten. Von Cavans erstem Tag im Hause an hatte das Mädchen zu erkennen gegeben, dass sie eventuellen Absichten seinerseits keineswegs abgeneigt wäre – allein, Cavan war nicht interessiert. Nicht weil das Mädchen ein wenig zu derb für seinen Geschmack war, es standen wichtigere Dinge auf seiner Tagesordnung, als mit den Hausmägden anzubändeln.

Außerdem hatte Jack Kane all seine Bediensteten wissen lassen, dass er derlei Techtelmechtel zwischen Mitgliedern des Personals nicht dulden werde, und Cavan hatte nicht die geringste Absicht, es sich von vornherein mit seinem Brötchengeber zu verderben. Dafür war diese Stellung zu wichtig für ihn. Und so ließ er sich zwar die Koketterie des Hausmädchens gutgelaunt gefallen, vermied aber seinerseits alles, was sie als Ermunterung hätte auffassen können. Allerdings hatte es den Anschein, dass das Mädchen sich trotz seiner Distanziertheit nicht so leicht entmutigen ließ. Auch heute Morgen hatte sie bereits ein ausgiebiges Auge auf ihn geworfen, während sie sich alle Zeit der Welt ließ, die Teedeckchen und Servietten des Vortags für die Wäsche vorzubereiten.

Cavan war sich ihrer eindringlichen Blicke sehr wohl bewusst und gab sich, während er über seiner Hafergrütze saß und auf dem Bratenteller herumstocherte, den Mrs Flynn ihm vorgesetzt hatte, alle Mühe, ihnen auszuweichen. Eine gute Köchin, diese Mrs Flynn, und sie schien von Anfang an Gefallen an Cavan gefunden zu haben. Jeden Morgen fand er, wenn er ins Haus kam, ein üppiges Frühstück vor.

„Also, Mr Sheridan, wie kommen Sie denn nun in Ihrer neuen Stellung mit Black Jack zurecht?", fragte Nancy Lynch, ohne die Augen von Cavan zu wenden, während sie die Leintücher in den Wäschekorb stopfte.

„Mädchen, lass dieses Geschwätz sein!" Verstohlen sah Mrs Flynn sich in der Küche um, als würde sie jeden Augenblick damit rechnen, dass der Hausherr aus einer der schummrigen Ecken hervortreten würde. „Und hör damit auf, diesen vulgären Spitznamen in den Mund zu nehmen! Für dich und für uns alle ist und bleibt er ‚Mr Kane'."

„Als wenn er nicht genau wüsste, wie ihn die Leute hinter seinem Rücken nennen", sagte das Mädchen schulterzuckend und schenkte Cavan ein rasches Lächeln, während sie ein weiteres Tuch in den Wäschekorb beförderte.

„Wissen und Mögen sind zwei Paar Schuhe, verstehen wir uns? Du tätest gut daran, Fräulein, deine Zunge etwas im Zaum zu halten, wenn dir an deiner Stellung hier im Haus gelegen ist."

Die Magd rümpfte die Nase. „Eigentlich hab ich ja gar nicht mit Ihnen geredet, oder sehen Sie das anders?“ Ein weiterer Blick aus dem Augenwinkel in Cavans Richtung. „Also, womit hält *Mr Kane* Sie beschäftigt, wenn Sie ihn nicht gerade in der Stadt spazieren fahren oder die Ställe ausmisten?“

Cavan legte behutsam den Löffel neben seine Schüssel und antwortete dann: „Ich hab genug damit zu tun, mich um die Pferde zu kümmern und ein bisschen Mädchen für alles bei der Zeitung zu sein.“

„Nach dem Holzstapel hinten im Hof zu urteilen“, warf Mrs Flynn ein, „haben Sie auch eifrig die Axt geschwungen. Heute wird uns das bestimmt zugute kommen – draußen ist es bitterkalt. Ich wette drauf, dass es zum Abend wieder Schnee gibt.“

„Ich hol gern mehr Holz rein, wenn Sie wollen“, bot Cavan an, während er vom Tisch aufstand. „Es ist noch Zeit genug, bevor wir ins Büro fahren.“

Die gutmütige Köchin hob abwehrend die Hand und schob eine lose graue Haarsträhne unter ihre Haube zurück. Ihr Gesicht widerspiegelte das Flackern des Herdfeuers, und obwohl es noch früh am Tag war, begann ihre wohlgestärkte Schürze bereits schlaff zu werden. „Nein, nein, wir haben bis zum späten Abend mehr als genug. Aber was ist das denn, Cavan Sheridan, Sie haben ja fast nichts gegessen!“ Damit schob sie noch einen Teller in Butter gebackener Kekse in seine Reichweite.

Cavans Appetitlosigkeit war nichts Neues. Er hatte gedacht, es werde ihm eine Labsal sein, sich zweimal täglich an der reichhaltigen Kost des Kane'schen Haushalts gütlich zu tun, nachdem er so lange auf anständiges Essen hatte verzichten müssen. Doch hatte Cavan sich bisher nicht so recht dazu bringen können, sich der vielfältigen Küche Mrs Flynns zu erfreuen. Zu oft kam ihm bei all den Leckerbissen das bittere Bild seiner Mutter und seiner Schwestern in den Sinn, die man in die Kälte hinausgeworfen und hungrig und obdachlos an der Küste hatte umkommen lassen. Dann lag ihm Mrs Flynns Essen genauso trocken auf der Zunge wie die vielen geschmacklosen Getreidekörner früher.

Im nächsten Augenblick kündigte ein melodisches Pfeifen vom Flur her den Auftritt ihres Herrn und Meisters an. Bei Jack Kanes Eintreten in die Küche kam es Cavan so vor, als träte der Mann nicht einfach in einen Raum hinein, sondern *erscheine* in ihm. Kanes Bewegungen waren von der geräuschlosen, behänden Geschmeidigkeit einer Wildkatze. Oft merkte man gar nicht, wenn er sich einem näherte, wäre da nicht sein leises, gekonntes Pfeifen.

Er hatte bereits seinen feingeschnittenen schwarzen Mantel angelegt und sah wie immer flott und munter aus. „Sobald du mit dem Frühstück fertig bist, Junge, brechen wir auf. Ich muss heut' Morgen ein bisschen eher da sein."

Cavan hatte sich bereits erhoben. „Die Kutsche ist bereit, Sir."

Nancy Lynch schlüpfte hinter Kanes Rücken aus dem Raum, nicht ohne Cavan noch einen letzten Blick zuzuwerfen. Mrs Flynn, die am Spülstein stand, drehte sich um und wischte sich die Hände an der Schürze ab. „Haben Sie inzwischen irgendwas von Mr Brady gehört, Sir?"

Kanes Gesicht verdüsterte sich. „Ich fürchte, nein. Ich denke, sobald das Wetter aufklart, werde ich einen Mann rüberschicken, der nachsieht, was aus ihm geworden ist."

Mrs Flynn knetete mit roten, rauen Arbeitshänden ihre Schürze. „Gewiss ist er vollkommen wohlauf, Sir. Um Mr Brady zu besiegen, braucht's mehr als 'nen ollen Orkan!"

Kanes Lächeln kehrte zurück, aber es sah ein wenig

gezwungen aus. „Sie haben recht, Mary. Aber mir wär doch wohler, wenn ich wüsste, wo er steckt."

Cavan wartete unterm Portal auf Kane, der sich noch rasch eine weiße Nelke aus einer Vase schnappte und in seinen Aufschlag steckte. Als sie im Freien waren, schien sein Chef einer Unterhaltung nicht abgeneigt, was längst nicht immer der Fall war: An den meisten Morgen zeigte sich Kane recht wortkarg, bis sie das Kontor des *Vanguard* erreichten.

Heute indessen bombardierte er Cavan mit Fragen. „Du sagtest, du hättest noch Angehörige in Irland – eine Schwester, war es nicht so?"

Cavan nickte, aber es schnürte ihm die Kehle zu. „Ja, Sir, meine Schwester Terese."

„Seid ihr nur zu zweit?"

„So verhält es sich, Sir. Terese hat die letzte Zeit bei ihrer Tante gelebt, aber ich hoffe, sie bald rüberholen zu können."

Sie gingen über den Hof. In der Nacht war etwas Eisregen gefallen, und der Boden war gefroren und rutschig. Cavan zog mehrmals seine schmerzende Schulter hoch, um sich der Kälte zu erwehren; jedes Mal wenn es kalt wurde, schien es mit den Schmerzen, die er von seiner Verletzung übrigbehalten hatte, schlimmer zu werden.

Er spürte den Blick seines Arbeitgebers auf sich ruhen, so als erwartete der andere noch weitere Auskünfte von ihm. Nach einer Weile begann Kane erneut zu sprechen. „Ich nehme an, du hast noch nichts davon gehört, wie es deiner Schwester bei dem Sturm ergangen ist?", fragte er, während er seinen Schritt verlangsamte, da sie fast die Kutsche erreicht hatten.

Cavan war stehen geblieben und sah ihn an.

Kane runzelte die Stirn. „Oh, tut mir leid. Ich dachte, du wüsstest davon oder ich hätte es schon mal erwähnt: scheint, als ob es 'nen üblen Orkan gegeben hat. Nach allem, was man hört, würde ich sagen, es muss ein richtiggehender Hurrikan gewesen sein."

„Wann – wann genau war das, Sir?"

Kane strich seine Handschuhe glatt. „Gleich Anfang Januar, am Epiphaniassonntag. Ist über den größten Teil Irlands hinweggegangen, wie man hört, und hat das ganze Land verwüstet. Fürchterliche Verheerungen: entwurzelte Bäume, umgeworfene Häuser, Brände ..." Er unterbrach sich und fügte dann hinzu: „Ich fürchte, die Berichte lassen erkennen, dass sehr viele Leute umgekommen sind oder vermisst werden." Er hielt inne. „Du hast keinerlei Nachricht von deiner Schwester?"

Cavan schüttelte den Kopf. Er fror plötzlich, und der Schmerz in seiner Schulter nahm weiter zu. „Ich hab ihr geschrieben, wo ich jetzt stecke, aber das ist erst ein paar Tage her. Den letzten Brief von ihr hab ich bekommen, bevor ich aus Pennsylvanien weg bin."

„Wie alt ist sie, deine Schwester?"

Cavan musste nachdenken. „Sie muss jetzt fast siebzehn sein, denke ich." Er schluckte. Als er und Dad aus Irland fort waren, war Terese noch nicht mal elf gewesen. „Wissen Sie, Sir – hat dieser Sturm auch die Inseln betroffen, Inishmore und die anderen?"

Kane nickte, und aus seinem Blick sprach Mitgefühl. „Ich fürchte, ja." Er bestieg die Kutsche und fuhr fort: „Wie ich zu Mrs Flynn sagte, werde ich einen Mann rüberschicken, um nach meinem Bruder zu sehen, sobald sich das Wetter bessert. Wenn du willst, können wir ihn einen Abstecher auf die Inseln machen lassen, um sich auch nach deiner Schwester zu erkundigen."

„Das ist sehr freundlich von Ihnen, Sir", sagte Cavan. „Natürlich wäre mir das sehr recht."

„Also schön, aber das kann noch ein paar Wochen

dauern. Vielleicht hörst du ja bis dahin schon was von ihr."

Damit verschwand Kanes Kopf im Inneren der Kutsche, und Cavan stieg auf den Bock und versuchte nicht an Terese zu denken, wie sie in dem fürchterlichen Sturm völlig auf sich allein gestellt gewesen war. Natürlich wusste er, dass sie kein Kind mehr war, und doch konnte er sie sich nur als solches vorstellen.

Das Bild von ihr, wie sie ihnen damals am Abschiedstag im Hafen nachgesehen hatte, als er und Dad gen Amerika aufgebrochen waren, hatte sich für alle Zeit in sein Gedächtnis eingebrannt. In seinen Vorstellungen war sie seitdem nicht älter geworden, sondern das dünne, linkische kleine Mädchen mit dem ungebändigten Haar und den roten, geschwollenen Augen geblieben – rot und geschwollen vom vielen Weinen um ihn und ihren Vater.

An ihn geklammert hatte sie sich, die Arme so fest um ihn geschlungen, als könnte sie ihn damit für alle Zeit an sich binden. „Nehmt uns doch mit! Bitte, Cavan! Du darfst uns nicht hier zurücklassen! Wir wollen auch mit!"

An jenem Tag hatten sie ein Versprechen gegeben, er und Dad. Sie hatten gelobt, bald schon Geld zu schicken, damit die anderen nachkommen konnten. Es würde überhaupt nicht lange dauern, bis sie alle wieder vereint sind. „Sobald wir beide Arbeit gefunden haben, kümmern wir uns um 'ne Wohnung – vielleicht sogar ein ganzes Haus. Die Zeit wird vorüber sein, bevor ihr's noch richtig gewahr werdet – wirst sehen."

Merkwürdig still, mit dem Baby Mada im Arm, hatte ihre Mutter danebengestanden, während Honor, das älteste der Mädchen, sich in der Nähe herumtrieb.

Terese wollte Cavan um nichts in der Welt loslassen, sondern bettelte immerfort, er solle nicht ohne sie und die anderen gehen. Schließlich hatte Cavan sie regelrecht von sich stoßen und aufs Schiff rennen müssen, wobei er achtgab, dass der Vater sein Schluchzen nicht bemerkte.

Selbst heute noch brannten ihm nichtvergossene Tränen in den Augen, wenn er an jenen Tag dachte, Tränen der Trauer – und der Schuld. Sie hatten sich nicht richtig verhalten, er und Dad. Hatten seine Mutter und die kleinen Schwestern verraten – und das Baby. Alle waren sie tot, sie und Dad auch. Niemand war übriggeblieben außer Terese und ihm.

Und jetzt, nach diesem Sturm – wer weiß, ob er sie nicht auch verloren hatte?

Er versuchte sich Mut zu machen, indem er sich sagte, Terese sei immer stark gewesen. Von klein auf hatte sie ungewöhnlich starke Nerven und einen eisernen Willen bewiesen. Ja, sie war stets die Gewitzteste und Einfallsreichste von ihnen allen gewesen: leidenschaftlich, klug und entschlossen, dass es ihre Mutter so manches Mal schier zur Verzweiflung getrieben hatte. Terese ging es sicher gut. Sie konnte auf sich selber aufpassen. Und außerdem war sie ja schließlich nicht völlig allein: Sie hatte Tante Una und Onkel Felim.

Das war allerdings ein fragwürdiger Trost. Aber Terese würde es schaffen, versicherte er sich. Keine Frage, dass es ihr gut ging.

Dennoch verbrachte er den Rest der Fahrt damit, für seine Schwester zu beten, dass Gott sie bewahre bis zu dem Tag, an dem er sie endlich rüberholen konnte. Und er erflehte – und das nicht zum ersten Mal – Gottes Vergebung dafür, dass er sie daheim zurückgelassen hatte.

* * *

Wie es seine Gewohnheit war, benutzte Jack Kane die morgendliche Fahrt ins Büro dazu, eine Reihe konkurrierender Zeitungen sorgfältig durchzusehen. Im Augenblick lag der *Herald* aufgeschlagen in seinem Schoß, aber sein Versuch, Bennetts jüngsten sensationsheischenden Erguss zu studieren, war nur halbherzig. Irgendwie kam er mit den Gedanken nicht von Cavan Sheridan los.

Oft genug in seinem Leben war Jack mit Schuld konfrontiert worden, um sie bei seinem jungen Kutscher nicht zu übersehen. Sheridans Gesichtsausdruck, als er von dem Sturm hörte, war eindeutig von Schrecken gezeichnet gewesen, durchsetzt mit Angst – und Schuldgefühlen.

Bestimmt hatte der Junge, so wie Tausende andere männliche Iren auch, das Land mit der Absicht und in der Erwartung verlassen, den Rest seiner Familie binnen Monaten – wenn es hochkam – in die Neue Welt nachzuholen. Und wie so oft waren aus den Monaten Jahre geworden, und immer noch war nicht genug Geld da, um den anderen die Überfahrt zu ermöglichen.

Der junge Sheridan sprach wenig von sich selbst. Nur ein einziges Mal hatte er seine Eltern und zwei jüngere Schwestern erwähnt, die alle nicht mehr am Leben waren. Und ihr Gespräch heute Morgen war erst die zweite Gelegenheit gewesen, bei der er seine überlebende Schwester erwähnte. Jack hielt es für sehr wahrscheinlich, dass er sich selbst die Schuld dafür zuschrieb, dass er seiner Familie nicht hatte helfen können.

Er legte den *Herald* beiseite, rückte mit den Füßen näher an die heißen Steine heran, die als Heizung dienten, und zog den Vorhang am Fenster ein wenig dichter zu, um die frühmorgendliche Kälte draußen zu halten. Sicher, er wusste nichts über die näheren Umstände, aber irgendetwas sagte ihm, dass sein neuer Kutscher zu dem Schlag Männer gehörte, der zu extremer Härte gegen sich selbst neigte. Er schien ein äußerst waches Gewissen und ein ebenso empfindsames Gemüt zu besitzen.

Falls Sheridan Humor hatte – und Jack glaubte, dass dem so war –, ließ er sich in Gegenwart seines Arbeitgebers nichts davon anmerken. Er legte in allem eine nüchterne, ernsthafte Art an den Tag, was Jack vermuten ließ, der Junge quäle sich mit Dingen herum, die tatsächlich außerhalb seiner Möglichkeiten lagen.

Es war schon merkwürdig, wie unterschiedlich sich Männer verhalten konnten, wenn sie die Kontrolle über ihre Lebensumstände einbüßten. Mehr als einmal war er Zeuge dessen geworden. Bei manchen trat eine wilde Entschlossenheit zutage, eine Zielstrebigkeit, bei der es schließlich nur noch Gewinnen oder Untergehen gab. Andere ließen sich von Schuldgefühlen zerfressen, dass sie am Ende jeden Realitätssinn verloren. Diese Leute kamen häufig dahin, viel weniger von sich zu halten, als sie wirklich waren. Einigen gelang es, die Schuld gänzlich abzuschütteln, sei es durch ihren Glauben oder dank schierer Willenskraft. Andere hingegen ließen sich am Ende von ihr zerstören.

Er kannte den jungen Sheridan nicht gut genug, um zu vermuten, welche Sorte Mann aus ihm werden würde. New York würde es ihm nicht leicht machen: Die Stadt empfing keinen Einwanderer freundlich, schon gar keinen irischen. Die Auseinandersetzungen, die mit an Sicherheit grenzender Wahrscheinlichkeit auf ihn zukamen, würden ihn gewaltig herausfordern. Wenn man diese in Rechnung stellte und hinzuaddierte, was auch immer sonst noch an ihm nagen mochte – wer vermochte vorauszusagen, ob das Streben des Jungen vom Erfolg gekrönt sein würde oder zum Scheitern verurteilt war?

Jack ertappte sich bei der Hoffnung, sein schweigsamer junger Kutscher mit dem verletzten Blick würde die Dämonen, die ihn peinigten, in den Griff bekommen – was auch immer diese Quälgeister sein mochten. Zwar war Cavan Sheridan erst eine Woche bei ihm in Stellung, aber Jack entwickelte bereits Zuneigung zu dem jungen Mann, um nicht zu sagen eine gewisse Achtung. Er gönnte dem Jungen ein Leben, das nicht von Schuld- und Reuegefühlen überlagert war – wusste er doch zu gut, was ein solches Leben aus einem Mann machen konnte.

# 9. Wenn man eine Diebin fängt

*Der Zeiten Ende ist nah gekommen,*
*es welkt die Welt, erschöpft und alt,*
*der Menschen Herzen sind eisig kalt.*
Aus der *Prophetie des Heiligen Brendan,*
frühes 17. Jahrhundert

*Claddagh, Westirland, im März*

In den frühen Morgenstunden war Claddagh von undurchdringlichem Nebel eingehüllt, der tief über den engen Gassen des Viertels hing. Seine klauengleichen Finger krümmten sich zwischen den Häusern hindurch, als lauerten sie darauf, arglose Seelen zu einem todbringenden Stelldichein zu verführen.

Einen Korb mit gestohlenem Brot umklammernd, stand Terese Sheridan zitternd unter einem Hausportal und erwog ihre Chancen, auszubrechen und loszurennen, ohne erwischt zu werden. Bei den Gerüchen, die vom Fischmarkt am Fluss herüberwaberten, drehte sich ihr der Magen um. Während sie mit den Augen den Marktplatz in der Nähe der alten Tore absuchte, klopfte ihr das Herz bis zum Hals.

Sie durfte sich auf keinen Fall schnappen lassen! Das englische Gesetz konnte ihr für Diebstahl den Galgen einbringen. Irgendwie musste sie es schaffen, wegzukommen!

Terese hielt den Atem an und versuchte den richtigen Augenblick abzupassen. Zu anderen Zeiten hätte sie sich die Tat, die sie gerade begangen hatte, niemals verziehen. Sie war keine Diebin. Es hatte Zeiten gegeben – und sie lagen noch nicht lange zurück –, in denen sie nicht mal einen Krümel von einem fremden Tisch hätte mitgehen lassen, geschweige denn einem Unbekannten Brot gestohlen. Aber das brennende Elend in ihrer Magengrube hatte das Regelwerk, nach dem sie bisher gelebt hatte, zusammenbrechen lassen. Wollte sie überleben, so musste sie essen. Ihre zwei Dollar waren längst alle, und sie hatte sich in ganz Galway vergebens um einen Job bemüht, und wäre es auch der denkbar erniedrigendste. Sie hatte während der letzten Tage mal einen angegammelten Fisch, mal ein paar Brotkrusten aufgehoben – bis sie auf die zwei Hausfrauen gestoßen war, die auf dem Markt ein Schwätzchen hielten und neben sich einen Korb mit Brot stehen hatten. Da hatte sie nicht lange überlegt, sondern aus reinem Instinkt zugegriffen.

Selbst als die Frauen ihr nachgekreischt hatten und hinter ihr hergerannt waren, während sie wie der Blitz über die Pier Reißaus nahm, hatte sie sich nicht wirklich schuldig gefühlt. Das Einzige, was sie empfunden hatte, war kurz aufflammende Wut gewesen, Wut darüber, dass sie in Lebensumständen gelandet war, die sie dazu brachten, so etwas zu tun. Noch ein Tag – oder gar mehrere – ohne Essen würde sie dermaßen schwächen, dass sie keine Kraft mehr hätte, sich um Arbeit zu bemühen, und auch keine Kraft mehr, dem rauen Märzwind standzuhalten, wenn er durch die verlassenen Hauseingänge oder Verbindungsgänge pfiff, in denen sie des Nachts Unterschlupf suchte. So weit war es gekommen, dass sie stehlen oder betteln musste.

Die feuchte Kühle machte ihr das Atmen schwer und ließ die Haut brennen. Mit ihrer freien Hand griff sie nach dem losen Ende ihres Umschlagtuches und zog es fester um sich. Wenn es irgendetwas gab, was sie wirklich bedauerte, dann war es die Tatsache, dass sie sich bei Tagesanbruch in das Claddagh-Viertel hatte treiben lassen. Eigentlich hatte sie gar nicht so weit gehen wollen, aber im dichten Nebel hatte sie irgendwann nicht mehr gewusst, wo sie war.

Claddagh hatte sie völlig aus der Bahn geworfen. Die Leute, die hier lebten, waren als hinterwäldlerisch und irgendwie sonderbar bekannt. In der Siedlung gab es fast ausschließlich Fischerfamilien, an deren Lebensweise sich seit Jahrhunderten nichts geändert hatte. Hier war es üblich, dass die Bewohner untereinander heirateten, und ihr ganzes Leben spielte sich im Geviert ihrer kleinen, aber stabil gebauten Häuser mit den Lehmziegelmauern und strohgedeckten Dächern ab. Fremden gegenüber war man nicht gerade aufgeschlossen.

Man sagte den Claddagh-Leuten derart ausgeprägte Religiosität nach – beziehungsweise Heuchelei, je nachdem, wen man davon erzählen hörte –, dass die Männer niemals in ihren Booten zum Fischen ausfahren würden, es sei denn zu bestimmten festgelegten Zeiten, denen die Priester ihren Segen erteilt hatten. Sie glaubten, die Gegenwart Gottes sei allzeit unter ihnen, und sie versuchten ihr Leben danach auszurichten. Das ging so weit, dass sie einander nicht begrüßten, ohne zuerst den Namen Gottes anzurufen.

Voll Bitterkeit fragte sie sich, ob diese wunderlichen Leute ihrem Gott immer noch so gläubig zugetan waren, nachdem er einen solch mächtigen Sturm über sie losgelassen hatte, wo doch in Claddagh ebenso wie in der Stadt Galway die Verheerungen, die der Orkan angerichtet hatte, an jeder Ecke augenfällig waren. Vielen der kleinen, armseligen Häuser fehlte das Dach oder eine Wand, während von anderen nichts weiter übriggeblieben war als ein Haufen Stroh und Lehm.

Als Tereses Aufmerksamkeit sich wieder ihrer Umgebung zuwandte, rief sie sich voll Unbehagen ins Gedächtnis, dass die Fischer von Claddagh sämtliche Hoheitsrechte über die Bucht und den gesamten Uferbezirk beanspruchten. Man erzählte sich, die Leute waren in der Vergangenheit, wenn jemand auch nur zufällig diese Rechte verletzte, so gewalttätig geworden, dass man nichts gegen sie hatte ausrichten können.

Vielleicht hätte sie sich einen besseren Ort aussuchen sollen, um ihren Diebstahl zu begehen, aber dafür blieb ihr jetzt keine Zeit. Schon hörte sie die Stimmen ihrer Verfolger, die Rufe durch den dichten Nebel, der über der ganzen Gegend lag, klangen eigenartig verzerrt. Furcht packte sie, doch zugleich waren ihre Sinne beherrscht von dem himmlischen Duft, der aus dem Brotkorb zu ihr aufstieg und ihren Magen wilde, krampfartige Kapriolen vollführen ließ.

Die wutschnaubenden Stimmen kamen näher. Terese wusste, dass sie keine Zeit verlieren durfte, wenn sie nicht erwischt werden wollte, aber vor Angst und Schwäche drohten ihr die Beine zu versagen. Nur der Gedanke an das zum Greifen nahe Brot und ihre Entschlossenheit zu überleben gaben ihr den Mut, einen Satz ins Freie zu machen und die Straße hinabzustürmen, jederzeit bereit, in der nächstbesten Seitengasse zu verschwinden.

Ihre langen Beine und die schlanke Gestalt machten Terese außergewöhnlich flink, doch der Hunger und die unwirtlichen Elemente hatten ihren Tribut gefordert. Ihre Lungen brannten, und das Herz klopfte wild gegen den Brustkorb.

Die wütenden Schreie hinter ihr kamen immer näher. Sie fühlte sich wie ein Fuchs, dem eine Meute geifernder Jagdhunde nachsetzte. Immer wieder drohte sie zu stürzen. Vor ihr tat sich eine Gasse auf, und sie taumelte hinein. Japsend jagte sie über das unebene Pflaster.

Sie hörte schwere Stiefeltritte über die Pflastersteine gehen und merkte, dass sich noch mehr Leute den Verfolgern angeschlossen hatten, die jetzt in ihrem Rücken in die Gasse einbogen. Plötzlich, genau in dem Augenblick, in dem Tereses Kräfte am Ende waren und sie sich schon mit dem Gesicht nach unten am Boden liegen sah, tauchte vor ihr, am anderen Ende der Gasse, ein Mann auf und verstellte ihr den Weg.

Sie saß in der Falle!

Sie blieb stehen, drehte sich um und sah, wie die Rotte wütender Verfolger sie allmählich einkreiste, woraufhin sie wieder herumfuhr – nur um den Mann vom anderen Ende der Gasse auf sich zukommen zu sehen. Sie senkte den Kopf und schob in der Hoffnung, ihn beiseitedrücken und so doch noch entkommen zu können, ihren Körper wie einen Rammbock vorwärts. Doch den Mann kostete es nur zwei lange Schritte, zu ihr zu gelangen, und er ergriff sie mit einer Hand, um sie nicht davonkommen zu lassen.

Terese wand sich, um freizukommen. Dabei flog ihr der Brotkorb aus der Hand und landete auf der Straße; sein kostbarer Inhalt lag auf den nassen Pflastersteinen verstreut.

Sie warf den Kopf in den Nacken, während sich ihrer Kehle ein langgezogener, heulender Laut der Verzweiflung entrang. Der Mann lockerte seinen Griff, aber nur für eine Sekunde – dann packte er umso fester zu, so dass sie sich nicht mehr vom Fleck rühren konnte.

Tereses Augen brannten, und sie presste die Lider fest zu: Um keinen Preis wollte sie in Tränen ausbrechen.

Sogar jetzt noch, obwohl ihr klar war, dass sie keinerlei Hoffnung auf Entkommen mehr hatte, versuchte sie sich loszureißen. Doch der Griff des Mannes war wie ein eiserner Ring um ihren Arm.

Sie schlug die Augen auf und war erstaunt, einen Blick zu sehen, der eher neugierig als feindselig war. Ja, in den dunklen, tiefliegenden Augen funkelte sogar etwas, was ein wenig nach Belustigung aussah. Rasender Zorn stieg in ihr auf, und am liebsten hätte sie dieser geschniegelten Visage eine deftige Ohrfeige verpasst. Genügte es denn nicht, Hunger leiden und vor seiner eigenen Dummheit davonlaufen zu müssen? Musste sie denn auch noch einen Gegenstand der Unterhaltung für diesen *Amadon* abgeben?

Erneut versuchte sie sich seiner Pranke zu entledigen – ein vergebliches Unterfangen, denn er war stark, und die Festigkeit seines Griffs ließ kein bisschen nach. Die dunklen Augen verrieten einen Anflug von Ungeduld, sonst nichts. „Vergiss es, du kleine Straßenkatze!“, sagte er. „Ich versuch bloß, dein Fell zu retten.“

Terese starrte ihn verblüfft an. Er war kein Ire und auch kein Brite – nicht mit dem Akzent. Vielleicht ein Amerikaner, dachte sie. Er war jung und sah gut aus; seine Kleider waren leger, aber offenkundig von guter Machart. Er wirkte wie ein Mann, der nichts zu entbehren hatte. Wer außer einem Amerikaner hatte heutzutage eine solch wohlgenährte Erscheinung vorzuweisen, samt entsprechender Garderobe? Nur was in aller Welt sollte ein Amerikaner im Claddagh-Viertel verloren haben?

All ihrer Anstrengung zum Trotz hatten sich ein paar verräterische Tränen selbständig gemacht, und Terese hob ihre Hand, um sie abzuwischen. Während der Blick des Mannes ihrer Bewegung folgte, schien sein Ausdruck sich, kaum merklich, zu verändern.

Voll Scham sowohl wegen der Tränen als auch, weil sie sich hatte ergreifen lassen, wandte sich Terese halb ab, um seinem Blick zu entgehen. Umso überraschter war sie, als er sie sanft, aber entschieden so an seine Seite zog, dass sie das Gesicht ihren Verfolgern zuwenden musste.

Er hob die Hand, als wollte er sich gegen ihre Beschwerden verwahren. Dann sprach er, ohne erst abzuwarten, bis ihre zornigen Anschuldigungen und Ausrufe abebbten, sie auf Englisch an, mit tiefer, beherrschter Stimme, in der ein deutlicher Zug natürlicher Autorität mitschwang.

Terese sah, dass die Gemüter zwar offensichtlich nach wie vor erhitzt waren, die Leute aber immerhin dem Mann Beachtung schenkten, der da vor ihnen stand.

Zu ihrem großen Erstaunen schien der Amerikaner – wenn er denn einer war – sich zu ihrer Verteidigung aufzuschwingen!

„Was seid ihr für Leute – wie ’ne Meute wild gewordener Köter hinter einem wehrlosen Mädchen herzurennen! Mann, ihr solltet euch schämen!“

„Von wegen wehrlos! Sie ist ’ne Diebin!“, brüllte einer aus der Menge.

„Ach ja? Und was hat sie denn geklaut, diese gefährliche Banditin?“

Eine der rotgesichtigen Hausfrauen, die in der Nähe des Brotkorbs gestanden hatten, trat vor und zeigte mit dem Finger auf Terese. „Stimmt’s etwa nicht, dass sie mir Brot geklaut hat? Den ganzen Korb voll!“

Jemand in der Menge murmelte ein unheilschwangeres Mahnwort, das Terese für einen Bibelspruch hielt. Es lautete ungefähr so, dass „das gestohlene Brot dem Manne wohl schmeckt; aber hernach wird ihm der Mund voll Kieselsteine werden“.

Es überraschte Terese, dass sie englisch sprachen. Wenngleich viele im Westen die Sprache der Krone kannten, bevorzugten doch die meisten ihre heimische Mundart, vor allem auf den Inseln und hier in Galway. Oder ob einige dieser Leute den Amerikaner kannten und aus Achtung ihm gegenüber englisch sprachen? Allerdings wirkten sie nicht im Geringsten ehrerbietig.

Der Amerikaner besah sich den Korb, der auf der Straße lag, samt seinem verstreuten Inhalt. Dann wandte er sich wieder Tereses Anklägerin zu und sagte: „Zwei Laibe, Mutter. Was haben Sie vor – etwa das Mädchen in Stücke reißen wegen zwei Laib Brot?"

„Wir werden sie ins Zuchthaus schaffen!", keifte eine andere Frau.

Aus der Menge erhob sich zustimmendes Gebrüll. Tereses dunkelhaariger Retter versenkte seine freie Hand in der Hosentasche, brachte ein paar Münzen zum Vorschein und warf sie der Hausfrau vor die Füße. „Das hier wird ja wohl für Ihr Brot ausreichen! Und jetzt geht nach Hause und lasst das Mädchen in Ruhe!"

Von hinten schob sich ein hohlwangiger Mann durch die Menge, der mit blitzenden Augen den Amerikaner anging: „Für wen hältst du dich, dass du dich in unsere Angelegenheiten einmischst? *Du* bist derjenige, der besser dran täte, nach Hause zu gehen, Yank, wenn dir dein Leben lieb ist!"

Aufs Neue erhob sich beipflichtendes Grummeln in der Menge, aber der Amerikaner übertönte die anderen, als er rief: „Das Brot ist bezahlt! Und jetzt zieht Leine und lasst das Mädchen in Ruhe!"

„Oder – was, Yank? Was gedenkst du zu tun?", rief sein Herausforderer gellend.

Das Granteln in der Menge wurde lauter und erregter. Terese beobachtete zwei weitere Männer, die sich nach vorne durchdrängten. Einer der beiden, der einen breitkrempigen Hut und ein rotes Halstuch trug, trat unmittelbar vor sie und den Amerikaner.

„Die Männer von Claddagh können Leute nicht leiden, die sich in ihre Angelegenheiten einmischen, Yank“, stieß er mit kratziger Stimme hervor.

„Ebenso wenig wie verzweifelte junge Mädchen, will mir scheinen“, hielt der Amerikaner dagegen.

Terese bemerkte, dass er kein bisschen ängstlich aussah, und fragte sich, ob er wirklich furchtlos oder schlicht und einfach dumm war. Während sie noch mit dieser Frage beschäftigt war, nahm sie aus dem Augenwinkel eine Bewegung wahr und sah einen dunklen Koloss von einem Mann, der soeben die Gasse betrat.

Es handelte sich um eine einschüchternd hünenhafte Gestalt mit dichtem, lockigem Schwarzhaar, pechrabenschwarzem Bart und so breiten Schultern, dass es aussah, als füllte er die ganze Gasse aus. Unwillkürlich zuckte Terese zusammen und schalt sich aufs Neue für die Dummheit, mit der sie sich den Zorn dieser ungehobelten Leute eingehandelt hatte.

Der Amerikaner ließ sich nach wie vor nicht einschüchtern, aber sie fühlte doch, wie sein Griff um ihren Arm noch ein wenig fester wurde, als er sie langsam mit sich wegzuziehen begann. Der Mann mit dem breitkrempigen Hut machte einen Schritt nach vorne. Seine Miene war furchterregend. Die Menge zog sich immer enger um sie zusammen. Der Amerikaner murmelte etwas. Dann, plötzlich, ließ er Tereses Arm los.

*„Renn!“*, schrie er und gab ihr einen Schubs von der Menge weg, auf den Ausgang der Gasse zu.

Im selben Augenblick ertönte hinter dem Rücken der Leute ein markerschütternder Schrei. Terese fuhr herum. Es war der Hüne, der vor einigen Sekunden die Gasse betreten hatte. Er bahnte sich einen Weg durch die Menge und näherte sich dem Zentrum des Geschehens.

Der Amerikaner sagte etwas, das klang wie: „Gabriel! Gerade im rechten Moment!“

Der Riese trat zu ihnen. Kurz traf sein Blick den des Amerikaners. Ohne von Terese auch nur Notiz zu nehmen, wandte er sich den Versammelten zu und befahl ihnen auf Irisch: „Los, Leute, geht zurück nach Hause und an die Arbeit!“

Seine Stimme klang wie tief rollender Donner. Er reckte ihnen seine Faust von der Größe eines Esstellers entgegen und sprach weiter: „Das Mädchen hat Hunger! Sie kommt von den Inseln, seht ihr das nicht? Der große Wind hat sie von dort vertrieben, keine Frage. Habt ihr nicht die letzten Wochen etliche von diesen Leuten gesehen, wie sie halbverhungert in den Straßen herumstrichen?“

Der Zorn und die Feindseligkeit der Menge begannen abzuebben. Hier und da erhob sich noch Gemurmel, erstarb aber ebenfalls, als der Riese weitersprach. Terese vermochte kaum zu begreifen, dass er anscheinend die anderen schalt und nicht sie. Doch noch erstaunlicher als das war, was seine Worte auslösten. Während Terese die Gesichter der Menschen in der Menge musterte, wurde ihr deutlich, dass diesem Mann Respekt entgegengebracht wurde. Er musste unter den Leuten hier großen Einfluss ausüben.

Er sprach die Besitzerin des Brotkorbs an, deren Gesicht immer noch gerötet war. „Der Amerikaner hat dir dein Brot bezahlt, Bridget O’Brien!“, grollte er. „Also geh jetzt nach Hause, Frau! Geh nach Hause und sprich ein Dankgebet für den Segen, der dir zuteilwird, und dann noch eine Fürbitte für diejenigen, die weniger glücklich sind als du!“

Die Menge begann sich zu zerstreuen, und Terese fühlte sich zutiefst erleichtert.

Noch bevor alle verschwunden waren, wandte sich der Riese ihr und dem Amerikaner zu. Jetzt sprach er englisch, und sein Ton klang trocken, als er zu dem jüngeren Mann sagte: „Das war ganz schön dämlich, Brady Kane. Der Schlag auf deinen Schädel muss doch schlimmer gewesen sein, als ich dachte."

Der Amerikaner grinste. „Vielleicht haben Sie recht, Gabriel. Doch wie dem auch sei, Sie sind ein willkommener Anblick, das kann ich Ihnen sagen!"

Also kannten die beiden sich! Noch ganz benommen von der plötzlichen Wende der Ereignisse, zuckte Terese zurück, als der Riese sie mit seinen durchdringenden blauen Augen ansah. „Bist du 'n bisschen schwer von Begriff, Mädchen, oder womöglich völlig plemplem, dass du so 'ne Nummer versuchst? Du bist von den Inseln, du musst doch die Gesetze von Claddagh kennen! Das hätte wesentlich schlimmer für dich ausgehen können!"

Terese weigerte sich, dem Mann den Eindruck zu vermitteln, dass er sie einschüchtern könne, obwohl sie sich in Wirklichkeit ganz schön in die Enge gedrängt fühlte.

Wiewohl sie selbst größer gewachsen war als die meisten Frauen, stand er vor ihr wie eine Eiche, überragte sie um mehr als einen Kopf; und irgendwie gaben ihm dieses unbändige schwarze Haar und der wuchernde Bart ein wildes Aussehen.

Der Mann hörte nicht auf, sie mit seinen scharfen, strengen Blicken zu durchbohren. Bald hielt Terese es nicht mehr aus und sah zur Seite. „Stehlen oder sterben – sonst hatte ich keine Wahl", flüsterte sie.

Seine dunkelbraunen Brauen wölbten sich nach oben. „Viele würden sagen, das eine verdient das andere."

Terese hob den Kopf und sah ihm direkt in die Augen. „Ich wär ja davongekommen“, sagte sie trotzig, „wenn der da mich nicht aufgehalten hätte.“ Ihr Zeigefinger stach auf den Amerikaner zu.

In ihr flackerte Zorn auf, denn das unverschämte Grinsen des jungen Kerls wurde doch tatsächlich noch eine Spur breiter!

„Ich rette das Mädel vorm Knast, und sie ist böse mit mir“, sagte er und schüttelte den Kopf, als machte er sich Sorgen über Tereses Geisteszustand.

„Mir will's so scheinen, als sollte man euch alle beide einsperren“, sagte der große Mann säuerlich, „und sei es nur, damit ihr wieder alle Tassen in den Schrank kriegt. Offenbar habt ihr 'ne Menge davon verloren.“

Die beiden Männer ignorierten Terese und unterhielten sich über ihren Kopf hinweg, als wäre sie gar nicht mehr da. Der Riese hörte nicht auf zu grummeln, Terese aber kam es vor, als sei er in Wirklichkeit überhaupt nicht so aus dem Häuschen.

Dennoch hatte sie die Nase voll von derlei ungehobeltem Benehmen. Ihre Knie zitterten, ihr ganzer Körper schlotterte vor Kälte und Überanstrengung. Sogar ihr Kopf schien irgendwie zu schwimmen, so dass sie kaum noch sehen, geschweige denn denken konnte.

Ohne selbst zu wissen, wie, brachte sie es fertig, sich aufzurichten und gerade dazustehen, ohne zu schwanken, und erst dem einen, dann dem anderen in die Augen zu sehen. „Wenn die Herren mir erlauben würden, ein Wort zu sagen“, brachte sie, ihr letztes bisschen Würde zusammenkratzend, hervor, „dann würde ich mich gern bei Ihnen beiden bedanken und meiner Wege ziehen.“

# 10. Engel – ohne es zu wissen

*Wo Fremde einander nah werden,*
*geschieht ein göttlich Glück.*
*Indes der Hölle Verderben*
*lauert auf jedem Straßenstück*
*dem, dessen Seele nicht im Zaum,*
*dem Liebe nur Tand ist, glitzernder Flaum.*
T. D. O'Bolger

Brady musste sich zusammenreißen, um dem Mädchen nicht offen zu applaudieren. Sie war einfach großartig! Mochte ihr Gesicht auch schmutzverkrustet sein und ihre großen rauchblauen Augen überschattet, so hatte sie doch etwas Begeisterndes: Alles an ihr war Feuer, Leidenschaft, Bravour.

Beinah so groß wie die meisten Männer war sie gertenschlank – man hätte sie fast dürr nennen können – und erinnerte ihn unweigerlich an eine reizbare Stute. Es hätte ihn nicht gewundert, wenn sie sich mit einer ungestümen Kopfbewegung die wilde rostrote Mähne über die Schulter geworfen hätte und durch die Gasse davongestoben wäre.

Doch so unbändig stolz sie auch war, konnte sie sich doch offensichtlich kaum noch auf den Beinen halten – zweifellos vor Hunger, war sie doch beim Brotstehlen erwischt worden. Wenn es aber so stand, wenn das Mädchen tatsächlich Hunger litt, was sollten sie dann mit ihr anfangen? Sie konnten sie doch nicht sich selbst überlassen, nur damit sie den nächsten Diebstahl beging. Gabriel hatte schon recht mit seiner Andeutung, dass sie sich dann wirklich ernste Probleme einhandeln könnte.

„Wo willst du hin?“, blaffte Brady sie an.

Das Mädchen fuhr herum. Von ihren Augen waren nur noch schmale Schlitze zu sehen. „Wohin immer es mir beliebt, würde ich meinen“, schnappte sie.

„Aber – hast du denn einen Platz, wo du bleiben kannst?“

Ihre Nasenflügel vibrierten, was Brady wiederum an eine unruhige Jungstute denken ließ, und zwar eine vollblütige.

„Ich denke, das ist meine Sache.“

Sie ging keinem Streit aus dem Weg, so viel war klar. Irgendwie aber brachte ihn ihre Unverfrorenheit nicht so aus der Ruhe, wie es wohl bei jemand anderem der Fall gewesen wäre – vielleicht dank der Furcht, die er in der Tiefe dieser riesengroßen Augen lauern sah. In ihm keimte der Verdacht, dass sie nur nach außen hin, zur Abwehr, sich so trotzig verhielt. Es lag auf der Hand, dass das Mädchen hungerte, höchstwahrscheinlich kein Zuhause hatte und völlig auf sich allein gestellt war. Logisch, dass sie Angst hatte.

Gabriel hatte ihrem Wortwechsel schweigend zugehört. Er stand da und betrachtete die ungewöhnliche Diebin, als nähme er bei ihr Maß. Dann meldete er sich zu Wort, wobei sein Tonfall so neutral war, dass er nicht im Geringsten auf das schließen ließ, was er dachte. „Auf den Inseln soll's übel aussehen, sagen die Leute.“

Das Mädchen sah ihn an.

„Nach dem großen Sturm“, erläuterte er.

„Wie kommen Sie darauf, dass ich von den Inseln stamme?“ Ihre Stimme klang ebenso herausfordernd wie trotzig.

Der große Mann zuckte nur die Schultern, wobei

er seinen Blick über sie schweifen ließ, als sage ihre Kleidung mehr als genug. Brady fiel ein, dass er an einigen der älteren Frauen in Galway ähnliche Trachten gesehen hatte: den langen scharlachroten Rock über nackten Beinen, den schalartigen Umhang – bei dem Mädchen völlig zerlumpt – und jene sonderbare bunte Schärpe um die Hüften.

„Die Große Insel, nehme ich an?“, sagte Gabriel.

Nach einem Anflug von Zögern nickte das Mädchen. „Richtig, Inishmore.“

Brady gefiel es nicht, von der Unterhaltung ausgeschlossen zu werden, und schob eine Frage dazwischen: „Was ist mit deiner Familie?“

Sie sah ihn an, antwortete aber nicht. Es war eindeutig, dass sie ihn nicht so wichtig nahm wie den beeindruckenden Gabriel.

Nun ja, das war verständlich. Dennoch konnte er nicht umhin, nochmals um ihre Aufmerksamkeit zu buhlen. „Wenn du eine Unterkunft brauchst: Da, wo ich wohne, sind Zimmer zu vermieten, und Mrs Hannafins Preise sind anständig.“

Der Blick des Mädchens hätte glühende Kohlen ablöschen können. „Ach, und sie würde wohl auch *umsonst* vermieten?“

Aus dem Augenwinkel sah Brady, wie Gabriel in seinen Taschen zu graben begann. Allerdings schien er nichts zu finden, denn er blieb stumm.

Brady hatte zwar etwas Geld bei sich, doch ihm war instinktiv klar, dass er sich eine weitere Abfuhr einhandeln würde, wenn er es ihr anböte. Außerdem hatte Gabriel sie erneut in einen barschen Dialog gezogen, der Brady ein weiteres Mal außen vor ließ.

„Bist du auf dich selbst gestellt, Mädel?“

„So ist es“, antwortete sie, wobei sie ihr Kinn eine Spur anhob.

„Der Sturm hat dein Zuhause zerstört, richtig?“

Der Blick, mit dem sie ihn musterte, war so hart, dass sich ihre Züge dramatisch veränderten: Plötzlich sah sie um Jahre gealtert aus. „Ja“, sagte sie, und es klang, als müsse sie die Silbe zwischen zusammengebissenen Zähnen hervorpressen. „Ja, der Sturm hat alles weggerafft.“

Brady registrierte mit Interesse, wie die Züge des Riesen merklich weicher wurden, während er das Mädchen weiter ausfragte. „Und wieso bist du dann nach Galway gekommen?“

„Ich will mir Arbeit suchen, um die Überfahrt nach Amerika zu bezahlen.“

Gabriel verschränkte die muskulösen Arme vor seiner Brust. „Aber du hast keine Arbeit gefunden, also hast du dich aufs Klauen verlegt, richtig?“

Sie zog die Mundwinkel nach unten, und ihre Augen verrieten abgrundtiefe Verbitterung.

Eine Zeitlang sprach niemand, während Gabriel nicht aufhörte, das Mädchen einer eingehenden Musterung zu unterziehen, als wollte er ihrem Naturell auf den Grund gehen. Als er endlich weitersprach, waren es überraschende Worte.

„Du kommst mit mir nach Hause und isst ‘nen Happen“, sagte er.

Das war keine Einladung, sondern ein Befehl. Mittlerweile kannte Brady den mysteriösen Hünen gut genug, um zu wissen, dass der niemals fragte. Er sagte etwas, und die anderen taten, was er wollte.

Das Mädchen jedoch war eine Fremde, und entweder hatte sie nicht begriffen, dass ihr soeben ein direkter Befehl erteilt worden war, oder aber sie hatte beschlossen, sich Gabriels Autorität nicht zu fügen.

„Das werde ich nicht tun, aber trotzdem vielen Dank.“

Gabriel sah sie missmutig an. Nicht zum ersten Mal kam es Brady vor, als könne niemand so furchterregend finster dreinschauen wie er – außer vielleicht Jack, sein Bruder.

„Dann verhungerst du eben", sagte der Fischer trocken, als wäre ihm das ziemlich egal.

„Vielleicht werde ich das, vielleicht aber auch nicht."

„Hochmut kommt vor dem Fall", sagte Gabriel im selben gleichmütigen Tonfall.

Ihre Augen funkelten. „Ich gehe nicht mit fremden Männern nach Hause."

Brady blieb fast die Luft weg. Du lieber Himmel, dachte das Mädchen tatsächlich, Gabriel wolle was von ihr?

Verstohlen sah er den Mann an. Irgendwie fiel es ihm schwer, sich den mürrischen Riesen zusammen mit einer Frau vorzustellen, obwohl ihm nicht klar war, wieso eigentlich; denn Gabriel war keineswegs ein alter Mann – wahrscheinlich nicht über vierzig, wenn überhaupt –, und wenn auch mancher seine Körpergröße einschüchternd finden mochte, so war er doch alles andere als ein unscheinbarer, gewöhnlicher Mann. Im Gegenteil, weibliche Augen mochten ihn sogar gutaussehend finden, vor allem wenn er lächelte, was dann und wann durchaus vorkam.

Möglicherweise war es mehr die schiere Gegenwart, die Haltung des Mannes, was einem, wie Brady fasziniert dachte, den Eindruck vermittelte, er stehe über den Bedürfnissen oder Schwächen Normalsterblicher. Irgendwie schien Gabriel sich in einem ganz eigenen Kraftfeld zu bewegen, in das er die Menschen, die ihm nahe kamen, unwiderstehlich hineinzog. So zwingend war die Ausstrahlung des Hünen, dass Brady andere buchstäblich hatte zurückschrecken sehen, sobald er auftauchte. Gleichzeitig hatte der Mann etwas Grundanständiges an sich, eine Art Güte und angeborene Geradlinigkeit, die andere unweigerlich in seinen Bann zog. Selbst Brady machte da keine Ausnahme.

Gabriel schien der Argwohn, den das Mädchen andeutete, nicht das Geringste auszumachen. „Deine Tugendhaftigkeit in allen Ehren, Mädel", sagte er trocken, „aber ich steh sowieso nicht auf knochige junge Dinger."

Sie wurde über und über rot und hatte zweifellos eine gehässige Erwiderung auf der Zunge. „Ich lebe nicht allein", fuhr er fort. „In meinem Haus leben noch andere, nämlich ein Mädchen, das älter ist als du selbst, und 'ne kleine Maus, und außerdem werden wir, wenn es dir beliebt, diesen stämmigen jungen Yank hier zu deinem Schutz mitnehmen."

Das Mädchen bedachte Brady mit einem vernichtenden Blick, bevor es sich wieder Gabriel zuwandte und herausfordernd fragte: „Warum sollten Sie wohl so was tun?"

„Unser Herr hat uns geboten, den Hungrigen zu essen zu geben", sagte der große Fischer in mildem Ton. „Und du bist hungrig, wenn ich recht sehe. Also komm jetzt, bevor du uns noch hier auf der Straße zusammenklappst. Mir liegt nichts dran, dich den Rest des Weges schleppen zu müssen." Sprach's und ging seines Weges.

Das Mädchen beobachtete ihn, und Brady beobachtete das Mädchen. Es war fast mit Händen zu greifen, wie ihr ungeheurer Stolz mit der unleugbaren Not ihres Körpers rang. Schließlich war es wie das Eingeständnis einer Kapitulation, als sie mit einem kurzen Nicken hinter Gabriel herging, wobei sie sich alle Mühe geben musste, sein Tempo mitzuhalten.

Brady folgte den beiden, schließlich war ihm eine regelrechte Einladung zuteilgeworden. Während er eiligen Schritts dem Riesen und dem Mädchen nachstrebte, kam ihm eine Schriftstelle in den Sinn. Es waren die einzigen Bibelsprüche, die er kannte, diejenigen, die seine Schwester Rose, eine Nonne, zitierte, wo sie ging und stand. Dieser Vers gehörte zu ihren bevorzugtesten. Jack behauptete, sie lasse ihn jedes Mal heraushängen, wenn irgendein hergelaufener Bettler an die Tür klopfe, so als wollte sie damit den Verstoß gegen den guten Ton rechtfertigen, denn es bedeutete, einen Wildfremden gastlich im Hause aufzunehmen.

Der Spruch hatte irgendwas damit zu tun, dass man „Engel beherbergen“ konnte, „ohne es zu wissen“.

Brady grinste, als er das hochnäsige Mädchen mit ihrer unehrenhaften äußeren Erscheinung hinter Gabriel herschreiten sah. Ein Engel war sie nicht, darauf würde er wetten. Aber etwas Faszinierendes hatte sie schon an sich, oder?

# 11. Im Hause des Fischers

*Welch' Wendung ließ mein Sinnen schweifen,*
*die Augen, die sonst so scharf geblickt?*
W. B. Yeats

Sie hieß Terese Sheridan. Aus ihrem eigenen Mund klang das wie „*Tries*": Die erste Silbe verschluckte sie, um die zweite desto mehr in die Länge zu ziehen. Sie behauptete, siebzehn Lenze zu zählen und die einzige Überlebende ihrer Familie zu sein, abgesehen von einem älteren Bruder, der vor Jahren nach Amerika ausgewandert sei.

Sie saßen beim Mittag – einer Mahlzeit aus Kartoffeln und Buttermilch –, während Brady das Mädchen die Eckdaten ihres Lebens hersagen hörte. Der Raum war dämmrig, gab es doch nur ein einziges Fenster, das obendrein viel zu schmal war, um nennenswertes Licht eindringen zu lassen. Das Sheridan-Mädel und Gabriel hatten auf Schemeln Platz genommen, die an die roh behauene Planke, die ihnen als Tisch diente, herangerückt worden waren, während Brady ihnen gegenüber auf einem *Boss* hockte, einer niedrigen Sitzgelegenheit aus Stroh, neben sich das Kind, Evie, das kaum sein Essen anrührte, sondern mit weitaufgerissenen Augen der Unterhaltung lauschte.

Wie es häufig vorkam, zog Roweena es vor, nicht mit bei Tisch zu sitzen. Stattdessen machte sie sich am Feuer zu schaffen und überwachte einen weiteren Topf mit kochenden Kartoffeln, bevor sie sie in den *Kish*, einen Weidenkorb, schüttete, damit sie abkühlten. Brady hatte schon oft beobachtet, dass sie sich, wenn sie denn endlich selbst zum Essen kam, auf einer der steinernen Bänke am Herdfeuer niederließ, die Schale mit Milch und die Portion Kartoffeln neben sich, und zusah, wie die anderen sich am Tisch unterhielten.

Immer noch irritierte – um nicht zu sagen: ärgerte – es ihn, dass Roweena nur so selten an der Tischgemeinschaft teilnahm, sondern sich wie eine Dienerin aufführte. Mit aller Vorsicht hatte er bei einer Gelegenheit Gabriel gegenüber das Thema angeschnitten, doch der große Mann hatte die Schultern gezuckt und geantwortet: „So ist sie nun mal."

Inzwischen war Brady diese kleine, bescheidene Hütte wohlvertraut. Nachdem er sich von seiner Kopfverletzung erholt hatte, war er hierher zurückgekehrt, um bei der Wiederherstellung des Daches zu helfen. Er wollte sich Gabriel dafür, dass dieser ihn aufgenommen hatte, dankbar erweisen. Während der gemeinsamen Arbeit waren er und der lange Lulatsch *beinahe* Freunde geworden. Jedenfalls war ihr Verhältnis so weit gediehen, dass sie einander achteten. Immerhin fühlte Brady sich durch die wortkarge Art des Riesen nicht mehr eingeschüchtert, achtete aber nach wie vor darauf, sich möglichst wenig bemerkbar zu machen, wenn sein Gastgeber wieder einmal in eine Stimmung verfiel, in der er verkniffenen Mundes vollends verstummte.

Er hatte nicht erwartet, dass er den hünenhaften Fischer eines Tages mögen, ja bewundern würde, schon gar nicht innerhalb so kurzer Zeit. Er ertappte sich dabei, dass er um die Anerkennung des Mannes buhlte; und die Tatsache, dass diese Anerkennung scheinbar auf sich warten ließ, störte, ja beunruhigte Brady mehr, als er es sich eingestehen mochte.

Noch mehr brachte ihn Roweena durcheinander. Anfangs hatte er geargwöhnt, dass ihr unterwürfiges

Betragen Gabriels Werk sein müsse, und sich gefragt, ob der Mann sie willentlich in die Rolle des Hausmädchens hineingedrängt habe – möglicherweise als eine Art Gegenleistung dafür, dass er ihr ein Zuhause gab.

Er hatte aber nicht lange gebraucht, um einzusehen, dass die Dinge anders lagen. Zwar gab sich der große Fischer mit beiden Mädchen ausgesprochen streng, aber tatsächlich war er ihnen weit mehr Vater als Herr und Gebieter. Besonders mit Evie konnte er mitunter verblüffend zart umgehen, ganz im Gegensatz zu seiner gelegentlich zur Schau getragenen Härte.

Was Roweena anging, war Gabriels Verhalten ein wenig undurchsichtiger. Mochte er sie auch freundlich behandeln und ohne Frage seine schützende Hand über sie halten, so schien er doch sehr darauf zu achten, dass zwischen ihnen eine spürbare Distanz blieb. Während er Evie neckte oder sogar mit dem Kind balgte und tobte, führte er sich Roweena gegenüber eher wie ein Patriarch auf: wachsam und häufig gebieterisch, niemals aber brutal oder ungeduldig.

Dem Sheridan-Mädel gegenüber schien er ein ganz ähnliches Verhaltensmuster an den Tag zu legen. Im Augenblick fixierte er sie mit seinem typischen unbeweglichen Blick, vor dem sich alles zu enthüllen schien, während er nicht das Geringste preisgab. Terese für ihren Teil schien sich innerlich gegen die unerbittliche Befragung und die kurz angebundene Art des Hünen gewappnet zu haben. Ihre Antworten klangen lakonisch, auch schon mal ein bisschen schnippisch.

Doch die meiste Zeit war Terese mit Essen beschäftigt. Brady war nicht der Heißhunger entgangen, mit dem sie das Essen betrachtete, als sie sich zu Tisch gesetzt hatten. Aber statt gewaltig reinzuhauen, wie er es von ihr erwartet hätte, bediente sie sich mit einem bewundernswerten Maß an Zurückhaltung, so als wäre sie zu stolz, sich anmerken zu lassen, wie hungrig sie wirklich war.

Ihre knappen Antworten schienen Gabriel nicht im Geringsten zu verletzen; jedenfalls fuhr er unbeirrt mit seiner Befragung fort. Er selbst trug das Wenigste zur Unterhaltung bei, sondern hörte meistenteils ihren Antworten zu, mit dem undurchdringlichen Gesichtsausdruck, den Brady mittlerweile nur allzu gut kannte.

Obwohl die beiden immer wieder ins Irische gerieten, kam Gabriel, oft mit einem kurzen Seitenblick auf Brady, jedes Mal auf die englische Sprache zurück. Doch auch wenn sie irisch sprachen, entging Brady nichts von dem, worum sich ihre Unterhaltung drehte. Augenscheinlich war Terese Sheridan, nachdem sie mit Ausnahme des Bruders in Amerika ihre ganze Familie verloren hatte, völlig auf sich allein gestellt und hatte den todbringenden Orkan mit nichts weiter als dem überlebt, was sie auf dem Leibe trug. Den Weg von ihrer heimatlichen Insel in die Stadt hatte sie, so dünkte es Brady, mit nichts als Mumm und Schläue bewältigt.

Als sie ruhig erklärte, sie habe vor, sich zu ihrem Bruder in die Staaten aufzumachen, schien es keinen Zweifel daran zu geben, dass sie genau das tun würde. So heruntergekommen und halbverhungert sie auch erscheinen mochte, so stachen doch die Willensstärke und eiserne Entschlossenheit des Mädchens ins Auge. Dennoch war Brady klar, dass die Sache für sie nicht einfach werden würde, hatte sie doch selbst eingestanden, völlig mittellos zu sein.

„Wissen Sie, ich hatte sehr wohl mein eigenes Geld." Ohne Zögern kam die Antwort auf Gabriels Frage nach ihren finanziellen Umständen, obschon in ihrem Tonfall ein Hauch von Bitterkeit mitschwang. „Geld, das ich von dem abgespart hatte, was mein Bruder schickte. Aber das hat mir doch tatsächlich meine Tante Una gestohlen – alles bis auf zwei Dollar, die jetzt auch ausgegeben sind. Darum muss ich mir Arbeit suchen, und zwar bald. Nicht bloß für meinen Unterhalt, sondern um mir die Überfahrt zu verdienen."

„Deine *Tante* hat dir das Geld geklaut?", warf Brady ein. „Was ist das denn für 'ne Frau, die ein Mitglied ihrer eigenen Familie bestiehlt?"

Das Mädchen warf ihm einen Blick zu, der besagte, dass sie von seiner Menschenkenntnis keine sonderlich hohe Meinung hatte. „Eine boshafte, habgierige Frau, würde ich meinen." Ihre Lippen verzogen sich leicht zu einem Lächeln. „Aber eine *christliche* Frau, wissen Sie."

Brady starrte sie an. Da war sie wieder, dieselbe Härte, die er schon früher bemerkt hatte. Sie verschwand ebenso rasch, wie sie sich gezeigt hatte, doch Brady wurde den Gedanken nicht mehr los, dass Terese Sheridan erst siebzehn sein mochte und dennoch mehr einer erwachsenen Frau als einem Mädchen glich – und zwar einer Frau mit einem ausgeprägten Hang zum Zynismus, wie es zu Protokoll zu nehmen galt.

„Ja, und ... was hast du denn jetzt vor?", fragte er beiläufig.

Sie sah ihn an, sagte aber nichts. Stattdessen wandte sie sich wieder Gabriel zu. „Kann man hier in Claddagh Arbeit finden?"

Er zuckte die Schultern. „Fischen ist die Arbeit von Claddagh. Wir fahren mit unseren Booten raus und fischen." Er musterte sie. „Aber vielleicht gibt's doch was für 'n starkes Mädchen, das zupacken will."

Das Mädchen beugte sich auf ihrem Hocker leicht nach vorne. „Ich *bin* stark, auch wenn man mir das heute vielleicht nicht ansieht. Ich hab Kraft, und ich fürchte mich nicht vor harter Arbeit."

Der große Mann rieb sich das Kinn. Für einen Moment verfiel er ins Irische, sprach aber nach einem Seitenblick auf Brady englisch weiter. „Da gibt's 'ne Frau, weiß Gott nicht reich, aber auch nicht arm. Sie ist noch nicht alt, aber ihr Mann ist tot – auf See geblieben, Gott sei seiner Seele gnädig. Die Tochter hat aus Claddagh weggeheiratet und ist auf und davon nach Australien."

Er unterbrach sich und strich nachdenklich über seinen dichten schwarzen Bart. Dann fuhr er fort: „Jane hat irgend 'ne Knochenkrankheit, die von Tag zu Tag schlimmer wird. Ihre Hände sind krumm und krüpplig wie trockene Äste, genauso die Beine. Sie kann kaum noch laufen und sitzt die meisten Tage bloß noch auf einem Stuhl. Sie kann ihr Haus nicht mehr versehen und auch keine Besorgungen mehr machen. Geht ihr wirklich schlecht, der Jane."

Er schüttelte den Kopf, bevor er weitersprach. „Manchmal geht Roweena rüber und hilft ihr, aber jeden Tag kann ich sie auch nicht entbehren. Sie hat hier Arbeit genug, und außerdem muss sie auf die Kleine aufpassen. Und dann ist es ja auch 'n bisschen schwierig mit ihr, wo sie doch nicht hören kann. Ich denk' schon, dass die arme Jane was springen ließe, wenn sie 'n zuverlässiges Mädchen findet, das ihr hilft."

Das war die mit Abstand längste Rede, die Brady bisher aus dem Munde des großen Fischers gehört hatte, und er war so verblüfft, dass er ihn unentwegt anstarren musste.

„Diese Witwe – glauben Sie, sie würde mich nehmen?" Gespannt wartete Terese Sheridan, was Gabriel sagen würde.

Er zuckte die Schultern. „Sie wird oder sie wird nicht. Wenn du willst, gehen wir zu ihr und lassen Jane für sich selber sprechen." Er unterbrach sich. „Aber denk dran, der Frau geht's wirklich schlecht. Wenn sie

’nen ganz üblen Tag hat, musst du sie fast wie ein Baby versorgen. Wenn du Krankheit oder schmutzige Arbeit scheust, solltest du dir die Sache gut überlegen.“

Das Mädchen beugte sich noch weiter vor – selbst das Essen schien vergessen zu sein. „Ich bin mir nicht zu gut, mich um ’ne arme kranke Frau zu kümmern. Und es gibt keine Arbeit, die ich nicht tun würde. Würden Sie mich bitte zu ihr bringen?“

Gabriel sah sie lange an. „Als Erstes wirst du fertig essen und dich aufwärmen“, sagte er. „Und dann wird Roweena dir ein wenig zur Hand gehen, damit man dich besser vorzeigen kann.“

Brady entging nicht, wie das Gesicht des Mädchens errötete, aber sie schwieg und sah mit jammervollen Augen an sich herunter. „Und danach bringen Sie mich zu dieser Frau?“, drängte sie.

Gabriels durchdringender Blick ließ nicht ab, sie zu begutachten. Schließlich nickte er kurz. „Danach bringe ich dich zu Jane.“

Brady betrachtete den großen Fischer. Es war schon merkwürdig, wie bereitwillig er dieser zudringlichen jungen Diebin zu Willen war. Doch wie dem auch sei, Gabriel war ihm sowieso ein Rätsel. Eben noch kam der Mann einem vor wie ein sauertöpfischer Einsiedler, und in der nächsten Minute gab er sich als Wohltäter. Er hatte ein Wesen, das sich aus vielen Facetten zusammensetzte; und niemals konnte man wissen, was bei ihm als Nächstes kam.

Dennoch hatte er gegenüber dem „lästigen Yank“, wie er Brady manchmal zu titulieren pflegte, stets ein einigermaßen passables Verhalten an den Tag gelegt. Solange Brady ihn nicht mit zu vielen Fragen nervte – oder aber Roweena allzu deutliches Interesse entgegenbrachte –, schien der Hüne seine Anwesenheit ertragen zu können. Ja, Brady hatte den Verdacht, dass er und sein Skizzenbuch während seiner Streifzüge durch Claddagh von den Leuten nur deshalb geduldet wurden, weil Gabriel ihm einen Platz an seinem Herdfeuer zugestanden hatte.

Wie weit der Einfluss des großen Fischers auf die Bewohner der Kolonie reichte, hatte Brady recht bald mitbekommen. Wenn Gabriel auch nicht der „König" war, wie sie ihren offiziellen Gouverneur nannten, so fiel ihm doch von Natur aus erhebliche Macht zu.

Brady hatte nicht lange gebraucht, um zu entdecken, dass Gabriel – sofern der Mann einen Nachnamen hatte, blieb der sein Geheimnis – in Claddagh ein Mann von großer Bedeutung war. Zunächst war da natürlich seine respektgebietende äußere Erscheinung: Es fiel schwer, sich nicht schon dadurch eingeschüchtert zu fühlen. Doch dieser Mann hatte weitaus mehr an sich als schiere Muskelkraft. Zum einen schienen die Menschen in der Siedlung ihn als eine Art Heiler zu sehen. Kranke Kinder brachten sie ebenso zu ihm wie ein gelegentliches Unfallopfer, und selbst wenn ein Tier Schmerzen litt, wurde sein Rat gesucht. Augenscheinlich hatte der große Fischer ein Händchen für solche Dinge, war es doch durchaus die Regel, dass seine „Patienten" in weitaus besserer Verfassung von ihm schieden, als sie gekommen waren.

Brady war ein reichhaltiger Vorrat an getrockneten Kräutern und Medizindöschen aufgefallen, der auf Borden über der bemalten Truhe verstaut war. Er hatte auch gesehen, wie der Fischer mit Roweenas Hilfe den einen oder anderen gebrochenen Arm oder Fuß ausgerichtet hatte, und bisweilen, wenngleich weniger häufig, kam es vor, dass Roweena an das Lager einer Kreißenden gerufen wurde. Dann pflegte Gabriel ihr mit Gesten einige rasche Anweisungen zu geben, bevor er sie mit einem Täschchen, das Ähnlichkeit mit einem Doktorkoffer hatte, auf den Weg schickte.

Brady wurde aus seinen Gedanken aufgeschreckt, als Terese Sheridan aufstand und ihren Gastgeber mit einer eigentümlich förmlichen Dankesbekundung bedachte. „Ich danke Ihnen sehr für Ihre Gastfreundschaft, Sir. Sobald ich eine Stellung gefunden habe, werde ich mich Ihnen erkenntlich zeigen."

Gabriel nahm einen ordentlichen Schluck aus seiner Teetasse und sagte freundlich: „Kein Wort mehr von Bezahlung für eine offene Tür und einen Teller Kartoffeln, Mädel – es sei denn, du willst mich beleidigen!"

Das Mädchen erblasste und versuchte stammelnd Widerspruch anzumelden, aber Gabriel achtete nicht weiter auf sie. Stattdessen stand er auf, winkte Roweena zu sich und begann ihr etwas aufzutragen, wobei er seine Worte, wie immer, sehr langsam und betont artikulierte – und doch waren sie bloß so etwas wie Begleitmusik zu den raschen, gelenkigen Handbewegungen, mittels derer er eigentlich zu Roweena „sprach".

Mit einem raschen Seitenblick auf Brady gab Roweena dem anderen Mädchen ein Zeichen, ihr zu folgen. Brady konnte die Augen nicht abwenden, so sehr fiel der Gegensatz zwischen den beiden auf. Gemessen an der hochgewachsenen, eigentümlich erhaben wirkenden Terese Sheridan glich Roweena mit ihren dunklen Haaren und der schlanken, zierlichen Gestalt einer scheuen Fee – zumal sie sich in Gegenwart dieser Fremden in ihrem Haus offenkundig unbehaglich fühlte. Letztere hätte man, während sie die kleine Roweena hinter den Vorhang begleitete, mit ihren rauchblauen Augen und ihrer unbändigen, wilden Schönheit für eine der mythischen Kriegerköniginnen halten können, die sich zur Schlacht rüstete: Königin Maeve auf einem Beutezug.

Schleunigst zwang Brady seine Gedanken in ein anderes Fahrwasser, weg von den beiden Mädchen. Vor allem an Roweena wollte er nicht denken, bei der er empfand, dass sie, wenn er sich nicht in Acht nahm, eine ernsthafte Gefährdung seiner Gefühlswelt werden könnte. Das war ihm schon lange nicht mehr passiert. Anders als er bei ihrem ersten Zusammentreffen während des Sturms gedacht hatte, war Roweena längst kein blutjunges Ding mehr. Inzwischen hatte er mitbekommen, dass sie mindestens Anfang zwanzig sein musste, also gar nicht allzu viel jünger als er selbst mit seinen siebenundzwanzig.

Dennoch hatte sich herausgestellt, dass sie ganz anders war als das Bild, das er bei jenem ersten Zusammentreffen im Sturm von ihr gewonnen hatte. An dem Abend hatte sie in ihrer wilden Entschlossenheit, das Kind, Evie, in Sicherheit zu schaffen, ungestüm, mutig, ja leidenschaftlich gewirkt. Im Inneren dieser heimeligen vier Wände freilich war sie kaum mehr als ein Schatten jener flinkfüßigen Elfe. Bisweilen benahm sie sich beinahe kindisch, ganz und gar nicht wie die Frau, die man, gemessen an den dezenten Rundungen ihres Körpers, in ihr sehen wollte. Gabriel begegnete sie unterwürfig, erfüllte eilfertig seine Wünsche und war immer darauf bedacht, dass alles zu seiner Bequemlichkeit war. Anderen gegenüber legte sie stets ein scheues, ehrerbietiges Verhalten an den Tag, so dass man mitunter geneigt sein mochte, sie für etwas zurückgeblieben zu halten.

Selbst im Umgang mit Evie schien sie mehr die große Schwester zu sein als eine mütterliche Gestalt. Und ihr hübsches Erröten, das Brady jedes Mal beobachtete, wenn er ihren Blick erhaschte, bestätigte ihn in seinem Verdacht, dass Gabriel die Außenwelt fein säuberlich von ihr ferngehalten hatte – vor allem die männliche.

Was die merkwürdige Verbindung zwischen Gabriel und den beiden Mädchen anbetraf, hatte Brady nichts weiter in Erfahrung bringen können als das, was Evie am Abend des Sturms von sich gegeben hatte.

Das Mädchen war offenbar schon kurz nach seiner Geburt verlassen worden, und der große Fischer hatte es gerettet und aufgenommen. Bei Roweena war es nicht viel anders gewesen; sie war als kleines Mädchen zu ihm gekommen. Von einem Feuer war die Rede gewesen, aber viel mehr hatte er Evies Geschnatter nicht entnehmen können.

Soweit Brady im Bilde war, bestand keinerlei Blutsverwandtschaft zwischen Gabriel und einem der Mädchen, doch hingen beide augenscheinlich sehr an ihrem Beschützer. Immer wieder hatte er sich vorgenommen, sich nach dem Hintergrund der Mädchen zu erkundigen, aber Gabriel hatte irgendetwas an sich, was ihn sich hüten ließ, ihm mit zu vielen Fragen zu kommen.

Zurück zu Roweena: Die Anziehungskraft, die sie auf Brady ausübte, hatte ihn nicht nur total überrascht, sondern auch ziemlich aus der Ruhe gebracht. Die schüchternen „netten Mädchen" zu Hause hatte er nie attraktiv gefunden. Zweifellos sprach es Bände über seinen Charakter, dass von jeher die etwas extravaganteren Frauen – häufig älter als er selbst – mehr nach seinem Geschmack gewesen waren, Frauen, deren Moral, zumindest Jack zufolge, nicht minder fragwürdig war als Bradys eigene. So war es ganz und gar nicht typisch, dass ein Mädchen wie Roweena, so hübsch sie auch aussah, sein Interesse erregte.

Doch er konnte nicht leugnen, dass sie ihm alles andere als gleichgültig war. Sie löste etwas Zartes, Liebevolles in ihm aus, einen Beschützer- und Versorgerinstinkt, von dem er bis jetzt noch nicht einmal gewusst hatte, dass er ihn besaß. Ganz gegen seine gewohnte Art ertappte er sich dabei, wie er sich über ihre Gefühle Gedanken machte und über sein eigenes Verhalten ihr gegenüber. Zugleich verspürte er den unwiderstehlichen Wunsch, sie auf irgendeine Weise aus ihrer Scheu herauszuholen, um sie besser kennenlernen zu können.

Nicht dass er sich ernsthafte Zuneigung erlaubt hätte. Er hatte Übung darin, Bindungen aus dem Weg zu gehen. Irgendeine Art von Verhältnis mit einem hinterwäldlerischen, tauben Mädchen an diesem entlegenen, primitiven Ort auch nur in Erwägung zu ziehen, hätte an schieren Irrsinn gegrenzt.

Seine zeitweilige Faszination schrieb er dem Umstand zu, dass Roweena so vollkommen anders war als die Frauen, mit denen er zu tun gehabt hatte. Denn Brady betete die Frauen an. Er hatte einen Lebensstil daraus gemacht, ihnen nachzustellen, mit ihnen zu flirten, sie zu genießen – und sie im Stich zu lassen, was zumeist auf beiden Seiten nicht ganz ohne Erbitterung abging.

Häusliches Leben interessierte ihn nicht. Dafür gab es zu viel, was er sich zu tun vorgenommen hatte, zu viele Orte, die er sehen wollte. Jack warf ihm manchmal an den Kopf, an ihm sei ein Zigeuner verloren gegangen, und Brady würde nicht wagen zu behaupten, dass sein Bruder unrecht hatte. Es stimmte ja: Er war von Natur aus ruhelos, selten nur hielt er es länger bei einer Sache aus. Irgendetwas in ihm drängte ihn fortwährend zu neuen Gesichtern, neuen Erfahrungen und neuen Beziehungen.

Da die Dinge so lagen, hätte man ihn den kreuzdämlichsten Trottel schelten müssen, ließe er seine Gefühle außer Kontrolle geraten. Sich mit einem Mädchen wie Roweena einzulassen, würde die Freizügigkeit, die ihm so viel bedeutete, in ernste Gefahr bringen.

Und außerdem war so gut wie sicher, dass Gabriel ihn umbrächte.

Zum Glück fiel es ihm nicht allzu schwer, seine Aufmerksamkeit auf anderes zu richten. Das Claddagh-Viertel selbst hatte ihn in den Bann geschlagen. Fast von Anfang an hatten ihn der Ort und seine Menschen gepackt und gefesselt. Brady war überzeugt, dass ein paar von den besten Porträts, die er bislang zustandegebracht hatte, aus Claddagh stammten. In diesen düsteren, engen Straßen und gewundenen Gassen hatte er die vielen Gesichter von Sorge, Leid und Verzweiflung entdeckt. Ebenso aber waren ihm Züge aufgefallen, die von Kraft, Ausdauer und einem eigenartigen Frieden gezeichnet waren – einer heiteren Gelassenheit, der er noch nie zuvor begegnet war. Hier verschwammen Vergangenheit und Gegenwart miteinander. Zum Leben der Menschen gehörten ein jahrhundertealter Glaube und seit Menschengedenken überlieferte Geheimnisse ebenso wie die See, die sie ernährte, und der Gott, der nach ihrer unverbrüchlichen Überzeugung unter ihnen wandelte.

Claddagh – das war ein Stück düsterer Mystik, die seine Seele mit Beschlag belegt hatte. Immer mehr widerstrebte es ihm, dem Ort den Rücken zu kehren, um sich auf sein Zimmer zu begeben, während der Gedanke, Galway für immer zu verlassen, geradezu Abscheu in ihm erregte.

Als später Terese Sheridan – sauber geschrubbt und mit gebürsteter, kupferfarben schimmernder Mähne – wieder hinter dem Vorhang auftauchte, schoss Brady durch den Kopf, dass Claddagh von diesem Augenblick an durchaus noch eine weitere Attraktion zu bieten haben könnte.

* * *

Gabriel beobachtete den jungen Amerikaner, als Roweena und das Mädchen von den Inseln wieder auftauchten. Zuerst dachte er, der Funke, der in den Augen des Burschen aufblitzte, gälte Roweena, und schon spannte sich seine Kiefermuskulatur. Bei näherem Hinsehen freilich ging ihm auf, dass sich das Interesse des Yanks auf das Mädchen von Inishmore richtete.

Darüber musste er beinah lächeln. Das wäre eine, die dem jungen Hallodri Paroli bieten könnte, darauf würde er wetten! Sie war noch jung, aber sie stand mit beiden Füßen im Leben. Not und schwere Zeiten hatten sie hart gemacht, das sah jeder. Auf ihre ganz eigene Weise kam sie ihm Jahre älter vor als Roweena oder der Amerikaner.

Mit einem anerkennenden Nicken für das hochgewachsene Inselmädchen und einem weiteren für Roweena – als Dank für ihre Hilfe – stand er auf. Es war unübersehbar, dass die Kleine nicht ausgeschlossen bleiben wollte, so dass er sich bückte und sie auf den Arm nahm und ihr zuredete: „Du darfst mit uns zu Jane gehen. Aus irgendeinem unerfindlichen Grund hat sie dich ja gern um sich."

Das Kind strahlte ihn an und gluckste: „Ich hab dich so gern, Gabriel."

„Ach ja? Und wahrscheinlich möchtest du auch noch gern auf meinen Schultern reiten, was? Also los!", sagte er und schwang das Kind über den Kopf, so dass es auf seinem Rücken zu sitzen kam. „Machen wir uns auf!"

Er wandte sich erst Roweena und dann Brady Kane zu. „Für dich wird's auch Zeit weiterzukommen, Yank", sagte er bestimmt. „Roweena wird uns zu Jane Connolly begleiten."

Der junge Amerikaner warf Roweena einen Seitenblick zu. Er konnte seine Enttäuschung nicht völlig verhehlen, wagte aber keinen Widerspruch. Stattdessen setzte er sein leichtes Grinsen auf und verschaffte sich mit einer kurzen Verbeugung in Richtung der Mädchen und einer weitausholenden Handbewegung einen flotten Abgang.

Die kleine Eveleen wie einen Klammeraffen auf den Schultern stand Gabriel da und sah dem Amerikaner nach. Was ihn beunruhigte, war, dass auch Roweenas Blicke dem lästigen Yank folgten, und zwar bis er ganz außer Sichtweite war.

# 12. Jane Connolly

*Wer vermag schon zu sagen,*
*auf welch verschlungenen Pfaden*
*Christus Seinen Willen geltend macht …*
Oscar Wilde

Dicht hinter den anderen eilte Terese die kopfsteingepflasterten Straßen entlang. Nachdem zum ersten Mal seit Wochen ihr Magen gefüllt war und sie sogar eine Stellung in Aussicht hatte, konnte sie sich beinahe einem Gefühl der Hoffnung hingeben. Doch diesem Aufflackern des Optimismus folgte die innere Mahnung auf dem Fuße, ja nicht zu viel zu erwarten, andernfalls der Teufel ihrer Hoffart ansichtig werden und ihr neue Bürde aufhalsen mochte.

All ihre Erfahrung lehrte sie, damit zu rechnen, dass sich dieses Frauenzimmer namens Jane Connolly als kreischende, nörgelnde alte Vettel entpuppte, mit der das Leben äußerst unangenehm werden konnte. Doch sollte es ihr nicht glücken, einfach ihre Ohren zuzuklappen und ungeachtet aller Gehässigkeiten für die Frau zu sorgen, wenn sie sich damit ihre Überfahrt nach Amerika verdienen konnte – ganz zu schweigen davon, dass sie so fürs Erste dem Arbeitshaus entging?

Im Arbeitshaus verreckten die Leute, und zwar an Schlimmerem als Hunger, wenn man den Gerüchten glauben konnte, die Terese gehört hatte. Sie für ihren Teil würde es vorziehen, vor Hunger auf offener Straße umzukippen, anstatt an irgendeiner ekligen Krankheit oder unter den Händen eines rasenden Irren zu sterben.

Das kleine Mädchen, Evie nannten sie sie, drehte ihr den Kopf zu und lächelte. Sie war ein kleiner Kobold. Ihre unbefangene, heitere Art tat Terese nach all den feindseligen Blicken, an die sie sich hatte gewöhnen müssen, irgendwie gut.

Die Leute hier schienen gutherzig zu sein, wenn auch ein wenig sonderbar. Von jeher hatte sie gehört, die Fischer von Claddagh seien ein wilder Haufe, und doch kamen ihr der Riese, Gabriel, und die beiden Mädchen einigermaßen gesittet vor. Jedenfalls hatten sie sie freundlich behandelt, freundlicher, als sie hatte erwarten dürfen.

Sogar dem Amerikaner hatte anscheinend ehrlich an ihrer Rettung gelegen, auch wenn sie nicht so recht wusste, wo sie ihn hinstecken sollte. Irgendetwas hatten diese dunklen Augen an sich, was sie störte: War es ein Übermaß an Keckheit gewesen oder an Neugier? Auf jeden Fall hatten diese Augen etwas zu vergnügt dreingeschaut, so als fände der junge Mann sie auf sonderbare Weise unterhaltsam. Terese traute ihm nicht, wenngleich auf der Hand lag, dass er irgendwie mit diesen Claddagh-Leuten in Verbindung stand und ihr nichts anderes übrigblieb, als sich denen anzuvertrauen. Zudem war das der allererste Amerikaner, dem sie überhaupt begegnete. Womöglich waren die allesamt so überheblich und absonderlich wie dieser Brady Kane?

Vor ihr blieben Gabriel und die beiden Mädchen vor einem solide gebauten strohgedeckten Haus stehen. Das Anwesen stand für sich allein, nicht zwischen anderen Behausungen eingequetscht wie die meisten Gebäude, die Terese unterwegs gesehen hatte. Doch so stabil, wie das Haus auch zu sein schien: es war von einer Aura der Hoffnungslosigkeit und Verlassenheit umgeben. Auf dem Hofplatz lagen verrottete Netzreste und anderer Unrat verstreut. An einer Seite der Haustür lehnte eine Aalgabel an der Wand, an der anderen stand ein zerbrochenes Fass. Das Strohdach hatte hier und da Löcher.

Terese musste sich zusammennehmen, als sie der düsteren Stimmung gewahr wurde, die wie ein Leichentuch über der Stätte lag. Und doch zögerte sie keinen Augenblick, als der große Fischer ihr bedeutete, ihn und seine Mädchen ins Haus zu begleiten. Ihre Entscheidung stand fest: Ein löchriges Dach überm Kopf war besser als überhaupt keines.

* * *

Im Inneren warf das Nachmittagslicht schon lange Schatten. Aber auch hier waren die Spuren der Vernachlässigung unübersehbar. In der Luft hing ein durchdringender Staub- und Modergeruch. Terese bemerkte den stumpfen Fußboden, die schmuddeligen Möbel und das ungespülte Geschirr.

Auch wenn Gabriel ihr Jane Connollys Zustand bereits beschrieben hatte, musste Terese sich alle Mühe geben, die Woge des Mitleids zu bezähmen, die der Anblick der Frau in ihr aufsteigen ließ. Sie hatte sich darauf eingestellt, von einer gekrümmten, verwachsenen Gestalt empfangen zu werden, deren Laune ebenso trostlos sein würde wie ihre körperliche Verfassung. Doch die Witwe Connolly vermochte einen zu überraschen. Die Frau in dem Rollstuhl neben dem Torffeuer war so klein, dass man sie ohne Weiteres für ein Kind hätte halten können. Sie hielt den Kopf vornübergebeugt und schien vor sich hinzudösen. Doch als Gabriel sie mit einem Segensspruch begrüßte, blickte sie auf, und ihre Augen waren hell und voll Freude.

Gabriel hatte gesagt, die Frau sei weder jung noch

alt, und Terese begriff, wie er das gemeint hatte. Jane Connolly hatte jene verhärmten, runzligen Züge, die sowohl durch Schmerz als auch durch das Vergehen der Jahre entstehen können. Ihre Hände, die auf den hölzernen Lehnen des Stuhls lagen, waren schlimm verformt, die Gelenke rot und geschwollen. Besonders die rechte Hand mochte man kaum anschauen: Der Daumen war zur Handfläche hin gekrümmt, alle anderen Finger aber unnatürlich nach oben gebogen. Der Körper unter der Decke, in die sie gewickelt war, war ersichtlich verwachsen. Doch das Haar, das sich in ihrem Nacken kräuselte, war eher brünett als grau, und ihre haselnussbraunen Augen schauten quicklebendig und wissend drein.

Terese entging nicht, wie die Züge der Frau beim Anblick Roweenas und des Kindes weicher wurden. Evie rannte sofort auf sie zu und übergab ihr auf Gabriels Geheiß einen kleinen Beutel. Die Frau nickte dem Fischer zu, als wollte sie sich bei ihm bedanken, bevor sie, mit deutlich schmaleren Augen, Terese musterte.

Als Gabriel in irischer Mundart zu erklären anhob, schien Jane Connolly mehr damit beschäftigt, Terese zu betrachten, als den Worten des großen Fischers zu lauschen. Terese empfand die unverblümte Wissbegier der Frau als ausgesprochen unbehaglich, und es fiel ihr schwer, dem Blick dieser forschenden Augen standzuhalten. Doch es half nichts, schickte sich doch Gabriel zu einer gegenseitigen Vorstellung an, während Roweena Tereses Hand ergriff, um sie dicht an die verkrüppelte Frau heranzuziehen.

Von der Witwe kam keinerlei Geste, kein Ansatz einer angemessenen Begrüßung – nichts als dieser durchdringende, abschätzende Blick. Im nächsten Augenblick wandte sie sich Gabriel zu, und es kam zu einem kurzen, scharfen Wortwechsel auf Irisch.

„Was denkst du dir überhaupt? Ich bin doch keine reiche Frau! Ich kann mir kein Hausmädchen leisten!“

„Das haben wir doch alles schon besprochen, Jane. Du brauchst ein Mädchen, und das weißt du auch.“ Der große Fischer sprach ruhig und gelassen, aber mit einer Festigkeit in der Stimme, die nicht gerade zum Widerspruch ermutigte. „Dieses Mädchen wird zu mäßigem Lohn für dich arbeiten.“

„Ha!“ Das schmale Gesicht legte sich noch mehr in Falten, während sie Terese einen skeptischen Blick zuwarf.

Gabriel achtete nicht auf die Übellaunigkeit der Frau. „Das Mädchen braucht ein Dach überm Kopf, und du brauchst Hilfe. Schau sie an: Sie ist gesund und kräftig und wird dir sehr nützlich sein.“

Die Witwe sah ihn düster an. „Sie ist keine von uns. Sie könnte verrückt sein oder vielleicht ’ne Mörderin – was weiß man schon?“

„Jane, Jane – und ich hab gedacht, du vertraust mir“, erwiderte der Fischer ernst. „Würde ich dir denn jemanden ins Haus schleppen, der gefährlich ist?“

Die Frau schnaubte. „Sie kann mich hinterm Rücken beklauen, so’n Straßenmädchen wie die!“

Terese klemmte beide Arme fest an den Körper. In den Augen des großen Fischers glitzerte etwas, das man für Belustigung hätte halten können, doch sein Ton klang beherrscht und werbend, als er sagte: „Ja, wie jetzt, Jane? Du sagst doch immer, du seist bloß ’ne arme Witwe, bei der es nichts zu holen gibt!“

Jane Connolly verdrehte die Augen gen Himmel und stieß einen übertriebenen Seufzer aus. „So ist es auch“, sagte sie. „Aber dennoch: Sie könnte mich ja auch in meinem Bett ermorden.“

Terese kam zu dem Schluss, dass die Frau völlig neben der Kappe war. Die fürchterliche Krankheit, die ihren Leib verkrüppelt hatte, musste irgendwie auch ihr Hirn erfasst haben.

Gabriel schüttelte den Kopf. „Ich kann dir nicht folgen, Jane. Hast du mir nicht neulich erst erzählt, dass du es die meisten Abende nicht mal fertigbringst, in dein Bett zu kommen, so dass du in deinem Stuhl schlafen musst?"

Aha, jetzt wurden ihre Augen wirklich schmal, und das eckige kleine Kinn schob sich ein bisschen weiter nach vorne. Terese fühlte einen merkwürdigen Drang zu lachen. Diese arme verkrüppelte Frau war so ein winziges Etwas, aber ganz offenkundig hielt sie sich für eine Macht, mit der man zu rechnen hatte. Irgendetwas sagte ihr, dass die Witwe Connolly sich in Wirklichkeit längst mit dem Gedanken anfreundete, sie einzustellen, aber aus wer weiß welchem persönlichen Grund darauf bestand, dass der Fischer zunächst einmal seine Sache unter Beweis stellte.

Der Hüne war wahrlich von sinnigem Gemüt – das musste Terese ihm zugestehen –, dass er sich von diesem sauertöpfischen Weib dermaßen angeifern ließ.

„Du verblüffst mich, Mann, das muss ich schon sagen – willst mich auf Gedeih und Verderb einer Außenstehenden ausliefern!"

Gabriel verschränkte die kräftigen Arme über der Brust. „Warum redest du nicht einfach mit dem Mädel, Jane? Hast du denn kein Wort des Willkommens für eine Fremde?"

Sie verzog den Mund, wandte sich aber tatsächlich Terese zu und ließ ihren funkelnden Adlerblick über sie gleiten. „Also, Mädchen – Gabriel sagt, du bist von der Großen Insel?"

„So ist es."

Die Frau schürzte die Lippen. „Mein Mann hat den Insulanern nie getraut."

Terese verschränkte die Hände hinterm Rücken und holte tief Luft, sagte aber nichts.

„Er hat immer gesagt, die von den Inseln seien 'n Rudel Wilde."

Allein der Gedanke an eine weitere bitterkalte Nacht draußen in den Gassen ließ Terese ihre Zunge im Zaum halten.

Jane Connolly hob eine ihrer knorrigen Hände, und ob sie wollte oder nicht, Terese bemerkte, wie sie dabei vor Schmerz das Gesicht verzog. „Na schön, Mädchen, komm mal her. Komm näher!" Es war ein Befehl.

Die Hände immer noch hinterm Rücken, trat Terese zu ihr.

„Zeig mir deine Hände!", forderte die Zwergin. „Woll'n mal sehen, ob du auch arbeiten kannst."

Mit zusammengebissenen Zähnen streckte Terese beide Hände mit den Handflächen nach oben vor und ließ die Musterung durch die Frau bewegungslos über sich ergehen. Als die Witwe aufsah, glomm in ihren Augen beinah ein wenig Boshaftigkeit. „Oho, diese Nägel hier – ob denen nicht mal ein bisschen Schrubben guttun würde? Ich werde kein verlottertes Mädchen für mich arbeiten lassen!"

Es kostete Terese Mühe, ihren Zorn herunterzuschlucken. Gewiss war sie an Erniedrigungen gewöhnt, aber deswegen steckte sie sie noch lange nicht gleichgültig weg. Doch andererseits war die Frau in mitleiderregender Verfassung. Ihre Schmerzen mussten fürchterlich sein.

„Was ist mit deiner Familie?", horchte die Witwe sie aus. „Wie kommt es, dass so'n junges Ding wie du auf sich selbst angewiesen ist?"

Terese sah sie an und erstattete ihr widerstrebend in aller Kürze Bericht über die Auswanderung von Vater und Bruder, den nachfolgenden Tod all ihrer Angehörigen und die Zerstörung des Hauses ihrer Tante durch den Sturm.

Während sie sprach, entgingen ihr weder der brennende Blick der Witwe noch deren wissender Gesichtsausdruck und ihr schroffes Nicken. „Dann haben also deine Mannsleute dich verlassen", warf die Frau ein, „und jetzt bist du deiner Tante davongerannt, wo sie dich am meisten gebraucht hätte, stimmt's?"

Irgendetwas in Terese schnappte ein. Blitzartig zog sie die Hände zurück und fuhr herum, als wollte sie gehen. „Sie sind 'n schlimmes altes Weib, wissen Sie das?", giftete sie über die Schulter, während sie auf die Tür zuging. „Und für so eine Verrückte arbeite ich nicht."

„Zurück hierher, Mädchen, und zwar auf der Stelle!", grollte der große Fischer. „Und benimm dich gefälligst, Jane ist noch nicht fertig mit dir!"

Terese drehte sich auf dem Absatz um und sah ihn an. „Aber ich bin fertig mit ihr!"

Zu ihrem Erstaunen fing die Witwe an zu gackern. „Hab ich's dir nicht gesagt, Mann? Sie ist 'ne Wilde von den Inseln."

„Und Sie", versetzte Terese bleckend, „sind 'ne gemeine alte Frau!"

Erneut lachte Jane Connolly, genauso wie das Kind, Evie, das offenbar seinen Spaß an dem Wortwechsel hatte.

Terese kam zu dem Schluss, dass diese Leute mehr als nur sonderbar waren. Sie waren unmöglich.

„Na schön, Schluss jetzt, genug!" Die Witwe Connolly versuchte ihre Hand zu heben, aber das verdrehte, geschwollene Etwas, das einmal eine solche gewesen war, ließ die Geste erschreckend wirken. Terese konnte nichts dagegen machen, dass sie erneut einen Stich von Mitleid verspürte. Trotzdem hatte sie nicht die Absicht, sich von der Frau zurechtweisen zu lassen.

Umso mehr überraschten sie die nächsten Worte, die Jane Connolly sagte: „Mir scheint, man kann es mit dir versuchen. Man sagt ja, die Mädels von den Inseln scheuen keine harte Arbeit."

Gabriel nickte in offenkundiger Genugtuung, während Roweena sie anlächelte, als wollte sie ihr Mut machen. Und aus der Ecke, wo sie sich auf einen Schemel gehockt hatte, erklang das glucksende Lachen der sonderbaren kleinen Evie.

„Ich geb dir 'n Bett und Essen", sprach die Witwe weiter, jetzt in brüskem, alles andere als scherzhaftem Ton. „Du siehst allerdings nicht gerade aus, als wenn du einen von Haus und Hof futtern würdest. Du wirst für uns kochen und das Haus versorgen, drinnen wie draußen." Ihre Stimme nahm ein grollendes Timbre an. „Und du wirst dich natürlich um mich kümmern. Es ist wenig genug, was ich heutzutage noch für mich tun kann."

„Das hört sich nach 'ner Menge Arbeit an", bemerkte Terese.

Die Frau warf ihr einen drohenden Blick zu. „Hab ich dich gerufen, Mädchen? Meinetwegen kannst du durch dieselbe Tür wieder verschwinden, durch die du reingekommen bist."

„Jane!"

Gabriels nachdrückliche Ermahnung trug ihm nichts weiter ein als einen Blick wie ein Brandpfeil.

„Was zahlen Sie mir?", mischte sich Terese ein, bevor die beiden wieder von vorne anfingen.

„Hab ich dir nicht gerade eben 'n Bett und Kartoffeln angeboten?"

„Ein Bett und Kartoffeln genügen nicht. Was Sie wollen, ist ein Mädchen, das rund um die Uhr für Sie da ist. Ich arbeite entweder gegen Lohn oder gar nicht."

Die Frau wandte sich Gabriel zu. „Unverschämt ist sie – hab ich's dir nicht gesagt? Sie hat wirklich alles andere als 'ne gute Kinderstube."

Der Fischer hob die dunklen Brauen. „Aber sie hat recht, Jane. Du erwartest 'ne Menge Arbeit und willst nichts zahlen. Ich bezweifle sehr, dass du 'n anderes Mädchen finden wirst, das so stark und arbeitswillig ist wie dieses hier."

Die schrumplige Witwe stierte ihn an, um dann Terese mit einem noch schwärzeren Blick zu bedenken. Schließlich sagte sie: „Einen Schilling die Woche." Es klang, als müsste sie die Wörter herauswürgen.

Die Hände in den Hüften funkelte Terese sie von oben her an. „Zwei."

„Wie jetzt, Mädel, hältst du mich für'n Dukatenesel?"

Terese verzog keine Miene. „Zwei", wiederholte sie.

Jane Connolly grummelte irgendetwas, was so klang wie, sie werde noch im Arbeitshaus zugrunde gehen bloß wegen eines habgierigen Dienstmädchens, doch dann nickte sie. „Du fängst noch heute an."

„Wie Sie wünschen", sagte Terese ebenso kurz angebunden.

Die Witwe wandte sich noch einmal Gabriel zu und machte eine Geste, die wohl einen erhobenen Zeigefinger darstellen sollte. Terese bemerkte, dass der Finger in Höhe des Knöchels fast zu seiner doppelten Dicke angeschwollen und übel entzündet war. „Und du, Mann, wirst die Schuld zu tragen haben, falls sie mich beklaut oder gleich um die Ecke bringt."

Der große Fischer deutete einen Diener an, wobei er so aussah, als müsse er ein Grinsen unterdrücken. „So verhält es sich, Jane." Dann richtete er sich auf und gab Roweena und dem Kind einen Wink. „Wir machen uns aus dem Staub, damit ihr euch aneinander gewöhnen könnt, du und dein neues Dienstmädchen."

Als sie gingen, machte Terese sich auf einiges gefasst. Nachdem ihre neue Herrin sich in Gegenwart anderer dermaßen zänkisch aufgeführt hatte, mochte sie gar nicht daran denken, wie sie sich wohl gebärden würde, wenn sie erst allein waren. Doch tröstete sie sich damit, dass sie immerhin endlich eine Stellung gefunden hatte – eine Stellung, die ihr zwei Schillinge die Woche, ein Dach überm Kopf und ein Feuer im Herd garantierte, ganz zu schweigen von „einem Bett und Kartoffeln".

Dies alles im Sinn brachte sie sogar ein verbissenes kleines Lächeln für die Frau im Rollstuhl zustande. „Und was soll ich zuerst tun, Mrs Connolly?", fragte sie höflich.

Jane Connolly sah sie mit unverändert schmaläugiger Neugier an. „Ich nehme an, so'n Inselmädchen weiß nicht allzu viel darüber, wie man 'ne anständige Ladung Wäsche auf die Leine kriegt."

„Dieses Inselmädchen sehr wohl", sagte Terese beherrscht. „Ich stamme von sauberen, zivilisierten Leuten ab."

„Dass ich nicht lache! Nun denn, das werden wir ja sehen. Also los, an die Arbeit, Mädel! Hinter dem Vorhang steht 'n Korb mit Sachen, die eingeweicht werden müssen. Ich bin ganz erschöpft von dem Gesabbel mit dir und diesem Dickschädel von einem Fischer. Ich brauche ein wenig Ruhe."

„Wünschen Sie, dass ich Ihnen ins Bett helfe?"

Langsam schüttelte Jane Connolly den Kopf. „Im Bett komme ich eh nicht mehr zur Ruhe", sagte sie und wandte den Blick ab. Die Frau wirkte abgespannt und sah totenbleich aus. „Die meisten meiner Stunden verbringe ich in diesem schrecklichen Stuhl. Bloß dieser Gabriel nörgelt dauernd an mir herum, dass ich öfter aufstehen soll, wie weh es auch tut. ‚Hoch mit dir, Jane, entknote dich mal'", sagte sie in beißender Nachahmung, „‚sonst versteinerst du noch!'"

Ihr Kopf sank noch tiefer auf die Brust. „Er weiß es ja nicht", sagte sie bitter. „Er kann nicht wissen, wie sich das für mich anfühlt. Denn ich *bin* ja dabei zu versteinern, und niemand kann irgendetwas dagegen tun."

Darauf sah sie zu Terese auf. „Ich bin gar keine alte Frau, weißt du. Du hältst mich dafür, und unser lieber Heiland weiß, dass ich mich auch so fühle. Tatsächlich aber bin ich Gabriel bloß zehn Jahre oder so voraus."

Offenbar gelang es Terese nicht, ihre Verblüffung zu verbergen, denn die Frau verzog den Mund zu einem jämmerlichen Lächeln und nickte. „Es stimmt." Doch dann kniff sie die Lippen zusammen, als wäre sie plötzlich innegeworden, schon zu viel gesagt zu haben. „Also schön. Jetzt geh an deine Arbeit. Dass du dich ja nicht täuschst, Fräulein! Deine zwei Schillinge die Woche wirst du dir schon verdienen müssen!"

Daran zweifelte Terese keinen Augenblick. Seufzend fügte sie sich in ihr Schicksal und machte sich auf, um nach dem Wäschekorb zu sehen.

# 13. Der Blick auf die Frauen

*Eine war hübsch von Angesicht,*
*zwei oder drei anmutig gar,*
*doch Anmut wie Schönheit*
*warn ganz vergebens ...*
W. B. Yeats

*New York*

Jack Kane sah sich im Ballsaal des Harrington'schen Anwesens um. Selbst ein russischer Palast hätte kaum mehr an üppiger, ja übertriebener Pracht zu bieten gehabt. Grellweißes Licht zuckte durch den Raum, brach sich in kristallenen Lüstern und den diamantenen Colliers, mit denen die Damen der illustren Gesellschaft behängt waren, und wurde aufgesogen vom Schein der wohl mehr als zweihundert flackernden Kerzen, die überall im Raum verteilt standen. So viele Lichtquellen gab es in dem Salon, dass man damit mühelos die ganze Stadt hätte in Brand setzen können.

Das typische irische *Ceili* war das hier nicht, so viel stand mal fest. Der Gedanke löste bei Jack ein Lächeln aus. Diesmal hatte seine irische Nationalität nicht verhindert, dass man ihn eingeladen hatte, im Gegenteil: Diese Einladung hatte er gerade deshalb bekommen, *weil* er Ire war. Wäre er ein Barackenire gewesen, so hätten die Dinge allerdings anders gelegen. Hier führten nur die allerreichsten der Iren ihre Klunker vor. Es handelte sich um einen Wohltätigkeitsball zugunsten einiger Organisationen, die sich der Einwandererhilfe verschrieben hatten.

Gewiss, es würde niemals genug Geld vorhanden sein, um den Bedürfnissen der immer größeren Einwandererwellen Genüge zu tun, die in jenen Tagen die Häfen überschwemmten. So kam es, dass Richard Harrington und ein paar handverlesene Mitglieder des großbürgerlichen New Yorker Establishments – alles Leute, die ihr Vermögen durch den Börsenkrach des vergangenen Jahres hatten hindurchretten können – übereinkamen, eine Benefizgala für die „Armen und Verzweifelten“ auszurichten, zu der auch die Iren, die ein Bankkonto und einen Frack ihr eigen nennen konnten, eine Einladung zugestellt bekamen.

Den größten Teil des Abends hatte Jack seinen eigenen Gedanken nachgehangen, die in erster Linie um das Ergehen seines Bruders kreisten. Das unerklärliche Schweigen des jungen Streuners dauerte ihm mittlerweile viel zu lange. Jetzt war es egal, welche Kapriolen das Wetter schlug: Tom West war im Begriff, sich nach Irland einzuschiffen, und dann würde man ja sehen, ob auch in den nächsten paar Wochen noch keine Nachricht von Brady eintreffen würde.

Doch jetzt irritierte ihn noch etwas anderes, was wesentlich greifbarer war: die nervtötende Miss Patricia Woodstock. Nicht, dass es seiner Tischdame an Attraktivität gebrach. Im Gegenteil, Miss Woodstock war von durchaus bezauberndem Äußeren. Blond und elegant von Erscheinung, hatte sie ein aristokratisches Antlitz und die dazu passende Figur, so dass sich jeder nach ihr umdrehte. Doch für Jacks Geschmack war ihr Aussehen auch alles, worauf sie sich etwas einbilden konnte. In einem seiner aufgeheiterten Momente war er zu dem Schluss gekommen, die schöne Miss Woodstock habe ziemliche Ähnlichkeit mit dem französischen Cremegebäck, das Addy dauernd aus Crees Bäckerladen anschleppte: eine gepuderte Kreation, die einem den Mund wässrig machte, sich aber, wenn's drauf ankam, als wenig mehr denn gezuckerte Luft entpuppte.

Viel Zuckerguss, aber keine Füllung – so war's auch hier.

Den ganzen Abend hatte das Mädchen wie eine Klette an ihm gehangen, sich kein einziges Wort von ihm entgehen lassen und jeden Anflug dessen, was sie als seinen „unerhörten Witz" titulierte, mit weitaufgerissenen Porzellanpuppenaugen und geziert-tadelndem Kopfschütteln quittiert. Selbst als Jack die Flucht nach vorn angetreten und mit *Mrs* Woodstock, Patricias verwitweter Mutter, die weitaus interessanter war als ihre Tochter, zu flirten begonnen hatte, konnte das das geistlose junge Geschöpf nicht davon abhalten, ihm auf die albernste Art und Weise um den Bart zu gehen. Wahrscheinlich hatte sie seine geringschätzige Grobheit noch nicht einmal bemerkt.

Jack hatte mit dem Gedanken gespielt, das Mädchen absichtlich zu beleidigen, verwarf ihn aber wieder. Wahrscheinlich, überlegte er, versuchte sie sowieso bloß ihrer Familie zu helfen. Vielleicht sollte man sie sogar für das Opfer belobigen, das sie brachte, indem sie mit einem Iren Konversation machte. Was ihren verehrten, hingeschiedenen Vater anbetraf, so würde sich der arme alte Woodstock angesichts eines *Paddy* als Schwiegersohn mit Sicherheit im Grabe umdrehen.

Wenn Miss Patricia freilich ihre Bemühungen, das Familienvermögen wiederherzustellen, von Erfolg gekrönt sehen wollte, dachte er gehässig, würde sie lernen müssen, ihre Kandidaten nicht herablassend zu behandeln. Schließlich hatte selbst ein Ire seinen Stolz.

Jack machte sich keinerlei Illusionen darüber, welcher Art das Interesse des Mädchens an seiner Person war, und er hatte keine Neigung, ihre seiner Meinung nach gehörig ausgeprägten Raubvogelinstinkte zu unterschätzen. Sie würde ihre Klauen nur so lange eingezogen halten, bis sie ihn sicher hatte. An einem festlichen Bankett ertrug sie ihn, fand ihn vielleicht dafür, dass er Ire war, noch nicht einmal allzu widerlich – schließlich hielt sie ihn zweifellos für stinkreich. Jack würde jede Wette eingehen, dass sich die Dinge im Handumdrehen änderten, sobald er ihr auf den Leim ginge und mit ihr vor den Altar träte. Wenn sie erst einmal sein Geld in der Kralle hatte, sollte es ihn wundern, wenn sie nicht auf getrennten Schlafzimmern bestünde und einen Weg fände, ihn auch aus dem Rest ihres Lebens auszubooten.

Zu schade für Patricia Woodstock, dass er nicht ganz der Tölpel war, für den sie ihn zu halten schien. Seit acht Jahren Witwer, und zwar ein wohlhabender Witwer, hatte er im Fadenkreuz der allermeisten hohlköpfigen Gesellschaftsdamen der Stadt gestanden, die auf der Jagd nach einer guten Partie waren. Eine Zeitlang hatte er tatsächlich die Möglichkeit in Betracht gezogen, eine Zweckehe einzugehen. Eine Frau zu Hause zu haben, wäre ihm schon recht gewesen, abgesehen davon, dass er sich Kinder wünschte. Sicher. Addy hielt zwar seinen Hausstand mindestens ebenso sehr in Schuss wie die beste Ehefrau – vielleicht sogar noch besser –, aber das war nicht dasselbe, wie wenn man Familie hatte.

Doch er hatte nie wirklich daran geglaubt, dass daraus etwas werden könnte. Er kannte sich selbst viel zu gut und wusste genau, dass er niemals mit weniger zufrieden sein würde als einer echten Liebesheirat. Es würde immer darauf hinauslaufen, dass er eine andere Frau – zumal eine, die er nicht wirklich liebte – mit Martha vergliche.

Sie war keine Schönheit gewesen, seine Martha, aber

sie hatte einen ganz eigenen Charme besessen, ein stilles, freundliches Wesen und eine unübertreffliche Güte, die sie, verbunden mit ihrem flinken, scharfen Verstand, nicht nur begehrenswert für Jack gemacht, sondern ihm auch Respekt abgenötigt hatte. Martha war seine Geliebte, sein Schatz und seine beste Freundin gewesen, vor der jede andere Frau, die er seither kennengelernt hatte, verblasste.

Leider waren ihnen nicht einmal zwei kurze gemeinsame Jahre beschieden gewesen, bevor der Krebs sie dahingerafft hatte. Das lag fast acht Jahre zurück, Jack aber vermisste sie noch immer.

Freilich nicht so sehr, dass er eine unglückliche Verbindung mit einer dummen kleinen Intrigantin wie Patricia Woodstock eingegangen wäre. Als er Martha geheiratet hatte, war er fast dreißig gewesen, jetzt stand er kurz vor seinem Vierzigsten – wenn es sein musste, würde er den Rest seines Lebens auch allein herumbringen. Er hatte die Zeitung, besaß genug Geld, um so zu leben, wie es ihm gefiel, und dann blieben ihm ja auch noch Brady und Rose.

Er verzog die Mundwinkel beim Gedanken daran, dass sein Bruder irgendwo im Irischen verschütt gegangen und seine Schwester Rose im wahrsten Sinne des Wortes *Schwester* Rose war: eine Nonne, die in einem Konvent in New Jersey lebte.

Doch wenn auch Rose niemals bei ihm leben würde, so würde Brady irgendwann wieder auftauchen. Wenngleich er sich manchmal verzweifelt um seinen Bruder sorgte, konnte Jack sich irgendwie nicht vorstellen, dass dem leichtsinnigen jungen Abenteurer etwas wirklich Schlimmes zugestoßen sein könnte. Erfahrungsgemäß schnitt Brady am Ende immer gut ab.

Bitte, lieber Gott, lass es auch diesmal so sein ...

Ein nachdrückliches Zupfen an seinem Ärmel erinnerte Jack daran, dass er zu lange von dem spießigen Treiben um ihn herum abwesend gewesen war. Verhalten seufzend wandte er sich wieder seiner Tischdame zu und heuchelte Interesse, das geeignet schien, den berechnenden Schimmer in ihren Augen nur noch umso mehr aufblitzen zu lassen.

* * *

Cavan Sheridan hatte Mühe, sich auf die grammatischen Übungen zu konzentrieren, die er vor sich liegen hatte. Das lag nicht an der Lektion selber, sondern an der Lehrerin, die soeben neben seinem Pult Aufstellung genommen hatte, um ihm dabei zuzusehen, wie er die Bestandteile eines Satzes umformte.

Keine Frau, die Cavan jemals getroffen hatte, ließ sich mit Samantha Harte vergleichen. Ganz gewiss widerlegte sie jedwede vorgefasste Meinung, die er über Lehrerinnen hegte, bevor er sich für diese Abendschule einschrieb.

Der Schulsaal selbst, im Keller eines Gemeindehauses gelegen, entsprach exakt dem, was er sich vorgestellt hatte: Er war schlecht beleuchtet, kalt und staubig. Cavan hatte erwartet, die Lehrerin werde von ähnlicher Tristheit sein.

Doch wie sich herausstellte, war die schlanke Miss Harte zwar ruhig und anscheinend von feinem, zurückhaltendem Benehmen, aber alles andere als eine graue Maus. Bis zur heutigen Unterrichtsstunde, der vierten bis jetzt, hatte Cavan sich schon halbwegs in die Frau verliebt, wobei es ihn nicht im Geringsten störte, dass sie möglicherweise ein paar Jahre älter war als er. Im Gegenteil, das machte sie nur umso begehrenswerter. Ebenso wenig beunruhigte es ihn, dass

Samantha Harte augenscheinlich eine gebildete, kultivierte Frau war, deren vornehmes Auftreten und ausgesuchte Manieren die Dame von Stand verrieten. Vom ersten Abend an hatte sie ihn betört, und mittlerweile war er völlig hingerissen.

Alles an der Frau zog Cavan an: das brünett schimmernde Haar, zu einem dicken Knoten gebunden, aus dem sich unweigerlich ein, zwei Strähnen lösten; das aparte ovale Gesicht; die großen braunen Augen, in deren bernsteinfarbenen Einsprengseln sich das Licht brach; der dezente Duft von Seife und Rosenwasser, der jede ihrer Bewegungen begleitete; die schöne, volle Stimme und jenes scheue Lächeln, das so merkwürdig mit dem ruhigen Selbstvertrauen kontrastierte, welches sie ausstrahlte. Bei so überaus delikater Ablenkung, so sagte er sich schon den ganzen Abend, war es kein Wunder, dass es ihn außergewöhnliche Anstrengung kostete, die Gedanken auf seine Studien zu richten.

Nachdem er schließlich seine Aufgaben bewältigt hatte, ließ Cavan absichtlich den anderen Schülern den Vortritt und trat als Letzter zum Katheder. Die Lehrerin bedachte ihn mit jenem flüchtigen kleinen Lächeln, nach dem er mittlerweile Ausschau hielt, und überflog den Bogen, den er ihr ausgehändigt hatte.

„Das scheint mir sehr gelungen zu sein, Mr Sheridan“, sagte sie und blickte auf. „Wirklich gute Arbeit, wie immer bei Ihnen. Mir scheint, Sie haben einen sehr ausgeprägten Sinn für Grammatik. Ich denke beinah, Sie hätten diese Lektion überspringen können. Vielleicht könnten Sie sogar gleich in die Fortgeschrittenenklasse gehen.“

Cavan schüttelte den Kopf und versuchte zu ignorieren, wie ihm ob ihrer Anerkennung das Herz im Leibe hüpfte. „Für die Stellung, die ich anstrebe“, sagte er,

„werde ich die ganze Grammatik und all den anderen Stoff brauchen."

Sie faltete die Hände auf der Tischplatte. „Was wäre das denn für eine Stellung?"

„Ich habe vor, für den *Vanguard* zu arbeiten – Sie wissen schon, die Zeitung. Und dafür brauche ich noch 'ne Menge an Ausbildung."

Sie lächelte ihm zu. „Also wollen Sie Drucker werden, ja?"

„Nein, Ma'am", sagte Cavan mit fester Stimme. „Einen Job als Reporter, den möchte ich."

Sie hob leicht die dunklen Brauen. „Reporter? Nun ja, das ist ohne Frage ein hochgestecktes Ziel für einen –" Sie unterbrach sich, als wäre sie peinlich berührt von dem, was ihr um ein Haar entschlüpft wäre.

„Für einen Irländer?", beendete Cavan den Satz für sie. Irgendwie brachte er dabei die Andeutung eines Lächelns zuwege. Sie errötete, und er beeilte sich, die Peinlichkeit zu überspielen. „Natürlich haben Sie recht. Aber wissen Sie, ich habe schon einen Fuß in der Tür, und ich hoffe, es dauert nicht allzu lang, bis ich ganz drin bin. Jedenfalls möchte ich bereit sein, wenn es so weit ist."

Ihr fragender Blick veranlasste Cavan zu erläutern, was er gesagt hatte. „Gegenwärtig bin ich Mr Jack Kanes Privatkutscher. Aber das ist nur für den Übergang. Ich hab nicht vor, für alle Zeiten seinen Buggy zu kutschieren."

„Ich verstehe." Sie lächelte und stand auf. „Nun gut, Mr Sheridan, ich sehe, dass Sie ein ehrgeiziger Mann sind." Sie sah ihn von unten her an. „Und Sie sind ein sehr guter Schüler. Meiner Meinung nach haben Sie ausgezeichnete Chancen, Ihr Ziel zu erreichen."

Bildete er es sich nur ein, oder war sie tatsächlich leicht nervös? Hatte er irgendwas Falsches gesagt?

Nein, vermutlich hatte er zu viel auf sie eingeredet. Oder sie mit seinem Irländer-Spruch in Verlegenheit gebracht.

Er wagte noch einen Vorstoß. „Miss Harte?“ Er brachte ihren Namen nur zitternd über die Lippen.

Sie schenkte ihm ein weiteres rasches Lächeln.

„Ähm, ich ...“ Er schluckte. „Ja, ich möchte mich bei Ihnen bedanken. Sie sind eine gute Lehrerin. Sie haben mir mehr geholfen, als Sie wissen können.“

„Oh – nun ja, ich meine das so, wie ich es gesagt habe, Mr Sheridan. Sie sind in der Tat ein ausgezeichneter Schüler. Es macht wirklich Freude, Sie zu unterrichten.“ Sie hob eine Hand an die Kehle, um den Knoten ihres schwarzen Halstuchs zurechtzurücken, und Cavan kam nicht umhin, ihre langen, schlanken Finger zu bewundern. Ihre Haut war butterweich, dachte er. Wäre es nicht großartig, diese zierliche Hand in seiner Eigenen zu halten?

Aufschreckend merkte er, dass sie anscheinend etwas gesagt hatte, das ihm entgangen war. „Bitte, Ma'am?“

„Ich ... na ja, vorhin ... Ich meinte nicht –, dass Sie Ire sind. Was ich sagen wollte, war, dass Sie sehr ehrgeizig sind für einen jungen Mann.“ Sie unterbrach sich. „Und dann noch – bitte nennen Sie mich *Mrs* Harte.“

Cavan vertrocknete das Herz im Leibe. Unfähig, sie anzusehen, drehte er den Kopf zur Seite. Auf einmal kam er sich vor wie ein täppischer Schuljunge.

Als er nicht antwortete, sprach sie mit gesenkter Stimme weiter. „Ich bin ... ich bin Witwe, wissen Sie. Mein Mann verstarb vor vier Jahren.“

Mochte Gott ihm vergeben, aber er musste sich bis zum Äußersten zusammenreißen, um sich seine Erleichterung nicht anmerken zu lassen. Doch gleichzeitig fühlte er sich tief beschämt. „Ich bin ... Das tut mir sehr leid“, sagte er mit belegter Stimme.

Er kam sich vor wie der allermieseste egoistische Rüpel auf Erden – sich zu freuen, dass sie einen solchen Verlust erlitten hatte. Und doch empfand er Dankbarkeit oder zumindest Erleichterung, das ließ sich nun mal nicht leugnen.

Plötzlich wurde sie kurz angebunden und ging auf die Tür zu. „Nun, es wird spät. Der Küster wird zuschließen wollen."

Cavan folgte ihr durch den Lehrsaal, dann die Treppe hinauf und den düsteren, verlassenen Korridor entlang. Zwischen ihnen wurde nichts mehr gesprochen, und er ertappte sich bei der Frage, was für ein Leben sie wohl führen mochte. Ob sie als Witwe allein lebte oder nach dem Tod ihres Mannes in den Schoß ihrer Familie zurückgekehrt war? Dann ging ihm schlagartig auf, dass sie womöglich Kinder hatte – ein Gedanke, der ihn kalt erwischte. Irgendwie konnte er sich Samantha Harte nicht als Mutter vorstellen. Sie erschien noch so jugendlich, so zart und verletzlich.

Es gab etliche Fragen, die er ihr gern gestellt hätte, so vieles begehrte er über sie zu erfahren. Aber er wollte ihr nicht zu nahe treten. Sie sollte ihn nicht für aufdringlich halten.

Doch wie sich erwies, hatte sie ihrerseits Fragen an ihn. „Wie ist es, für Mr Kane zu arbeiten?"

Sie waren jetzt am Eingang des Gemeindehauses angelangt. Cavan hielt ihr die Tür auf und folgte ihr nach draußen, bevor er antwortete. „Ich würde sagen, Jack Kane ist ein anständiger Mann. Viele finden ihn sehr anspruchsvoll, aber mein Eindruck ist, dass er von seinen Leuten nicht mehr verlangt als von sich selbst. Mich, das muss ich sagen, behandelt er sehr gut."

„Ach ja? Er genießt einen ... nun, wie soll ich sagen – einigermaßen fragwürdigen Ruf, nicht wahr? Ich hätte gedacht –" Sie brach ab. „Entschuldigen Sie. Das hätte ich nicht sagen sollen. Schließlich ist Mr Kane Ihr Chef, und sein Ruf geht mich nun wirklich nichts an."

Die Laterne an der anderen Straßenseite warf gerade so viel Licht, dass er die goldenen Sprenkel in ihren Augen sehen konnte, und für einen Augenblick hatte es ihm die Sprache verschlagen. „Ich hab gehört, was so geredet wird", brachte er schließlich hervor. „Und ich würde Jack Kane niemals einen Heiligen nennen. Ich habe jedoch nichts mitbekommen, was ihn als den Schuft dastehen ließe, den manche in ihm sehen wollen. Im Gegenteil, ich würde sagen, ich hab's ganz schön gut getroffen ..." Er grinste. „...für einen Irländer."

Es war zu dunkel, um zu sehen, ob sie wieder rot anlief, aber sie lächelte irgendwie reumütig zu ihm hinauf. „Täusche ich mich, oder ist nicht Mr Kane selbst Ire?"

Cavan nickte. „Doch, das ist er. Und er entschuldigt sich keineswegs dafür."

„Das will ich auch hoffen." Sie blieb einen Augenblick stehen und sah Cavan an, als könnte sie sich nicht entscheiden, ob sie weitersprechen sollte. Als sie dann fortfuhr, war Cavan von ihren Worten überrascht. „Ich muss sagen, ich halte es für eine Schande, wie die Iren in dieser Stadt behandelt werden. Ich möchte, dass Sie wissen, Mr Sheridan, nicht jeder hegt unfreundliche Gefühle gegen sie." Sie schlug die Augen nieder. „Das heißt ... gegen Sie. Und Ihr Volk."

Augenscheinlich fiel es ihr schwer, die rechten Worte zu finden. Cavan spürte ihr Zögern, ihre Verlegenheit, und das erwärmte sein Herz umso mehr für sie.

„Nun gut", sagte sie dann und wandte sich zum Gehen. „Danke, dass Sie mich rausbegleitet haben, Mr Sheridan."

Aus einem Reflex heraus legte Cavan ihr die Hand

auf den Arm. „Sie werden doch wohl nicht zu Fuß gehen wollen?"

Ihr Blick wanderte zuerst zu seiner Hand, bevor sie ihn ansah. „Das tue ich immer. Ich hab's wirklich nicht sehr weit."

„Aber hier in dieser Gegend sollte eine Dame wie Sie nicht allein unterwegs sein, Mrs Harte." Er zog seine Hand weg. „Es wäre mir ein Vergnügen, Sie nach Hause zu fahren."

Cavan machte sich Hoffnung, dass sie zustimmen würde, doch sie schüttelte den Kopf. „Aber nicht doch, das ist wirklich nicht notwendig, Mr Sheridan. Es ist nur ein kurzer Fußmarsch, und es macht mir nicht das Geringste aus."

„Aber ich bitte Sie", beharrte er, „es wäre mir ein Vergnügen. Ich bin mit dem kleinen Buggy da, wissen Sie. Mr Kane pflegt ihn mir meistens zu überlassen, wenn ich abends Schule habe."

„Also, ich weiß nicht ..." Sie zögerte immer noch. „Würde es Ihnen tatsächlich nichts ausmachen? Was aber ist mit Mr Kane? Wissen Sie bestimmt, dass er es Ihnen nicht krummnimmt, wenn Sie die Kutsche für jemand anderen benutzten?"

Cavan nahm sie erneut beim Arm und zog sie dann in Richtung Straße. „Jack Kane würde es niemals zulassen, dass eine Dame allein nach Hause laufen müsste, solange er ihr helfen könnte. Ja, wenn er hier wäre, würde er darauf bestehen, Sie höchstpersönlich heimzufahren."

Voller Skepsis zog sie eine Braue hoch. „Ich muss sagen, dass ich mir nicht vorstellen kann, in einer Kutsche mit Ihrem berüchtigten Brötchengeber zu fahren, Mr Sheridan."

„Ähm, nun ja ... Ich für meinen Teil bin ein durchaus nicht berüchtigter Zeitgenosse – bei mir dürfen Sie sich ganz sicher fühlen“, sagte Cavan, während er ihr in das Fuhrwerk half und ihr die Kutschdecke über die Beine legte. Sie beugte sich vor und machte es sich bequem, und für ein paar Sekunden war ihr Gesicht seinem so nah, dass er den Atem anhielt. „Wenn Sie mir bitte ... Ihre Adresse sagen wollen?“, stieß er schließlich hervor.

„Oh, das ist ganz in der Nähe – Bleecker Street, nicht weit von der Thompson. Kennen Sie den Weg?“

Cavan wusste ungefähr Bescheid und nickte.

„Es ist ein gemauertes vierstöckiges Gebäude“, sagte sie noch und fügte hinzu: „Ich habe eine Wohnung auf der zweiten Etage.“

Wenn sie in solch einem Viertel lebte, dachte Cavan, während er auf den Bock stieg und nach den Zügeln griff, einem Viertel mit zwar ehrbaren, aber bescheidenen Klinkerfassaden, dann konnte sie nicht gerade wohlhabend sein. Ein tröstlicher Gedanke, das. Schließlich war es Hindernis genug, dass sie eine Frau von Bildung war. Würde sie auch noch Wohlstand ihr eigen nennen, so wären seine Chancen absolut gleich null.

* * *

Später am selben Abend saß Samantha Harte an dem kleinen weißgestrichenen Tisch in der Küche ihres Apartments. Eigentlich hatte sie Prüfungsarbeiten durchgehen wollen. Stattdessen schweiften ihre Gedanken in die Vergangenheit, was sie normalerweise nicht zuließ, war doch damit unweigerlich Schmerz verbunden. Heute Abend jedoch schien es ihr nicht glücken zu wollen, die Erinnerungen im Zaum zu halten.

Und das alles, dachte sie mit traurigem Lächeln, nur wegen einer Kutschfahrt.

Die Kutsche war ihr fremdartig, fast unnatürlich vorgekommen. Seit langem war sie daran gewöhnt, auf derartigen Luxus verzichten zu müssen. Heute Abend aber kam es ihr vor, als habe jeder Stoß von den Rädern des Fuhrwerks sie in eine andere Zeit zurückversetzt, eine Zeit, in der Kutschfahrten, Pelzdecken und schöne, rüstig ausschreitende Pferde für sie selbstverständlich waren.

Nicht dass ihr das Gehen etwas ausgemacht hätte – ganz im Gegenteil, es tat ihr sehr gut. In jener schrecklichen Zeit nach Bronsons Tod waren es die langen, einsamen Spaziergänge gewesen, die ihr dabei halfen, so etwas wie Heilung zu erfahren. Oftmals hatte sie sich regelrecht aus dem Haus gestohlen, nur um dem allzu dick aufgetragenen Mitgefühl ihrer Familie zu entrinnen, und manchmal war sie stundenlang herumgelaufen, bevor sie wieder heimkehrte.

Die Ironie, die darin lag, dass eine Gewohnheit, die ursprünglich aus bewusster Flucht in die Einsamkeit heraus geboren war, mittlerweile schierer Notwendigkeit entsprang, brachte sie zum Lächeln. Die Wahrheit war, dass sie sich schlicht und einfach keine Kutsche mehr leisten konnte – nicht von dem mageren Einkommen, das ihr die Tätigkeiten als Korrekturleserin und Teilzeitlehrerin in Diensten einiger Einwanderer-Hilfsorganisationen bescherten.

Sie wusste, dass ihre Angehörigen und die wenigen Freunde, die ihr verblieben waren, sie für ein wenig versponnen hielten. Wie sonst sollte man sich ihren Entschluss erklären, der Gemeinschaft den Rücken zu kehren und obendrein von ihrer Familie unabhängig sein zu wollen?

Es gab Stunden mitten in der Nacht, in denen Samantha sich fragte, ob die anderen nicht recht hatten. Ihr fiel es ja sogar selbst schwer, einen vernünftigen Grund dafür zu nennen, dass sie diesen Weg eingeschlagen hatte.

Das Leben aber, das sie jetzt führte, schien Samantha sinnvoll zu sein, und wenn sie ehrlich Bilanz zog, musste sie eingestehen, dass es ihr weitaus mehr gab, als sie hatte investieren müssen. Es kam ihr wahrhaftig nicht so vor, dass sie irgendein Opfer brachte. Ihre Entscheidung, mit ihrer Vergangenheit und damit mit all den Bequemlichkeiten zu brechen, die ihr früheres Leben für sie bereitgehalten hatte, war der geradezu verzweifelte Versuch, endlich etwas Sinnvolles und Lohnendes mit ihrem Leben anzufangen.

Ihre Ehe, mochte sie auch sonst nichts von bleibendem Wert hervorgebracht haben, war wenigstens dazu nützlich gewesen, sie an einen Punkt zu bringen, von dem aus es keine Rückkehr in die seichte, selbstsüchtige Existenz mehr geben konnte, die sie einst gefristet hatte.

Ihre Gedanken schweiften zu dem linkischen jungen Iren, der sie heute Abend nach Hause kutschiert hatte. Vielleicht war ihr bester Schüler nicht das passendste Beispiel, an dem sich zeigen ließ, dass ihre Arbeit Sinn machte, denn schließlich, so vermutete sie, würde Cavan Sheridan seine Ziele ebenso gut ohne sie erreichen. Immerhin aber, sie half ihm – ihm und anderen, die in derselben Situation waren –, tatsächlich ein besseres Leben zu verwirklichen, genauso wie sie ihr eigenes bereicherte. Und das, so viel stand fest, war einiges wert.

Mit einem etwas verlegenen Lächeln gestand sie sich ein, dass es auch ganz nett gewesen war, ein wenig Aufmerksamkeit von einem gutaussehenden jungen Mann wie Cavan Sheridan zu erfahren. Es war rührend, wie er darauf bestanden hatte, sie sicher nach Hause zu bringen. Seine Besorgtheit hatte ihr fast das Gefühl gegeben, wieder jung, um nicht zu sagen attraktiv zu sein …

Sie hatte beinahe vergessen gehabt, wie sich das anfühlte …

Auf der Stelle drängte sich der schroffe Klang von Bronsons Stimme in ihre Träumerei, und sie schalt sich in aller Strenge dafür, dass sie derlei frivolen, weltlichen Gedanken in ihrem Geist Raum gegeben hatte. Samantha riss sich zusammen und streifte beides zugleich ab: ihre mädchenhaften Phantastereien und das Echo der mahnenden Stimme ihres Gatten. Dann straffte sie sich, entzündete den Docht an der Lampe und machte sich über die Arbeiten ihrer Schüler her.

# 14. Ein berechnender Brief

*Ein unverhofftes Wort – und alles ist gut.*
*Ein Fenster, eine Tür, die Gott aufmacht,*
*und Hoffnung tritt ein.*
Cavan Sheridan (aus *Notizen am Wegesrand*)

Eine Woche später traf endlich ein Brief von Brady ein. Jack stand am Kamin, während er die ersten paar Worte las, und als er erfuhr, dass der Bengel wohlbehalten war, stieß er einen tiefen Seufzer der Erleichterung aus.

Er überflog den Bericht seines Bruders über den verheerenden Orkan, wobei er nur an wenigen Stellen etwas genauer hinsah, hatte er doch die meisten Neuigkeiten zu diesem Thema längst in einigen seiner Konkurrenzblätter gelesen. Das war auch so eine leidige Angelegenheit, und er hatte vor, sie zur Sprache zu bringen, sobald Brady heimgekehrt sei. Üblicherweise war der *Vanguard* die erste und nicht die letzte Zeitung, die über europäische Ereignisse – selbst solche von geringerer Bedeutung – berichtete!

Beim Weiterlesen wich seine anfängliche Erleichterung erst Wut und bald, als ihm klar wurde, was Brady vorhatte, glühendem Zorn:

*Ich weiß schon, dass ich mich einverstanden erklärt habe, nicht länger als zwei Monate fortzubleiben, aber Du wirst sicher verstehen, dass es mir in den Nachwehen dieses Sturms und nach allem, was sich zugetragen hat, unmöglich ist, die Dinge in so kurzer Zeit zu erledigen.*

*Ach, es gibt so viel zu erzählen, Jack! Gewiss hat es*

*noch kein Land wie Irland gegeben, ein Land, das dermaßen von Armut heimgesucht und so sehr von Eroberern unterdrückt wurde. Man muss schon sagen, es sind wahre Gräueltaten, die die britische Krone unserem Volk zugefügt hat!*

Aha, jetzt war es also schon „unser Volk"! Und dazu verstieg sich derselbe kleine Bruder, der stets so flink damit bei der Hand gewesen war, Jack wegen seines „unerträglichen irischen Getues" aufzuziehen. Als er weiterlas, umspielte ein grimmiges Lächeln seine Lippen.

*Die Iren sind großartige Leute, Jack – so kühn und furchtlos. Die Briten halten sie unter der Knute, aber Du wirst keinen sehen, der die irische Sache aufsteckt. Jetzt verstehe ich zum ersten Mal, was Du gemeint hast, wenn Du immer von der „keltischen Seele" sprachst. Ich hab immer gewusst, Jack, dass ich dieses Land lieben würde, und ich bin kein bisschen enttäuscht worden. Ich hab schon Dutzende herrlicher Skizzen gemacht – manche Sturmszenen aus der Erinnerung und einige Motive von der Landschaft und den Menschen. Ich bin sicher, sie werden Dir gefallen. Was ich vorschlagen möchte, Jack – und ich hoffe aufs Entschiedenste auf Deine Zustimmung, denn hier gibt es eine weitaus größere und bedeutendere Geschichte zu schreiben, als wir beide es uns jemals hätten vorstellen können –, ist Folgendes: Ich werde Dir alle zwei, drei Wochen eine Reihe von Artikeln samt zugehörigen Skizzen schicken. Daraus kannst Du dann eine Art Serie über die irischen Verhältnisse machen. Ich stelle mir vor, als Erstes ein Porträt Irlands vor dem großen Sturm zu bringen, also sowohl den ganzen Verfall als auch die Schönheit des Landes zu schildern, um so-*

*dann den Sturm selber zu behandeln und schließlich aufzuzeigen, welch grauenvolle Verheerungen er über ein Land gebracht hat, das sowieso schon am Boden lag.*
*Denk drüber nach, Jack. Allein in New York leben Tausende und Abertausende Iren, ganz zu schweigen von den zahllosen Landsleuten im gesamten Verbreitungsgebiet des Vanguard. Wenn Du dann noch die Wohltätigkeitsgesellschaften hinzurechnest, die überall wie Pilze aus dem Boden schießen, dann sollte eine solche Geschichte doch wohl auf ganz außerordentliches Interesse stoßen! Stell Dir vor, was dabei an finanzieller Unterstützung für Irland rauskommen kann! Und das war doch wohl einer der Hauptgründe, warum Du mich hierher in die alte Heimat geschickt hast, oder?*

Jacks Miene verfinsterte sich immer mehr, während er weiterlas. Brady kannte ihn einfach viel zu gut; er wusste ganz genau, wie er ihn zu packen hatte. Kein Zeitungsmann, der sein Geld wert war, würde sich so eine Geschichte entgehen lassen, schon gar kein *irischer* Zeitungsmann. Nicht bloß, dass das eine Bombenserie ergeben würde – wenn er es denn so machte, wie Brady vorschlug –, sondern es könnte tatsächlich die Sache der Iren fördern, und zwar sowohl hier als auch drüben. Und mochte das auch nicht direkt die Art von Neuigkeiten sein, auf die das Komitee aus war, so bedeutete es doch einen Anfang. Zwar wagte er nicht zu hoffen, dass man auf diese Weise den wuchernden antiirischen Vorurteilen und den offenen Feindseligkeiten gegen alles Irische Einhalt gebieten konnte, aber schaden konnte es auch nicht.

Jack glaubte nicht recht an „das elementare Gute im Menschen“, worüber sich einige der Wohltäter in den

Hilfsgesellschaften andauernd ergingen. Ihm war die grundlegende Verdorbenheit des Menschen weitaus vertrauter. Doch wie dem auch sei, er wollte gerne zugestehen, dass der erste Schritt auf dem Wege zur Akzeptanz der Menschen, die „anders“, nämlich fremd, waren, darin bestehen musste, Verständnis für sie zu wecken. Dann würde vielleicht irgendwann auch ein gewisses Maß an Mitleid folgen.

Ganz gewiss war er der Letzte, der die Macht der Presse unterschätzte. Cavan Sheridans Bemerkung, die Presse könne das Denken, um nicht zu sagen das ganze Leben der Menschen verändern, entsprach ganz und gar Jacks eigener Überzeugung.

Und er hatte mit eigenen Augen gesehen, wie es funktionierte. Man brauchte nur daran zu denken, wie Horace Greeley, obzwar er nur einen kleinen Bauern im Spiel eines Thurlow Weed und seiner Kumpane in Albany darstellte, geradezu eine Garantie dafür gewesen war, dass deren Mann, Seward, zum Gouverneur gewählt wurde – der erste nichtdemokratische Gouverneur des Staates New York in vierzig Jahren.

Jack schüttelte den Kopf. O ja, dieser schlaue kleine Bruder wusste sich sehr wohl seine Aufmerksamkeit zu sichern – und dafür zu sorgen, dass die Dinge sich in seinem Sinne entwickelten.

Fast brachte ihn die Gerissenheit des kleinen Banditen zum Lächeln. Doch beim Weiterlesen machte sich umgehend Ernüchterung in ihm breit. Offenbar hatte Brady sich in Galway eine eigene Wohnung gemietet und beabsichtigte, „eine Zeitlang“ dort zu bleiben. Er hatte sogar die Bekanntschaft irgendeines sonderbaren Claddagh-Fischers samt seiner Brut gemacht.

Jack holte tief Luft, der Briefbogen zitterte in seiner Hand. Es war doch zum Auswachsen! Da gab es nun *einen* Ort in ganz Irland, von dem er Brady fernzuhalten gehofft hatte, und ausgerechnet dort, und zwar mittendrin, landete er!

Galway: nicht auszudenken, was ihm dort alles vor die Flinte kommen konnte! Gar nicht mal in Claddagh: dort würde er kaum über irgendetwas stolpern, was wirklich von Bedeutung war. Ja, Jack war sogar überrascht, dass Brady dort überhaupt Zugang gefunden hatte. Schließlich waren die Bewohner von Claddagh äußerst sonderbare Zeitgenossen.

In der Alten Stadt selber dagegen, in Galway, konnte es jederzeit passieren, dass der Bursche irgendetwas ausgrub, was man lieber im Verborgenen lassen sollte. Er sann eine Weile nach und durchforschte sein Gedächtnis. Soweit er wusste, lebte in Irland kein naher Verwandter ihrer Familie mehr. Beide Onkel waren, genau wie ihr Vater, nicht mehr am Leben. Damit blieb nur Tante Selia übrig, und die hatte geheiratet und war zu ihrem neuen Mann in die Gegend von Killaloe gezogen. Ihre Mutter war selbst eine Waise gewesen, so dass es von dieser Seite keine Angehörigen gab.

Doch Jack hatte seine Kindheit in Galway verbracht, und Brady war dort zur Welt gekommen. Dad und seine Brüder waren in der Gegend wohlbekannt gewesen. Ob es nicht doch noch einen fernen Verwandten oder jemanden aus der Bekanntschaft gab? Irgendjemanden, der sich womöglich erinnerte ...

Als er zum Ende des Briefes kam, knirschte Jack mit den Zähnen:

*Ich hoffe, mein Plan findet Deine Anerkennung, Jack. Sicher ist mir klar, dass Du an mein bisheriges Leben denkst und bestimmt meinst, ich hänge bloß herum und suche nach Entschuldigungen, um mich vor echter Arbeit zu drücken. Aber ich schwöre Dir: Ich bin an der Arbeit – das ist die Wahrheit! Ich schreibe und zeichne wie ein Verrückter, habe mich noch nie so inspiriert gefühlt; und ich bin überzeugt, Dir wird gefallen, was Du sehen wirst. Also, Jack, was ist – können wir es noch ein paar Monate auf meine Weise versuchen? Falls Du dann nicht zufrieden bist, komme ich auf der Stelle nach Hause. Ich geb Dir mein Wort drauf.*

*Inzwischen sag bitte allen meine herzlichsten Grüße. Sag Mrs Flynn, dass mir ihre Küche total abgeht. Wie gesagt, die Ernährungssituation hier ist eine Schande. Wenn ich zurück in den Staaten sein werde, kann ich mir nicht vorstellen, dass ich auch nur eine einzige Kartoffel angucke!*

*Schreib mir bald, großer Bruder. Schick einfach alle Post an die Anschrift in Galway. Da bin ich auf jeden Fall noch für ein paar Wochen zu erreichen.*

*Und logisch: liebe Grüße an Addy, dieses schreckliche, unerbittliche Weib! Gott segne uns alle! Dein Bruder Brady.*

Die nächsten paar Wochen, ach ja? Langsam faltete Jack den Brief wieder behutsam zusammen und steckte ihn ein. Dann trat er ans Fenster. Es war schon dunkel an diesem bitterkalten Abend, und draußen regte sich nichts außer ein paar trockener Äste, die im Wind knarrten. Sosehr er sich auch abmühte, die schreckliche irische Düsternis von sich zu schütteln, die sich manchmal über seinen Geist legte – an Abenden wie diesem war sie dick und schwer wie ein Grabtuch.

Seit Jahren, seit seiner Jugendzeit schon, war Jack von Melancholie geplagt – eigentlich seit dem Tag, an dem er das Schiff verlassen hatte, seinem ersten Tag in Amerika –, und Bradys Brief war alles andere als geeignet, diesem Zustand abzuhelfen.

* * *

Damals war er vierzehn gewesen und hatte sein Bestes gegeben, um seinem Bruder, der noch in den Windeln lag, und seiner kleinen Schwester Vater und Mutter zu ersetzen. Dabei war er selber ja nicht viel mehr als ein verängstigtes Kind.

Mit Brady auf dem Arm und seiner Schwester Rose, die sich an seine freie Hand klammerte – sie war damals auch erst sieben oder acht gewesen –, hatte Jack seinen ersten ausgiebigen Blick auf die Stadt New York geworfen. Mitten im Gedränge der zahllosen Einwanderer, die in seiner Erinnerung allesamt Babies im Arm hatten und einander Wörter zuriefen, die er nicht verstand, waren sie an den Piers entlanggetrottet.

Rose quetschte seine Hand so fest, dass ihm der ganze Arm wehtat. „Hier gefällt's mir nicht, Jack! Bitte bring uns wieder nach Hause!" Ihr krauses schwarzes Haar glitzerte von Salzwasser und vom Schwitzen, und ihr kleines Gesichtchen war von Staub und Schweiß verschmiert. Sie sah aus wie eine Straßengöre, und Jack schämte sich, dass er die Kinder nicht besser hatte säubern können, bevor sie sich ausschifften. Aber ihre Kojen waren völlig verdreckt gewesen, das Trinkwasser brackig, und ihre Kleider waren nach den endlosen Wochen im dunklen, feuchten Zwischendeck restlos ruiniert.

Bald hatte Rose zu heulen angefangen, und der kleine Brady hatte eingestimmt und an Jacks Schulter gewimmert. Einen endlosen düsteren Moment lang hatte eine Flut von Furcht und Verzweiflung Jack überspült, und um ein Haar hätte er sich umgedreht und wäre aufs Schiff zurückgerannt.

Die laute Stadt ängstigte ihn, und er hatte nur einen einzigen Wunsch: den Kopf an den Busen seiner Mutter zu legen und sich auszuweinen. Doch die Mutter war tot, hatte das Kindbett nach der Niederkunft mit Brady nicht überstanden, und auch ihr Vater lag unter der Erde. Die Kleinen hatten niemanden, der sich um sie kümmerte – niemanden außer Jack. Und überhaupt: Sie konnten gar nicht nach Irland zurück. Sie hatten dort keinen Ort mehr, und selbst wenn sie einen besessen hätten, so fehlte ihnen doch das Geld für eine nochmalige Überfahrt. Sie waren arm – bettelarm.

Aber Jack würde weder betteln noch zulassen, dass sich seine Geschwister dazu erniedrigten. Und so hatte er, anstatt sich seinem eigenen Schrecken zu überlassen, irgendwoher die Kraft genommen, die Kinder zu beruhigen und weiterzugehen. Sie hatten die Piers hinter sich gelassen und waren von den stinkenden, dreckigen Straßen New Yorks aufgesogen worden. Irgendwo dort war es gewesen, dass Jack aufging, er würde seine Angst vor der Stadt nur auf eine einzige Weise besiegen können: indem er die Stadt selbst besiegte.

* * *

Manchmal saß Jack dem Irrglauben auf, er habe diesen kindischen Vorsatz tatsächlich verwirklicht. Doch es gab eine tiefere und gesündere Schicht seiner Seele, in der er wusste, dass solches Denken schiere Illusion war. Die Wahrheit war: New York konnte und würde nicht besiegt werden, von niemandem. Die Stadt war ein schreckliches, niederträchtiges Weib, das Fürsten wie Bettler gleichermaßen verschlang und wieder ausspie, ohne auch nur einen Gedanken daran zu verschwenden, und das keinerlei Mitleid mit denen empfand, die sich verschlucken ließen. Jeder, der etwas anderes glaubte, war ein Trottel; und er gehörte nicht zu den Trotteln.

Ein leichtes Pochen riss ihn aus seinen Gedanken. Er fuhr herum und sah Cavan Sheridan in der Tür stehen. Der Kutscher drehte die Mütze vor seiner Brust und blickte Jack an.

„Bitte verzeihen Sie, Sir – ich wollte bloß fragen, ob Sie mich noch brauchen?"

Es dauerte eine Weile, bis die Frage des jungen Mannes Jacks Bewusstsein erreicht hatte.

„Heute ist Donnerstag, Sir, und ich hab Abendschule ..."

„Ähm, ja." Jack nickte. „Natürlich, Junge, ist schon in Ordnung. Kannst dich auf den Weg machen zu deiner Miss Harte."

„Sie heißt *Mrs* Harte, Sir. Sie ist verwitwet."

Erneut nickte Jack, nicht wirklich interessiert an dieser Lehrerin, die Sheridan so offenkundig in sein Herz geschlossen hatte. Der Bursche konnte nicht verbergen, dass er für die Dame schwärmte; aber Jack mutmaßte, dass für eine Frau nicht viel dazu gehörte, einem *Gorsoon* wie seinem Kutscher den Kopf zu verdrehen, zumal der Junge eine eigenartige, ganz ungewöhnliche Bewunderung für Wissen und solche, die darüber verfügten, an den Tag legte. Seine Mrs Harte mochte in mittleren Jahren sein, einen Buckel und Warzen auf den Lippen haben – solange sie nur halb so gebildet war, wie Sheridan sie augenscheinlich einschätzte, verfügte sie zweifellos über die Mittel, ihn zu blenden.

Jacks Stimmung hatte sich ein wenig aufgehellt, und er hielt den jungen Sheridan noch einen Augenblick auf, um ihm die Neuigkeiten von Brady mitzuteilen. „Ich hab endlich was von meinem Bruder gehört", sagte er und klopfte sich an die Rocktasche. „Scheint, dass er doch am Leben und wohlauf ist."

Lächelnd machte Sheridan ein paar Schritte ins Zimmer. „Das freut mich für Sie, Sir. Muss 'ne Erleichterung für Sie sein."

„Ja, erleichtert bin ich schon, aber auch sauer auf ihn, weil er so lange gebraucht hat, um mich über sein Ergehen ins Bild zu setzen. Immerhin aber hat er 'ne Idee für die Zeitung, so dass ich ihn vielleicht wieder in Gnaden aufnehmen werde." Jack hielt inne. „Und so, wie ich ihn kenne, spekuliert er genau darauf."

In aller Kürze erläuterte er Bradys Vorschlag und fügte hinzu: „Scheint, dass Serien sehr gut ankommen, wenn es um ein Thema geht, das die Leute wirklich interessiert."

Sheridans Erwiderung überraschte ihn. „Und Sie meinen, das wird der Fall sein?", fragte er ruhig. „Wenn's um Irland geht?"

Da war wieder diese Andeutung von Zynismus bei dem Burschen, die je und dann aufblitzte – immer wenn man es am allerwenigsten erwartete. „Bist du anderer Meinung?", fragte er, während er zu seinem Schreibtisch hinüberging.

Sheridan zuckte die Schultern. „Ich muss zugeben, mir sind noch nicht viele Anzeichen dafür untergekommen, dass die Leute sich wirklich für Irland interessieren." Dann, als spürte er, dass er womöglich einen Schritt zu weit gegangen sein könnte: „Das kann ich aber natürlich nicht beurteilen. Sie und Mr Brady wissen gewiss besser, was bei Ihren Lesern ankommt."

Mit den Fingern auf die Schreibtischplatte trommelnd, schüttelte Jack den Kopf. „Nicht unbedingt. Menschliches Verhalten kann man nicht voraussagen, Sheridan, jedenfalls nicht immer. Wer was anderes denkt, ist schön dumm."

Er musterte den langen jungen Mann, den Mrs Flynns Küche ein wenig fülliger gemacht hatte. Sheridan war alles andere als muskulös, aber er hatte auch nicht mehr das ausgezehrte Aussehen des Hunger leidenden Einwanderers. „Was denkst du? Spucks ruhig aus!“

In letzter Zeit gelang es Jack dann und wann, dem Burschen den einen oder anderen Gedanken aus der Nase zu ziehen. Dabei war immer wieder mal ein Funke vor ihm aufgeglommen, der auf einen begabten Kopf mit außergewöhnlich scharfen Instinkten schließen ließ. „Aber vielleicht musst du los?“

„Nein, nein, Sir, ich habe noch Zeit.“ Sheridan zögerte nur ein, zwei Sekunden, und Jack hatte den Eindruck, dass ihm längst auf der Zunge lag, was er sagen wollte. „Ich stimme Ihnen zu, Sir, was Ihre Bemerkung betrifft, man müsse den Lesern ein Thema anbieten, das ihre Gefühle anspricht.“

Jack lehnte sich in seinem Stuhl zurück und wartete.

„Es ist nur so ... Ich bin nicht sicher, ob man die Leute dazu bewegen kann, sich für ein ganzes Land zu engagieren“, fuhr Sheridan fort, „jedenfalls nicht so, dass dabei für unser Volk wirklich was rausspringt – für die Iren, meine ich natürlich“, setzte er rasch hinzu, so als wäre ihm unbehaglich dabei, Jack und sich selbst in einen Topf zu werfen. Zwar hielt Sheridan seinem Blick stand, aber die Art, wie er seine wollene Mütze in den Händen knetete, verriet Jack, dass dem jungen Mann nicht ganz wohl dabei war, frei vor ihm zu sprechen.

Er machte ihm Mut. „Ich frage nie einen Mann nach seiner Meinung, Junge, wenn ich sie nicht wirklich hören will. Sprich dich ruhig aus.“

Sheridan schien sich ein wenig zu entspannen. „Ich hab überlegt, ob es nicht besser wäre, ein paar individuelle Geschichten auszusuchen, anstatt eine breite Schau über das ganze Land zu vermitteln. Damit könnte man erreichen, dass die Menschen – wie soll ich sagen ... echter wirken. Wenn Ihre Leser nur Gelegenheit bekommen, die Iren als wirkliche Menschen zu sehen, sozusagen persönlich ..., dann nehmen sie vielleicht die Not Irlands ernster. Möglicherweise ..."

Er brach ab und sah Jack an, als fürchtete er, zu viel gesagt zu haben. Doch dessen Interesse war geweckt, und er bedeutete Sheridan fortzufahren.

„Was ich sagen will, ist, dass es – gelinde gesagt – schwierig erscheint, die Leser für etwas so Großes und Unpersönliches wie ein ganzes Land zu interessieren. Hingegen müsste es einfacher sein, sie mit der Geschichte einer jungen Mutter zu erreichen, deren Mann auf See geblieben ist und sie mit zwei, drei hungrigen kleinen Mäulern, aber ohne Geld für Essen oder Pacht zurückgelassen hat."

Als er fortfuhr, begannen Sheridans klare blaue Augen zu funkeln. Beim Anblick dieses jugendlichen Enthusiasmus, dieser Begeisterung über etwas so Schlichtes und Grundlegendes zog sich etwas in Jacks Innerem schmerzhaft zusammen. War er jemals so jung gewesen, fragte er sich und wurde beinah traurig dabei, so überschwänglich in seinem Eifer? Irgendwie kam es ihm vor, als sei er selbst nie ein Junge gewesen, niemals sorglos, müßig ... Hatte er je den Luxus gekannt, eine Pfeife zu schnitzen oder einfach in der Sonne zu liegen und in den Tag hineinzuträumen? Seit er alt genug gewesen war, Botschaften zu überbringen und Besorgungen zu machen, hatte er nichts anderes getan, als zu arbeiten.

Sorgen und Plackerei hatten sein Leben ausgefüllt, als er ein Junge war. Nachdem er zum jungen Mann herangewachsen war, hatten die Sorgen zwar nachgelassen, doch dafür war die Arbeit umso härter geworden. Und heute – nun ja, viel hatte sich da nicht geändert.

Doch während Sheridan weitersprach, belebte sich

Jacks Geist, und er spürte, wie sein Puls schneller ging. Das war ihm vertraut; es geschah immer, wenn ihm eine lohnende Idee kam – so wie früher, in seinen Spielerzeiten, wenn er ein unschlagbares Blatt auf der Hand gehabt hatte.

„Verstehen Sie mich recht: Es liegt mir fern zu sagen, dass die Idee Ihres Herrn Bruders nicht lohnend wäre. Den Lesern aus erster Hand ein Bild von Irland und all seinen Problemen zu vermitteln, und zweifellos ein vorzügliches Bild, wenn man an die künstlerischen Fähigkeiten von Mr Brady denkt, das wäre eine faszinierende Sache. Mein Gedanke geht dahin, noch einen Schuss hinzuzutun – die Sache zu *personalisieren*, wenn Sie so wollen: Vielleicht könnte man vier, fünf Familien oder Einzelpersonen auswählen, deren Lage besonders ausweglos erscheint, und deren Geschichten erzählen – samt Mr Bradys Zeichnungen, versteht sich."

Er hielt inne, und als er fortfuhr, war sogar in seinem Tonfall ein Stück Selbstsicherheit: „Und dann müsste man diese Leute nach Amerika bringen."

Blitzartig hob Jack den Kopf. „Sie rüberbringen?", echote er ungläubig. *„Alle?"*

„In der Tat, Sir." Eine Weile sagte Sheridan nichts weiter, sondern stand nur da und sah Jack an.

„Ein teures Wagnis, das ist mir klar, Sir", fuhr er schließlich mit leiser Stimme fort, „aber eines, das sich vielleicht auszahlen würde, wenn Sie die Mittel aufbringen könnten. Und zwar in Gestalt von mehr Lesern", beeilte er sich zu erklären, „ganz zu schweigen von dem – nun, sagen wir ... guten Willen, den man Ihnen dank Ihrer Großzügigkeit gewiss nachsagen würde."

Jack sah ihn verblüfft an. Dann warf er plötzlich den Kopf zurück und begann zu lachen. Er brauchte einen Moment, um wieder zu sich zu kommen, und selbst nachdem ihm das gelungen war, konnte er sich das Lachen kaum verkneifen. „Sheridan, ich glaube, ich kann mich glücklich preisen, dass ich dich nicht als Buchhalter angestellt habe. Zum Henker, du bist ganz schön großzügig mit meinem Geld!"

Sheridan wurde rot, grinste Jack aber an. „Tut mir leid, Sir. Schien mir bloß 'ne gute Idee zu sein. Ich wollt' mir nicht anmaßen –"

Jack hob die Hand und unterbrach seine Verteidigungsrede. „Es *ist* eine gute Idee", sagte er, während sich seine Gedanken überschlugen. „Ich muss zugeben, ich glaube, aus dir wird noch mal was. Wenn du mir eine Bemerkung hierzu erlaubst – es ist zwar deine Idee, aber schließlich meine Zeitung –: Ganz so einfach wird das nicht gehen. Selbst wenn ich willens wäre, die Überfahrt einiger braver irischer Seelen zu finanzieren, und dass wir uns recht verstehen: noch bin ich zu diesem außerordentlich verrückten Unternehmen keineswegs entschlossen – aber nur mal gesetzt den Fall: Irgendwer wird sich ganz schön Mühe mit ihnen machen müssen – alles arrangieren und dafür sorgen, dass sie Fuß fassen nach ihrer Ankunft hier, oder was meinst du?"

Sheridan nickte, während sein Verstand fieberhaft zu arbeiten schien. „Dabei könnten Mrs Harte und ein paar von ihren Freunden hilfreich sein."

„Wer?", sagte Jack, dessen eigene Gedanken schon ein Stück voraus waren.

„Meine Lehrerin, Mrs Harte. Erinnern Sie sich nicht? Ich hab Ihnen erzählt, dass sie für die Einwanderer-Hilfsorganisationen arbeitet und –"

„Ja, ja", winkte Jack ab. Er hatte keine Lust, sich noch mehr Schwärmereien seines verknallten Kutschers anzuhören, der es, wenn man ihn nicht bremste, zweifellos fertigbringen würde, dass auch noch Mrs

Harte mit ungezügeltem Enthusiasmus das Geld des *Vanguard* ausgab. „Nun ja, diese Dinge zu regeln wird vielleicht gar nicht so schwer sein. Aber dann ist da ja noch die Berichterstattung selbst – das Ausarbeiten der Geschichten, wenn du so willst. Mir scheint, da muss 'n schlauer Kopf ran, um so was zu schreiben, meinst du nicht auch?"

Sheridan erlaubte sich ein leichtes Lächeln. „Ja, aber Addy – Miss O'Meara, meine ich – kann sich gar nicht einkriegen, was Mr Brady betrifft, wie klug und begabt er ist und so weiter."

Jack schüttelte den Kopf. „Die Fakten rüberbringen, das schafft Brady, ja. Und Bilder kann er zeichnen, die jeden Heiligen in Tränen ausbrechen lassen würden. Aber da liegt auch der Haken an der Sache. Er ist ein Künstler, kein Schreiber. Er hätte das Näschen, die richtigen Themen zu finden, und einen einigermaßen brauchbaren Rohentwurf würde er auch noch fertigkriegen, aber ich müsste 'ne Kanone von Autor anheuern, um daraus das Endprodukt zu fabrizieren."

Seine Gedanken sprangen so schnell von einem Punkt zum nächsten, dass er fast die ruhig ausgesprochene Antwort des jungen Sheridan verpasst hätte: „Das könnte ich machen, Sir."

# 15. Der Schlüssel zu einem Traum

*Lieb' und Vertraun, ein wenig bloß, ein inneres Schaun,*
*ein Traum, so groß – und Leben, das karg wie der Wüste*
*Sand, wird reich und stark gleich fruchtbarem Land.*
Stopford A. Brooke

Kane sah auf, offenkundig ein wenig aus dem Konzept gebracht. „Was meinst du?"

Cavan ließ die Luft hinaus, von der er gar nicht gemerkt hatte, dass er sie anhielt, und räusperte sich. „Das Schreiben. Das könnte ich erledigen. Ich könnte aus Mr Bradys Material die entsprechenden Geschichten machen."

Die Blicke aus Kanes dunklen Augen schienen bis auf den Grund seiner Seele zu dringen, und Cavan fühlte sich so streng gemustert, dass er eine Gänsehaut bekam. „Ich meine mich zu erinnern, dass du davon sprachst, du müsstest dich besser ausbilden lassen, wenn etwas aus dir werden soll", sagte Kane in leicht ungehaltenem Ton. „War das nicht der Grund für die abendlichen Schulstunden?"

Noch bevor Cavan antworten konnte, fügte er hinzu: „Und dann ist da ja noch der Umstand, dass ich dich als Kutscher benötige – was, wie du dich vielleicht entsinnst, der Grund dafür ist, dass ich dich eingestellt habe." Kanes Gesichtsausdruck verriet nichts, aber Cavan wusste, dass er ihn auf die Probe stellte.

„Ich könnte sehr gut Ihr Kutscher bleiben, Sir", beeilte sich Cavan zu versichern. „Die Geschichten könnte ich doch nachts schreiben, wenn Sie mich nicht mehr brauchen, meinen Sie nicht?"

Kane wandte den Blick nicht von ihm. „Was bringt dich auf die Idee, dass du schreiben könntest, Junge? Verfügst du vielleicht über irgendwelche Erfahrungen, die du fein für dich behalten hast?"

Cavan achtete nicht auf den leicht mokanten Ton. „Nein, Sir, Erfahrung habe ich nicht. Bis jetzt hab ich nur für mich selber geschrieben. Aber irgendwie ... Ich weiß einfach, dass ich's kann, Mr Kane. Würde ich daran nicht glauben, so hätte ich Sie niemals um die Chance gebeten, es versuchen zu dürfen."

Kane steckte sich eine Zigarre an. Dabei nahmen seine Züge jenen strengen, fragenden Ausdruck an, der Cavan mittlerweile wohlvertraut war. Diese Miene bedeutete, dass er einen Gedanken sorgfältig erwog. Cavan wusste, dass ihm damit jetzt die Hände gebunden waren: Bis auf Weiteres konnte er nichts anderes tun, als den Mund zu halten und ruhig abzuwarten.

Er spürte die Spannung, die über seinem Arbeitgeber knisterte, fast körperlich. Je länger er für den Mann arbeitete, umso besser konnte er die faszinierte Hassliebe nachvollziehen, mit der die Stadt „Black Jack" Kane begegnete. Sein meteoritenhafter Aufstieg aus dem Nichts zu den Gipfeln des Reichtums, sein verwegenes, aber ungemein erfolgreiches Geschäftsgebaren, der unwiderstehliche Charme des „schwarzen" Iren, gepaart mit dem gefürchteten irischen Temperament, schließlich die beneidenswerte Anziehungskraft, die er auf etliche der schönsten Frauen der Ostküste ausübte – das war der Stoff, aus dem Legenden gestrickt waren.

Einige der eher anrüchigen „Black-Jack"-Geschichten, die die Klatschmäuler mit Vorliebe streuten, stellte Cavan inzwischen in Frage. Soweit er die Dinge beurteilen konnte, beruhte Kanes aufsehenerregender

Erfolg eher auf der Tatsache, dass er härter arbeitete als zwei Mann zusammengenommen, denn auf dem schier unglaublichen Glück, das man ihm nachzusagen beliebte, oder gar korrupten Geschäftspraktiken. Es stimmte, dass Kane von seinen Angestellten sehr viel erwartete, aber er selbst leistete noch mehr und schien niemals mit seinen Kräften am Ende zu sein. Und doch machte er nicht den Eindruck eines gehetzten Mannes – vielmehr schien er jemand zu sein, dem seine Arbeit wirklich Freude machte, so dass er ihr mit Leidenschaft nachging.

Und was sein vermeintliches Händchen für die Frauen anbetraf, so waren die Gerüchte über die endlosen Kane'schen Liebesaffären so gut wie sicher übertrieben. O ja, es stimmte schon, dass die Frauen ihm nicht widerstehen konnten. Es gab einige, die sich dieses Mannes wegen zu vollendeten Närrinnen machten. Aber nach Cavans bestem Wissen ließ sich sein Chef höchst selten zu irgendeiner Liaison herbei, die über eine Einladung zum Dinner in einem der eleganten Restaurants der Stadt oder einen Theaterabend – meist in der Oper – hinausging. Niemals hatte er mitbekommen, dass Kane eine Frau mit nach Hause genommen hat, und kein einziges Mal hatte er ihn vor der Tür einer Frau abgesetzt. Jawohl, Jack Kane ging oft abends in der Stadt aus, aber seine Nächte verbrachte er zu Hause – allein.

In Cavan machte sich zunehmend der Verdacht breit, dass ein großer Teil der Faszination, die sein Brötchengeber auf die Damen ausübte, damit zu tun hatte, wie er sich ihnen immer wieder entzog.

Während er ihn über den Schreibtisch hinweg ansah, gemahnte er sich selbst daran, dass Kane den einsamen Gipfel, auf dem er stand, keineswegs durch Weichheit oder Leichtfertigkeit erreicht hatte. Er war ein harter

Mann, der, wie Addy voller Stolz zu bemerken pflegte, keine Dummheit ertrug und keine Dummen duldete.

Da auch Ungeduld zu den Eigenschaften gehörte, die man Kane nachsagte, beeilte sich Cavan, seine Angelegenheit in trockene Tücher zu bekommen. „Ich verstehe gut, dass Sie sich fragen, wieso Sie ein solches Ansinnen meinerseits auch nur in Betracht ziehen sollten“, sagte er und gab sich Mühe, seine Stimme so fest klingen zu lassen wie nur irgend möglich.

Kane stand auf und verschränkte die Arme vor der Brust, wobei in seinen dunklen Augen ein Anflug von Belustigung schimmerte. „Ich muss gestehen, dass mir diese Frage in der Tat gekommen ist.“

Cavan erwog, lang und breit zu erläutern, wieso er sich als geeignet für das angedachte Unternehmen erachtete – aber die Wahrheit war ja, dass er überhaupt keine Voraussetzungen dafür mitbrachte, und das wusste er so gut wie Kane. Also holte er tief Luft und gab die einzige Antwort, die ehrlich zu sein schien. „Die einzige Erfahrung, die ich habe, stammt aus dem Schreiben für mich selbst. Aber Sie dürfen mir vertrauen, Sir. Kann sein, dass meine Grammatik noch nicht professionell ist“ – an dieser Stelle zog Kane eine Augenbraue hoch, als wollte er eine Grimasse schneiden, aber Cavan sprach unbeirrt weiter –, „aber Mrs Harte bringt mich gut voran; und sie sagt, ich sei der beste Schüler, den sie jemals unterrichtet habe. Und außerdem – sollte ich gar zu sehr daneben langen, dann würde das doch einer der Korrektoren auswetzen, oder?“

Kane zog die Mundwinkel nach unten. „Ich hab bloß zwei Korrektoren, auf die ich mich verlassen kann. Einer, Hailey, ist für die Titelseite zuständig, aber er kann nicht mehr gut genug sehen, um seine Arbeit wirklich perfekt zu machen. Und Jimmy Kidder will unbedingt kommenden Herbst aufhören.“

In Cavans Gedanken nistete sich etwas ein, aber für den Augenblick hielt er den Mund.

„Was du damals gesagt hast, Sheridan, hast du wirklich ernst gemeint, oder?“, fragte Kane plötzlich.

Cavan zuckte zusammen. „Wie bitte, Sir?“

„Na, damals, als ich dich als Kutscher angeheuert habe: da hast du zugegeben, dass du in Wirklichkeit gern für die Zeitung arbeiten wolltest.“

Selbstverständlich erinnerte Cavan sich daran. „Ja, Sir, ich habe das ernst gemeint.“ Er hielt Kanes Blick stand. „Und das tue ich immer noch.“

Jack Kane ließ die Arme sinken und steckte die Hände in die Taschen. Eine lange Weile sagte er nichts, sondern stand einfach da und betrachtete Cavan mit ruhigem, forschendem Blick.

Cavan fühlte, wie seine Handflächen feucht wurden. Obwohl es in Kanes Arbeitszimmer im Vergleich zu den übrigen Räumen des Hauses ziemlich kühl war, spürte er, wie die Hitze an seinem Hals entlang nach oben kroch.

„Also schön. Warum eigentlich nicht?“, sagte Kane plötzlich in auffällig gelassenem Ton, „'n alter Zocker wie ich kann ab und an nicht umhin, sein Glück zu versuchen.“ Die nächsten Sätze kamen scharf und präzise. „Wir werden folgendermaßen vorgehen, Sheridan. Ich werde meinem Bruder schreiben und ihm deinen Vorschlag erklären. Ich werde ihn bitten, seine Vorlagen so zu entwerfen, dass er sich jeweils nur auf ein paar spezielle Leute konzentriert, und zwar solche, die besonders interessant sind, versteht sich.“

Cavan musste sich mit aller Macht zusammenreißen, um keinen Begeisterungsschrei auszustoßen. Stattdessen ballte er seine Hände zu Fäusten, so fest, dass er fürchtete, sein Blut hervorzupressen.

„Sobald Bradys erste Post eintrifft“, sagte Kane nachdrücklich, „strickst du daraus eine Geschichte, die so mitreißend ist, dass der Stadt die Luft wegbleibt und die Abonnentenzahlen des *Vanguard* steil nach oben gehen“ – er machte eine Pause, und als er fortfuhr, lag erneut ein leicht hämischer Unterton in seiner Stimme – „und du zum meistgefragten Reporter im Staate New York avancierst.“ Die dunklen Augenbrauen hoben sich. „Es versteht sich von selbst, dass du mir weiterhin volle Loyalität schuldest, wie berühmt du auch immer werden magst.“

Als Kane endete, verzog sich sein Gesicht zu einem raschen, herausfordernden Grinsen.

Cavan seinerseits wollte es nicht recht glücken zu lächeln. „Natürlich, Sir.“ Er schluckte hart. „Sie meinen also wirklich ..., Sie wollen es mich machen lassen? Ich darf mich an den Geschichten versuchen?“

Kanes Mund unter dem schwarzen Schnauzer wurde ein wenig schmaler. „Ich gedenke dir eine Chance zu geben, aber lass dir ja nicht einfallen, in deinen Pflichten als mein Kutscher nachlässig zu werden. Und sollten deine Bestrebungen echt sein, zum Zeitungsmann zu werden, dann wirst du die Arbeitsweise des *Vanguard* von der Pike auf kennenlernen. Du wirst lernen, mit den Druckmaschinen umzugehen; selbst ein wenig Buchführung wird dir nicht erspart bleiben – freilich nur wenn du versprichst, deinen Hang, mein Geld auszugeben, zu zügeln. Und du wirst dich mit den Zeitungsjungen und ihrem Geschäft vertraut machen.“

Cavan nickte. Er konnte seine Begeisterung kaum bezähmen. Kane dachte womöglich, er stelle hohe Ansprüche an Cavan, dabei gab er ihm in Wirklichkeit gerade den Schlüssel zu seinem Traum in die Hand.

„Eines noch“, fuhr Kane fort. „Das Schreiben wirst du in deiner Freizeit bewältigen müssen, ich werde dich deshalb nicht weniger beanspruchen. Und wenn ich zu dem Schluss kommen sollte, dass deine Bemühungen dem Niveau des *Vanguard* nicht genügen, dann wirst du diese meine Entscheidung als letztes Wort in der Angelegenheit akzeptieren. Ach, und – Sheridan: Dein irisches Platt wirst du ablegen müssen, jedenfalls insoweit, dass du als ernst zu nehmender Autor durchgehst. Verstanden?"

Ohne auch nur einmal zu blinzeln, sah Cavan seinem Arbeitgeber in die Augen. „Verstanden, Sir."

Erneut, langsam diesmal, legte sich ein Grinsen über Kanes dunkle Züge, während er auf seiner Zigarre herumkaute. „Weißt du eigentlich, Sheridan, dass du mich manchmal ein bisschen daran erinnerst, wie ich selber in deinem Alter war?"

Jetzt brachte Cavan ein grinsen zuwege, obwohl ihm ganz und gar nicht klar war, ob er soeben gelobt oder beleidigt worden war. Unsicher, wie weit er sich aus der Deckung wagen konnte, nahm er seinen Mut zusammen und fragte: „Mr Kane? Hab ich das richtig verstanden, dass Sie in Erwägung ziehen, einen neuen Korrekturleser für die Zeitung einzustellen?"

Kane nickte, aber sein Lächeln wich einer finsteren Miene. „Wird mir wohl nichts anderes übrigbleiben. Selbstverständlich werd ich den alten Hailey nicht rausschmeißen. Er muss ja essen, und so, wie er jetzt ist, wird ihn kaum noch jemand anders einstellen. Ich denke, ich werd was anderes für ihn finden – irgendwo in den unteren Etagen."

„Ich wollte Ihnen gern jemanden als Ersatz vorschlagen", tastete sich Cavan behutsam vor, „selbstverständlich nur, wenn Sie interessiert sind."

„Und das wäre ...?"

„Mrs Harte, Sir. Ich bin überzeugt, dass sie Ihnen hervorragende Dienste tun wird. Sie hat 'ne Menge Erfahrung, wissen Sie."

„*Ihre* Mrs Harte? Die Lehrerin?“ Die Sache kam Kane, wie sein Blick verriet, ausgesprochen dubios vor.

„Jawohl, Sir. Sie unterrichtet in der Abendschule, aber sie arbeitet auch teilzeitlich als Korrektorin für einen Verlag. Das Problem ist nur, dass die ihr nicht genug Arbeit geben, um anständig davon leben zu können.“

„Also weißt du, Junge, das klingt mir ganz so, als ob du auf recht vertrautem Fuß mit deiner Lehrerin stehst? Sonst würde sie dich ja wohl kaum in ihr Portemonnaie gucken lassen.“

Kanes Lächeln war irgendwie undurchsichtig, in seinem Ton lag etwas Spöttisches. Aber das machte Cavan nichts aus. Ihm war längst aufgefallen, dass Kane seinen Spott üblicherweise auf die paar Männer beschränkte, die sich seiner Gunst erfreuten.

„Nein, Mr Kane. Wir unterhalten uns nur ab und zu, und Mrs Harte hat mal erzählt, dass der Verlag es sich nicht leisten kann, sie für mehr als ein paar Stunden die Woche zu beschäftigen, so dass sie sich nach ’ner lukrativeren Stelle umsieht.“

„Es wird kaum möglich sein, ’ne Frau in die Redaktion zu bringen – schon gar keine Dame.“

„Richtig, Sir, aber für den Verlag arbeitet sie zu Hause. Könnte sie das nicht auch für den *Vanguard* tun?“

Kane schnippte die Asche von seiner Zigarre. „Schon möglich. Aber sieh mal, Sheridan, du hast mir ja dieses Muster vollkommener Weiblichkeit schon als Koordinatorin für unser neuentworfenes Einwanderungsprogramm nahegebracht – vorausgesetzt, das funktioniert, und ich lass dich mein Geld mit so vollen Händen ausgeben, wie du’s von mir erwartest. Du musst mir schon dein Wort drauf geben, dass du diese Dame, deine Freundin, nicht dazu bringen wirst, mir auch noch den Verlegerstuhl unterm Hintern wegzuziehen, sobald ich ihr den Rücken zukehre."

Cavan hatte seine liebe Not, die Röte zu unterdrücken, die er vom Hals her aufsteigen fühlte. „Sie ist wirklich nicht meine Freundin, Sir –"

Kane lachte gutmütig auf und kam um den Schreibtisch herum. „Das hör ich gern, Junge. Vielleicht komm ich mal irgendwann abends in der Schule vorbei und seh mir dieses Prachtexemplar von einer Frau an – womöglich gefällt sie mir ja. Jetzt aber solltest du dich sputen, um zum Unterricht zu kommen. Sonst kriegst du noch Ärger mit deiner Lehrerin ... Und außerdem: 'n bisschen hast du ja schon noch zu lernen, bevor wir aus dir den berühmtesten Reporter der Stadt machen."

# 16. Möglichkeiten

*Missachte nichts, denn jede Hand*
*muss rührig sein mit Fleiß.*
*Schätz nicht gering der Liebe Glück,*
*sei wahr und fest und weis'.*
Charles Dickens

Jack brachte stehenden Fußes eine Antwort an Brady auf den Weg. Gleich am nächsten Morgen im Büro verfasste er eilig einen eigenhändigen knappen Brief, der den gerissenen Bengel mit der nötigen Deutlichkeit wissen ließ, dass man Jack nicht an der Nase herumführen konnte:

> *Eigentlich hatte ich gehofft, dass genug Zeit vergangen wäre, um irgendwelche Anzeichen der Reife an Dir zu finden – schließlich wären diese, wie ich wohl hinzufügen darf, bei weitem überfällig. Fürs Erste wäre es schon ganz nett gewesen, wenn Du Dir nur die Mühe gemacht hättest, uns ein Lebenszeichen zu senden, um uns von den Sorgen zu befreien, die wir uns Deinetwegen gemacht haben. Vielleicht wirst Du mir zugestehen, dass ich angesichts der fürchterlichen Berichte über den Sturm – und Deines unverschämt langen Schweigens – allen Grund hatte, mir Gedanken zu machen. Das Mindeste, was man von Dir hätte erwarten können, wäre eine knappe Nachricht darüber gewesen, dass Du Dich in Sicherheit befindest. Doch Deine gewohnte Gedankenlosigkeit hat mir Wochen voller Ungewissheit darüber verschafft, ob Du über-*

*haupt noch am Leben bist! Und als Du Dich dann endlich bequemtest, ein paar Zeilen zu schreiben, musstest Du mich mit der Neuigkeit ärgern, dass Du Dich mit irgendeinem Banausen von Claddagh-Fischer samt seiner Sippschaft eingelassen hast und Dich jetzt der Hoffnung hingibst, das, was als kurzer journalistischer Abstecher gedacht war, zu einem längeren Aufenthalt sich auswachsen zu lassen – dies alles, wie ich mir hinzuzufügen erlaube, natürlich auf Kosten der Zeitung.*

*Es lag nie in meiner Absicht, Jungchen, Dir eine Ferienreise zu spendieren, und es gefällt mir überhaupt nicht, wie Du Dir die Dinge hindrehst, schon gar nicht, wo ich Dich gerade jetzt nur allzu gut hier im Kontor brauchen könnte, bin ich doch händeringend auf der Suche nach ein paar brauchbaren Reportern – Männern, die eine Geschichte riechen, wenn sie ihnen in den Schoß fällt –, ganz zu schweigen von einem Korrektor für die Titelseite, der nicht halbblind ist. Auch an den Pressen wären ein paar Hände mehr nicht vom Übel – wobei ich selbstverständlich nicht von Dir verlangen würde, dass Du Deine Künstler-Handschoner mit Druckerschwärze verschmierst.*

Er erlaubte sich noch ein paar weitere Zeilen, in denen er seinen Bruder mit Sarkasmus übergoss, obwohl er sehr gut wusste, dass Brady sich darüber köstlich amüsieren, sich aber einen Dreck darum scheren würde. Erst gegen Ende des Briefes deutete er sein Einverständnis mit dem Vorschlag seines Bruders an, stellte aber mit allem Nachdruck eine Bedingung:

*Auf die Geschichten, die ich haben will, wirst Du nicht stoßen, indem Du Deine Zeit in Claddagh vertrödelst. Claddagh ist eine Welt für sich, und zwar eine fremdartige und rückständige. Ich kann mir beim besten Willen nicht vorstellen, dass dort irgendetwas Berichtenswertes zu finden ist; und ich will auch keine schlaflosen Nächte bei dem Gedanken haben, dass eines Nachts womöglich irgendein geistig umnachteter Claddagh-Fischer mit dem Beil in der Faust hinter Dir her ist.*

*Wenn es Dir ernst ist mit dem Wunsch, in Irland zu bleiben, und wenn Deine Gründe dafür so ehrbar sind, wie Du mich glauben machen willst, dann sieh zu, dass Du aus diesem widerwärtigen Galway fortkommst und Dich an die Arbeit machst! Such Dir irgendeinen Ort, an dem Menschen leben, die charakteristischer für das Land und seine Probleme sind. Und das meine ich ernst, Brady. Dies stelle ich zur Bedingung, und davon werde ich nicht abgehen. Du bittest mich um Kredit, und ich gewähre ihn Dir, wenngleich widerstrebend – aber nur, wenn Du mir sehr, sehr bald eine neue Adresse mitteilst.*

Im Weiteren erklärte er ihm, welche Aufgabe er zu erfüllen hatte, nämlich einige wenige auserlesene Kandidaten zu finden, deren Geschicke die Leser des *Vanguard* mitreißen würden und die man am Ende nach Amerika herüberschaffen könnte. Der Brief wäre sicherlich noch länger geraten – er hatte Brady noch mit keiner Silbe von Cavan Sheridan erzählt und auch Rose nicht erwähnt –, aber im nächsten Augenblick steckte Sheridan seinen Kopf durch die Tür. „Entschuldigen Sie, Mr Kane, aber Sie möchten bitte unverzüglich nach unten kommen, es gibt irgendwelche Probleme mit den Zeitungsjungen."

Jack war dazu übergegangen, Sheridan nebenher als Mädchen für alles bei der Zeitung zu beschäftigen, ihm lauter kleine Aufgaben zu übertragen, die er zwischen seinen sonstigen Verpflichtungen erledigen konnte, und der ehrgeizige junge Kutscher war mit Feuereifer bei der Sache. Schon jetzt hatte sich der Bursche als Aktivposten erwiesen. Es gab keine Arbeit, vor der er sich drückte, im Gegenteil: Selbst die niedrigsten Handreichungen erledigte er mit heiterem Gemüt und einem Geschick, von dem Jack wünschte, Brady hätte nur einen Teil davon abbekommen. Heute Morgen hatte er Sheridan zu Ben Cross in die Druckerei geschickt mit der Maßgabe, sich je nachdem, was Ben ihm auftragen würde, nützlich zu machen.

„Ich dachte, du wärst unten", sagte er, als er hinter Sheridan die Treppe hinabstieg.

„War ich auch, Sir, aber einer der Drucker hörte einen Krawall draußen im Durchgang und rief nach Mr Cross. Der nahm mich mit raus."

Im Durchgang hinter der Druckerei, wo die Straßenverkäufer ihre Zeitungspacken ausgehändigt bekamen, traf Jack den kleinen Ben Cross mit den scharf geschnittenen Gesichtszügen zusammen mit zwei gerissen ausschauenden Jungen. Nur einen der beiden kannte er: Willie Shanahan, einen rotgesichtigen Bengel von acht Jahren, der dafür bekannt war, dass er in seinem „Geschäft" für zwei arbeitete. Sein Gefährte wirkte ein bisschen älter – er mochte neun oder zehn sein, sah aber genauso dürr und eingefallen aus wie Willie. Seine Kleider hingen an ihm wie Säcke.

„Was ist hier los?", fragte Jack ohne viel Federlesen. Kaum hatte er seine Frage ausgesprochen, als Willie vor ihn hintrat. Jack schäumte vor Wut, als er das geschwollene Auge des Jungen und seine blutende Lippe sah. Auch der ältere Junge war offensichtlich verprügelt worden, denn auch er hatte ein blaues Auge und eine frische rote Schramme dicht daneben.

„Was ist geschehen, Willie?", fragte Jack, obwohl er

die Antwort längst kannte. „Schon wieder die Schläger von Rynders?“

„Captain“ Isaiah Rynders war ein Halunke übelster Sorte, der fast jede Straßenbande unter seiner Fuchtel hatte. Seit Monaten ging es jetzt schon so, dass er und seinesgleichen den Zeitungsjungen das Leben schwer machten.

Willie zuckte die Schultern. Sein dünnes rotes Haar stand nach allen Richtungen vom Kopf ab. Wie Babyhaare, dachte Jack – und warum auch nicht? Der Junge war ja tatsächlich fast noch ein Kleinkind.

„Weiß nich, Mr Jack. Stimmt schon, da war ’n Haufen von denen. Sie ham uns fürchterlich verkloppt, und denn ham sie gesacht, sie machen das morgen wieder, wenn wir uns mit unseren Zeitungen wieder annie Ecke wagen! Nächstesmal brechen sie uns die Flunken, ham sie gesacht, wenn wir nich das Schutzgeld bezahln tun.“ Der Junge hielt inne, wischte sich mit dem Handrücken die Nase ab und fügte beleidigt hinzu: „Sogar unsre Schuhe ham sie uns geklaut, Mr Jack.“

„Eure Schuhe haben sie weggenommen?“ Zorn schnürte Jacks Kehle zu.

Er ging mit einem Bein vor dem Jungen auf die Knie. „Wie schlimm ist es denn, Willie? Kommst du klar?“

Die schmale Unterlippe zitterte ganz leicht, aber Willie nickte. „Hab auch ganz schön zugehaun, Mr Jack. Kann sein, dass ich auch ’n paar von denen mächtig vermöbelt hab.“

Der größere, dunkelhaarige Junge neben ihm nickte. „Wir ham uns gewehrt, Willie und ich – und ob!“

Jack richtete sich wieder auf. Die Hände hatte er zu Fäusten geballt. „Das will ich wohl glauben, Jungs. Es kann aber nicht angehen, dass ihr kurz und klein gehauen werdet, nur weil ihr eure Arbeit tut. Gleich morgen früh, wenn ihr eure Zeitungen holen kommt, werde ich ein paar Männer mit euch losschicken. Keine Angst, ihr braucht nicht mehr alleine rausgehen." Er langte in seine Hosentasche und sagte: „Nehmt das Geld hier, ihr beide, und besorgt euch wieder 'n Paar Schuhe."

Mit weitaufgerissenen Augen stammelten die zwei ein Dankeschön und flitzten davon. Jack war klar, dass das Problem damit nicht wirklich gelöst war. Er konnte es sich nicht leisten, jeden Tag ein paar Männer aus dem Kontor mit den Jungen loszuschicken.

Was aber sollte er sonst tun? Diese Übergriffe auf die Zeitungsjungen wurden mehr und mehr zur Gewohnheit. Eine Bande nach der anderen ging dazu über, die Jungen mit Drohungen und Schlägen einzuschüchtern und dazu zu bringen, dass sie einen Teil ihres hart erarbeiteten Lohns dafür aufwandten, dass man sie nicht verprügelte und ihre Zeitungen zerriss. Die Polizei hatte sich gegenüber der in der ganzen Stadt überhand nehmenden Gewalt der Straßenbanden weitgehend machtlos gezeigt, und die Zeitungsverleger waren die Dummen. Was Jack noch umso mehr erboste, war der Umstand, dass viele Mitglieder der Banden Iren waren, die sich nichts daraus machten, ihre eigenen Landsleute und sogar Kinder zu schikanieren.

Jack hätte seine neue Druckerpresse darauf gewettet, dass hinter dem ganzen Übel niemand anders als Isaiah Rynders steckte. Egal, um welches Delikt es ging – Glücksspiel, illegale Lotterien, Opiumhandel, Prostitution oder simple Taschendiebereien –, Rynders hatte seine Finger drin. Er war eine schlüpfrige Schlange, die überm Gesetz zu stehen schien. Er kontrollierte die Banden – die sich zumeist aus verrohten Männern, dem Bodensatz der Stadt, zusammensetzten – mit eiserner Faust und schaffte es durch irgendwelche mysteriösen Tricks immer wieder, der Gefängniszelle zu entgehen, die längst auf ihn wartete.

Während sie die Treppen zu den Büroräumen wieder hinaufstiegen, versuchte Jack Sheridan die Lage auseinanderzusetzen und war überrascht, als der junge Mann von sich aus anbot, die Verkäufer am nächsten Morgen zu begleiten. Jack reagierte mit Kopfschütteln. „Du hast das Herz am rechten Fleck, Junge, aber ich werde dich dieser Gefahr nicht aussetzen. Und außerdem ist es noch mitten in der Nacht, wenn sich die Jungs ihre Zeitungen holen. Ich möchte dich morgens zu meiner Verfügung haben. Was nützt es mir, wenn du an irgend 'ner Straßenecke stehst und die Fäuste gegen Rynders' Gangster schwingst?"

„Was ist das für ein Typ, dieser Rynders?"

Jack erzählte ihm ein paar Takte über den bekanntesten Schläger der Stadt, wobei er verschwieg, dass er vor einigen Jahren, als er noch in den Spielhöllen verkehrte, persönlich mit Isaiah Rynders bekannt gewesen war. Nachdem er Martha geheiratet hatte, war er von dem Spiellaster losgekommen. Sie hatte ihm ein Versprechen abgenommen, und er hatte sein Wort gehalten, auch noch als sie längst tot war. Es hatte jedoch in seinem Leben eine Zeit gegeben, da hatte er häufiger *Blackjack* gespielt als gegessen oder geschlafen; und er hatte ein kleines Vermögen damit gemacht. Daher rührte der Spitzname, mit dem man ihn hinter seinem Rücken immer noch titulierte – wenngleich er davon ausging, dass die meisten seinen Charakter meinten, wenn sie ihn *Black* Jack nannten, oder auch seine Seele.

Wie auch immer, er kannte „Captain" Rynders und seine Spießgesellen gut genug, um ihnen alles zuzutrauen, selbst Gewalt gegen wehrlose Kinder.

„Ich war überrascht", sagte Cavan Sheridan auf dem Treppenabsatz, „als ich mitbekam, dass es hier in Amerika solche üblen Machenschaften gibt. Bevor ich in den Kohlegruben den Gangstern über den Weg lief, dachte ich, dass ich derlei Scherereien in Irland hinter mir gelassen hätte."

Jack zog eine Augenbraue hoch. „Barbaren gibt's überall, Junge, und in der Großstadt ganz besonders."

Sie blieben vor der Druckerei stehen. „Jeder Ort hat seine Nichtsnutze, sie heißen bloß überall anders. Hier in New York nennen wir sie Bowery-Bengel, tote Karnickel oder Schlachthöfler."

Sheridans Lächeln war schmallippig. „Und in Irland heißen sie *Sassenachs*."

„So ist es, dank der Briten haben wir auch unser Scherflein an Kummer abbekommen. Mach aber niemals den Fehler, Junge, ein ganzes Volk über einen Leisten zu schlagen. Einige der übelsten New Yorker Banditen tragen Namen, die mit *Mac* oder *O'* anfangen. Andererseits hab ich etliche Briten kennengelernt, die ordentliche Leute waren."

Die unverhohlene Skepsis seines Kutschers brachte Jack zum grinsen, und er fügte hinzu: „Na ja, ganz so viele waren es vielleicht auch wieder nicht. Doch zwei oder drei gab's schon, wenn ich nicht irre. Ich glaube, du verstehst mich schon."

* * *

Jacks Tag wurde kein bisschen besser. Nach der Begegnung mit den Zeitungsjungen ging er zurück ins Büro, um an dem Finanzartikel weiterzuarbeiten, den er tags zuvor begonnen hatte – doch daraus wurde nichts: Er merkte, dass er seine Notizen zu Hause vergessen hatte. Später hatte er ein Treffen mit leitenden Mitarbeitern, das zu einem Streitgespräch darüber ausartete, ob es Sinn machte, Korrespondenten in Europa zu unterhalten.

Ihr Erzrivale, der *Herald*, hatte in dieser Angelegenheit den Vorreiter abgegeben, und Bradys Irlandreise war Jacks erster Schritt dahin gewesen, ein eigenes Korrespondentennetz ins Werk zu setzen – gegen den massiven Widerstand seines Chefbuchhalters Clark und seines Geschäftsführers Kaiser. Wie so oft hatte die Erwähnung des *Herald* genügt, um ihre Diskussion noch mehr anzuheizen und auf die Frage zu lenken, warum dieses Blatt so überaus erfolgreich war. Seitdem er den *Herald* gegründet hatte, bot dessen Herausgeber, James Gordon Bennett, unablässig Stoff für allerlei gehässige Spekulationen. Jack machte sich seine ganz eigenen Gedanken über den phänomenalen Erfolg des *Herald* und war sogar so weit gegangen, einige der Ideen Bennetts für den *Vanguard* zu übernehmen – eine Entscheidung, die sich fast sofort rentiert hatte.

Es ließ sich nicht in Abrede stellen, dass zum Erfolgsrezept des *Herald* in erster Linie Berichte über skandalöse Verbrechen und schockierende Ereignisse gehörten. Bennett wurde nachgesagt, er sei ein vollkommen amoralischer Mensch. In gutbürgerlichen Kreisen sprach man von ihm nur als der „Schlange". Ebenso wenig ließ sich jedoch leugnen, dass die Ideen des eigensinnigen, boshaften Schotten sich geschäftlich als absolut richtig erwiesen hatten. Nach Jacks Überzeugung ging ein Teil des *Herald*-Erfolges darauf zurück, dass Bennett einen Stil gefunden hatte, mit dem er sowohl das Dienstmädchen als auch dessen Herrn und Gebieter ansprach. Die Schiffsladungen von Einwanderern, die unten bei der Batterie angelandet wurden, waren ebenso auf Informationen aus wie die Geschäftsleute, die ihnen Arbeit gaben – auf Informationen und auf Unterhaltung. Bennett war es gelungen, eine Mischung aus beidem anzubieten. Das war der Grund, warum der *Herald* wegging wie warme Semmeln.

Unter den anderen Zeitungsmachern der Stadt hatte das Revolverblatt des schieläugigen Bennett gehörigen Neid hervorgerufen. Selbst Jack zuckte immer wieder zusammen, wenn er sah, wie der *Herald* ohne Rücksicht auf journalistische Prinzipien, aus schierer Sensationshascherei, Skandal um Skandal aufbauschte. Doch das hatte ihn nicht davon abgehalten, Bennetts Erfolg sorgfältig zu analysieren, und er gestand sich ohne Weiteres ein, dass er daraus eine Menge gelernt hatte.

Auf eine Frage hatte er jedoch noch keine befriedigende Antwort gefunden: Was war es eigentlich, womit der *Herald* seine Leser bei der Stange hielt? Ihm war nicht wirklich klar gewesen, was seinem eigenen Blatt, dem *Vanguard*, fehlte. Erst die Bemerkungen, die Cavan Sheridan am Vorabend darüber gemacht hatte, wie viel schwieriger es sei, die Leser mit irgendetwas Großem, Unpersönlichem zu fesseln, als ihre Aufmerksamkeit mit der Geschichte einer unglücklichen Witwe, die ihre Pacht nicht bezahlen konnte, zu gewinnen, hatte ihn darauf gebracht.

Irgendetwas in Jacks Verstand hatte „klick" gemacht, als Sheridan das sagte. Später hatte er noch lange über den Gedanken nachgesonnen und war schließlich an dem einen Konzept hängen geblieben, mit dem er einen größeren Durchbruch würde erzielen können, als ihn Bennett je gehabt hatte: die individuellen Betroffenheitsgeschichten.

Und was den jungen Sheridan anbetraf, so schien es ihm angebracht, dem Burschen eine Lohnerhöhung zu geben.

Dennoch war er, als er jetzt die Morgenausgabe des *Vanguard* auf seinem Tisch ausbreitete, immer noch ärgerlich über die missratene Mitarbeiterbesprechung, und binnen weniger Sekunden steigerte sich sein Ärger so, dass ihm die Galle hochkam. Rastlos grasten seine Blicke die Spalten der Zeitung ab und blieben an jedem Druckfehler und jedem inhaltlichen Fauxpas kleben. Noch bevor er mit der ersten Seite fertig war, schäumte er vor Wut. Auf zwei Verallgemeinerungen war er gestoßen, von denen er wusste, dass sie jeder Grundlage entbehrten. Ferner gab es vier falsch gesetzte Buchstaben, zwei Schreibfehler und mindestens ein halbes Dutzend stilistische Entgleisungen.

Dieser Befund brachte ihn dermaßen in Rage, und als Cavan Sheridan zur Tür hereinschaute, um ihn nach Hause zu kutschieren, bedachte Jack ihn mit einem so mörderischen Blick, dass der Junge unwillkürlich einen Schritt zurückwich.

„Oh, Sie sind noch nicht fertig ... Dann komm ich später wieder“, sagte Sheridan und wandte sich zum Gehen.

„Nur eine Sekunde noch!“, zischte Jack. „Aber bevor wir gehen, mach dich noch mal auf die Socken und schaff mir Bob Hailey ran!“

* * *

Als sie einige Minuten später auf dem Weg zur Kutsche waren, hielt Cavan, dem die Stimmung seines Chefs überhaupt nicht behagte, wohlweislich den Mund. Mittlerweile war es schon ein paar Mal vorgekommen, dass er Kane in übler Laune erlebt hatte, so dass er die Zeichen zu deuten wusste: den starren Nacken, den schmallippigen Mund, das granitene Kinn unter dem schwarzen Schnauzer. Aus Erfahrung wusste er, dass Kane höchstwahrscheinlich den ganzen Weg nach Hause und darüber hinaus für den Rest des Abends kein Wort mehr sagen würde.

Um dem Manne gerecht zu werden, musste man

aber sagen, dass Jack Kane seine Wut niemals an seinen Hausgenossen ausließ. Sein Zorn glich einem Kessel, von dem man zwar wahrnahm, dass es unter seinem Deckel hitzig brodelte, bei dem man aber nicht befürchten musste, dass er außer Kontrolle geriet.

An diesem Abend allerdings überraschte Kane Cavan damit, dass er sein Schweigen brach. Schon auf dem Weg zu seiner Kutsche grummelte er unablässig vor sich hin, mit was für miserablen Mitarbeitern man sich doch herumschlagen müsse und dergleichen mehr, und bevor er einstieg, sagte er: „Ich würde gerne deine Mrs Harte kennenlernen. Ich muss zusehen, dass ich eine weitere Kraft fürs Korrekturlesen finde. Hast du denn schon mal mit ihr über die Angelegenheit gesprochen?"

Und ob Cavan das hatte – gleich nach dem Unterricht am Donnerstagabend. Wie beim vorigen Mal hatte er Samantha Harte nach Hause gefahren und vor ihrer Wohnung noch eine Weile mit ihr gesprochen. Mit aller Vorsicht hatte er die Möglichkeit erwähnt, dass sich beim *Vanguard* für jemanden mit ihren Fähigkeiten eine berufliche Chance bieten könnte.

Zuerst hatte sie unsicher reagiert und darauf verwiesen, einer solchen Aufgabe sei sie nicht gewachsen. Andererseits hatte sie keinen Hehl daraus gemacht, dass ihre Arbeit für den Buchverlag bestenfalls ein Notbehelf war, so dass sie nichts dagegen hätte, etwas Dauerhafteres zu finden.

Cavan war überzeugt, dass ihr Interesse geweckt war, und argwöhnte, dass ihre Abneigung gegen seinen Vorschlag wohl mit den Zweifeln zu tun hatte, die sie hinsichtlich Kanes Ruf hegte. Dessen ungeachtet hatte er sich vorgenommen, die Sache erneut bei seinem Chef zur Sprache zu bringen, sobald es eine Gelegenheit dazu gab.

Jetzt schien die Gelegenheit da zu sein. „Nun ja, ich hab die Möglichkeit erwähnt", gestand er.

Beim Einsteigen wirkte Kane gedankenverloren. „Morgen versetze ich Bob Hailey in die Druckerei. Da werden sie schon irgendwas für ihn zu tun haben. Bis ich jemanden finde, kümmere ich mich selbst um die Titelseite."

Cavan wartete ab, bis Kane sich die Wagendecke übergelegt hatte, und sagte dann: „Heute Abend ist wieder Unterricht. Wäre es Ihnen recht, wenn ich Mrs Harte noch mal auf die Korrektorenstelle anspreche?"

Kane nickte knapp. „Warum nicht? Falls sie interessiert ist, soll sie morgen Nachmittag mal bei der Zeitung reinschauen. Dann werd ich mich mit ihr zusammensetzen."

Cavan zögerte, was Kane nicht entging. „Wie jetzt, glaubst du, sie hat gar kein Interesse?"

Cavan schüttelte den Kopf. „Nein, Sir, das ist es nicht. Nur dass mir auffällt, dass Mrs Harte eine sehr – ähm ... zurückhaltende Dame ist. Scheu, könnte man auch sagen. Ich glaube, es wäre ihr ganz und gar nicht recht, allein in die Redaktion zu kommen."

Kane runzelte die Stirn und tat dann den Einwand mit einer Handbewegung ab. „Also schön, wenn's so ist, dann sag ihr, dass du sie mit der Kutsche abholst. Vielleicht fällt's ihr dann leichter."

„Wie Sie wünschen, Sir – so wird es wohl das Beste sein", sagte Cavan. Gern hätte er noch einige Fragen gestellt, aber es war offensichtlich, dass Kanes Gedanken längst ganz woanders waren.

* * *

Nach Schluss des Unterrichts am selben Abend stand Cavan in der Tür und hatte Mühe, seine Enttäuschung über Samantha Hartes Reaktion auf die Neuigkeit von der Korrektorenstelle zu verbergen. Er hatte erwartet, dass sie zumindest willens gewesen wäre, mit Kane zu reden, wie unsympathisch sie den Mann auch immer finden mochte. Die Unerbittlichkeit ihrer Abneigung überraschte ihn: Sie weigerte sich – höflich zwar, aber ohne überhaupt erst nachzudenken. Und ließ an ihrer Entschlossenheit keinen Zweifel aufkommen.

„Aber verstehen Sie doch“, sagte er in der Hoffnung, sie umzustimmen, „ich würde Sie zum *Vanguard* fahren. Sie müssen nicht auf eigene Faust hingehen.“

Doch sie schüttelte erneut den Kopf. „Ihr Vertrauen zu mir ehrt Sie wirklich sehr, Cavan, aber es bleibt dabei: Für eine Stellung dieser Art halte ich mich nicht für qualifiziert.“ Sie unterbrach sich und fügte dann hinzu: „Und um es ganz frank und frei zu sagen: Ich bin mir nicht sicher, ob ich mich wohl dabei fühlen würde – äh ..., für den *Vanguard* zu arbeiten.“

„Sie wollen sagen, Ihnen wäre nicht wohl dabei, für Jack Kane zu arbeiten“, erwiderte er, mehr als Feststellung denn als Frage.

Sie errötete leicht. „Aber bitte – ich will Sie nicht verletzen. Sie mögen Ihren Job und anscheinend auch Mr Kane, und das ist gut so. Und wie schon gesagt: Bei den Artikeln, die Sie schreiben sollen, würde ich Ihnen nur allzu gern jede erdenkliche Hilfe anbieten. Aber was die Stelle angeht – wie soll ich sagen? Es wäre einfach nicht das Richtige für mich.“

Cavan wollte sich noch nicht geschlagen geben und drängte: „Er ist nicht so, wie die Leute sagen, wissen Sie – ganz und gar nicht.“ Seine Worte klangen alles andere als überzeugend. Er verpfuschte das Ding und wusste es. Tatsache aber war, dass er wirklich glaubte, ein Job bei Kane werde ihre Lage verbessern. Und ihm lag so viel daran, ihr zu helfen.

Na ja, und dann würde er sie auf diese Weise natürlich öfter sehen. So wagte er noch einen Versuch. „Mr Kane ist kein schlechter Mann." Es klang jämmerlich. „Das werden Sie selbst sehen, wenn Sie ihn erst ein wenig kennengelernt haben. Sehen Sie, da wird 'ne Menge Verantwortung dranhängen, wenn er tatsächlich diese Leute von Irland rüberholt, und ich dachte ... ich hab gehofft, Sie würden bereit sein, sich um die Dinge zu kümmern – neben der Stelle als Korrektorin."

Sie sah ihn mit fragend gerunzelter Stirn an. „Cavan – warum liegt Ihnen so furchtbar viel daran? Ich verstehe das Ganze nicht recht."

Cavan fühlte Hitze vom Hals her hochsteigen und versuchte, diesen forschenden braunen Augen auszuweichen, aber ihr Blick ließ ihn nicht los. Nervös mit den Händen nestelnd, schluckte er. „Ich wollte Ihnen bloß helfen." Irgendwie klang seine Stimme unnatürlich dünn. „Sie haben angedeutet, dass es mit Ihrem Job bei dem Verlag bald aus sein könnte, und ich dachte ..." Er kam nicht weiter, zuckte die Schultern und wandte den Kopf ab. „Ich hätte nichts dagegen, Sie öfter zu sehen", sagte er beschämt. „Jetzt wissen Sie's."

Seinem Geständnis folgte ein ausgedehntes Schweigen, und als sein Blick wieder dem ihren begegnete, sah er, dass sie regelrecht schockiert war. Sie griff sich mit einer Hand an den gestärkten weißen Kragen. „Nein, Cavan – o nein. Das kann nicht Ihr Ernst ... Nein, so dürfen Sie nicht denken ... über mich! Du lieber Himmel, ich bin – Ihre Lehrerin, Cavan! Ich bin Jahre älter als Sie, und Sie müssen wissen –"

Er schüttelte den Kopf. „Tut mir leid, Mrs Harte. Ich wollte Sie nicht in Verlegenheit bringen. Aber dass Sie *Jahre* älter sind als ich, bezweifle ich; und selbst wenn Sie das wären, würde es doch nicht den geringsten Unterschied machen, verstehen Sie das denn nicht? Ich

… ich finde, Sie sind eine wunderbare Frau. Ich bin so gerne mit Ihnen zusammen, und dafür, glaube ich, muss ich mich nicht entschuldigen."

Sie musterte ihn, immer noch blass. „Wie alt sind Sie, Cavan?"

Er zögerte und sagte schließlich brummig: „Beinahe zwanzig."

„Ich bin neunundzwanzig, Cavan, und verwitwet. Sie sind –"

„– ein Mann", sagte Cavan bestimmt. „Ich bin kein *Gorsoon*, falls Sie das gedacht haben sollten. Und wie gesagt: Ihr Alter ist mir piepegal – oder dass Sie verwitwet sind." Er unterbrach sich, suchte nach Worten. „Na ja, gewiss geht mir Ihr Verlust zu Herzen. Aber was die Jahre angeht, die zwischen uns liegen", er sah ihr direkt in die Augen und wurde irgendwie ruhig dabei, „so sollten Sie sich dabei nicht das Geringste denken. Es bedeutet überhaupt nichts."

Sie wollte etwas sagen, hielt aber inne und sah zur Seite. Nach einer Weile murmelte sie mit leiser Stimme etwas Unverständliches. Nur die letzten Wörter, bei denen sie ein wenig lauter geworden war, schnappte Cavan auf: „Ihre Bewunderung macht mir alle Ehre, aber ich fürchte, ich bin Ihrer nicht wert. Und ich muss Sie sehr darum bitten, diese Sache mit der Stelle beim *Vanguard* nicht wieder anzuschneiden. Bitte."

Jählings war sie eiskalt geworden, hatte sich bereits von ihm zurückgezogen, während er noch dastand und sich nichts mehr wünschte, als ihre Hand zu nehmen oder ihr Haar zu berühren. Cavan spürte, wie vor ihm eine Tür ins Schloss fiel, mit solcher Endgültigkeit, dass ihm ein eisiger Wind durchs Herz wehte.

# 17. Diese Frau ist ein Rätsel

*Irgendetwas hier versteh'ich nicht,*
*eine Drohung, die mir nicht zu fassen.*
Valentin Iremonger

Wahrscheinlich wäre Jacks Interesse an Samantha Harte gar nicht erst erwacht, hätte sie sich nicht so nachdrücklich dagegen gesträubt, mit ihm zusammenzutreffen. Dass eine Frau ihn zurückwies, war für ihn etwas Ungewohntes. Allein diese Reaktion von ihr genügte, um seine Neugier zu erwecken.

Ein Übriges hatte Cavan Sheridans irgendwie gestelzter Bericht über die Unterhaltung getan, die er am Donnerstagabend mit Mrs Harte geführt hatte. Er war überzeugt, dass sein eifriger junger Kutscher ihm etwas verschwieg, doch als Jack in ihn drang, mehr in die Einzelheiten zu gehen, wollte er erst recht nichts mehr sagen.

Vermutlich hätte Jack die schwer zu fassende Mrs Harte völlig vergessen, wenn er nicht einen dermaßen vertrackten Montag erlebt hätte. Er hatte tagtäglich alle Hände voll zu tun, aber am Montag befasste er sich über die Routine seines normalen Arbeitstages hinaus mit einer ermüdenden Satz-für-Satz-Korrektur der Titelseite der Abendausgabe. Deshalb war es fast neun, als er endlich das Kontor verließ, und als er nach Hause kam, fühlte er sich müde, hungrig und entschieden missgelaunt. Er verschlang sein Abendessen, ohne auch nur wahrzunehmen, was er verzehrte, übersprang seinen abendlichen Spaziergang und fiel in einen ruhelosen Schlaf, überlagert von bizarren Träumen.

Der Dienstag fing nicht viel besser an. Er erwachte mit dröhnenden Kopfschmerzen und übler Laune, und beides verließ ihn den ganzen Tag über nicht. Um Zeit zu sparen, ließ er Donny Sullivan aus der Setzerei zu sich heraufrufen und beauftragte ihn mit der Titelkorrektur der Tagesausgabe. Das Ergebnis war eine weitere Katastrophe. Als Jack die Titelseite überflog, drohte sein sowieso pochender Schädel endgültig zu platzen. Die ganze Seite war von Druckfehlern und redaktionellen Patzern überzogen. Als er das dem schwitzenden Sullivan vorhielt, wurde ihm schmerzlich klar, dass der Bursche entweder hoffnungslos kurzsichtig oder schlicht und ergreifend zu dämlich war, um auch nur zu verstehen, was er alles übersehen hatte – womit die Korrektorenlaufbahn des ungehobelten jungen Flegels ein sehr vorzeitiges Ende fand.

* * *

Kurz vor fünf ließ Jack Cavan Sheridan aus der Druckerei zu sich rufen. „Ich will noch mal genau hören, was deine Mrs Harte letzte Woche gesagt hat“, sagte er von seinem Platz am Schreibtisch aus, „du weißt schon, wegen der Korrektorenstelle.“

Jack war sich bewusst, dass Cavan Sheridan, so gewinnend und clever er auch sein mochte, doch noch ein grüner Junge war – und dazu bis über beide Ohren verliebt in diese Lehrerin. Wer weiß, ob er die Sache nicht völlig verkehrt angefangen hatte?

Der Junge erzählte von vorne, was zwischen ihm und der Lehrerin gesprochen worden war, ohne irgendetwas preiszugeben, was Jack nicht schon gehört hätte.

„Sagtest du nicht, sie sei durchaus interessiert, als du die Sache zum ersten Mal ansprachst?“

Sheridan stand mehr draußen als drinnen und machte jedenfalls keinen Schritt von Jacks Bürotür weg. „Scheint, als hätte ich mich getäuscht“, sagte er steif.

„Und du bist dir sicher, dass sie verstanden hatte, die Arbeit zu Hause machen zu können?“

Sheridan nickte. „Ja, Sir, das hab ich ihr genau erklärt. Ich hab ihr weitergegeben, was Sie sagten: dass ihr jeweils ein Bote die Druckfahnen vorbeibringen könnte.“

„Na schön, was glaubst du dann, warum sie die Sache ausgeschlagen hat? Liegt's am Geld?“

Sheridan schoss Zornesröte ins Gesicht. „Ganz sicher nicht, Sir! So eine ist sie nicht.“

„Da wär ich nicht so sicher“, murmelte Jack. Als er aufblickte, meinte er, dass irgendetwas an Sheridans Verhalten merkwürdig wirkte. Der Junge gab sich doch sonst nicht so ausweichend, jetzt jedoch hatte er etwas geradezu Verschlossenes an sich. „Rasch urteilen und rasch vertrauen – beides gleich dumm“, sagte er, ohne sich um den Trotz zu kümmern, den er in den Augen des anderen aufblitzen sah.

Mit den Fingern auf die Tischplatte trommelnd, versuchte er nachzudenken. „Diese Frau ist ein Rätsel. Was genau weißt du von ihr?“

„Wie bitte?“ Sheridans ausgeprägtes Kinn hob sich noch etwas mehr, und Jack sah, wie er seine Finger knetete, als wäre er nervös oder ein wenig aufgebracht.

Zu dumm – für den Augenblick ging Jack die Geduld ab, die Wogen im Herzen des Jungen zu glätten. „Mal abgesehen von der Tatsache, dass sie unglaublich brillant und schön ist – was genau weißt du über Mrs Harte?“ Jack wartete die Antwort nicht ab, sondern spann seinen Faden weiter. „Offenkundig hat ihr verstorbener Gatte sie nicht gerade auf Rosen gebettet zurückgelassen“, stellte er fest, „sonst würde sie wohl kaum zwei Beschäftigungen nachgehen. Wie hieß er, ihr Gatte – weißt du das?"

Sheridan schüttelte den Kopf. „Sie spricht kaum über sich selbst. So gut wie gar nicht, außer dass ihr Mann wohl ein Geistlicher war."

„Na ja, dann ist ja klar, dass sie finanziell nicht gut dasteht", bemerkte Jack, während seine Gedanken vorauseilten und plötzlich an einem flüchtigen Erinnerungsfetzen irgendwo hinten in seinem Kopf hängenblieben. *Ein Geistlicher ... Ein Geistlicher namens Harte ...*

„Du lieber Himmel!", brach es aus ihm hervor. „Sie ist doch wohl nicht die Witwe von Bronson Harte, oder?"

Sheridan schaute verwirrt drein. „Ich, ähm ... Das weiß ich nicht, Sir. Ich kann mich nicht erinnern, jemals den Vornamen ihres Mannes gehört zu haben. Wieso – haben Sie den Mann gekannt?"

Jack schüttelte den Kopf, vorübergehend abgelenkt. Nein, gekannt hatte er Bronson Harte nicht, aber der Mann und seine wild dreinschauenden Anhänger hatten mehr als genug Platz im *Vanguard* und den anderen Zeitungen landauf, landab eingenommen.

Man nannte sie „Reformisten" oder „Utopisten" und was es sonst noch an hochtrabenden Etiketten gab. Jack jedoch nannte sie, solange er Anlass hatte, nachsichtig von ihnen zu denken, Sozialisten; nachdem ihm aber zu Ohren gekommen war, welch unerhörtes, vollkommen abgedrehtes Verhalten einer oder mehrere aus diesem Haufen an den Tag legten, sprach er nur noch von Verrückten.

Gerüchteweise hatte er gehört, dass Horace Greeley so einem Verein auf den Leim gekrochen war, aber mochte Horace so leichtgläubig sein, wie er wollte: dass er sich von so einem Haufen aufgeblasener Schwachköpfe einwickeln ließ, konnte Jack sich nicht vorstellen. Andererseits hatte man schon öfter gehört, dass Greeley sich in ausgesprochen sonderbaren Kreisen bewegte. Hatte es da nicht diesen Artisten P. T. Barnum gegeben, der mit Attraktionen wie einbalsamierten Meerjungfrauen und tanzenden Zwergen von sich reden machte? Nein, so recht wissen konnte man nicht, womit man zu rechnen hatte, wenn es um Horace ging.

Doch wie auch immer, der Name Bronson Harte sagte ihm sehr wohl etwas; und der Gedanke, Sheridans Angebetete könnte die Witwe dieses Mannes sein, hatte etwas Faszinierendes.

Mit einem Mal rückte sein Bedarf an einem Korrektor gegenüber seiner wuchernden Neugier glatt in den Hintergrund.

Er merkte, dass Sheridan ihn mit vor Verwirrung gerunzelter Stirn ansah, sagte aber nichts weiter. Stattdessen zügelte er seine abschweifenden Gedanken und kam auf die anstehende Sache zurück. „Du hast ihr also von unserem Gespräch erzählt: dass wir Hilfe brauchen werden, wenn es um die Eingliederung von Zuwanderern geht, die wir rüberholen?"

Sheridan nickte.

„Und du hast ihr auch angeboten, sie zu einer Unterredung hierher zu meinem Büro zu fahren?"

Wieder nickte Sheridan, wobei er von einem Fuß auf den anderen trat. Offenbar konnte er Jack nicht in die Augen sehen, was diesen erneut veranlasste, sich über das sonderbare Betragen des Jungen zu wundern. „Jawohl, Sir", sagte der, „das habe ich getan. Aber es half alles nichts. Sie ließ sich nicht erweichen."

„Und du hast keine Ahnung, warum sie so stur ist?"

Sheridan starrte ihn böse an. „Nein, habe ich nicht, Sir. Und ich glaub auch nicht, dass es was mit Sturheit zu tun hat. Ich bin sicher, sie hat ihre Gründe."

Jack spürte, dass der Junge drauf und dran war, noch etwas hinzuzufügen, doch nach kurzem Zögern nahm Sheridans Gesicht denselben sonderbaren, missgestimmten Ausdruck an wie zuvor.

Plötzlich ging Jack auf, dass Mrs Harte, die doch mit Sicherheit fromm war, es vermutlich ablehnte, für einen bekanntermaßen gottlosen Mann wie ihn zu arbeiten.

Normalerweise hätte ihm dieser Gedanke ein mildes Lächeln entlockt. Doch jetzt empfand er Ärger. Was er brauchte, war ein fähiger Korrektor – darüber hinaus hatte er bis jetzt keinen weiteren Gedanken an diese Samantha Harte verschwenden müssen. Allerdings musste er sich eingestehen, dass ihn ihre Weigerung, über eine mögliche Anstellung beim *Vanguard* auch nur zu verhandeln – ungeachtet dessen, dass sie das Geld ganz offenbar brauchen konnte – schon neugierig gemacht hatte. Doch weitaus faszinierender war die Möglichkeit, dass sie die Gemahlin einer äußerst umstrittenen Gestalt gewesen sein könnte – einer Gestalt, deren Tod eine Reihe von Fragen aufgeworfen hatte, die nach wie vor der Antwort harrten.

Inmitten dieser Gedanken fiel Jack ein, dass Sheridan heute Abend wieder Schule hatte. Er warf seinem Kutscher einen Seitenblick zu. Der Junge ließ ihn nicht aus den Augen. Schweigend stand Jack auf, trat an den Garderobenschrank und griff nach seinem Mantel. Sheridan den Rücken zukehrend und immer noch gedankenverloren zog er ihn über. Wenn er jetzt schon aufbrach, blieb ihm noch Zeit für eine Stippvisite beim Barbier, um sich ein wenig vorzeigbarer herrichten zu lassen. Essen konnte er später immer noch.

Seine Entscheidung stand fest, und er musste lächeln. Jawohl, so würde er es machen: wenn die verschlossene Mrs Harte nicht zu ihm kommen wollte, ging er eben zu ihr.

Immer noch lächelnd, drehte er sich zu Sheridan um und sagte: „Wir gehen heute früher." Den starren, fragenden Blick des anderen ignorierte er. „Fahr die Kutsche vor."

* * *

Später am selben Abend lungerte Cavan, nachdem die anderen Schüler schon gegangen waren, noch an der Tür des Lehrsaals herum und beobachtete Samantha Harte. Sie machte eine Menge Aufhebens darum, ihr Pult aufzuräumen, und hielt sich dann über Gebühr lange damit auf, die Aufgabenblätter der Schüler in ihrer Tasche zu verstauen. Seine Anwesenheit ignorierte sie bewusst; ja, sie hatte den ganzen Abend kaum in seine Richtung geschaut und sofort zur Seite gesehen, sobald es sich auch nur hätte ergeben können, dass ihre Blicke sich trafen.

Erst als das Schweigen mehr als peinlich geworden war, sah sie auf. Ihr Lächeln wirkte gezwungen und ihr Ausdruck unpersönlich. Sie war immer noch damit beschäftigt, irgendwelche Papiere in ihre Tasche zu schieben.

„Ich wollte mich entschuldigen", sagte Cavan ohne Umschweife. „Wegen letzter Woche. Ich ... na ja, ich hätte nicht sagen sollen, was ich gesagt habe."

Sie schien über seine Schulter hinweg irgendeinen nicht vorhandenen Gegenstand anzusehen. „Sie müssen sich nicht entschuldigen. Lassen Sie uns einfach ... alles vergessen, ja?"

Cavan schüttelte den Kopf. „Ich glaube, dass ich Sie verletzt habe, und das tut mir von Herzen leid."

Schnell schaute sie zur Tür – als wollte sie so rasch wie möglich aus dem Zimmer flüchten, dachte Cavan traurig. Er fühlte sich gedemütigt, war aber zugleich mit sich selbst im Unreinen wegen seines unbesonnenen Benehmens in der vorigen Woche. Am liebsten wäre er selber Hals über Kopf davongerannt, aber er zwang sich stehen zu bleiben und fühlte sich dabei ganz wie ein stümperhafter Schuljunge. Sie für ihren Teil schien aufs Neue völlig darin aufzugehen, ihren Arbeitstisch aufzuräumen.

„Nein, Cavan – äh, Mr Sheridan –, es ist alles in Ordnung. Reden wir einfach nicht mehr davon. Meinen Sie nicht, das wäre –“ Vom Korridor waren näher kommende Schritte zu hören, so dass sie abbrach und sich überrascht der Tür zuwandte. Außer den Schritten ertönte ein leises, melodisches Pfeifen.

Cavan erkannte den schwungvollen Schritt und das vertraute leise Pfeifen sofort. Völlig perplex stand er an der Tür, als Jack Kane die Szene betrat.

# 18. Die Prinzessin und der Pirat

*Den allerschwersten Stand hat ein Stolzer*
*auf den sengenden Kohlen der Not.*
Anonymus

Immer noch über ihren Tisch gebeugt, erstarrte Samantha beim Anblick des hochgewachsenen Mannes, dessen Silhouette in der Tür erschien. Vor dem Zwielicht, das die Korridorbeleuchtung erzeugte, zeichneten sich breite Schultern, ein Kopf mit pechrabenschwarz schimmernder Haarpracht und eine Gestalt im schwarzen Mantel ab. Um den Hals trug der Mann ein schneeweißes Tuch, im Knopfloch eine einzelne weiße Nelke.

„Mr Kane!"

Noch ehe Cavan Sheridan seinen Namen hervorstieß, hatte Samantha den Mann in der Tür erkannt. Tatsächlich sah sie Black Jack Kane nicht zum ersten Mal: Schon vor einigen Monaten hatte sie ihn in der Oper zu Gesicht bekommen, bei einer der seltenen Gelegenheiten, zu denen sie abends in Begleitung ihrer Eltern ausging.

Während der Pause hatte ihre Mutter auf den bekannten Zeitungsbaron gezeigt, wobei sie seinen Namen in dem unverkennbaren Tonfall ausgesprochen hatte, der nicht zu überbietende Geringschätzung ausdrückte. Eine blendende Schönheit am Arm, während etliche weitere ihm schöne Augen machten, hatte Kane seine Entourage um Haupteslänge überragt. Selbst aus der Entfernung hatte sie die exquisite, dunkle Eleganz wahrgenommen, die alles an ihm ausstrahlte – und seinen unübersehbaren Hochmut.

Er war ein Mann, den man nicht so schnell vergaß: von beeindruckender Größe, schlank, aber solide gebaut, die Gesichtszüge auf merkwürdige Weise fremdartig. Samantha hatte schon öfter gehört, dass sich jeder Ire für einen „Sohn von Königen“ hielt, und für einen Moment beschlich sie der dümmliche Eindruck, dass der Mann, dessen Schemen in der Tür zu erkennen war, solch einen Anspruch beinahe glaubwürdig erscheinen ließ. Doch seine funkelnden dunklen Augen und der bronzefarbene Teint brachten sie zu der Auffassung, dass Jack Kane eher einem spanischen Piraten ähnelte als einem irischen Prinzen.

Er betrat das Zimmer, und auf der Stelle befiel Samantha ein beklemmendes Gefühl der Bedrohung, als wollte ihr jemand körperlich etwas zuleidetun. Ruckartig richtete sie sich auf und sah ihn an. Kane lächelte, wobei unter seinem verwegen aussehenden schwarzen Schnauzbart weiße Zähne aufblitzten, und Samantha packte das unerträgliche Empfinden, dass der Mann genau wusste, dass er sie aus der Fassung gebracht hatte. Sie riss sich zusammen. Es brachte doch nichts, bloß auf das zu reagieren, was sie über Kane gehört hatte, statt auf den Mann selbst.

Ohne auch nur einen Augenblick die Augen von ihr zu wenden, entbot Kane Cavan Sheridan einen kurz angebundenen Gruß. Dann neigte er fast wie ein Höfling den Kopf vor Samantha zu einer leicht herablassenden Andeutung von Verbeugung. „Mrs Harte, nehme ich an? Bitte erlauben Sie mir, mich vorzustellen: Mein Name ist Jack Kane.“ Seine Stimme klang betörend tief und sonor, und er sprach mit jenem melodischen Schwung, der eindeutig den Iren verriet.

Er straffte sich, wobei sich seine dunklen Brauen leicht hoben. „Ich hoffe, Sie sehen mir nach, dass ich hier so hereinplatze, Mrs Harte, aber wie Cavan Ihnen vielleicht schon erzählt hat, bin ich sehr begierig darauf, mich mit Ihnen zu unterhalten."

Samantha sah erst ihn an und dann Cavan Sheridan, der Kane mit einem Ausdruck der Verblüffung anstarrte, von dem Samantha überzeugt war, dass er das Spiegelbild ihrer eigenen Miene darstellte. Als sie den Blick wieder auf Kane richtete, musterte der sie immer noch mit unverändert selbstsicherem Lächeln. „Tut mir leid", sagte sie und zuckte unmerklich zusammen, als sie hörte, wie ungewöhnlich schrill ihre Stimme klang, „aber ich fürchte, ich verstehe nicht –"

„Oh, entschuldigen Sie bitte", fiel Kane ihr ins Wort. „Ich sprach von der Stelle beim *Vanguard*, von der Cavan meines Wissens mit Ihnen gesprochen hat. Ich bin verzweifelt auf der Suche nach einem fähigen Korrektor, wissen Sie. Cavan sagte mir, Sie wollten mich nicht so gerne aufsuchen – also habe ich mir die Freiheit genommen, zu Ihnen zu kommen."

Da war es wieder, dieses flüchtige Lächeln. „Um ehrlich zu sein, ich mache mir Hoffnungen, Sie umzustimmen. Vielleicht sollte ich einfließen lassen, dass die Stelle eher die eines lektorierenden Redakteurs ist als die eines Korrektors. Was ich brauche, ist eine Persönlichkeit, die nicht nur ein scharfes Auge mitbringt, sondern auch eine gute Portion redaktionelles Gespür." Er unterbrach sich einen Moment und fuhr dann fort: „Selbstverständlich würde ich ein Gehalt zahlen, das den Anforderungen der Tätigkeit angemessen ist. Wenn Sie die Freundlichkeit hätten, mir ein paar Minuten Ihrer Zeit zu widmen, würde ich Ihnen gern nähere Einzelheiten erläutern."

Samanthas Blicke wanderten zwischen Kane und

Cavan Sheridan hin und her, und im Unterbewusstsein registrierte sie, dass die beiden in etwa gleich groß waren. Doch während die Gestalt des Letzteren noch die unfertige Schlaksigkeit der Jugend an sich hatte, besaß Jack Kane die Statur eines reifen Mannes – und alles an ihm strahlte überlegene Selbstsicherheit aus.

Cavan sah sie eindringlich an; in seinen Zügen stand die flehentliche Bitte geschrieben, Kane doch ja anzuhören. Nach seiner peinlichen Enthüllung letzte Woche jedoch wusste Samantha nur zu gut, warum er unbedingt wollte, dass sie die Stelle annahm. Sie hatte längst entschieden, dass es eine Dummheit von ihr wäre, das Angebot auch nur in Betracht zu ziehen.

Sie wandte sich wieder Kane zu und sagte: „Tut mir leid, dass Sie sich solche Mühe machen, Mr Kane, aber wie ich schon Cavan – also Mr Sheridan – erklärt habe, komme ich für eine solche Position unter keinen Umständen in Frage."

„Blödsinn", tat Kane ihre Einlassung ab. „Cavan hier ist ganz anderer Meinung, und ich habe mich überzeugt, dass seinem Urteil zu trauen ist." Er warf seinem Kutscher einen raschen Seitenblick zu und wandte sich dann wieder an Samantha. „Geben Sie mir eine Viertelstunde?" Bittend zog er die Brauen hoch.

Samantha fühlte sich von diesen verführerischen dunklen Augen in den Bann gezogen. In unerklärlicher Panik trat sie einen Schritt von ihm zurück. „Ich ... nein, tut mir leid, ähm, ich ... ich bin einfach nicht interessiert."

Seine Augen wurden schmal, und Samantha fühlte sich mit einer kühnen Direktheit auf den Prüfstand gehoben, die schon fast verletzend war. Nach einem kaum merklichen Anflug von Zögern sprach Kane Cavan Sheridan an. „Ich hab den alten Ransom aus seinem Ruhestand gerufen, damit er mich heute Abend herfährt. Wie wär's, wenn du den Buggy nähmst und nach Hause fährst? Ich werde Mrs Harte nach unserem Gespräch nach Hause bringen."

Samantha verspannte sich in plötzlichem Zorn. Kane war es offenbar gewöhnt, mit dem Kopf durch die Wand zu gehen, ohne sich um irgendetwas oder irgendjemanden zu scheren – aber nicht bei ihr! Es hatte eine Zeit gegeben, wo derlei Unverfrorenheit sie möglicherweise eingeschüchtert hätte, aber nachdem sie Bronsons Tyrannei überstanden hatte, musste schon mehr kommen als ein großkotziger Ire, um sie in die Enge zu treiben.

Sie warf einen raschen Seitenblick auf Cavan Sheridan, der sie in ihrer Entschlossenheit noch bestärkte. Der Junge sah mal Kane, mal sie an; in seinem Blick standen Verwirrung und Enttäuschung zugleich, und Samantha meinte sogar einen Funken Zorn darin zu erkennen – Zorn auf seinen Herrn und Gebieter.

„Vielleicht habe ich mich nicht deutlich genug ausgedrückt", sagte sie und sah Jack Kane dabei direkt ins Gesicht. „Ich habe für heute Abend andere Pläne und muss deshalb wirklich gehen. Und es wird nicht nötig sein, mich nach Hause zu bringen."

Kane sah sie irgendwie gequält an. „Fünf Minuten?", fragte er. Seine Stimme klang jetzt vernehmlich schwächer, ein schroffer Gegensatz zu seinem durchdringenden Blick. „Fünf Minuten werden Sie mir doch nicht abschlagen, Mrs Harte?"

Zu ihrem entschiedenen Leidwesen spürte Samantha ihren Widerstand ein wenig abbröckeln. Jetzt rächte sich die jahrelange mütterliche Erziehung zu „guten Manieren und höflichem Betragen", die sie genossen hatte: Die guten Manieren drohten ihren gesunden Menschenverstand in den Schatten zu stellen.

Als ob Kane ihr Schwanken nicht entgangen wäre,

ergriff er die Gelegenheit sogleich beim Schopf. Er gab Cavan Sheridan einen weiteren Befehl: „Jetzt ist es für dich wirklich Zeit aufzubrechen, Junge. Und fahr mir vorsichtig – die Straßen sind mächtig glatt."

Cavan errötete über und über, und für einen Augenblick rechnete Samantha damit, dass er sich gegen seinen Chef auflehnen würde. Doch dann sagte er ihnen, unverkennbar entmutigt, flüchtig Gute Nacht und verließ den Raum.

In Samantha kochte erneut Wut hoch: Wut auf diesen unerträglich arroganten Kane, aber nicht minder auf sich selbst, dass sie sich – und sei es auch nur für einen Moment – zu schwach erwiesen hatte, diesem eingebildeten Barbaren die Stirn zu bieten.

„Warum nehmen Sie nicht Platz, Mrs Harte?", sagte Kane, und Samantha entging nicht, dass selbst ein schlichter Vorschlag aus dem Munde Jack Kanes wie eine Anordnung klang.

Sie zögerte, während er lächelte, wobei das leicht spöttische Moment in seinem Blick seine Augen sogar ein bisschen wärmer wirken ließ. Der Mann war von einer unsäglichen Überheblichkeit! „Ich darf doch?", bat er und hatte sich schon seines Mantels entledigt, ehe Samantha noch etwas sagen konnte.

Bestürzt begriff sie, dass er offenbar nicht im Geringsten daran dachte, sich auf die fünf Minuten, die er erbeten hatte, zu beschränken. In ihr brodelte es immer mehr, und sie versuchte sich zu behaupten, indem sie zum Garderobenschrank ging, nach ihrem Cape griff und es sorgfältig und konzentriert über die Lehne ihres Stuhls legte.

Sie ließ sich Zeit, bevor sie den Blick hob und dem seinen begegnete. Als sie es tat, sah sie, wie er sie ansah, als fände er sie unglaublich unterhaltsam. „Der Punkt geht an Sie", sagte er unter erneuter Parodie einer

Verbeugung. „Also, ich fasse mich kurz – mein Wort darauf. Möchten Sie sich nicht wenigstens hinsetzen? Und wenn es nicht allzu viel verlangt ist, Mrs Harte, dann sehen Sie mich doch bitte nicht so an, als würden mir jeden Augenblick Hörner wachsen. Ich weiß nicht, was Sie über mich gehört haben, aber ganz so gefährlich bin ich sicher nicht – schon gar nicht gegenüber einer ehrenwerten Dame wie Ihnen."

Samantha hielt die Luft an. Es war fast unheimlich, wie er ihre Gedanken durchschaute. Gerade vor ein paar Sekunden hatte sie das Gefühl gepackt, dass Kane überhaupt nicht so widerlich wirkte, wie die unzähligen Gerüchte glauben machen wollten, die über ihn in Umlauf waren. Ja, er war taktlos und gab sich unerträglich arrogant, sogar herrisch; ohne Zweifel konnte er skrupellos sein, wenn es um die Durchsetzung seines Willens ging, und sie spürte ihm eine Derbheit ab, die sich überhaupt nicht mit seinem attraktiven, dunklen, großstädtisch-weltläufigen Typ zu vertragen schien.

Doch wie dem sei: das Ungeheuer, mit dem sie gerechnet hatte, wenn sie nach dem ging, was über ihn geredet wurde, war er ganz sicher nicht. Ein-, zweimal dachte sie sogar, sie hätte etwas wahrgenommen, was hinter diesen verschlossenen dunklen Augen verborgen lag und den Habitus spöttischer Belustigung, der seine zweite Haut zu sein schien, Lügen strafte: ein flüchtiges Aufscheinen stetiger Sorge und alten, nicht verheilten Schmerz. Sicher, sie konnte sich auch getäuscht haben – schließlich war ihr der Mann gerade erst über den Weg gelaufen.

Am Ende waren es dieser völlig unerwartete Eindruck von Menschlichkeit und das vage Empfinden von Anstand bei dem Mann, was Samantha – in Verbindung mit dem ihr zutiefst eigenen Sinn für Höflichkeit – zum Einlenken bewegte. Womöglich hätte sie sich immer noch verweigert, hätte sie nicht einen Blick auf seine Hände erhascht, als er die Handschuhe ablegte. Das sonderbare Gefühl, das sie beim Anblick dieser großen, schwieligen Hände mit den kräftigen Fingern übermannte, denen man ansah, dass sie zupacken konnten, verstand sie selbst nicht. Sie hätte bei Kane sorgsam manikürte Finger erwartet. Stattdessen waren sie voller Druckerschwärze.

Sie vermochte nicht zu sagen, warum sie das so bewegte. Aber die Beobachtung, dass Jack Kane sich womöglich in seinem Geschäft höchstpersönlich die Finger schmutzig machte, schlug eine Saite in ihr an, als sie sich in den Stuhl auf ihrem Katheder sinken ließ und darauf wartete, was er zu sagen haben würde.

* * *

Jacks Intuition, was Samantha Harte anging, hatte ihn nicht in die Irre geführt. Binnen Minuten hatte er gespürt, dass sie grundaufrichtig war und die angeborenen guten Manieren eines Menschen besaß, der in großzügigen bürgerlichen Verhältnissen aufgewachsen war. Wie er sie beim Hinsetzen beobachtete und dann den kühlen, unbeweglichen Blick der Frau auf sich gerichtet sah, nötigte ihm ihre geradezu majestätische Art echte Bewunderung ab.

Sie war eine Prinzessin in einem verstaubten Klassenzimmer, eine Fürstin in einer Philisterstadt. Zum Donner noch mal, es hätte nicht viel gefehlt, und er wäre vor ihr auf die Knie gegangen und hätte sie mit „Durchlaucht“ angesprochen!

Im Vergleich zu ihrer zierlich-eleganten Erscheinung und ihrer ruhigen Selbstbeherrschung kam Jack sich gar zu sehr wie der raubeinige, gottlose Lümmel vor, für den sie ihn vermutlich hielt. Zum ersten Mal seit Jahren fühlte er sich in Gegenwart einer Frau verlegen.

Und was für eine Frau sie war! Sie hatte nichts mit dem gemein, was er erwartet hatte, das stand fest. Der verknallte Cavan Sheridan hatte noch so viele Reliquien in ihren Schrein stellen mögen: Jack hatte nie im Leben damit gerechnet, dass Samantha Harte irgendetwas anderes sein würde als eine halbwegs ansehnliche Erscheinung – vielleicht auf etwas verhuschte Weise apart, das ja, aber wohl kaum auffallend.

Natürlich begriff er, weshalb er so gedacht hatte. Sie war mit einem der bekannteren zeitgenössischen Geistlichen verheiratet gewesen und widmete, wie man hörte, einen großen Teil ihrer Zeit und Arbeitskraft den verarmten Einwanderern in der Stadt. Von daher hatte sich ihm die Vorstellung einer resoluten, aber eher unscheinbaren Person eingeprägt.

So viel zum Thema Vorurteile. Diese Frau war alles andere als unscheinbar. Sie war eine absolute Ausnahmeerscheinung, und Jack ertappte sich unversehens bei der Überlegung, wie lang dieses glänzende kastanienbraune Haar wohl herabfallen würde, sobald man es aus dem pedantisch strammen Knoten löste, der es gefangen hielt, oder wie es sich anfühlen mochte, wenn diese herrlichen Augen mit den bernsteinfarbenen Einsprengseln einen anders ansahen als argwöhnisch oder verächtlich.

Das plötzliche Aufwallen von Scham, das ihn durchlief, erwischte ihn total unvorbereitet. Indem er sich Gedanken über sie machte – völlig unschuldige zudem –, würde er ja wohl kaum den Mantel höflicher Distanziertheit beflecken, der sie zu umhüllen schien!

Sie saß auf der Kante ihres Stuhls und betrachtete Jack mit jener würdevollen Ruhe, die ihn aus irgendeinem Grund mehr und mehr nervös machte. Er hatte wohl mitbekommen, wie sie, wenn auch nur ein wenig, aus dem Gleichgewicht geraten war, als er den Raum betreten hatte, aber sie hatte sich nur allzu bald wieder unter Kontrolle gehabt. Und jetzt war es an ihm, nicht die Beherrschung zu verlieren. Was hatte die Frau an sich, das ihm ein so unbehagliches Gefühl aufzwang, dass er sich vorkam wie ein poltriger Riesentölpel?

Aber schließlich hatte er diese Situation herbeigeführt, nicht wahr? Also musste er jetzt auch zusehen, wie er die Sache zu Ende brachte, auch wenn ihm inzwischen klar wurde, dass es eine Dummheit gewesen war, hierherzukommen. Plötzlich löste Samantha Hartes Fähigkeit, ihn in so ungewohnter Manier in die Ecke zu drängen, einen Stich von Abneigung gegen sie aus. Verdrießlich erinnerte er sich an den Grund seines Herkommens. Schließlich stand es doch wohl so, dass sie diejenige war, die die größten Vorteile aus dieser Zusammenkunft würde ziehen können, oder etwa nicht?

„Lassen Sie mich unmittelbar zur Sache kommen, Mrs Harte“, sagte er. Sein Ton fiel schärfer aus, als er es gewollt hatte. „Ich bin nur aus einem einzigen Grund hergekommen, um Ihnen eine Stelle anzubieten.“ Sie schickte sich an zu widersprechen, aber er hob die Hand, so dass sie nicht zu Wort kam, verschränkte die Arme vor der Brust und fuhr fort. „Unser junger Cavan bewundert Sie über alle Maßen, aber das wissen Sie vermutlich längst.“ Jack beobachtete sie genau, so dass ihm ihr leichtes Erröten nicht entging. Unmerklich lächelte er. „Er sagte mir, dass Sie neben Ihrem Engagement in den Einwandererlagern – eine höchst ehrbare Tätigkeit, für die man Ihnen nur Achtung zollen kann – stundenweise als Korrektorin arbeiten, für einen ortsansässigen Buchverlag, war es nicht so?“

Sie nickte, ohne den Blick von ihm zu wenden.

Jack zögerte nur eine oder zwei Sekunden. „Es handelt sich dabei doch nicht zufällig um den Verlag von Josef Stein?“

Ihre Miene veränderte sich dramatisch. Selbstverständlich war das kein Zufallstreffer seinerseits gewesen. Jack hatte sich sorgfältig über ihre Arbeit und ihren Status informiert, bevor er sich auf den Weg zu ihr gemacht hatte.

Er ließ sie gar nicht erst zu einer Antwort kommen. „Vermutlich wissen Sie, dass Stein seine Firma demnächst aufgeben wird.“

Er sah, wie sich der ranke Hals versteifte, als sie zu schlucken versuchte. „Wie – wie kommen Sie darauf?“

„Haben Sie denn noch nichts davon gehört?“

Sie runzelte die Stirn und schüttelte den Kopf. „Nein, ich gebe nichts auf Gerüchte.“

„Das ist kein Gerücht, Mrs Harte“, sagte Jack in weicherem Ton.

„Aber Sie können doch nicht – wieso sollten Sie so etwas wissen?“

Jack nahm die Arme von der Brust und steckte stattdessen die Hände in die Taschen. „Erst vor kurzem kam Stein zu mir, um zu sondieren, ob ich seine Firma vielleicht kaufen wollte. Er wusste, dass ich letztes Jahr Perriman & Ware übernommen habe, und hoffte, ich würde mich vielleicht auch für sein Haus interessieren.“

Mit Bedacht hatte Jack ihr keinerlei Vorwarnung zukommen lassen. Er wollte sie kalt erwischen, und das war ihm offenbar voll gelungen. Bloß dass es ihm jetzt leidtat zu sehen, wie sie Mühe hatte, die Fassung zu bewahren. Damit hatte er nicht gerechnet.

„Und ... soll das jetzt heißen – dass Sie die Firma übernehmen?“ Ihre Stimme war so leise, dass Jack dichter an sie herantreten musste, um überhaupt zu hören, was sie sagte. Dabei sah er, dass sie leichenblass geworden war.

„Nein“, sagte er kopfschüttelnd. „Und jemand anders, fürchte ich, wird es auch nicht tun. Steins Sohn hat das Haus in den Ruin gewirtschaftet. Dank der Ausschweifungen des jungen Joey ist die Firma hoffnungslos überschuldet. Denen bleibt nichts mehr übrig, als rauszuschlagen, was immer sie können, und den Laden dann zu schließen. Um es frei heraus zu sagen: Es ist nicht mal mehr so viel Konkursmasse da, dass es mein Interesse lohnen würde.“

Sie sah mehr als verwirrt aus. Eher der Verzweiflung nahe.

Jack verabscheute sich selbst. Hätte er sie doch nur selber dahinterkommen lassen, wie es um ihren Arbeitgeber bestellt war, statt dass er es ihr aufs Brot schmierte! „Tut mir leid, dass Sie dies so ... unvorbereitet erfahren mussten“, sagte er und meinte, was er sagte, auch wenn ihm klar war, dass die Dinge letztlich nur zu seinem Vorteil ausschlagen konnten. „Ich dachte nur, Sie sollten um die Sachlage wissen, bevor Sie sich meinem Angebot endgültig verschließen.“

Er tat so, als ob er das leichte Zittern ihrer Hand nicht bemerkte, die nach der Ledertasche auf dem Pult griff. „Sie wissen das genau?“, fragte sie mit erstickter Stimme. „Kein Irrtum möglich?“

„Mrs Harte“, sagte Jack sanft, „es ist ganz bestimmt kein Irrtum.“ Er unterbrach sich nur ein, zwei Sekunden, um fortzufahren: „Im Lichte dieser Situation betrachtet, täusche ich mich doch wohl nicht, dass Sie so oder so eine neue Stelle brauchen?“

Er sah sie erstarren und beobachtete, wie sich widerstreitende Gefühle in ihrem Mienenspiel niederschlugen. Dann sah sie ihn derart bitter an, dass Jack sich vorkam, als wäre er es gewesen, der ihr die Existenz entrissen hatte. „Mrs Harte, natürlich will ich keinen Vorteil daraus ziehen, dass –"

„Natürlich wollen Sie das!", sagte sie eisig, und ihre Aggressivität traf Jack völlig unerwartet.

Er blinzelte und schaffte es nicht recht, sich ob dieser unverblümten Bloßstellung seiner Beweggründe ein Lächeln zu verkneifen. „Nun ja, wie soll ich sagen ... Mag sein, dass Sie recht haben. Aber bevor Sie mich mit Ihrer Büchertasche da prügeln: wollen Sie sich nicht wenigstens anhören, was für eine Stelle es ist, die ich Ihnen anbieten möchte? Ich könnte mir schon vorstellen, dass Sie Interesse hätten, wenn Sie mich weiterreden ließen."

Ihre Miene blieb unbeweglich, aber sie neigte kaum merklich den Kopf. Also war sie bereit, ihm zuzuhören. *Die Prinzessin gewährt dem Piraten Audienz,* dachte Jack nicht ohne stille Belustigung.

In diesem Augenblick hätte er alles gegeben, um sie dazu zu bringen, dass sie den Job annahm. Ihm ging auf, dass ihm diese Frau gefiel, und zwar nicht nur weil sie ungemein attraktiv war – und dass sie das war, stand außer jeder Frage. Nein, da war mehr im Spiel. Er fühlte, dass Samantha Harte eine bewundernswerte, um nicht zu sagen eine ganz und gar außergewöhnliche Frau war – eine Frau, die er auf einmal besser kennenlernen wollte, und mehr als das: Er wollte auch, dass sie ihn besser kennenlernte – auch wenn allein der Gedanke sie vermutlich dazu gebracht hätte, fluchtartig das Weite zu suchen.

„Ich darf mich doch setzen?" Er wartete die Antwort nicht ab, sondern nahm auf einem der Schülerstühle Platz, die direkt vor ihrem Pult standen. „Damit das gleich klar ist: Ich versichere Ihnen, dass Sie die Arbeit zu Hause machen können. Darüber brauchen Sie sich also keinerlei Gedanken zu machen."

Jack gab vor, nicht zu registrieren, wie sich ihr Blick beinah unmerklich aufhellte: Ihr Interesse wuchs. „Ich glaube“, fuhr er fort, „dass ich Ihnen auch eine recht beträchtliche Gehaltserhöhung offerieren kann. Ganz zu schweigen ...“ Er beugte sich leicht vor. „... von einer weitaus größeren Vielfalt an Aufgaben.“

Jawohl, jetzt hast du sie definitiv am Wickel, dachte er, während er sie ansah. Mindestens für den Augenblick schien ihre Geringschätzung der Neugier gewichen zu sein.

Dennoch erhob sie Widerspruch. „Mr Kane, wie kommen Sie eigentlich darauf, dass ich die richtige Person für diese Stelle bin? Oder – damit das klar ist – für irgendeine andere bei Ihrer Zeitung? Sie haben doch nicht die geringste Ahnung von meiner Vorbildung oder –“

„Sie sind absolut die Richtige“, unterbrach Jack in geschäftsmäßig-brüskem Ton, wollte er doch keinerlei Zweifel an seiner Ernsthaftigkeit aufkommen lassen. „Hätten Sie etwas dagegen, dass ich Ihnen ein paar Fragen stelle?“

Das hatte sie offenbar nicht erwartet. Sie runzelte die Stirn. „Ich ... nun ja, ich denke nicht, aber –“

„Schön“, sagte Jack und feuerte, bevor sie noch ausreden konnte, eine Breitseite an Fragen auf sie ab, samt und sonders sehr geschäftsmäßig und Schlag auf Schlag, so dass sie zwischen ihren Antworten kaum zum Luftholen kam. Er widerstand der Versuchung, ein paar Nachfragen mehr persönlicher Natur einzuflechten, da ihm instinktiv klar war, dass Samantha Harte das bestimmt nicht angenehm war. Auch der geringste Versuch, in ihr mühsam errichtetes Selbstverteidigungsbollwerk eine Bresche zu legen, würde sie ihm gewiss abspenstig machen.

Dennoch war er ungeheuer neugierig auf diese Frau

mit dem stählernen Rückgrat und den weichen Augen. Jack ging die Frage durch den Kopf, was wohl an ihrer offenkundig prekären Finanzlage schuld sein mochte. Der Schock, den die Mitteilung, ihren Job bei Stein zu verlieren, ausgelöst hatte, war geradezu mit Händen zu greifen. Wenn er sich nicht gewaltig täuschte, neigte sie mittlerweile mehr und mehr dazu, seine Offerte ernsthaft zu bedenken.

Was ihn darüber hinaus faszinierte, war eine gewisse Doppelnatur, die er in ihrem Charakter wahrzunehmen glaubte. Das Gesicht, das sie ihm zeigte – und der Umwelt, wie er vermutete –, war das einer gelassenen, um nicht zu sagen überaus beherrschten, resoluten Witwe. Doch der flüchtig vorbeihuschende Zorn, den Jack vorhin in diesen herrlichen Augen hatte aufblitzen sehen, hatte ihn ebenso wie der jähe Funke von Kampfesmut, der ebenfalls nur für Sekunden zu sehen gewesen war, einen Blick auf etwas ganz anderes erhaschen lassen: etwas Inniges, überaus Lebendiges – sorgsam eingedämmt und doch hinter der Mauer ihrer Selbstbeherrschung glühend.

Sein Wunsch, mehr über die Frau hinter dieser Mauer zu erfahren, nahm unablässig zu.

Er würde jede Wette eingehen, dass Samantha Harte aus gutem Hause stammte, womöglich aus einer privilegierten Familie. Sie hatte ja selbst zugegeben, dass sie eine für eine Frau weit überdurchschnittliche Schulbildung genossen hatte. Zweifellos hatte sie jung geheiratet, denn sie sah nicht viel älter aus als Anfang, Mitte zwanzig.

Wie konnte es angehen, fragte er sich, dass sie jetzt zwei bezahlte Tätigkeiten brauchte, um zu überleben? Mochte Bronson Harte auch sein Leben für den geistlichen Dienst hingegeben haben, so konnte er doch nicht völlig mittellos gewesen sein. Harte war, wie Jack sich erinnerte, der einzige Sohn einer reichen Familie gewesen, irgendwo aus Massachusetts. Im Übrigen war er ein umstrittener, weithin bekannter Geistlicher gewesen, von dem viel gedruckt worden war und den man landauf, landab zu Vorträgen eingeladen hatte. Der Mann hatte sich auf jeden Fall ein bequemes Leben leisten können.

Er wandte seine Aufmerksamkeit wieder Bronson Hartes Witwe zu. Cavan Sheridan hatte ganz recht gehabt: Sie schien mehr als geeignet für die Stelle des Korrektors zu sein; und wenn Jack sich nicht sehr täuschte, war sie auch für alles andere, was er noch an Verantwortung zu vergeben hatte, die perfekte Kandidatin.

Ja, sie war ideal, genau das, was er brauchte; und Jack bot ihr die Position vom Fleck weg an.

# 19. Gewinnen oder erobern?

*Ich habe das weiche Leinen gesponnen,*
*und nun steht mein Rad still ...*
Ethna Carbery

„Die Stelle gehört Ihnen, wenn Sie sie haben wollen“, sagte Kane, „aber Sie werden sicherlich genauer wissen wollen, was damit verbunden ist.“

„Sie haben von einer Korrektorenstelle gesprochen. Ich kann wohl sagen, dass ich mit den meisten Anforderungen einer solchen Tätigkeit vertraut bin –“

„Aber sicher; nur gehe ich davon aus, dass aus dem Job, wenn er von der richtigen Person ausgefüllt wird, sehr gut mehr werden könnte“, unterbrach er sie. „Lassen Sie mich erklären, wie ich das meine.“

Er lehnte sich entspannt auf dem für ihn viel zu kleinen Schülerstuhl zurück, streckte seine langen Beine aus und legte die Füße über Kreuz. Erneut fiel Samantha auf, was für ein stattlicher Mann er war, und überrascht registrierte sie, dass sie sich gar nicht mehr so ... nun ja, überrumpelt von ihm fühlte wie am Anfang.

Bronson war kein großer Mann gewesen, und doch hatte sie sich oft eingeengt, um nicht zu sagen eingesperrt gefühlt, wenn sie mit ihm im selben Raum gewesen war.

Sie schüttelte die Gedanken an Bronson ab und wandte ihre volle Aufmerksamkeit wieder dem Mann zu, der jetzt vor ihrem Tisch saß. Wie schnell es gegangen war, dass er ihr gegenüber zu einem zwanglosen, entspannten Tonfall gefunden hatte! Sie konnte es nicht ändern, aber sie fragte sich, ob das vielleicht nur eine Masche von ihm war, um sie umso besser einfangen zu können.

Hielt er sie wirklich für derart einfältig?

Wieder fiel ihr Bronson ein. Der hatte genau dieses Spiel gespielt – nicht mit ihr, aber mit anderen, besonders solchen, die ihm in seinen Augen unterlegen waren. Er pflegte sich kumpelhaft zu geben, um die Loyalität der Leute zu gewinnen – oder ihr Idol zu werden –, und sobald er sie für seine Zwecke ausgenutzt hatte, schmiss er sie weg.

*Bronson.* Immer war Bronson in ihrem Kopf! Würde sie denn niemals von ihm frei werden? Wie lange würde das noch so gehen, dass er seinen Einfluss auf sie ausübte – selbst aus dem Grab?

Samantha wurde plötzlich gewahr, dass Jack Kane sie mit fragendem Stirnrunzeln ansah, und sie blickte auf. „Entschuldigung", sagte sie rasch. „Ich fürchte, ich bin müder, als ich gemerkt habe. Was sagten Sie gerade?"

Sein besorgter Blick wirkte echt. „Vielleicht wäre es besser, wenn ich ginge. Sie haben mir schon mehr Zeit gewährt, als ich erbeten hatte. Ich komme in den nächsten Tagen noch mal wieder ..."

Er stand halb auf, aber Samantha gab ihm ein Zeichen zu bleiben. Viel schien von ihrer ursprünglichen Abneigung gegen Kane nicht mehr übrig zu sein. Und sie würde ja in der Tat eine neue Beschäftigung brauchen, erinnerte sie sich grimmig.

„Nein, bitte sprechen Sie weiter", forderte sie ihn auf. „Wo Sie sich schon die Mühe gemacht haben herzukommen, kann ich Ihnen wenigstens zuhören. Und außerdem muss ich ... Ach, fahren Sie einfach fort. Es ist schon gut."

Er sah zufrieden aus, was Samantha ein wenig aus dem Konzept brachte. Sie konnte sich kaum vorstellen, warum es einen Mann wie Kane in irgendeiner Weise scheren sollte, ob sie nun sein Angebot annahm oder nicht. Doch während er fortfuhr, ihr eine scheinbar sorgfältig durchdachte, präzise Beschreibung der Stellung zu geben, um die es ging, wuchs ihre Verblüffung immer mehr – genau wie ihr Interesse an dem Job.

Während sie ihn ansah und seiner ungewöhnlichen, tiefen und zugleich vollen Bassstimme zuhörte, erkannte sie mit einiger Überraschung, dass sie einen Mann vor sich hatte, der ganz offenkundig seine Arbeit liebte – der unter der Arbeit aufblühte, womöglich sogar für seine Arbeit lebte. Während er sprach, gingen in seiner harten Miene dramatische Veränderungen vonstatten. Er gab ihr ein wenig Einblick über seine Zukunftspläne für den *Vanguard*, und dabei glänzten seine dunklen, fast schwarzen Augen vor kindlicher Begeisterung. Insbesondere ging es ihm darum, das inhaltliche Spektrum der Zeitung zu verbreitern und sie zu einem Blatt für die ganze Stadt zu machen, einschließlich der zuwandernden Bevölkerungsgruppen.

„Eigentlich", sagte Kane lächelnd, „verdanke ich dem jungen Sheridan die Einsicht, dass die Leute viel lieber etwas über Menschen lesen als über Politik und dass sie wahrscheinlich an einer armen Mutter im Arbeitshaus mehr Interesse haben als an einer Konferenz im Weißen Haus." Er hielt inne, beugte sich vor und legte seine großen Hände auf die Knie. „Und in dieser Hinsicht wäre mir Ihre Intuition sehr hilfreich, Mrs Harte."

Nach wie vor unsicher, was er denn nun eigentlich von ihr wollte, hob sich Samantha ihre Fragen noch ein wenig auf. Fasziniert hörte sie, wie Kane seinen Bruder nach Irland geschickt hatte und welchen Gewinn für die Zeitung er sich davon versprach. Es entging ihr nicht, dass er Cavan Sheridan mit keiner Silbe die Urheberschaft des neuen Konzepts absprach, persönliche

Geschichten zu vermarkten und die betreffenden Leute am Ende nach Amerika herüberzuholen.

Ob wohl andere Männer in Kanes Position ebenso großzügig waren?, fragte sie sich.

„Was für eine großartige Idee!“, rief sie aus, unfähig, ihre eigene Begeisterung zu verhehlen.

Kane nickte. „Nicht wahr? Ich hab den Burschen ein bisschen auf die Schippe genommen, dass er mein Geld zum Fenster rausschmeißen wolle und so, aber in Wirklichkeit denke ich, dass aus ihm was werden wird.“

Anschließend erläuterte er, dass sie, sobald es an die Verwirklichung des Vorhabens ging, jemanden brauche, der sich um die Eingliederung der Immigranten kümmerte. „Und vorzugsweise jemanden“, sagte er, „der schon einige Erfahrung aus diesem Bereich mitbringt. Meiner Meinung nach würde sich das ohne Weiteres mit Ihren sonstigen Verpflichtungen verbinden lassen. Und wie schon gesagt“, fügte er hinzu, „würde Ihr Gehalt selbstverständlich dieser zusätzlichen Verantwortung angepasst sein.“

Trotz der Begeisterung, die man buchstäblich knistern hörte, während Kane ihr seine Ideen darlegte, und auch wenn sie ihren ersten Eindruck von diesem Mann zum guten Teil revidiert hatte, kam Samantha nicht umhin sich zu fragen, was wohl seine wirklichen Motive sein mochten. Bis jetzt hatte sie noch niemanden im Zusammenhang mit Black Jack Kane von Altruismus reden hören.

„Ich könnte mir denken, dass gerade dieser Teil des Jobs Sie besonders interessiert, Mrs Harte“, sagte er gerade, „jedenfalls wenn ich annehme, dass Ihre Arbeit unter den Einwanderern dem ehrlichen Wunsch entspringt, die Lebensbedingungen der Menschen zu verbessern.“

„Ich kann mir kein anderes Motiv vorstellen“, sagte Samantha trocken, „denn es sieht ja nicht gerade danach aus, dass man mit Einwandererarbeit zu Reichtümern kommen kann.“

„Sie sehen mir aber gar nicht nach einem dieser vielen ehrenamtlichen Gutmenschen aus.“

Sollte diese Bemerkung provozierend gemeint gewesen sein, so verfehlte sie ihre Wirkung auf Samantha. Sie ging davon aus, mittlerweile ganz gut begriffen zu haben, was er von ihr dachte. Zweifellos war sie in seinen Augen eine dieser vielen gelangweilten, unzufriedenen Witwen, die sich in ehrenamtlichen Tätigkeiten ergingen, um die Leere ihres Lebens mit irgendetwas Sinnvollem zu füllen.

Doch was er dachte, war ziemlich egal. Im Übrigen durfte sie kaum von ihm erwarten, dass er ihre Situation verstand, wenn selbst ihre eigene Familie ihren Entscheidungen konsterniert gegenüberstand.

Sein unleugbares Interesse an ihrer Person allerdings fand sie in zunehmendem Maße beunruhigend, um nicht zu sagen ... zudringlich. Deshalb schaute sie bewusst zur Seite, als sie ihre Antwort formulierte. „Wissen Sie, Mr Kane, es gibt wirklich nicht sehr viele Stellen, die Frauen offenstehen. Ich tue nur, was ich tun muss, um leben zu können, das ist alles – wobei meine Ansprüche äußerst bescheiden sind. Was ich mache, tue ich – zumindest soweit es meine Arbeit in den Einwanderersiedlungen betrifft –, um mein Einkommen aufzubessern, und weil ich es mag. Die Leute gefallen mir.“

Als sie ihn wieder ansah, musterte er sie mit beinahe anerkennender Miene. Dann nickte er entschlossen, so als wäre er zu einem abschließenden Urteil über Samantha gelangt, was sie nur umso mehr aufregte.

Um seine eindringlichen, verwirrenden Blicke abzuwenden, beschloss sie, selbst eine Frage zu stellen, und wagte zu sagen: „Mich interessiert *Ihr* Interesse an den Einwanderern, Mr Kane. Ich verstehe natürlich, dass Sie damit rechnen könnten, mehr Zeitungen zu verkaufen, wenn es Ihnen gelänge, den *Vanguard* auch für die zugewanderte Einwohnerschaft zu erschließen, also ihn für die Immigranten interessanter zu machen. Aber gäbe es nicht einfachere Wege, den Kreis Ihrer Leserschaft zu erweitern?“ Sie unterbrach sich. „Offengestanden ist mir nicht klar, wieso ein Mann wie Sie sich ... mit diesen Leuten abgeben sollte.“

Plötzlich wurden seine Augen kalt und hart wie schwarzer Marmor, und sie sah, wie sich seine Hände auf den Knien anspannten. „Sehen Sie, Mrs Harte“, sagte er, „ich *bin* einer von diesen Leuten.“

Er sprach langsam und überlegt, und seine Worte hatten jetzt einen deutlichen irischen Akzent. Gewiss war ihr nicht neu, dass Kane einst selbst eingewandert war, und zwar aus Irland, wenngleich er wohl kaum als typischer irischer Immigrant gelten konnte. Doch mit einem Mal zweifelte sie daran, ob überhaupt irgendetwas an dem Mann, der sie mit solch unerbittlicher Eindringlichkeit ansah, typisch war.

Unerwarteterweise hoben sich seine dunklen Brauen, und in seinem Gesicht zeigte sich ein sardonisches Lächeln. „Um Ihre Frage zu beantworten, Mrs Harte, in der Tat rechne ich damit, mehr Zeitungen loszuschlagen. Davon abgesehen zweifle ich jedoch daran, dass Sie das volle Ausmaß meines Interesses verstehen können, selbst wenn ich versuchte, es Ihnen zu erklären.“

Samantha fühlte ihr Gesicht erröten, aber er redete genauso sanft weiter, als hätte er ihren Patzer schon wieder vergessen. „Wenn Sie mich noch einen Augenblick länger ertragen können, würde ich Ihnen gern noch auseinandersetzen, dass ich, wenn auf einmal Cavan Sheridan und vielleicht noch ein, zwei weitere neue Reporter mit von der Partie sind, davon ausgehe, für eine Zeitlang einen nicht ganz unerfahrenen weiteren Redakteur benötige. Falls es so kommt, würde es sich um eine höher dotierte Position als die eines Korrektors handeln. Und noch etwas: Ich würde Ihnen gern eine kleine Extra-Zulage gewähren, wenn Sie sich besonders um die Ausbildung des jungen Sheridan bemühen könnten."

Samantha runzelte die Stirn. „Ich verstehe nicht. Ich unterrichte den jungen Cavan doch jetzt schon zweimal wöchentlich hier in der Abendschule."

Er nickte, wand sich aus dem Stuhl hoch und trat an das einzige Fenster des Klassenzimmers. „Der Bursche bildet sich ein, einen Reporter abzugeben", sagte er mit dem Rücken zu ihr, „und ich bin nicht abgeneigt zu glauben, dass er womöglich das Zeug dazu hat, ein guter zu werden." Er drehte sich um und sah sie an. „Tatsächlich habe ich nicht genug hochklassige Reporter, wissen Sie; schon gar nicht, während mein Bruder Brady außer Landes ist. Und eins steht fest: Cavan hat einen guten Riecher. Außerdem scheint mir, der Bursche ist ganz schön helle, meinen Sie nicht?"

Samantha nickte. Sie fand es bemerkenswert, dass Kane Cavan Sheridan auf die Probe stellen wollte, indem er ihn einige der Entwürfe bearbeiten ließ, die sein Bruder aus Irland herüberschicken sollte.

„Je nachdem, wie gut er mit Bradys Material zurechtkommt", sprach Kane weiter, „will ich mal sehen, ob ich ihn ein bisschen was im Lokalen machen lasse. Bin gespannt, wie er das packt."

Eine Weile sagte er nichts, um schließlich leicht lächelnd fortzufahren: „Ganz sicher wissen Sie besser als ich, dass Sheridans Umgang mit Grammatik noch ein bisschen zu ... na ja, zu irisch ist. Davon abgesehen ist er für einen Reporter viel zu idealistisch – und schließlich ist er noch sehr jung. Aber er ist aufgeweckt und ungemein wissbegierig. Der Bursche verschlingt Bücher wie ein Hungernder 'n Büfett. Er glaubt natürlich, ich wüsste es nicht, aber es kommt oft vor, dass er auf dem Bock in einer Hand den Zügel hält und in der anderen ein Buch."

Bei dieser Vorstellung musste Samantha lächeln. Sie hatte Cavan Sheridan regelrecht vor Augen, wie er genau das tat.

„Mehr an Ausbildung kann er sich beim besten Willen nicht leisten – der Bursche hat sonst nichts auf der Naht, wie Sie sicher bemerkt haben", sprach Kane weiter. „Der Lohn, den ich ihm zahle, ist wahrhaftig nicht üppig, und trotzdem glaube ich, dass er jeden Penny unters Kopfkissen legt, um irgendwann seine jüngere Schwester rüberholen zu können."

Samantha hatte nicht einmal gewusst, dass Cavan Sheridan eine Schwester hatte, aber sie konnte sich diese fürsorgliche Seite an ihm mühelos vorstellen.

„Sheridan muss nicht wissen, dass ich dafür aufkomme", sagte Kane. „Was ich möchte, ist, dass Sie ihm das Bestmögliche an Bildung in allerkürzester Zeit vermitteln, ohne dass er mitbekommt, was – oder wer – dahintersteckt."

Wäre Samantha nicht so sehr von Kanes offenkundigem Bemühen, Cavan Sheridan voranzubringen, angetan gewesen, so hätte sie sich vielleicht über die Art und Weise geärgert, in der er über sie verfügte – gerade so, als hätte sie die Stellung in seinem Geschäft längst angenommen. Doch so, wie die Dinge lagen, unterdrückte sie den kleinen Stich der Empörung, den sein anmaßendes Verhalten ihr versetzte.

„Der Bursche ist flink", sagte Kane. „Er wird Ihren

Unterricht aufsaugen wie ein Schwamm. Ich glaube gar nicht mal, dass es Sie viel Extra-Aufwand kosten wird, aber seien Sie versichert, dass ich Sie – selbstverständlich in angemessenem Rahmen – für alles schadlos halten werde.“ Er hielt inne und fügte dann – fast entschuldigend, wie Samantha empfand – hinzu: „Ich glaube, Sheridan ist es wert.“

Es war mehr, als Samantha auf einmal verarbeiten konnte: Kanes plötzliches Auftauchen ohne jede Vorwarnung, ganz zu schweigen davon, dass er nicht im Geringsten – wahrlich in keiner Hinsicht – dem entsprach, was sie von ihm erwartet hätte. Sie hatte sich einen Drachen vorgestellt und war einem schlauen Ritter begegnet. Statt sich mit seinem Reichtum und Einfluss zu brüsten, schien er um die Zukunft eines eingewanderten Domestiken besorgt zu sein. Und was die Stelle anbetraf, die er ihr offerierte, so hätte sie sich in ihren kühnsten Träumen keine Beschäftigung ausdenken können, die mehr zu ihr passte und die sie lieber angenommen hätte als diese.

In ihrem Kopf schwirrten alle möglichen Gedanken durcheinander, und ihr Herz war von widerstreitenden Gefühlen hin- und hergerissen, als Kane ihr ein Gehaltsangebot unterbreitete, das sie buchstäblich sprachlos machte. „Oh – nein ...“, stammelte sie, „das könnte ich unmöglich –“

„Für weniger stelle ich Sie nicht ein“, sagte er, und sein Tonfall verriet, dass es daran nichts zu rütteln gab.

„Aber Sie kennen mich noch nicht mal –“

„Und Sie kennen *mich* nicht, Mrs Harte. Man sollte meinen, ich ginge ein Risiko ein, aber ich bin sicher, Ihre Angehörigen und Freunde würden empfinden, dass das Ihre weitaus höher ist.“

Zwischen seinen Worten klang etwas mit, dessen sich Samantha ein wenig schämte. Offensichtlich waren ihm ihr Argwohn und ihre anfängliche Feindseligkeit keineswegs entgangen. Doch wie kam er darauf, dass sie innerlich schon darüber spekulierte, wie wohl ihre paar Freunde – Bronsons Freunde, um genau zu sein – und ihre Familie auf die Neuigkeit reagieren würden? Wie würden sie sich den Mund zerreißen, wenn sie für Jack Kane arbeitete? Du lieber Himmel, ihre Mutter würde fuchsteufelswild werden!

„Freilich werden Sie es nicht bereuen, das Risiko eingegangen zu sein, Mrs Harte. Das kann ich Ihnen wohl versprechen."

Unbegreiflicherweise verspürte Samantha auf einmal den Drang zu lachen. Schon der Gedanke, auf das Wort eines Mannes wie Kane auch nur das Geringste zu geben, wäre ihr bis vor wenigen Augenblicken absolut irrsinnig vorgekommen. Doch als sie aufstand, mit sich ringend, ob es nun verrückt sei oder nicht, seinen Vorschlag auch nur in Betracht zu ziehen, sagte ihr irgendetwas, dass sie seinen Worten trauen konnte.

Da war aber noch die Sache mit Cavan Sheridan, seine ... nun ja, Schwärmerei für sie – würde sie es ihm nicht noch umso schwerer machen?

„Selbst wenn ich mir überlegen würde anzunehmen – womit ich nicht sage, dass ich das tue –", bemerkte sie zögernd, „bin ich mir nicht sicher, ob es ratsam für mich wäre ... ähm, zusätzliche Zeit mit Cavan, ich meine, mit Mr Sheridan zu verbringen."

Kane tat ihren Einwand mit einer Handbewegung ab. „Ach, junge Männer verlieben sich doch leicht in ihre Lehrerin – überhaupt in eine so attraktive", sagte er leichthin und lächelte dabei. „Das geht vorbei, denke ich. Er kommt drüber weg."

Samantha bezweifelte gar nicht, dass Kane recht hatte, fühlte sich aber durch die Art, wie er das Problem herunterspielte, doch ein wenig auf den Schlips getreten. Außerdem war es ihr nicht unrecht, einen Grund zu haben, ihre definitive Entscheidung noch eine Weile hinauszuschieben.

„Ich will gar nicht verhehlen, dass ich Ihr Angebot ... verlockend finde, Mr Kane. Aber ich brauche ein paar Tage Bedenkzeit."

„Nein", sagte er, und seine Schroffheit verblüffte sie. „Je länger Sie nachdenken, umso mehr werden Sie sich die Sache ausreden. Ich will Ihre Antwort gleich heute Abend."

„Ich muss doch sehr ..." Doch während noch die Empörung in Samantha hochkochte, musste sie sich bereits eingestehen, dass er möglicherweise recht hatte. Je länger sie zögerte, umso wahrscheinlicher war es, dass sie ablehnte, und sei es bloß Kanes wegen. Aber woher in aller Welt wusste *er* das?

„Sie können ja darüber nachdenken, während ich Sie nach Hause fahre", sagte er versöhnlich, während er seinen Mantel überzog und nach ihrem langte.

„O nein, ich habe Ihnen doch gesagt, das ist nicht nötig, und –"

„Ich habe dem jungen Sheridan mein Wort gegeben", sagte er und hielt ihr den Mantel hin. „Und Sie wollen doch sicher nicht schuld daran sein, dass ich Ihren Schützling enttäusche, oder?"

Sobald Samantha in ihrem Mantel war, drehte sie sich zu ihm um, um seiner spitzen Bemerkung mit der energischen Feststellung zu begegnen, dass Cavan Sheridan keineswegs ihr „Schützling" sei – jedenfalls bis jetzt nicht.

Doch das schelmische Lächeln, das seine dunkle Miene aufhellte, ließ sie erkennen, dass er genau damit gerechnet hatte. „Und wenn Ihnen bei dem Gedanken, von mir nach Hause begleitet zu werden, unbehaglich sein sollte", sagte er mit gespieltem Ernst, „so kann ich

Ihnen versichern, dass Sie ganz beruhigt sein können. Mein Kutscher, Ransom, ist ein sehr achtbarer Mann." Er hielt inne. „Selbst wenn man das von meiner Wenigkeit nicht sagen kann."

* * *

Zur großen Überraschung Samanthas sagte Kane während der ganzen Fahrt zu ihrer Wohnung kein Wort. Und dennoch konnte sie kaum einen klaren Gedanken fassen. Beflissen versuchte sie seine dunkle Gegenwart neben sich zu ignorieren, indem sie aus dem Fenster der Kutsche in die Nacht hinausstarrte. Mehr als einmal registrierte sie, dass sein Blick auf ihr ruhte, hielt aber ihr Gesicht entschlossen dem Fenster zugewandt, um wenigstens den Anschein konzentrierten Nachdenkens zu erwecken.

Endlich gelang es ihr, etwas eingehender über Kanes Angebot nachzudenken, die Vorzüge der Stellung gegen die Fallstricke abzuwägen, die sie möglicherweise barg. Deren offensichtlichster war natürlich Kane selbst, aber Samantha schien es ungeachtet seines zweifelhaften Rufs und ihrer eigenen widerstreitenden Gefühle, was den Mann anbetraf, klug zu sein, ihre Entscheidung nicht von der Person ihres künftigen Arbeitgebers abhängig zu machen, sondern von den Aussichten, die die Beschäftigung selber eröffnete.

Falls sie ihre Teilzeitarbeit bei Stein wirklich einbüßen sollte – und sie hatte keinen Grund, Kanes Behauptungen anzuzweifeln –, würde sie allein von ihrem Lehrerinnenentgelt leben müssen, bis sie irgendwo anders unterkam. Oder aber sie wäre gezwungen, Geld von ihren Eltern anzunehmen – eine Möglichkeit, die auch nur in Betracht zu ziehen sie sich strikt weigerte.

Das höhere Einkommen würde ihre Existenz weitaus besser absichern. Vielleicht würde sie sich dann etwas mehr Komfort leisten können, womöglich sogar irgendwann einen eigenen Buggy – die einzige Bequemlichkeit, von der sie ehrlich zugeben musste, dass sie sie vermisste. Umso bemerkenswerter aber war es, dass nicht die Aussicht des Geldes den größten Reiz auf sie ausübte. Vielmehr war es die Arbeit selbst, wie Kane sie ihr vor Augen gemalt hatte, die sie ungemein anzog.

Zwei Dinge von alledem, was Kane ihr gesagt hatte, zog sie nicht im Geringsten in Zweifel: seinen Wunsch, dem jungen Sheridan zur Verwirklichung seiner Ziele zu verhelfen, und sein Interesse daran, mit der Zeitung einen größeren Teil der Einwanderer-Bevölkerung anzusprechen. In ersterer Angelegenheit konnte sie ihm ohne Weiteres von Nutzen sein; was aber die Einwanderer anging, erschien es ihr sehr fraglich, ob sie wirklich irgendeine sinnvolle Rolle spielen könnte – wenngleich Kane offensichtlich anderer Meinung war.

Was sie störte, war der Gedanke, dass sie es Cavan schwerer machen würde, wenn sie noch mehr Zeit mit ihm verbrachte. Doch auch in diesem Belang ahnte sie, dass Jack Kane mit seiner Ansicht richtig lag. Cavan war ein heiterer, gutaussehender junger Mann. Wie anziehend er sie, Samantha, auch immer finden mochte: mit dem ersten hübschen jungen Mädchen, das ihm den Kopf verdrehte, würde sich das alles in Luft auflösen.

Alles in allem sah es für Samantha so aus, dass die Vorteile die Risiken bei weitem überwogen – mit Ausnahme des größten Hindernisses von allen: des Mannes, für den sie arbeiten sollte. Um eines führte kein Weg herum: Es würde ausgesprochen hart für sie werden, ihre Eltern und Verwandten davon zu überzeugen, dass sie keineswegs ihre Seele dem Teufel verkauft hatte, indem sie sich auf die Gehaltsliste eines derart notorischen Gottlosen setzen ließ.

Sie musste daran denken, wie sie sich seinerzeit nach Bronsons Tod auf ihren Entschluss hin, sich auf eigene Füße zu stellen, indem sie den Lebensstandard und die damit verbundenen Fesseln ihrer Familie hinter sich ließ, von allen Seiten her enormem Unverständnis und sogar Verurteilungen ausgesetzt gesehen hatte. Und selbst heute noch litt sie unter diversen subtilen – und zuweilen gar nicht allzu diskreten – Versuchungen, in die Sünden des Stolzes und der Halsstarrigkeit zurückzufallen. Aber sie hatte die Verleumdungen und Zurückweisungen abgewettert, hatte gelernt, sich weniger damit zu befassen, ob andere sie ablehnten, als Gottes Platzanweisung für ihr Leben zu suchen; und es hatte ihr nie leidgetan. Heute kam es ihr so vor, dass sie ohne Weiteres in der Lage wäre, das alles nochmals durchzumachen, sollte es denn nötig sein – eine Erkenntnis, die sie ebenso überraschte, wie sie ihr auf eigenartige Weise Zuversicht einflößte.

Am Ende fand sie eine innere Oase der Ruhe, in die nicht einmal Jack Kanes forschende Blicke eindringen konnten. Still schloss sie die Augen und übergab die ganze Entscheidung an den *einen*, auf dessen Standpunkt es einzig und allein ankam.

Als die Kutsche sich dem Wohnblock näherte, in dem sie lebte, hatte Samantha ihre Antwort gefunden.

Als Samantha sich zu ihm umdrehte, sah Kane sie an, und seine dunklen Gesichtszüge waren angespannt vor Erwartung. „Ich werde Folgendes tun, Mr Kane", sagte sie ruhig, „und mich auf nichts anderes einlassen: Ich übernehme die Stelle für drei Monate zur Probe; und sollte ich danach aufhören wollen – aus welchen Gründen auch immer –, so zahlen Sie mir ein Monatsgehalt als Abfindung und akzeptieren meinen Rückzug ohne jeden Einwand."

Er musterte sie mit starrem, durchdringendem Blick. Seine schwarzen Augen blitzten in dem schwachen Lichtstrahl der Straßenlaterne. Er hatte die Handschuhe ausgezogen und klatschte mit einem davon leicht gegen seine Handfläche. Der Tonfall seiner Antwort war ebenso feierlich wie der, den Samantha angeschlagen hatte. „Einverstanden", sagte er und fügte dann mit einem Anflug von Ironie hinzu: „Natürlich nur, solange Sie anständige Arbeit leisten."

Einer seiner Handschuhe rutschte ihm aus der Hand und fiel zu Boden. Er bückte sich, um ihn aufzuheben, und als sein dunkles Haupt wieder hochkam, sah er aus wie ein Pirat, der seine Flagge auf einem gekaperten Schiff gehisst hatte.

# 20. Verschiedene Arten von Menschen

*Dem Wunsch, den ich erträumt,*
*wandte ich den Rücken;*
*das Haupt aber dem Wege,*
*der sich vor mir auftat.*
Padraic Pearse

*Claddagh, Irland, Ende April*

In Irland war Frühling, und Brady Kane war halb und halb verliebt: halb in das eine Mädchen, halb in das andere. Ein wehmütiges Lächeln um die Lippen, überlegte er, ob diese zwei Hälften wohl eine ganze Liebe ergaben.

Doch während er durch die Gassen von Claddagh auf Gabriels Haus zuschlenderte, seinen Skizzenblock unterm Arm und in der anderen Hand einen Beutel mit Süßigkeiten schlenkernd, sagte er sich, dass man seine Zuneigung zu dem einen Mädchen wohl kaum in Rechnung stellen konnte, suchte sie doch jedes Mal, wenn er sich ihr näherte, wie ein aufgeschrecktes Kaninchen das Weite.

Der Gedanke an Roweena ließ ihn seine Schritte ein wenig verhalten, und er stieß einen Seufzer aus, der ganz und gar nicht zu seiner aufgekratzten Laune passen wollte. Fast hatte er die Hoffnung schon aufgesteckt, dem Mädchen jemals mehr als ein flüchtiges Lächeln entlocken zu können. Wagte er sich so weit vor, sie zu einem Spaziergang überreden zu wollen – wobei es ohnehin schon schwierig genug war, den stets wachsamen Blicken Gabriels zu entgehen –, so erntete er nur ein rasches Kopfschütteln, und sie huschte in ihre Ecke am Herdfeuer, so als hätte er ihr den Vorschlag gemacht, mit ihm in den Norden durchzubrennen. Und obwohl sie trotz ihrer Taubheit sprechen konnte, hatte sie mit ihrer eigenartigen, wie erstickt klingenden Stimme noch nie etwas anderes zu Brady gesagt als ein schlichtes „Guten Tag" oder ein schüchternes „Auf Wiedersehen". Meistens sagte sie noch nicht einmal das, sondern deutete es bloß durch ein paar knappe Handbewegungen und ein flüchtiges Nicken an.

Zuerst hatte er Gabriel – natürlich unausgesprochen – dafür verantwortlich gemacht, dass das Mädchen seine Annäherungsversuche unbeirrt zurückwies. Jedes Mal wenn es Brady glückte, ein paar Augenblicke allein mit Roweena draußen im Hof herauszuschinden, bevor sie wie der geölte Blitz wieder im Haus verschwand, bedachte Gabriel ihn mit einer Miene, die an finsterer Bedrohlichkeit nicht zu überbieten war. Und wenn er es dann noch fertigbrachte, ihr in die Kate zu folgen, trug ihm das einen Blick ein, der so mörderisch war, wie es nur ein Mann von der einschüchternden Größe und den grimmigen Gesichtszügen Gabriels zuwegebringen konnte. Mit Ausnahme von Jack, versteht sich – Jack hatte einen Blick am Leib, der Titanen erzittern ließ.

Schließlich hatte Brady sich aber, mit wie viel Widerwillen auch immer, eingestehen müssen, dass Roweenas Abneigung, mit ihm spazieren zu gehen, offenbar gar nichts mit Gabriel zu tun hatte.

„So issie nun mal", hatte das Kind, Evie, ihn wissen lassen, und dabei hatte sie ausgesehen, als wollte sie sagen, dass er das ja nun inzwischen selbst wissen müsste. „Roweena is'n bisschen scheu, weißt du?"

Aber hier war mehr als Schüchternheit im Spiel, davon war Brady überzeugt. Ganz anders als Gabriel und Evie schien sich Roweena vor jedem, der vorbeikam, regelrecht zu fürchten. Sogar in Tereses Gegenwart fühlte sie sich anscheinend fürchterlich unwohl.

Aber na ja, Terese konnte auch jeden einschüchtern, dachte er grinsend. Sie konnte eine veritable Hexe sein, seine Terese. An dem Feuer, das in ihr glühte, würde sich auch der größte Draufgänger die Finger verbrennen. Die Einzigen, die fähig zu sein schienen, diese Glut abzulöschen, waren Gabriel und Jane Connolly, die alte Vettel.

Als Brady den Pfad betrat, der zu Gabriels Haus führte, ermahnte er sich, ein bisschen vorsichtiger zu sein mit dem Getue von wegen „seiner Terese" und so. Sicher, er hatte sich in das Mädchen verguckt, und sie mochte ihn ebenfalls leiden, da gab es kein Vertun. Er hatte aber ganz und gar nicht die Absicht, in ihr Erwartungen in Richtung unsterbliche Liebe und dergleichen zu wecken – in *die* Falle würde er nicht laufen.

So scharf Terese auch auf ihn war, noch viel mehr war sie darauf aus, nach Amerika zu kommen. Das wusste er. Letztens hatte sie angefangen, kaum verschleierte Andeutungen in der Richtung fallen zu lassen, dass Brady ihr doch vielleicht in der Hinsicht ein bisschen weiterhelfen könnte. Er hatte sie mit keinem Wort ermutigt, aber sie hatte trotzdem nicht damit aufgehört.

Wohlweislich hatte er keinen Ton über Jacks Idee gesagt, einige wenige auserwählte Einzelpersonen oder womöglich ganze Familien den Lesern des *Vanguard* vorzustellen, denen die Zeitung anschließend möglicherweise die Überfahrt nach Amerika finanzierte. Er war immer noch von den Socken, dass solch ein Einfall seinem Bruder gekommen war. Zwar war Jack nie knauserig gewesen, wenn es um Geld ging; im Gegenteil, Brady musste zugeben, dass er sich immer großzügig gezeigt hatte, jedenfalls ihm und Rose gegenüber. Doch nie hatte er erlebt, dass Jack sich irgendwelche extravaganten Spleens geleistet hätte, und so kam Brady nicht umhin sich zu fragen, ob hinter dieser unverhofften Idee viel mehr steckte, als sein großer Bruder preiszugeben geruhte.

Doch wie auch immer, auf keinen Fall wollte er Terese in diese Pläne einweihen. Sie würde ihm den letzten Nerv rauben, wenn sie spitzkriegte, dass es auch nur die geringste Möglichkeit für ihn gab, ihr zur Reise in die Staaten zu verhelfen. In Wirklichkeit war er fest entschlossen, sie auf die Liste der möglichen Kandidaten für das Unternehmen zu setzen, aber das hatte noch Zeit.

Immerhin war Tereses Geschichte haargenau das, worauf Jack scharf war, 'ne richtige Tränendrüsen-Schmonzette mit allem Drum und Dran: Leid, Entbehrung und Überlebenskampf. Er hatte vor, Galway demnächst für eine Weile den Rücken zu kehren, aber er würde wiederkommen, und er wollte, dass Terese hier auf ihn wartete, bis er zurückkehrte.

Beim Gedanken an den Abschied seufzte er erneut und verlangsamte seinen Schritt ein bisschen. Er hatte seine Abreise so lange wie irgend möglich hinausgeschoben, war sogar so weit gegangen, dass er Jack in dem Glauben wiegte, er sei schon gar nicht mehr in Galway, indem er einem Postkutscher Geld dafür zusteckte, dass er Bradys Briefe an einem Ort außerhalb der Grafschaft aufgab. In einem dieser Briefe hatte er Jack den Bären aufgebunden, er müsse sich ein bisschen umtun, um Leute ausfindig zu machen, die sich für die geplante Serie eigneten, die Betreffenden zu befragen und ein paar Skizzen anzufertigen, bevor er sich hinsetzte und die dazugehörigen Geschichten zu

Papier brachte. In Wahrheit hatte er noch nicht mal angefangen, sich umzusehen – dafür aber hatte er einen längeren Aufenthalt in Galway herausgeschunden.

Am Mittwoch der kommenden Woche jedoch würde er nach Limerick aufbrechen. Terese hatte er noch nichts davon gesagt. Er hatte die dumpfe Ahnung, sie würde ein mächtiges Theater veranstalten – obwohl sie immer so tat, als interessierte sie sich nicht die Bohne für ihn. Er lächelte. Er war ihr ganz und gar nicht egal, das wusste er genau. Sie waren die letzten paar Wochen ganz schön auf Tuchfühlung miteinander gekommen. Er war überzeugt, dass es mittlerweile gar nicht mehr allzu schwierig sein würde, sie in seine Wohnung raufzulocken, vorausgesetzt, sie würde der alten Jane lange genug entschlüpfen können. Das war eine verlockende Möglichkeit, aber er war sich ganz und gar nicht sicher, ob er die Beziehung zu ihr jetzt schon vertiefen sollte.

Manchmal hatte er das Gefühl, völlig hingerissen zu sein von der Frau, aber dann wieder war ihm gar nicht so wohl beim Gedanken an sie. Terese hatte diese komische ... *Intensität* an sich – etwas, das einem fast bedrohlich vorkam. Sie hatte Mumm, das stand fest, eine verbissene Entschlossenheit und Sturköpfigkeit, wie er sie noch bei keinem seiner Mädchen erlebt hatte. Mitunter konnte sie geradezu wild sein.

Brady war es gewöhnt, in einer Beziehung derjenige zu sein, der die Hosen anhatte, niemals der, der sich sagen ließ, wo's langgeht. Und er verspürte nicht die geringste Neigung, daran etwas zu ändern – mit Terese nicht und auch mit keinem anderen Mädchen. Er hatte keine Eile damit, ihr näherzukommen, nicht solange er sich nicht wirklich im Klaren war, was er mit der Liaison bezweckte.

Auf jeden Fall würde er ihr in den nächsten paar Tagen auf Wiedersehen sagen müssen. Bei seiner Rückkehr würde er dann das Ding mit dem *Vanguard* und allem, was da dranhing, mit ihr durchziehen. Fürs Erste aber wollte er ihr kein Sterbenswörtchen sagen.

Eigentlich hatte er Terese überhaupt nicht viel von sich erzählt. Das Einzige, was sie wirklich von ihm wusste, war, dass er für eine New Yorker Zeitung arbeitete und einen Bruder hatte, der Jack hieß.

Wie das Leben so spielt, war es Jack gewesen, der ihm eingeschärft hatte, niemals zu viel über sich rauszulassen, schon gar nicht Frauen gegenüber: *„Eine Frau kann sich null Komma nichts in dich vergucken, Jungchen, allein schon deiner geckenhaften Blicke und deines verruchten Charmes wegen. Aber täusch dich nicht: sobald sie spitzkriegt, dass du ein bisschen was in den Taschen hast, ist sie womöglich schwerer abzuschütteln als 'ne hartnäckige Grippe. Als Bettler wird sie dich anbeten, aber wenn sie gewahr wird, dass du in Wirklichkeit ein Prinz bist, wird sie dich zu Tode lieben."*

War er das wirklich – ein Prinz? Danach aussehen tat's wahrscheinlich schon: Brady Kane, Erbberechtigter der Kane'schen Dynastie, Thronanwärter. Bei dem Gedanken musste Brady laut lachen, aber es war ein Lachen, das irgendwie hohl klang. Nie im Leben würde er, sollte sich das jemals als notwendig erweisen, in Jacks Fußstapfen treten können. Darüber machte er sich keinerlei Illusionen. Er war ein völlig anderer Typ Mann als sein Bruder: sicher kein Mann von geringerem Format, aber eben auch nicht so ein *großer* Mann wie Jack. Jack hatte das Zeug zu einer großen Persönlichkeit; Brady hingegen fehlte nicht nur jeder Ehrgeiz, zu solchen Höhen aufzusteigen, er verabscheute allein schon den Gedanken daran. Das Leben, das er jetzt führte, stellte ihn mehr als zufrieden. Er konnte reisen, malen und hatte, wohin er auch kam, fast immer

’ne flotte Biene zur Hand. Was konnte sich ein Mann mehr wünschen?

Er sah sich auf dem Hofplatz um – dem saubersten und aufgeräumtesten in ganz Claddagh –, konnte aber nirgendwo ein Lebenszeichen entdecken, weder von Gabriel noch von den Mädchen. Doch die Haustür stand offen, und so klopfte er einmal gegen den Türrahmen und trat ein, begrüßt von einem Lächeln Roweenas, einem schrillen Begeisterungsschrei der altklugen Evie und einem Blick Gabriels, der klipp und klar ausdrückte: „Was denn, du schon wieder, Yank?“

Brady hielt Ausschau nach einem weiteren Lächeln Roweenas, und in diesem Augenblick durchschoss es ihn, dass er ja auch ihr bald würde auf Wiedersehen sagen müssen. Dieser Gedanke stach ihm wie ein Messer durchs Herz, weitaus mehr als die Vorstellung, Terese zu verlassen.

Fürs Erste aber wollte er nicht darüber nachdenken.

* * *

Gabriel drehte sich um, obwohl er eigentlich gar nicht erst hinsehen musste: Das energische Klopfen an der Tür war ihm wohlvertraut.

Brady Kane. So oft, wie der Yank vorbeikam, fragte sich Gabriel, warum er sich überhaupt noch die Mühe machte anzuklopfen.

Zumeist war ihm der Amerikaner auch ein durchaus willkommener Gast, obwohl Gabriel dem jungen Spitzbuben ganz schön gemischte Gefühle entgegenbrachte. Der Bursche konnte mit Worten umgehen, war belesen und durchaus amüsant, wenngleich etwas unverfroren. Außerdem war er von Natur aus großzügig, auch wenn Gabriel sich manchmal fragte, woher er das Geld nahm, um seine Freigebigkeit zu finanzieren.

Er sah, wie das Kind den Beutel mit Süßigkeiten in der Hand des Amerikaners erblickte und quer durch den Raum auf ihn zustürzte. Es kam so gut wie nie vor, dass der Yank ohne Mitbringsel für die Kleine und für Roweena auf seiner Schwelle stand. Heute hatte er Konfekt dabei, und zwar genug für sie alle drei; Gabriel freilich machte sich nichts aus Süßigkeiten.

Kane würde ihm Evie noch völlig verderben, aber Gabriel fand es nicht so schlimm, wenn er das Kind gelegentlich ein wenig verwöhnte. Roweena machte ihm weitaus mehr Sorgen, wenn es um den Amerikaner ging. Ihm war nicht entgangen, wie sie an Tagen, an denen er nicht erschien, nach ihm Ausschau hielt; und wie ihre Augen zu leuchten anfingen, wenn er denn kam.

Bis jetzt, so glaubte er, war Kane das noch nicht aufgefallen. Roweena war viel zu schüchtern, um einem Mann offen Avancen zu machen, und zu scheu, um ihn ihrerseits dazu zu ermutigen. Brady Kane hingegen war nicht scheu, nicht im Geringsten. Und wie diese tiefliegenden Augen bei mehr als einer Gelegenheit jeder Bewegung des Mädchens im Zimmer gefolgt waren, das hatte Gabriel allerdings auch gesehen.

Er wandte sich wieder dem Netz zu, das er gerade flickte, hielt aber die Augen offen, während der Yank und Roweena dem Kind den Gefallen taten, am Herdfeuer eine Runde Mikado mitzuspielen. Während er die drei beobachtete, kam er zu dem Schluss, dass es nicht lüsternes Interesse war, was er bei dem jungen Gecken verspürte. Hätte Kane derartige Anwandlungen gezeigt, so wäre er längst achtkantig aus Gabriels Haus geflogen. Nein, es schien mehr Roweenas scheue Anmut, ihre Zerbrechlichkeit zu sein, die den Burschen in den Bann schlug, als ihr Aussehen – wiewohl sie durchaus hübsch war. Und doch gewährte Gabriel dem Amerikaner seine Gastfreundschaft nur, weil dieser keine wolllüstigen Absichten zu erkennen gegeben hatte – jedenfalls bislang nicht. Eine falsche Bewegung – oder auch nur ein verkehrter Blick –, und er würde in diesem Teil Galways ein Fremder sein, und zwar ein äußerst unwillkommener.

Gabriel hegte den Verdacht, dass die Absichten, die Kane dem Sheridan-Mädchen entgegenbrachte, womöglich nicht ganz so unschuldig waren. Etliche Male hatte er die beiden am Hafen gesehen, so eng beieinander, dass kein Lichtstrahl zwischen ihnen hätte durchdringen können, und das Mädchen an den Arm des Yanks geklammert, als wäre er ihr Eigentum.

Das junge Ding, mutmaßte Gabriel, wäre besser beraten, ihre Blicke anderswohin schweifen zu lassen. Er konnte sich nicht vorstellen, dass es irgendjemandem gelingen würde, den jungen Hallodri in der anderen Ecke des Zimmers handzahm zu machen. Brady Kane glich einem jungen Hengst, der über die Hügel stürmte, Staub aufwirbelte und ihn sogleich wieder von den Füßen schüttelte, indem er dem Wind entgegentrabte.

Lieber sollte er das Mädchen von den Inseln kriegen als Roweena. Jene konnte, kein Zweifel, auf sich selbst aufpassen, obwohl Gabriel vermutete, dass sie mitunter ganz und gar nicht so hart war, wie sie vor anderen erscheinen wollte. Doch war sie unendlich viel stärker als Roweena, und man musste weitaus weniger befürchten, dass sie das Opfer eines charakterlosen Rüpels werden könnte – sollte sich Brady Kane denn als solcher erweisen.

Roweena hatte in ihrem jungen Leben schon mehr als genug Schmerz erduldet, und Gabriel hatte sich geschworen, dass sie, soweit es in seinen Kräften stand, nicht noch mehr Leid durchmachen sollte.

Indes war er Realist genug, um sich darüber im Klaren zu sein, dass es erbärmlich wenig war, wovor er sie beschützen und was er ihr an Verletzungen ersparen konnte. Dieses Wissen ließ seine Seele nur allzu oft vor Hilflosigkeit erschauern.

Sie aber vor rücksichtslosen jungen Lebemännern wie Brady Kane bewahren, das konnte er auf jeden Fall. Allein die Möglichkeit, dass Roweena von dem Amerikaner hingerissen sein könnte, reichte aus, um Gabriels Wachsamkeit zu schärfen. Zwar hatte er an Kanes Wesen nichts Verschlagenes oder Brutales bemerkt, wohl aber eine gewisse Unsensibilität, die durchaus auf eine unbeherrschte, selbstsüchtige Persönlichkeit hinweisen mochte, einen Charakter, der darauf angelegt war, andere für seine Zwecke auszunutzen, um dann seines Weges zu ziehen, ohne sich auch nur noch einmal umzusehen.

Trotzdem waren es nicht die Brady Kanes dieser Welt, die Gabriel am meisten beunruhigten, sondern diejenigen, die eher Tiere als Menschen waren: Raubtiere. Immer würde es solche geben, die ohne jedes Gewissen oder Mitleid – man musste dahingestellt sein lassen, ob sie überhaupt eine Seele im Leib hatten – irgendeine verkommene Befriedigung daraus zogen, Unschuldige zu quälen, ja zu zerstören.

War es nicht so, dass die Heilige Schrift selbst vor solchen Schurken warnte – Männern, heulend wie Hunde, aus deren Mäulern schmutzige Reden und Flüche troffen, während sie nach arglosen Opfern spähten, um ihnen Schaden zuzufügen? Solche schlugen, Tod und Verderben im Gepäck, wahllos zu – ohne jeden Gedanken an die Folgen und ohne sich um die Menschenleben zu scheren, die sie möglicherweise zugrunde richteten.

Roweena selbst war durch derlei rücksichtslose Rohheit zur Welt gekommen.

Und ihre Mutter war daran gestorben.

* * *

Als Gabriel zum ersten Mal die Geschichte Ena MacHughs gehört hatte, war er noch ein Junge gewesen. Er hatte nicht sein ganzes Leben im Claddagh-Viertel verbracht, sondern war in Galway selbst aufgewachsen, bis sein Onkel Nessan, ein wohlbestallter Junggeselle, der über die Jahre eine Menge Ersparnisse angehäuft hatte, es für gut befand, den jungen Gabriel auf eine französische Schule zu schicken und die Kosten dafür zu übernehmen.

Dort in Frankreich hatte ihn ein Brief seiner Mutter erreicht, in dem mit Worten, die viel zu zurückhaltend gewählt waren, um das wahre Ausmaß der Tragödie erkennen zu lassen, vom „Martyrium der Familie MacHugh" die Rede gewesen war. Einige Zeit später hatte ihm auch sein Onkel geschrieben und ihn in deutlicheren Sätzen über die brutale Vergewaltigung ins Bild gesetzt, der nicht allein die halbwüchsige Tochter der MacHughs, sondern auch noch zwei andere junge Mädchen zum Opfer gefallen waren. Durch drei eigenständige, aber nach demselben Muster ablaufende Schreckenstaten waren drei Frauen aus Galway erniedrigt, vergewaltigt und gequält worden. Offenkundig waren alle Opfer Ehefrauen oder Töchter von Männern, die eng mit einem der zahllosen Geheimbünde verquickt waren, die überall in Irland wie Pilze aus dem Boden schossen. Dabei handelte es sich um Untergrundgruppen, die alles daran setzten, das Land von den englischen Unterdrückern zu befreien. Die Freischärler waren gewalttätige Männer, die das flache Land mit grausamer Lynchjustiz überzogen, verübt am Landadel, an Beamten und sogar der Polizei. Nach einem besonders heimtückischen Vorfall, bei dem mehr als ein Dutzend staatliche Würdenträger terrorisiert und verletzt worden waren, hatte man drei mutmaßliche Rädelsführer der Befreiungsbewegung festgenommen und inhaftiert.

Doch damit gaben sich die Häscher nicht zufrieden. Ein paar Tage nachdem man die Männer hinter Schloss und Riegel gebracht hatte, hatte eine Rotte britischer Soldaten – sturzbetrunken und geifernd vor Blutdurst – die Häuser der Gefangenen heimgesucht und ihre eigene Form von Vergeltung an deren Frauen verübt.

Ena MacHugh, die Tochter des Witwers Seamus MacHugh, der einer der verhafteten Banditen war, war seinerzeit ein junges Mädchen gewesen, nicht mehr als fünfzehn Jahre alt. Sie war ein überbehütetes Kind, ohne jede Ahnung von den Grausamkeiten der Welt, und die Gewalttat, die an ihr verübt wurde, zerstörte sie sowohl seelisch als auch körperlich. Nachdem sie das Kind geboren hatte, das während jenes Überfalls gezeugt worden war, begann Ena MacHugh durchzudrehen und endete schließlich in düsterstem Wahnsinn.

Als Gabriel aus Frankreich heimkehrte, war Ena mit ihrem Kind in einem Schwesternorden auf dem Lande untergebracht. Gelegentlich erhaschte Gabriel einen Blick auf sie und das schwarzhaarige kleine Mädchen, wenn sie im Garten hinter dem Kloster waren. Zu dieser Zeit war Ena selbst schon hoffnungslos dem Irrsinn verfallen, kreischte geifernd jedem entgegen, der vorbeikam, aber das kleine Mädchen, Roweena, war schon damals ein entzückendes, ungemein liebreizendes Kind gewesen.

Gabriel verließ ein weiteres Mal seine Heimat, und als er zurückkehrte, gab es das Kloster nicht mehr: Nach einem weiteren nächtlichen Übergriff unbekannter Marodeure war es bis auf die Grundmauern niedergebrannt. Ena war bei dem Brand umgekommen. Ihre Tochter Roweena lebte bei Gabriels Eltern. Als ältere Leute, denen nach Gabriels Geburt keine weiteren Kinder vergönnt gewesen waren, hatten sie sich nach der Feuersbrunst bereit erklärt, das verwaiste MacHugh-Mädchen zu sich zu nehmen.

Gabriel hatte die stille Roweena mit den traurigen Augen auf der Stelle ins Herz geschlossen, war in sie vernarrt gewesen und hatte sich um sie gekümmert, als wäre sie seine eigene kleine Schwester. Doch trotz seiner und seiner Leute Zuneigung hatte sich Roweena in einer erbärmlichen Lage befunden. Die Leute in der Stadt sahen in ihr „das fremde, wilde Mädel", in Schande geboren von einer Mutter, die vollkommen bekloppt gewesen war. Ihre Taubheit, die sie einem brutalen Schlag in der Nacht des Brandes verdankte, machte die Dinge nur umso schlimmer, denn derlei weckte bei manchen Leuten Argwohn, während es anderen nackte Angst einjagte.

Roweena war noch ein Kind gewesen, als Gabriels Eltern im Abstand von ein paar Monaten beide verstarben, so dass er sich mit der Frage, was nun aus dem Mädchen werden sollte, alleingelassen sah. Noch einmal verreiste er, aber gerade so lange, dass er seine persönlichen Angelegenheiten geregelt bekam. Während dieser Zeit überließ er Roweena der Obhut seines Onkels Nessan und einer Haushälterin, die das Herz am rechten Fleck hatte. Es war kaum zu glauben, aber es brannte erneut. Diesmal kam niemand ums Leben, aber Gabriel wurde spornstreichs nach Galway zurückbeordert, wo er Roweena völlig benommen und apathisch vor Schrecken in einem verlassenen Schuppen am Hafen vorfand.

Als er sie endlich aufgespürt hatte, glich sie einem wilden Tier. Er musste sie zu sich heranlocken wie einen brutal misshandelten Welpen. Er nahm sie mit nach Hause, in das Haus, in dem er aufgewachsen war, aber mittlerweile reagierten etliche Einwohner der Stadt hysterisch auf „die kleine Hexe droben auf dem Hügel“ und schoben Roweena sämtliche Übel in die Schuhe: Nicht nur die Feuer sollte sie gelegt haben, sondern auch Stürme auf See und Missernten heraufbeschworen. Ein Nachbar hatte Gabriel an dessen eigener Haustür zur Rede gestellt und gefordert, er solle „die Hexe in die Wüste schicken“, bevor sie sie allesamt unter einen Fluch brächte.

Schließlich hatte Gabriel, um jeden Preis entschlossen, Roweena zu beschützen, den Entschluss gefällt, der sein ganzes Leben verändern sollte. Im Schutze der Nacht brachte er sie aus seinem Elternhaus fort an einen Ort, den er für sicher hielt, einen Ort, den nur wenige jemals aufsuchten, deren Wiege nicht schon dort gestanden hatte. Er war dort bekannt, und die Leute akzeptierten ihn und das verängstigte kleine Mädchen ohne Fragen und Verwünschungen. In Claddagh sah niemand Roweena als Halbwilde, als verrückt oder verhext. Ein taubes Kind galt dort schlicht als „auserkoren“, als von Gott angerührt.

Gabriel gab ihr das Versprechen, sie nie wieder alleinzulassen, und er hielt sein Wort. Im Lauf der Jahre nahm er noch andere auf, zumeist Kinder, die verletzt oder im Stich gelassen worden waren. Er gab ihnen Essen und Obdach – und so viel Zuwendung, wie er irgend konnte –, bis es ihm gelang, sie in einem neuen Zuhause unterzubringen. Die kleine Evie war sein jüngster Schützling. Sie war noch ein Säugling gewesen, ausgesetzt von einer Mutter, die sie nicht hatte haben wollen. Gabriel hatte nicht einmal den Versuch gemacht, neue Eltern für Evie zu finden; denn von Anfang an hatte Roweena solch einen Narren an der Kleinen gefressen und sich so hingebungsvoll um sie gekümmert, dass es für ihn undenkbar war, die beiden wieder auseinanderzureißen.

Er hatte sich jede erdenkliche Mühe gegeben, all denen, die das Schicksal unter sein Dach spülte, das bestmögliche Zuhause zu bieten. Zwar führte er jetzt ein völlig anderes Leben, als er einst geplant hatte, doch bot es ihm durchaus Befriedigung und hier und da ein wenig Lohn der Mühe. Die Leute von Claddagh waren in Ordnung: wohl primitiv und auf altmodische Art fromm, aber von einer Weisheit, die jedem Außenstehenden unbegreiflich bleiben musste.

Und sie schienen überhaupt nichts Bemerkenswertes daran zu finden, dass ein Mann, der um ein Haar auf ein überseeisches Missionsfeld ausgereist wäre, alles aufgegeben hatte, um als Fischer unter ihnen zu leben – sowie als Ersatzvater und -bruder für alle, die in Not waren.

# 21. Ein Mantel, das Feuer zu umhüllen

*Ich pfiff und ich log,*
*doch du warst taub für beides ...*
Anonymus

Gegen vier Uhr, als Terese sich gerade eine Scheltrede für Brady Kane zurechtlegte, der sich wie üblich verspätete, sah sie ihn endlich den Pfad heraufkommen.

Leise schloss sie die Tür hinter sich und eilte hinaus, ihm entgegen. „Jane schläft gerade", warnte sie und legte ihren Finger auf die Lippen.

Er grinste und zog sie an sich, um sie zu umarmen. „Prima. So mag ich Jane am liebsten."

„Jetzt hör schon auf! Die Nachbarn glotzen doch."

„Dann lass sie glotzen", sagte er und neigte den Kopf, um sie zu küssen. „Sollen sie doch denken, was für ein unverschämtes Glück dieser nichtsnutzige Amerikaner hat, dass so ein Prachtweib hinter ihm her ist!"

Terese gab ihm einen Schubs mit dem Ellbogen und machte sich von ihm frei. „Hinter dir ist niemand her außer der Teufel höchstpersönlich, du eingebildeter Yank."

Er lachte sie aus. „Ach komm schon, Treesie, warum kannst du nicht einfach zugeben, dass du mich absolut unwiderstehlich findest?"

Sie funkelte ihn an. „Jetzt redest du sogar schon wie 'n sturer irischer Dickschädel, du Blödmann! Und hör bitte damit auf, mich mit diesem dämlichen Namen zu betiteln – ich heiße *Terese.*"

Brady zog eine Braue hoch. „Na, na, heute sind wir aber ziemlich aus dem Häuschen! Ich dachte, du wärst ganz wild auf das Schauspiel heute Abend, und stattdessen führst du dich auf wie 'n übellauniges Fischweib!"

Beim Gedanken an das Schauspiel schmolz Terese ein wenig. Noch nie im Leben hatte sie etwas gesehen wie das, wovon Brady ihr erzählt hatte – Leute in buntglitzernden Kostümen, die sich auf eine Bühne stellten und Geschichten vorspielten. Gewiss war sie erregt, ohne Frage, aber er sollte sich lieber nicht zu sicher sein, dass sie mitkommen würde. Und außerdem schien es ihm zu gefallen, wenn sie ein bisschen Temperament zeigte.

„Bis jetzt hat Jane noch nicht zugestimmt, dass ich hingehen kann", wandte sie grämlich ein.

Ungeduldig zog er die dunklen Brauen zusammen. „Eigentlich solltest du nicht mal fragen müssen. Die alte Vettel hat nicht über dich zu bestimmen, Terese, schon gar nicht für lumpige zwei Schillinge die Woche. Fang endlich an, für dich selbst zu entscheiden!"

Mitten im Hof pflanzte sich Terese vor ihm auf wie ein Dragoner. „Für 'n reichen Ami wie dich, Brady Kane, sind zwei Schillinge die Woche vielleicht nichts – für mich sind sie die Mauer zwischen mir und dem Armenhaus! Ich bin auf meine Stellung angewiesen." Sie unterbrach sich. „Und wag es nicht noch mal, Jane als Vettel zu titulieren!"

„Deine *Stellung*", sagte er, die Mundwinkel nach unten ziehend. „Dabei behandelt die Frau dich wie 'ne Sklavin."

„Das ist überhaupt nicht wahr!" Verstohlen sah sich Terese zum Haus um. „Hat sie mir etwa nicht von Anfang an gesagt, was sie von mir erwartet? Sie verlangt kein bisschen mehr, als was ich zu tun zugesagt habe." Angesichts seines schmallippigen Mundes und der unverändert gerunzelten Stirn fügte sie hinzu: „Du kannst die arme Jane bloß nicht leiden, weil sie *dich* nicht mag. Sie traut dir nicht."

Er verzog das Gesicht, als überraschte es ihn, dass sie Jane verteidigte. In Wirklichkeit war Terese von sich selbst überrascht. Denn tatsächlich musste sie wegen der zänkischen Art der Frau immer noch die Zähne zusammenbeißen. Doch selbst wenn Jane sie nur allzu gern bei jeder Gelegenheit hetzte, lebten sie im Großen und Ganzen ziemlich friedlich beieinander.

„Die arme Jane ..." Brady äffte ihren Tonfall nach. „... kann *niemanden* leiden. Die Frau macht ja frische Milch sauer!" Er schob seinen Skizzenblock unter den anderen Arm, zog einen Umschlag aus der Tasche und hielt ihn Terese vor die Nase. „Die Karten. Jetzt will ich 'n Lächeln und 'nen Kuss, oder ich zieh ab und such mir 'n Mädchen, das mich nicht so abfertigt!"

Die Hände in den Hüften, schoss Terese einen giftsprühenden Blick auf ihn ab. „Davon hast du kein Wort gesagt, Brady Kane, dass ich für die Karte was bezahlen muss! Hieß es nicht, das Ganze gehe auf deine Rechnung?"

Er schob sich vorsichtig näher an sie heran. „Das Schauspiel geht auf meine Rechnung, der Kuss auf deine."

„Du bist 'n Trottel", sagte Terese und gab sich Mühe, eine ernste Miene zu wahren.

Er grinste sie an. „Mag sein, aber du bist ein schönes Mädchen."

„Nicht ganz richtig im Kopf, das bist du."

Er ließ die Theaterkarten vor ihr baumeln.

„Und außerdem schon wieder zu spät", erinnerte sie ihn. „Was hat dich denn diesmal aufgehalten? Ich nehme mal an, du hast unterwegs wieder bei Gabriel reingeschaut?"

Er zuckte die Schultern. „So spät bin ich nun auch wieder nicht dran."

Terese schnaubte zornig. Nicht dass sie etwas gegen Gabriel hätte, schließlich war der Mann – auf seine Weise – sehr freundlich zu ihr gewesen. Doch sie hatte gesehen, wie Bradys Augen ganz weich wurden, wenn er Roweena ansah, und es gefiel ihr nicht, dass er irgendjemanden außer sie selbst so anschaute. Viel zu viel hing davon ab.

„Hab ich dir schon gesagt, wie hübsch du aussiehst?", fragte er. „Hast dich extra für mich feingemacht, oder?" Er wagte einen neuen Versuch, einen Kuss zu ergattern, und diesmal ließ Terese es zu, drehte aber rasch den Kopf zur Seite, so dass bloß ein leichter Hauch auf die Wange daraus wurde.

„Ich hab mich überhaupt nicht feingemacht, du *Amadon*. Ich hab nämlich gar nichts, um mich feinzumachen."

„Trotzdem bist du hinreißend. Und jetzt geh und sag Jane auf Wiedersehen. Und nimm dir 'n Tuch mit. Es wird schon kühl."

„Wenn sie noch schläft, wär es mir überhaupt nicht recht, sie zu wecken. Dann ist sie sicher unausstehlich."

„Na gut", sagte er, ergriff ihre Hand und schickte sich an, den Pfad hinunterzugehen. „Dann gehen wir eben, ohne sie zu wecken."

„Das werden wir ganz sicher nicht tun", sagte Terese energisch. „Aber du kommst schön mit rein."

Er zog eine Grimasse, ließ aber zu, dass sie ihn zur Tür zerrte. „Warum kann ich denn nicht hier draußen warten? Ich seh gar nicht ein, dass ich –"

„Es gehört sich einfach nicht. Du kommst jetzt mit rein, begrüßt Jane anständig und versicherst ihr, dass du sorgfältig auf mich aufpasst und mich sofort nach dem Schauspiel wieder nach Hause bringst."

Er bleckte die Zähne. „Sie wird glauben, der böse Wolf steht vor ihrer Tür."

„Jane ist bekannt für ihre Menschenkenntnis", sagte Terese förmlich, während sie ihn Richtung Haustür zog, um nach ihrer Herrin zu sehen.

* * *

Drinnen fanden sie Jane im Halbdunkel am Fenster sitzend vor. Sie döste nicht mehr. Während sie nähertraten, schnellte ihr messerscharfer Blick zwischen den beiden hin und her.

Nur ganz leicht zögernd begann Brady den Wortwechsel, der mittlerweile zu einer Art Ritual zwischen ihm und Tereses Chefin geworden war. „Guten Abend, Mrs Connolly. Ich hoffe, es geht Ihnen gut heute Abend?"

Der Blick, den sie ihm zuwarf, hätte eine Schlange auf der Stelle verdorren lassen. „Es geht mir haargenau so wie beim letzten Mal, als Sie mich fragten, was mir nicht allzu lange zurückzuliegen scheint." Sie sah Terese an. „Gehst du schon wieder mit ihm aus?"

„Macht es Ihnen sehr viel aus?" Terese hielt die Luft an. Sie würde ihr die Stirn bieten, wenn es denn drauf ankäme, aber ihr lag daran, Streit zu vermeiden. Jane war furchterregend, wenn sie böse wurde. Sie fuchtelte dann mit ihren bejammernswerten knorrigen Händen, und ihre Haut bekam knallrote Flecken.

Jane bedachte Brady Kane mit einem abschätzigen Blick. „Natürlich, und du hast doch bestimmt was Besseres zu tun, Mädel."

Brady lächelte bloß, aber es war ein durch und durch unbehagliches Lächeln.

Terese beeilte sich, der Spannung zwischen den beiden die Schärfe zu nehmen. Brady war überzeugt, dass

Jane ihn nicht leiden konnte, und es ließ sich nicht leugnen, dass sie genau diesen Anschein erweckte. Trotzdem war Terese sich so gut wie sicher, dass das Benehmen ihrer Herrin Brady gegenüber nicht auf Antipathie, sondern auf schierer Widerborstigkeit beruhte. Von Anfang an hatte Jane erkannt, dass sie Brady ohne Mühe aufziehen konnte, und machte sich einen Spaß daraus, genau das immer wieder zu tun. Dieselbe Leier hatte sie bei ihr auch versucht, aber Terese hatte sich für ihre ständigen Sticheleien unempfänglich gezeigt, ja konnte sie sogar völlig ignorieren – jedenfalls die meiste Zeit.

„Ach bitte, Jane", sagte sie in so einschmeichelndem Ton, wie sie irgend vermochte. „Heute Abend ist doch das Schauspiel, Sie wissen schon ... Ich hab mich so darauf gefreut – Sie werden doch wohl eine Weile ohne mich zurechtkommen?"

Um alles in der Welt begriff Terese nicht, wieso ihr die Zustimmung dieser exzentrischen alten Frau so wichtig war, und doch gab sie sich in letzter Zeit immer mehr Mühe, wenigstens ein gewisses Maß davon zu bekommen. Jetzt machte sie sich natürlich bewusst lieb Kind bei ihr, aber es war schon so, dass ihr ehrlich an Janes Zuneigung lag.

Jane hob die Hand zu einer schwachen Geste der Kapitulation. „Na schön, dann geh schon. Ich halte dich nicht von deinen Verrücktheiten ab." Dann wandte sie sich Brady zu, als wäre ihr soeben ein Gedanke gekommen. „Was wissen Sie eigentlich über diese ... ähm – Schauspielerei, Brady Kane? Ist das auch eine anständige Veranstaltung, zu der Sie mir das Mädchen hinschleppen?"

Brady lächelte verkniffen. „Voll und ganz ehrbar, das versichere ich Ihnen, Mrs Connolly. Es ist ein Schauspiel, das auf der Legende von Grania und Dermot basiert. Es wird von einer dieser fahrenden Schauspielergilden aufgeführt. Sie machen nur heute Abend in Galway Station."

„Die Legende hat aber ausgesprochen wenig Ehrbares an sich", sagte Jane, und ihre Augen wurden schmal, als wollte sie seinen Standpunkt bestreiten. „Grania war ein halsstarriges, selbstsüchtiges Mädchen, das nichts anderes wollte, als seinen eigenen Willen durchzusetzen. Soweit ich mich entsinne, hat sie ihren Mann umbringen lassen. Aber er war natürlich auch schön blöd, sich mit so einem barbarischen Heidenmädel einzulassen. Insofern hat er gekriegt, was er verdiente."

Terese fiel auf, wie Brady Jane anstarrte – so, als wäre gerade irgendein unidentifizierbares Objekt aus ihrem Schädel herausgewachsen.

Janes Augen glitzerten, und sie verzog die Lippen zu einem entschieden garstigen Grinsen, bevor sie sich wieder Terese zuwandte. „Sagte ich nicht, geh schon? Ich bin doch nicht dazu da, dass ich dich davon abhalte, deine Zeit zu verplempern!"

* * *

Draußen vor der Tür hängte sich Terese bei Brady ein, während sie den Pfad hinuntergingen. „Ich hab keine Ahnung", sagte er, „wie du's mit der aushältst. Ich könnte das nicht, das schwöre ich dir. Die Frau könnte einen Heiligen dazu bringen, einen Mord zu begehen."

„So übel ist sie gar nicht, wenn man sich erstmal an sie gewöhnt hat", beharrte Terese. „Eigentlich ist sie, auf ihre eigene Weise, sogar recht anständig zu mir."

Er sah sie ungläubig an. „Würde mich interessieren, was du unter ‚ihrer eigenen Weise' verstehst. Ich hab noch nie gehört, dass sie dir auch nur ein freundliches Wort gönnte."

Terese zuckte die Schultern und lächelte leicht. „Dass sie freundlich sei, hab ich ja auch nicht gesagt. Aber sie nennt mich kaum noch ein ‚wildes Ding von den Inseln'. Und mittlerweile gesteht sie mir zwei Tassen Tee am Tag zu und nicht mehr nur eine."

Sie bogen in die Straße ein, die vom Haus wegführte. „Das macht natürlich einen gewaltigen Unterschied", spöttelte er. „Demnächst wird sie dir womöglich noch 'ne Lohnerhöhung anbieten."

„Die ich natürlich dankend annehmen würde", murmelte Terese.

„Bestimmt könntest du in der Stadt was Besseres finden, Terese", stellte er fest. Diesen Satz sagte er immer, wenn sie zusammen waren – mindestens einmal. „Vielleicht in einem der Läden."

Terese zog ihren Schal fester um sich. Sie fröstelte schon jetzt in dem kalten Wind, der von der Bucht heraufblies.

Brady bemerkte es. „Hast du keinen Mantel oder sonst irgendwas Wärmeres?", fragte er.

„Ob ich wohl ohne Mantel rumliefe, wenn ich einen besäße?"

„Wir werden dir 'nen Mantel besorgen", sagte er entschlossen.

„Du wirst dich schön um deine eigenen Angelegenheiten kümmern", erwiderte Terese giftig. „Ich kaufe mir selbst einen Mantel, wenn ich will, du unausstehlicher reicher Yank."

„Wieso nennst du mich ständig reich? Ich bin nicht reich."

„Alle Amerikaner sind reich", sagte Terese. „Das weiß doch jedes Kind."

Er sah sie an und verlangsamte seinen Schritt, um sich ihrem Tempo anzupassen. „Hat dir das dein Bruder geschrieben?"

Terese antwortete nicht gleich. „Nein“, gab sie dann zu. „Er schrieb, dass man oft nur schwer an einen Job komme, besonders als Ire.“

Brady nickte. „Ich fürchte, da hat er recht. Hast du übrigens schon von ihm gehört?“

Terese schüttelte den Kopf. Sie wollte sich die Stimmung nicht verderben lassen.

„Wie lange ist es her, seitdem du ihm geschrieben hast, wo du jetzt bist?“

Sie wurde steif. „Ich hab zweimal geschrieben. Jane hat mir Papier geliehen. Den letzten Brief hab ich vor drei Wochen abgeschickt.“

„Na ja, nach Pennsylvanien ist es ganz schön weit“, sagte er, ohne dass es recht überzeugend klang. „Aber bestimmt hast du bald Nachricht.“

Terese wusste genau, dass er sie bloß beruhigen wollte, aber ihre Angst wuchs mit jedem Tag, der vorüberging. Wenn Cavan etwas passiert war – sie wusste nicht, was sie tun würde. Sie hatte doch niemanden mehr außer ihm.

Jahrelang hatte sie dem Tag entgegengefiebert, an dem sie in Amerika wieder mit ihm vereint sein würde. Dann wollte sie sich dort drüben ein besseres Leben aufbauen. Er war ihr großer Bruder und doch kaum mehr als ein verschwommener Schatten in ihren Erinnerungen. Sie konnte sich kaum entsinnen, wie er aussah. Gewiss würde er sich mächtig verändert haben. Und doch hätte sie viel dafür gegeben, wenigstens sein Gesicht noch klarer vor Augen zu haben.

Heute Abend aber wollte sie nicht an Cavan denken. Aus jeder Minute dieses besonderen Abends wollte sie so viel herausholen wie irgend möglich, wollte es genießen, am Arm eines gutaussehenden jungen Mannes zu hängen und ins Theater auszugehen, wie es die Mädchen in Amerika zweifellos zu tun gewohnt waren. Nur für diesen einen Abend wollte sie an nichts Unangenehmes denken, an nichts, was einem Sorgen bereitete. Sie wollte sich nicht ausmalen müssen, wie Cavan irgendein schreckliches Geschick zustieß, ein Unfall oder so etwas – und ganz bestimmt wollte sie keinen einzigen Gedanken daran wenden, was sie wohl tun würde, falls sie nie wieder etwas von ihm hörte.

* * *

Sie hatten noch eine Menge Zeit, bevor das Schauspiel anfing, und aus einer Augenblickslaune heraus führte Brady sie in eine der Straßen, die von kleinen Läden gesäumt waren. Wie sie sich es vorgenommen hatte, dachte Terese an nichts anderes als das Ereignis, dem sie entgegensah, das Schauspiel, und der Umweg löste bei ihr nichts weiter aus als ein wenig Ungeduld. Als Brady sich anschickte, sie in eines der Geschäfte zu führen, widerstrebte sie.

„Wir sind schon viel zu weit. Sagtest du nicht, die Vorführung sei gleich unten am Hafen? Wir müssen wieder umkehren und –"

„Wir sind noch viel zu früh dran. Wieso gucken wir uns nicht ein bisschen um?", erwiderte er und zog sie weiter.

„Ich will aber nicht zu spät kommen. Du hast gesagt, wir würden vorne sitzen, so dass wir alles gut sehen können."

„Das werden wir auch. Doch wir haben noch genug Zeit. Jetzt komm schon!"

„Ich meine, wir sollten lieber zurückgehen", beharrte sie.

*„Terese!"*, sagte Brady und zerrte sie in den Laden hinein.

Ihre Augen weiteten sich, als sie sah, wohin er sie

gebracht hatte. An einer Wand hingen in einer langen Reihe lauter Capes, während der Rest des Geschäfts mit Tischen vollgestellt war, auf denen säuberlich gestapelte Wollsachen lagen. An der anderen Wand standen Borde, überquellend von Textilien aller Art.

Während die scharfen Augen des Ladeninhabers, der einen gewaltigen Backenbart sein eigen nannte, jede ihrer Bewegungen verfolgten, führte Brady Terese an der Stange mit den Mänteln entlang, bis ihm einer ins Auge stach. Es war ein Stück in vornehmem, schimmerndem Grün, weich wie Samt und mit äußerster Sorgfalt gearbeitet.

„Hier", sagte er. „Probier den an."

Terese starrte ihn an, als hätte er den Verstand verloren.

„Jetzt mach schon, probier ihn an", beharrte er und zog den Stoff ein wenig in die Breite, damit sie die Qualität prüfen konnte.

Sie zögerte immer noch. Der Händler zwängte sich zwischen den Mänteln und einem der Auslagetische hindurch und begann das gute Stück anzupreisen – auf Irisch. Brady kam ein wenig in Verlegenheit und fragte Terese: „Was sagt er?"

Sie drehte sich zu Brady um. „Er sagt, er macht uns einen sehr guten Preis, denn es wird ja schon wieder wärmer draußen. Aber, Brady –"

Brady nahm den Mantel von der Stange und legte ihn um ihre schmalen Schultern. Dann trat er einen Schritt zurück und begutachtete sie. In Tereses Blick glomm plötzlich tiefe Missbilligung auf. Sie fuhr herum, und Brady hielt den Atem an. Er hatte sie noch nie anders gesehen als in ihrem alten fadenscheinigen Kleid oder einem ähnlichen, das Jane irgendwo für sie ausgegraben hatte. Wie sie in diesem Augenblick dastand, den herrlichen grünen Kragen um den Hals und das Gesicht umrahmt von ihrer unbändigen Mähne, hätte sie die Tochter des Oberkönigs höchstpersönlich sein können.

Leise pfeifend ließ er die Luft entweichen, während er sie betrachtete. „Ich wollte, ich könnte dich so malen, genau jetzt", sagte er weich. Doch noch während er sprach, wusste er schon, dass es ihm niemals gelingen würde, die Leidenschaft, den quicklebendigen Geist oder den unbändigen Willen einzufangen, die ihrer Schönheit das Feuer verliehen. All das ließ sich nicht auf Leinwand bannen. Sie war einfach herrlich, und sie sprühte dermaßen vor Leben, dass es ihn beinah ängstigte.

„Sag ihm, wir nehmen ihn", sagte er mit belegter Stimme.

Ihre rauchblauen Augen weiteten sich bis zum Äußersten. „Brady, das kann doch wohl nicht –"

„Frag ihn nach dem Preis."

Sie tat es, und die Summe, die sie Brady dann nannte, kam ihr ungeheuerlich vor. „Unerhört!", sagte sie gepresst.

„Wir nehmen ihn", schnitt Brady ihr das Wort ab. „Sag ihm, dass du ihn gleich anziehst und er ihn nicht einschlagen muss."

„*Brady!* Nein, das kann ich unmöglich –"

Brady wandte sich selbst an den Händler, verdeutlichte ihm in Zeichensprache, was er wollte, und schon waren sie auf dem Weg nach draußen.

Auf dem Weg zum Hafen labte er sich daran zu sehen, wie sie die weiche Wolle auf ihrer Haut genoss und ihre Augen ihn bei jedem Lidschlag anstrahlten. Leichtfüßig war sie immer, jetzt aber tanzte sie buchstäblich – ein Traum in Smaragd, ein Anblick, so herrlich, dass er dem Sonnenuntergang von Galway und den von rotem Licht übergossenen Bergen Paroli bieten konnte. Sie hatte alles, was das Herz eines Mannes aus der Fassung bringen konnte.

Ohne Zweifel war sie überwältigt ... entzückt. Nie zuvor hatte Brady es so genossen, etwas zu verschenken.

# 22. Stern des Schicksals

*Fortgeschwemmt der Unschuld Formen:*
*den Besten gebricht's an Überzeugung,*
*indes die Schlimmsten*
*vor Leidenschaft sprühn.*
W. B. Yeats

Brady versuchte die Aufführung mit Tereses Augen zu sehen, war es doch für sie eine ganz neue, erregende Erfahrung, die sie offensichtlich völlig verzauberte. Doch es kostete ihn ungeheure Phantasie; denn er hatte sowohl in New York als auch in Dublin eine Reihe von Bühnenstücken gesehen, und was hier heute Abend geboten wurde, war zweifellos das Jämmerlichste, was er je erlebt hatte.

Das Stück wurde durch ein kleines reisendes Ensemble in einem altersschwachen Theater gegeben. Die meisten Mitwirkenden sahen viel zu alt aus, um noch ein Leben auf der Landstraße zu führen. Außerdem wirkten sie hungrig – wahrscheinlich waren sie es auch. Die Kostüme waren schäbig, das Bühnenbild unter aller Würde, genau wie der größte Teil der Mimen. Die Schauspielerin in der Hauptrolle war zu täppisch auf ihren Füßen und eine viel zu reizlose Erscheinung, um eine überzeugende Grania zu verkörpern – trotzdem gab es Augenblicke, in denen sie eine geistreiche, um nicht zu sagen begeisternde Rebellin abgab. Und dann war da natürlich die Legende selbst, die packend genug war, um selbst ein nicht gerade übermäßig interessiertes Publikum gefangen zu nehmen.

Terese war dennoch alles andere als desinteressiert.

Brady kam es vor, als hätte sie kaum einmal tief Luft geholt, bevor die letzte Zeile gesprochen war. Die ganze Aufführung hindurch strahlte ihr Gesicht, und die Augen glänzten so intensiv, dass Brady seinen eigentlichen Genuss daraus zog, sie zu beobachten.

Freilich bot sie auch einen lohnenden Anblick in ihrem smaragdgrünen Cape: statuenhaft und pulsierend zugleich, das Haar flammend rot im Schein der Laternen – ein Traum, der jedem Mann die Sinne rauben konnte. Heute Abend fühlte er sich ihr ganz besonders nah, hatte sogar, angesichts ihrer bevorstehenden Trennung – von der sie nach wie vor nichts wusste –, zärtliche Empfindungen für sie. Während der ganzen Aufführung hielt er ihre Hand, und als sie bei einer ganz besonders ergreifenden Szene seinen Arm umklammerte, verabscheute er die Umstände, die ihn allzu bald von ihr wegführen würden.

Heute Abend merkte er zum ersten Mal, wie dumm es von ihm gewesen war und welchen Fehler er begangen hatte zu meinen, er würde sie hinter sich lassen können, und sei es nur für eine kurze Frist, ohne dass es ihm leidtäte.

* * *

So leicht war Terese nicht zum Weinen zu bringen. Sie hatte zu viel Schmerz, zu viel Qual durchmachen müssen, um allzu nah am Wasser gebaut zu sein. Doch als die letzte Zeile des Stücks verklungen und der Vorhang gefallen war, weinte sie bitterlich. Dass auch diese wunderschöne Erfahrung einmal ein Ende haben musste, gab ihr ein Gefühl tiefen Verlusts; noch mehr aber überwältigte sie ein heraufdämmerndes Bewusstsein davon, dass dieser Abend irgendetwas an sich hatte, was weitaus bedeutsamer war als das Schauspiel selbst – etwas, was darauf wartete, von ihr entdeckt zu werden ... Das alles stürzte ihre Gefühle in einen Taumel, den sie nicht zu beherrschen vermochte.

Heute Abend war sie ein Stück Wegs mit Giganten und Königen gegangen, hatte sich unter Häuptlingen und Amazonen bewegt. Ihr Herz war in Liebe zu einem begehrenswerten Helden entbrannt und bei seinem Tod vor Leid zerbrochen. Sie hatte den grollenden Zorn der Rache und die unerwartete Barmherzigkeit der Vergebung kennengelernt. Heute Abend war sie, zwei kostbare Stunden lang, der bitteren Wirklichkeit ihres eigenen Lebens entrückt und hatte es gegen die Erregung und Dramatik eines anderen eingetauscht.

Und sie hatte an diesem Abend, zum ersten Mal überhaupt, einen Blick auf den schwach aus großer Ferne herüberschimmernden Stern ihres eigenen Schicksals erhascht.

* * *

Sie standen Seite an Seite und sahen über das Wasser hinaus, beobachteten die *Curragh*-Boote und andere kleine Fahrzeuge, die in dem sanften Nachtwind dümpelten. Es war eine dunkle Nacht, mit tiefhängenden Wolken, die schwarze Schatten über die Bucht warfen.

Brady legte ihr den Arm um die Schulter, zog sie dichter an sich heran und schmiegte sein Gesicht in den weichen Stoff des Smaragdmantels. „Ist dir warm genug?“, fragte er.

Sie sah ihn an und lächelte. „In meinem schönen neuen Mantel? Und ob.“

„Das Stück hat dir gefallen“, sagte er. „Das freut mich.“

„Es war herrlich!“ Sie hielt inne und biss sich auf die

Unterlippe. „Wie macht man so was – ich meine, wie wird man eine Bühnenschauspielerin?"

Er zuckte die Schultern. „Keine Ahnung. Ich nehme mal an, das Talent ist angeboren, aber man wird trotzdem einiges an Schulung brauchen."

„Also Unterricht nehmen, in einer Schule? Wo kann ich wohl so eine Schule finden? Gibt's die in Amerika?"

„Bestimmt", sagte Brady. Er nahm an, dass es dort Schulen für Schauspieler gab, obwohl er von diesen Dingen nun wirklich keine Ahnung hatte.

„In deiner Stadt", drängte sie, „in New York?"

Er lachte auf. „Wenn nicht in New York, dann gibt's so was nirgends, Treesie."

Sie sah ihn böse an.

„Oh, Entschuldigung, *Terese*", fügte er an. „Aber was soll das alles? *Ein* Stück, und du willst Bühnenschauspielerin werden?"

„Lach mich ja nicht aus, Brady!", warnte sie ihn, ihr Haar zurückwerfend. „Vielleicht werde ich wirklich genau das tun, sobald ich mal in Amerika bin. Jedenfalls ist es etwas, was ich tun *kann*. Ich weiß, dass ich's kann."

Brady lachte nicht. Ihm ging auf, dass sie womöglich recht hatte. Sie hatte etwas an sich, eine gewisse ... Präsenz. Ein inneres Feuer, das sie mitunter regelrecht in Flammen stehen ließ. So wie heute Abend, genau jetzt, in diesem Moment. Sie war so – wie sollte man sagen ... intensiv, sprühend vor Leben. Ihre Augen glitzerten vor Erregung und Entschlossenheit. Sie hatte sich die Kapuze ihres Mantels über den Kopf gezogen, doch eine Bö verfing sich darin und blies sie zurück, so dass ihr volles, unbändiges rostrotes Haar frei im Wind wehte.

Brady strich ihr eine Haarsträhne aus dem Gesicht, und seine Hand verweilte auf der kühlen, weichen

Haut ihrer Wange. Sie sah ihn an, und er hörte schier auf zu atmen. Sie war so unglaublich schön! Er strengte sich richtiggehend an, zur Seite zu sehen, um ihrem Blick auszuweichen. Er sagte sich, dass er sich diese Art von Verwicklung nicht leisten könne, nicht jetzt ... jetzt, wo er abreiste. Es wäre Irrsinn, sich noch mehr mit ihr einzulassen, als er es bereits getan hatte. Später, wenn er wieder nach Galway zurückgekehrt, würde Zeit genug dafür sein, aber nicht jetzt!

Ihr Gesicht war dicht an seinem, und sie betrachtete ihn mit leicht verwirrter, aber verzückter Miene, so als hielte die Magie des Abends sie nach wie vor umschlungen. Ihm wurde bewusst, wie jung sie war, obwohl er in Wirklichkeit den Altersunterschied nie gespürt hatte. Dennoch, er hatte die Verantwortung ... Sie war noch unschuldig, dessen war er sicher.

Irgendetwas kämpfte in seinem Inneren, rang darum, sich einen Weg an Versuchung und Verlangen vorbeizubahnen – aber es war nicht stark genug, diese Kräfte zu übermannen. Sengende Hitze stieg ihm ins Gesicht. Er hob ihre beiden Hände hoch und hauchte in einem schwachen Versuch, das Feuer abzukühlen, das in ihm aufflammte, je einen Kuss auf ihre Fingerknöchel.

Er sah sie an und erkannte die süße Benommenheit in ihren Augen, die vollen, empfänglichen Lippen ... Dröhnend stieg ihm das Blut zu Kopf. Ein letztes Mal versuchte er die Kosten dessen zu überschlagen, was er im Begriff stand zu tun. Sie war keine gelangweilte Großstädterin auf der Suche nach einem schnellen, unbedeutenden Vergnügen für eine Nacht. Sie war ein siebzehnjähriges Mädchen, dem er etwas bedeutete, das ihm auf seine Art vertraute – zumindest dachte er das. Sie hatte schon viel zu viel an Grausamkeiten, Verlusten und Entbehrungen durchmachen müssen, und es würde sie noch tiefer verletzen, wenn er leichtfertig mit ihr umsprang.

Er ließ ihre Hände los, umfasste ihr Kinn und hob ihr Gesicht zu sich hoch. Forschend suchten seine Augen die ihren, hielten Ausschau nach irgendeinem Zeichen von Furcht, Zögern oder gar Zurückweisung – etwas, das ihn hätte innehalten lassen, wusste er doch, dass er selbst sich von nun an nicht mehr würde bremsen können. Doch was er sah, hatte er noch nie zuvor gesehen: etwas, was ihm unbegreiflich war und für einen Augenblick sein Verlangen ablöschte.

Doch die Sekunde ging vorüber, und er wusste, er hatte es sich bloß eingebildet. Sie war viel zu jung, um berechnend zu sein, zu naiv, um ein Netz auszuspannen. Und außerdem war sie verrückt nach ihm, genau wie er nach ihr. Dafür war die bereitwillige Wärme ihres Körpers schließlich Beweis genug – was auch immer hinter ihrem Blick gelauert haben mochte.

„Terese ..."

Sie schlang die Arme um seinen Hals, und für Sekundenbruchteile beschlich ihn das Bild des törichten Dermot, wie er sich von der ruchlosen, gerissenen Grania betören und ... missbrauchen ließ.

Dann lag sie in seinen Armen, und er geleitete sie durch die Nacht zurück in die Stadt, zu seiner Wohnung.

* * *

Terese wusste genau, dass es falsch war und dass sie dem allen Einhalt gebieten konnte, wenn sie es nur wollte. Sogar noch an der Tür seiner Wohnung, als er beide Arme um sie schlang und sie hineinzog, hätte sie verhindern können, dass es weiterging.

Zuerst sagte sie sich, dass es ja wohl nicht ganz so

verkehrt sein könne – schließlich war es Brady, den sie liebte ... Natürlich liebte sie ihn. Doch dann überkam sie ein Moment brutaler Klarheit, und sie wusste, dass es Lüge war, hatte sie doch tatsächlich nicht die geringste Ahnung, was Liebe überhaupt bedeutete und ob sie überhaupt irgendetwas damit zu tun haben wollte. Eines war sicher: wenn Liebe einen schwach, abhängig oder töricht machte, dann wollte sie die Liebe nicht. Und außerdem gab es Zeiten, wo sie Brady nicht leiden konnte – wie sollte sie ihn dann lieben?

Noch als er sie in die Wohnung geleitete, spie ihr Geist Fragen und Warnrufe aus, die ihr sagten, dass sie nicht nur etwas Verkehrtes, sondern auch etwas Dummes tat. Doch sie schüttelte alle Vorsicht, schüttelte die schrillen Fragen in ihrem Inneren ab; denn eines *wusste* sie: Sie musste nach Amerika gelangen, musste raus aus Irland, wenn sie nicht verdorren wollte wie die arme Jane Connolly. Wollte sie überleben, dann musste sie aus dem Land hinaus, musste dem schwach blinkenden, lockenden Stern folgen, von dem sie heute Abend zum ersten Mal einen Blick erhascht hatte, musste herausfinden, was da draußen auf sie wartete.

Sie durfte sich nicht darum scheren, ob sie ihn nun liebte oder ob es verkehrt war, eine schreckliche Sünde. Nur eines zählte: ihn dazu zu bringen, dass er *sie* lieben wollte, sie brauchte bis zur Verzweiflung. Also ging sie mit ihm, begleitete ihn die Stufen zu seiner Wohnung hinauf. Jawohl, sie würde ihn glauben lassen, was er offensichtlich glauben wollte, nämlich dass sie verrückt nach ihm war und ihn haben musste – und zwar jetzt, in dieser Nacht.

Irgendwann, das wusste sie, würde er gehen, würde Irland verlassen und nach Amerika zurückkehren. Bevor dieser Tag kam, musste sie dafür gesorgt haben, dass er auf gar keinen Fall ohne sie heimkehren würde.

# 23. Pfarrer Gnadenlos

*Gott sei Dank für einen guten Freund,*
*auf dessen Antlitz noch der Glanz der Wahrheit leuchtet.*
*John Boyle O'Reilly*
New York

Jack lag das Mittagessen schwer im Magen, als er in sein Büro zurückkehrte, wo er den Pfarrer Rufus G. Carver vorfand, der auf ihn wartete.

„Ich warne Sie, Rufus: Ich komme gerade aus Wissens Restaurant, hatte Rinderbraten mit Knödeln und zum Nachtisch Kirschkuchen. Dass Sie mir ja nicht meine Verdauung stören!"

Pfarrer Gnadenlos, wie Jack ihn vor Jahren genannt hatte, lachte dröhnend, hob seine beträchtliche Körpermasse aus dem Sessel und streckte Jack seine bratentellergroße Hand entgegen.

„Jack – Gott segne Sie, Bruder!", bullerte er. „Wie lange ist es jetzt her?"

„Eine Woche, soweit ich mich erinnere", erwiderte Jack trocken, und seine heimtückischen Eingeweide zogen sich protestierend zusammen, während Rufus seine Hand mehrmals rauf und runter riss. So ähnlich stellte Jack es sich vor, wenn man von einem Bären traktiert wurde – einem riesigen, ausgesprochen wohlgenährten Bären.

Als Rufus ihn endlich losließ, sank Jack in seinen Schreibtischsessel. „Also schön, Rufus – wie viel diesmal, und für welchen Zweck?"

Über das Gesicht des vierschrötigen schwarzen Geistlichen, der immer noch vor Jacks Schreibtisch stand, huschte ein leicht beleidigter Ausdruck. „O Jack, Jack …“, sagte er und schüttelte traurig den glänzenden kahlen Schädel, „ich will doch sehr hoffen, dass Sie nicht der Meinung sind, ich suchte Sie nur auf, wenn ich auf Geld für das Werk aus bin.“

*Das Werk:* das war eine Menge verschiedener Projekte, hauptsächlich in den Slums und Wohnvierteln der Stadt, die Rufus und zwei, drei andere Pastoren leiteten. Jack entblößte die Zähne zu einem angedeuteten Lächeln. „Aber ganz und gar nicht, Rufus. Ich kann mich schon an ein paar Male erinnern, wo Sie es vielmehr auf das Hemd abgesehen hatten, das ich am Leibe trug, und mir ganz gern auch noch ein bisschen Blut abgezapft hätten.“

Rufus legte die gefalteten Hände auf seine ausladende Körpermitte und verdrehte die Augen gen Himmel. Der schwarze Prediger verfügte über ein gewisses Repertoire an Standardposen. Jack, dem diese alle bestens vertraut waren, neigte dazu, die augenblickliche in das Schubfach *Sendbote Gottes, Geduld erflehend* einzuordnen.

„Bevor Sie Ihre Schlachtreihen in Stellung bringen, Rufus: Wie geht's Amelia und den Kindern?“

Bei dieser Frage legte sich ein breites Lächeln über das dunkle, gutmütige Gesicht des anderen. „Was soll ich sagen, den Kindern geht's rundum gut, und meine Amelia – Gott segne sie –, ist wohlauf, Jack, einfach wohlauf!“

Jack nickte. „Das höre ich gerne. Die Frau ist eine Heilige.“

„Wenn es Wahrheit gibt, dann ist das wahr, Jack! Sie ist eine wunderschöne, gottesfürchtige Frau mit reinem Herzen, das muss ich schon sagen.“

„*Geduldig* haben Sie vergessen zu erwähnen“, bemerkte Jack.

„Okay, das auch", sagte Rufus heiter. Den Seitenhieb ignorierte er. „Sie lässt Sie übrigens herzlich grüßen. Und sie sagte, ich solle mich ja nicht nach Hause wagen ohne feste Verabredung, wann wir Sie wieder mal zum Abendessen bei uns begrüßen dürfen."

Jack legte eine Hand auf seine Magengegend und versuchte zu verdrängen, dass die Knödel sich anscheinend in Blei verwandelt hatten. „Es wäre mir das allergrößte Vergnügen, mich an Amelias Tisch niederzulassen, von mir aus jeden Abend in der Woche, das weiß sie genau. Schließlich ist sie die beste Köchin in ganz New York."

„Und ob, und ob. Da trifft es sich doch, dass der eigentliche Anlass, aus dem ich Sie heute aufgesucht habe, die Einladung zu einem ganz besonderen Abendessen ist. Zwar wird es nicht bei uns zu Hause stattfinden, obwohl Amelia unter den Köchinnen sein wird. Sie war es, die mich extra hergeschickt hat, Sie einzuladen; und sie hat gesagt, ein Nein als Antwort solle ich nicht akzeptieren."

Rufus ließ sich in den Besuchersessel vor dem Schreibtisch sinken und knöpfte seinen schwarzen Gehrock auf. Darunter kam eine bunte Weste zum Vorschein, zweifelsohne eine Arbeit seiner Frau. Zwar trug Rufus stets und ständig ein schlichtes weißes Hemd und einen schwarzen Gehrock – so abgewetzt, dass Jack sich mitunter fragte, ob es nicht immer derselbe war –, aber er besaß die exquisiteste Sammlung herrlicher Westen in ganz New York. Das heutige Exemplar fügte sich hervorragend dazu.

Jack wusste, dass eine Bemerkung seinerseits über die Weste erwartet wurde, also sagte er mit einem Kopfnicken auf Rufus' Körpermitte hin: „Amelias jüngstes Werk, nehme ich an?"

Rufus lächelte und schob seinen Rock ein wenig weiter auseinander. „Gefällt sie Ihnen? Diese labberigen Vorhänge im Vestibül haben mir nie zugesagt, aber für 'ne wunderschöne Weste waren sie noch prima, nicht wahr? Amelia sagte, sie musste mehrere Stücke aneinandernähen, um genug Stoff für mich zu haben. Ist diese Frau nicht ein wahres Wunder?"

Jack schüttelte den Kopf und konnte sich ein Lächeln nicht verkneifen. „Was ist jetzt mit dem Abendessen, zu dem Sie mich einladen? Worauf wollen Sie hinaus?"

„Ach, richtig, diesen Sonnabend. Das wird ein schöner Abend, Jack – ein wirklich schöner Abend. Die Gemeinde richtet ein Essen aus, um auf diese Weise den lieben Leuten zu danken, die beim Bau der neuen Schule mitgeholfen haben. Ja, und da Sie derjenige waren, der die Schule überhaupt erst möglich gemacht hat, rechnen wir natürlich damit, dass Sie dabei sind, vielleicht sogar ein paar Worte an die Gäste richten."

Jack lehnte sich in seinem Stuhl zurück und verschränkte die Arme hinterm Kopf. „Das Haus ist jetzt fertig, oder nicht?"

Rufus nickte. „Es ist fertig. Und es ist ein gediegenes, solides Gebäude geworden – dank Ihnen, Bruder."

„Dank der Männer Ihrer Gemeinde. Sie haben die ganze Arbeit gemacht."

„Ohne Sie wäre kein bisschen Geld da gewesen, um das Holz zu kaufen, Jack. Gleich Montagmorgen übrigens bauen sie den Ofen ein, und auch den verdanken wir Ihnen. Sicher, jetzt wird er kaum noch gebraucht werden – schließlich sollen wir ja warmes Wetter kriegen –, aber im Herbst werden die Kinder froh darüber sein." Er hielt einen Moment inne und schenkte dann Jack ein breites, glückstrahlendes Lächeln. „Sie sind ein guter Mann, Bruder. Ein wirklich guter Mann."

Jack runzelte die Stirn und nahm die Arme herunter. „Was wollen Sie, Rufus?"

„Hab ich Ihnen doch schon gesagt, Jack. Ich bin gekommen, um Sie zu dem Abendessen einzuladen. Es wird übrigens im Untergeschoss unserer Kirche stattfinden. Uns ist schon klar, dass Sie vielleicht was anderes vorhaben, wo Sie doch so ein vielbeschäftigter, wichtiger Mann sind, aber Amelia und mir würde es eine Menge bedeuten, wenn Sie uns die Ehre gäben."

„Jetzt hören Sie schon auf, Rufus!", grollte Jack ungeduldig. „Schon gut, schon gut, ich komme ja. Aber ich werde *keine* Rede halten, und wagen Sie es ja nicht, mich damit in Verlegenheit zu bringen, wenn ich da bin, klar?"

Rufus legte seine Hand aufs Herz. „Ganz wie Sie wünschen, Bruder. Fern sei es von mir, einem Manne seine Demut vor dem Herrn streitig zu machen. Ich halte es für ausgesprochen ehrbar, Jack, dass Sie darauf bestehen, Ihre Almosen diskret zu geben. So ist es ja auch biblisch."

Rufus konnte es nicht lassen, allem, was Jack tat, irgendeine religiöse Bedeutung beizulegen. Jack gab nichts auf seine fromme Bemerkung, sondern saß schweigend da und studierte den Mann an der anderen Seite des Tisches voll uneingestandener Zuneigung.

Rufus G. Carver war der allerschwärzeste Mann, dem Jack jemals begegnet war – ein jovialer Hüne undefinierbaren Alters, mit einer blankpolierten Kuppel als Kopf und sorgfältigst zurechtgetrimmtem Bart. Man musste seine Phantasie nicht allzu sehr anstrengen, um sich Rufus als afrikanischen Stammeshäuptling vergangener Zeiten vorzustellen. Jack war immer wieder aufs Neue verdutzt, mit wie wenig Mühe es das schwarze Urgestein, das ihm gegenübersaß, fertigbrachte, ihn um den kleinen Finger zu wickeln. Nach all den Jahren, die sie sich schon kannten, presste Rufus immer noch mehr Geld aus Jack heraus, als es sonst zwei Mann – wer auch immer – mit vereinten Kräften schaffen würden. Rufus konnte ihn zu so gut wie allem überreden, was auch immer er oder seine unglaubliche Frau, Amelia, sich in den Kopf setzen mochten.

Es war kaum vorstellbar, dass zwei Männer in ihrer Persönlichkeit, Weltanschauung oder Lebensplanung weiter auseinanderliegen konnten als Rufus und er. Rufus war zwar ein hart arbeitender, energischer Mann, neigte aber dazu, die Dinge einfach an seinen breiten Schultern abprallen zu lassen. Nie und nimmer machte er sich Gedanken darüber, ob und wie man dieses oder jenes Projekt verwirklichen könne, sondern beschränkte sich darauf, „dem treuen Herrn" für alles und jedes zu vertrauen. Jack dagegen trieb sich selbst vorwärts bis zum Umfallen. Irgendetwas in ihm verweigerte sich jeder Art von Abhängigkeit. Selbst heute noch, nach Jahren im Geschäftsleben, war es ihm fast unmöglich, Verantwortung zu delegieren. Der forsche Schritt, den er sich selbst abverlangte, ließ ihn aufblühen, und er fand seine Befriedigung weitaus mehr in der Arbeit selbst, die er tat, als im finanziellen Erfolg oder dem Einfluss, den sie ihm eintrug.

Was ihre Denkart anging, so unterschieden er und Rufus sich drastisch. Er war sich so gut wie sicher, in der öffentlichen Meinung bestenfalls als abgefallener Katholik, schlimmstenfalls als hoffnungslos Ungläubiger zu gelten. Rufus stand am extrem entgegengesetzten Ende des Spektrums, war ein „wiedergeborener, geisterfüllter", kanzelerschütternder – „Prediger".

Sie warfen sich Beschimpfungen an den Kopf wie eingeschworene Intimfeinde, lebten in völlig verschiedenen Welten, hatten jeweils einen Bekanntenkreis, der mit dem des anderen keinerlei Berührung aufwies, und betrachteten das Leben von unvereinbaren Standpunkten aus. Wenn es aber zum Schwur kam, liebte Jack Rufus Carver wie einen Bruder, und er hatte keinen Grund zu bezweifeln, dass dieses Gefühl auf Gegenseitigkeit beruhte.

Es lag schon eine unnachahmliche Ironie darin, dass der einzige Mann, der ihm wirklich ein zuverlässiger Freund war, ausgerechnet ein glühender schwarzer Evangelist war, für den Geld nichts anderes bedeutete als ein Hilfsmittel, mit dem man die Hungrigen speisen sowie Kirchen und Schulen bauen konnte – und der die Auffassung vertrat, Jack Kanes einziger Fehler liege darin, dass er noch nie „dem Herrn von Angesicht zu Angesicht begegnet“ sei.

Jack wusste nicht einmal genau, was Rufus mit diesem Spruch eigentlich meinte, aber er hegte den Verdacht, dass mit ihm weitaus mehr nicht stimmte, als sein Freund anzunehmen pflegte. Dennoch rechnete er es Rufus hoch an, dass er ihm das Recht zu zweifeln nicht absprach.

Ihre Freundschaft hatte vor Jahren begonnen, noch bevor Martha erkrankt war. Gegen Jacks Willen hatte sie eine Menge Zeit damit zugebracht, in diversen Waisenhäusern auszuhelfen, wahrscheinlich, weil sie sich unentwegt nach dem Kind sehnte, das sie beide nie haben würden. Wie dem auch sei, eines der Waisenhäuser war schwarzen Kindern vorbehalten gewesen, und während sie dort ein- und ausgegangen war, hatte sie Rufus’ und Amelias Bekanntschaft gemacht. Dann hatte eines das andere ergeben, und bevor er sich versah, war Jack genau das passiert, wogegen er sich stets nach Kräften gesträubt hatte: Freundschaft mit einem Prediger zu schließen.

Während Martha krank lag und durch die furchtbaren, lähmenden Tage hindurch, die ihrem Tod vorausgingen, war Rufus – Jacks bittere Tiraden gegen den

Gott, der Martha so leiden ließ, vollkommen ignorierend – nicht von seiner Seite gewichen.

Vielleicht war es Rufus' rückhaltlose Ehrlichkeit, die Tatsache, dass er nicht mal den Versuch machte, Jack mit platten, inhaltsleeren Floskeln abzuspeisen, die dazu geführt hatte, dass ihre Freundschaft nicht bloß die Katastrophe überstand, sondern enger wurde denn je. Bis heute konnte Jack nicht an jene fürchterlichen Tage denken, als es dem Ende zuging, ohne sich zugleich an Rufus' Beistand zu erinnern – seine stummen Tränen, sein stilles Gebet für den Freund, dem er nicht zu helfen vermochte. Und bis heute gab es keinen anderen Mann, dem Jack so rückhaltlos vertraute wie Rufus Carver.

Jetzt seufzte er und machte eine abwinkende Handbewegung. „Und wann soll ich da sein?"

Rufus strahlte. „Amelia sagte, Sie sollten sich um halb sieben einfinden." Er hielt inne, während sich der Blick seiner dunklen Augen auf irgendein unsichtbares Objekt im Zimmer heftete. „Sie hat auch gesagt, Sie dürften gern eine befreundete Dame mitbringen, wenn es Ihnen beliebt."

Jack lachte auf, und Rufus lenkte seinen Blick wieder auf ihn grinsend zurück. „Amelia denkt immer noch, alles, woran es mir fehlt, ist eine gute Frau, stimmt's?", sagte Jack kopfschüttelnd.

„Na ja, Jack, Sie haben es ja selbst gesagt: Amelia ist 'ne patente Frau. Kann schon sein, dass Sie sie ein wenig ernster nehmen sollten."

„Oh, ich nehme sie ernst, das steht fest. Ich bin bloß nicht ihrer Meinung." Er bedachte Rufus mit einem schelmischen Grinsen. „Und im Übrigen", fuhr er fort, „bin ich mir nicht mal sicher, ob ich überhaupt irgendwelche guten Frauen kenne."

Aha, jetzt gab Rufus die *Vater-ermahnt-verlorenen-*

*Sohn*-Nummer – hob den Zeigefinger und gab sich alle Mühe, streng und ehrfurchtgebietend auszusehen, ohne allerdings dabei voll zu überzeugen, wie Jack bemerkte. „Oh, ich werde beten, dass es sich nicht so verhält, Bruder. Ich glaub's allerdings sowieso nicht."

Immer noch grinsend reckte Jack sich und gähnte. „Wenn Sie denn damit durch wären, sich als Landplage aufzuführen, Rufus – ich müsste noch 'ne Zeitung fertig stellen."

„Fern sei es von mir, einen bedeutenden Mann von seiner Arbeit abzuhalten, Bruder. Wir haben schließlich alle unser Werk zu vollbringen, nicht wahr?" Rufus stemmte sich aus seinem Sessel hoch – eine Anstrengung, die ihm ein leichtes Grunzen abnötigte. „Ich werde alt, Jack – ach was, ich bin es längst."

Jack sah ihn an. „Wie alt sind Sie denn überhaupt, Rufus?"

„Hm, ja, so genau weiß ich das eigentlich nicht", sagte der andere, während er seinen Gehrock zurechtzog. „Als ich damals mit meiner Mama ins Haus von Dr. Sandleton kam, war ich noch 'n kleiner Steppke, kaum älter als fünf oder sechs, glaub' ich. Und das ist bös' lange her, also muss ich jetzt ja wohl 'n alter Mann sein."

„Sie sind keinen Tag älter als fünfundvierzig, wenn überhaupt – und hören Sie auf mit der Armer-kleiner-Sklavenjunge-Litanei", entgegnete Jack. „Wahrscheinlich waren Sie mit fünf schon genau so'n Schlawiner wie heute."

Rufus erwiderte sein Grinsen. Die Wahrheit kannten sie alle beide: dass Rufus Carver nämlich in der Tat ein kleiner Sklavenjunge gewesen war, aber einer, der sich niemals als arm gesehen hatte. Seinen eigenen Worten nach war seine Mutter eine wunderbare Frau gewesen – „vielleicht 'n bisschen verrückt, aber trotzdem 'ne bemerkenswerte Frau, da beißt die Maus kein' Faden ab" –, die es geschafft hatte, nachdem Rufus' Vater durch den Biss einer Mokassinschlange umgekommen war, den Sklavenhäschern zu entrinnen und sich mit ihrem Sohn im Norden in Sicherheit zu bringen. Unterwegs war sie um ein Haar ertrunken, als sie ein fremdes Sklavenkind gerettet hatte, das ins Wasser gestürzt war. In Cincinnati hatte sie mit knapper Not einem Fuhrwerk aus dem Weg springen können, dessen Pferde durchgegangen waren. Schließlich hatten ein gutherziger gläubiger Arzt und dessen blinde Frau die zwei Flüchtlinge bei sich aufgenommen, Rufus' Mutter Arbeit gegeben und beiden für die folgenden Jahre ein Zuhause geschenkt. Rufus liebte es, jedem, der ihm über den Weg lief, zu erzählen, wenn der treue Herr einen armen kleinen Sklavenjungen mit dem Kopf zwischen den Schultern aus Mississippi rausholen könne, dann könne er auch aus jedem, aber auch wirklich jedem, den Teufel austreiben.

Er schied von Jack mit einer herzlichen Ermahnung, sich kommenden Sonnabend ja nicht zu verspäten; „die Familie" rechne fest mit ihm.

Ein Abend im Kreise der Carvers war jedes Mal ein Erlebnis für Jack. Rufus' und Amelias sechs Kinder im Alter zwischen vier und sechzehn waren eine ansehnliche, lebhafte Schar. Jack hatte jedes der Kinder gern. Doch mitunter wurde es eine bittersüße Erfahrung für ihn, wenn er nach einem lauten, turbulenten Abend bei den Carvers in sein großes, stilles Haus zurückkehrte. Dann spürte er noch eindringlicher als sonst, wie sehr ihm eine eigene Familie fehlte.

Der Gedanke an eine Familie ließ ihn aus seiner Selbstvergessenheit aufschrecken und erinnerte ihn an etwas, worum er sich kümmern musste. Bevor er noch irgendeine Arbeit zur Hand nahm, sandte er einen der

Laufburschen nach unten, um Cavan Sheridan zu sich rufen zu lassen.

* * *

„Zweierlei“, sagte Jack kurz angebunden, als der junge Sheridan in sein Büro trat. „Erstens wollte ich dich wissen lassen, dass ich vor ein paar Tagen meinem Bruder geschrieben und dabei den Namen deiner Schwester und die letzten Nachrichten über ihren Verbleib erwähnt habe. Ich hab ihm aufgetragen, sich ein bisschen umzuschauen und umzuhören, ob irgendjemand was von ihr weiß.“

Der Junge lächelte, und sein von Druckerschwärze verschmiertes Gesicht sah glücklich aus. „Dafür kann ich Ihnen gar nicht genug danken, Sir!“

Jack winkte ab. „Schon gut, schon gut, ich dachte bloß, wenn wir schon anfangen, halb Irland hier rüberholen zu wollen, sollten wir uns als Erstes mal um deine Schwester kümmern. Ich habe Brady angewiesen, ihr sobald wie möglich eine Überfahrt zu verschaffen, wenn er sie auftreiben kann.“

Sheridan wischte sich die Hände an den Hosennähten ab. „Ich ... nicht dass ich Ihnen nicht von Herzen dankbar wäre, Sir, aber ... ich hab noch längst nicht genug gespart, um ihr die Karte zu bezahlen, und –“

Wiederum machte Jack eine abwinkende Handbewegung. „Mach dir wegen der Kosten keine Gedanken. Dafür sorge ich.“

„Nein, Sir, das kann ich nicht zulassen.“

Zum Teufel, war der Junge stur! „Und warum wohl solltest du das nicht zulassen können?“, fragte Jack mit mühsamer Beherrschung.

Sheridan schaute unbehaglich drein – aber das tat er neuerdings fast ständig. „Ich würde es vorziehen, Ihnen zu nichts verpflichtet zu sein, Sir. Wie gesagt, ich bin Ihnen ungemein dankbar, aber Tereses Überfahrt möchte ich doch lieber selbst bezahlen, verstehen Sie?"

„Nein, tue ich nicht", versetzte Jack. „Ich meine, du solltest dich nicht auf Haarspaltereien verlegen, wenn es um das Wohlergehen deiner Schwester geht. Wenn du dich aber in der Sache unbedingt stur stellen willst, dann machen wir eben ein Darlehen daraus, das du zurückzahlen kannst, sobald du das Geld hast. Würde das deinem Stolz Genüge tun?"

Sheridan sah ihn mit eigentümlich ernster Miene an. Dann lächelte er plötzlich ein wenig – was, wie Jack dachte, schon ein kleines Wunder war. Endlich lernte der Junge, in seinem Beisein zu lächeln!

„Jawohl, Sir. Vielen Dank, Sir. Ich ... Sie lassen mich doch wissen, wenn Mr Brady irgendwas rauskriegt?"

„Du bist der Allererste, der's erfährt", versicherte ihm Jack. „Aber vergiss nicht, es wird schon noch etwas dauern. – Ja, und dann wollte ich gern sehen, wie du mit der Willie-Geschichte vorankommst."

Bis jetzt war hinsichtlich des neuen Irland-Projekts noch keine Korrespondenz von Brady eingetroffen. Für die Zwischenzeit war Jack daran gelegen, Sheridan ausprobieren zu lassen, wie er mit dem Schreiben zurechtkam, und so hatte er ihn beauftragt, einen Artikel über die Zeitungsjungen auszuarbeiten: wo und wie sie lebten, ob sie Familienangehörige hatten und wie es um diese bestellt war und vor allen Dingen, welchen Gefahren und Problemen sie in ihrer Arbeit ausgesetzt waren. Er hatte Sheridan vorgeschlagen, den kleinen Willie Shanahan als Aufhänger zu nehmen – ohne Namensnennung selbstverständlich, um den Jungen nicht zu gefährden.

Jack hatte selbst beobachtet, dass die meisten der Jungs ihren Job sehr ernst nahmen – was man ja auch erwarten sollte, war er doch für den Großteil von ihnen die einzige Chance zum Überleben. Mit dem Artikel, den Sheridan schreiben sollte, wollte er das nichtsnutzige Gesindel ins Licht der Öffentlichkeit rücken, das sich darin gefiel, die Jungen zu verprügeln und zu bestehlen. Möglicherweise konnte man einige anständige Bürger dazu bringen, sich über diese Taten aufzuregen und ein wenig Druck auf Polizei und Politiker auszuüben, damit dieser menschliche Unrat von den Straßen gekehrt würde.

„Gerade gestern hab ich mit Willie und zweien seiner Freunde gesprochen", sagte Sheridan. „Sie haben's nicht gleich geschluckt, aber schließlich konnte ich sie überzeugen, dass sie nichts zu befürchten haben. Später hab ich noch versucht, mit Willies Mutter zu sprechen, aber die Frau führte sich auf, als hätte ich 'nen Schwanz und Hörner. Sagte, ich solle abhauen, und hat mir buchstäblich die Tür vor der Nase zugeschlagen." Er unterbrach sich und fügte dann hinzu: „Mrs Harte hat mir angeboten, es noch mal zu versuchen. Sie kennt ein paar andere Frauen, die im selben Haus wohnen."

Die Erwähnung von Samantha Harte ließ Jacks Interesse aufleben. „Wie das denn?"

„Ich nehme an, von ihrer Arbeit mit den Einwanderergruppen her."

„Wo wohnt Willie denn?"

„Na ja, Willie selbst lebt mit den anderen Jungs auf der Straße, Sir. Seine Familie aber hat eine Kellerwohnung in der Bowery."

„Du lieber Himmel, du wirst Mrs Harte doch wohl nicht in die Bowery marschieren lassen?", rief Jack aus.

Sheridan sah ihn verwirrt an. „Mrs Harte geht ständig in die Bowery, Sir. Genauso wie nach Five Points."

„*Five Points?* Samantha Harte geht nach Five Points?"

„Na ja, nicht allein natürlich. Die Polizei schickt 'n paar Beamte mit, die auf die Leute von den Wohltätigkeitsvereinen aufpassen, wenn sie in den Points zu tun haben."

Five Points – der Name ging auf fünf Straßenzüge zurück, die auf einem verwahrlosten Platz inmitten des scheußlichen sechsten Bezirks zusammenliefen – war das schlimmste Slumviertel New Yorks. Ja, wenn man dem glauben konnte, was Jack von einigen Leuten gehört hatte, die ziemlich rumgekommen waren, bildeten die armseligen Straßen von Five Points sogar den übelsten Slum auf der ganzen Welt. Die Points waren ein abscheulicher Ort, ein einziger Alptraum, der Schrecken aller anständigen Bürger und eine Eiterbeule der ganzen Stadt.

Zugleich war Five Points die wohl größte irische Ansiedlung außerhalb Dublins. Daneben gab es eine rasant wachsende Negerbevölkerung, und die beiden Einwohnergruppen standen auf keinem guten Fuß miteinander, was die Spannungen an einem Ort, an dem es ohnehin schon brodelte, noch erheblich verschärfte.

Selbst die Polizei vermied es, diese faulende Kloake zu betreten, falls es nicht unbedingt erforderlich war; und wenn es schon sein musste, gingen die Beamten grundsätzlich zu zweit und mit scharfgemachten Waffen in das Viertel. Es überstieg Jacks Fassungsvermögen, sich auch nur vorzustellen, wie Samantha Harte ihren Rocksaum mit dem Dreck des verkommenen Straßenpflasters von Five Points besudelte.

„Eine bemerkenswerte Frau", murmelte er, „wenn auch ein klein wenig töricht."

„Sie *ist* eine bemerkenswerte Frau, und ob", stimmte Sheridan zu, wobei seine Stimme ein wenig herausfordernd klang. „Aber töricht würde ich sie nun wahrhaftig nicht nennen."

„Weder sie noch sonst irgendeine Frau von Anstand und Benehmen hat auch nur das Geringste in Five Points verloren – oder meinetwegen auch in der Bowery. Und ich würde dich sehr bitten, dass du sie nicht noch darin ermutigst, solcherlei unsinnige Risiken einzugehen."

Sheridan schien widersprechen zu wollen, aber Jack ließ ihn nicht zu Wort kommen. „Mrs Harte geht mir willentlich aus dem Weg – vielleicht kannst du ihr eine Nachricht zukommen lassen?"

„Sir?"

„Sag ihr einfach, ich bin hochzufrieden mit ihrer Arbeit – könnte nicht besser sein", sagte Jack und meinte es so. „Seit sie die Korrekturen liest, hab ich nicht einen einzigen Druckfehler entdeckt. Ich möchte, dass sie weiß, wie sehr beeindruckt ich bin."

Sheridans Gesicht verzog sich zu dem breitesten Lächeln, das Jack in dieser durch und durch irischen Miene je gesehen hatte. So also musste man es anfangen, wenn man die übliche schwermütige Stimmung des Jungen aufheitern wollte: ein kleines Loblied auf Mrs Harte, das reichte.

„Wird mir ein Vergnügen sein, ihr das auszurichten, Sir. Bin überzeugt, sie wird sich drüber freuen."

Nachdem Sheridan gegangen war, holte Jack tief Luft und saß eine Weile still da, in Gedanken bei Samantha Harte. Sie machte ihre Arbeit als Redakteurin und Korrektorin wirklich ausgezeichnet. Und aus dem zu schließen, was er von Sheridan hörte, setzte sie ihn an die Bücher wie ein Spieß bei der Armee – mit durchaus bereits sichtbarem Erfolg. Ohne Frage tat die bemerkenswerte Mrs Harte weitaus mehr, als nur die Übereinkunft zu erfüllen, die sie mit ihm getroffen hatte.

Die einzige Enttäuschung, die ihm seine neueste Angestellte bereitete, war die Tatsache, dass Jack niemals mehr als einen kurzen Blick auf sie erhaschte. Sheridan oder einer der Laufjungen lieferten ihr die aktuelle Ausgabe an die Wohnungstür und gingen nach ein paar Stunden wieder hin, um sie abzuholen. Das funktionierte reibungslos und effizient, und er hatte wahrlich keinen Grund, sich darüber zu beklagen, seitdem er diese Arbeitsweise vorgeschlagen hatte.

Allerdings hätte er nichts dagegen gehabt, sie mal wiederzusehen.

Ganz und gar nichts hätte er dagegen einzuwenden gehabt.

# 24. Ein Atemzug zwischen den Erinnerungen

*Nie kannten sie des Glückes sorglosen Hauch,*
*bloß Asche, die der Wind verweht.*
Anonymus

Früher als sie es geplant hatte, verließ Samantha am Sonnabendnachmittag ihr Apartment. Die Wohnung der Shanahans lag nicht allzu weit von der Kirche entfernt, so dass sie sich entschlossen hatte, den Besuch zu erledigen, um den Cavan Sheridan sie gebeten hatte, bevor sie zu dem Abendessen ging.

Auch wenn ihr nicht so recht wohl dabei war, allein und zu Fuß auf der Houston Street unterwegs zu sein, hatte sie sich doch inzwischen daran gewöhnt. Wenn sie allerdings an ihre Mutter dachte, konnte sie sich ein wehmütiges Lächeln nicht verkneifen: Angela Pilcher würde zweifellos der Schlag treffen, wenn sie wüsste, dass ihre Tochter zu Fuß in einer solchen Gegend unterwegs war.

Immerhin war es ein schöner Frühlingstag, so warm, dass sie kaum ein Tuch brauchte, und sie war lange genug in diesem Bereich herumgelaufen, um so bekannt zu sein, dass sie meistens sogar von den weniger ehrenwerten Typen in Ruhe gelassen wurde. Und mochte es da auch den nie weichenden Gestank geben, den New Yorks Müllproblem mit sich brachte – sie genoss es, sich im Freien zu bewegen.

Wie immer glichen die Straßen einem Bienenstock. Wohin man blickte, wimmelte es von Menschen: kichernden jungen Mädchen in bunten Kleidern, die an der Seite ihrer Galane die Straße entlangschlenderten. Lachenden, rufenden Kindern, die zwischen den Fußgängern herumflitzten. Frauen mit abgehärmten Gesichtern sowie Männer, die noch verhärteter wirkten – viele von ihnen laut und zornig redend, in vielen Mundarten, von denen allerdings die meisten irisch oder deutsch klangen –, warfen Samantha im Vorbeigehen argwöhnische Blicke zu. Andere erkannten die Lehrerin und rangen sich ein Lächeln ab. Überall Hunde, die in dem Unrat, mit dem die Straße übersät war, nach Verwertbarem schnüffelten. Als sie um die Ecke Mott Street bog, lief Samantha beinahe einen Mann über den Haufen, der vorne und hinten, mit Riemen an seinen Schultern befestigt, große Werbetafeln trug. Der Mann grüßte sie mit einem zahnlosen Grinsen und zog seiner Wege.

Vor der Mietskaserne angekommen, zu der sie wollte, musste Samantha einen Schritt zurücktreten, um nicht von einer Meute abgerissener Kinder umgerannt zu werden, die Ball spielten. Die Shanahans lebten im Hinterhof, und Samantha wurde unwohl, als sie nur die Vorderfassade des Baus musterte. Es war ein düsteres, pockennarbig aussehendes Gebäude mit insgesamt vier Etagen. Einige Fensterscheiben waren zerbrochen, an anderen Stellen waren nur leere Höhlungen zu sehen. Neben dem Treppenaufgang standen rostige, überquellende Abfalleimer, umringt von einer Schar zerlumpter, hungrig aussehender Männer, die die Köpfe zusammensteckten, schwatzten und lauthals lachten.

Samantha war die Gegend vertraut: Es gab hier zahlreiche Familien, die sie von Zeit zu Zeit besuchte. Dennoch fühlte sie sich zunehmend unbehaglich, erst recht, als sie aus dem Augenwinkel sah, wie unter den

Gammlern Flachmänner von Hand zu Hand gingen. Wenigstens war es ein Eckhaus, so dass man außen herum in den Hof gelangen konnte und sie sich keinen Weg durch eines dieser düsteren Korridor-Labyrinthe suchen musste, die für solch alte Wohnblocks typisch waren. Sie hielt die Augen offen, kümmerte sich nicht um Pfiffe oder anzüglich grinsende Mäuler und steuerte auf den Hinterhof zu.

Hinter dem Haus empfing sie ein geradezu mit Händen zu greifender Gestank, der sie zögern ließ weiterzugehen. Nicht zum ersten Mal stellte sie sich die Frage, ob es wirklich klug war, allein in ein solches Viertel vorzudringen. Egal, jetzt war sie hier, und es wäre ja wohl weitaus törichter gewesen, erst diesen weiten Weg zu machen und dann unverrichteter Dinge umzukehren.

Sie holte tief und ausdauernd Luft und begann die baufällige Stiege hinabzugehen. Überrascht stellte sie fest, dass sowohl der Eingang als auch die Treppe frei von jedwedem Unrat und Schmutz waren, so als wäre hier erst vor kurzem gründlich aufgewischt worden. Vor der ungestrichenen Tür angekommen, klopfte sie und wartete. Als sie von drinnen keinen Laut hörte, pochte sie erneut, diesmal ein wenig kräftiger.

Endlich quietschte die Tür in den Angeln und ging mit einem kratzenden Geräusch auf, freilich nur einen Spalt weit. Das schmale Frauengesicht mit den ängstlichen Augen, das hindurchlinste, konnte Samantha mehr ahnen als sehen. Im Zwielicht des späten Nachmittags hätte der Schemen auch der Kopf eines Kindes sein können – darauf hätte Samantha sich nicht festlegen wollen.

„Was wolln Sie?“, sagte die Person mehr flüsternd als klar sprechend, so als wollte sie von niemandem gehört werden.

„Mrs Shanahan?“, tastete sich Samantha vor, hatte sie doch bei näherem Hinsehen erkannt, dass die Gestalt hinter der Tür in der Tat die einer Frau und nicht eines Kindes war. „Ich heiße Samantha Harte. Ich wollte fragen, ob ich Sie mal kurz sprechen könnte.“

Sofort wurde die Tür zugezogen. Instinktiv schob Samantha ihre Hand zwischen Türblatt und -rahmen, damit die Frau ihr die Tür nicht vor der Nase zuschlagen konnte. „Ich bitte Sie, Mrs Shanahan, ich werde Ihnen auch nicht viel Zeit stehlen. Ich möchte bitte nur kurz mit Ihnen reden – wegen Willie.“

Das Gesicht der Frau, ohnehin blass, wurde aschfahl. „Was is' mit Willie? Is' ihm was zugestoßen?“

„Nein, nein“, beeilte sich Samantha zu versichern. „Nichts dergleichen. Willie geht's gut. Sehen Sie, ich arbeite für den *Vanguard*, und das Blatt will eine Geschichte über Zeitungsjungs bringen. Ich möchte Ihnen nur ein paar Fragen stellen, damit unser Reporter dann den Artikel schreiben kann. Könnten Sie nicht bitte ein paar Minuten für mich abzweigen?“

„Also geht's Willie gut?“ Die Frau schien nicht recht überzeugt, aber schließlich schob sie die Tür eine Idee weiter auf.

„Er ist vollkommen in Ordnung“, wiederholte Samantha. „Tut mir sehr leid, wenn ich Sie erschreckt habe. Ich ... dürfte ich vielleicht reinkommen, Mrs Shanahan?“

In den Blick der Frau kroch etwas, das Samantha als Furcht identifizierte. „Nein! Ich mein, nicht jetzt ... Das Baby schläft, wissen Sie ...“

Sie sprach natürlich mit irischem Akzent, aber nicht allzu ausgeprägt. Folglich schienen die Shanahans nicht ganz neu in der Stadt zu sein. „Tut mir leid“, sagte Samantha enttäuscht. „Mir scheint, ich hab wirklich einen schlechten Zeitpunkt erwischt. Vielleicht kann ich nächste Woche mal irgendwann vorbeischauen?"

Die Frau sah sich über die Schulter, bevor sie die Tür gerade so weit öffnete, dass sie auf den Vorplatz hindurchschlüpfen konnte. Sie war noch jung und klein von Wuchs, noch nicht einmal so groß wie Samantha, die kaum mehr als einen Meter sechzig maß. Zudem war Mrs Shanahan erbärmlich dürr, um nicht zu sagen ausgemergelt. Während Samantha ihr Gegenüber musterte, dachte sie, dass die Frau durchaus einmal hübsch gewesen sein mochte; jetzt aber wirkte sie nur noch ausgebrannt und krank. Das rotblonde Haar, das ihr strähnig über die eine Gesichtshälfte fiel, bedurfte dringend der Pflege. Ihr Kleid wiederum war zwar abgetragen, aber sauber und ordentlich.

Doch die Frau hatte noch irgendetwas an sich, etwas erstaunlich ... Vertrautes. Samantha wusste nicht, was es war. Plötzlich wurde sie inne, dass sie die Frau wohl gar zu ungeniert angestarrt hatte, denn sie beäugte sie recht argwöhnisch.

„Mrs Shanahan, lassen Sie mich Ihnen erklären, was es mit dem Artikel –"

„Dafür hab ich keine Zeit", sagte die andere, nicht direkt brüsk, aber doch so, dass man denken konnte, sie wolle Samantha so rasch wie möglich wieder loswerden. „Ich hab außer Willie noch drei, falls Sie das nicht wissen sollten." Verstohlen sah sie zur Wohnungstür hinter ihrem Rücken. „Und die halten mich beschäftigt. Jetzt ist gerade die Zeit zum Abendbrotmachen, und –"

„Maura!"

Ohne Vorankündigung kam ein Mann in die offene Tür gehumpelt. Kein großer Mann, wohl nur ein paar Zentimeter höher gewachsen als seine winzige Frau. Doch sein hageres Gesicht wirkte muskulös, und er hatte etwas Hartes, Gemeines an sich. Mit unverhohlenem Zorn stierte er seine Frau an, bevor sein Blick zu Samantha schnellte, die seine Bösartigkeit wie einen Schlag in die Magengrube fühlte.

Zweierlei stach ihr sofort ins Auge: erstens, dass die Frau zitterte und mit einem Satz vor ihm zurückwich, als rechnete sie damit, dass er ihr eine langte, und zweitens, dass da in den blassgrauen Augen des Mannes ein kaum kaschiertes wildes Flackern war, das ebenso gut von Wut wie von Irrsinn herrühren konnte.

Die Erkenntnis kam so unerwartet, so jählings, dass Samantha um ein Haar das Gleichgewicht verloren hätte. Sie musste die Arme um sich schlingen, damit man ihr Zittern nicht bemerkte. Unwillkürlich machte sie einen Schritt nach hinten, wiederum fast strauchelnd. Viel zu gut wusste sie, was sie hier vor sich hatte, und ihr wurde schlecht bei dem Gedanken.

„Wersn das?“, grollte der Mann, während sein Blick zuerst Samantha und dann seine Frau taxierte.

„Es ist nur eine Dame von der Zeitung, Heber, die nach Willie fragt –“

„Willie?“ Er stierte Samantha an. „Was'n los mit Willie? Was hatte nixnutzige kleine Ratte schon wieder angestellt?“

Sie musste den Jungen in Schutz nehmen: Mehr brauchte Samantha nicht, um ihre Fassung zurückzugewinnen. „Willie hat nichts Unrechtes getan, Mr Shanahan! Überhaupt nichts. Bitte missverstehen Sie das nicht: wie ich Ihrer Frau schon erklärte, plant der *Vanguard* einen Artikel über Zeitungsjungen, und ich möchte nur ein paar Informationen für den Reporter einholen, der daran arbeitet.“

Der Mann richtete sich zu voller Größe auf und fixierte Samantha mit einem Blick, den er zweifelsohne für einschüchternd hielt. „Wenn Willie nich' in

Schwierigkeiten steckt, dann weiß ich nich', was Sie hier zu suchen ham und wieso Sie uns mit Ihren Fragen aufhalten. Also haun Sie schon ab!"

Offenbar hielt er es nicht für nötig zu kontrollieren, ob seinem Rausschmiss Folge geleistet wurde oder nicht, sondern wandte sich brüsk ab und schlurfte in die Wohnung zurück. „Los jetzt, rein mit dir, Frau!", rief er über seine Schulter. „Du has' genuch zu tun und brauchs' da nich mit irgendso'ner Schnepfe rumstehn!"

Die Frau warf Samantha einen Blick zu, und diese erkannte zum ersten Mal, dass sie einen entweder verletzten oder möglicherweise verkrüppelten linken Arm hatte. Die ganze Zeit über, die sie dort mit Samantha gestanden hatte, hatte sie den Arm eng an ihre Brust gehalten, zwar leicht angewinkelt, aber völlig bewegungslos. Ihre Lippen zitterten, als sie sich langsam rückwärts auf die Wohnungstür zuzubewegen begann. „T-tut mir leid", stammelte sie mit einem weiteren raschen Blick über die Schulter. „Besser, Sie gehen jetzt. Ich ... haben Sie meinen Willie gesehn?"

„Nein, das habe ich nicht, Mrs Shanahan. Aber es wird mir eine Freude sein, ihm eine Nachricht von Ihnen zu überbringen, wenn Sie möchten."

Die Frau hob eine Hand an den Kopf. „Sagen Sie ihm einfach ..., seine Mutter hätte gesagt, er soll auf sich aufpassen." Sie strich sich das Haar aus dem Gesicht – und da sah Samantha ihn: den üblen Bluterguss, der ihre Schläfe entstellte. Ihr Magen rebellierte, und sie musste gegen die Übelkeit ankämpfen, die in ihr aufstieg. Ganz sicher hatte Mrs Shanahan, verdeckt durch die langen Ärmel ihres Kleides, ähnliche blaue Flecken an den Armen und womöglich am ganzen Körper. Und der Arm da, der jämmerlich dünne, steife Arm, den die Frau die ganze Zeit festgehalten hatte, war zweifellos infolge einer gewaltsamen Verdrehung oder Verrenkung gelähmt oder verletzt ...

„Sag ich ihm", presste Samantha, leicht schwankend vor Schwäche, hervor. Sie musste zusehen, dass sie hier wegkam, bevor ihr vollends schlecht wurde. Spontan kramte sie Stift und Papier aus ihrer Tasche hervor und sagte, bemüht, das Zittern ihrer Hand einigermaßen zu unterdrücken, während sie ein paar Wörter auf den Zettel kritzelte: „Mrs Shanahan, hier haben Sie meinen Namen und eine Anschrift, unter der Sie mich finden können, falls Sie" – sie sah auf und reichte den Papierfetzen rasch Maura Shanahan –, „falls Sie mit mir über Willie reden möchten ... oder über irgendwas anderes. Ich unterrichte dort jeden Dienstag und Donnerstag bis acht Uhr abends. Und dann bin ich noch am Freitagnachmittag in der Negerschule an der Mercer Street. Sie können mich dort wirklich gerne aufsuchen."

Samantha gönnte der Frau noch ein kurzes, gezwungenes Lächeln, bevor sie sich abwandte und buchstäblich die Treppe hinaufrannte. Ihr war klar, dass sie aus diesem Haus rausmusste, weg von Maura Shanahan, bevor sie noch das letzte bisschen Selbstkontrolle verlor. Keinen Augenblick länger hätte sie das offensichtliche Leiden der Frau und ihre Erniedrigung ertragen können.

An der Vorderfront der Mietskaserne angekommen, nahm sie die Gruppe von Männern kaum wahr, die ihr vor ein paar Minuten hinterher gepfiffen hatten. Sie musste sich enorm zusammennehmen, um nicht in Laufschritt zu verfallen. Den ganzen Weg zur Kirche hatte sie das Gefühl, die Hetzhunde ihrer Vergangenheit seien ihr lechzend auf den Fersen.

* * *

Die erste Person, die Jack sah, als er den Kirchenkeller betrat, war Samantha Harte. Blendend sah sie aus, wie sie mit Amelia an einem der Serviertische am anderen Ende des Saales stand. Sie trug ein schlichtes Kleid in tiefem Blau mit einem fließenden Spitzenkragen als einziger Zierde. Sie war genauso hübsch, ihre Haltung von genauso unterkühlter Eleganz, wie er es in Erinnerung hatte.

Kaum in der Tür hielt er Rufus am Arm fest. „Was hat Samantha Harte hier zu suchen?"

Rufus blickte suchend durch den Saal und sah dann Jack an. „Sie kennen Mrs Harte? Eine feine Frau, meinen Sie nicht auch?"

Ohne den Blick von Samantha Harte zu wenden, nickte Jack. Zwischen ihnen beiden waren drei Reihen langer Tafeln aufgestellt, und er machte sich den Abstand zunutze, um sie in Ruhe zu betrachten.

„Wie kommt es, dass Sie sie kennen, Jack?"

Jack wandte ihm den Blick zu. „Eigentlich kenne ich sie gar nicht, jedenfalls nicht gerade gut. Sie arbeitet für mich." Rufus sah überrascht aus, und er erklärte ihm, wie die Dinge lagen: „Mrs Harte liest Korrekturen für mich, auf Teilzeitbasis. Ich bin ihr durch Sheridan, meinen Kutscher, begegnet. Sie unterrichtet an der Abendschule, die er besucht." Jack richtete seine Aufmerksamkeit wieder auf die Frau am anderen Ende des Saales. „Sie haben mir noch nicht gesagt, was sie hier macht."

„Na ja, Mrs Harte gehört zu unseren ehrenamtlichen Lehrerinnen", sagte Rufus. „Sie widmet ihre Freitagnachmittage unserer Schule. O ja, sie ist eine feine Frau. Eine *gute* Frau." Der letzten Bemerkung verlieh er eine unüberhörbare Betonung. „Amelia hält überaus große Stücke auf sie."

„Das will ich wohl glauben", sagte Jack mit nach wie

vor geteilter Aufmerksamkeit, sah er doch, wie Samantha Harte sich gerade umdrehte und ihren Blick durch den Saal schweifen ließ. Ihre Blicke trafen sich, und als Jack ihre Überraschung sah, lächelte er und deutete einen kleinen Diener an.

„Rufus", sagte er, ohne Samantha Harte aus den Augen zu lassen, „tun Sie mir einen Gefallen?"

„Aber ja doch, was immer Sie wollen, Jack. Alles nur Menschenmögliche."

„Geben Sie mir Mrs Harte als Tischdame, ja?"

So abgelenkt war Jack nicht, dass ihm der zutiefst befriedigte Unterton in Rufus' Stimme entgangen wäre. „Aber gewiss doch, Jack. Gewiss mach ich das."

Mit einem raschen, prüfenden Blick auf die Nelke in seinem Aufschlag machte sich Jack auf den Weg ans andere Ende des Saales.

* * *

Samantha hatte gerade begonnen, den Besuch bei Maura Shanahan zu vergessen und sich zu entspannen, als sie Jack Kane bei Rufus stehen und sie unverhohlen betrachten sah – ein Anblick, der eine unerklärliche Panik in ihr aufwallen ließ.

Als sein Blick den ihren traf, setzte er ein spitzbübisches Lächeln auf und verbeugte sich. Samantha sah, wie er auf sie zukam, und drehte sich zu Amelia um. „Was in aller Welt tut *der* denn hier?"

Amelia folgte Samanthas Blick. „Jack? Du meine Güte, Rufus und er sind seit Ewigkeiten befreundet."

Samantha starrte sie an. „Jack Kane ... und Rufus? Das ist doch nicht Ihr Ernst?"

Amelias Lächeln verriet, dass sie Samanthas Verblüffung begriff und sie nicht im Geringsten verletzend fand. „Na ja, wie soll ich sagen ... Nicht ganz so, wie

Sie vermuten, nehme ich an, aber sie kommen miteinander klar. Von jeher." Leicht verwirrt runzelte sie die Stirn. „Ich wusste gar nicht, dass Sie Jack auch kennen."

Samantha schüttelte den Kopf. Sie konnte fast körperlich spüren, wie Kane näherkam, und versuchte das wilde Pochen ihres Herzens und die plötzliche Trockenheit im Mund zu ignorieren. „Ich ... äh, ich hab in letzter Zeit von zu Hause aus für Mr Kane gearbeitet – Korrekturen gelesen, in Teilzeit. Sein Kutscher, einer meiner Abendschüler, hat uns miteinander bekanntgemacht."

„Sie arbeiten für Jack?" Amelia strahlte übers ganze Gesicht. „Das freut mich aber sehr, Samantha! Er ist solch ein *feiner* Mann!"

Samantha starrte sie an. „Jack Kane?"

Lachend strich sich Amelia über die schweißglänzende Stirn, bevor sie sich über den Tisch beugte, um ein paar Teller zurechtzurücken, die ihr zu dicht an der Tischkante standen. „Ach, ich kenne all die Geschichten über Jack, aber ich geb nicht das Geringste drauf. Diese Stadt weiß beileibe nicht alles, was es über Jack Kane zu wissen gibt – sie hat keine Ahnung, was sie ihm alles verdankt, so wahr ich hier stehe!"

„Meinen Sie das wirklich ernst, Amelia?"

„Ich denke, keiner kennt Jack Kane besser als Rufus und ich, und ich kann Ihnen versichern, dass der Mann nicht der Dämon ist, als der er dargestellt wird. Nein, Sir!", sagte Amelia im Brustton der Überzeugung und richtete sich auf. „Nicht im Geringsten. Er ist nichts anderes als ein Mann, der in jungen Jahren den einen oder anderen Fehler gemacht hat – wie wir alle, nicht wahr?" Sie schüttelte den Kopf. „Einige Leute, scheint mir, kommen nicht darüber hinaus, wer er lange Jahre *war*, und das macht sie blind dafür, wer er heute ist. Jack ist einfach ein einsamer Mann, der nichts anderes im Leben hat als Geld – und davon hat er vielleicht zu viel."

„Einsam?", echote Samantha. Aus dem Augenwinkel sah sie, wie Kane und Rufus stehen blieben, um ein paar Worte mit einem der Diakone der Gemeinde zu wechseln. „Sind Sie sicher, dass wir über denselben Mann sprechen, Amelia?"

Amelia nickte. Das Licht der Kerzen, die rundum im Saal flackerten, schimmerte in ihrem satinglänzenden Haar. Genau wie Samantha beobachtete sie Rufus und Kane, die sich unterhielten. „Und ob Jack einsam ist – zugeben tut er es natürlich nicht." Sie sah Samantha an. „Er war mal verheiratet, wissen Sie."

Das hatte Samantha nicht gewusst.

Amelia seufzte tief. „Sie waren noch gar nicht lange verheiratet, bevor Martha krank wurde und verstarb. Jack hat die Frau geliebt. Ich glaube, er vermisst sie immer noch, obwohl sie jetzt schon so lange nicht mehr da ist."

Samantha versuchte den Kloß in ihrem Hals runterzuschlucken. Irgendwie kam ihr der Gedanke an Jack Kane als liebenden Ehemann oder einsamen Witwer unfassbar vor. „Was um Himmels willen aber macht er *hier*?", fragte sie noch mal.

Einen Kopf größer als Samantha strahlte Amelia zu ihr herunter. „Aber, Samantha, Liebe", sagte sie, „ohne Jack Kane gäb's den Empfang heute Abend doch gar nicht! Es gäb' überhaupt keine Schule. Jack hat doch fast das ganze Geld dafür aufgebracht, wussten Sie das nicht?"

Sie hielt inne und sah Samantha mit sonderbarer Miene an, bevor sie sich langsam und übers ganze Gesicht lächelnd Jack Kane zuwandte, der gerade zu ihnen trat.

„Jack! Wusst' ich's doch, dass Sie kommen würden!", sagte sie lachend. „Und sind Sie nicht froh, dass Sie's getan haben, wenn Sie den Tisch mit den Nachspeisen sehen?"

Verblüfft sah Samantha zu, wie Jack Kane Amelias kompakte Gestalt in den Arm nahm und ihr einen raschen Kuss auf die Wange verpasste. „Wie geht's Ihnen, meine Schöne?", sagte er und hielt sie auf Armeslänge Abstand, um sie zu bewundern. „Wie ist so'n alter Esel wie Rufus bloß an so eine Frau gekommen?"

Dann war Samantha an der Reihe. „Mrs Harte", begrüßte er sie mit tiefer Stimme und einer weiteren albernen Verbeugung. „Meine unsichtbare Angestellte. Ich bin entzückt, Sie wiederzusehen."

Samantha schluckte mühsam. Eine irrwitzige Sekunde lang fürchtete sie schon, er würde sie ebenso in den Arm nehmen wie Amelia. Unwillkürlich machte sie einen Schritt nach hinten.

Einer seiner Mundwinkel zuckte, und in seinen dunklen Augen stand der Schalk – so als wüsste er haargenau, was ihr durch den Kopf ging. Verlegen spürte Samantha, wie ihr Gesicht heiß wurde, und zum zweiten Mal an diesem Tag hatte sie den übermächtigen Drang, davonzurennen.

# 25. Ein Treffen in der Mercer Street

*Und ich wusste, was es hieß,*
*überhaupt nicht zu sein.*
Ronda Coghill

Zu ihrer Linken Jack Kane und Rufus und Amelia direkt gegenüber sitzend, strengte sich Samantha an, einen weiteren Bissen Hähnchenfleisch runterzukriegen. So gut sie auch wusste, dass ihr Zorn auf den Mann an ihrer Seite irrational war, so wenig scherte es sie im Augenblick. Wäre Kane nicht gewesen, so hätte sie an Amelias saftigem Hähnchenbraten mit Knödeln ihren Genuss gehabt. Doch jetzt schmeckte jeder Happen, den sie zu sich nahm, bitter wie alter Kaffeesatz und schien sich hoffnungslos in ihrer Speiseröhre zu verfangen.

Es war deutlich zu sehen, dass Jack Kane keinerlei ähnliche Probleme hatte. Aus dem Augenwinkel sah Samantha, wie Kane seine dritte Portion Knödel genauso eifrig anging, als wäre es die erste. Zwischendurch hatten er und Rufus Geschichtchen über einige der eher buntschillernden Honoratioren der Stadt ausgetauscht.

Die Versammlung gestaltete sich recht geräuschvoll, nicht zuletzt der großen Familien mit mehreren Kindern wegen, von denen etliche mittlerweile mit dem Essen fertig waren und lachend und einander knuffend zwischen den Tischen herumflitzten. Mehr als einmal hatte Rufus ihnen befohlen, sich wieder auf ihre Plätze zu setzen, aber es lag auf der Hand, dass sie ihren gutmütigen Prediger viel zu gut kannten. Meistens winkten sie ihm einfach zu und machten weiter.

Samantha hatte sich auf diesen Abend gefreut und nahm Jack Kane übel, dass er hier auftauchte und ihn ihr verdarb. Am liebsten wäre sie sogar Rufus dafür böse gewesen, dass er ihn eingeladen hatte – und das war nun wahrlich irrational! Am allermeisten freilich war sie über sich selbst verärgert: Sie war es doch, die sich einen Mann wie Jack Kane dermaßen unter die Haut gehen ließ, dass sie nicht einmal mehr ein Abendessen in der Gemeinde genießen konnte! Vielleicht hätte sie es sogar geschafft, ihn wie Luft zu behandeln, hätte nicht Amelia sie mit all dem Gerede über Kanes Ruf, den er gar nicht verdient habe, durcheinandergebracht. Damit hatte sie gerade so viel Zweifel in Samanthas Gedankenwelt ausgesät, dass es ihr jetzt beträchtlich schwerer fiel, ihn nicht zu mögen.

Bloß warum war sie überhaupt so strikt darauf aus, Kane nicht ausstehen zu können? Das galt es ja wohl zuerst einmal zu klären.

Diese Frage brachte Samantha mehr aus der Ruhe, als sie sich einzugestehen wagte. Bis heute Abend war es ihr einigermaßen leicht gefallen, sich ihre Gefühle gegenüber ihrem Arbeitgeber zu erklären. Er stand für alles, was man sie zu verabscheuen gelehrt hatte. Jack Kane war ein notorischer Wüstling, ein Spieler, Mietling und Schürzenjäger. Ein Gauner. Bis heute Abend wäre einem Mann seines Rufes gegenüber Zurückweisung eine absolut natürliche Reaktion gewesen.

Jetzt aber – falls die Gerüchte tatsächlich übertrieben sein sollten, wie Amelia ja zu glauben schien – musste Samantha sich wohl mit der Möglichkeit auseinandersetzen, dass ihr eigenes Urteil über Kane womöglich nicht gerecht gewesen war. Schließlich *hatte* sie sich ihre Meinung über den Mann aus wenig mehr als Hörensagen gebildet. Trotzdem überzeugte Amelias Plädoyer für ihn sie nicht vollends. Lag es nicht im Bereich des Möglichen, dass die Wahrnehmung der Carvers durch Rufus' Freundschaft mit Kane vernebelt wurde?

Andererseits war ihr an Amelia von jeher aufgefallen, wie außergewöhnlich objektiv sie alles und jeden beurteilte, selbst Rufus und die Kinder. Das machte es schwierig, ihre Bemerkungen über Jack Kane einfach zu übergehen.

Und warum, wenn man das alles in Betracht zog, lag ihr immer noch so viel daran, ihn nicht zu mögen?

Die beunruhigende Antwort rollte an sie heran wie eine Flutwelle. Die Wahrheit war, dass ihre Abneigung gegen Kane im Wesentlichen auf Selbsttäuschung beruhte – weil sie sich nämlich tatsächlich auf irgendwie unnatürliche Weise von ihm *angezogen* fühlte.

Diese Einsicht ließ sie wie betäubt zurück.

Nach Bronson hätte Samantha nicht gemeint, dass sie jemals wieder einen Mann attraktiv finden könnte, und sei es auch nur ein wenig. Allein der Gedanke wäre ihr unvorstellbar erschienen. Die Erkenntnis, dass sie sich getäuscht hatte und ein Mann wie Jack Kane tatsächlich eine gewisse Wirkung auf sie auszuüben vermochte, erschütterte sie.

Plötzlich nahm Samantha sehr bewusst die Schultern wahr, die zu breit waren, um bequem mit dem Platz zwischen ihr und Dr. Younger auszukommen, ohne sie von Zeit zu Zeit sacht zu berühren, und auch den leichten Duft von Karneel und Tabak registrierte sie, der ihr schon an dem Abend aufgefallen war, als ihr Jack Kane zum ersten Mal über den Weg lief. Jedes Mal, wenn diese großen, robusten Hände das Wasserglas zum Mund hoben oder nach Messer und Gabel griffen, brachte sie es nicht fertig, ihre Augen von ihnen abzuwenden; und wenn er lachte, schlug sein tiefes, volles Kollern eine Saite an, die irgendwo tief in ihr vibrierte.

Instinktiv rutschte sie so weit wie möglich auf die entgegengesetzte Seite ihres Stuhls. Als hätte er ihre Bewegung gespürt, drehte sich Kane zu ihr um. In seinen dunklen Augen glomm etwas, was sie nicht zu deuten vermochte. *Belustigung,* dachte Samantha, und sofort empfand sie erneutes Widerstreben gegen ihn. Wieso amüsierte sich der Kerl über sie?

„Schmeckt Ihnen das Essen nicht, Mrs Harte?“, fragte er. „Hoffentlich fühlen Sie sich nicht unpässlich?“

„Mir geht's gut, danke der Nachfrage“, erwiderte sie formell und hielt dabei den Blick auf ihren Teller gerichtet. Dabei war ihr Essen noch so gut wie unberührt, und rasch spießte sie ein Stück Hühnchenfleisch auf ihre Gabel. Während sie die Gabel zum Mund hob, spürte sie seinen Blick. Ihre Hand zuckte so stark, dass sie sich mit der Gabel in die Unterlippe piekste. Einen Schmerzenslaut unterdrückend, begann sie entschlossen, das Fleisch zu kauen, hatte aber Mühe, beim Schlucken nicht zu würgen.

„Ich hoffe, Cavan Sheridan hat Ihnen meine Nachricht überbracht“, sagte Kane im selben formellen Ton wie sie.

Samantha sah ihn von der Seite an. Sie verstand nicht, worauf er anspielte.

„Ich bat ihn, Sie wissen zu lassen, wie sehr mich Ihre Arbeit beeindruckt.“

„Oh – ja, ähm, das hat er mir gesagt. Ich – äh, ja, vielen Dank. Ich bin froh, dass Sie zufrieden sind. Ich ... die Arbeit macht mir Spaß, wirklich.“

„Fein, das hatte ich gehofft.“

Es war belangloses Geschwätz, harmlos genug, dass

Samantha es fertigbrachte, sich darauf einzulassen. „Cavan macht sich im Unterricht außerordentlich gut“, wechselte sie das Thema.

Bevor er antwortete, nahm er einen Schluck Wasser. „Das will ich auch hoffen. Kaum einmal, dass ich den Burschen ohne eine Grammatik oder ein Wörterbuch in der Hand treffe, und oft sehe ich um Mitternacht in seinem Zimmer noch Licht brennen.“

„Er ist überaus eifrig.“

Kane schien noch ein Stück Huhn auf seinem Teller zu suchen. Er hatte Glück, und nachdem er es verzehrt hatte, sagte er beiläufig: „Er ist immer noch in Sie verschossen, nicht wahr?“

„Ich verstehe nicht“, stotterte Samantha, während sie über den Tisch hinweg nach Rufus und Amelia spähte, um zu sehen, ob sie Kanes Bemerkung womöglich mitbekommen hatten. Glücklicherweise sprachen die zwei mit ihrem ältesten Sohn Gideon.

„Ich wollte wissen, ob Sheridan immer noch in Sie verschossen ist. Oder hat er sich inzwischen davon erholt?“

„Kein Grund, davon zu reden wie von einer *Krankheit*“, sagte Samantha bissig. Sie wollte vermeiden, dass er dachte, sie habe Cavan ermuntert. Der Eindruck, dass er sie als etwas ansah, wovon man sich „erholen“ musste, gefiel ihr ganz und gar nicht. Er lächelte sie nur an, gab aber, zu Samanthas Ärger, keinen Laut der Entschuldigung von sich.

* * *

Der Nachtisch nahm gehörige Zeit in Anspruch, inklusive eines Spaziergangs durch den ganzen Kirchsaal, um sich aus den zahllosen Spezialitäten, die auf den Tischen aufgereiht standen, seine Lieblingsspeisen auszusuchen. Jack folgte Samantha zu ihren Plätzen zurück und schob ihr den Stuhl zurecht, als sie sich setzen wollte. Während er es sich selbst bequem machte, strich sein Blick von seinem eigenen Teller, der mit zwei Sorten Keksen und einer ordentlichen Portion Apfelstrudel reichlich bestückt war, zu dem bisschen Eierschnee hinüber, das sie sich aufgefüllt hatte.

„Essen Sie immer so wenig?", fragte er. Doch hingerissen davon, wie ihre dunklen Wimpern über die aparte Wölbung ihrer Wangen strichen, interessierte ihn plötzlich überhaupt nicht mehr, was er auf dem Teller hatte.

Sie sah ihn an, blinzelte und richtete den Blick wieder auf den Eierschnee, den sie vor sich stehen hatte. „Ich ... ich muss wohl beim Hauptgang zu viel gegessen haben. Ich hab keinen Hunger."

Tatsächlich hatte sie den ganzen Abend so gut wie gar nichts zu sich genommen, aber Jack überging ihre Einlassung. „Für Amelias Apfelstrudel hab ich immer Platz, egal, was ich schon alles intus habe", sagte er voller Sympathie. „Die Frau ist die beste Köchin in ganz New York."

Samantha nickte lächelnd. „Rufus behauptet, dass ihm deswegen stets und ständig die wunderschönen Westen zu eng werden, die sie für ihn näht."

Jack schaute sich um, sah, wie Amelia gerade am anderen Ende des Saals ihre Chorsänger aufstellte, und lächelte. „Ich glaube, man will uns mit etwas Musik beglücken."

„Haben Sie sie je gehört? Sie singen wunderschön."

Jack nickte. „Ja, der Kirchenchor der Mercer-Street-Gemeinde ist schon ein Erlebnis, sogar für einen Sünder wie mich."

Samantha drehte sich spontan um und sah ihm direkt ins Gesicht. Zu seiner großen Überraschung wand sich Jack ein wenig unter diesem forschenden, bernsteingesprenkelten Blick.

„Wenn's nach Amelia geht", sagte sie ernst, „sind Sie gar nicht mal so ein übler Sünder. Soll ich nun ihr glauben – oder Ihnen?"

Kaum waren die Worte ausgesprochen, überlief sie eine zarte Röte. Zweifellos hatte Samantha alles andere als eine lose Zunge, der unbedachte Äußerungen zu entschlüpfen pflegten. Jack musterte sie, fasziniert und gleichzeitig ein bisschen belustigt. „Ach, wissen Sie, auf Amelias Reden sollten Sie nun wirklich nichts geben", sagte er leichthin. „Sie weiß ganz genau, dass ich ein Unhold von Mann bin, aber trotzdem tue ich ihr leid, weiche Seele, die sie ist."

Die Art und Weise, in der sie ihn ansah, behagte ihm nach wie vor nicht so recht, so dass er es mit einem Themenwechsel versuchte. „Ich wollte Ihnen noch sagen, dass ich beim jungen Sheridan schon gehörige Fortschritte bemerkt habe. Ihr Privatunterricht ist offensichtlich erfolgreich."

Sie sah ihn noch einen Augenblick forschend an, bevor sie die Aufmerksamkeit wieder dem Eierschnee auf ihrem Teller zuwandte. „Er ist außerordentlich intelligent, wie Sie ja längst wissen. Ich muss Cavan gar nicht so sehr unterrichten, als ihm vielmehr Material beschaffen und seine Fortschritte überwachen. Wenn Sie's mir nicht übelnehmen, möchte ich sagen, dass es fast Verschwendung ist, ihn als Kutscher zu beschäftigen. Für einen solchen Job ist er viel zu begabt."

Gedankenverloren schob Jack ein Stück Kuchen auf seinem Teller hin und her. „Ich bin voll und ganz einer Meinung mit Ihnen, keine Sorge. Ich denke, ich werde ihn sowieso bald ersetzen, komme, was da wolle."

„Das werden Sie nicht!"

Jack hob eine Augenbraue. Sie hatte ihn ganz und

gar missverstanden, aber ihre Empörung machte sie nur umso attraktiver. „Essen Sie doch endlich Ihren Eierschnee", sagte er, auf ihren Teller weisend. „Ich hab doch nicht gemeint, dass ich ihn feuern will. Im Gegenteil, wenn er, wie ich erwarte, mit seiner Geschichte über die Zeitungsjungs klarkommt, will ich ihn auf die Lohnliste des *Vanguard* setzen. Einen geeigneten Kutscher finde ich immer wieder. Mit einem guten Reporter sieht es da schon ganz anders aus."

„Ah", sagte sie leise, „ich verstehe."

„Sheridan sagt, Sie helfen ihm bei dem Artikel", sagte Jack. Er hatte jetzt jedes Interesse daran verloren, noch mehr Essen in sich hineinzustopfen, und ließ die Gabel sinken. „Er hat mir von Willies Mutter erzählt, wie sie ihm die Tür vor der Nase zugeknallt hat, und sagte, Sie hätten vor, es mal bei ihr zu versuchen."

Sie erbleichte kaum merklich. „Ich – äh, ja, ich war heute Nachmittag dort, auf dem Weg hierher."

„Aha. Und was konnten Sie ausrichten?"

Ohne ihn anzusehen, legte sie ihr Besteck hin. Jack sah, wie ihre Hand leicht zitterte. Als spürte sie seinen Scharfblick, setzte sie sich gerade hin und heftete den Blick auf die Tischplatte vor sich. „Nicht viel, fürchte ich."

„Wollte sie auch mit Ihnen nicht sprechen?"

Immer noch seinem Blick ausweichend, schüttelte sie den Kopf. „Nur einen Augenblick – nicht lange genug, um irgendwas Nützliches rauszukriegen." Sie unterbrach sich, um dann hinzuzufügen: „Willie wohnt nicht zu Hause, wissen Sie."

Jack nickte. „So wie etliche von den Jungs. Sie hängen in Cliquen rum, schlafen auf der Straße oder in irgendeinem Nachtasyl. Normalerweise will sie entweder zu Hause keiner haben, oder die Verhältnisse dort sind so schlimm, dass sie dann doch lieber die Straße vorziehen."

Sie schwieg. Jack fühlte, dass die Erwähnung des Besuchs bei Willies Mutter sie irgendwie aus dem Gleichgewicht geworfen hatte, und fragte sich, warum wohl. Soweit er wusste, war ihr der Junge noch nicht einmal über den Weg gelaufen. „Was ist sie für eine Frau, Willies Mutter?"

Ihre Antwort kam stockend, geradeso, als bereite ihr das Reden körperliche Pein. „Sie ist ... ich denke, sie ist eine sehr, sehr traurige Frau."

„Traurig?"

Samantha nickte. „Traurig. Und verängstigt." Sie legte die Hände in den Schoß, und Jack entging nicht, wie sie ihre Serviette zu kneten begann.

„Wieso verängstigt?", tastete er weiter. Er musste sich zu ihr hinüberbeugen, weil ihre Stimme jetzt so leise wurde, dass er kaum noch eines ihrer Worte verstand. Als er sie aber zurückzucken sah, entfernte er sich eilends wieder. Der Schmerz, der ihn bei diesem Zeichen ihrer Abneigung durchschoss, war unbeschreiblich, obwohl er sich zwang, so zu tun, als hätte er nichts bemerkt.

„Wovor hat die Frau Angst?", wiederholte er seine Frage.

Sie wich weiterhin seinem Blick aus und drehte die Serviette in den Händen. „Vor ihrem Mann", sagte sie mit trockener, verzerrt klingender Stimme.

„Ach, *die* Sorte", sagte Jack, ohne seinen Abscheu zu verhehlen. „Dann ist es ja kein Wunder, dass Willie lieber auf der Straße bleibt. Wenn es so ist, werden Sie weiter nichts aus ihr rauskriegen. Da muss Sheridan alleine sehen, wie er zurechtkommt."

Plötzlich lag eine eigenartige Spannung über ihr, die ihn verwirrte, und er fragte sich, woher sie rühren mochte. Aber im nächsten Augenblick wurden scharrend Stühle weggeschoben. Die Leute wandten sich von den Tischen ab und begannen rhythmisch zur

Melodie des Chors zu klatschen, der sein erstes Lied zum Besten gab.

Amelia sang die erste Solostimme, und nichts genoss Jack so sehr wie diese kräftige, empfindsame Stimme, die gepaart mit dem lebhaften, schwingenden Rhythmus des riesigen Chores den Saal mit ihren Lobliedern erfüllte und die Wände zum Vibrieren brachte.

Jack liebte Musik. Das war von jeher so gewesen. Selbst Leute, die der Meinung waren, ihn einigermaßen zu kennen, wären wohl überrascht gewesen zu hören, dass er regelmäßig die Oper besuchte, und zwar nicht etwa in der Absicht, seine Zugehörigkeit zur besseren Gesellschaft zu dokumentieren, sondern schlicht und ergreifend deshalb, weil er der Musik nicht widerstehen konnte. Und noch mehr hätte seine Zeitgenossen zweifellos die Entdeckung verblüfft, dass ihn der Gesang dieses ganz und gar unprofessionellen schwarzen Kirchenchores kaum minder mitriss. Während er hier neben der wunderschönen Samantha Harte saß und genau wie alle anderen mit dem Fuß den Takt schlug, hätte er sich schwergetan – soweit es ihm überhaupt möglich gewesen wäre – zu sagen, welcher Musik er den Vorzug geben würde: *Don Giovanni* oder den aufputschenden Rhythmen des Kirchenchores der Mercer-Street-Gemeinde.

Doch es kam so, dass seinem Genuss nur kurze Dauer beschieden war. Der Abend war fast zu Ende, als Amelia vortrat. Schon bei den ersten Takten, die sie anstimmte, erkannte Jack das Lied und fühlte tief in sich eine wohlvertraute, unbehagliche Unruhe, gefolgt von einer schwermütigen Stimmung, die sich über ihn senkte, als wälzte sich ein schwerer Stein auf seinen Geist. So stark war die Empfindung, dass es ihn trieb, aus dem Saal zu rennen, was freilich in diesem Augenblick extrem unpassend gewesen wäre.

Dasselbe war ihm schon früher passiert, und jedes Mal hatte er sich vorher in zufriedener, aufgeräumter Stimmung befunden, so dass man keine bereits vorhandene Melancholie für den folgenden Anfall von Schwermut verantwortlich machen konnte. Nein, es hatte ihn ohne jede Vorwarnung, ohne Grund befallen. Nur die ersten paar Wörter, die Anfangstakte jener wehmütigen Hymne, die einem das Herz aus dem Leibe riss, und plötzlich war es ihm, als fiele seine Seele einem Raub zur Beute, gegen den er wehrlos war, dem er nicht entfliehen konnte ...

*Amazing grace!*
*How sweet the sound,*
*That saved a wretch like me!*

*Wretch* – armer Wicht: so mochte man ihn wahrlich nennen angesichts der bodenlosen Leere, die ihn nun in sich hineinsog. Fröstelnd verschränkte Jack die Arme vor der Brust, schlang sie eng um sich, damit niemand sein inneres Erschauern bemerkte. Alles um ihn herum schien zurückzuweichen und aus seinem Blickfeld zu verschwinden. Je länger das Lied dauerte, umso mehr packte ihn das Gefühl äußerster Trostlosigkeit. Wie üblich, registrierte er über die ersten ein, zwei Zeilen hinaus kaum etwas von den Worten, die gesungen wurden. Gleich einem unsichtbaren, unentrinnbaren Käfig senkten sich Verlassenheit und Verzweiflung auf ihn herab, so dass er wie gelähmt dahockte.

Als der Gesang endete und der Ansturm auf seine Gefühlswelt nachließ, wich der Schmerz der Einsamkeit noch längst nicht von ihm. Fast schmerzhaft war Jack, als er sich im Saal umschaute, bewusst, dass er nicht dazugehörte – und das kam weder von dieser speziellen Umgebung noch von seiner Hautfarbe oder seinem sozialen Status. Nein, zwischen diesen Menschen und ihm selbst lag eine weitaus tiefere Kluft, da mochte er noch so oft in ihrer Mitte sitzen, von ihnen eingeladen, ja in einem gewissen Maß respektiert sein. Da konnten ihn Rufus und Amelia mögen, sosehr sie wollten – er war nicht einer von ihnen, hatte keinen Anteil an dem, was Rufus „die Freude des Heils“ nannte. Was sie waren, waren sie letztlich durch den Glauben, den sie bekannten; und eben dieser Glaube trennte Jack von ihnen. Er war ein Außenseiter, ein Fremder unter ihnen, und irgendwie war ihm klar, dass inmitten der quälenden Bedrückung, der er soeben entronnen war, eine Sehnsucht lauerte: ein unwiderstehliches Verlangen zu sein wie sie.

Er schüttelte sie ab, diese unerklärliche Fremdheit, die ihn jedes Mal ruhelos, mit einem Gefühl des Verlusts, zurückließ, so als mangele ihm etwas im tiefsten Kern seines Daseins. Binnen einer Stunde, sagte er sich, würde die dunkle Wolke bestimmt vorübergezogen sein; und zweifellos würde er sich über die scheußliche, düstere irische Depression mokieren, die sogar einen Abendempfang in der Kirche mit Trauerflor umhüllen konnte.

* * *

Als die Veranstaltung zu Ende war und der Gemeindesaal sich zu leeren begann, zog Amelia Samantha in eine Ecke und bestand darauf, sie gemeinsam mit Gideon nach Hause zu begleiten, nachdem sie schon so leichtsinnig gewesen sei, alleine zur Kirche zu kommen. Samantha sah, dass Jack Kane die Szene mitbekam, und fürchtete schon, er würde darauf bestehen, sie selbst nach Hause zu bringen, wie an dem Abend, als er ihr zum ersten Mal begegnet war. Das wäre ihr unausdenklich peinlich gewesen, schon gar mit Cavan Sheridan als Kanes Kutscher.

Doch ihre Sorge erwies sich als unbegründet. Mit keinem Wort bot ihr Kane seine Kutsche an, obwohl Samantha draußen auf der Straße sah, dass er allein, ohne Kutscher, gekommen war. Beim Auseinandergehen bedachte er sie nur mit einem zerstreuten Nicken und sagte irgendetwas Floskelhaftes wie „nett, Sie wiedergesehen zu haben". Dann sprang er auf den Kutschbock seines Fahrzeugs und eilte davon, als hätte er es furchtbar eilig.

Samantha blieb noch einen Augenblick stehen und sah ihm nach. Als sie registrierte, dass die Erleichterung, die sie bei seiner Abfahrt zu spüren erwartet hatte, sich mit einem leichten Hauch von Enttäuschung mischte, drehte sie sich auf dem Absatz um und eilte in den Gemeindesaal zurück, um nach Amelia und Gideon zu schauen.

* * *

Als Jack mitbekam, wie Amelia Samantha Harte dafür schalt, dass sie ohne Begleitung zu Fuß in die Kirche gekommen war, hätte er sie beinah instinktiv unterbrochen und darauf bestanden, sie nach Hause zu fahren. Cavan Sheridan hatte er für den Abend freigegeben und war in der Absicht, selbst kutschierend, nach dem Empfang noch ein wenig Zeit mit Rufus und Amelia zu verbringen in die Kirche gekommen. Genauso gut hätte er die Gelegenheit beim Schopf packen und einige Zeit allein mit der sich so rar machenden Mrs Harte haben können. Er hatte sogar erwogen, sie zu fragen, ob er sie an einem der nächsten Abende ins Theater oder zum Essen einladen dürfe.

Als der Abend jedoch zu Ende war, war er viel zu

durcheinander, fühlte sich zu dünnhäutig und rastlos, um mit irgendjemandem zusammen zu sein – schon gar nicht mit Samantha Harte, die ihm so deutlich zu verstehen gegeben hatte, dass sie auf keinen Fall in seiner Nähe sein wollte. Es tat ihm immer noch weh, wie sie bei Tisch vor ihm zurückgezuckt war – so als hätte sie den Pestgestank der Verdorbenheit an ihm gerochen.

*Womöglich hat sie das ja wirklich,* dachte er. *Und wenn schon!*

In dieser Stimmung konnte er gar nicht rasch genug von dem Gemeindesaal wegkommen. Bevor noch Rufus oder Amelia Zeit fanden, ihm Fragen zu stellen – und mit nichts weiter als einem knappen Gruß für Samantha Harte –, suchte er das Weite. Weder Rufus' fragender Blick noch Amelias Verwunderung entging ihm bei seinem hastigen Aufbruch, aber er ließ beide ohne Erklärung stehen.

Und was Samantha Harte anbetraf, so war sie ohne Zweifel erleichtert, ihn verschwinden zu sehen.

Erneut stach ihn sein verletzter Stolz. Das und ein Anflug von Unsicherheit, der ihn plötzlich befiel – ein ungewöhnliches Zipperlein für seine Person, um es gelinde auszudrücken –, waren blitzschnell zu einer inneren Rastlosigkeit ausgeartet, die ihn jetzt zu übermannen und in Wut umzuschlagen drohte.

Während er von der Kirche wegstrebte, brannten seine Augen, und seine Haut kribbelte vor Unruhe. Hätte er nicht vor Jahren dem Whisky abgeschworen, so wäre er spornstreichs nach Hause gefahren und hätte sich haltlos vollaufen lassen, um sich irgendwie zu betäuben. So aber raste er mit seinem Fuhrwerk fast eine Stunde lang wie ein Irrsinniger durch die Straßen, so lange, bis die Nachtluft endlich seine fiebrige Haut abgekühlt und seinen Zorn gedämpft hatte. Da erst ließ er die Pferde in eine langsamere Gangart fallen und schlug den Heimatkurs ein.

# 26. Ein Tag voller Überraschungen

*Und der graue, nasskalte Tag*
*macht sich stirnrunzelnd davon.*
James Stephens

Montagmorgen um halb elf stand Samanthas Mutter vor ihrer Tür. Samantha ging durch den Kopf, dass es nichts Ungewöhnliches war, Besuch von ihrer Mutter zu bekommen, auch nicht so früh an einem Montagvormittag – zumindest nicht unter normalen Umständen. Doch ihr Familienleben war nie normal gewesen, und da es erst das zweite Mal war, dass ihre Mutter sich zu einem Besuch bei ihr herabließ, seit sie diese Wohnung genommen hatte, handelte es sich geradezu um ein historisches Ereignis.

„*Mutter!*", rief Samantha aus, außerstande, ihre Verblüffung zu verhehlen.

„Schon gut, Samantha – du darfst mich ruhig hereinbitten", sagte ihre Mutter, ohne ihre Gereiztheit zu verbergen. Kein Wort der Begrüßung, kein „Wie geht's dir, Liebes, du hast mir gefehlt" oder dergleichen, nicht einmal ein Lächeln.

„Aber ja doch – tut mir leid!", stammelte Samantha und trat einen Schritt zur Seite, um ihre Mutter durchzulassen, die an ihr vorbei in den engen Flur rauschte.

Seit Tagesanbruch regnete es, und der kurze Marsch von der Kutsche zu Samanthas Wohnung im zweiten Stock hatte genügt, um die Federn an Angela Pilchers

Hut klumpen und ihre Rocksäume vom Straßenkot beschmutzen zu lassen.

„Warte, Mutter, ich helf dir mit dem Mantel." Aber ihre Mutter war schon aus ihrem Regenumhang heraus, drückte ihn Samantha in die Hand und marschierte Richtung Küche.

„Ich mach uns schnell 'ne Tasse Tee", sagte Samantha, während sie eiligst den Mantel an den Haken hängte, um ihrer Mutter in die Küche zu folgen. „Du musst ja ganz durchgefroren sein. Was für ein übles Wetter!"

In der Küche sah sich ihre Mutter mit offenkundiger Geringschätzung um. „Also wirklich, Samantha, diese Wohnung hier ist jämmerlich. Wenn du schon drauf bestehst, wie ein Bettler zu leben, könntest du das hier nicht wenigstens ein bisschen freundlicher gestalten?"

Plötzlich sah Samantha das winzige Gelass mit den Augen ihrer Mutter, und ihr wurde schwer ums Herz. Mit einem Mal war das hier nicht mehr das gemütliche Plätzchen für ein ruhiges, einigermaßen zufriedenes Leben. Stattdessen nahm sie jetzt wahr, wie zerschlissen die Tapeten waren und dass der mickrige Herd eher in ein Puppenhaus gepasst hätte als in die Küche einer erwachsenen Frau. Sie blickte auf das in die Ecke geschobene Bügelbrett und die Handtücher, die sie gerade zusammengelegt und an einem Ende des Tisches aufgestapelt hatte.

„Ich hatte mir schon vorgenommen, bald ein bisschen zu renovieren", sagte sie, irritiert davon, wie entschuldigend ihre Stimme klang. „Bitte, Mutter, nimm doch Platz. Ich stell nur eben das Wasser auf."

„Ich will keinen Tee, Samantha. Ich bin nicht hergekommen, um dir einen Besuch abzustatten."

Sie machte keine Anstalten, sich zu setzen, sondern stand mitten im Raum wie eine Statue, durch und durch Aristokratin in ihrem eleganten grauen Tageskleid mit den rosafarbenen Aufschlägen. Erneut fiel Samantha auf, was für eine beeindruckende Frauengestalt ihre Mutter war. Selbst jetzt kam sie nicht umhin, sie zu bewundern.

Niemals hatte Samantha in ihrer eigenen Erscheinung auch nur eine Spur Ähnlichkeit mit ihrer Mutter ausmachen können. Sie hatte die dunklen Haare und den gebräunten Teint ihres Vaters geerbt, nicht die angelsächsische Blässe und die blauen Augen der Mutter. Angela Pilcher besaß die Figur einer Göttin – selbstredend in ein enges Korsett geschnürt – und die reine, absolut glatte Haut einer weitaus jüngeren Frau. Hochgewachsen und von außerordentlich gutem Aussehen, wie sie war, zog sie immer noch alle Blicke auf sich, wenn sie irgendwo auftauchte.

Und nach wie vor löste sie in Samantha einen ausgeprägten Fluchtreflex aus, wenn sie sie mit diesem missbilligenden Blick ihrer blauen Augen ansah, der einen frösteln machte. Samantha hasste sich selbst dafür, dass sie sich plötzlich wie ein Kind vorkam – wie ein ungezogenes kleines Mädchen, das wieder einmal seine Mama enttäuscht hat. Sie musste sich anstrengen, um sich nicht da, wo sie gerade stand, vor Scham zu winden – brauchte sie doch nicht lange raten, um zu wissen, weshalb ihre Mutter gekommen war.

„Mir sind da überaus beunruhigende Gerüchte zu Ohren gekommen, Samantha, so dass ich dachte, mir bleibt nichts anderes übrig, als mit dir ein offenes Wort darüber zu wechseln. Ich hoffe sehr, dass du mir eine vernünftige Erklärung dazu geben kannst."

Samantha sagte nichts. Sie musste aufschauen, um ihrer Mutter in die Augen sehen zu können, und riss sich zusammen, um nicht den Kopf zur Seite zu drehen.

„Ich hoffe, du wirst mir versichern können, dass das alles ein Missverständnis ist und du nicht das Geringste mit diesem *scheußlichen* Mann zu schaffen hast!"

Samantha schluckte. „Von welchem Mann sprichst du, Mutter?"

*„Jack Kane!"* Es klang, als erstickte ihre Mutter fast daran, diesen Namen auch nur in den Mund zu nehmen. „Ich habe gehört, du ... du – *arbeitest* für ihn." Sie hielt inne. „Also?"

Samantha holte tief Luft. „So ist es, Mutter, jawohl. Aber nur stundenweise."

Ihre Mutter erbleichte sichtlich. Ihre Lippen wurden schmal, die Mundwinkel sackten nach unten. „Wie um Himmels willen kommst du dazu, so etwas Abscheuliches zu tun? Bist du denn vollkommen verrückt geworden?"

Samanthas eine Hand umklammerte die Rückenlehne eines Stuhls. „Meine Arbeit für Stein war am Auslaufen, Mutter. Stein macht seinen Laden zu. Mr Kane hat mir eine Stellung angeboten, und ich habe zugesagt. Ich darf vielleicht hinzufügen, dass es eine weit besser bezahlte Stellung ist."

„Du liebe Güte, Samantha, wie konntest du dich nur so erniedrigen? Hast du denn gar keinen Stolz?"

Samantha verspannte sich. Um ein Haar hätte sie ihrer Mutter ins Gesicht gesagt, dass sie das überhaupt nichts angehe. Sie war eine erwachsene Frau, seit Jahren aus dem Haus, sorgte für sich selbst und brauchte niemanden zu fragen, was sie tun oder lassen sollte.

Doch sie schluckte ihren Zorn hinunter und sagte: „Mutter, es ist eine absolut redliche Beschäftigung, die anständig bezahlt wird. Ich verstehe nicht, wieso es so sehr darauf ankommen soll, von wem ich mein Gehalt beziehe."

„Also wirklich, Samantha, nun mach mal einen

Punkt! Selbstverständlich kommt es darauf an! Dieser Kerl, dieser Kane, hat einen derart fragwürdigen Ruf, dass eine anständige Frau in der Öffentlichkeit noch nicht mal seinen Namen in den Mund nimmt. Und da meinst du, es spiele keine Rolle, dass du für ihn *arbeitest*?"

Samantha erinnerte sich noch sehr gut daran, wie einige der „anständigen Frauen" Kane vor ein paar Monaten im Theater schöne Augen gemacht hatten, und musste ein Lächeln unterdrücken. „Nein, Mutter, ich meine nicht, dass es auch nur die geringste Rolle spielt. Wenn es dir nichts ausmacht, sag mir doch bitte, woher du überhaupt davon weißt."

An Angelas Blick hätte man Messer wetzen können. „Von deiner Freundin Marjorie Fletcher. Sie und Gordon, wenn ich das noch sagen darf, sind genauso entsetzt über dein Verhalten wie dein Vater und ich."

„Die Fletchers waren nie im Leben *meine* Freunde, Mutter. Sie waren Bronsons Freunde."

„Mag sein, ja – vielleicht sind sie deswegen so sehr in Sorge, dass du mit deinem Benehmen Bronsons Andenken in den Schmutz ziehen könntest." Sie hielt inne und beäugte Samantha mit äußerster Missbilligung. „Da ist noch etwas, Samantha, was ich in diesem Zusammenhang zur Sprache bringen möchte. Zugegebenermaßen waren dein Vater und ich nicht glücklich über deine Vermählung mit Bronson Harte. Schließlich war er um so vieles älter als du, und dann diese ganzen ... religiösen Fanatiker, die den Mann umschwirrten. Du wirst aber eingestehen müssen, dass wir, sobald wir deinen Mann erst kennenlernten, die Heirat akzeptiert und das Beste draus gemacht haben."

Samantha wusste aus Erfahrung, worauf dies hinauslaufen würde, und musste die Übelkeit niederringen, die sich ihrer bemächtigen wollte.

„Bitte, Mutter, lass Bronson aus dem Spiel."

„Samantha, ich versteh dich einfach nicht." Jetzt setzte Angela sich doch noch hin, aber sie saß, wie sie gestanden hatte: den Rücken kerzengerade, streng und unerbittlich, die Hände im Schoß verschränkt. „Wie ist das möglich, dass du so lange mit einem anständigen, gottesfürchtigen Mann wie Bronson verheiratet warst, bloß um dann etwas so Törichtes zu tun, sich mit einem absolut verkommenen Subjekt wie diesem Jack Kane einzulassen?"

Irgendwas in Samantha drohte auszurasten. Sie biss die Zähne so fest aufeinander, dass ihr ein scharfer Schmerz durch den Kiefer schoss. „Mutter, um Gottes willen, ich *arbeite* für den Mann und habe keine Affäre mit ihm!"

„Samantha!"

Sie hatte ihre Mutter tatsächlich geschockt. Doch das tat ihr nicht leid, denn ihre Mutter ließ sich leicht schockieren. Zumindest gab sie sehr schnell vor, geschockt zu sein.

„Tut mir leid, Mutter, aber du machst hier wirklich aus 'ner Mücke einen Elefanten. Ich brauchte eine Stelle. Auf diese Arbeit wurde ich durch einen meiner Abendschüler aufmerksam" – bei der Erwähnung der Abendschule verzog Angela das Gesicht, aber Samantha gab nichts darauf –, „und ich habe sie angenommen.

Ich erledige die Arbeit hier an Ort und Stelle, an meinem eigenen Küchentisch. Ein Bote bringt die Zeitungsausgabe her und holt sie auch wieder ab. Ich bin noch nie im Kontor des *Vanguard* gewesen. Überhaupt habe ich keinerlei Kontakt zu Mr Kane."

„*Mister* Kane." Angela spie es aus wie etwas Verdorbenes. „Also wirklich, Samantha, was sollen die Leute denken? Was würde *Bronson* wohl denken? Du hast dem armen Mann – sogar dein Vater und ich haben erkannt, dass er ein Heiliger war – so viel bedeutet. Dein Benehmen würde ihn abstoßen, davon bin ich überzeugt: erst in ein düsteres kleines Rattenloch zu ziehen, hier in dieser schrecklichen Gegend, und nun auch noch dies ...“

Alles in Samantha bäumte sich auf, zurückzuschlagen, ihr endlich die Wahrheit über Bronson, diesen ach-so-gottesfürchtigen Mann, an den Kopf zu werfen, diesen ... *Heiligen*, den sie geheiratet hatte. Ihre Augen füllten sich mit Tränen, nicht vor Traurigkeit, sondern vor Wut. Sie musste sich nun doch von ihrer Mutter abwenden, wollte sie nicht Gefahr laufen, den dünnen Firnis der Selbstkontrolle, den sie noch aufzubieten vermochte, endgültig zu verlieren.

Der Mutter den Rücken zuwendend, presste sie hervor: „Bronson ist tot, Mutter, und ich kann mein Leben nicht davon abhängig machen, was er vielleicht denken würde.“

„Schön, aber dein Vater und ich sind *nicht* tot, auch wenn der Himmel weiß, dass uns deine Verbohrtheit noch ein frühes Grab schaufeln wird!“

Samantha hörte, wie der Stuhl zurückgeschoben wurde, und als sie sich umdrehte, war Angela aufgestanden. Ihr Gesicht war nicht mehr attraktiv, sondern starr vor Zorn. Doch Samantha wusste, dass ihre Mutter kein bisschen mehr an Fassung verlieren würde, als sie es schon getan hatte. Angela Pilchers Benehmen war viel zu geziert, um vulgärerweise ihre Gefühle zur Schau zu stellen. Nein, sie würde einen Schlusssatz sprechen und sich entfernen.

„Mir wird klar, dass es ein Fehler von mir war, herzukommen, Samantha. Mir scheint, du hast weder Selbstachtung noch Schamgefühl. Ich nehme an, das macht der Umgang mit diesem Einwanderergesindel aus den Slums, ganz zu schweigen von deinem neuen Brotherrn. Umgang prägt, das solltest du dir hinter die Ohren schreiben."

Sie weigerte sich, sich von Samantha in den Mantel helfen zu lassen. „Das solltest du noch wissen, Samantha: Deinem Vater hast du schon das Herz gebrochen. Er hat nie was anderes für dich gewollt als eine gute Heirat mit einem anständigen Mann, ein eigenes Haus und Kinder. Und es ist ja nicht so, dass du nicht wieder hättest heiraten können."

Bei dem Gedanken zuckte Samantha zusammen, sagte aber nichts. So wie die Dinge lagen, fuhr sie am besten, wenn sie ihre Mutter denken und sagen ließ, was sie wollte. Sollte sie doch ihre Schlussrede halten und ihrer Wege gehen.

Unter der Tür drehte sich Angela noch einmal um und sagte: „Mein Lebtag werde ich nicht verstehen, wie man es sich aussuchen kann, sein Leben unter dem Abschaum der Stadt zu fristen. Das haben dein Vater und ich nicht von dir verdient, Samantha. Du hast eine Verantwortung – ob du das nun einsiehst oder nicht: deiner Familie, deinen Freunden und den Mitgliedern von Bronsons Gemeinde gegenüber. Diese Leute haben nach seinem Tod zu dir aufgeschaut, haben erwartet, dass du sein Werk fortführen würdest – und stattdessen kehrst du nicht bloß ihrer Gemeinschaft den Rücken, sondern ziehst auch noch das Andenken deines Mannes in den Schmutz." Sie wartete einen Augenblick, bevor sie ihre letzte Salve abfeuerte. „Du solltest dich in Grund und Boden schämen, Samantha!"

Samantha blieb an der Tür stehen, bis ihre Mutter ihre wartende Kutsche erreicht hatte. Plötzlich fühlte sie sich, als hätte sie Fieber. Sie schloss die Tür und presste die Wange gegen das kühle Holz.

Nach einer Weile ging sie ans Fenster und sah auf die Straße hinaus. Mit der Hand an der Scheibe stand sie da und sah ihre Mutter wegfahren. *O ja, Mutter, ich schäme mich!,* schrie es in ihrem Geist, während sie der Kutsche nachsah, die über das Straßenpflaster davonrumpelte. *Wenn du wüsstest, wie sehr ich mich schäme – aber nicht aus dem Grund, den du vermutest! Nicht weil ich Bronsons Andenken geschändet hätte ..., sondern weil ich's zuließ, dass er mich schändete ...*

* * *

Siebenundvierzig war Bronson Harte gewesen, als Samantha, damals dreiundzwanzig Jahre alt, ihn geheiratet hatte. Anfänglich hatten ihre Eltern versucht, sie von dieser Vermählung abzubringen – teils des Altersunterschiedes wegen, mehr aber noch, weil sie nicht gleich spitzgekriegt hatten, dass Bronson aus „guter alter Familie", ja einer ausgesprochen gutbetuchten Familie stammte. Nachdem sie aber eingesehen hatten, dass seine Herkunft untadelig und er selbst ganz und gar nicht vom Schlage des Eiferers war wie manche seiner Anhänger, hatten sowohl Angela als auch Samuel Pilcher echte Zuneigung zu ihrem in der Öffentlichkeit wohlbekannten Schwiegersohn gefasst und ihn fortan mit fürsorglichem elterlichem Stolz behandelt, obwohl er näher an ihrem eigenen Alter war als an Samanthas.

Der Altersunterschied zwischen ihr und ihrem Gatten war zwar beträchtlich, hatte aber für Samantha keinerlei Bedeutung, ebenso wenig, wie sie an Ruhm oder Vermögen der Familie Harte interessiert war. Sie liebte die Persönlichkeit, die Bronson war, liebte ihn zutiefst, als sie die Ehe mit ihm einging. Zumindest dachte sie das.

Er war unerwartet und jählings in ihr Leben getreten. Es hatte Tage gegeben, da war Bronson Harte nicht mehr gewesen als eine Wolke an einem fernen Horizont. Sein Name hatte in der Stadt mehr und mehr von sich reden gemacht, aber für Samantha war er eben nicht mehr gewesen als ein Name. Doch dann war er in einem Augenaufschlag in ihr Leben gefegt und hatte sie buchstäblich von den Füßen gerissen.

Sie hatte ihn durch Freunde kennengelernt, junge Erwachsene wie sie selbst, die sich mit der lauwarmen Förmlichkeit ihrer eigenen Kirche nicht mehr abfinden wollten und, anders als Samantha, ihrer Heimatgemeinde den Rücken gekehrt hatten, um sich nach etwas Dynamischerem, „geistlich Herausforderndem" umzusehen. Zuerst hatte Samantha sich nicht vom Fleck gerührt, äußerlich resigniert zwar, innerlich aber voller Rebellion. Sie hatte einfach ihre Eltern nicht enttäuschen wollen. Doch als die Zeit verging und ihre Freunde ihr von der tollen neuen „Gemeinschaft" vorschwärmten, die sie entdeckt hatten – und von deren mitreißendem, visionärem Leiter –, gab sie endlich ihrem Drängen nach und ging zu einer Abendversammlung unter der Woche mit.

Obwohl sie mehr aus Neugier mitgegangen war als mit echter Veränderungsbereitschaft, kehrte Samantha nach jenem Abend nie mehr in ihre angestammte Gemeinde zurück.

In der rasch wachsenden neuen Gemeinschaft gab es die verschiedensten Menschen. Viele Mitglieder gehörten dem akademischen Bürgertum an, waren Hochschullehrer und sonstige Intellektuelle, aber es gab auch zahlreiche Angehörige der arbeitenden Schichten. Die Leute machten einen offenen, kraftvollen, anziehenden Eindruck. Sie strahlten freundliche Wärme aus und schienen großen Hunger nach vertieften Erfahrungen mit Gott zu haben.

Bronson Harte selber schien sich aus seiner persönlichen Unwiderstehlichkeit gar nichts zu machen – falls er sie überhaupt wahrnahm. Er war ein lebhafter, attraktiver Mann, dessen graumeliertes Haar ihn eher würdevoll als in vorgerücktem Alter stehend erscheinen ließ. Er war nie verheiratet gewesen, sondern hatte sich, wie es schien, in einem Leben einsamer Gottsuche aufgeopfert, hatte sein Dasein seinem Gott, den Gliedern der Gemeinschaft und dem Dienst der Bewegung geweiht.

Er war ein Mann, der Menschen in seinen Bann schlug, und doch zugleich von echter Bescheidenheit und freundlichem Wesen. Wenn er sprach, ging eine geradezu hypnotisierende Wirkung von ihm aus. Anders als der seicht daherredende Pastor Chapman in der Kirche, wo Samantha groß geworden war, trug Bronson Harte keine liturgischen Gewänder und brauchte keine Notizen, wenn er predigte. Mit seiner volltönenden, sonoren Stimme sprach er seine Zuhörer gerade so an, als führte er mit jedem Einzelnen von ihnen eine Unterredung unter vier Augen.

Seine Predigtthemen waren umfassend: Er sprach vom Leiden und vom Frieden, von Tod und Ewigkeit, von der Sklaverei der Sünde – und der Gebundenheit der Menschen. Weder donnerte noch tobte er, und doch brachten seine Worte über die Verworfenheit des Menschen und den Zorn Gottes so manchen dazu, sich auf seinem Sitz zu winden. Zum ersten Mal im Leben fühlte sich Samantha von ihrer eigenen Wertlosigkeit überführt – eine so einschneidende innere Demütigung, dass sie, die noch nie jemandem etwas anvertraut hatte, nicht einmal die harmlosesten Jungmädchengeständnisse, alsbald für das Leiden ihrer Seele den seelsorgerlichen Ratschlag Bronson Hartes suchte.

An jenem Tag hatte er es ihr nicht leicht gemacht, sondern ihr so eingehend von der Schwachheit und Verdorbenheit des Fleisches gesprochen, dass sie nahe daran war, sich bodenloser Verzweiflung zu überlassen – hätte er ihr nicht fest, aber freundlich die Hand aufgelegt, als wollte er ihr segnend den Prozess der Heilung zusprechen, den die Vergebung auslöste. Durch einen Schleier von Tränen hatte Samantha zu ihm aufgesehen; und von diesem Augenblick an war sie nicht mehr dieselbe gewesen.

Alsbald, mochten ihre Eltern Einspruch erheben, soviel sie wollten, hatte sie mehr und mehr Zeit mit der Gemeinschaft verbracht – und mit Bronson Harte. Sie widmete ihre Zeit und den größten Teil ihrer Kraft dem Bemühen, dem Beispiel anderer Mitglieder zu folgen, die als Lehrer und praktische Helfer unter der Einwandererbevölkerung wirkten und nicht einmal davor zurückscheuten, die abscheulichen Straßen der Bowery und die grässlichen Behausungen von Five Points aufzusuchen.

Sie war jung und voller Idealismus, und die Glaubensinhalte der Gemeinschaft sprachen den Teil ihres Wesens an, den es schon immer verlangt hatte, die Lebensumstände der weniger glücklichen Zeitgenossen zu verbessern – um nicht zu sagen, die Welt zu verändern. Bronson Harte verkündete unter begeisterter Aufnahme durch seine Gemeinde eine sozialreformerische Lehre, eine Art soziales Christentum, beginnend mit strenger Selbstbeurteilung und -kritik. Sein Programm war radikale Reinigung von persönlicher Sünde.

Die wachsende Bewegung wurde häufig mit den Utopisten und anderen vergleichbaren Reformgruppen in Verbindung gebracht, obwohl sie tatsächlich herzlich wenig mit irgendeiner dieser Strömungen gemein hatte. Sie war, wie Samantha später erkennen sollte, zuerst und vor allem eine Bronson-Harte-Bewegung, wenngleich Bronson sich aller Speichelleckerei seiner Anhänger und dem phänomenalen Wachstum der Bewegung – deren Zugehörige sich grundsätzlich nicht als Kirche verstehen wollten – zum Trotz nie über die anderen Mitglieder zu erheben schien. Er mühte sich ebenso rastlos ab wie alle anderen auch und gab den Großteil seines Reichtums weg, um das Werk der Bewegung zu finanzieren.

Es war unbestreitbar, dass Ruf und Wirksamkeit der Gemeinschaft zum guten Teil mit der Person Bronsons zusammenhingen. Die Hartes waren eine schwerreiche Familie aus den Neuengland-Staaten, deren Name dank der gerechten Arbeitsbedingungen in ihren Textilmühlen und ihrer wohltätigen Bemühungen zugunsten der Benachteiligten einen guten Klang hatte. Bronson hatte eine kurze Studienreise durch Europa gemacht, während derer er von einigen der bekanntesten Reformdenker anderer Länder gelernt hatte, bevor er in die Staaten zurückkehrte und seine eigene Organisation ins Leben rief. Dank seiner unermüdlichen Anstrengungen, seiner mitreißenden Persönlichkeit und seiner bestrickenden Rhetorik – verbunden mit der finanziellen Potenz seiner Familie – war die von ihm gegründete Gemeinschaft außerordentlich rasch und kräftig gewachsen, so dass er das Zentrum seines Wirkens zuerst in den nördlichen Teil des Staates New York und alsbald in die Stadt New York verlegt hatte.

Natürlich erfuhr die Bewegung auch Widerspruch und Kritik. Einige der konservativeren Gemeinden der Stadt hatten Hartes Anhängerschaft als extremistisch, radikal oder sozialistisch, in jedem Fall aber als gefährlich gebrandmarkt. Vielen dieser traditionsorientierten Kirchen erschien ihr soziales Reformprogramm als bedrohlich, während Kräfte, die sich dem Kampf um soziale und rechtliche Gleichheit aller Menschen verschrieben hatten, das Wirken der Gemeinschaft als Ablenkung von den eigentlich drängenden Problemen des Landes einschätzten. Bei den meisten indes erfreute sich die Gemeinschaft solider Wertschätzung, um nicht zu sagen Bewunderung. Dass sich unter den Mitgliedern diverse Honoratioren der Stadt aus Politik, Wirtschaft und Wissenschaft befanden, tat dem natürlich keinen Abbruch.

Sechs Monate nachdem sie Mitglied der Gemeinschaft geworden war, heiratete Samantha Bronson. Ihre Eltern versuchten die Eheschließung zu unterbinden, aber damit hatte sie gerechnet. Dafür konnte sie auf die Unterstützung ihrer Freunde innerhalb der Gemeinschaft zählen, und die schwindelerregende Zuneigung, die Bronson ihr angedeihen ließ, gab ihrer Entschlossenheit nur umso mehr Auftrieb. Freilich war sie seinerzeit dermaßen verliebt und so voller ehrfürchtiger Bewunderung für Bronson gewesen, dass sie die Pforten der Hölle gestürmt hätte, hätte er es von ihr verlangt.

Das genau war es, was er alsbald tun sollte – woran Samantha völlig kaputtging.

# 27. Inmitten der Schatten

*Tiefer, als Worte sagen können,*
*steckt Leid in einem Herzen, das liebt.*
W. B. Yeats

Die zweite Überraschung, die der Tag für Samantha bereithielt, erschien nur wenige Minuten, nachdem ihre Mutter gegangen war, in Gestalt von Cavan Sheridan.

Wie üblich trug Cavan ihr die Fahnenabzüge der Zeitung in die Küche und breitete sie auf dem Küchentisch aus. Dann überreichte er Samantha auch einen Umschlag und sagte: „Von Mr Kane."

Samantha sah ihn an, während sie den Brief nahm und ungeöffnet zu den Zeitungsseiten legte. Inzwischen hatte sich zwischen Cavan und ihr eine Alltagsroutine herausgebildet: Er brachte ihr die Abzüge, sie tauschten ein paar Höflichkeiten aus, und er ging wieder, bis er nach einigen Stunden zurückkehrte, um ihre Arbeit abzuholen. Samantha bot ihm stets ein Glas Wasser oder eine Tasse Tee an, die er regelmäßig ablehnte.

Während dieser kurzen täglichen Begegnungen schien er sich in ihrer Gegenwart nie so unbeschwert zu fühlen wie während des Unterrichts – was Samantha zu verstehen glaubte. Denn wenn sie auch häufig in den Schulräumen allein waren – abends, wenn sie länger dablieben, um an Übungsaufgaben zu arbeiten –, so handelte es sich dabei doch um eine entschieden unpersönlichere Umgebung, als ihre Wohnung sie darstellte.

Seit jenem Abend, als er sein Interesse an ihr hinausposaunt hatte, war er stets ein Vorbild von Schicklichkeit gewesen. Samantha hatte gehofft, seine Vernarrtheit wäre inzwischen abgeebbt, doch immer wieder fiel ihr auf, wie er sie in verträumten Momenten ansah und sein Blick ihr durch den Klassensaal folgte. Gelegentlich, wenn ihr Blick den seinen kreuzte, errötete er leicht und drehte rasch den Kopf weg.

Cavan Sheridan war bei weitem der bemerkenswerteste Schüler, den sie bisher unterrichtet hatte. Samantha war begeistert von seiner Intelligenz, seiner Energie und seinem Lerneifer. Und weil er ihr auch als Person sympathisch war, ärgerte sie sich an der steifen Verlegenheit, die zwischen ihnen herrschte. Aber sie konnte machen, was sie wollte: nichts schien diese latente Spannung mildern zu können.

Im Hinausgehen drehte Cavan sich noch einmal um. „Ach, das hätte ich fast vergessen", sagte er, „Mr Kane lässt Ihnen noch ausrichten, Sie könnten mir Ihre Antwort mitgeben, wenn es Ihnen recht wäre." Er zeigte auf den Briefumschlag. „Vielleicht noch heute Morgen, sonst am Nachmittag, wenn ich wiederkomme." Er schien einen Moment zu zögern, als Samantha aber nur nickte und lächelte, wandte er sich um und ging zur Tür.

Nachdem er fort war, zündete Samantha ihre Petroleumlampe an. Der unerfreuliche Besuch ihrer Mutter wirkte immer noch nach, so dass ihre Hand zitterte, als sie das Kuvert aufschlitzte und einen dünnen Briefbogen herauszog. Das Herz schlug ihr bis zum Hals, während sie Jack Kanes raumgreifende, nicht sehr akkurate Handschrift entzifferte:

*Liebe Mrs Harte,*
*ich hege die Befürchtung, mich etwas brüsk aufgeführt*

*zu haben, als ich am Sonnabend so unvermittelt die Kirche verließ. Als einzige Entschuldigung kann ich anbieten, dass ich an dem Abend irgendwie gedankenverloren war und Ruhe brauchte. Ich würde Sie nur zu gerne persönlich um Verzeihung bitten, so Sie mir denn Gelegenheit dazu gewährten. Darüber hinaus wäre mir daran gelegen, noch einmal über Ihre Gedanken hinsichtlich der Vorschläge unseres jungen Cavan Sheridan zu sprechen – Sie wissen schon: die Geschichten aus Irland und die mögliche Ansiedlung einiger ausgewählter Einwanderer von dort.*
*Ich frage mich, ob Sie mir wohl erlaubten, Sie diese Woche zu einem Abendessen einzuladen. Ich will ganz deutlich werden, denn ich bin überzeugt, dass Sie zu höflich wären, die Dinge beim Namen zu nennen: Ich würde es sehr wohl verstehen, wenn Sie abgeneigt sind, sich in meiner Gesellschaft blicken zu lassen. Für diesen Fall denke ich an einen kleinen, etwas abgelegenen – aber selbstredend durch und durch ehrbaren – Club, wo allem Anstand Genüge getan, aber zugleich jene Zurückgezogenheit gegeben ist, von der ich glaube, dass Sie darauf bestünden.*
*Ich gestehe, dass ich begierig darauf bin, Sie wiederzusehen – nicht bloß, um mein ungehobeltes Benehmen vom vergangenen Sonnabend wieder gutzumachen, sondern in der Hoffnung, Sie besser kennenzulernen. Alles, was Sie tun müssen, ist, mir den Abend Ihrer Wahl zu nennen. Bitte geben Sie doch noch heute Cavan Sheridan eine entsprechende Notiz mit.*
*In aufrichtiger Verbundenheit*
*Ihr Jack Kane*

Samantha starrte den Zettel in ihrer Hand an, als wäre er eine Giftschlange. Ihr Gesicht wurde heiß. Ihre Gefühle gerieten in Aufruhr; Zorn und ein Anflug von

Empörung rangen mit einer unwillkommenen Erregung, die sie unverzüglich von sich schüttelte.

Als ihr der volle Sinn der brieflichen Notiz aufging, stieß sie scharf die Luft aus. Ihr erster Gedanke war, dass der Mann wahrhaftig Nerven hatte, sie angesichts seines Rufs zu einem gemeinsamen Abend einzuladen. Ob es sie in seinen Augen irgendwie herabsetzte, dass sie darauf angewiesen war, für ihren Unterhalt zu arbeiten? Oder meinte er, die Tatsache, dass er sie beschäftigte, verpflichte sie, einer Einladung von ihm Folge zu leisten? Hielt er sie wirklich für so schwach?

Ihr Herz raste dermaßen, dass sie sich hinsetzen musste. Voller widerstreitender Empfindungen saß sie am Küchentisch, starrte auf den Brief und versuchte herauszufinden, in welcher Absicht er geschrieben sein mochte. Ein Mann wie Jack Kane würde sich doch wohl kaum darum scheren, einer Angestellten gegenüber unhöflich gewesen zu sein, oder? Ganz sicher würde es ihm nicht so viel ausmachen, dass er sich zu einer Entschuldigung genötigt fühlte. Und selbst wenn sie ihre Vorstellungskraft ein wenig überstrapazierte und davon ausging, dass es ihn doch berührt hatte, hätte es nicht gleich einer Einladung zum Essen bedurft, um die Dinge wieder ins Lot zu rücken. Eine kurze Mitteilung wie die, die er heute geschickt hatte, hätte vollauf genügt.

Ob Kane am Ende etwas davon gespürt hatte, dass sie sich neulich abends zu ihm hingezogen fühlte, widerstrebend zwar, aber unleugbar? Warf er sie in einen Topf mit all den anderen Frauen, die sich ihm an den Hals schmissen, wie man hörte?

Samantha schloss die Augen und kämpfte gegen ein übermächtiges Gefühl der Erniedrigung an, während sie zugleich versuchte, die anfängliche Woge der Erregung zu vergessen, die sie beim Lesen des Briefes überrollt hatte. Wider Erwarten ging ihr durch den Kopf, dass ihre „gerechte Empörung“ womöglich genauso unangebracht war wie das sich von selbst verbietende Hingezogensein zu Kane. Zweifellos war es unentschuldbarer Hochmut ihrerseits, seine Einladung zum Essen gleich als Kränkung aufzufassen.

Als Samantha seine unverblümte Unterstellung, sie würde sich ja wohl kaum gern mit ihm sehen lassen, noch einmal las, rührte irgendetwas an ihr Herz. Obwohl sie nicht leugnen konnte, dass er damit voll ins Schwarze getroffen hatte, demütigte es sie zutiefst, dass er sie so rückhaltlos durchschaute.

Tatsächlich hatte sie einen Augenblick lang den tiefen Wunsch verspürt, seine Einladung anzunehmen. Selbstverständlich würde sie es nicht tun, aber nicht bloß seines fragwürdigen Charakters wegen. Denn eines war Fakt, egal, was Jack Kane sonst noch sein mochte oder auch nicht – je nachdem, auf wen man gerade hörte: Er hatte selbst eingestanden, ein „Sünder“ zu sein – ein Ungläubiger. Allein schon die Tatsache, dass er all das zurückwies, worauf Samantha ihr Leben und ihre Zukunft gegründet hatte, machte ihn indiskutabel.

Nicht einen Augenblick lang gab sie sich der Illusion hin, einen Mann wie Kane beeinflussen oder gar verändern zu können. Dass sie sich von ihm angezogen fühlte, hatte nichts damit zu tun, dass sie ihn etwa „für den Herrn gewinnen“ wollte, obwohl sie selbstverständlich den Versuch dazu machen würde, wenn sich eine Gelegenheit böte. Aber ihre Gefühle waren nicht Gott wohlgefällig, und sie würde sich hüten, der Sünde Vorschub zu leisten, indem sie sich etwas anderes einredete.

Viel zu lange hatte sie im Zwielicht der Täuschungen gelebt, so lange, dass die Finsternis ihr bald alles

Leben geraubt hätte; und am allerschlimmsten war die Selbsttäuschung gewesen. Sich selbst wie auch ihre Angehörigen und Freunde hatte sie betrogen – zumindest hatte sie es versucht. Monate – ach was, Jahre – hatte sie gebraucht, um sich ihren Weg aus diesem Schattenreich heraus zu ertasten und zur Wahrheit zu finden. Nachdem sie diese entdeckt hatte, hatte sie sich geschworen, nie mehr in die Finsternis zurückzukehren.

Jeden Tag begann sie damit, um das Licht der Unterscheidung zu beten, auf das sie die Wahrheit erkenne und die Kraft finde, aus ihr zu leben. Jack Kane indes und die gegensätzlichen Empfindungen, die er in ihr wachrief, geboten über die Mittel, sie wieder in das Schattenreich zurückzuziehen. Das spürte sie.

Und ob sie der Finsternis ein zweites Mal würde entfliehen können, das bezweifelte sie sehr.

Samantha holte tief Luft und zerfetzte den Zettel mit Hingabe und Sorgfalt – so als könnte sie die Versuchung von ihrem Weg verscheuchen, indem sie den Brief in Stücke riss.

Sie brauchte nur einen Moment, um eine zwar höfliche, aber unmissverständliche Ablehnung zu Papier zu bringen.

* * *

Jack war nicht überrascht, als er am Nachmittag desselben Tages Samantha Hartes Antwort auf seinen Brief in Händen hielt. Ihre Zurückweisung wahrte zwar die Form, hätte aber kaum entschiedener ausfallen können. Was hatte ihn bloß geritten, die Möglichkeit ihrer Einwilligung in Betracht zu ziehen? Er hatte aus einem Impuls heraus gehandelt, und dies war die demütigende Quittung.

Und demütigend war das, was er vor sich liegen hatte, kein Zweifel. Dass eine Frau ihm einen Korb gab, war er nicht gewöhnt. Sicher, etliche Frauen mochten aus eigensüchtigen, materialistischen Motiven an ihm interessiert sein – aber zumindest *waren* sie interessiert!

Klar, Samantha Harte war ein besonderes Exemplar, ganz und gar nicht der Typ, der ihn gewöhnlich ansprach. Mit den „eisernen Jungfrauen", diesen Ausbünden an Sittsamkeit und Wohlerzogenheit, konnte er in der Regel nicht viel anfangen. Entweder waren sie schlicht langweilig oder sie trugen die Nase unerträglich hoch.

Warum aber konnte er sich Samantha Harte dann nicht aus dem Kopf schlagen? Gewiss, sie war attraktiv, eine ungewöhnlich gutaussehende Frau von unterkühlter Eleganz, die ihn zugleich reizte und ärgerte. Klug war sie auch, aber nicht bloß belesen, sondern auch einfühlsam – da hielt er jede Wette. Und er war sich fast sicher, dass er ihr keineswegs völlig gleichgültig war. Neulich in Rufus' Gemeinde – da hatte er etwas verspürt, etwas ..., was er nicht beschreiben konnte: einen gewissen Ausdruck in ihren Augen, etwas, was sie zueinander gezogen hatte. Wirklich überrascht hatte ihn das nicht; denn er hatte es schon registriert, als er sie zum ersten Mal traf, und in der Gemeinde war es wieder da gewesen. Er nahm an, dass sie es auch empfunden hatte, wenngleich sie das im Leben nicht eingestehen würde, nicht einmal sich selbst.

Aber was nützte ihm das? Zum Donner, es war wahrhaftig nicht das erste Mal, dass er sich von einer schönen Frau angezogen fühlte! Und er war doch nicht auf wer weiß was aus – es ging nicht um eine Bindung fürs Leben, bloß um einen netten Abend. Schließlich hatte er nicht um die Hand der Dame angehalten, er hatte sie lediglich zum Essen eingeladen!

Er konnte nichts dagegen tun, dass sich auf einmal

ihr Bild vor seinem inneren Auge abzeichnete, genauso wenig wie er leugnen konnte, dass er sich etwas vorlog. Das ließ er sich sonst kaum durchgehen. Und auch jetzt war es besser, einfach der Wahrheit ins Auge zu blicken: Er hatte an Samantha Harte etwas ganz Außergewöhnliches entdeckt, und zwar gleich von Anfang an – etwas Seltenes, Feines, Unbeflecktes. Längst war ihm klar, dass sie keine Frau wie alle anderen war und dass es darauf hinauslaufen würde, dass er bei ihr auf viel mehr aus sein würde als bloß eine grelle, billige Affäre. Sie hingegen dachte anscheinend, alles, was mit ihm zusammenhing, würde exakt so sein: grell und billig.

Er zerknüllte ihre kurzangebundene Notiz in der Hand, so als könnte er dadurch ihrer Zurückweisung die brutale Realität nehmen. Was er gewollt hatte, war, ihre gutmütige Seite zu berühren, jenen unverdorbenen, unbefleckten Teil ihres Wesens, der ihn beschämte, selbst indem er ihm Hoffnung auf eine irgendwie geartete Erlösung zu machen schien. Wenn er sie nur kennenlernen, mit ihr zusammen sein könnte, so hatte er gedacht, dann wäre vielleicht ...

Vielleicht *was*?

Plötzlich böse auf sich selbst stieß er sich von seinem Schreibtisch ab und stürmte aus dem Büro, wobei er die Tür derartig zuknallte, dass seinen nahebei arbeitenden Angestellten angst und bange wurde.

Jack verließ das Haus und marschierte schnellen Schritts die Straße hinab. Fast eine Stunde lief er, beinah rennend, im Regen durch die glitschigen Straßen, düster wie ein gereizter Bulle. Er sah nichts, und das Einzige, was er hörte, waren sein eigener Puls, der in seinen Ohren dröhnte, und das drohende Grollen seiner Selbstverachtung.

# 28. Traurige, unerwartete Neuigkeiten

*Der Herrgott richtet „Verbrechen" droben,*
*doch anders, als der Mensch erwogen.*
Mary Kelly

Dem Zeitungsjungen Willie Shanahan begegnete Samantha zum ersten Mal an dem Tag, an dem seine Mutter den Vater des Jungen erschoss.

Am Vorabend der Tat war Samantha noch lange mit Cavan Sheridan zusammen gewesen, um ihm bei seinem Artikel über die Zeitungsjungen der Stadt zu helfen. Er machte seine Sache ausgezeichnet und hatte, von einigen grammatischen Feinheiten abgesehen, kaum ihrer redaktionellen Hilfe bedurft. Noch etwa ein Tag, und sein Entwurf fertig wäre.

Als Cavan am Mittwochnachmittag kam, um die Korrekturfahnen abzuholen, war er außer Atem und sichtlich durcheinander. Sein Gesicht war puterrot, und er schwitzte, obwohl es kein besonders warmer Tag war.

Kaum war er in ihrer Wohnung, platzte er heraus: „Mrs Harte – haben Sie's schon gehört? Mrs Shanahan hat ihren Mann erschossen! Sie hat Willies Vater umgebracht!"

Völlig überrumpelt versuchte Samantha zu begreifen, was er gesagt hatte. Noch während er sprach, stand ihr schlaglichtartig Maura Shanahans verzweifelte Miene vor Augen. Aufs Neue sah sie das hässliche Veilchen, die angsterfüllten Augen. Auf einmal schien es in ihrer Küche eiskalt zu sein, und die Vorahnungen, die ihr kamen, ließen sie erschauern.

Gepresst fragte sie: „Was ist geschehen?"

Cavan schüttelte den Kopf. „Ich glaube, das weiß noch niemand genau. Eine von Willies Schwestern kam ins Kontor und hat ihn gesucht. Als ich weg bin, hatte man ihn noch nicht gefunden."

Schon tat es Samantha leid, dass sie nach dem verpatzten Sonnabend keinen weiteren Besuch bei den Shanahans gemacht hatte. Schon damals hatte sie es gewusst. Sie hatte bloß die arme, verhärmte Frau ansehen müssen, der Angst und Verzweiflung so deutlich ins Gesicht geschrieben standen ... Sie hatte es *gewusst*. Und nichts unternommen.

Sie dachte daran, dass sie nichts hatte tun *können*, jedenfalls zu dem Zeitpunkt nicht. Und seither hatte sie keine Zeit gehabt, nochmals hinzugehen. Doch selbst wenn sie die Zeit gefunden hätte – hätte sie sich denn ein weiteres Mal aufgemacht? Voll Abscheu erinnerte sie sich daran, wie sie praktisch von Maura Shanahan weggerannt war, ihre eigenen Gefühle in quälendem Aufruhr angesichts der Erinnerungen, die der Anblick der gepeinigten Frau in ihr ausgelöst hatte.

Cavan Sheridans Wortschwall riss sie in die Gegenwart zurück. „Mr Kane hat zwei andere Zeitungsjungs losgeschickt, um nach Willie zu suchen. Er wird sich jetzt um seine jüngeren Geschwister kümmern müssen, wo die Mutter im Gefängnis sitzt."

Schreckensbleich starrte Samantha ihn an. „Maura Shanahan ist ... im *Gefängnis*?"

Er sah sie an, als verstünde er nicht. „Wie ... ja, natürlich ist sie das. Die Polizei hat sie abgeführt, gleich nachdem es passiert ist."

„Lieber Himmel", murmelte Samantha. „Was soll bloß aus ihr werden?"

„Sind Sie okay, Mrs Harte? Möchten Sie sich nicht lieber setzen?“

Er musterte sie eingehend, Sorgenfalten auf der Stirn. Samantha bemühte sich, das Gefühl von Schwäche und Elend abzuschütteln, das sie gepackt hatte. „Nein, es geht schon.“ Sie sah ihn an. „Ob es wohl ... Cavan, würde es Ihnen was ausmachen, mich auf dem Rückweg ins Kontor am Gefängnis abzusetzen?“

Er runzelte die Stirn noch mehr. „Am Gefängnis?“

Samantha war schon am Schrank und griff nach ihrem Cape, wenngleich sie wusste, dass das Frösteln, das sie überlief, nichts mit der Witterung zu tun hatte. „Vielleicht kann ich was für sie tun“, sagte sie. „Würden Sie bitte die Fahnen vom Küchentisch holen?“

Cavan zögerte nur ein paar Sekunden, dann ging er in die Küche. Als er jedoch zurückkam, blieb er im Korridor stehen. „Mrs Harte, bitte erlauben Sie mir zu sagen, ich halte es nicht für eine gute Idee, dass Sie ins Gefängnis gehen wollen. Nach allem, was man hört, ist das ein schrecklicher Ort. Kein Platz für eine Frau.“

Samantha sah auf, während sie in ihren Umhang schlüpfte. „Maura Shanahan ist auch eine Frau, Cavan. Und außerdem bin ich schon dort gewesen.“

Er starrte sie an. „Sie waren im Gefängnis?“

Samantha nickte und lächelte grimmig, während sie die Tür abschloss. „Mehrmals.“

Wenn er von all den Orten wüsste, dachte sie, an die ihre Arbeit unter den Einwanderern sie schon geführt hatte, wäre er total entsetzt. Sie war nicht das zerbrechliche Zuckerpüppchen, für das Cavan sie zu halten schien. Das meiste von dem, was ihre Mutter „verzogenes Geziere“ genannt hatte, war längst von ihr abgefallen. Nur allzu vertraut waren ihr die eher verkommenen Ecken der Stadt geworden: Sie kannte die Slums, die meisten Hospitäler, die Findelhäuser – und die Gefängnisse. Sie hatte mehr als genug Schmutz, Krankheit und Verderbtheit gesehen.

Die Stadt der Armen war ein vollkommen anderer Ort als die der besseren Kreise. Inzwischen war Samantha mit beiden Welten aufs Beste vertraut und wusste sehr gut, dass jede ihre ganz eigenen Heimlichkeiten und Abgründe barg.

* * *

Cavan widerstrebte es, sie allein beim Gefängnis abzusetzen, aber Samantha ließ nicht mit sich reden. „Sie müssen die Fahnen ins Büro zurückbringen", sagte sie ihm. „Ich komm schon zurecht. Die meisten Wärter und Polizisten kenne ich. Man wird schon auf mich aufpassen, machen Sie sich keine Sorgen."

Dennoch bestand er darauf, sie in das Gebäude hineinzubegleiten. Gleich am Eingang ließ ein rotgesichtiger Polizist eine Schimpftirade auf einen kleinen Jungen hinunterprasseln, der hinter der Tür kauerte. Cavan hatte Willie Shanahan nur mit dem blauen Auge gesehen, das er bei der Prügelei auf der Straße davongetragen hatte, aber er erkannte ihn auf der Stelle wieder.

„Willie? Was in aller Welt tust du hier? Deine Schwester hat dich überall gesucht!"

„Sie kennen diesen Jungen?", fragte der Polizist.

Cavan nickte.

„Dann machen Sie ihm bitte klar, dass er hier verschwinden soll. Seit dem frühen Morgen drückt er sich hier herum. Wenn er sich nicht dünne macht, bring ich ihn hinter Schloss und Riegel!"

„Das werden Sie nicht tun, Wachtmeister Malloy."

Cavan stand mit offenem Mund da, als Samantha Harte zu dem Polizeibeamten trat. Er konnte sich nicht vorstellen, dass ihre feinen Züge einen so gestrengen Ausdruck annehmen konnten. Die Arme vor der Brust verschränkt, hörte er gebannt dem nun folgenden Wortwechsel zu.

Erst jetzt schien der Beamte die Anwesenheit der Frau wahrzunehmen. Ihren Namen stammelnd, nuschelte er eine Entschuldigung. „Oh, Mrs Harte, tut mir leid – ich hab Sie gar nicht gesehen. Aber dieser Bengel hier macht sich zum Narren, so wie er hier rumhängt. Hat hier nichts zu suchen, der Bursche."

„Dem kann ich nicht widersprechen, aber deswegen werden Sie ihm doch wohl kaum drohen müssen!"

„Jawohl, Ma'am – ich meine, nein, Ma'am. Aber –"

„Du bist Willie Shanahan?", fragte Samantha freundlich, indem sie sich dem Jungen zuwandte.

Willie entknotete sich und stand auf. Seine abgewetzte Kappe vor der Brust wringend, nickte er. „Ja, binnich."

„Nun, ich fürchte, Wachtmeister Malloy hat recht. Das hier ist kein guter Platz für dich. Wär es nicht besser, du gingst nach Hause zu deinen Brüdern und Schwestern?"

„Buster, also das is' mein Bruder, der guckt nach ihnen", sagte der Junge. „Ich will lieber hierbleiben, falls Mama irgendwas brauchen tut."

„Und genau das ist es, Mrs Harte", warf Wachtmeister Malloy ein. „Man wird ihm sowieso nicht gestatten, seine Mutter zu sehen. Er steht hier bloß im Weg rum."

Samantha Harte musterte Willie ein, zwei weitere Sekunden lang. Dann wandte sie sich wieder dem Polizeibeamten zu. „Kann ich mir kaum vorstellen, dass so'n kleiner Junge allzu sehr im Weg sein sollte", sagte sie. „Es wär doch sicher möglich, dass er für einen Augenblick seine Mutter sieht?"

Der Polizist schüttelte das Ansinnen ab wie ein nasser Hund das Wasser. „Der Sergeant hat das für absolut ausgeschlossen erklärt, Ma'am!"

„Sergeant Garvey, meinen Sie?", fragte sie unbeeindruckt.

„Jawohl, Ma'am."

„Würden Sie bitte dem Sergeant ausrichten, dass ich ihn zu sprechen wünsche?"

Nur ein paar Sekunden lang starrte Wachtmeister Malloy sie an, bevor er sich den Korridor entlangtrollte. Inzwischen wandte sich Samantha Harte wieder dem Jungen zu. „Willie, falls sie *mich* mit deiner Mutter reden lassen – wirst du mir den Gefallen tun und nach Hause gehen, bis ich einen Besuch für dich arrangieren kann?"

Der Junge sah sie an. Sein hageres Gesicht war todernst. „Könn' Sie das tun? Sie kriegen's hin, dass ich meine Mami sehn darf?"

„Ich werde mein Bestes tun, Willie. Ich glaube, bis morgen kann ich was für dich erreichen. Aber du musst mitmachen, verstehst du?"

Schließlich neigte Willie den Kopf und nickte, wenn auch sichtlich widerstrebend.

„Gut", sagte Mrs Harte weich. „Du scheinst mir ein wirklich guter Junge zu sein, Willie."

Willie Shanahans Miene hellte sich deutlich auf. Cavan kam es so vor, als ob der Junge an derlei Freundlichkeit oder Lob absolut nicht gewöhnt war.

Im nächsten Augenblick kam Wachtmeister Malloy zurück. Im Schlepptau hatte er einen Hünen von Mann mit kleinen, wachsamen Augen und einer Wampe von riesigen Ausmaßen. Das musste wohl Sergeant Garvey sein.

Die Art, wie sie sich begrüßten, ließ keinen Zweifel daran, dass er und Samantha Harte miteinander bekannt waren. Samantha vergeudete keine Zeit und kam unverzüglich zur Sache. „Mir ist schon klar, dass Sie das eigentlich nicht genehmigen dürfen, Sergeant – dennoch würde ich Sie gern bitten, den kleinen Willie hier seine Mutter sehen zu lassen. Nur für einen Augenblick."

Der Sergeant zog die Stirn in Falten. „Sie kennen dieses Weib, diese Shanahan?"

Samantha Harte nickte. „Jawohl."

Des Sergeants Blicke wanderten zwischen Willie und Mrs Harte hin und her. „Dann wissen Sie auch, dass sie eine Mörderin ist", sagte er mit gesenkter Stimme. „Ausgeschlossen, dass ich den Jungen zu einer Mörderin in die Zelle lasse."

„Sie ist seine *Mutter*, Sergeant Garvey." Samantha Hartes Stimme klang wie ein Guss eiskalten Wassers.

„Und wenn schon", murmelte der Beamte. „Tut mir leid, Mrs Harte. Sie müssen verstehen: wenn der Captain das rauskriegt, darf ich meine Hundemarke abliefern. Keinen Besuch für die Täter, so ist das nun mal. Das gilt natürlich auch für Familienangehörige. Und außerdem wissen Sie doch, Mrs Harte, wie es da hinten zugeht. Sie werden doch nicht wollen, dass der Junge seine Mutter so sieht."

Cavan sah Samantha Harte an. Ihre Züge waren so starr, dass man hätte meinen können, ihr Gesicht sei aus Marmor gehauen. „Da mögen Sie schon recht haben, Sergeant. In dem Falle muss ich darauf bestehen, dass Sie *mir* Zutritt zu Mrs Shanahan gewähren. Und anschließend möchte ich mit Captain Ryan sprechen, um dafür zu sorgen, dass eine Besuchsmöglichkeit für Willie geschaffen wird, möglichst außerhalb der ... Zelle."

Der Sergeant war offenkundig aus dem Konzept gebracht. „Verstehen Sie doch, Mrs Harte: keine Besucher heißt keine Besucher, basta."

„Sie waren doch sonst so freundlich, für mich ein Auge zuzudrücken, Sergeant“, sagte sie ruhig. „Und außerdem bin ich nicht als gewöhnliche Besucherin hier, sondern als Vertreterin der Einwandererhilfe. Und als solche darf ich mir erlauben zu fragen, ob gegen Maura Shanahan bereits Anklage erhoben wurde.“

„Sie wird des Mordes angeklagt werden.“ Diese Feststellung traf Wachtmeister Malloy. Das trug ihm einen säuerlichen Blick seines Vorgesetzten ein.

„Wenn ich Sie zu ihr lasse – selbstverständlich nur für einen Augenblick –, schaffen Sie mir dann den Jungen vom Hals?“, fragte Sergeant Garvey.

Samantha Harte sah erst ihn, dann Willie an. „Willie? Du denkst an unsere Abmachung?“

Willie Shanahan zögerte nur einen Moment, bevor er antwortete. „Jawoll, Ma'am.“ Er zog sich die Mütze über die Ohren, und nachdem er noch ein letztes Mal Blickkontakt mit Samantha Harte gesucht hatte, drehte er sich um und ging zur Tür.

„Also schön, Mrs Harte“, sagte der Sergeant. „Wachtmeister Malloy bringt Sie nach hinten. Aber er wird bei Ihnen bleiben. Und in zehn Minuten sind Sie wieder draußen.“ Er unterbrach sich. „Und bitte kein Wort zum Captain, ja?“

„Selbstverständlich nicht, Sergeant.“ Samantha Harte schenkte ihm ein betörendes Lächeln, bevor sie sich an Cavan wandte. „Cavan, es wird wirklich Zeit, dass Sie die Abzüge ins Büro zurückbringen.“

Er nickte. „Mach ich. Aber dann komm ich wieder und fahr Sie nach Hause.“

Sie zögerte, aber nur eine Sekunde. „Das wäre sehr nett von Ihnen. Ich fühle mich ein bisschen schlapp.“

Cavan ließ die verschränkten Arme sinken und wartete ab, bis Samantha Harte und der Polizeibeamte durch die Tür am Ende des Korridors verschwunden waren. Dann öffnete er das Gefängnistor und trat auf die Straße hinaus. Während er zu seinem Buggy ging, machte er sich im Geist eine Notiz, um nicht zu vergessen, Mr Kane davon zu berichten, wie Mrs Harte mit dem Polizisten umgesprungen war.

# 29. Das vertraute Antlitz der Verzweiflung

*Eine Kerkermauer umgab uns beide.*
Oscar Wilde

„*Wohin* hast du sie gebracht?"

Kanes Blick war eiskalt. Cavan fühlte sich angespannt, duckte sich aber nicht vor dem Zorn seines Herrn und Gebieters. Schließlich hatte er nichts anderes getan als das, worum Samantha Harte ihn gebeten hatte. Und außerdem vermochte er nicht einzusehen, wieso es eigentlich – abgesehen von der Tatsache, dass er ein Fahrzeug des *Vanguard* benutzt hatte – Kane etwas angehen sollte, wohin er sie gebracht hatte.

„Ins Gefängnis, Sir", wiederholte er ruhig, die Hände hinterm Rücken verschränkt. „Sie bestand darauf, nach Mrs Shanahan zu sehen, sobald sie von der Schießerei gehört hatte."

Kane starrte ihn mit der Zigarre zwischen den Zähnen an. Sein Gesicht glich einer Gewitterwolke. „In welches Gefängnis?"

Cavan gefiel es überhaupt nicht, dass sein Arbeitgeber so wütend war. Auch wenn er bis jetzt noch nie zur Zielscheibe von Kanes cholerischem Temperament geworden war, war er lange genug bei dem Mann beschäftigt, um zu wissen, wie ungenießbar er werden konnte, wenn man ihn reizte. „Eldridge Street, Sir", beeilte er sich zu sagen.

„Was zum Teufel hast du dir dabei gedacht, Sheridan? Ich bin noch nie da drinnen gewesen, aber es dürfte all den anderen Knästen der Stadt wohl nicht nachstehen. Hast du auch nur die leiseste Vorstellung, wie es in den Dingern aussieht?"

Cavan ging es schwer gegen den Strich, sich abkanzeln zu lassen, aber er nötigte sich weiterhin einen unaufgeregten Tonfall ab. „Sie wollte es so, Sir. Wie schon gesagt, sie bestand darauf."

Kane zeigte die Zähne, zwischen denen die Zigarre klemmte. Dann stand er mit solchem Schwung von seinem Schreibtisch auf, dass sein Stuhl beim Zurückschieben gegen die Wand knallte. „Und wenn die Frau so verrückt wäre, sich vor ein durchgegangenes Gespann zu stellen, dann würdest du ihr noch den Willen tun, auf sie zuzuhalten, wie?" Kopfschüttelnd murmelte er etwas, das Cavan nicht verstand, was aber wie eine Verwünschung klang.

„Mrs Harte versicherte mir, dass sie sich in dem Gefängnis auskennt, Sir", sagte er, um sich zu rechtfertigen.

Ruckartig hob Kane den Kopf. „Nanu? Wie sollte das zugehen?"

„Ich glaube, es hängt mit ihrer Arbeit für die Einwandererhilfe zusammen. Jedenfalls schien sie mit zweien von den Polizeibeamten gut bekannt zu sein."

„Dann bist du also mit ihr da reingegangen?" Kane sah immer noch aus wie ein aufziehender Tornado, aber seine Stimme war jetzt eine Idee leiser, und er kaute nicht mehr ganz so unwirsch auf seiner Zigarre herum.

„Jawohl, Sir, bin ich. Sie redete mit einem gewissen Sergeant Garvey und einem Wachtmeister Malloy, und ich kann Ihnen versichern, keiner von denen kam gegen Mrs Harte an."

Kane runzelte die Stirn. Seine Augen wirkten hart wie Kieselsteine. „Wie meinst du das?"

„Mir kommt's so vor, dass mit Mrs Harte nicht so leicht Kirschen essen ist, wenn sie sich einmal was in den Kopf gesetzt hat. Sie sieht zwar nicht danach aus, aber mir scheint, die Frau hat einen eisernen Willen."

Kane sah ihn forschend an, bevor er ihm brummig Recht gab. „Da könntest du richtig liegen. Und trotzdem hat sie nichts verloren in einem Zuchthaus ..." Er brach ab und musterte Cavan mit scharfem Blick. „Na ja, ich denke mal, es hätte auch noch schlimmer kommen können, wenn sie sich das nun mal in den Kopf gesetzt hat ... Immerhin hast du sie gefahren. Sonst wär' sie womöglich noch zu Fuß gelaufen, und das ist kaum 'ne Gegend für eine Dame."

„Haargenau, Sir. Deshalb hab ich ihr ja auch gesagt, ich würde wiederkommen und sie nach Hause bringen." Er unterbrach sich. „Natürlich nur, wenn Sie nichts dagegen haben."

Kane sah ihn an, während er in der Kupferschale, die ihm als Aschenbecher diente, seine Zigarre ausdrückte. „Wird nicht nötig sein", sagte er.

„Aber, Sir – ich meine, ich hab's Mrs Harte so gut wie versprochen, dass ich wiederkomme."

Kane grinste unwirsch. „Alle Achtung dafür, wie du dich einsetzt, Sheridan – auf Kosten deiner Arbeitszeit und mit dem Wagen der Zeitung."

Cavan lief rot an. Er wollte sich erklären, aber Kane winkte ab.

„Nichts für ungut. Ich hab bloß gemeint, du brauchst dir nicht den Kopf zerbrechen. Ich werde selbst nach Mrs Harte sehen."

Cavan starrte ihn irritiert an. „Wie jetzt, Sir?"

Kane war schon dabei, seinen Rock überzuziehen. „Du fährst den Wagen nach Hause, und ich nehme die Kalesche. Morgen früh fahren wir dann jeder für sich her."

„Ja, Sir, aber –"

Kane ließ ihm nicht die Zeit, zu Ende zu reden. Er hob die Hand und eilte aus dem Raum. „Sei bitte so gut, das Büro für mich abzuschließen!"

Cavan sah ihm nach. Zuerst hatte er einen Stich von Enttäuschung empfunden, jetzt aber wurde daraus eine bestimmte Ahnung, und er begann sich zu ärgern. Dabei, so sagte er sich, lag er bestimmt verkehrt. Was sollte Kane schon an einer gesitteten Dame wie Mrs Harte interessieren? Sie war eine rechtschaffene gläubige Frau, tugendsam durch und durch. Sicher, sie war unheimlich hübsch, aber doch überhaupt nicht der Typ, der Jack Kane ansprach, oder?

Andererseits hatte er Kane nicht oft genug in Begleitung einer Frau gesehen, um einschätzen zu können, was sein Typ war. Es stand aber doch wohl zu vermuten, dass er der extravaganten, womöglich zum Vulgären neigenden Sorte Frau und nicht etwa der unaufdringlichen, geschmackvollen Anmut einer Samantha Harte den Vorzug gab.

Dennoch musste er sich widerstrebend eingestehen, dass er sich vielleicht täuschte. Man tat Kane unrecht, wenn man ihm Geschmack an Protz und Prunk unterstellte. Das Wenige, was er sich an Luxus erlaubte, schien sich auf teure Zigarren, gutes Essen und erstklassig geschneiderte Kleidung zu beschränken. Nein, es hatte keinen Zweck, es zu leugnen: es war ohne Weiteres möglich, dass Kane Samantha Harte hochgradig anziehend fand.

Welcher Mann täte das nicht?

Gallenbittere Furcht stieg in Cavan hoch, die ihm fast den Atem raubte. Meistens mochte er seinen Chef, bewunderte ihn sogar. Aber irgendetwas Dunkles, Skrupelloses hatte Kane an sich – ganz zu schweigen von seinem mitunter unbezwingbaren Scharfsinn –, das einen frösteln machte, um nicht zu sagen in Schrecken versetzte. Schon den bloßen Gedanken, dass Kane womöglich hinter Samantha Harte her war, fand Cavan völlig unerträglich.

Als er die Bürotür verriegelte und die Treppe hinabstieg, zitterten ihm die Hände. Er wünschte, er hätte Kane widersprochen – aber wozu sollte das gut sein? Gewiss, meistens behandelte Kane ihn anständig, dennoch war und blieb er der Lakai des Mannes. Jeder Einspruch seinerseits wäre aussichtslos gewesen, hätte Kane entweder aufgeregt oder belustigt – das war schwer zu sagen.

*Black Jack Kane* machte, was er wollte – und nach allem, was man hörte, *kriegte* er auch so gut wie immer, was er wollte.

Nachdem die Dinge so lagen, blieb Cavan nur die Hoffnung, dass Kane sich nicht entschloss, Samantha Harte zu wollen.

* * *

Samantha saß regungslos in der Zelle und betrachtete das Antlitz äußerster Hoffnungslosigkeit und Verzweiflung.

Es war ein düsterer, kalter, verwahrloster Ort. Mehrere Frauen liefen ziellos im Raum herum, einige heiser vor sich hinzeternd, andere schweigsam und bitter. Zumeist nahmen sie keinerlei Notiz von Samantha und Maura Shanahan.

Wenngleich sie nicht gerade erwartet hatte, dass die andere sich über ihren Besuch freuen würde, wunderte sich Samantha immer noch über die kalte Abweisung, die Maura Shanahan ihr entgegenbrachte. Nicht ein einziges Mal hatten ihre glasigen, abwesend wirkenden Augen Samanthas Blicke erwidert. Ihr bleiches, starres Gesicht verriet keinerlei Empfindung, nur mehrere dunkle, hässliche Blutergüsse darin sprachen Bände. Eines ihrer Augen war rot und verquollen – wohl kaum von Tränen, mutmaßte Samantha, sondern von Blut.

Samantha musste alle Selbstbeherrschung aufbringen, der sie fähig war, um hier hocken und das Elend der Frau aushalten zu können, die ihr gegenübersaß. Jeder Blick in das Gesicht der anderen ließ Samantha schmerzlich zusammenzucken, und das Wissen um die erbärmliche Lage der Frau jagte ihr qualvolle Krämpfe durch die Eingeweide. Als sie die Zelle betreten und Maura Shanahan gesehen hatte, hätte sie sich am liebsten auf dem Absatz umgedreht und das Weite gesucht, und selbst nachdem diese anfängliche Panik abgeklungen war, musste sie immer noch ihre ganze Willenskraft aufbringen, um zu bleiben.

„Mrs Shanahan? Erinnern Sie sich an mich?“, fragte sie mit weicher Stimme. „Ich heiße Samantha Harte. Ich war vorigen Sonnabend bei Ihnen, wegen Willie.“

Maura Shanahan machte keine Anstalten zu antworten, sondern starrte Samantha bloß dumpf und geistesabwesend an.

Samantha holte tief Luft und startete einen neuen Versuch. „Maura – ich darf Sie doch Maura nennen? Ich ... ich bin gekommen, um zu sehen, ob ich etwas für Sie tun kann, Ihnen irgendwie helfen.“

In den glanzlosen Augen flackerte etwas auf, aber nur für einen kurzen Moment.

„Ich wollte Ihnen gern sagen, wie leid mir ... das alles tut.“ Samantha wand sich unter der Belanglosigkeit ihrer eigenen Worte. „Ich weiß, das alles ist schrecklich für Sie. Vielleicht würde es Ihnen helfen, drüber zu reden?“

Endlich war da ein Funke des Wiedererkennens. „Ich hab ihn erschossen.“ Genauso gut hätte sie sagen können, wie spät es war – so unbeteiligt kamen ihre Worte heraus.

„Also ... Sie haben's also getan?“, fragte Samantha in freundlichem Ton. „Sie haben Ihren Mann erschossen?“

Maura Shanahan nickte, und ihre Geste verriet bodenlose Erschöpfung. „Er is' tot.“

Samantha schluckte. Sie war sich so gut wie sicher, die Antwort auf ihre nächste Frage längst zu kennen, kam aber nicht umhin, sie dennoch zu stellen. „Wieso, Maura? Wie kamen Sie dazu, so was zu tun?“

Die andere sah sie mit einer Miene an, die so gefühllos war, dass Samantha plötzlich zu frieren begann. „Weil er drauf und dran war, mich umzubringen“, sagte sie tonlos. „Diesmal wollte er mich vollends abmurksen.“

Samantha faltete die Hände im Schoß, um ihr Zittern unter Kontrolle zu bekommen. Sie schluckte wieder, wobei sie fast würgen musste, so einen Kloß hatte sie im Hals. „Diesmal?“, fragte sie mit belegter Stimme.

Maura Shanahan fiel jetzt das rotblonde Haar über ihr geschwollenes Auge, und sie sah aus wie ein verlassenes, misshandeltes Kind. „Diesmal war's anders. Er hat mich mit der Knarre verprügelt. Das hatte er noch nie gemacht.“

Sie hob eine magere, zittrige Hand, um sich das Haar aus dem Gesicht zu streichen. Ihrer beider Augen waren auf gleicher Höhe, aber Samantha vermutete, dass die andere sie gar nicht richtig wahrnahm, sondern vor ihrem Blick aufs Neue der Schrecken ablief, den sie durchgemacht hatte – und der Schmerz.

„Er hat gesagt, dieses Mal bringt er uns alle um – mich und auch die Kinder.“ Beim Sprechen rieb sich Maura mit der Hand über ihren verletzten Arm, den sie dicht an den Körper gedrückt hielt.

Ihre Worte waren kaum mehr als ein Flüstern, aber sie erschütterten Samantha zutiefst. „O Maura, es tut mir ja so leid ... so furchtbar leid." Mehr konnte sie nicht sagen. Sie hatte Angst, die Fassung zu verlieren.

Maura Shanahan sprach im selben tonlosen Singsang weiter, beinah so, als erzählte sie die Vorgänge routinemäßig zum x-ten Mal. „Vielleicht hätte ich gar nicht versucht, ihm die Knarre wegzunehmen, wenn er nicht gedroht hätte, den Kindern was zu tun. Aber ich konnt' ihm ansehen, dass er's ernst meint; und irgendwie kam's über mich." Flüchtig sah sie Samantha an. „War 'n fürchterliches Gefühl – als würd' mir gleich der Kopf platzen. Rasend war ich, wie der Teufel. Ich hab ihm die Knarre weggerissen, und als er auf mich zukam, hab ich einfach ... ich hab ihn erschossen."

Samantha hatte noch nie die Erfahrung gemacht, das Elend eines anderen Menschen so präzise nachempfinden zu können, wie es ihr jetzt mit Maura Shanahan erging. Es war fast, als wären ihr selbst Schmerz, Wut und Verzweiflung der unscheinbaren kleinen Frau aufgebürdet worden, die ihr gegenübersaß.

„Sie haben getan, was Sie tun mussten, Maura, um Ihr eigenes Leben zu retten – und vielleicht auch das Leben Ihrer Kinder."

Die andere sprach weiter. „Er war nich' immer so." Ihre Stimme war ein kaum hörbares Leiern. „Früher, als wir grad geheiratet hatten und hier rüberkamen, da war er so voller Träume. Wir alle beide. Wollten uns 'n Haus kaufen und 'n bisschen Land, irgendwo. Aber er kriegte keine Arbeit, wissen Sie. Keiner wollte ihn haben. Für Iren gab's keine Arbeit."

So ist es immer noch, dachte Samantha. Sie hatte die Schilder gesehen, überall, an Ladengeschäften und Lagerhäusern quer durch die Stadt: *Anfragen von Iren zwecklos.*

„Nach 'ner Zeit", fuhr Maura fort, „hat er angefangen, den Laufburschen für Captain Rynders zu spielen. Da hat er auch angefangen zu trinken. Zu Hause hat er nie zu tief ins Glas geguckt, wissen Sie, erst nachdem wir hier rübergekommen waren. Und wenn er trank, wurde er gemein. Immer gemeiner wurde er, immer gemeiner – und wenn er dann vollends besoffen war, war's so, als wenn er für alles mir die Schuld gab: dass er keinen anständigen Job kriegte und kein Geld hatte, um den Kindern was zu essen zu kaufen oder 'n ordentliches Haus und alles ..."

Was blieb ihm übrig? Irgendjemandem musste er die Schuld geben für sein eigenes Elend, seine innere Zerrissenheit ...

Maura hob den Blick und sah Samantha an, und in ihren Augen stand so viel Schmerz, so viel Reue und Hoffnungslosigkeit, dass es Samantha war, als hätte sie einen Stoß in die Magengrube bekommen.

„Ich kann mir nich' helfen – ich denk immerzu, wenn er bloß 'n richtigen Job gefunden hätte, wär' alles anders gekommen", sagte Maura Shanahan, und Samantha kam es so vor, als stecke hinter diesen paar Worten eine ganze Welt voll Trostlosigkeit.

„Maura", sagte sie und langte quer über den wackligen Tisch, um die andere bei der Hand zu nehmen, „ich muss jetzt gehen. Sie haben mir nur ein paar Minuten mit Ihnen zugestanden. Ich komme aber wieder, und inzwischen versuche ich jemanden ausfindig zu machen, der Ihnen helfen kann. Verstehen Sie? Sie sind nicht auf sich allein gestellt. Ich kenne eine Reihe Leute, und vielleicht gelingt's mir, einen Anwalt für Sie zu finden, jemanden, der weiß, was jetzt zu tun ist."

Mauras verwirrter Blick verriet unmissverständlich, dass sie ihr nicht traute. „Warum sollten Sie das tun? Wieso sind Sie drauf aus, *mir* zu helfen?"

Samantha hielt ihrem Blick stand und drückte die Hand der Frau ein weiteres Mal. „Weil ... weil ich zu verstehen glaube, warum Sie das getan haben. Vielleicht kann ich's besser verstehen, als Sie sich vorstellen können. Alles, was ich will, ist, Ihnen zu helfen, Maura."

Maura Shanahan starrte sie voll ungläubiger Skepsis an – und, wie Samantha erkannte, mit mehr als bloß einem Schuss Bitterkeit. „Tut mir leid, Mrs Harte – ich bin sicher, Sie sind 'ne gute Frau, aber verstehen – verstehen können Sie mich nicht."

„Aber ja doch, Maura", sagte Samantha leise, ohne auf das Zittern ihrer eigenen Stimme zu achten. „Und ob ich das kann, glauben Sie mir."

* * *

Nachdem sie sich von Maura Shanahan verabschiedet hatte, wies Samantha Wachtmeister Malloys Angebot zurück, sie zur Tür zu begleiten. Stattdessen ging sie den halben Weg durch den langen Korridor allein. Dann blieb sie stehen. Schlotternd und völlig am Ende ihrer Kräfte musste sie sich an die Mauer lehnen. Und sosehr sie sich auch anstrengte, sie zurückzuhalten, jetzt kamen doch die Tränen. Sie drehte das Gesicht zur Wand, wie um sich zu verstecken – vor ihrer Umgebung und vor der Verzweiflung Maura Shanahans.

Und vor ihrer eigenen.

Als sie sich endlich wieder in der Gewalt hatte und sich umwandte, um zu gehen, blieb ihr vor Überraschung der Mund offen stehen. Kaum einen Meter von ihr entfernt stand Jack Kane – so nah, dass er bloß die Hand hätte ausstrecken müssen, um sie zu berühren. Und tatsächlich hob er die Hand, als wollte er genau das tun, ließ sie aber sofort wieder sinken.

Sein Gesicht war eine düstere Maske, die nicht das Geringste verriet. Als er dann sprach, klang seine sonore, grollende Stimme unglaublich tief und sanft. „Ich bin gekommen, um Sie nach Hause zu bringen, Mrs Harte. Natürlich nur, wenn Sie gestatten."

Langsam, verwirrt, schüttelte Samantha den Kopf. Sie fühlte sich unsicher auf den Beinen, irgendwie taumelig, aber ihr war klar, dass das von der emotionalen Erschütterung herrührte, die sie soeben durchgemacht hatte. Als Kane ihr den Arm darbot, war sie versucht, ihn zu nehmen. „Ich dachte – Cavan hat doch gesagt, er käme zurück ..."

Kane lächelte sie an, und sein Lächeln war nicht minder freundlich wie seine Stimme. „Ich gebe zu, dass ich mir den Job meines Kutschers angeeignet habe. Ich wollte sehen, ob ich irgendwie helfen kann. Ich mag den kleinen Willie." Er hielt inne. „Mrs Harte – Samantha –, bitte lassen Sie sich von mir nach Hause bringen."

Samantha musterte ihn eingehend, konnte aber kein Anzeichen von Hintersinn ausmachen. Einen Moment zögerte sie noch, bevor sie tief durchatmete und seinen Arm ergriff. Sonst hätte sie noch nachgegeben, sich an diesen starken Mann zu lehnen.

# 30. Ein Abschied ohne auf Wiedersehen

*Denn der Hoffnung Traum ist verwelkt,*
*indes die Schatten des Gestern noch lauern.*
*Thomas Dermody*
Galway, Irland

Während sie die Treppen zu Bradys Unterkunft hinaufstieg, pochte Tereses Herz in einer Mischung aus Erregung und ahnungsvoller Furcht. Er hatte sie vor seiner Wirtin gewarnt, der „steifen und spießigen" Mrs Hannafin, die all ihren männlichen Pensionsgästen aufs Strengste untersagt hatte, „Mädchen auch nur über die Schwelle zu bringen". Der Teufel wäre los, falls sie Terese dabei erwischte, wie sie sich in ihr Haus einschlich.

An diesem Tag noch würde Brady aufbrechen. Und obwohl Terese sich schwarz ärgerte, ihren Stolz hinunterschlucken zu müssen, war ihr klar, dass sie ihn so, wie die Dinge jetzt standen, noch nicht davonziehen lassen konnte. Wie ein giftiger Pfuhl standen die bösen Gefühle, die der Streit von gestern Abend ausgelöst hatte, immer noch zwischen ihnen. Stolz oder nicht stolz – schon seit dem frühen Morgen hatte sie gewusst, was sie zu tun hatte.

Den größten Teil der Nacht hatte sie damit zugebracht, sich einzureden, dass sie ihn hasste, ihn niemals wiedersehen wollte und ganz bestimmt nicht auf seine Hilfe angewiesen war, um nach Amerika zu kommen. Und wenn sie nie im Leben aus Irland rauskäme, so versicherte sie sich, würde sie doch ums Verrecken nicht Brady Kane um Hilfe bitten.

Diese bittere Entschlossenheit aber hatte sich nicht gerade als langlebig erwiesen. Die Wahrheit war, dass sie sich den ganzen Weg über den Atlantik hätte kielholen lassen, um in die Staaten zu gelangen, und zwar mit Brady an ihrer Seite. Sie hatte weitaus tiefere Gefühle für ihn entwickelt, als sie anfangs wollte. All ihre fein ausgetüftelten Pläne, ihren eigenen Weg zu gehen und jede Berührung mit anderen zu vermeiden, die nicht ihre Ziele förderte, erschienen ihr plötzlich unwichtig. Seit dem Abend im Theater war es ihr immer schwerer gefallen, in Brady lediglich ein Mittel zum Zweck zu sehen, eine Gelegenheit, ihre Träume wahr werden zu lassen. Zu ihrer größten Verwunderung schien er selbst zu einem Teil dieser Träume geworden zu sein.

Sich so tief mit ihm – oder irgendjemand sonst – einzulassen, dass es ihr naheliegend erschien, ihre eigenen Bedürfnisse und Wünsche hinter die seinen zurückzustellen, war das Letzte, was sie gewollt hatte. Indem sie ihren Gefühlen für Brady freien Lauf gelassen hatte, war ihr genau das passiert.

Selbst als sie in seinen Armen lag, hatte sie sich noch etwas vorgemacht, sich eingeredet, dass sie ihn bloß benutzte, um zu erreichen, was *sie* wollte. Am Anfang, ja, da war das vielleicht noch ihr Plan gewesen, aber jetzt war alles anders. Wenn sie geglaubt hatte, ihn mehr unter ihre Kontrolle zu kriegen, indem sie seiner Leidenschaft nachgab, hatte sie sich schwer getäuscht. Im Gegenteil, mittlerweile kam es ihr so vor, als ob ihr alle Vorteile, die sie je besessen, aus der Hand gleiten würden. Gestern Abend war ihr klar geworden, dass sie ihn ebenso brauchte wie er sie – und diese Erkenntnis hatte sie bis ins Mark erschüttert.

Als sie sich den Korridor entlangstahl, der zu seinem

Zimmer führte, war sie vor Verwirrung und Unwilligkeit wie trunken – Unwilligkeit ihrer eigenen Dummheit wegen. Niemals hätte sie sich erlauben dürfen, so sehr mit einem Mann anzubändeln, schon gar nicht mit einem wie Brady, der sich nicht mal die Mühe gab, anders zu erscheinen, als er war – ein süßholzraspelnder Schwerenöter ohne jeden Ehrgeiz oder irgendein erkennbares Ziel im Leben. Alles sah danach aus, dass es ihn vollauf zufriedenstellen würde, den Rest seines Lebens in der Weltgeschichte herumzuziehen, seinen schrecklichen Skizzenblock unterm Arm und ein hübsches Mädchen an der Hand. Niemals würde er irgendwo Wurzeln schlagen, nie mehr besitzen als ein bisschen Kleingeld fürs Nötigste in der Hosentasche.

Obwohl sie all das wusste, war sie hier, schlich den Flur entlang wie eine Straßenhure und war bereit, ihn um Verzeihung zu bitten und die Dinge zwischen ihnen geradezurücken.

Das Ganze war vollkommen irre.

Auch ihr Streit war an sich verrückt gewesen, aber Terese hatte fast die ganze Nacht gebraucht, bis sie sich zähneknirschend eingestehen musste, dass der Fehler ganz und gar auf ihrer Seite lag. Es war absolut rücksichtslos von ihr gewesen, Brady so zu drängen, wie sie es getan hatte. Es war noch zu früh, viel zu früh, um irgendwelche Forderungen zu stellen. Die vorige Nacht und auch die davor waren sie zusammen gewesen, und mehr aus einer Laune heraus hatte sie gesagt, wenn er sie auf seine Reisen mitnähme, könnten sie jede Nacht zusammen sein.

Ihre Kühnheit hatte ihn offensichtlich verblüfft, aber nun hatte Terese den Kopf aus dem Fenster gestreckt und nicht gewusst, wie sie ihn wieder hereinziehen sollte. „Wenn du die ganzen Sachen, die du mir gesagt hast, wirklich ernst meinst, versteh ich nicht, warum du mich hierlassen willst. Du hast selber gesagt, dass man nicht wissen kann, wie lange du wegbleibst."

„Ich kann dich nicht mitnehmen, Terese." Während er das sagte, hatte er sie auf Armeslänge Abstand von sich gehalten. Er sah verstimmt, aber nicht direkt abweisend aus. „Ich bin nicht auf Ferien hier, ich hab zu arbeiten." Er lächelte sie schmeichelnd an. „Und du, meine Schöne, machst es mir beinah unmöglich, mich auf die Arbeit zu konzentrieren."

Unfähig, ihre Enttäuschung zu verbergen, versuchte Terese es noch mal. „Ich hatte in letzter Zeit nicht den Eindruck, dass du deine Arbeit sonderlich wichtig nimmst."

„Das meine ich ja gerade", sagte er, immer noch lächelnd. Er versuchte sie wieder an sich zu ziehen, aber Terese widerstand ihm. „Jetzt komm schon", drängte er. „Ich bin schon wieder da, ehe du dazu kommst, mich zu vermissen. Ich geh ja nicht für immer weg. Ich will doch bloß rüber nach Limerick."

„Und wer weiß, wohin sonst noch", sagte Terese verdrießlich. „Hast du mir nicht selbst gesagt, dass du noch so und so viele Ort besuchen musst, bevor du nach New York zurückfährst?"

„Und hab ich dir nicht auch gesagt, dass ich in ein paar Wochen wieder nach Galway zurückkomme, bevor's weitergeht?"

„Du hast bloß Schabernack mit mir gespielt, stimmt's? Ich bedeute dir nicht das Geringste, kein bisschen mehr als all deine anderen Weiber."

Er packte sie an den Schultern und zwang sie, ihn anzusehen. „Das stimmt nicht, und du weißt es. Ich hab noch nie 'n Mädchen gehabt, das mir so viel bedeutet wie du. Jetzt komm schon, Treesie, gehn wir rauf. Willst du denn an unserem letzten Abend gar nicht mit mir allein sein?"

Sich windend vor Enttäuschung und gleichzeitig wutentbrannt darüber, dass er sich so beiläufig aus der Affäre stehlen konnte, machte sich Terese von ihm los. „*Nirgendwo* will ich heute Abend mit dir sein! Die ganze Zeit hast du bloß mit mir rumgespielt, und dazu werd ich mich nicht noch mal hergeben! Und glaub bloß nicht, dass ich hier rumhänge und auf dich warte, falls du geruhen solltest, dich noch mal bei mir blicken zu lassen!"

„Du wusstest genau, dass ich wegmuss, Terese", schoss er zurück. „Ich habe dir nie irgendwas anderes gesagt, als dass ich morgen fortgehe. Und dass ich wiederkomme, das hab ich dir auch gesagt, oder etwa nicht?"

„Ach, du versprichst mir doch nur alles Blaue vom Himmel, damit du kriegst, was du willst!"

Seine plötzliche Verwandlung traf sie völlig unvorbereitet. Er trat von ihr weg, seine Augen wurden hart und sein Mund noch härter. Beißend sagte er: „Ich kann mich nicht erinnern, irgendwas verlangt zu haben, was du nicht allzu gern gegeben hast. Also, willst du jetzt heute Abend bei mir bleiben oder nicht? Ich werde dich nicht überreden. Wenn du lieber zu der verrückten Jane zurückwillst – bitte schön. Es wird allmählich spät."

Mann, war er kalt! Seine dunklen Augen sahen aus wie polierter Marmor, und nicht ein Funken Gefühl war in ihnen zu sehen, als er sie herausforderte.

Überrumpelt von dieser ungewohnten Zurschaustellung von Gleichgültigkeit, machte Terese kehrt, als wollte sie gehen. Doch er packte sie, zwang sie, sich umzudrehen, und verpasste ihr einen Kuss, der so rabiat war, dass es ihr wehtat. Als wäre sie nicht mehr für ihn als eine gewöhnliche Hure!

Zornglühend hob Terese die Hand, als wollte sie ihm wütend eine Ohrfeige verpassen, aber er schnappte sie und zog sie unversehens an sich. „Dieses Temperament, das du da an dir hast, wird dich noch mal zu Fall bringen, meine kleine Straßenkatze! Ich schwör's, manchmal denke ich, du bist ein bisschen neben der Kappe. Was erwartest du von einem Mann, Terese? Den ganzen Abend spielst du Schmusekätzchen, machst mich heiß und immer heißer – und dann rastest du total aus, bloß weil ich mich weigere zuzulassen, dass du dich vollkommen unmöglich machst und einen Riesenskandal lostrittst! Du kannst nicht einfach mit mir durchs Land streunen, du verrückte Gans – das wär' dein sicheres Ende!"

„Nicht, wenn ich deine Frau wäre!"

Ihre Erwiderung war absolut unüberlegt, eine Augenblickseingebung. Kaum waren die Worte über ihre Lippen, da wusste Terese schon, dass sie einen Fehler gemacht hatte. Und das Allerschlimmste war, dass sie es noch nicht einmal ernst meinte.

Wirklich nicht?

Er starrte sie an und ging auf Abstand. „Jetzt mal halblang, meine Schöne, von Heiraten hab ich nie was gesagt. Diesem Thema gehe ich geradezu abergläubisch aus dem Weg, wie du vielleicht bemerkt hast."

„Fürs Bett bin ich gut genug, aber für die Ehe nicht, stimmt's?"

Seine Kiefermuskulatur spannte sich, und aufs Neue wurde sein Blick kalt. „Hör auf damit, Terese", sagte er, und schon sein Tonfall jagte ihr eine Gänsehaut über den Rücken.

Reue durchflutete Terese. Je mehr ihr bewusst wurde, was für eine Dummheit sie gemacht hatte, umso mieser fühlte sie sich. Seine Kälte tat ihr weh, und sie ließ es geschehen, dass Wut ihren Kummer überlagerte. Sie wandte ihm den Rücken zu und versuchte zu überlegen, was sie jetzt sagen, was sie tun sollte.

Leise kam seine Stimme von hinten. „Hab ich auch nur ein einziges Mal erwähnt, dass ich dich heiraten würde, Terese?"

Sie wagte nichts zu erwidern und schüttelte nur stumm den Kopf.

„Darauf bin ich nicht aus, Terese. Das hat nichts mit dir zu tun. Ich bin verrückt nach dir – das müsstest du eigentlich wissen. Aber heiraten, das ist nichts für mich. Jetzt nicht und vielleicht nie im Leben." Er unterbrach sich. „Du hast es in der Hand, Terese, was aus uns beiden wird."

Am Ende flammte die Wut, genährt durch Demütigung und Selbstverachtung, in ihr wieder auf. Sie drehte sich zu ihm um. „*Nichts* wird mit dir werden, Brady Kane! Hau schon ab nach Limerick. Mich wirst du nicht mehr wiedersehen, bevor du gehst, und es ist mir völlig wurscht, ob du jemals zurückkommst!"

Blindlings schleuderte sie ihm die Worte ins Gesicht, die letzten geradezu ausspeiend. Dann eilte sie fast rennend die Straße hinab und sah sich nicht ein einziges Mal um.

Sicher, es war gelogen. Natürlich bedeutete er ihr was. Er *musste* einfach wiederkommen! Es hatte keinen Sinn, sich einzureden, dass er nur insoweit für sie wichtig war, wie er ihr für die Zukunft nützlich sein konnte. Mochte ihr Verstand noch so nachhaltig darauf bestehen – ihr Herz widersprach vehement.

Vielleicht lag die Wahrheit irgendwo in der Mitte verborgen, halbwegs zwischen dem, was sie gern glauben wollte, und dem tatsächlichen Augenschein. Auf jeden Fall war sie jetzt hier, schlich den Korridor zu seiner Tür entlang wie ein x-beliebiges billiges Straßenmädchen, entschlossen, die Dinge ins Lot zu bringen – koste es, was es wolle.

Allerdings würde sie ihn nicht für eine Minute glauben lassen, sie brauchte ihn. Mittlerweile war ihr klar, dass sie nur dann hoffen konnte, Brady an sich zu binden, wenn er überzeugt war, dass die Bedürfnisse allein auf seiner Seite lagen, nicht auf ihrer.

* * *

Seine Flurtür war angelehnt. Terese pochte leise, nur einmal. Als keine Antwort kam, trat sie ein.

„Brady?“

Immer noch keine Antwort. Tereses Blick suchte den kleinen Wohnraum ab, und eine erste Vorahnung stieg brennend in ihr auf. Der Raum sah verstaubt und unerwartet verlassen aus. Keine Bücher oder Papiere lagen herum, auf dem Tisch stand nicht einmal eine Teetasse, und die Vorhänge waren zugezogen.

Ihr Mund wurde trocken, während sie in der schmalen Schlafkammer nachsah. „Brady?“, sagte sie noch einmal. Ihre Stimme hallte in der stillen Wohnung wider.

Als sie den Beweis seiner Abreise sah, wandelte sich ihr vorheriges Unbehagen in Bestürzung, die sie überrollte wie eine Flutwelle. Das Bettzeug war wahllos in der Kammer verstreut, die Kleiderschranktür klaffte auf, und dahinter war alles leer. Keine Gepäckstücke mehr neben der Tür, keine Toilettenartikel auf der Waschkommode.

Es gab keine Spur von ihm, kein Anzeichen dafür, dass er jemals hier gewohnt hatte. Das Zimmer hatte sich jählings in eine leere Hülle verwandelt, in der es weder Leben noch Wärme gab. Das Licht, das durchs Fenster eindrang, war fahl und grau; denn auch in der Bettkammer hatte niemand die Vorhänge aufgezogen.

Auf einmal kam ihr der Morgen kühl vor. Benommen versuchte Terese den Kloß in ihrem Hals runterzuschlucken, um beinah zu ersticken an der Verzweiflung, die ihr die Kehle zuschnürte.

Wäre sie bloß früher hergekommen! Hätte sie ihn nur gestern Abend nicht alleingelassen, ihm nicht all diese bösen Worte an den Kopf geworfen! Jetzt war er fort, und mochte er auch stets wiederholt haben, dass er nur ein paar Wochen wegbleiben würde, so war das doch vor ihrem bitteren Abschied gewesen. Jetzt konnte sie sich nicht mehr auf sein Versprechen verlassen. Auf gar nichts konnte sie sich mehr verlassen.

Am Boden zerstört stand sie in der Kammer und wagte kaum zu atmen. Nach einer Weile überkam sie ein gewaltiger Anfall von Schüttelfrost, und sie begann zu schlottern, als hätte die Klaue eines Riesen sie gepackt und schüttelte sie voller Zorn durch.

Als der Anfall endlich vorüber war, stand sie immer noch da und sah sich in dem Schlafraum um, in dem sie noch vor zwei Nächten bei ihm gelegen hatte. Einsamkeit senkte sich über sie wie ein Mantel. Schon wieder war sie zurückgelassen worden. Nicht zum ersten Mal hatte sie jemand, von dem sie erwartet hatte, dass er sich um sie kümmern würde, stattdessen verraten, und es machte überhaupt keinen Unterschied, dass sie es sich diesmal selbst zuschreiben musste, dass es so gekommen war. Sie konnte an nichts anderes denken, als dass Brady sie verlassen hatte und sie allein war.

Wieder einmal ...

# 31. Preis der Träume, Strafe der Narrheit

*Die Träume sind mir ausgegangen.*
W. B. Yeats

*Irland, Juli 1839*

Brady Kane blickte über den Fluss nach Osten auf die Zinnen und Türme des Schlosses König Johns.

Die Landschaft war grandios und öde zugleich. Die Stadt Limerick selbst lag auf einer ausgedehnten Ebene am Ufer des Shannon, des „Königs" der Flüsse Irlands. Die alte Stadt hatte zwei Teile, den „englischen" und den „irischen"; zudem gab es ein jüngeres Viertel namens Newton Perry. Brady gab den beiden Altstadtbezirken den Vorzug. Besonders ans Herz gewachsen war ihm das Schloss, das ehrfurchtgebietend über dem Hauptzugangsweg von „Englishtown" thronte.

Der heutige warme Sommerabend würde sein letzter in Limerick sein, zumindest für eine Weile, und jedenfalls seine letzte Gelegenheit, sein Bild des Schlosses fertigzustellen.

Sehr rasch hatte er das Flair und die besonderen Vorzüge von Limerick schätzen gelernt. Er hatte, teils zum Verschenken, mehrere Paare der feinen Handschuhe erstanden, die hier hergestellt wurden und auf deren Fabrikation man sich wohl nirgendwo auf der Welt besser verstand. Ferner hatte er die verschiedenen Muster der hiesigen Spitzenklöppelei, die sogar in den

Staaten für ihre überaus feine Qualität berühmt war, studiert und gezeichnet.

Und selbstverständlich hatte er ein scharfes Auge auf die Limericker Mädchen geworfen. Schließlich sagte man den Frauen von Limerick nach, zu den schönsten in ganz Irland, um nicht zu sagen der ganzen Welt, zu gehören. Doch so reizvoll sie auch waren, so wenig hatten sie zu Bradys Unmut seine Gedanken von Tereses Feuer und Roweenas scheuer Schönheit ablenken können – jedenfalls nicht für lange.

Es fing einfach immer wieder an. Er schüttelte den Kopf, als müsste die bloße Bewegung genügen, um die beiden Sylphen zu verscheuchen, die ihn in viel zu vielen seiner wachen Stunden nicht losgelassen hatten – ganz zu schweigen von seinen Träumen.

Je näher seine Rückkehr nach Galway herankam, umso öfter ertappte er sich beim Grübeln darüber, welche Art von Empfang ihm Terese wohl bereiten würde. Gewiss würde sie inzwischen über ihre Verstimmung hinweggekommen sein. Die Tatsache, dass sie seinen Brief unbeantwortet gelassen hatte, verhieß nichts Gutes.

Schon vor einem Monat hatte er ihr geschrieben – nicht in der Absicht, irgendetwas von dem zurückzunehmen, was er in jener letzten Nacht ihres Zusammenseins gesagt hatte, sondern um ihr zu erklären, dass sein Widerstand gegen eine dauerhafte Bindung nichts mit dem zu tun hatte, was er für sie empfand.

Und ob er Gefühle für Terese hatte, sagte sich Brady, während er an den letzten Pinselstrichen seines Bildes arbeitete. Sie war schön, leidenschaftlich, scharfsinnig; und wenn sie sich auch, sobald sie in Fahrt geriet, wie eine Xanthippe gebärden konnte, so machte es doch die meiste Zeit großen Spaß, mit ihr zusammen zu sein.

Doch auch Roweena lag ihm am Herzen, wenngleich auf andere Art und Weise. Wenn Terese feurig und wild war, glich Roweena einer feinen Limericker Spitzenarbeit: unglaublich schön, aber so zartgewirkt, dass man sie kaum berühren konnte. Seine Empfindungen für sie waren verwirrend: Sie reichten von Beschützerinstinkten bis hin zu süßem, wehmütigen Begehren – nicht zu vergleichen mit der erregten, glühenden Begierde, die Terese in ihm auslöste, mehr ein zartes Sehnen nach etwas, das so flüchtig war wie der Morgennebel.

Und dann war da ja noch, dachte er trübsinnig, der Fels in der Brandung, Gabriel, der unüberwindlich zwischen Roweena und jedwedem Manne stand, der sich ihr auch nur zu nähern wagte. Kein leichtes Hindernis, wie immer man es drehte und wendete. Brady konnte sich nicht bezähmen, sich auszumalen, wie es wohl wäre, wenn der Hüne dank irgendwelcher unausdenklicher Umstände aus dem Weg träte, so dass Roweena ... na ja, eben zugänglicher wäre. Ob er dann immer noch einer dauerhaften Bindung abgeneigt wäre?

Die Hand mit dem Pinsel hielt mitten in ihrer Bewegung inne. Einen Augenblick stand er reglos da. Dann schüttelte er aufs Neue den Kopf. Besser, diesen Gedanken nicht weiterzuspinnen. So verlockend er auch war – ebenso gut konnte man auf den Untergang des britischen Weltreiches hoffen.

Wie auch immer, heute Abend noch hatte er ein paar andere Dinge zu erledigen, als sich in pubertären Phantasien zu ergehen. Zum einen musste er mit dem Packen fertig werden. Noch zuvor aber hatte er dem Waisenhaus einen kurzen Besuch abzustatten, um sicherzustellen, dass alle Einzelheiten bezüglich der Madden-Kinder auch wirklich klappten.

Während er seine Pinsel und Farben verstaute, wanderten seine Gedanken zu den jungen Maddens, Shona und Tully. Endlich hatte er Jacks Plan ins Werk zu setzen begonnen. Nachdem er das Gekritzel seines Bruders bekommen hatte, mit dem er der ersten Geschichte sein Placet erteilte, hatte Brady sich rasch daran gemacht, zu Papier zu bringen, was er für den einigermaßen gelungenen Entwurf eines Artikels über die beiden Madden-Waisen hielt. Gleichzeitig hatte er erste Vorkehrungen für deren Überfahrt in die Staaten getroffen.

Jacks Anweisungen getreu war er ausschließlich solchen Geschichten nachgegangen, die einen „unwiderstehlichen" Schmelz hatten – Geschichten, die „noch die Klippen von Moher zu Tränen rühren" würden, wie Jack es plastisch ausgedrückt hatte. Dank der örtlichen Gesellschaft der Waisenfreunde war Brady sich sicher, auf Anhieb die richtige Geschichte für den Auftakt der Serie ausfindig gemacht zu haben.

Shona und Tully Madden hatten vor drei Jahren durch ein Ereignis, das leider für irische Verhältnisse nur allzu typisch war, ihre Mutter verloren. Ein Großgrundbesitzer hatte der schwindsüchtigen Witwe und ihren beiden Kindern mitten im Winter wegen Pachtrückständen oder dergleichen Verbrechen das Dach überm Kopf weggenommen. Binnen einem Monat war die Mutter gestorben, und die beiden Kinder waren vollkommen auf sich allein gestellt gewesen.

Dank der Gnade Gottes und dem Eingreifen der Gesellschaft der Waisenfreunde waren die beiden am Leben geblieben. Shona war mittlerweile eine zerbrechliche Zehnjährige, aus deren gehetzten Blicken einen die Sorgen der ganzen Welt ansprangen. Ihr Bruder Tully war ein überraschend gutmütiges Kind, das einem rasch ein dermaßen offenherziges Lächeln schenkte, dass man einen kleinen Engel vor sich zu haben glaubte.

*Arme kleine Würmer,* dachte Brady und machte seinen Malkoffer zu. Tully waren die meisten Fußzehen abgefroren, so dass er sein Leben lang invalid sein würde, während Shona ständig Angst vor Kälte zu haben schien: Kaum machte jemand eine Tür auf und sie bekam ein wenig Zugluft ab, begann sie zu schlottern wie eine zittrige alte Vettel. Doch immerhin hatten sie überlebt – und das war nach allem, was sie zu ertragen gehabt hatten, wahrlich keine Kleinigkeit.

Wenn er an die beiden dachte, schämte sich Brady für jeden Luxus, der ihm jemals zuteilgeworden war, alles, womit er sich selbst verwöhnt hatte, und es verlangte ihn von Herzen danach, ihnen zu einem besseren Leben zu verhelfen. Dank Jack sah es danach aus, dass ihm genau das vergönnt sein würde. So wie die Dinge jetzt lagen, würden Shona und Tully Madden die beiden ersten Nutznießer der neuerlichen, für Bradys Empfinden etwas sonderbaren Großherzigkeit seines Bruders sein.

Er ließ die Brücke, auf der er gemalt hatte, hinter sich, im Geist die Aufgaben abhakend, die er noch erledigen musste, bevor er eine Mütze voll Schlaf nehmen konnte. Es würde ein langer Abend werden, aber er fühlte sich kein bisschen müde. Im Gegenteil, die Aussicht, schon bald Terese und Roweena wiederzusehen, flößte ihm ungeahnte Kräfte ein, und er konnte es kaum abwarten, sich endlich auf den Weg zu machen. Seine Schritte beschleunigend, nahm er sich nicht einmal die Zeit, seinen letzten herrlichen Sonnenuntergang überm Shannon zu genießen.

* * *

Gabriel wartete ab, bis das Sheridan-Mädel die Kate verlassen hatte, um die Hühner zu füttern. Erst dann wandte er sich wieder Jane Connolly zu, die in ihrem Sessel am Fenster saß und hinausschaute. Mit dem Ärmel wischte er sich den Schweiß von der Stirn. Der Tag war, selbst für den Monat Juli, ungewöhnlich warm gewesen, und immer noch kühlte kein Lüftchen die abendliche Schwüle ab.

Jane schien sich noch unwohler zu fühlen als üblich. Heiße, feuchte Tage wie der heutige pflegten die Schmerzen in ihren Gelenken jedes Mal beträchtlich zu verschlimmern. Gabriel überlegte sich gut, ob er unter diesen Umständen die Frage, die er mit sich herumtrug, überhaupt zur Sprache bringen sollte. Andererseits wollte er Jane über seinen Verdacht nicht im Unklaren lassen.

„Was meinst du, weiß sie's?", fragte er geradeheraus, wobei er Jane eingehend musterte, um zu sehen, wie sie auf die Frage reagierte.

Sie drehte sich um und sah ihn an. Er sah, dass sie mehr als sonst um die Augen herum aufgedunsen war. Ihre Wangen hatten eine entschieden ungesunde Röte. Wie schon unzählige Male zuvor wünschte er sich, auf irgendeinem Wege ihr Leiden lindern zu können.

„*Was* soll sie wissen?", fragte sie irritiert.

Gabriel holte tief Luft. Also hatte sie es noch nicht bemerkt.

„Ich glaube, das Mädchen ist schwanger, Jane. Sie hat also noch nichts darüber gesagt?"

Eine Weile starrte sie ihn stumm an. Ihre Hände lagen wie Klauen auf den Sessellehnen. Zwischendurch blickte sie kurz zur Haustür, die nach wie vor offen stand. Als sie sich wieder Gabriel zuwandte, war ihre Miene zu einer hölzernen Maske erstarrt, so als wollte sie ihren Schmerz verbergen. „Bist du sicher?"

„Wie sollte ich sicher sein? Aber sie ist bei Weitem nicht mehr so schlank, und sie hat einfach diesen gewissen Blick."

Janes Schultern sackten herunter, und sie wandte den Kopf ab. „Na ja, du musst es ja wissen", sagte sie tonlos. „Und jetzt, wo du's sagst, fällt's mir eigentlich auch auf." Sie unterbrach sich. „Ich bezweifle, dass sie sich darüber im Klaren ist, obwohl sie ja sonst so schlau ist." Sie hob die Augen zu Gabriel empor. „Und – wirst du mit ihr sprechen?"

Gabriel schüttelte den Kopf. „Mir scheint, es wäre an dir, das zu tun."

Jane verzog das Gesicht. „Sie wird's mir kaum danken."

Gabriel zog eine Augenbraue hoch. „Dir nicht und Brady Kane auch nicht, nehme ich mal an. Aber sie muss wissen, was mit ihr los ist, falls sie's noch nicht gemerkt hat."

„Also glaubst du, dass er es war?"

„Wer denn sonst? Klar war er es. Wir hätten es kommen sehen müssen." Er hielt inne. „Und sie auch."

„Sie ist doch noch so jung. Und hat die wenigste Zeit 'ne Mutter gehabt."

Gabriel war überrascht, wie weich ihre Stimme klang. „Umso mehr Grund für dich, mit ihr zu reden", sagte er nachdrücklich. „Von dir wird sie sich's eher sagen lassen als von irgendjemand sonst, denke ich."

Er ging auf die Tür zu, kam aber noch einmal zurück. „Besser, nicht zu lange damit zu warten, Jane."

Ihr Nicken wirkte erschöpft. „Ich kümmere mich drum."

Gabriel musterte sie noch einen Augenblick und bemerkte, dass sie traurig aussah – wie eine Mutter, die schlechte Nachrichten erhalten hatte und erstmal damit fertig werden musste.

Schließlich wandte er sich ab und verließ die Kate. Arme Jane. Seit einiger Zeit schon war ihm aufgefallen, dass sie das Mädchen mehr und mehr ins Herz schloss, wiewohl sie sich natürlich alle Mühe gab, sich nichts davon anmerken zu lassen. Es war eine harte Sache für Jane, und sie hatte doch weiß Gott schon mehr als genug Kummer und Sorgen zu schultern gehabt. Mit Hingabe hatte sie ihren Mann geliebt, aber er war gestorben. Auch ihre einzige Tochter hatte sie innig umsorgt, aber sie war in ein fernes Land ausgewandert.

Ohne Zweifel hatte sie sich bemüht, nicht noch einmal irgendjemandem einen Platz in ihrem Herzen zu geben, aber Janes Herz war ganz und gar nicht so steinern, wie sie andere gern glauben machen wollte. Freilich hatte sie sich darüber im Klaren sein müssen, dass Terese Sheridan nicht auf Dauer bei ihr bleiben würde. Das Inselmädel hatte nie einen Hehl aus ihren Absichten gemacht, dass sie nach Amerika wollte, sobald sie das Geld für die Überfahrt zusammenhaben würde.

Und wohin würde ihr Weg jetzt führen?, fragte sich Gabriel. Als Brady Kane aus Galway verschwunden war, hatte er steif und fest behauptet, in ein paar Wochen zurück zu sein, doch inzwischen waren zwei Monate ins Land gezogen, und es gab kein Lebenszeichen von ihm. Doch, einen Brief hatte es gegeben, sagte Jane. Aber nur einen.

Gabriel seufzte, und sein Herz wurde von Schwermut umhüllt wie von tiefhängenden Regenwolken. Es kam ihm vor, als wäre ein Teil von Janes Traurigkeit auf ihn selbst übergegangen. Doch sein Trübsinn hatte nicht bloß mit ihr oder dem dummen, impulsiven Mädel zu tun, obgleich ihm beide sehr am Herzen lagen. Irgendwo in seinem Herzen tat ihm auch das Kind leid, das ungeborene, ungewollte Kind, das so gut wie sicher zu einer schweren Bürde werden würde.

Dabei fielen ihm die kleine Evie und Roweena ein, und in stummem Zorn krampfte sich sein Herz zusammen. In Fällen wie diesem war es immer das Kind, das am meisten zu leiden hatte. Das unschuldige Wesen zahlte den Preis für die Sünden anderer, und zuallermeist war es wahrhaftig ein hoher Preis.

Gerade als er an die gewundene Gasse kam, die zu seinem Haus führte, versank die Galwayer Sonne hinterm Horizont, und über Claddagh senkte sich beinah undurchdringliche Finsternis. Doch im Fenster seiner Kate flackerte ein Licht. Roweena und die kleine Maus hatten diesen Brauch eingeführt, und mittlerweile mochte er ihn nicht mehr missen: Wohin auch immer er ging, wie vorgerückt auch immer die Stunde seiner Heimkehr sein mochte, er wusste, dass eine Kerze im Fenster brennen würde, bis er sicher zu Hause war.

Er begann den Pfad zum Haus hinaufzusteigen, und als der Lichtschein immer näher kam, musste er ein wenig lächeln – erhellte er doch seinen Geist ebenso, wie er die Schatten der Nacht durchbrach.

* * *

Später an jenem Abend, allein mit Jane im Dämmerlicht der Kate, massierte Terese stumm die Hände ihrer Herrin mit Öl, das Gabriel vorbeigebracht hatte. Als Nächstes würden Janes Knöchel und Füße drankommen – eine Verrichtung, die mancher vielleicht erniedrigend gefunden hätte, die Terese aber nicht wirklich etwas ausmachte. Für sie war es nichts weiter als ein Teil ihres Jobs.

In letzter Zeit hatte sie den Eindruck, dass es Jane ein klein wenig besser ging, und fragte sich, ob die Massagen wohl tatsächlich ein bisschen Linderung ihrer Schmerzen brachten, und sei es bloß eine Zeitlang.

Folglich hatte Terese den Vorschlag gemacht, die Behandlungen noch öfter durchzuführen, aber Jane hatte steif und fest behauptet, noch mehr Öl könne sie sich nicht leisten.

Verstohlen sah sie die ältere Frau an und bemerkte, dass sie die Augen geschlossen hatte und ihre Züge weich waren. Richtig friedlich sah sie aus, was selten genug vorkam. Unversehens überlief Terese ein warmes Gefühl. Es verschaffte ihr eine unbeschreibliche innere Zufriedenheit, das Leiden ihrer schmerzgeplagten Herrin ein wenig lindern zu können.

Inzwischen hatte sie einige Monate bei Jane verbracht, Zeit genug, um das Ausmaß ihres Elends aus erster Hand mitzubekommen. Soweit Terese es beurteilen konnte, war Jane Connolly niemals schmerzfrei. Selbst in ihren besten Augenblicken fühlte sie sich alles andere als wohl.

Und es schien kaum etwas zu geben, was ihr Leiden wirklich zu lindern vermochte. Gabriel brachte oft neben dem Öl, das er in Janes Auftrag besorgte, Kräuter mit, doch meistens stand ihm die Frustration ins Gesicht geschrieben, wenn er die Kate wieder verließ. Sein Wunsch zu helfen war offensichtlich, ebenso wie seine Enttäuschung darüber, dass er nichts tun konnte.

Terese hatte gar nicht gemerkt, dass sie mit dem Massieren aufgehört hatte, bis Janes scharfe Ermahnung sie aus ihren Gedanken aufschrecken ließ. „Jetzt hör schon endlich auf, dem Yank hinterherzuschmachten. Er wird zurückkommen, wenn's für ihn an der Zeit ist, nicht einen Tag früher."

Terese sah sie an. „Wie bitte? Oh – ich hab überhaupt nicht an Brady gedacht, wissen Sie."

Jane schnaubte und verdrehte die Augen.

„Wirklich nicht – wenn ich's Ihnen doch sage!"

Terese verweigerte sich Janes Stichelei. Nichts mochte ihre Herrin lieber als einen gediegenen mentalen Schlagabtausch, und normalerweise war Terese nur allzu gern mit von der Partie. Heute aber war es schon spät, und sie war hundemüde. „Also los jetzt", sagte sie schroff und stand auf, um den Rollstuhl zurechtzurücken, „machen wir uns an Ihre Füße!"

Beim Hochstellen der Fußstütze ging sie zu grob zur Sache, und Jane schrie auf.

„Entschuldigen Sie, Jane! Mir ist die Stange weggerutscht! Tut mir wirklich leid. Sind Sie in Ordnung?"

Jane stierte sie an, sagte aber nichts.

„Ich glaube, ich muss den Stuhl mal ölen", schlug Terese vor. „Die rechte Rolle stockt immer, und mit der verflixten Stange ist auch irgendwas nicht in Ordnung. Ich kümmer' mich morgen drum."

„Dann musst du erstmal Schmiere besorgen. Die letzte hat Gabriel vor 'ner Woche verbraucht, als er das Tor reparierte."

Terese achtete sorgfältig darauf, fest, aber nicht zu fest zuzupacken, als sie die geschwollenen Knöchel zu kneten begann. „Gabriel ist sehr gut zu Ihnen, nicht wahr? War er mit Ihrem Mann befreundet?"

Jane nickte. „So wie Gabriel jedem Mann ein Freund ist, denke ich."

Terese sah auf. Es war etwas ganz Ungewöhnliches für Jane, auf eine Frage – und sei es auch eine ganz beiläufige, alltägliche – nicht mit einer scharfzüngigen Bemerkung oder einem Anflug zynischen Humors zu antworten. „Ist schon wirklich ein besonderer Mann, dieser Gabriel, meinen Sie nicht auch?", spann Terese den Faden fort.

„Das mögen vielleicht einige denken. Aber eigentlich ist gar nicht viel Bemerkenswertes an Gabriel, außer vielleicht der Art, wie er niemanden sich in seine Angelegenheiten mischen lässt. Das verstehen manche nicht und halten ihn deswegen für komisch." Sie musterte Terese mit eindringlichem Blick.

Doch Terese wollte immer noch nicht anbeißen. „Ich will gar nicht meine Nase in seine Sachen stecken", sagte sie leichthin. „Es ist nur, weil ... na ja, irgendwie ist er 'ne ganz eigene Sorte von Mann. Offensichtlich hat er höhere Bildung genossen – manchmal redet er wie 'n Gelehrter. Und scheint er nicht über alles und jedes Bescheid zu wissen, sogar über die Heilkunst?" Verstohlen sah sie auf. „Und wieso hab ich noch nie seinen Nachnamen gehört? Er hat doch 'nen Familiennamen, wie sollte er nicht?"

Jane zog eine Braue hoch. „Dich sticht ja heute Abend ganz schön der Hafer. Aber wenn du schon fragst – natürlich hat er einen Familiennamen, und zwar einen sehr klingenden, das kann ich dir sagen: Er ist ein Vaughan. Gabriel Vaughan, der Sohn von Martin. Eine alte und sehr geschätzte Familie."

„Sind Sie mit ihm verwandt?", wollte Terese wissen.

Jane schielte an ihrer Nase entlang und runzelte die Stirn. „Verwandt? Nicht die Bohne. Wieso fragst du denn?"

Terese zuckte die Schultern. „Weil er so freundlich zu Ihnen ist." Sie wandte sich wieder ihrer Massage zu.

„Gabriel ist zu jedermann freundlich", sagte Jane mit fester Stimme. „So ist er nun mal – obwohl es weiß Gott Leute gibt, die das ausnutzen."

Terese sah sie an. „Sie meinen doch wohl nicht Roweena und Klein-Evie, oder?"

Jane winkte ab. „Nicht doch! Die süße Roweena würde für den Mann in den Tod gehen, so abgöttisch liebt sie ihn. Und die kleine Maus hat nie einen anderen Vater gehabt als Gabriel, und ist er etwa kein guter Vater für sie? Nein, die beiden können sich glücklich schätzen, ein solches Zuhause zu haben, wie er es ihnen gibt; und sie scheinen ja auch durch und durch dankbar zu sein."

Sie lehnte sich zurück und schloss die Augen. Terese dachte, all das Reden ermüde sie vielleicht, und verstummte ebenfalls. Sie hatte gelernt, Jane vor sich hindösen zu lassen, wann und wo immer sie konnte. Die Frau kriegte ohnehin viel zu wenig Schlaf.

Einige Minuten lang massierte sie noch weiter, wobei ihre Gedanken aus dem stillen Zimmer hinaus zu Brady wanderten. Ob sie bald wieder etwas von ihm hören würde? Eingeschnappt, weil er einen guten Monat gebraucht hatte, um ihr zu schreiben, hatte sie mutwillig nicht geantwortet. In letzter Zeit freilich dachte sie mehr und mehr, dass sie sich womöglich ins eigene Fleisch schnitt, wenn sie schwieg, und so beschloss sie, gleich morgen an die Adresse in Limerick zu schreiben.

Terese hatte gemerkt, dass sie ihn mehr vermisste, als sie erwartet hatte. Es gefiel ihr nicht, sich eingestehen zu müssen, dass sie sich womöglich in Brady Kane verliebt hatte. Im Gegenteil, allein der Gedanke jagte ihr beinah Angst ein. Liebe – das war nichts für sie, jedenfalls noch nicht. Dafür hatte sie noch viel zu viel zu tun, zu viel vor sich. Sie hatte eine Zukunft und durfte auf keinen Fall zulassen, dass irgendetwas ihr diese verbaute.

Und im Übrigen: wenn dies Liebe war, dann war sie sich ganz und gar nicht sicher, ob sie auch nur ein wenig davon überhaupt wollte. Bis jetzt hatte sie noch nichts von der Beschwingtheit, dem schwindelerregenden Glück mitbekommen, das andere mit diesem Zustand zu verbinden schienen. Viel öfter ging es ihr in diesen Tagen so, dass sie sich bedrückt und ausgelaugt fühlte, sich fast wie eine alte Frau durch ihren Arbeitstag schleppte. Und dann waren da diese Launen: Ihre Stimmung schwankte ständig zwischen Gereiztheit und glühendem, haltlosem Zorn, obwohl sie kaum zu sagen vermochte, gegen wen ihre Aggressivität sich eigentlich richtete. Mitunter fühlte sie sich total elend, und in diesen Zeiten wünschte sie beinahe, sie hätte ihre Blicke nie im Leben auf Brady Kane gerichtet. Es mochte ja sein, dass er nicht unmittelbar an ihrer Misere schuld war – aber wenn nicht er, wer dann?

Und doch empfand sie etwas für ihn, hatte Gefühle, die sie nicht ohne Weiteres abstellen konnte. Außerdem bestand ja nach wie vor die Möglichkeit, dass Brady sie, obwohl er es mit dem Heimkehren alles andere als eilig zu haben schien, schließlich doch mit sich nach Amerika nehmen würde, selbst wenn er jeden Zweifel daran ausgeräumt hatte, dass er nicht im Entferntesten an irgendetwas Dauerhaftem zwischen ihnen beiden interessiert war.

Sie seufzte tief auf, plötzlich zornig auf diesen nie endenden Krieg zwischen ihren Gedanken und ihren Gefühlen.

„Was soll nun werden, mit dem Kind?"

Die Schärfe von Janes Worten ließ Terese aus ihrer Selbstbespiegelung hochschrecken. Sie sah auf und begegnete Janes Blick aus weitgeöffneten, forschenden Augen.

„Wie?"

„Mensch, Mädchen, du wirst doch inzwischen längst gemerkt haben, dass du ein Kind von ihm unterm Herzen trägst! Also, was soll nun damit werden?"

Viel zu verdattert, um zu antworten, und plötzlich benommen in der Ahnung ihrer eigenen Dummheit, starrte Terese Jane an. Hatte sie es etwa die ganze Zeit gewusst, aber nicht gewagt, sich einzugestehen, was einfach zu verheerend war? Rasch überschlug ihr Hirn die Wochen, die vergangen waren, brachte in Anschlag, wie es ihr die ganze Zeit ergangen war: die ständige Erschöpfung, die Probleme mit dem Magen ... War es nicht ihrer Mutter haargenau so ergangen, als sie mit der kleinen Mada schwanger war?

Terese erstarrte. *Nein. Nein, das kann nicht wahr sein ... Es darf nicht wahr sein ...*

Aber es *war* die Wahrheit. Instinktiv wusste sie es, spürte, wie es aus dieser Gewissheit keinen Ausweg mehr gab. Und schon hatte sie das Geräusch im Ohr, mit dem die Zuchthaustür hinter ihr ins Schloss fallen würde.

# 32. Klagelied der Einsamen

*Wen rührt's, dass so bleich meine Wange scheint –*
*bitter und gram sind meine Tränen geweint.*
Lady Wilde (Speranza)

„Ich nehme an, du hast keine Ahnung, wie weit du schon bist?"

Terese blinzelte und schüttelte den Kopf. Ohne jede Vorwarnung schnitt die Scham wie eine glühende Klinge durch ihr Herz. Sie rappelte sich hoch und drehte sich von Jane weg, unfähig, den Blick dieser scharfblickenden Haselnussaugen zu ertragen.

Instinktiv legte sie die Hände auf den Bauch, und so stand sie da, mitten im Zimmer: vornübergebeugt und sich selbst umklammernd, als drohte sie auseinanderzufallen.

„Zweiter Monat?", vermutete Jane. Ihr Ton war immer noch scharf. „Oder dritter? Das musst du doch ungefähr wissen, Mädchen!"

Terese versuchte nachzudenken. „Ich ... ich weiß nicht ... vielleicht etwas mehr als zwei Monate", presste sie hervor. „Mehr nicht."

„Was meinst du, wird er dich heiraten?"

Terese fuhr herum, ihre Hände fielen herab. „Mich heiraten?"

Jane musterte sie mit einer Miene, die sich nicht deuten ließ. „Wenn er von dem Kind erfährt – meinst du, er wird dich dann heiraten?"

Obwohl der Raum rundum geschlossen und die Luft eher schwül war, begann beim Gedanken an ihre letzte Nacht mit Brady, an ihren Streit und die Worte, die er zu ihr gesagt hatte, eine eisige Kälte in Tereses Knochen zu kriechen: *„Heiraten ist nichts für mich ... Jedenfalls nicht jetzt, vielleicht später mal irgendwann ...“*

Aber ein Kind, *sein* Kind, musste doch wohl seine Empfindungen verändern ... *alles* verändern ...

„Nein“, hörte sie sich sagen, noch ehe sie sich an irgendeine falsche Hoffnung klammern konnte. „Ich glaube nicht. Er ist nicht der Mann zum Heiraten.“

In Janes Augen funkelte es zornig. „Und obwohl du das weißt, gehst du mit ihm ins Bett? Wie konntest du nur so leichtsinnig sein, Mädel? Hast du denn nicht ein einziges Mal daran gedacht, wohin das führen kann?“

Terese sagte nichts. Sie hasste es, wie Jane sie ansah – mit einer Mischung aus Mitleid und etwas, was nicht fern von Verachtung war; so, als könne sie ebenso gut versuchen, einem Trottel Verstand beizubringen.

Und in diesem Moment empfand sich Terese als genau das: einen hoffnungslosen Trottel.

„Da wirst du wohl recht haben“, trieb Jane den Stachel tiefer. „Der Yank scheint nicht vorzuhaben, sich an Haus und Hof zu binden. Tja – und wie willst du dann zurechtkommen?“

Terese spürte, dass sie anfangen würde zu heulen, falls Jane ihr noch eine weitere Frage um die Ohren schlagen würde. Sie schüttelte den Kopf. „Weiß ich noch nicht. Ich muss drüber nachdenken.“

Schon als sie die Worte aussprach, verabscheute etwas in ihr allein den bloßen Gedanken an die Umstände, in denen sie sich befand. Sicher würde sie Pläne schmieden müssen – aber was für Pläne, um alles in der Welt?

„Vielleicht solltest du mal mit Gabriel reden“, schlug Jane vor. „Möglich, dass er einen Rat für dich hat.“

Terese verzog den Mund. „Er wird mich in Grund und Boden verdammen.“

Jane ging sofort in Verteidigungshaltung über. „Gabriel würde dich niemals verdammen, dich nicht und auch sonst niemanden. Er lebt sein Leben und lässt andere das ihre leben."

„Er macht keinen Hehl daraus, dass er mich nicht leiden kann", meinte Terese. „Jedes Mal, wenn er mich irgendwo sieht, wird sein Gesicht hart wie Stein."

Sie wand sich unter Janes durchdringendem Blick.

„Vielleicht lässt dein schlechtes Gewissen dich Dinge sehen, die gar nicht da sind. Wenn du dich in Gabriels Gegenwart nicht wohl fühlst, gehe ich davon aus, dass der Fehler auf deiner Seite liegt, nicht auf seiner. Er ist kein Mann, den man hinters Licht führen kann."

„Und was soll das heißen?", schrie Terese. „Hand aufs Herz, Jane, wenn Sie mich für so eine schreckliche Person halten, warum behalten Sie mich dann bei sich?"

Jane gab keine Antwort, sah aber Terese mit einer Miene an, die alles andere als unfreundlich war und ihre schroffen Worte Lügen zu strafen schien. „Ich behalte dich bei mir, weil ich ein Hausmädchen brauche, wie Gabriel es höchstselbst so treffend festgestellt hat. Du solltest nicht vergessen, dass du's ihm zu verdanken hast, überhaupt ein Dach überm Kopf zu haben – ob dir das nun passt oder nicht. Gabriel schien der Meinung zu sein, ich sollte dich zu mir nehmen, also hab ich's getan, denn seinem Urteil vertraue ich. Du solltest erwägen, das auch zu tun."

Trotz wallte in Terese auf. Sie versuchte es sich nicht anmerken zu lassen, aber nach einer Weile konnte sie doch nicht anders, als den Blick abzuwenden. Sie schaffte es nicht, die Erniedrigung, die bedrückende Scham abzuschütteln. So schwer erträglich ihr schon Janes Verurteilung war, so wenig konnte sie sich vorstellen, die des großen Fischers über sich ergehen zu lassen. Und Jane mochte sagen, was sie wollte – Terese zweifelte keinen Augenblick daran, dass er den Stab über sie brechen würde.

Janes nächster Vorschlag entsetzte Terese vollends. „Ich glaube, Gabriel könnte deinen nichtsnutzigen Yank dazu bringen, dass er dich heiratet – falls du das willst." Mit Verschwörermiene fügte sie hinzu: „Auf jeden Fall wär's das Beste, du setzt dich hin und schreibst schnellstmöglich einen Brief nach Limerick, damit er über deine Umstände im Bilde ist."

Bei der Vorstellung, wie Gabriel Brady gewissermaßen vor den Altar zerrte, wand sich Terese vor Scham; was aber den Brief anging, hatte Jane wohl recht. Nickend begann sie die Tücher zusammenzusammeln und griff nach dem Ölfläschchen, um aufzuräumen. Nachdem das erledigt war, half sie Jane in ihr Nachthemd und bürstete ihr das Haar. Beide blieben stumm, bis sie mit der allabendlichen Routine fertig waren.

„Möchten Sie heut' Nacht im Stuhl bleiben", fragte Terese, „oder soll ich Ihnen ins Bett helfen?"

Jane winkte ab. „Lass mich fürs Erste einfach hier sitzen."

Terese stellte gerade einen Becher mit Wasser neben ihr auf den Tisch, als Jane ihren Arm ergriff. „Hör zu, Mädchen", sagte sie, Tereses Blick ausweichend, „du kannst so lange hierbleiben, wie du willst. Brauchst dir keine Sorgen zu machen, dass ich dich wegen des Kindes rausschmeiße."

Terese war überrascht und musste ein bisschen blinzeln, damit die Tränen nicht hervorschossen, die ihr in die Augen gestiegen waren. Sofort ließ Jane ihren Arm los und sah zur Seite. „Versteh das richtig: Deine Arbeit wirst du natürlich trotzdem machen müssen, 'n faules Mädchen kann ich mir nicht leisten, und außerdem wirst du jetzt mehr Hunger haben denn je."

Auf einmal dämmerte Terese – und sie hätte darüber vollends in Tränen ausbrechen können –, dass Janes ganze Raubauzigkeit nur Fassade war. Hinter dieser harten Schale verbarg sich ein Herz, das weitaus zartfühlender war, als sie zu erkennen geben wollte.

Einen Augenblick war Terese überwältigt. Sie musste sich anstrengen, damit ihre Stimme nicht brach, als sie erwiderte: „Vielen Dank, Jane. Ich ... ich stehe in Ihrer Schuld. Und machen Sie sich keine Gedanken wegen der Arbeit. Keineswegs werd ich anfangen zu bummeln."

* * *

Später am selben Abend lag Terese hellwach in ihrem Bett und versuchte zu überlegen, was nun werden sollte. In ihr schwirrten die Gedanken wie zornige Bienen, aber sie konnte keinen von ihnen richtig zu fassen kriegen. Von Zeit zu Zeit legte sie die Hand auf ihre Körpermitte, als müsste sie sich vergewissern, dass da tatsächlich ein Kind in ihr wuchs. Bradys Kind.

Doch Brady war nicht da, und Gott allein wusste, wann er zurückkehren würde. Eine Weile war es Terese, als müsse sie unter dem Ansturm von Furcht und Scham, der sie aufwühlte, förmlich zerbrechen. Sie würgte an den unvergossenen Tränen, die ihr die Kehle verbrannten, doch anstatt zu weinen – oder zu schreien – biss sie in ihr Kissen, so lange, bis sie endlich wieder atmen konnte, ohne zu schluchzen.

Sie musste nachdenken, Pläne schmieden. Als Erstes aber musste sie Brady schreiben.

*Warum?* Sie wagte nicht zu hoffen, dass das Baby wirklich einen Unterschied machen würde. Brady war ein Streuner von Natur, ein süßholzraspelnder Schürzenjäger. Das wusste sie jetzt. Obwohl ohne echte

Wurzeln, ohne jedes Verantwortungsgefühl – und vielleicht auch ohne Gewissen, dachte sie bitter –, schien er sich ungemein toll zu finden.

Aber nein, das stimmte nicht. Brady war einfach nur – Brady. Terese erlaubte sich sogar die vage Hoffnung, dass er sie nicht einfach von sich stoßen würde, sobald er von ihrem Dilemma erführe. Als Erstes morgen früh – nein, gleich jetzt, war doch an Schlaf sowieso nicht zu denken – würde sie ihm schreiben. Sobald er Bescheid wüsste, würde er kommen, da war sie sich sicher. Er würde zurückkehren, und dann würden sie gemeinsam entscheiden, was geschehen soll. Er würde sie nicht mit alledem alleinlassen.

Womöglich würde er sich sogar über das Kind freuen, schoss es ihr durch den Kopf. Vielleicht machte es ihn stolz. Der Gedanke, Vater zu werden, hatte schon manchen Mann verändert, oder etwa nicht? Warum sollte es nicht gerade das sein, was Brady Wurzeln schlagen lassen würde, seinem Leben einen Zweck geben und ihn dazu bringen, mit der blöden Rumstreunerei aufzuhören?

*Ja, und vielleicht wird das Wasser in der Bucht zu Wein, bevor der Morgen graut …* Es war wie ein hässliches Echo, das von irgendwo weit hinten in ihrem Schädel erscholl. Sie drückte ihren Kopf ins Kissen und weinte.

* * *

Zum ersten Mal seit sehr langer Zeit träumte Terese in dieser Nacht von Cavan. Sie standen jeder auf einer Seite von etwas, das eine gewaltige, klaffende Schlucht zu sein schien. Weit unter ihnen rauschte ein mächtiger Wasserfall über schroffe Klippen in die Tiefe, entwurzelte Bäume und hilflos blökende Tiere mit sich in den unsichtbaren Abgrund reißend.

Von hinten umzingelte Terese ein Rudel knurrender, mit den Pfoten scharrender wilder Hunde. Cavan rief ihr etwas zu, bedeutete ihr, über die Kluft zu springen und zu ihm zu kommen, während Terese kreischte, das würde ihr sicherer Tod sein, weil sie einen solchen Satz auf keinen Fall schaffen würde.

„Aber du *musst* springen!", rief Cavan flehentlich. „Die Hunde packen dich jeden Augenblick! Spring, Terese! Spring!"

Entweder übertönte das donnernde Wasser ihre Schreie, so dass er sie nicht verstehen konnte, oder er hatte sich entschlossen, ihren Widerspruch einfach nicht zu beachten – jedenfalls hörte er nicht auf zu drängen, sie solle springen. Zu Tode erschrocken, mit einem Herzklopfen, das ihr jeden Moment die Brust sprengen musste, sah sich Terese rasch über die Schulter. Da waren die Hunde, die lechzend immer näher kamen.

Als sie wieder zu Cavan hinübersah, war er so dicht wie irgend möglich an die Kliffkante getreten und hatte die Arme ausgestreckt, als wollte er sie auffangen.

Von hinten hörte sie, wie die Hunde knurrend die Zähne fletschten, während sie den Halbkreis um sie schlossen. Sie waren jetzt so nah, dass sie ihre wilde Gier riechen, ihr erregtes Keuchen hören konnte. Sie trat gefährlich dicht an die Kliffkante, und Cavan stieß einen Schrei aus, um sie zu warnen. Wieder blickte sie über ihre Schulter und sah den Leitrüden des Rudels – ein riesiges, rotäugiges Ungeheuer – in vollem Lauf auf sich zustürmen. Sie schrie und schrie und schrie, konnte aber immer noch nicht springen, und –

„Alles in Ordnung mit dir, Mädchen?"

Janes Stimme erfüllte den Raum und ließ Terese aus ihrem Alptraum auffahren. Kerzengerade schoss sie hoch. Ihr Körper war schweißnass. Es war stockdunkel, und sie hörte nur ihren eigenen keuchenden Atem und das Quietschen von Janes Rollstuhl, als sie sich darin bewegte.

„Ja, danke, Jane, mir geht's gut. Hatte nur 'nen schlechten Traum. Alles in Ordnung jetzt."

Die andere gab einen kurzen Laut von sich, sagte aber nichts.

Den Rest der Nacht lag Terese wach. An Schlaf war nicht mehr zu denken. Sie dachte über den Traum nach und über Cavan. Wäre er doch bloß hier bei ihr! Wie es sich wohl anfühlen musste, einen Menschen zu haben – einen großen Bruder, jemanden, dem man was bedeutet –, der sich um einen kümmert, einem Rat gab, einem half, so schwierige Entscheidungen zu treffen? Doch zugleich sagte sie sich, dass sie dankbar sein konnte, dass Cavan *nicht* hier war, um ihre Schande mitanzusehen.

Als der Morgen graute, war sie durch und durch erschöpft und doch viel zu angespannt und verängstigt, als dass sie gewagt hätte, auch nur vor sich hinzudösen. Da endlich zwang sie sich, die eine Möglichkeit ins Auge zu fassen, der sie die ganze lange Nacht hindurch aus dem Weg gegangen war. Ihr war zu Ohren gekommen, dass es in der Stadt Frauen gab, die einem ein ungewolltes Kind wegmachten, gegen Geld natürlich. Sie besaß das Geld, das sie von ihrem Lohn zurückgelegt hatte – Geld für ihre Überfahrt nach Amerika –, bezweifelte allerdings, dass es genügen würde. Und mehr würde sie jetzt nicht mehr ansparen können. Sowenig sie auch über derlei Dinge wusste, so lag es doch auf der Hand, dass die Prozedur, die sie ins Auge fasste, bald in Angriff genommen werden müsste.

Ohne Vorwarnung begann Terese fürchterlich zu zittern. Das Blut pochte in ihrem Kopf, wie sie dalag und in die Dunkelheit starrte. So was zu tun, war zweifellos böse. *Eine Teufelstat,* würde ihre Mutter sagen. *Ein Einfall, der direkt aus der Hölle kommt.* Wie konnte sie einen solch verworfenen Gedanken auch nur in ihren Kopf lassen? Wiederum: wie sollte sie es zulassen, dass sie für alle Zeit an diesen elendigen Ort gefesselt wurde – angebunden durch ein Kind, das sie nie gewollt hatte? Und sobald sie erst dick und unbeholfen wurde, würde sie genau das sein: angebunden. Danach, wenn das Kind erst auf der Welt ist, würde es erst recht keinen Ausweg mehr für sie geben. Dann könnte sie ebenso gut gleich ins Gefängnis gehen. Einen Schandbalg würde sie großziehen; sie und das Kind würde man meiden, die Nachbarschaft würde sie verachten und verdammen. Schließlich würde ihr nur noch eine Möglichkeit der Flucht bleiben: der Tod.

Jane war so freundlich gewesen, ihr zu erlauben, so lange wie nötig zu bleiben. Terese aber kam die Galle hoch, als sie sich vorzustellen versuchte, wie es wäre, ihr weiteres Leben in Claddagh zu fristen, wo das Dasein von lauter Regeln bestimmt war, die einem die Luft zum Atmen nahmen, und wo die Menschen fremdartigen Sitten und Gebräuchen folgten. Wie es wäre, für alle Zukunft der armen, verkrüppelten Jane zur Hand zu gehen, die wahrlich genug eigene Sorgen hatte ...

Das Zittern hörte auf, und sie holte pfeifend Luft. Nein, für ein solches Leben konnte und würde sie sich nicht hergeben! Und was sollte dabei auch aus dem Kind werden, das in ihr wuchs? Würde es ihr dafür danken, ihm ein derartiges Leben zugemutet zu haben? Nein, es wäre besser, das Baby niemals das Licht des Tages erblicken zu lassen, als dass man es in ein Leben der Hoffnungslosigkeit hinein gebar.

Und doch ließ die Frage sie nicht los: Würde sie so etwas fertigbringen? Könnte sie ihr eigenes Kind wegwerfen wie Unrat?

Immer und immer wieder ging sie dieselben Gedanken durch, bis sie schließlich überzeugt war, die Lösung – die beste und einzige Lösung – gefunden zu haben, für sich selbst und für das Kind. Übermorgen würde sie nach Galway hineingehen. Morgen würde Jane ihr den Wochenlohn aushändigen, so dass sie ein kleines Aufgeld zur Verfügung hatte. Ihr Magen verkrampfte sich bei dem Gedanken, ihr hartverdientes Geld für irgendetwas anderes als die Schiffskarte nach Amerika auszugeben, aber wenn sie sich nicht um das ungeborene Kind kümmerte, würde es überhaupt nie eine Überfahrt nach Amerika geben.

Terese spann den Faden weiter. Ihr kam der Gedanke, dass sie sich in der Stadt bloß nach Lokalitäten umsehen müsste, wo Frauen Männern für Geld Unterhaltung boten. Dort würde sie so gut wie sicher jemanden finden, der wusste, wie man in einem solchen Fall vorging.

Das Beste war, die Sache stehenden Fußes hinter sich zu bringen, bevor noch jemand anders mitbekam, wie es um sie stand, und das Gerede anheben würde. Noch ehe Brady zurück wäre – wenn er denn überhaupt zurückkam ... Irgendetwas sagte Terese, dass er diese Neuigkeit nicht mit Freuden aufnehmen würde. Diese Sache konnte alles zwischen ihnen verändern. Womöglich kam er auf den Gedanken, sie hätte ihm das Kind absichtlich unterschieben wollen, um ihn so an sich zu binden.

Bei diesem Einfall brachte sie fast so etwas wie ein bitteres Lachen zustande. Das wäre ja ein oberschlauer Gedanke gewesen – mit nichts hätte sie ihn besser für immer und ewig von sich wegtreiben können als mit einem Baby!

Als Nächstes dachte sie an Jane und fragte sich, ob sie es überhaupt fertigkriegen konnte, die Sache durchzuziehen, ohne dass ihre Herrin davon wüsste. Falls ja, konnte sie hinterher immer noch behaupten, das Kind verloren zu haben, ohne dass Jane jemals die Wahrheit erfahren musste.

Einen klaren Augenblick lang erkannte Terese den abschüssigen Pfad, auf dem ihre Gedanken sich bewegten, sah das Netz der Täuschung, in dem sie sich schon verfangen hatte und immer fester verstrickte. Sie erstickte beinah an sengender Wut und Selbstverachtung: Wie hatte sie nur so blöd sein können? Sie fühlte sich krank und voller Angst, krank beim Gedanken an sich selbst und die Dummheit – die ihre Mutter *Sünde* genannt hätte. Dieses Wort aber mied Terese –, die sie erst in die unerträgliche Lage gebracht hatte, in der sie sich befand, und voll Angst davor, das alles allein bewältigen zu müssen, was immer sie auch tat.

Doch dann machte sie sich erneut klar, dass sie keine andere Wahl hatte, stellte sich abermals das Leben vor, das sie fristen würde, wenn sie wirklich das Kind *nicht* loswurde. Und sie traf ihren Entschluss.

Schließlich blieb die Entscheidung ja doch an ihr hängen. Es war ihr Leben, und niemand anders konnte ihr sagen, was richtig und falsch war. Niemand.

Sie presste die Lider fest zu – sie wollte das Bild nicht an sich heranlassen: das Bild der leeren Augen im verzweifelten Gesicht ihrer Mutter.

„Tut mir leid", flüsterte sie in die Dunkelheit. Sie dachte an ihre Mutter, legte aber die Hand auf ihren Bauch.

Es tut mir so leid ...

# 33. Sturm im Herzen

*Das Gewissen redet noch,*
*das Herz aber ist ertaubt.*
Autor unbekannt

Am nächsten Tag wurde die Hitze, die das Land in ihrem Klammergriff gehalten hatte, von einem fürchterlichen Regensturm weggefegt. Blitz, Donner und wolkenbruchartige Güsse verfolgten Brady auf seinem Weg durch die Grafschaft Limerick und auch durch Clare sowie auf dem letzten Wegstück nach Galway. Hinter Athenry blieb die Kutsche im Matsch stecken, und Brady – letzter Passagier, nachdem zwei Kaufleute in Ennis ausgestiegen waren – musste dem Kutscher helfen, die Räder wieder freizubekommen, damit sie ihre Reise fortsetzen konnten.

Den Rest der Fahrt verbrachte er zusammengekauert im Inneren der Kutsche. Ihm war kalt, und er wurde zunehmend gereizt. Er hatte gehofft, in Galway rechtzeitig genug anzukommen, um noch einen Abstecher nach Claddagh machen zu können, aber das wurde von Minute zu Minute unwahrscheinlicher. Vorher hatte er sich auf jeden Fall noch bei Mrs Hannafin einmieten wollen. Direkt zu seinem Quartier gehen, ein heißes Bad nehmen und gut zu Abend essen – so hatte er sich seine Ankunft ausgemalt. Wenn es heute Abend nicht mehr klappte, würde er morgen umso früher aufstehen und gleich Richtung Claddagh marschieren.

Er freute sich auf das Wiedersehen mit Terese und hoffte, ihr Willkommen würde freundlicher ausfallen als ihr Abschied. Dann dachte er an Roweena. Sein

Puls ging schneller, und er merkte, dass er noch viel begieriger war, sie zu sehen.

Doch es war besser, dachte er, diesen Faden nicht weiterzuspinnen.

Beinah wünschte er, zwischen ihm und Terese wäre es nie zu Intimitäten gekommen. Er argwöhnte, je länger diese Beziehung andauerte, umso mehr Druck in Richtung auf eine irgendwie geartete feste Bindung würde sie auf ihn ausüben – eine Bindung, die einzugehen er nicht willens war, schon gar nicht in Anbetracht seiner widerstreitenden Gefühle für Terese *und* Roweena.

Außerdem hatte er wachsende Schuldgefühle, weil er Terese nicht die ganze Wahrheit über sich selbst und sein Tun und Lassen in Irland gesagt hatte. Nach dem, was er von ihrer regelrechten Besessenheit wusste, nach Amerika zu kommen, sollte er sich wohl wirklich schämen.

Ihr Traum, aus Irland wegzukommen und in den Staaten ein neues Leben anzufangen, war das Wichtigste von der Welt für sie, und sie hatte doch selbst eingestanden, dass sie noch ein weiter Weg von der Möglichkeit trennte, ihre Fahrkarte zu bezahlen. Er hatte es in der Hand, aus ihrem Traum Wirklichkeit werden zu lassen, aber er hatte ihr absichtlich nicht den geringsten Hinweis auf diese Tatsache gegeben.

Genauso gut hätte er sie die ganze Zeit anlügen können. Sein Täuschungsmanöver war schließlich mutwillig gewesen und die Gründe so selbstsüchtig, wie etwas nur sein konnte.

Er benutzte sie.

Brady erschauerte in seinen nassen Kleidern. Er lehnte den Kopf an die Lehne seiner Sitzbank und versuchte ein wenig zu dösen. Doch wenn er gedacht hatte, sich der Welle der Selbstanklagen, die in ihm hochstieg, entziehen zu können, indem er die Augen zumachte, hatte er sich getäuscht. In letzter Zeit konnte er überhaupt nicht mehr an Terese denken, ohne dass ihn Scham übermannte. Mehr und mehr fragte er sich, ob es nicht besser wäre, einfach reinen Tisch mit ihr zu machen: ihr die ganze Wahrheit zu sagen und sie vor die Wahl zu stellen, entweder *mit* ihm in Irland zu bleiben oder *ohne* ihn in die Staaten zu reisen.

Brady selbst hatte absolut nicht im Sinn, nach New York zurückzukehren: jetzt auf keinen Fall und wahrscheinlich noch auf lange Sicht nicht. Binnen weniger Monate war Irland ihm zur Heimat geworden. Niemals hätte er sich vorstellen können, sich in ein ganzes Land und seine Menschen zu verlieben, und doch war ihm genau das passiert. Jedes Mal, wenn er ernstlich den Gedanken einer Rückkehr in die Staaten ins Auge fasste, führte das dahin, dass er jede diesbezügliche Überlegung weit von sich wies.

Er traute sich schon zu, Jack die Zustimmung für einen erheblich längeren Aufenthalt abzunötigen. Doch irgendwann würde Jacks Toleranz erschöpft sein, und dann würde sein Bruder mit Entschiedenheit darauf bestehen, dass er nach Hause kam. Das aber lag noch in weiter Ferne, und er wollte sich jetzt nicht den Kopf darüber zerbrechen.

Mit Terese war es anders: Sie ging ihm sehr wohl im Kopf herum. Was die Zukunft ihrer Beziehung anbetraf, machte er sich keine Illusionen. Ihre außergewöhnliche Schönheit, ihre Leidenschaftlichkeit und ihr quicklebendiges Temperament machten Terese begehrenswerter als viele der an sich reiferen Frauen, die er gekannt hatte. Langweilen konnte man sich mit ihr bestimmt nie. Sie faszinierte und erregte ihn, und er fühlte tiefe Zuneigung zu ihr. Bloß lieben tat er sie nicht, zumindest nicht so, wie er es für nötig hielt, wenn es sich darum handelte, eine ernstere Bindung, womöglich eine Ehe, einzugehen.

In Wahrheit freilich pflegte Brady längst nicht immer seinen eigenen Empfindungen zu trauen. Wie Jack zu bemerken beliebte, konnte er ungemein verantwortungslos sein, wenn es um Frauen ging. Er konnte machen, was er wollte – es gelang ihm nicht, sich als verheirateten Mann zu sehen. Selbst wenn sein Wandertrieb – ganz zu schweigen von seinen sonstigen Trieben – eines Tages an Kraft verlieren sollte, erschien es ihm immer noch unvorstellbar, irgendeine Frau so sehr zu lieben, dass es reichte, um den Rest seines Lebens mit ihr zu verbringen.

Mit einem Mal stand ihm ein strahlend helles Bild Roweenas vor Augen. Er schrak auf und hielt die Luft an. Im selben Moment erzitterte die Kutsche unter einem gewaltigen Donnerschlag, entfesselte Blitze tanzten um das Fuhrwerk herum, Sturm und Wolkenbruch wurden noch heftiger. Der Lärm war betäubend, das wilde Schauspiel vor dem Fenster konnte einem fast Angst machen, aber Brady sah und hörte nichts – vor seinem inneren Auge stand das Bild eines anderen Orkans und eines dunkelhaarigen, schutzbedürftigen Rehkitzes von einem Mädchen, das ihm in jener Sturmnacht begegnet war.

Roweena ...

In diesem Moment entschied er, dass er wohl von Terese lassen konnte und dass es vermutlich das Beste sei, genau das zu tun, und zwar um ihrer beider willen. Er holte tief Luft, und seine Lippen umspielte der Anflug eines Lächelns, als er spürte, wie der Panzer der Schuld von ihm abzufallen begann und einem weit vertrauteren, wohligen Gefühl der Selbstzufriedenheit Platz machte.

Nachdem er mit diesem Thema durch war, wühlte er in seiner Ledertasche nach Jacks jüngstem Brief. Er war gestern eingetroffen, aber in der Hast des Aufbruchs hatte er keine Zeit mehr gefunden, ihn zu lesen. Jetzt schlitzte er ihn mit dem Taschenmesser auf und kniff im Zwielicht die Augen zusammen, um die Krakelschrift seines Bruders entziffern zu können.

Jack schrieb von den Madden-Kindern und ermahnte Brady, ihn auch ja den Tag ihrer Abreise wissen zu lassen. Scheinbar gab es da eine gewisse Mrs Samantha Harte, die sich um das weitere Geschick der Kinder kümmern würde, sobald sie in den Staaten waren. Diese Mrs Harte schien nicht nur eine Teilzeitstelle als Korrektorin beim *Vanguard* zu bekleiden, sondern auch bei irgendeiner Einwandererhilfe der Stadt mitzuarbeiten. Sein Bruder erging sich noch zwei, drei weitere Zeilen lang über diese Dame, und Brady musste grinsen beim Gedanken an Jack, wie er mit vereinten Kräften mit irgendeiner alten Schachtel von so einem Wohltätigkeitsklub zusammenwirkte. Nicht gerade der übliche Geschmack seines Herrn Bruders, was Frauen anbetraf.

Beim Weiterlesen musste er sich die Briefbögen dichter vor die Augen halten, da die Straße sich unter hohen Bäumen mit tiefhängenden Ästen hindurchwand, so dass noch weniger Licht ins Innere der Kutsche drang. Natürlich hatte Jack es sich nicht verkneifen können, seinen üblichen Sermon von „Verantwortung“, „Extravaganzen“ und „Selbstdisziplin“ abzulassen. Die diesbezüglichen Zeilen aber überflog Brady ebenso flüchtig wie die folgenden, in denen es um Auflageziffern und New Yorker Neuigkeiten ging.

Er war schon auf der letzten Seite angekommen und ließ seine Augen rasch darüber hingleiten, als ihn ein Name förmlich ansprang. Mit gerunzelter Stirn starrte er die Worte seines Bruders an, bevor er mit dem betreffenden Absatz noch mal von vorn anfing.

> *Ich weiß nicht mehr, ob ich Dir überhaupt schon von meinem neuen Kutscher, Cavan Sheridan, geschrieben habe. Genaugenommen wird er nicht lange mein Kutscher bleiben. Ich habe bemerkt, dass er eine Spürnase für Nachrichten hat; außerdem kann er mehr als gut schreiben, und ehrgeizig ist er auch. Deshalb werde ich ihn vermutlich schon bald als Nachwuchsreporter beschäftigen.*

*Cavan Sheridan.* Eine ganze Weile starrten Bradys Augen auf den Namen, und die Falten auf seiner Stirn wurden noch um einiges tiefer. Das konnte doch wohl nicht wahr sein. So viel Zufall konnte es einfach nicht geben. Aber er hatte noch genau im Ohr, wie Terese von ihrem Bruder gesprochen hatte – *Cavan.*

Er riss den Blick von dem Namen los und las weiter, mit angehaltenem Atem. Über die folgenden Sätze rasten seine Augen nur so hinweg.

> *Sheridan ist auch der scharfsinnige junge Mann, von dem die Idee stammt, die Berichte aus Irland zu „personalisieren", indem man eine Serie über bestimmte Leute macht und diese hinterher in die Staaten bringt. Der Junge ist clever wie ein Kredithai – allerdings von weitaus ehrbareren Grundsätzen, wie ich mich freue sagen zu können. Angesichts der natürlichen Begabung dieses Burschen und seines Ehrgeizes rate ich Dir, kleiner Bruder, dass Du nicht gar zu lange da drüben bleibst – sonst könnte es passieren, dass ich ihm Deinen Job auch noch gebe.*

Was Brady weiter las, fand er überhaupt nicht lustig:

> *Übrigens hat Sheridan da drüben eine Schwester, und ich habe ihm versprochen, sie Dir gegenüber zu erwähnen. Er fürchtet, das Mädel könne in den wüsten Orkan damals im Januar geraten sein, und ist in großer Sorge um sie. Sie stammen von den Inseln – aus Inishmore, um genau zu sein –, so dass Du ihr jetzt, wo Du in ganz anderer Richtung unterwegs bist, wohl kaum über den Weg laufen dürftest. Aber ich habe ihm versprochen, dass ich Dir ihretwegen schreiben werde. Das Mädchen heißt Terese und muss etwa siebzehn sein. Sheridan hat sie nicht mehr gesehen, seit er vor Jahren in die Staaten aufgebrochen ist, so dass ihr inzwischen natürlich alles Mögliche zugestoßen sein kann. Es wäre zu schön, wenn wir sie durch irgendeinen Zufall ausfindig machen könnten; denn bis auf dieses Mädchen hat der Bursche seine ganze Familie verloren.*

Weiter kam Brady nicht, aber er musste nochmals lesen, was er schon aufgenommen hatte: *Tereses Bruder ... arbeitete für Jack?* Er konnte es kaum glauben, aber hier stand es, schwarz auf weiß sozusagen. Der Briefbogen baumelte zwischen seinen Fingern, als er sich in die Polster sinken ließ. Seine Gedanken spielten verrückt. Er kam sich vor, als sei ihm ein dicker Stein an den Kopf geflogen und habe ihn schachmatt gesetzt.

Terese würde ausrasten, wenn sie das hörte. Er würde sie festbinden müssen, damit sie nicht aufs nächste Schiff sprang, das nach den Staaten abging.

Natürlich zwang ihn keiner, es ihr brühwarm unterzujubeln. Sicher, er würde sie ins Bild setzen; aber erstmal gab es da ein paar andere Dinge, um die er sich kümmern musste.

Falls er tatsächlich Terese zum Gegenstand eines seiner Artikel machte und in die Staaten rüberbrachte, so ging es ihm durch den Kopf, sollte sein Bruder besser nichts von ihrer Beziehung erfahren – nur für den Fall, dass er gerade einen rachsüchtigen Tag erwischte.

Nein, unter keinen Umständen durfte Jack Wind davon kriegen. Gewiss, sein Bruder war auch kein Heiliger, aber wenn es um Frauen ging, konnte er sich unglaublich altmodisch gebärden. Angesichts der Tatsache, dass Terese erst siebzehn war – und die Schwester eines seiner Angestellten –, würde er bei dem Gedanken, dass Brady was mit ihr gehabt hatte, fuchsteufelswild werden. Kein Zweifel, er würde Brady vorwerfen, das junge Mädchen ausgenutzt zu haben.

Eines stand fest: Er musste über all dies nachdenken, bevor er es Terese auf die Nase band. Es musste restlos sichergestellt sein, dass er seine eigenen Schäflein im Trockenen hatte, bevor er Überlegungen über Tereses weiteres Ergehen anstellte.

* * *

Als Jane ihr den Wochenlohn aushändigte, holte Terese tief Luft und sagte: „Würden Sie morgen Nachmittag eventuell ohne mich klarkommen, Jane? Falls Sie mich nicht brauchen, würde ich gern in die Stadt gehen."

Janes Augen blickten scharf und forschend, und sie ließ sich lange Zeit mit ihrer Antwort. „Nun gut, ich denke, du hast dir einen freien Nachmittag verdient. Aber du wirst ja wohl kaum losziehen wollen, solange der Sturm sich nicht gelegt hat, oder?"

Terese hatte halbwegs damit gerechnet, dass ihre Bitte mächtigen Wirbel auslösen würde, denn es sah Jane gar nicht ähnlich, ihr freizugeben. Die sofortige Zusage ihrer Herrin überraschte sie und verstärkte noch ihre nagenden Schuldgefühle. „Nein, nein ...", stammelte sie, „bei solchem Wetter geh ich natürlich nicht. Aber ich brauch halt einiges ..., ein paar persönliche Dinge ..., na ja, und dann dachte ich ..., ich könnte mir vielleicht mal wieder ein Stück ansehen oder so, falls gerade 'ne Schauspieltruppe in der Stadt sein sollte." Sie hielt inne, um nach einer Weile hinzuzufügen: „Kann sein, dass ich deshalb bis in den späten Abend wegbleibe. Sind Sie sicher, dass es Ihnen nichts ausmacht?"

Sie schrumpfte innerlich zusammen, als Jane sie immer noch mit diesem speziellen Blick musterte, bei dem ihre Augen im trüben Nachmittagslicht wie Kieselsteine schimmerten.

Wieder dauerte es eine Zeit, bis Jane antwortete. Sie wandte den Kopf ab und sah aus dem Fenster, und als sie endlich sprach, klang es matt und tonlos: „Tu, was du tun musst, Mädchen."

Terese zauderte immer noch. Etwas in ihr schien darauf zu warten, dass Jane einen Einwand äußerte, säuerliche Ablehnung, wie üblich. Doch es kam nichts, und so wusste sie ihrerseits auch nichts mehr zu sagen. Sie trat unter die offene Haustür und sah in den Sturm hinaus.

Der Regen, der in Böen von der See herüberpeitschte, fühlte sich kühl an und tat wohl nach der Hitze der letzten paar Tage. Der Graben unterhalb der Kate lief schon über, gurgelnd und plätschernd strömte das Wasser auf die Straße. Der Wind hatte noch ein wenig aufgefrischt, auch donnerte es mehr, und unter der Hütte schien der Boden zu erzittern. Der Lärm war furchterregend und fiel Terese an wie eine wütende Attacke.

Dennoch blieb sie stehen und starrte hinaus, die Arme eng um sich geschlungen. Ihr Gefühl eines nahenden

Verhängnisses hatte seit der vergangenen Nacht nicht nachgelassen. Im Gegenteil, sie hatte mehr Angst und bedrückende Vorahnungen denn je. Und so kam es, dass sie, als ein gezackter Blitz den Vorplatz des Hauses in grelles Licht tauchte, kaum zusammenzuckte, war doch der Sturm, der um sie herum tobte, keineswegs schlimmer als der Aufruhr in ihrem Herzen.

# 34. Ein unerwartetes Willkommen

*Nach dem Licht schaut' ich aus,*
*von dem sie gesagt,*
*es geleite ihren Pilger nach Haus;*
*doch obschon mich umhüllte die Nacht,*
*schien keine Lampe heraus.*
Thomas Moore

Zwar war Brady nie ein ausgesprochener Langschläfer gewesen, aber nach den Strapazen der Reise schlief er am nächsten Morgen bis nach zehn. Bis er rasiert war und gefrühstückt hatte, war es fast Mittag.

Raschen Schrittes brachte er die kopfsteingepflasterten Gassen hinter sich und war binnen Minuten am Hafen. Sturm und Regen hatten die Luft gereinigt und aufgefrischt, so dass es ein heller, windiger Vormittag war, wenngleich es um die Tageszeit schon hätte wärmer sein können.

Über der Pier lag der unverwechselbare Geruch der Fischerei, vermischt mit dem stechenden Aroma von Salzwasser und verbranntem Tang. Einige Fischer, hochgewachsene Männer zumeist, waren in ihren Arbeitshemden und grobgewirkten Hosen auf den Booten zugange, die an der Kaimauer festgemacht waren – ein wortkarger Schlag von Menschen. Ihre tief in den Höhlen liegende Augen sahen sich wachsam um, während sie ihrer Arbeit nachgingen und sich mit gesenkten Stimmen unterhielten.

Zwei Priester in schwarzen Soutanen kreuzten seinen Weg und entboten ihm lächelnd einen frommen Gruß, den Brady erwiderte. Etliche Frauen in ihrer altgewohnten Tracht – blaue Umhänge, rote Röcke und bunte Kopftücher – waren eilig zwischen den verschiedenen Marktplätzen unterwegs. Mindestens ein Dutzend Jungen war damit beschäftigt, mit Hilfe von grob zurechtgeschnitzten Schleudern Steine zu schießen. Das war auch für die erwachsenen Männer ein beliebter Sport, was in diesem rückständigen Viertel gleichzeitig aber als Kampfmittel eingesetzt wurde, vor dem man sich besser hütete.

Jedes Mal wenn Brady das Claddagh-Gebiet betrat, hatte er das Gefühl, ins Mittelalter zurückversetzt zu sein. In mancherlei Hinsicht war das ein angenehmes Erlebnis, an dem er durchaus seine ganz eigene Freude hatte. Die weltabgewandte Siedlung war ein Ort greller Farben und düsterer Geheimnisse, durchdrungen von Aberglauben und sonderbarer, zeremonieller Religiosität. Das alles war ihm inzwischen ans Herz gewachsen, einschließlich der stattlichen, wenn auch wortkargen Menschen, die hier lebten. Anfangs hatten ihn alle hier nur mit argwöhnischen Seitenblicken beäugt, inzwischen aber brachte ihm der eine oder andere schon mal eine freundschaftliche Geste entgegen.

Niemals vergaß Brady, dass er hier ein Außenseiter war – obwohl er mitunter ein kaum zu beschreibendes Gefühl der Zugehörigkeit verspürte. Irgendetwas geradezu Mystisches schien über den schmalen Gassen des Claddagh-Viertels zu liegen, was ihm den Eindruck einer völlig anderen Welt vermittelte, in die er nach Belieben eintauchen konnte, um sie ebenso willkürlich wieder hinter sich zu lassen, als sei das die natürlichste Sache im Leben.

Als er gewahr wurde, dass er nicht etwa die Straße eingeschlagen hatte, die zu Jane Connollys Haus und damit zu Terese führte, sondern den Weg zu Gabriel, hielt er einen Augenblick inne und dachte darüber nach. Dann fasste er den Vorsatz, bloß ein paar Minuten zu bleiben, und ging weiter. Er wollte nur eben guten Tag sagen, damit sie wussten, dass er zurück war, und sich dann sputen, um zu Terese zu kommen.

Nachdem er diesen Entschluss getroffen hatte, spornte die Vorfreude seine Schritte noch mehr an.

* * *

Als Erster sah ihn Gabriel. Die Haustür stand offen. Gabriel war gerade mit seiner Kartoffelmahlzeit fertig und wollte vom Tisch aufstehen, als er den Kopf wandte und Brady Kane erblickte, der soeben auf den Pfad zum Haus einbog.

Verstohlen sah er zu Roweena hinüber, aber sie war mit dem Abwasch beschäftigt und stand mit dem Rücken zu ihm. Rasch ging Gabriel auf die Tür zu, um den Amerikaner möglichst noch vorm Haus abzufangen.

Indes hatte auch Klein-Evie Brady ausgemacht. Wie ein geölter Blitz kam sie um den Tisch gerannt, breitete die Arme aus und rief seinen Namen. Roweena entging die Bewegung der Kleinen nicht, und sie drehte sich mit fragender Miene um.

Mit einem strengen Verbot stellte sich Gabriel dem Kind in den Weg. Gleichzeitig signalisierte er Roweena mit flinken Gesten: „Ich muss ihn heute unbedingt allein sprechen. Ihr zwei bleibt bitte hier drinnen."

Enttäuscht verzog das Kind das Gesicht, und auch Roweena, die schon einen Schritt auf die Tür zugetreten war, starrte Gabriel mit unverhohlenem Unverständnis an.

Doch der schüttelte bloß den Kopf und hob mahnend die Hand. „Drinnen bleiben, hab ich gesagt. Ich erklär's euch später."

Damit trat er in den Hof hinaus und machte hinter sich die Tür fest zu. Die Enttäuschung der Mädchen machte ihm zu schaffen, aber er würde nicht nachgeben. Besser, sie waren jetzt enttäuscht, sagte er sich, als später.

* * *

Als er Gabriels Miene sah, verflog bei Brady das Lächeln der Vorfreude. Der große Fischer stand mit gespreizten Beinen und verschränkten Armen mitten auf dem Hof vor seinem Haus.

Verwirrt sah Brady an der wie eine Statue dastehenden Gestalt vorbei zum Haus hin. Doch die Tür war zu, und nirgendwo war etwas von Roweena oder Evie zu sehen.

Brady kam der Verdacht, dass hier irgendetwas vorging – und was es auch sein mochte, es verhieß nichts Gutes. Die Augen des Hünen blickten eisig, seine Miene war steinern und undurchdringlich. Auf einmal spürte Brady, dass er hier ungefähr so willkommen war wie ein Aussätziger.

„Hallo, Gabriel", sagte er unsicher und streckte dem Fischer die Hand entgegen.

Falls der andere die ausgestreckte Hand wahrnahm, ignorierte er sie.

„Du bist also zurück." Es klang mehr wie eine Anklage denn wie eine Feststellung.

Völlig verdattert ließ Brady die Hand sinken. „Bin ich. Und ich freue mich sehr darüber. Ich hab euch vermisst – alle." Er versuchte einen beiläufigen Unterhaltungston anzuschlagen, aber Gabriel schien nicht im Mindesten bereit, sich darauf einzulassen.

„Und Roweena und Evie – wie geht's ihnen?", fragte Brady.

„Beide sind wohlauf. Bist du schon bei Jane gewesen?" Gabriel beäugte ihn, als wüsste er die Antwort bereits.

„Bei Jane? Nein, noch nicht", sagte Brady. Es ging ihm total gegen den Strich, sich wie ein dummer Lausbub vorkommen zu müssen, der bei einem albernen Streich erwischt worden war. „Ich wollte gerade dorthin, aber ich dachte, ich schau schnell rein und sag guten Tag." Er hielt inne, eben lange genug, um tief Luft zu holen. „Stimmt irgendwas nicht, Gabriel?"

Die Miene des großen Fischers blieb unbeweglich. „Na ja, dann will ich dich nicht aufhalten", sagte er, als hätte er Bradys Frage überhört. „Du hast es sicher eilig."

Aus Bradys Verwirrung wurde langsam Unmut. „Sie bitten mich nicht mal herein, Gabriel? Ich wollte eigentlich gern den Mädchen guten Tag sagen."

„Heute nicht. Zuerst solltest du zu Jane gehen."

Da ging Brady auf, dass Terese etwas zugestoßen sein musste. „Was ist los? Ist Terese –"

In Gabriels Augen blitzten bläuliche Flammen auf. „Du solltest sie schleunigst sehen. Zu ihr gehörst du, nicht hierher." Damit wandte er sich ab und ging zum Haus zurück.

Einen Augenblick lang stand Brady da wie angewurzelt und starrte von hinten auf Gabriels breite Schultern. Dann machte er mit klopfendem Herzen kehrt und eilte über den Vorplatz davon. Jetzt musste er selber rauskriegen, was hier eigentlich vor sich ging.

* * *

„Bist du sicher?“, fragte er zum zweiten Mal. Plötzlich war ihm übel. „Kein Irrtum möglich?“

„Es sind jetzt über zwei Monate.“ Tereses Ton war anklagend, so als wüsste er so gut wie sie, dass ihr Zustand unbestreitbar war.

Der Blick, mit dem sie ihn musterte, verriet scharfe Wachsamkeit, eine drängende Erwartung – es war, als hinge von seinen nächsten Worten ihr ganzes Leben ab.

Hätte ihn nicht der Schock, den sie ihm soeben verpasst hatte, völlig schachmatt gesetzt, so hätte Brady wahrscheinlich über die Idee, er könnte zu einem Zeitpunkt wie diesem etwas auch nur entfernt Bedeutsames von sich zu geben haben, lachen müssen. Er musste all seine Selbstbeherrschung zusammennehmen, um nicht auf dem Absatz kehrtzumachen und fortzulaufen.

Natürlich, das konnte er jetzt nicht, und so stand er da, mitten auf Jane Connollys Hof, mit heißlaufenden Gedanken und rasendem Puls, und wusste nicht, was er sagen sollte. Denn irgendwas musste er ja wohl sagen. Es lag auf der Hand, dass Terese darauf wartete.

Trotz der angenehmen Kühle des Tages war ihm der Schweiß ausgebrochen. Das Hemd klebte ihm am Rücken, und sein Kragen fühlte sich feucht und pappig an. „Hm ...“, brummte er, „hm ... tja, ich meine ..., das ist ja wohl ’ne Überraschung, was?“

Sie starrte ihn an, immer noch stumm.

„Ich ... ich glaub, ich brauch ’ne Weile, um das zu verdauen, Treesie.“ Er lachte auf – ein rauer, trockener Laut, der sich anhörte wie das Krächzen einer verletzten Drossel. „So was hört ein Mann ja nicht jeden Tag, verstehst du? Wieso hast du nicht geschrieben – hättest mich doch vorwarnen können!“

Plötzlich drängte es ihn, sich zu verteidigen, und er

setzte ihrem anklagenden Blick einen ebensolchen entgegen.

„Solche Sachen schreibt man nicht so einfach in einem Brief“, entgegnete sie. „Und außerdem ... war ich mir ja nicht sicher – bis neulich ...“

Brady wandte den Kopf ab, versuchte nachzudenken. Seit er den Fuß auf die Schwelle gesetzt und Jane erblickt hatte, wusste er, dass er sich auf Unheil einstellen musste. Terese hatte keinerlei Wiedersehensfreude gezeigt, sondern bloß gesagt, sie müssten nach draußen gehen, „um zu reden“. Da war der Eisklotz in seiner Brust noch ein ganzes Stück schwerer geworden.

Keinerlei Hinweis hatte sie ihm gegeben, was ihn erwartete, sondern ihm, kaum dass sie vorm Haus standen, unverblümt entgegengeschleudert, dass sie ein Kind erwarte – *sein* Kind. Hätte sie eine Pistole gezückt und den Sicherungshebel gezogen – es hätte Brady auch nicht mehr schockiert als diese Neuigkeit.

Er war immer noch außer sich, versuchte krampfhaft, einen klaren Kopf zu kriegen. Irgendwie musste er mit dieser Situation fertig werden – nicht bloß seinetwegen, sondern auch im Interesse von Terese. Sie erwartete von ihm eine Lösung – aber wo sollte er die hernehmen?

„Ich – ähm ... vielleicht hörst du diese Frage nicht gerne, aber ich denke, ich muss sie stellen“, tastete er sich vor, und noch während er nach Worten suchte, stieg sein Abscheu gegen sich selbst. „Du ... bist dir schon sicher, dass es ... ich meine, dass das Kind von mir ist? Siehst du, ich –“

Sie zögerte nur eine Sekunde, bevor sie ausholte und ihm eine schallende Ohrfeige verpasste. Verblüfft legte Brady die Hand an seine brennende Wange, plötzlich begierig, zurückzuschlagen – ihr wehzutun dafür, dass sie sein Leben so schwierig gemacht hatte. Wieso hatte sie nicht aufpassen, Vorkehrungen treffen können?

Doch sein Zorn kühlte sich ebenso schnell wieder ab, wie er entflammt war. Seine Gedanken waren unfair, und er wusste es. Terese war erst siebzehn, und sie hatte ihr ganzes Leben auf einer entlegenen Insel zugebracht, die, wenn man ihren Erzählungen Glauben schenken durfte, noch primitiver und rückständiger sein musste als Claddagh. Folglich durfte er kaum erwarten, dass sie sich in solchen Dingen auskannte. Die Verantwortung hatte auf seiner Seite gelegen, und er war achtlos gewesen.

Und jetzt musste er sich mit den Konsequenzen auseinandersetzen.

„Es tut mir leid“, sagte er und meinte es ehrlich. „Das war wirklich keine Absicht. Ich weiß ja, dass du mit niemand anders zusammen warst.“ Ohne auf den mörderischen Blick zu achten, mit dem sie ihn belauerte, fuhr er fort: „Terese, es tut mir *wirklich* leid. Bitte lass uns nicht streiten, damit gewinnen wir gar nichts. Wir sollten irgendwo hingehen, wo wir für uns allein sein können.“

„Wozu?“, zischte sie. „Damit du mich beschuldigen kannst, ’ne Hure zu sein?“

Um Geduld ringend, wollte Brady ihre Hand ergreifen, aber sie wich von ihm zurück. Ihre Augen funkelten immer noch vor Wut.

„So kommen wir nirgendwohin“, sagte er noch einmal mit Nachdruck. „Jetzt geh rein und sag Jane, dass du mit mir einen Happen essen gehst. Und mach ihr klar, dass das beschlossene Sache ist und sie gar nicht erst rumnölen kann.“

Er sah ihre Unsicherheit, sah die Wut und den Schmerz, die sie sich so sehr zu verbergen bemühte, und kam sich vor wie der allergemeinste Lump. Wie hatte er vergessen können, wie jung sie noch war? Inmitten seiner Selbstvorwürfe sprang ihn die Frage an, ob sie krank sei: Die für sie so typische gesunde Gesichtsfarbe war einer besorgniserregenden Blässe gewichen, und unter den Augen hatte sie tiefe Schatten. Zwar hatte sie ein bisschen zugenommen – was ja wohl normal war, wie er mutmaßte –, aber ihr Gesicht war hager wie eh und je, um nicht zu sagen abgehärmter, als er es in Erinnerung hatte; und in ihren Augen glomm etwas wie Fieber.

Endlich sagte sie brummig: „Ich hab mir sowieso schon den Nachmittag freigenommen."

Auf seinen fragenden Blick hin fügte sie, immer noch mürrisch, hinzu: „Ich wollte ohnehin in die Stadt, 'n paar Besorgungen machen." Sie hielt inne und musterte ihn. „Du hast recht. Wir müssen reden. Ich geh nur schnell und sag Jane Bescheid, dass wir uns aufmachen."

Brady blieb wie angewurzelt stehen und wartete darauf, dass sie wieder herauskam. Er rieb sich mit der Hand den Nacken und kam sich entschieden so vor, als träumte er den Alptraum eines Fremden. Er hatte nicht den leisesten Schimmer, was er ihr sagen sollte. Irgendwie musste es ihm gelingen, sie zu beruhigen, ohne ihr irgendein törichtes Versprechen zu geben. Ohne Zweifel hoffte sie auf ein Heiratsversprechen – er für seinen Teil aber würde eine Heirat nicht einmal in Betracht ziehen. Sicher, er würde ihr helfen, sogar Unterhalt für sie und das Kind zahlen. Daran sollte es nicht liegen. Aber heiraten wollte er sie nicht, und er war entschlossen, gar nicht erst falsche Hoffnungen bei ihr aufkommen zu lassen.

Mitten in diesen Überlegungen fiel ihm wieder ein, was er zu tun vorgehabt hatte, bevor Terese ihn mit ihrer Schwangerschaft überrumpelt hatte, und plötzlich ging ihm auf, dass ihre Umstände ja gar nichts daran ändern mussten. Im Gegenteil, das könnte sogar der springende Punkt für ihre Entscheidung sein. Der Artikel im *Vanguard* und das nachfolgende Angebot der Einwanderung nach Amerika würden ihr die Chance auf ein völlig neues Leben eröffnen, und gewiss würde sie darin realistisch die einmalige, große Gelegenheit erkennen.

Je mehr er darüber nachdachte, umso besser schien alles zusammenzupassen. Er würde für ihre Überfahrt sorgen und ihr in den Staaten ein Bankkonto einrichten. Und sobald sie drüben war, würde doch diese Mrs Harte, die Jack erwähnt hatte, sicher alle nötigen Vorkehrungen für ihr weiteres Geschick in die Hand nehmen, sich womöglich sogar darum kümmern, dass das Baby zur Adoption freigegeben wurde, falls das Tereses Wunsch sein sollte – woran er nicht zweifelte. Damit wäre reiner Tisch gemacht, und sie würde ungestört ihr weiteres Leben aufbauen können. Genau wie er.

Es konnte durchaus alles glattgehen, sagte er sich. Sie würde ihm schon zuhören – dafür würde er sorgen – und tun, worauf es ankam.

# 35. Ein Plan für die Zukunft

*Ein einsam' Herz,*
*verletzt und müd',*
*sucht nach den Trümmern eines Traums.*
Cavan Sheridan (aus *Notizen am Wegesrand*)

Die kleine, abgelegene Taverne, in die Brady Terese gebracht hatte, war leer bis auf zwei ältere Männer, die an einem Ecktisch saßen. Die Zeit des Mittagstisches war inzwischen vorüber, die Stunde, zu der die Ladenbesitzer einzukehren pflegten, noch nicht gekommen.

Brady hatte zwei Portionen Fleischfladen und Tee bestellt, aber Terese hatte fast nichts angerührt. Obwohl sie schon fast eine Stunde miteinander gesprochen hatten, begann ihr erst jetzt der volle Sinn dessen aufzugehen, was sie gehört hatte, und nicht zum ersten Mal fragte sie: „Wieso hast du mir nicht schon längst alles über dich gesagt?"

Er seufzte und strich sich mit der Hand übers Haar. Terese kannte ihn mittlerweile gut genug, um die Geste zu deuten: Ihm schwand die Geduld – was sie freilich nicht im Geringsten scherte. Er hatte sie von Anfang an getäuscht. Jetzt war er ihr eine Erklärung schuldig, egal, wie lange es dauerte, und sie würde ihn nicht ohne diese Erklärung davonkommen lassen.

„Ach, Terese, ich hab's dir doch schon erklärt. Jahrelang hat Jack mir eingeschärft, dass ich niemandem irgendetwas sagen darf, schon gar nicht Frauen. Weißt du, mein Bruder ist der vollendete Zyniker." Er lächelte schmallippig. „Jack ist fest davon überzeugt, dass jede Frau, die ihm ein zweites Lächeln schenkt – oder *mir*, was aufs selbe rausläuft –, nur an sein Geld will. Und, um die Wahrheit zu sagen, er hat Erfahrungen gemacht, die ihn darin bestätigt haben.“ Er machte eine Pause. „Sagen wir einfach, er hat's mir eingeprägt, meinen Mund darüber zu halten, wer ich bin – und wer *er* ist. Jack ist ... ein schwerreicher, mächtiger Mann, und ich tue wahrlich besser daran, nicht überall herumzuposaunen, dass ich sein Bruder bin.“

Terese verzog den Mund. „Ach, so ist es also? Du glaubst, sobald eine Frau von dem Geld deiner Familie weiß, versucht sie dich in den Hafen der Ehe zu locken?“

Er sah sie finster an, und sie wusste, dass sie ihn erzürnt hatte. Doch auch diesmal scherte sie sich nicht darum.

„Na ja, ich hab dich ja nicht wirklich angelogen“, sagte er in rechtfertigendem Ton.

Terese lachte auf, und es klang sogar in ihren eigenen Ohren rau. „O nein, natürlich nicht. Du hast einfach nur davon abgesehen, mir die Wahrheit zu sagen. Wie konntest du mich nur so hinters Licht führen, Brady? Du hast genau gewusst, wie verzweifelt ich drauf aus bin, von Irland wegzukommen, rüber nach Amerika – und dennoch hast du das Vorhaben deines Bruders die ganze Zeit für dich behalten? Wie konntest du nur!“

Er lehnte sich zurück und musterte sie. „Ich hatte wirklich vor, dir alles zu sagen, sobald ich von Limerick zurück wäre, Terese. Wenn du's mir nicht glaubst, kann ich dir die Notizen zeigen, die ich schon für den nächsten Artikel angefertigt habe – den Artikel über dich. Und ich war fest entschlossen, sobald wie möglich alles für deine Überfahrt in die Staaten klarzumachen – natürlich nur, wenn du das willst. Das ist die Wahrheit, ob du's mir nun glaubst oder nicht.“

„Und wieso *sollte* ich dir glauben?“, fauchte Terese.

Sich selbst vergessend, hatte sie so laut gesprochen, dass die Männer in der Ecke neugierig zu ihnen herüberschauten. Sie beugte sich über den Tisch, immer noch glühend vor Zorn, aber jetzt mit leiserer Stimme redend. „Woher soll ich wissen, dass du mich nicht schon wieder anlügst?“

Er runzelte die Stirn. „Wieso sollte ich das, Terese? Jetzt sei doch vernünftig. Ich versuch dir nur zu helfen – falls dir das noch nicht aufgegangen sein sollte.“

„Aha, und deshalb willst du meine Schande in die Zeitung setzen, damit es eine ganze Stadt lesen kann, oder wie? Mich nach Amerika verschiffen wie ’n überflüssigen Koffer und mich dann als Fall für die Wohlfahrt irgend so ’ner Einwanderer-Organisation überlassen, damit *du* schön ungestört dein eigenes Leben weiterleben kannst, hä?“

Er sah auf, und Terese merkte, dass sie damit einen Nerv bei ihm getroffen hatte. In diesem Augenblick begriff sie, dass er sich all dies längst schon in seinem Kopf zurechtgelegt hatte – noch bevor er das Gespräch mit ihr suchte. Am liebsten hätte sie ihm noch eine geknallt und wären sie allein gewesen, so hätte sie es wohl auch getan.

„Du bist ein Scheusal!“ Sie schleuderte ihm die Worte entgegen und schob gleichzeitig so energisch ihren Stuhl zurück, dass sie ihn um ein Haar umgestoßen hätte.

Er langte über den Tisch und ergriff sie am Handgelenk. „Terese, jetzt hör mir doch mal zu!“

Sie versuchte sich loszumachen, aber er hielt sie gepackt. „Hör mir zu, hab ich gesagt! Keiner von uns hat damit gerechnet, dass dies hier passiert, aber es ist nun mal geschehen! Und ich versuch ja die Verantwortung dafür zu übernehmen, aber du musst mir schon ein bisschen entgegenkommen. Du solltest bloß nicht von mir erwarten, dass ich so tu, als würde ich mich drüber freuen – das wäre noch viel unehrlicher."

Erneut versuchte Terese, ihm ihre Hand zu entreißen, aber er hielt sie fest umklammert. Schließlich gab sie auf und ließ sich widerstrebend auf den Stuhl fallen.

„Terese", sagte er, immer noch ihr Handgelenk haltend, „ich hab dich nicht hinters Licht geführt, was meine Gefühle für dich angeht. Du bedeutest mir wirklich was. Und falls du lieber hier in Irland bleiben möchtest, werde ich mich um dich kümmern – und um das Kind. Dir wird's an nichts fehlen. Aber heiraten werde ich dich nicht." Er hielt inne und sah sie forschend an. „Davon abgesehen – ich hatte immer den Eindruck, es wär' das Allerwichtigste für dich, irgendwie in die Staaten zu kommen. Also, wenn du das immer noch willst – ich kann's für dich arrangieren. Das mit dem Baby ist natürlich ... eine gewisse Komplikation" – er wich ihrem Blick aus –, „aber es ist auch nicht das Ende der Welt."

„Eine *Komplikation*?", schnappte sie. Sie konnte es nicht glauben. Erneut stand sie halb vom Stuhl auf. Jetzt war es um ihre Selbstbeherrschung geschehen, und sie begann ihn auf Irisch zu schelten, ungeachtet dessen, dass er von ihrer Gardinenpredigt nicht ein Wort verstand.

*„Schluss jetzt!"* Seine Stimme hallte in der Gaststube wider. Der Wirt und die beiden Männer an ihrem Ecktisch hielten in ihren Bewegungen inne und starrten ungeniert herüber.

Terese, zitternd vor Wut und Enttäuschung, war viel zu aufgebracht, um die Situation noch peinlich zu finden. Brady sah sich verstohlen um, als käme ihm sein Ausbruch erst jetzt zu Bewusstsein. Eine Haarsträhne war ihm über ein Auge gerutscht, und sein Gesicht hatte ein tiefes Rot angenommen, aber als er weitersprach, hatte er die Stimme so weit gesenkt, dass nur noch Terese ihn verstehen konnte.

*„Setz dich wieder hin und hör mir zu."* Er umklammerte ihren Unterarm so fest, dass ihr die Haut brannte. „Ich hab dir noch nicht alles gesagt. Da ist noch was, und zwar etwas, was du wissen musst. Also hör gefälligst auf, dich wie 'n beleidigtes Gör aufzuführen! Ich denke, du wirst hören wollen, was ich noch zu sagen habe."

Terese stierte ihn an. Es drängte sie, ihm erneut eine reinzuhauen, und zwar kräftig – so kräftig, dass ihm der Schädel brummte. Anschreien und bestrafen wollte sie ihn.

Doch mehr als alles andere wollte sie einfach nur weinen.

Ohne ihn weiter anzusehen, ließ sie sich geschlagen wieder auf den Stuhl sinken. Was sollte er ihr wohl noch zu sagen haben? Bitter schmerzten sie seine Lügen, sein Betrug – wie ein Messer im Herzen. Sie konnte sich nicht vorstellen, noch mehr von ihm verletzt zu werden, als es bereits geschehen war. Und helfen – helfen konnte er ihr ganz sicher nicht.

Endlich ließ er ihren Arm los und hob die Hand, damit sie schwieg. Terese sah zu ihm hinüber, sah ihn einen Umschlag aus der Hemdtasche ziehen und etwas entfalten, was wie ein Brief aussah. Er schien kurz zu zaudern, dann schob er ihr das Schriftstück herüber.

* * *

„Ich wusste nichts davon, Terese", sagte er. „Ich schwör's, ich hab's auch erst gestern erfahren."

Sie sah erst ihn, dann den Brief an, machte aber keine Anstalten, ihn zur Hand zu nehmen.

Brady nickte mit dem Kopf in Richtung des Briefes.

„Er ist von Jack, meinem Bruder. Anscheinend ist *dein* Bruder, Cavan, bei ihm beschäftigt – schon 'ne ganze Weile. Lies selbst!"

Ihr Kopf schnellte hoch, und Brady sah, dass sie nicht begriff, was er gesagt hatte. Sie schien völlig durcheinander zu sein.

„Lies!", wiederholte er und deutete erneut auf den Brief. „Anscheinend hat Jack deinen Bruder vor einiger Zeit als Kutscher eingestellt, aber jetzt hat er vor, ihn bei der Zeitung einzusetzen."

Sie runzelte die Stirn. „Wovon redest du denn? Cavan ist in Pennsylvanien, mit unserem Onkel Tibbot. Er ist nicht in New York."

Brady schüttelte den Kopf. „Ich weiß ja nicht, wie lange es her ist, seit du von ihm gehört hast. Jetzt lies endlich den Brief, dann weißt du, wovon ich rede."

Er wandte den Blick nicht von ihr, als sie schließlich den Brief in die Hand nahm und zu lesen begann. Nach einer Weile stieß sie einen unterdrückten Ausruf des Erstaunens aus und hob eine Hand zum Mund. Mit geweiteten Augen sah sie Brady an, bevor sie weiterlas.

Er sah, wie sie dieselben Worte immer und immer wieder las. Einmal öffnete sie den Mund, als wollte sie schreien, aber es kam kein Laut. Es dauerte wohl fünf Minuten oder mehr, während derer sie immer wieder dieselbe Seite durchlas, bevor sie endlich den Kopf hob und Bradys Blick begegnete.

„Es *ist* Cavan", sagte sie, und ihre Stimme klang, als würde sie stranguliert. „Er muss es sein! Wie sollte dein Bruder sonst meinen Namen kennen? Du hast ihm doch wohl nie was erzählt ... von uns?"

Brady schüttelte den Kopf. „Nein. Und deinen Namen kann Jack in der Tat nur von deinem Bruder erfahren haben." Er sah, wie die Briefbögen in ihrer

Hand zu zittern begannen und Tränen in ihren Augen glitzerten. Sein Herz verkrampfte sich, und Abscheu vor sich selbst durchströmte ihn wie Gift.

*„Cavan."* Sie sprach den Namen aus wie ein Gebet, und Brady fürchtete schon, sie werde in einen Weinkrampf ausbrechen.

Mit immer noch zitternder Hand griff sie sich an die Kehle. „Du hast es wirklich nicht gewusst?"

„Nein, Terese, ehrlich nicht. Ich hab's wirklich nicht gewusst. Bis jetzt hat Jack den Namen deines Bruders noch nie erwähnt. Sonst hätte ich es dir doch gesagt. Niemals hätte ich dir so etwas vorenthalten."

Sie sahen sich schweigend an, sie mit unverhohlen skeptischem Blick aus nachglühenden Augen, in denen er den Aufruhr der Gefühle in ihrem Inneren widergespiegelt sah.

Sie schluckte, was ihr erhebliche Mühe zu machen schien. Als sie endlich sprach, klang ihre Stimme belegt und unnatürlich. „Wenn man darüber nachdenkt ... Die ganze Zeit ist Cavan drüben ... mit deinem Bruder zusammengewesen, und ich hatte keine Ahnung ..." Langsam schüttelte sie den Kopf, so als wollte sie ihre Gedanken sortieren. „Und er wusste nicht, wo ich stecke ..., was geschehen ist ... Nichts weiß er von mir ..."

Sie brach ab, zutiefst erschüttert. Brady langte über den Tisch hinweg wieder nach ihrer Hand, und sie entzog sie ihm nicht. „Terese", sagte er, „verstehst du, was das bedeutet? Wenn du reisen möchtest – Irland verlassen und rübergehen nach New York ..., dann wird dein Bruder da sein. Du hast jemanden, der auf dich wartet – dein eigen Fleisch und Blut ..."

Langsam, aber entschieden zog sie ihre Hand von ihm weg und starrte ihre Finger an, als hätte sie sich mit einer Krankheit infiziert. Als sie aufsah und Bradys Blick begegnete, waren ihre Augen wie im Fieber. „Und du glaubst wirklich, ich könnte ihm jetzt unter die Augen treten? Ihn rauskriegen lassen – was ich getan habe?“ Sie ließ die Hand fallen, und sie landete auf ihrem Bauch. „Cavan hat mich als kleines Mädchen in Erinnerung! Ein Kind, das ihm hinterher rannte! Niemals könnte ich ihm unter die Augen treten, nicht nachdem ich –“

Sie konnte nicht weitersprechen, sondern schrie auf wie ein verwundetes Tier und schleuderte Brady den Brief quer über den Tisch zu. Dann rappelte sie sich mühsam hoch. Ihre Augen waren aufgerissen, das Gesicht voller roter Flecken.

Brady sprang auf und wollte sie festhalten. Doch ehe er noch zufassen konnte, drehte sie sich um und kreischte: „Lass mich gefälligst allein!“

Inzwischen waren Brady die neugierigen Blicke der anderen Anwesenden gleichgültig. Taumelnd ging er um den Tisch herum und fasste sie bei den Schultern. „Er ist dein Bruder, Terese! Er wird nicht den Stab über dich –“

Sie drückte den Ellbogen hoch und stieß ihn mit Gewalt von sich. „Halt den Mund! Was weißt du schon? *Nichts* weißt du! Und es geht dich auch nichts an.“

Sie verbarg das Gesicht in den Händen. „O Gott im Himmel, wie konnte ich nur so blind und töricht sein? Ich hab's zugelassen, dass du mich zugrunde richtest! Alles hast du kaputtgemacht! Jetzt werd ich nie mehr von diesem fürchterlichen Ort wegkommen! Nie im Leben kann ich Cavan unter die Augen treten, jetzt nicht mehr! Verrotten werde ich hier auf dieser elenden alten Insel, ich und das Kind – *dein* Kind!“

Endlich gelang es Brady doch, ihre Schultern zu fassen und sie zu sich herumzudrehen. Sie war am Rande eines hysterischen Anfalls, und er schüttelte sie, damit sie wieder zu sich kam. „Terese! Schluss jetzt! Hör mir zu! Setz dich hin und hör mir einfach zu. Ich weiß, was wir tun können. Alles wird gut werden, aber du wirst bitte tun müssen, was ich dir sage."

Sie starrte ihn dumpf an, schlaff und leblos wie eine Stoffpuppe unter seinen Händen. Brady zwang sie mit sanfter Gewalt auf ihren Stuhl zurück und rückte den seinen neben sie. „Also schön", sagte er und bemühte sich um einen besänftigenden Tonfall, „Folgendes werden wir machen."

* * *

Mehr als eine Stunde später gingen sie auseinander, Brady mit dem Versprechen, sich gleich am nächsten Tag um ihre Überfahrt zu kümmern. „Wenn du gehst, musst du bald gehen", sagte er, ihrem Blick ausweichend. „Solange du noch reisen kannst."

Terese nickte bloß.

„Und du bist sicher, dass ich dich nicht zu Jane zurückbringen soll?"

Terese schüttelte den Kopf. Von dem gewohnten zärtlichen Ausdruck in ihren Augen war keine Spur mehr übrig. Erschöpft war sie, völlig am Ende, und hatte keinen anderen Wunsch, als endlich allein zu sein, um nachdenken zu können. Sie musste Entscheidungen treffen, sosehr ihr diese auch gegen den Strich gehen mochten.

Sie hatte ihm zugehört und seinem Vorschlag zugestimmt, weil es keine andere Möglichkeit zu geben schien. Aber als sie ihm nachsah, wie er Richtung Brücke davonstapfte, fragte sie sich doch, ob sie es wirklich so machen konnte. Brady hatte darauf bestanden, dass es funktionieren werde und der beste, vielleicht sogar der einzige Weg sei.

Sie musste es ihm überlassen. Er war schlau, gewandt und von rascher Auffassungsgabe – ein gewiefter Ränkeschmied, dieser Brady. Was er ihr da hinten in der Kneipe erklärt hatte, hatte so einfach, so vernünftig geklungen ...

„Dein Bruder muss gar nichts von uns erfahren. Nein, er *darf* überhaupt nichts erfahren." Darauf hatte er unter allen Umständen bestanden. „Wenn Cavan es rauskriegt, bindet er es garantiert Jack auf die Nase. Und mein Bruder, fürchte ich, würde nicht allzu freundlich darauf reagieren. Jack ist ein strenger Mann. Wenn man ihn reizt, kann er fies werden wie 'ne Schlange. So merkwürdig es ist, in derlei Dingen neigt er dazu, ziemlich altmodisch zu sein. Wenn er dahinter käme, dass wir ... dass du und ich ... dass das Kind von mir ist ..."

Er hatte sich unterbrochen und sie durchdringend gemustert. „Versprich mir, Terese, dass du niemandem erzählst, dass das Kind von mir ist – um unser beider willen. Jack ist mein Bruder, aber auch mein Brötchengeber. Ich kann's mir nicht leisten, dass er mich im Zorn rausschmeißt, schon gar nicht, wenn ich dir und dem Kind helfen soll."

Ekel überkam Terese, als sie gewahr wurde, was sie da in seinen Augen sah: Er hatte *Angst* – nicht direkt vor seinem Bruder vielleicht, aber vor der Macht, die der Mann über ihn hatte. Angst, er könnte ihm den Hahn zudrehen. Und arm zu sein, dachte sie grimmig, das würde Brady nicht gefallen. Ganz und gar nicht.

„Er könnte auch deinen Bruder feuern", setzte Brady hinzu, um sie kirre zu machen. „Verstehst du, wie viel daran liegt?"

Terese glaubte weitaus mehr zu verstehen, als Brady dachte.

Dann legte er ihr den Plan dar, den er ausgebrütet

hatte. Sie sollte sagen, dass sie überfallen worden sei, erläuterte er, und die Schwangerschaft sei das Resultat dieses Überfalls. Entsprechend würde er den Artikel für die Zeitung verfassen. Die Vergewaltigung, versicherte er, würde nur umso tieferes Mitleid bei Jack und den Lesern des *Vanguard* hervorrufen.

Terese saß da und sagte nichts, hörte bloß zu, wie er ihr Leben für sie arrangierte – ihre Lebenslügen für sie entwarf. Seltsam war nur, dass sie während der ganzen Zeit, in der er sie instruierte, nicht das Geringste fühlte.

Als er fertig war, versuchte er ihr Mut einzuflößen. „Sieh mal, Terese, du hast doch unglaublich viel durchmachen müssen – eine Katastrophe nach der anderen. Die meisten Leute würden, wenn ihnen das passiert wäre, jammernd rumsitzen und sich selbst bedauern. Du nicht. Du bist ein Überlebenstyp.“ Er unterbrach sich. „Glaub es oder nicht, Terese, aber ich hab dich immer bewundert für deinen Mumm. Du bist stärker, als du selbst weißt.“

Seine schmeichelhafte Rede hatte Terese keine Genugtuung verschafft. Es konnte ja sein, dass es sie irgendwann wieder interessieren würde, was er von ihr hielt, irgendwann, wenn über den heutigen Schock Gras gewachsen wäre. Jetzt aber war es ihr vollkommen gleichgültig.

Darüber hinaus war Terese absolut nicht überzeugt, dass sie diesen Weg würde gehen müssen, so fein sein Plan auch ausgesponnen war. Vielleicht gab es ja doch eine Alternative.

Ihr kamen die Gedanken wieder hoch, die sie sich während der Nacht gemacht hatte. Die Aussicht, nach Amerika zu gehen, war erheblich reizvoller gewesen, solange es kein Kind gab, auf das sie Rücksicht nehmen musste. Ohne Kind wäre sie unbelastet gewesen, frei von hinterlistigen Ausflüchten und Geheimnissen. Sie hätte Cavan begegnen können, ohne ihm von Anfang an ins Gesicht lügen zu müssen. Jetzt aber – jetzt war alles so ungeheuer kompliziert.

Sie erschauerte in Erinnerung daran, wie wütend sie auf Brady gewesen war, als er das Baby eine *Komplikation* genannt hatte. Aber es war doch was dran: wie sollte sie es fertigbringen, eine derart einschneidende Veränderung in ihrem Leben zu bewältigen, während sie ein Kind unterm Herzen trug? Und dann, das durfte sie nicht vergessen, würde sie dieses Kind großzuziehen haben. Brady mochte ihr das Blaue vom Himmel versprechen, was seine Unterstützung anging – sie wusste, dass sie ihm nicht trauen konnte. Und sein reicher, mächtiger Bruder – wenn Jack Kane tatsächlich der harte, strenge Mann war, als den Brady ihn darstellte, dann wäre es die reinste Torheit, sich auf *ihn* zu verlassen.

Sollte sie wirklich ihre ganze Zukunft auf so fragwürdige Karten setzen – einen Nichtsnutz wie Brady oder, noch verrückter, einen ihr völlig Fremden wie seinen Bruder? Hatte sie nicht inzwischen begriffen, dass sie niemandem trauen durfte außer sich selbst?

Selbst Cavan würde sich möglicherweise von ihr abwenden, sobald er von ihren Umständen erfuhr. Er hatte sie schon einmal verlassen, als sie sogar noch ein Kind gewesen war! Woher sollte sie wissen, ob er es nicht noch einmal tun würde?

Ohne es zu bemerken, war sie losgegangen. Sie sah sich verstohlen um und beschleunigte ihren Schritt. Sie hatte ein drängendes Gefühl in sich, wusste, dass sie jetzt, sofort, handeln musste, solange sie noch Herr ihrer selbst war.

Eine Entscheidung hatte sie längst getroffen: Die Kanes sollten ihr die Reise nach Amerika bezahlen. Das erschien ihr nicht mehr als recht und billig, nachdem Brady sie derart reingelegt hatte. Auf diese Weise würde sie ihre spärlichen Rücklagen für sich behalten können, entweder für einen neuen Anfang in den Staaten ... oder um wegen des Kindes etwas zu unternehmen.

Ohne Frage erschien Letzteres sinnvoller. Ohne das Kind am Hals wäre sie frei, das Leben auf ihre eigene Weise anzugehen, ohne von den Kanes oder sonst jemandem abhängig zu sein – nicht mal von Cavan. Sie wäre nur für sich selbst verantwortlich, könnte ihren eigenen Weg finden.

So wie sie es immer getan hatte.

# 36. Konfrontation mit dem Bösen

*Schwarze Drachen steigen am Himmel empor,*
*und unter meinen Füßen tut sich die Erde auf…*
James Clarence Mangan

Terese hatte Mühe darauf verwandt, so wenig wie möglich aufzufallen, als sie ihren Gang in dieses schandbare, düstere Viertel von Galway antrat, hatte das Haar straff im Nacken zusammengebunden und sich ein Kopftuch umgelegt. Selbst wenn niemand in der Stadt sie kannte, wollte sie auf gar keinen Fall an diesem verdorbenen Ort gesehen werden.

Der Nachmittag war verhangen, tiefliegende Wolken ließen einen weiteren Regenguss wie den des Vortages erwarten. So kam es, dass in den engen Straßen weniger los war als sonst üblich. Ohne große Probleme fand sie die Gegend, die sie gesucht hatte; eine andere Geschichte war es freilich, den ganz speziellen Ort ausfindig zu machen, den sie brauchte. Sobald sie das Rotlichtviertel erreicht hatte, begann sie herumzufragen, womit sie lediglich die Aufmerksamkeit einiger raubeiniger Seeleute und anderer herumlungernder Kerle auf sich zog. Irgendein großer, verwahrloster Gorilla fasste sie sogar von hinten an, aber Terese drehte sich mit solch bedrohlichem Blick zu ihm um, dass er schnaubend und schulterzuckend von ihr abließ. Liederliche Frauen starrten sie mit offener Missbilligung an. Manche pfiffen ihr nach oder keiften ihr Obszönitäten hinterher, als sie vorbeiging, und eine machte ihr sogar den abscheulichen Vorschlag, sich ihnen doch anzuschließen.

Doch endlich bekam sie eine vernünftige, ernste Antwort, und zwar von einer müde dreinschauenden Hure, die ein gutes Stück über die Jahre hinaus zu sein schien, in denen Männer ihre Dienste gern in Anspruch genommen haben mochten. Die Frau, die sich Letty nannte, machte mit ihren diversen Schichten Schminke und den getönten Haaren einen spröden, ja zerbrechlichen Eindruck. Mit einem Ausdruck wissender Traurigkeit sah sie Terese an und nannte ihr dann einen Platz am Rande dieses Sündenpfuhls, wo man ihr möglicherweise zu helfen wisse.

„Frag nach Sorcha, der Zigeunerin“ sagte sie und griff sich in Bauchhöhe an ihr fleckiges rotes Mieder. „Vergiss nicht zu sagen, dass Letty dich schickt. Und denk dir nichts bei ihrem Gesicht, Liebes. Die meisten gewöhnen sich nach ’ner Zeitlang dran.“ Die blassblauen Augen musterten Terese eine Weile. „Du weißt, dass das Geld kostet?“

Terese nickte. Sie trug ihren Geldbeutel am Leibe, wie stets, seit ihre Tante ihr die paar Kröten gestohlen hatte, die Terese mühsam zusammengespart hatte.

„Nächstes Mal nimmst du deinen Grips zu Hilfe, Liebes“, mahnte Letty. Spinnennetzartige Risse brachen in der Farbschicht ihres weißgepuderten Gesichts auf, als sie sich von Terese verabschiedete. „Denn das wirst du nicht noch mal durchmachen wollen, darauf wette ich.“

Als Terese den in schreienden Farbtönen gestrichenen Wagen erreichte, der halb eingewachsen in einem Hofwinkel hinter einigen verfallenen Häusern vor sich hin rottete, hatte es zu nieseln begonnen.

Sie schlotterte am ganzen Körper. Beim Näherkommen spürte sie, wie sich ihre Nackenhaare aufstellten.

Die Gasse stank nach tierischen Exkrementen und Unrat aller Art. Hinter der Fassade einer der Ruinen war das Splittern von Glas zu hören. Anscheinend hatte jemand eine Flasche zerbrochen. Heiseres, lautes Gelächter folgte. Doch hinten auf dem Hof war keine Menschenseele zu sehen.

Die Tür des Wagens stand offen. Trotzdem klopfte sie an den Türrahmen und trat einen Schritt zurück. Nach einer Weile trat die hässlichste alte Frau, die Terese je gesehen hatte, in die Türöffnung. Sie schien in mehrere Lagen bunter Tücher gehüllt zu sein, deren oberste verdreckt und an einigen Stellen völlig zerschlissen war. Über ihrem faltigen, hängenden Gesicht türmte sich ein Kopfputz, eine Art Turban. Fettige graue Haarsträhnen hingen ihr in die Stirn. Terese versuchte über die schrecklichen Warzen, die aus dem Kinn der Frau hervorstachen, und die furchterregende dunkelrote Narbe hinwegzusehen, die sich von der Stirn bis zum Kieferknochen über ihre ganze rechte Gesichtshälfte hinzog.

„Ja, was willst du?"

Terese schlotterte inzwischen noch mehr und fürchtete, jeden Moment in Ohnmacht zu fallen. „Ich ... ich möchte gern zu Sorcha, der Zigeunerin."

„Und was willst du von mir?", fauchte die abstoßende Alte. „Was willst du, Mädchen?"

Noch ehe Terese antworten konnte, schürzte die andere die Lippen und sagte: „Ach so, um *das* geht es. Hast du Geld?"

Terese hatte einen Geschmack im Mund, als hätte sie Seewasser getrunken. „Ich ... ja, hab ich."

„Also los, rein mit dir, und bringen wir's hinter uns!" Die Frau drehte sich um und verschwand wieder im Inneren des Wagens, ohne abzuwarten, ob Terese ihr folgte oder nicht.

Das Erste, was Terese ins Auge stach, als sie in das dämmrige Zwielicht trat, das im Innenraum der Karre herrschte, war das dreckstarrende Bett an der gegenüberliegenden Wand. Sie wollte lieber nicht darüber nachdenken, woher wohl all die dunklen Flecken rührten oder wie die unordentlich über die Bettstelle geworfene Decke riechen mochte.

„Raus aus deinen Klamotten, und dann legst du dich da drüben hin", befahl die alte Vettel, wobei sie auf das Bett zeigte und aus einem Korb mehrere scharf aussehende Werkzeuge zum Vorschein brachte.

Terese richtete den Blick auf das durchhängende Bett und den danebenstehenden Tisch, auf dem etliche leere Likörflaschen aufgereiht standen. Außerdem lag dort ein Haufen übereinandergeworfener Lumpen. Dann sah sie wieder die alte Frau an, die sich nach wie vor über den Korb beugte und seinen Inhalt durchwühlte, wobei sie irgendetwas vor sich hin brabbelte. Schließlich hob sie den Kopf. Offenbar hatte sie nicht gefunden, was sie suchte.

Wie eine Flutwelle überrollten Terese auf einmal der Gestank und die Verkommenheit ihrer Umgebung. Ihr war, als schwankte der Boden des Wagens unter ihren Füßen. Ihre Beine drohten nachzugeben. Sie gab einen ächzenden Verzweiflungslaut von sich und taumelte aus dem Wagen zurück auf die Straße, wo sie sich nach einem Ort umsah, an dem sie sich einfach fallen lassen konnte.

Die alte Zigeunerin keifte ihr eine Verwünschung hinterher, bevor sie sich wieder in ihre Karre verkroch.

Mitten auf dem Straßenpflaster fiel Terese keuchend auf die Knie. Inzwischen regnete es in Strömen, und während sie sich dort vor Übelkeit krümmte und Weinkrämpfe ihren Körper schüttelten, begrüßte sie die alles durchdringende Feuchtigkeit wie einen Segen vom Himmel. Sie wollte nichts anderes, als die Bilder und Gerüche dieses Drecklochs loswerden. Es kam ihr vor, als hätte sie selbst durch und durch den Gestank des Bösen angenommen, und sie wünschte sich, dass der Regen sie durchnässte und den ganzen Schmutz von ihrem Körper abwusch – und von ihrer Seele.

Es dauerte lange, bis sie endlich den Kopf hob. Immer noch auf den Knien liegend und über das Straßenpflaster gebeugt, entdeckte sie direkt unter ihrem Gesicht eine Pfütze. Geraume Zeit starrte sie ihr Spiegelbild auf der Wasserfläche an. Nach wie vor fühlte sie sich schmutzig ... verseucht ..., so als hätten der Dreck und die Verdorbenheit des Ortes und der Alten sie irgendwie besudelt. Und mit einem Mal starrte da etwas zurück: die furchtbare Realität dessen, wohin sie geraten war, was sie soeben hatte tun wollen ... Mit unbarmherziger Schärfe trat ihr vor Augen, wie tief sie gesunken war.

Sie hatte keine Ahnung, wie lange sie völlig durchweicht dort gekauert und in die Regenpfütze gestarrt hatte, als wäre sie der Spiegel ihrer Seele, bis sie endlich die Kraft fand, sich aufzurappeln und den Heimweg anzutreten. Taumelnd tapste sie durch die vom Regen glitschigen Straßen, Spießruten laufend durch die hämischen Fragen, die von allen Seiten auf sie einprasselten. Nur fort von den Schrecken und Qualen, die hinter ihr lagen!

Zum ersten Mal nach, wie ihr schien, endloser Zeit betete sie, betete zu einem Gott, der sich nach allem, was sie von ihm wusste, wohl durchaus nicht herablassen würde, den Gebeten eines in Sünde gefallenen Mädchens zuzuhören, betete aus den Tiefen der Angst, der Verzweiflung und des Unglaubens, betete um eine Vergebung, von der sie nicht mal mehr wusste, ob sie überhaupt daran glaubte, um eine Barmherzigkeit, die

die Flecken von ihrer Seele ebenso abwüsche wie der strömende Regen die Ausdünstungen der Verderbnis, die immer noch an ihrem Körper hafteten.

Und zum ersten Mal, seit sie von dem Kind erfahren hatte, das sie in sich trug, spürte sie mitten in der ausweglosen Konfusion ihrer Gedanken und angesichts aller düsteren Ungewissheit ihrer Zukunft einen Sinn, einen Grund, vorwärtszuschauen und sich nicht mehr nach dem Vergangenen umzudrehen.

# 37. Von Anwälten und Rechtshändeln

*Der Pharisäer drischt Phrasen vom Frieden,*
*indes die Schreie seiner Opfer niemals verklingen.*
*John Boyle O'Reilly*
New York

New York kochte in der Augusthitze. Kein Lufthauch regte sich in den Häuserschluchten. Kein Regentropfen fiel, um die sengende Glut abzukühlen. Wenn die Tage sich neigten, war es immer noch genauso stickig wie schon morgens beim Aufgang der Sonne.

Jack Kane, unterwegs zum ersten von zwei Besuchen, die er machen wollte, hatte sich das Jackett über die Schulter geworfen und verzog das Gesicht ob des beißenden Gestanks der Müllhaufen in den Straßen und Rinnsteinen. Selbst die Straßenköter schienen es an einem Tag wie diesem nicht über sich zu bringen, im Abfall herumzustöbern. Im Winter störte der in den Straßen aufgetürmte Unrat Jack nicht ganz so sehr; wenn es fror, stanken die Abfälle wenigstens nicht. Doch im Sommer bildeten die Müllhalden seiner Meinung nach einen veritablen Schandfleck im Bild einer Stadt, die sich als eines der führenden Handelszentren der Welt verstand.

Schöne Handelsmetropole, die nicht mal ihre eigene Müllabfuhr geregelt bekam!

In der Meinung, die Hitze werde leichter auszuhalten sein, wenn er zu Fuß ging, hatte Jack davon abgesehen, eine Droschke zu nehmen. Doch hatte er sich erst ein paar Minuten lang inmitten ratternder Kutschen, schwerbeladener Bierwagen und Lastkarren – und der übelriechenden Hinterlassenschaften der zahllosen Pferde, die all diese Fuhrwerke vorwärtsbewegten – seinen Weg gebahnt, als er seinen Beschluss schon wieder bereute. Er war vollkommen durchgeschwitzt: Das Hemd klebte ihm am Rücken, und seine Haare waren klatschnass, als wäre er soeben aus der Badewanne gestiegen. Als er am Kontor von Foxworth & McCann ankam, hätte er seine goldene Uhr für einen Krug Wasser versetzt. Immerhin aber hatte er den Weg geschafft, ohne in einen Pferdeapfel zu treten, und überfahren worden war er auch nicht – beides keine Selbstverständlichkeiten im New York jener Tage.

Das akkurat beschriftete Schild an dem Gebäude, in dem Foxworth & McCann eines der einträglichsten Anwaltsbüros der Stadt unterhielten, hatte nichts Aufschneiderisches an sich. Das vierstöckige Haus gehörte zu einem der weniger protzigen Abschnitte des Broadway, und die Anwaltskanzlei nahm lediglich das Erdgeschoss ein. Wie man hörte, gab es allerdings im zweiten Stock noch ein paar Räume, wo Akten gelagert wurden; Jack freilich hatte den Verdacht, dass diese „Lagerräume" einigen der etwas unappetitlicheren Klienten der Firma als Unterschlupf dienten, bis ihre Anwälte sie dazu bringen konnten, sich den Behörden zu stellen.

Jack blieb im Vestibül der Kanzlei stehen, um sich Gesicht und Haar mit einem Taschentuch abzutupfen, bevor er das Wartezimmer betrat. Es war schon so spät, dass keine anderen Mandanten mehr zugegen waren, und auch Harry Ogg, der emsige, wichtigtuerische Kanzleivorsteher war nicht mehr an seinem Kommandostand, dem Schreibtisch neben den Türen, die zu den Büros der Anwälte führten.

Gewiss war dies nicht gerade die Art Kontor, wo respektable Klienten herumsaßen und darauf warteten, ihre anwaltlichen Termine wahrzunehmen. Im Gegenteil, reputierliche Kundschaft stellte bei Foxworth & McCann zweifellos eine verschwindende Minderheit dar. Die Firma war dafür bekannt, dass sie all jenen Zeitgenossen ihre Dienste anbot, die keine der renommierteren Anwaltskanzleien zu vertreten bereit war: Unterweltsfiguren, politischen Hasardeuren, Männern läufiger Gattinnen und den gelegentlichen „Gentlemen", die ihren Ruf dadurch in Gefahr brachten, dass sie ihre Triebe nicht kontrollieren konnten.

Zweifellos verdankte die Firma ihren florierenden Geschäftsverlauf in erster Linie dieser schillernden, korrupten Klientel. Dabei beschränkten Foxworth & McCann ihre Tätigkeit keineswegs ausschließlich auf die Vertretung von vornherein anrüchiger Kundschaft. Durchaus nahmen die Herren auch die Interessen diverser Bühnenschauspieler, Künstler und sonstiger Angehöriger weniger ehrenwerter Berufsgruppen wahr.

Und da Journalisten ebenfalls argwöhnisch beäugt wurden – wenn man sie nicht in den Kreisen des alten Establishments ohne Umschweife für vulgär, zumindest aber für gewöhnlich hielt –, bevölkerten auch mehr als genug Zeitungsleute die Kundenkartei von Foxworth & McCann, unter ihnen Jack Kane.

Jack konnte sich immer wieder darüber amüsieren, dass die aristokratische Oberschicht einige der wohlhabendsten, einflussreichsten Männer der Stadt – ach was, des ganzen Staates – in Bausch und Bogen zurückwies. Wenn einem Mann eine edle Ahnenreihe abging – und sei es eine durch Einheirat erworbene –, konnte er Geld machen, soviel er wollte, und würde trotzdem nie gesellschaftlich gleichziehen.

Von einer schwerreichen, zu den oberen Zehntausend rechnenden Familie – einer *alten* Familie, wie man in diesen Kreisen zu sagen beliebte – abzustammen, verschaffte einem Mann automatisch den Ruf, eine Person von guter Kinderstube, gediegenem Charakter und unbezweifelbaren moralischen Qualitäten zu sein. Auch darüber amüsierte sich Jack, hatte er doch immer wieder unwiderlegbare Beweise für das genaue Gegenteil zutage gefördert. Er wusste mit Sicherheit, dass einige der schmutzigsten, durch und durch dem kriminellen Milieu zuzurechnenden Etablissements der Stadt in den Händen solcher Großbürger-Söhne waren.

Irischer Herkunft zu sein – das disqualifizierte einen selbstverständlich von vornherein für jedwede ehrenvolle Position im sozialen Gefüge der Stadt; da half auch geradezu unanständiger Reichtum nichts. Im Unterschied zu einigen anderen hatte Jack freilich nie der Sinn nach derlei gesellschaftlicher Anerkennung gestanden, und es machte ihm auch nichts aus, ungleich behandelt zu werden. Im Gegenteil, er zog eine gewisse perverse Genugtuung aus der Tatsache, dass er etliche der aufgeblasenen Großbürger mühelos allein durch das, was er war, zum Kochen bringen konnte: ein Ire, dessen Vermögen weitaus größer war als ihres und der beträchtlich mehr Einfluss ausübte als sie, und zwar sowohl auf der Ebene der Stadt als auch des Staates. Wenn sich die Gelegenheit bot, zögerte er nicht, sein Irentum oder seine Macht zur Schau zu stellen. Sowohl als Ire wie auch als Mann von Einfluss fühlte er sich wohl in seiner Haut und hatte seine diebische Freude daran, dass andere sich darüber ärgerten.

Die Tür zum Büro Avery Foxworths stand offen, und es überraschte Jack nicht, dass der Anwalt in seinem Zimmer auf ihn wartete. Als Jack eintrat, stand Foxworth auf – nicht etwa aus Ehrerbietung, denn die erwies Foxworth niemandem, sondern aus einer gewissen altmodischen Höflichkeit, die so ganz und gar nicht zu seinem übrigen Charakter passen wollte.

„Ich hab Ihren Brief erhalten, Jack – gut, dass wir uns sehen." Lächelnd, mit ausgestreckter Hand, kam Foxworth halb um seinen Schreibtisch herum. Wenn der Anwalt sprach, hörte man immer noch einen leichten britischen Akzent heraus, obwohl er behauptete, schon zwanzig Jahre aus dem Land seiner Geburt fort zu sein. Wie immer war der Mann perfekt barbiert und beeindruckend gekleidet. Obwohl Jack Foxworth niemals anders als in vornehmem Grau oder nüchternem Schwarz gekleidet, kriegte der Mann es stets fertig, seinem geschäftsmäßigen Äußeren einen Pfiff beneidenswerter Eleganz zu verleihen.

Jack nahm auf dem Stuhl vor Foxworths Schreibtisch Platz, der ihm angeboten wurde, während der Anwalt einen eisernen Briefbeschwerer auf seinem Tisch so zurechtrückte, dass er parallel zur Tischkante lag. Jack sah ihm zu, wie immer neugierig auf den geheimnisvollen Rechtskundigen. Vom Scheitel bis zur Sohle war Avery Foxworth ein Mann von erlesener Kinderstube. Obwohl nicht groß, vermittelte er einem doch den Eindruck eines stattlichen Mannes. Schlank und von feinem Knochenbau wirkte er doch alles andere als zerbrechlich. Sein Haar hatte den Ton dunkler Erde, versetzt mit ganz wenigen grauen Strähnen. Alles in allem hatte Foxworth eine ruhige Würde an sich, die haarscharf an distanzierter Strenge vorbeiging. Allein die tiefliegenden, schiefergrauen Augen des Mannes verrieten seine Seelentiefe und den geschliffenen Verstand.

Alle Welt stellte ihre Mutmaßungen darüber an, wie Foxworth eigentlich zu seiner heutigen Position gekommen war. Charlie McCann, sein Partner, war einer der extrovertiertesten, prunkversessensten Iren, die die Stadt aufzubieten hatte – und einer der allerkorruptesten dazu. Charlie war von ebenso ausladendem Körperbau und heiterem Gemüt, wie Avery hager und ernst war. Und doch hatten die beiden Männer, in jeder Hinsicht gegensätzlich, wie sie waren, hier im Herzen eines der heruntergekommensten Bezirke der Stadt ein beträchtliches Vermögen damit gemacht, dass sie Abgerutschte und Verkommene aller Art verteidigten, und hatten damit zugleich das zum Allgemeingut rechnende Vorurteil widerlegt, ein Ire und ein Engländer könnten nicht anders koexistieren als in einer Atmosphäre mörderischen Hasses.

Jack kam mit beiden Männern zurecht, neigte aber dazu, eher Foxworth sein Vertrauen zu schenken, so dass er fast ausschließlich mit diesem zu tun hatte – was ihn selbst ein bisschen verwunderte, konnte doch Avery mitunter skrupellos bis zur Brutalität und ohne jedes Mitleid sein.

Vielleicht war es gerade das, was ihn im Gerichtssaal zu einem dermaßen gefürchteten Gegner machte.

„Sie haben mein Interesse geweckt, Jack. Ihre Nachricht klang dringlich. Für irgendeinen Veruntreuungsfall sind Sie viel zu gradlinig, und einen verrückten Iren übers Ohr hauen wird ja wohl niemand, der einigermaßen bei Trost ist. Also, was ist Ihr Problem?“

*„Probleme“*, korrigierte Jack trübselig lächelnd. „Fangen wir mal damit an, dass ich glaube, man wird mich verklagen.“

Foxworth nickte bloß. „Ich glaube kaum, dass das letzte Mal lange zurückliegt. Und?“

„Da gibt's eine Frau, für die ich Ihre Hilfe möchte. Sie könnten damit anfangen, sie aus dem Gefängnis rauszupauken.“

Jetzt war es an Foxworth zu lächeln. „Wenn die Frau Sie verklagt, wieso wollen Sie sie dann rausholen?"

Jack winkte ab. „Nein, nein, Avery, da geht's um zwei verschiedene Fälle. Aber zuerst zu der Frau. Sie hat ihren Mann umgebracht, und ich wünsche, dass Sie sie verteidigen."

Foxworth zog eine Braue hoch. „Sollte ich mich doch in Ihnen getäuscht haben? Ich dachte immer, Sie hätten genug Grips im Kopf, um nicht rumzutändeln, wenn ein eifersüchtiger Ehemann im Spiel ist."

„Halten Sie den Mund und hören Sie zu, Avery", sagte Jack, ohne wirklich böse zu sein. „Ich kenne die Frau noch nicht einmal. Ich hab da eine ... Freundin, die sich Sorgen um sie macht und ihr helfen möchte, das ist alles. Anscheinend war der Mann dieser Frau ein Trinker, und zwar einer von der üblen Sorte. Sie kennen ja diese Typen, die ständig die Frau verprügeln und die Kinder terrorisieren."

„Ein Ire, nehme ich an?" Foxworths Miene war nun völlig regungslos.

„Zufällig ja", sagte Jack liebenswürdig.

„Was sind Sie bloß für ein unzivilisiertes Volk."

„Hören Sie auf mit der Leier. Ich weiß zufällig ein bisschen in der britischen Geschichte Bescheid."

Die Miene des Anwalts wurde verschlossen. „Sie sind also der Meinung, die Frau handelte in Notwehr?"

Jack zuckte die Schultern. „Ich kann mir nicht vorstellen, dass eine Frau endlos solchen Missbrauch ertragen kann. Früher oder später muss ihr doch mal der Kragen platzen, und dann begeht sie vielleicht eine Verzweiflungstat."

Foxworth nickte. „Würde es Ihnen etwas ausmachen, mir ein bisschen genauer zu erläutern, wie Ihre Interessen in diesem Fall gelagert sind?"

Wieder winkte Jack ab. „Ich hab bloß einer Angestellten – einer Freundin – versprochen, ob ich was tun kann." Er beobachtete Foxworth. „Ich für meinen Teil kann ja nicht viel ausrichten, aber Sie haben doch schon weitaus üblere Ganoven rausgehauen als eine arme verprügelte Frau."

„Eine arme geprügelte Frau, die vorm Gesetz zugleich eine Mörderin ist", stellte Foxworth klar.

„Ich bin nach wie vor der Meinung, dass es mehr nach Notwehr aussieht, Avery."

Foxworth nickte erneut. „Ich will das ja gar nicht in Abrede stellen. Das Gericht aber wird schon genauer hingucken."

„Also übernehmen Sie den Fall? Die Frau heißt übrigens Shanahan, Maura Shanahan."

Foxworth sah Jack mit dünnem Lächeln an. „Und wer, wenn ich fragen darf, zahlt die Rechnung?"

„Mrs Harte scheint davon auszugehen, dass die Einwandererhilfe so viel wie möglich übernehmen wird."

Schon wieder zog Foxworth eine Augenbraue hoch. „Mrs Harte?"

„Sie arbeitet für mich", erklärte Jack. „Stundenweise. Zugleich macht sie bei einer von diesen Einwanderer-Organisationen mit. Ihr ist daran gelegen, dieser Maura Shanahan zu helfen."

„Reden Sie etwa von Samantha Harte? Der Witwe von Bronson Harte?"

Ruckartig hob Jack den Kopf. „Sie kennen sie?"

Foxworth nickte. „Ja, die Dame kenne ich. Nicht näher selbstverständlich. Ich habe im Auftrag der Einwandererhilfe einige Klienten vertreten, und in dem Verein scheint Mrs Harte recht rege zu sein. Scheint mir ... eine interessante Frau zu sein."

Jack schwieg.

„Und darüber hinaus eine ungewöhnlich attraktive", fügte Foxworth hinzu, wobei er Jack nicht aus den Augen ließ. „So, so, diese Samantha Harte arbeitet also für Sie?“

„Für die Zeitung.“ Mochte man auch den Iren noch nie nachgesagt haben, von verschlossener Wesensart zu sein, so war Jack doch des festen Vorsatzes, sich nicht den leisesten Hinweis auf sein persönliches Interesse an Samantha Harte entlocken zu lassen. Allerdings hatte er das unangenehme Gefühl, dass Avery Foxworth schon Lunte gerochen hatte.

„Eigentlich komisch, dass sie überhaupt arbeitet“, sagte der Anwalt. „Soweit ich weiß, ist ihre Familie nicht gerade arm.“

„Sie macht ihre Sache ausgesprochen gut“, sagte Jack. „Seitdem sie die Korrekturen liest, habe ich nicht einen einzigen Fehler mehr entdeckt, weder auf der Titelseite noch in einer meiner Kolumnen.“ Die Richtung, die die Unterhaltung nahm, gefiel ihm nicht, und so versuchte er elegant das Thema zu wechseln. „Was Ihr Honorar anbetrifft, Avery ...“

Der Anwalt faltete die Hände unterm Kinn und wartete.

„Sie kriegen natürlich Ihr Geld, keine Sorge“, versicherte Jack. „Was die Immigranten-Gesellschaft nicht übernimmt, geht auf meine Rechnung. Ich bezweifle sowieso, dass die überhaupt was zahlen, auch wenn Sa- ... äh, Mrs Harte anderer Meinung zu sein scheint.“

„Welche Güte, Jack – ich muss schon sagen.“ Foxworth musterte Jack immer noch, und zwar mit einem zunehmend irritierenden Grinsen. „Wissen Sie, Jack, mitunter haben Sie einen beunruhigenden Hang, den christlichen Gentleman zu geben.“

„Überhaupt für einen Irländer, wollen Sie sagen.“

Foxworth zuckte die Schultern. Dann öffnete er eine exquisit gearbeitete Holzschachtel und schob sie Jack hin.

„Jetzt weiß ich wieder, wieso ich Sie verehre, Avery", sagte Jack, „obwohl Sie Advokat sind. Sie sind einer der wenigen Männer, die ich kenne, die eine gute Zigarre von einer schlechten zu unterscheiden wissen."

Er bediente sich mit einem schlanken Stumpen und nahm, nachdem Foxworth darauf bestand, auch noch einen zweiten, bevor er den Kasten wieder zurückschob. Fast gleichzeitig zündeten beide Männer ihre Glimmstängel an.

„Und was ist jetzt mit dieser Klage gegen Sie?", wollte der Anwalt wissen, nachdem sie die ersten Züge schweigend genossen hatten.

„Mancherorts ist meine Serie über Prostitution nicht auf allzu große Gegenliebe gestoßen, wie es scheint."

Angewidert verzog Foxworth das Gesicht und nickte bedächtig. „Ach ja, das Stück – hieß es nicht *Huren und Heuchler*? Nicht gerade eine Ihrer feinfühligeren Arbeiten, Jack, das muss ich sagen. Ich frage mich, wieso Sie sich nicht damit zufriedengeben können, sich das Rathaus zum Feind zu machen. Da hätten Sie doch weiß Gott ein ganzes Lagerhaus voller Skandale, aus dem Sie sich bedienen könnten, und der Verein wird sich hüten, einen Prozess gegen Sie anzustrengen." Er hielt inne. „Die kommen vielleicht mit Morddrohungen, aber nicht mit Anzeigen."

„Ja, davon sind mir auch schon ein paar ins Haus geflattert", sagte Jack, ohne nachzudenken.

Aus Foxworths Gesicht schwand alle Heiterkeit. „Morddrohungen? Das ist doch wohl nicht Ihr Ernst?"

„So was kommt schon mal vor", sagte Jack. Er hatte keine Lust, dieses Thema zu vertiefen. „In meinem Geschäft macht man sich 'ne Menge Feinde. Ich kann mir nicht erlauben, mich mit jedem Spinner abzugeben, der meint, er hätte 'n Hühnchen mit mir zu rupfen."

Der Anwalt lehnte sich in seinem Stuhl zurück.

„Wenn Sie aber jemandem so sehr auf die Füße treten, dass er Sie mit Mord und Totschlag bedroht, Jack, dann sollten Sie das schon ernst nehmen."

Jack antwortete nicht, also sprach der Anwalt weiter. „In welcher Form wurden Ihnen diese Drohungen zugespielt? Und ist in letzter Zeit so etwas vorgekommen?"

Jack zuckte die Schultern. Für ihn waren derlei Dinge nicht viel mehr als ärgerliche Belästigungen. „Der eine oder andere sinnlose Brief", erwiderte er. „Nichts von irgendwelcher Bedeutung."

Die Wahrheit war, dass einer dieser Briefe, den er erst vorige Woche im Büro zugestellt bekommen hatte, so wutschnaubend war, dass ihn beim ersten Lesen tatsächlich ein kalter Schauer überlaufen hatte. Das Elaborat hatte Anwürfe von erlesener Niederträchtigkeit enthalten, und Zeile für Zeile hatte von Hass getrieft. Der Schreiber hatte nicht im Geringsten der Phantasie überlassen, wie er die Iren im Allgemeinen und Jack im Besonderen sah. Ganz offenkundig teilte er die weitverbreitete Ansicht, dass alle Iren Untermenschen und eine Landplage seien.

Jack aber war nicht hergekommen, um über Geisteskranke zu diskutieren. „Also dann", sagte er, „Sie übernehmen hoffentlich den Fall der Shanahan?"

Foxworth zuckte die Schultern. „Wenn Sie es wünschen ... Wo wird sie denn festgehalten, wissen Sie das?"

„Im Gefängnis Eldridge Street."

Foxworth nickte und ergänzte seine Notizen, die er sich während ihrer ganzen Unterhaltung gemacht hatte. „Wie jetzt ..." Er sah auf. „... erzählen Sie mir nun von dieser Anklage oder nicht?"

„Es geht um Turner Julian", sagte Jack ohne Umschweife. „Er scheint der Meinung zu sein, ich hätte seinen gediegenen Ruf beschädigt, ihm unberechtigte Misshelligkeiten bereitet und den Namen seiner Familie in den Schmutz gezogen. Wenn man die Leute hört, mit denen er geredet hat, könnte man denken, ich sei für alles und jedes verantwortlich, was ihm je im Leben an Unschönem widerfahren ist. Vermutlich gibt er mir sogar die Schuld dafür, dass seine Töchter so hässlich sind."

„Da sollte er wohl eher an seine Frau denken", sagte Foxworth unbewegten Gesichts. „Hat er irgendwelche Gründe für diese Anschuldigungen?"

Jetzt war es an Jack, ein neutrales Gesicht zu machen. „Na ja, ein paar schon, denke ich. Obwohl ich, was seine armen Töchter angeht, jede Mitschuld abstreite."

„Aber Julian war doch nicht der Einzige, den Sie beim Namen genannt haben, oder?"

„O nein. Aber vielleicht hab ich ihm besondere Aufmerksamkeit gewidmet. Und dann hab ich ihn schon mit dem einen oder anderen passenden Attribut bedacht."

Avery Foxworth lächelte hintergründig und nickte. „So wie ‚Kronprinz der Ärzteschaft'?"

„‚Speerspitze aller Wissenschaften und mildtätigen Werke'", fügte Jack hinzu. „Ach ja, und ‚Medizinmann von der Fifth Avenue'."

Foxworth atmete tief aus. „Unter anderem stellten Sie seine berufliche Kompetenz in Frage, wenn ich mich recht entsinne. War es nicht so, dass Sie ihn sogar als ‚Scharlatan' betitelten?"

„Das ist er ja auch", fauchte Jack. „Den meisten seiner Patienten verpasst er Überdosen an Opiaten, so dass sie gar nicht erst schnallen, wie unfähig er wirklich ist. Und was seine ‚mildtätigen Werke' angeht, so besitzt er nicht weniger als drei Edelbordelle und in Five Points einen ganzen Block von Mietskasernen, die zu den verfallensten der Stadt gehören – Rattenlöcher, nichts anderes." Er unterbrach sich. „Sie erinnern sich an das Dreckloch an der Mulberry Street, das letzten Monat abgebrannt ist? Das Feuer, bei dem die Negerkinder umgekommen sind? Der Kasten gehörte Julian."

Foxworth beäugte Jack leicht verwundert. „Und weil Julian der Meinung ist, Ihre Serie habe seinem Ruf geschadet, droht er jetzt damit, Ihnen vor Gericht die Hosen runterzuziehen?"

„Ich denke, er würde es etwas gepflegter ausdrücken."

„Zweifellos." Foxworth holte erneut tief Luft. „Sie glauben nicht, dass Julian irgendetwas mit diesen Drohungen zu tun hat, die Ihnen zugegangen sind?"

Jack schüttelte den Kopf. „Nicht sein Stil. Zu ungehobelt für einen Mann seines Standes."

„Hm. Vermutlich haben Sie recht. Ich nehme mal an, Ihre Anwürfe gegen ihn und die anderen können Sie beweisen, nachdem Sie sie eine ganze Woche lang mit Balkenlettern von der Titelseite posaunt haben?"

„Ein Dummkopf bin ich nicht, Avery. Ich habe Beweise."

„Beweise welcher Art?"

Jack zuckte die Schultern. „Einige der Zeitungsjungen arbeiten auch als Schutzgeldeintreiber für Julian und das Gesindel, das mit ihm unter einer Decke steckt."

Foxworth legte die Stirn in Falten und schüttelte energisch den Kopf. „Kein Mensch wird irgendwas auf Ihre Zeitungsjungen geben. Da müssen Sie schon Besseres auffahren."

„Ich besitze unterzeichnete Erklärungen von zweien seiner früheren Wirtschafter." Jack verzog den Mund. „Und dann wäre da noch eine vierzehnjährige Prostituierte, die nicht nur in einem seiner einträglicheren Etablissements gearbeitet hat, sondern sich auch der besonderen Gunst des Herrn Doktors persönlich erfreute." Jack hielt inne. „Bis er sie bei seinem letzten Besuch fast totgeprügelt hat."

Foxworth sah Jack an, als erwartete er noch mehr. „Okay, Jack", sagte er dann. „Nun mal Klartext: Wieso sind Sie so versessen darauf, Turner Julian vorzuführen? Irgendwie kann ich mir nicht helfen: Da scheint mir doch auch Persönliches hineinzuspielen und nicht nur das rechtschaffene Verlangen nach Reformen."

Jack begegnete der Wissbegier des Advokaten mit einem unverblümten Blick. „Die Sache ist zum Teil persönlich, zum Teil beruflich. Und über die persönlichen Aspekte rede ich nicht, nicht mal mit Ihnen."

„Hässliche Überraschungen kann ich nicht leiden, Jack. Wenn Sie nicht offen mit mir sind, kann ich Ihnen auch nicht die bestmögliche Vertretung bieten."

„Ich bin nicht schärfer darauf, mir hinter die Kulissen schauen zu lassen, als Sie, Avery. Das werden Sie schon hinnehmen müssen."

Nach längerem Schweigen neigte Foxworth den Kopf und deutete so sein Einverständnis an.

Die Wahrheit war, dass der wohllöbliche Dr. Turner Julian Marthas letzte Tage buchstäblich zur Hölle gemacht hatte und Jack sich nicht überwinden konnte, all diese Erinnerungen wieder aufzuwühlen. Noch nach so vielen Jahren war ihm der Gedanke an ihre letzten zwei Wochen fast unerträglich. Außer Rufus hatte er nie jemandem anvertraut, was er argwöhnte – nein, wusste –, und daran sollte sich auch jetzt nichts ändern.

* * *

Während der gesamten Behandlung, die er ihr angedeihen ließ, war Dr. Turner Julians Abneigung gegen Marthas irische Nationalität – und die von Jack, versteht sich – fast mit Händen zu greifen gewesen. Julian machte keinen Hehl aus seiner Verachtung für Jack und seinem Unmut über die Tatsache, dass ein ordinärer Ire sich seine teuren medizinischen „Künste" leisten konnte. Marthas Schmerzen gegenüber gab er sich unverzeihlich gefühllos, und die Zerstörungswut, mit der der Krebs ihr auch noch das letzte bisschen Würde geraubt hatte, schien ihn völlig kalt zu lassen.

Schließlich hatte Jack die Wut gepackt. Halb außer sich vor Kummer hatte er dem Arzt seine Tatenlosigkeit zum Vorwurf gemacht. „Irgendetwas müssen Sie doch tun können! Ich verlange ja nicht, dass Sie sie heilen – ich weiß wohl, dass es so gut wie vorbei ist. Aber mit Sicherheit gibt es einen Weg, ihr Leiden zu lindern!"

Julians Wikingergesicht wurde starr. „Ich habe Ihnen schon vor Tagen gesagt, dass ich alles getan habe, was in meinen Kräften steht. Wenn Sie auf ein Wunder aus sind, müssen Sie einen Priester rufen."

Jack dünkte, dass ein Priester vielleicht mehr von Heilkunst verstünde als der arrogante Julian, aber er hielt seine Zunge im Zaum, um die Dinge für Martha nicht noch zu verschlimmern.

Am nächsten Tag versuchte sich Julian an einem hastig eingeleiteten chirurgischen Eingriff, den er verpfuschte, wodurch sich sowohl Marthas Todeskampf als auch ihre Entwürdigung noch steigerten. Jetzt konnte Jack nicht mehr an sich halten und nahm fast einen ganzen Tag lang Ansitz auf einem Krankenhausflur, bevor er den Doktor endlich zu fassen kriegte.

„Sie haben es nur noch schlimmer gemacht!", hielt er ihm entgegen. „Es geht ihr schlechter denn je."

Als Julian ihn wortlos stehen lassen wollte, hatte Jack ihn an seinem Hals gepackt und so fest zugedrückt, dass ihm die Augen aus den Höhlen traten. „Sie elender Drecksack! Sie nennen sich einen Arzt? Sie sind nichts weiter als ein hergelaufener Quacksalber!"

Damals war er völlig ausgerastet, hatte Julian mit der einen Hand die Luft abgedrückt, während er ihn mit der anderen gegen die Wand des Korridors presste. Wäre nicht Rufus aus Marthas Krankenzimmer gestürzt und hätte Jack mit körperlicher Gewalt von dem zu Tode erschrockenen Arzt fortgerissen, so hätte er den Mann wahrscheinlich umgebracht.

Danach hatte er Turner Julian niemals wiedergesehen. Am nächsten Morgen hatte er einen anderen Mediziner zugezogen, aber am frühen Nachmittag desselben Tages war Martha gestorben. Bis zum Ende hatte sie geschrien, besinnungslos vor Schmerzen, und Jack meinte, er verlöre den Verstand.

Niemand würde ihn eines Besseren belehren können, als dass Julians Weigerung, Martha während dieser qualvollen letzten Tage Opium oder ein anderes Schmerzmittel zu verabreichen, Absicht gewesen war – entsprungen aus der Verachtung des Arztes für Martha und Jack als die Personen, die sie waren.

Für einen britischen Aristokraten gehörten die Iren nicht zu menschlichen Spezies. Einen Iren konnte man ruhig hungernd und frierend verrecken lassen. Und auch ein New Yorker Aristokrat begriff einen Iren nicht wirklich als Mitmenschen. Diese Leute konnte man ruhig in Verzweiflung und Hilflosigkeit umkommen lassen.

Es war wirklich nicht viel, was sich für die Iren durch die Auswanderung nach Amerika zum Guten gewandt hatte. Nach wie vor vegetierten sie in Elendsquartieren. Nach wie vor litten sie Hunger und Armut, sahen sich Verachtung und Unterdrückung durch die höheren Schichten der Gesellschaft ausgesetzt. Zum Straßenfegen und zur Abfuhr der Exkremente waren sie gut genug, auch zum Kanalbau und zum Kohlehauen, zum Beschlagen von Pferdehufen und zum Schuften in den Fabriken. Doch ließ es keine bessere Absteige zu, dass ein irischer Körper ihre Leintücher beschmutzte; kein anständiger Mann gab seine Tochter einem Iren zur Frau – und kein Ire hatte Anspruch darauf, in derselben Würde zu sterben wie edlere Menschen.

Und das alles nur, weil man irischer Abstammung war.

Damals hatte sich Jack gefragt – und er fragte es sich noch heute –, wie lange es wohl dauern werde und was wohl geschehen müsse, bis man die Iren akzeptierte und nicht diskriminierte, respektierte und nicht verdammte.

Zuweilen dachte er, eine Ewigkeit werde nicht genügen, um all das Unrecht wieder gutzumachen, das seinem Volk zugefügt worden war.

Was Turner Julian anbetraf, so hatte Jack seinerzeit noch nicht genug Geld und Einfluss besessen, um dem Betrüger im Arztkittel am Zeug flicken zu können. Heute lagen die Dinge anders. Jahre hatte er auf die Gelegenheit gewartet, den Mann als den Scharlatan bloßzustellen, der er war. Schließlich waren ihm während ausgedehnter Recherchen über die Slumviertel der Stadt Unterlagen über die schändlichen finanziellen Transaktionen und das düstere Doppelleben Julians und seiner pharisäerhaften Spießgesellen in die Hände gefallen. Sobald er substantielle Nachweise über diese Dinge besaß, hatte er keinen Tag gezögert, sie zu veröffentlichen.

* * *

Die tiefe Stimme Avery Foxworths holte ihn in die Gegenwart zurück. „Sie haben jedes Recht, Ihr Schweigen zu wahren, Jack. Ich muss Sie aber vorwarnen: Wenn ein Mann wie Turner Julian Sie vor die Schranken zerrt, werden Sie wenig Fürsprecher haben. Sein Stammbaum strotzt von berühmten und reichen Vorfahren, genau wie der seiner Frau Gemahlin, und allein seine Portokasse reicht aus, um zehn Zeitungsleute zu kaufen, wenn es ihm beliebt. Also, wie jetzt: Hat er schon Klage gegen Sie eingereicht? Woher wissen Sie, dass er auf einen Prozess aus ist?“

„Gerüchteweise ist mir das zu Ohren gekommen.“ Jack machte eine weitere wegwerfende Handbewegung. „Anscheinend redet Julian ’ne Menge, wenn er einen im Tee hat, und das scheint öfter vorzukommen, wie man hört. Er hat ein ganzes Arsenal wüster Drohungen in Umlauf gesetzt und überall herumerzählt, er werde mir vor dem Kadi schon das Fell über die Ohren ziehen. Horace Greeley hat mir einiges von seinem Gequatsche erzählt.“

Jack erhob sich. „Sehen Sie, Avery, ich habe nichts weiter getan, als Julian und seinesgleichen als das anzuprangern, was sie sind. Ich kann meine Behauptungen belegen, und die meisten von denen wissen das auch. Wenn sie dennoch vor den Kadi ziehen, brauche ich einen Anwalt. Mir wäre sehr daran gelegen, dass Sie das für mich in die Hand nähmen.“

Foxworth stand auf und kam um seinen Tisch herum. In seinen Augen glomm etwas, was wie Vorfreude aussah. „Sagen wir so: Es wird mir ein Vergnügen sein. Melden Sie sich, wenn Sie mich brauchen.“

„Und was ist mit Maura Shanahan?“

„Ich kümmere mich noch heute drum, sie freizubekommen. Ich nehme mal an, Sie stellen Kaution?“

Jack nickte. „In jeder Höhe.“

Foxworth brachte ihn zur Tür. „Samantha Harte muss ja eine sehr gute Freundin von Ihnen sein."

Jack war darauf bedacht, eine gleichmütige Miene zu bewahren. „Sie ist eine feine Frau. Ich freue mich, ihr einen Gefallen tun zu können."

Foxworth sah ihm eine Weile in die Augen, sagte aber nichts. Sie schüttelten sich die Hand, und nachdem Jack den Stummel seiner Zigarre in einen bereitstehenden Spucknapf geschnippt hatte, verließ er die Kanzlei, um sein zweites Ziel anzusteuern. Ein rascher Blick auf die Uhr zeigte ihm, dass es fast fünf war. Mittlerweile würde Rufus wohl zu Hause sein, also würde er sich auf direktem Weg dorthin begeben.

Er lächelte ein wenig: Es war so gut wie sicher, dass Amelia ihn zum Abendessen einladen würde ...

Und so gut wie sicher würde er die Einladung annehmen.

Ein köstliches Essen aus Amelias Küche könnte dazu angetan sein, sogar den bitteren Nachgeschmack des Namens Turner Julian aus seinem Mund zu vertreiben.

# 38. Himmelstuch

*Besäß' ich des Himmels besticktes Tuch,*
*durchwoben von gold'nem und silbernem Licht,*
*das blaue Tuch, das fahle, das düst're,*
*der Nacht, des Tags, des Zwielichts Tuch:*
*ich breitete es zu deinen Füßen aus.*
*Arm indes, hab ich meine Träume nur,*
*sponn jeden Traum zu deinen Füßen aus.*
*Tritt leis' zu – du trittst auf meine Träume.*
W. B. Yeats

Vom Broadway bis zu Rufus' Haus hinter der Kirche an der Mercer Street musste Jack ganz schön marschieren. Bis er eintraf, war es beinah halb sieben und immer noch genauso heiß wie nachmittags um zwei. Allerdings wurde es schon dunkel, und irgendwo in der Ferne grollte leiser Donner, so dass man mit einem abkühlenden Gewitter rechnen musste.

Es war ausgesprochen dumm, sich an einem Tag wie diesem auf Schusters Rappen aufzumachen, aber wenigstens würde er nicht noch nach Hause laufen müssen, hatte er doch Sheridan angewiesen, ihn um halb neun bei Rufus abzuholen. Er wischte sich den Schweiß von den Schläfen und trat auf die Veranda des weißgestrichenen Carver'schen Hauses, öffnete die Fliegentür und rief: „Jemand zu Hause?" Doch niemand antwortete, und er trat ein. Rufus und Amelia waren seine unverhofften Besuche gewöhnt und hatten ihm zu verstehen gegeben, dass die Tür zu jeder Stunde, Tag und Nacht, für ihn offen war.

Während er die Vorhalle durchquerte, fiel ihm auf, dass es im Haus ungewöhnlich still war. Normalerweise hätten ihn die Zwillinge in der Hoffnung auf ein paar Lakritzlutscher oder Kaubonbons, die er aus seiner Jackentasche hervorzauberte, schon aus irgendeinem Versteck angesprungen. Doch heute gab es weder von ihnen noch von den anderen Kindern irgendein Lebenszeichen.

Was ihn freilich in seinen Bann zog, während er auf die hinteren Räume des Hauses zuhielt, waren die betörenden Düfte, die aus der Küche kamen. Wenn er sich nicht irrte, handelte es sich um den Geruch von Apfelknödeln. Die Vorfreude ließ Jack lächeln. Amelias Apfelknödel waren einen Fußmarsch durch die ganze Stadt wert, sogar an einem heißen Augusttag.

Er fand Amelia in der kleinen Nische des Speisezimmers, in dem sie ihre Nähsachen hatte. Sie saß am Fenster, den Kopf über eine Arbeit gebeugt, die so aussah, als sollte daraus eine weitere leuchtend bunte Weste für Rufus werden.

Er kratzte leise am Türpfosten, damit sie seine Anwesenheit bemerkte.

„Jack! Du meine Güte, haben Sie mich erschreckt!"

Er trat ein und zeigte auf die Weste in ihrem Schoß. „Ob er es verdient, lassen wir mal dahingestellt sein, aber ich denke, Ihr Göttergatte ist der bestangezogene Mann in der ganzen Stadt."

„Grad gestern Abend hab ich ihm klargemacht, dass ich wohl bald mit Westen aufhören muss und zum Zeltnähen übergehen kann, falls er nicht umgehend um die Mitte herum ein paar Pfunde abspeckt. Aber wie geht's Ihnen, Jack? Und was in aller Welt machen Sie hier unten um diese Tageszeit? Am Freitagabend hätte ich Sie in einem dieser piekfeinen Restaurants vermutet."

„Nicht, wenn sich die Gelegenheit bietet, eine Einladung an Ihren Tisch zu ergattern", sagte Jack.

„Sie wissen doch ganz genau, dass Sie darum nicht erst bitten müssen“, schalt sie ihn. „Wahrscheinlich haben Sie diese Apfelknödel durch die ganze Stadt gerochen. Aber setzen Sie sich doch.“ Sie wies auf die einzige andere Sitzgelegenheit in der Nähecke, einen leicht durchgesessenen, hier und da ausgebesserten gepolsterten Lehnstuhl. „Sie werden doch wohl bei dieser Hitze nicht zu Fuß gegangen sein? Wo steckt denn dieser nette junge Sheridan mit Ihrem Buggy?“

„Kommt später vorbei“, sagte Jack, während er seine Krawatte lockerte und sein Jackett über die Sessellehne hängte, bevor er sich setzte. „Wo sind Ihre Leute alle? Ich glaub, ich hab dieses Haus noch nie so ruhig erlebt.“

„Drüben in der Gemeinde von Gideons Freundin Helen war heut' Kaffeetafel mit Kuchen. Da sind sie alle hin, außer Mary. Sie musste zwar zwei Tage lang bei ihrem Dad drum betteln, aber schließlich hat er ihr erlaubt, sich die Musikkapelle anzuhören, die im Park auftritt. Sie ist zusammen mit diesem niedlichen Henry Johnson losgezogen ...“ Seufzend sah sie auf. „Sie werden allesamt groß. Rufus und ich fühlen uns allmählich alt.“

Jack lachte sie aus. „Ehe Sie sich's versehen, werden Sie 'n ganzen Stall voller Enkelkinder haben, Amelia. Sie werden gar keine Zeit zum Altwerden haben, Sie und Rufus.“

Das schien sie bedenkenswert zu finden. Lächelnd sagte sie: „Wahrscheinlich haben Sie recht. Aber was ist mit Ihnen, Jack Kane? Das würde mich viel mehr interessieren. Ein Mann in Ihrem Alter sollte sich ernstlich über eine gute Frau und ein Haus voller eigener Kinder Gedanken machen. Was unternehmen Sie in dieser Hinsicht?“

„Ein Mann in meinem Alter hat gar nicht mehr

die Geduld für einen Haufen lärmiger Kinder. Deshalb komm ich Sie ja so oft besuchen. Jedes Mal wenn mich die verrückte Idee packt, 'ne eigene Familie zu gründen, guck ich kurz bei den Carvers rein und bin geheilt."

„Oh, Sie ...", sagte sie, legte im Spaß die Stirn in Falten und schüttelte den Kopf. „Ich geb nicht die Bohne auf das, was Sie sagen, Jack. In meinen Augen sind Sie einer von diesen typischen irischen Schmeichlern."

„Ach, Amelia, Sie kennen mich einfach zu gut. Aber wo steckt denn Rufus? Ich hätte ja in die Kirche reinschauen können, aber ich dachte nicht, dass er da so spät noch wäre."

„Er ist drüben in der Schule und hilft Samantha ein bisschen beim Saubermachen. Da war auch irgendwas mit 'nem kaputten Fenster. Sie wissen doch, freitagnachmittags unterrichtet Samantha drüben."

Jack nickte und versuchte den Stich zu ignorieren, der ihm bei der Erwähnung von Samanthas Namen durchs Herz fuhr.

Eine Zeitlang saßen sie schweigend da. Jack sah Amelia, die bei ihrer Arbeit zufrieden vor sich hin lächelte, beim Hantieren mit der Nadel zu. Dabei kam ihm ein Gedanke, und er sprach ihn aus: „Sie haben wohl nie daran gedacht, was Künstlerisches zu machen?"

Sie sah auf und sagte trocken: „Ich glaub kaum. Meistens seh ich mich nur als harmloses altes Mütterchen."

Jack lächelte, schüttelte aber den Kopf. „Diese Westen da" – er wies mit dem Kopf auf das Exemplar, das Amelia in Arbeit hatte –, „sind wie Bradys Bilder. Die Farben, die Muster – keine gleicht der anderen. Jede ein Einzelstück. Und ich denke, da fließt in jedes Stück eine Menge Persönlichkeit von Amelia Carver ein. Wenn das nicht das Werk eines Künstlers ist, dann weiß ich auch nicht."

Der Gedanke schien Amelia zuzusagen, und sie musterte die Weste in ihrem Schoß eine Zeitlang. „So hab ich das noch nie gesehen, aber ich will Ihnen mal erzählen, was *ich* manchmal denke, wenn ich an einem neuen Stück nähe. Ich komme nicht umhin, mich zu fragen, ob es nicht ein bisschen Ähnlichkeit mit dem hat, was der treue Herr in unserem Leben tut."

Obschon ihn interessierte, was sie dachte, hütete sich Jack nachzufragen, um sich nicht irgendeine religiöse Belehrung zuzuziehen. Zwar pflegte Amelia nicht so leicht ins Predigen zu geraten wie ihr weitschweifiger Gemahl, aber wenn sich die Gelegenheit bot, kam auch sie nur allzu gern auf das Thema Glauben zu sprechen.

Er argwöhnte, dass sie jetzt eine solche Gelegenheit witterte. Sie hielt das unvollendete Kleidungsstück hoch. Es war bunt, hatte einen seidigen Glanz und war mit einer feinen Goldborte abgesteppt. „Mir scheint", begann sie in nachdenklichem Tonfall, „dass der Herr sich ein Stück tristen alten Stoff – ein Menschenleben – zur Hand nimmt und daraus webt, was immer ihm gefällt. Er entwirft das Muster genau wie ich, gibt dem Stück seine ganz eigene Form, Größe und Farbe. Das Leben mancher Leute scheint ganz und gar hell und glitzernd zu sein – und auch ziemlich dünn, genau wie manche Fäden, mit denen ich mein Glück versucht habe. Andere machen vielleicht nicht so viel her, sind weniger elegant und gutaussehend. Aber sie sind bei weitem haltbarer und vertragen erheblich mehr an Kernseife und rauer Behandlung als diese ach-so-feinen, zierlichen Stoffe."

Lächelnd hielt sie inne, um fortzufahren: „Sogar die Knöpfe sind verschieden. Einige glänzen, sind federleicht – und brechen nach einer Weile auseinander. Andere Stücke haben Knöpfe, die vielleicht nicht ganz so gut aussehen, aber dafür sind sie ein ganzes Stück stabiler und halten länger." Immer noch lächelnd, fuhr sie mit dem Finger einen Saum entlang. „Ja, und dann die Nähte. Sie sind das Wichtigste von allem, das, was das ganze Ding zusammenhält, dem Stück seine ganz spezielle Form gibt und es für lange Zeit wirklich gut tragbar macht."

Wieder machte sie eine Pause, gerade so lange, wie sie brauchte, um mit unverkennbarer Liebe und Sorgfalt über die ganze Handarbeit zu streichen. „Die Nähte kommen mir vor wie das Werk des Geistes, der von jedem Teil unseres Lebens Besitz nimmt – von den guten Zeiten wie von den schlechten, den Tagen voller Freude und denen, die uns wehtun – und sie alle miteinander zu einem gelungenen, vollendeten Kleidungsstück verwebt."

Aus dem Bauch heraus stellte Jack eine Frage, die ihm im selben Moment erst in den Sinn gekommen war: „Aber was ist letztlich entscheidend für das Endprodukt, Amelia? Derjenige, der näht, oder der Stoff selbst in seiner Beschaffenheit?"

Er hatte das gar nicht herausfordernd gemeint, registrierte aber selbst, wie hart und zynisch seine Worte klangen – wie so oft, wenn es um Glaubensfragen ging.

Soweit Amelia das freilich überhaupt wahrgenommen hatte, ließ sie sich nichts anmerken, sondern musterte ihn lediglich eine ganze Weile mit eindringlichem Blick. „Nun, Jack, ich glaube, an dem Punkt hört die Ähnlichkeit auf", sagte sie, während sie mit der Hand weiter über den Stoff in ihrer Hand strich. „Dieses Stück Zeug hat keinerlei Mitspracherecht darüber, was ich mit ihm anstelle. *Ich* hingegen schon, wenn es um mein Leben geht. Es liegt an mir, ob ich die ‚Nähte' meines Lebens vom Herrn verfertigt haben möchte oder durch meine eigensinnigen, unbeholfenen Hände. In dem Punkt hat jeder die Wahl. Was mich betrifft, so habe ich mich vor langer Zeit entschieden, dass mein Leben kein alter Lumpen sein soll, den man irgendwann bloß noch wegschmeißen kann. O nein, ich möchte, dass mein Leben aus nichts anderem gewoben wird als dem Tuch des Himmels."

Als sie von dem „alten Lumpen" sprach, „den man irgendwann bloß noch wegschmeißen kann", war das für Jack wie ein Schlag in die Magengrube. In den seltenen Momenten, wenn sich ein, zwei ruhige Minuten zwischen seine überladenen, von tausend Verpflichtungen in Anspruch genommenen Tages- und Nachtstunden zu quetschen vermochten und er es zuließ, dass seine Gedanken nach dem fragten, was eigentlich sein Dasein ausmachte, musste er sich eingestehen, dass sein Leben genau das war: ein alter Lumpen, eigentlich nur noch zum Wegwerfen gut.

Jack starrte Amelia an. Seine Empfindungen schwankten zwischen Bewunderung und Besorgnis. Niemandem von allen Menschen, die ihm je begegnet waren, brachte er mehr Respekt entgegen als Amelia Carver und ihrem Mann. Seit Jahren war ihm bewusst, dass am Leben dieses Paares etwas ganz Besonderes war, etwas, mit dem sich jemals messen zu können er nicht einmal zu hoffen wagte und das er auch nicht ansatzweise begriff. Doch wenn er ganz ehrlich sein sollte, beneidete er sie darum – was immer es auch war.

Andererseits gab es da eine Schicht in ihm – eine tiefere und dunklere, einen Bereich seiner Seele, in dem eine ewig unbefriedigte, unerklärliche Wut hauste –, die sich Amelias simpler Analogie widersetzte. Seine Lebenserfahrung ging dahin, dass die Dinge nie so schlicht, so grundsätzlich, mit einem Wort: so einfach waren, außer vielleicht, wenn es um die Schmerzen ging, die das Leben einem zufügte.

Ein Dummkopf war er nicht. Im Innersten seines

Wesens wusste er, dass sein übermäßiger Drang nach Erfolg, nach mehr Geld und mehr Macht nichts mit echten Bedürfnissen zu tun hatte. Wohin auch immer es ihn vor Jahren gedrängt hatte, was er als junger Mann hatte beweisen müssen, das hatte er alles weit mehr als nur einmal bewiesen. Mehr Geld war das Letzte, was er brauchte, und auch über den Wert von Erfolg oder Macht gab er sich keinen Illusionen hin – das eine wie das andere war so flüchtig wie ein Windhauch in der Nacht.

Nein, der Teufel, der ihn ritt, ihn antrieb, jede wache Stunde mit immer mehr Arbeit, immer mehr Umtriebigkeit vollzustopfen, der war nicht so sehr aus irgendeiner Notwendigkeit heraus geboren, sondern nur aus Verzweiflung: aus dem verzweifelten Verlangen, die Leere zu füllen, den nagenden Hunger in ihm zu stillen. Das verfluchte Biest im Innersten seiner Seele, das auf den Namen Elend hörte, drohte ihn Tag für Tag zu verschlingen, sobald er sich nur erlaubte nachzudenken – wirklich nachzudenken: über das Leben. Den *Sinn* des Lebens. Über ... etwas, was über dieses Leben noch hinausging.

Rufus hatte einmal die Bemerkung gemacht, es sei ihm so gut wie unmöglich zu begreifen, was Jack eigentlich glaubte. Nun ja, das war verständlich, denn Jack wusste es ja selbst nicht. Irgendetwas glaubte er schon, so weit würde er mitgehen. Zumindest wollte er glauben, dass es noch etwas Besseres, Höheres gab, etwas, was all dem Leid, all der Entmutigung und Ungerechtigkeit letztlich doch einen Sinn verlieh, mit denen das Leben den Menschen mitspielte.

Jahr um Jahr hatte er das Gefühl, Alter und Tod rasten immer schneller auf ihn zu. Und es brachte nichts, den Kopf in den Sand zu stecken, um das Unausweichliche zu verdrängen. Er würde viel darum geben, glauben – ehrlich glauben – zu können, dass da irgendeine Gottheit war, die all das Verkehrte im Leben geraderücken würde: die den unschuldig Hingeschlachteten Gerechtigkeit angedeihen ließe, den Kranken am Ende doch noch Heilung brächte, und Frieden denen, die ein Leben lang nichts als Not und Kampf gekannt hatten.

Es hatte eine Zeit gegeben – er war ein Junge gewesen damals und konnte sich heute kaum noch an diese Tage erinnern –, da hatte ihm seine Mutter von einem Kind erzählt, das in einem Stall geboren wurde, und von einem Erlöser, der um der Sünden der Menschen willen an einem Kreuz starb. So leicht zu verstehen war das alles gewesen, wenn sie davon sprach, so unglaublich real und fassbar – sogar das von ihrer „gesegneten Hoffnung", dem auferstandenen Christus, der mit weit offenen Armen an der Himmelspforte warten würde, um seine Kinder willkommen zu heißen in der Heimat.

Damals war er ein kleiner Junge gewesen und hatte nichts vom Leben gewusst. Heute war er ein Mann, der viel zu viel wusste.

„Jack?"

Es war Amelias sanfte, fragende Stimme, die ihn wieder zurückholte. „Entschuldigung, Amelia. Ich glaub, ich war 'nen Augenblick weggetreten. Muss wohl an der Hitze liegen."

Sie sah ihn mit unverhohlener Sorge an. „Ich glaub, ich hole Ihnen schnell ein schönes, kaltes Glas Milch." Damit legte sie ihre Handarbeit beiseite und stemmte sich aus ihrem Sessel hoch. „Gideon hat Eis geholt, gerade bevor er mit den Kindern abzog, also sollte die Milch wohl jetzt richtig schön abgekühlt sein."

„Machen Sie sich doch bitte keine Mühe, Amelia, ich –"

„Ich mach mir keine Mühe“, versicherte sie. „Ich muss sowieso den Tisch decken. Rufus und Samantha müssen jede Minute kommen.“

Jack hatte schon aufstehen wollen, aber unter ihren Worten erstarrte er. „Samantha? Sie kommt mit Rufus hierher?“

Amelia drehte sich lächelnd um. „Ja, warum? Samantha isst jeden Freitag mit uns zu Abend, nachdem Rufus ihr beim Putzen der Schulräume geholfen hat. Ich freu mich ja so, dass Sie auch da sind. Es wird nett werden, mal ganz ohne Kinder. Ist doch mal was anderes, nur mit Erwachsenen zu Tisch zu sitzen.“

Jack erhob sich. Mit einem Mal fühlte er sich ungeheuer aufgewühlt – oder völlig abgeschlafft, besser gesagt. Um diese Tageszeit brauchte er gewöhnlich eine Rasur, und zudem war sein Haar noch ganz klebrig vom Schwitzen. Samantha Harte wollte er so nicht unter die Augen treten. „Ich ... ich glaub, ich kann gar nicht bleiben, Amelia. Mir ist was eingefallen, was ich unbedingt noch –“

Was war bloß los mit ihm? Noch vor ein paar Tagen hätte er sich alle zehn Finger danach geleckt, noch mal mit Samantha zu Abend essen zu können. Und jetzt bot sich eine völlig unerwartete Gelegenheit dazu, und er benahm sich wie ein unreifer Bengel.

„Und außerdem“, setzte er hinzu, „hatten Sie ja gar nicht mit einem Esser mehr gerechnet. Ich denke, ich sollte mich Ihnen nicht aufdrängen.“ Er kam sich vor, als würde er lallen, und dem entsprach auch der Blick, mit dem Amelia ihn bedachte.

„Was um Himmels willen ist in Sie gefahren, Jack Kane? Lief Ihnen nicht noch vor ein paar Minuten das Wasser im Munde zusammen in Erwartung meiner Apfelknödel? Und wenn Rufus nach Hause kommt und hört, dass Sie ohne Essen von dannen gezogen sind, wird er mir den ganzen Abend deswegen Vorwürfe machen."

Jack ließ seinen Blick an sich hinabwandern. „Die Sache ist, Amelia, ich wusste ja nicht, dass Mrs Harte auch hier sein würde. Für Damengesellschaft bin ich einfach nicht angezogen."

Sie sah ihn an, als hätte er den Verstand verloren. „Was denken Sie eigentlich, wie Rufus herausgeputzt sein wird, nachdem er den ganzen Tag bei dieser Hitze gearbeitet hat? Du meine Güte, wenn ich's nicht besser wüsste, käme ich glatt auf die Idee, Sie gingen Samantha aus dem Weg. Und dabei dachte ich, Sie mögen sie."

„Klar mag ich sie", sagte Jack. Er kam sich immer mehr wie ein Narr vor. „Schließlich hab ich sie ja eingestellt, oder etwa nicht?"

„Das hab ich nicht gemeint, und das wissen Sie ganz genau", sagte Amelia gedehnt, während sie ihrerseits seinen Aufzug begutachtete – wobei ihr zweifellos nicht entging, wie unwohl er sich in seiner Haut fühlte. „Für meine Begriffe sehen Sie absolut ordentlich aus, aber wenn es Ihnen guttut, dann gehen Sie eben rauf und machen sich ein bisschen frisch. Ziehen Sie Ihre Krawatte nach, wenn Sie das für nötig halten. An Ihren Schuhen ist nichts auszusetzen, und an Ihrem Hemd entdecke ich nicht das kleinste Fleckchen – ich weiß also gar nicht, was Sie wollen. Also geben Sie sich zufrieden und hören Sie mit diesem Unsinn auf. Ich muss schon sagen, keine Frau auf der Welt ist so eitel wie ein Mann, da beißt die Maus keinen Faden ab!"

Nach diesem Zuspruch fühlte Jack sich schon ein bisschen besser. Ihm blieb aber keine Zeit für weitere Vorkehrungen, denn im selben Augenblick hörten sie von der Haustür her Rufus' dröhnendes Organ. Jack konnte sich nur noch rasch mit der Hand übers Haar fahren, bevor sein Freund in der Tür stand – mit Samantha Harte.

Ihr verdutzter Gesichtsausdruck verriet Jack, dass dieses unverhoffte Zusammentreffen sie ebenso in Verlegenheit brachte wie ihn.

# 39. Samanthas Lächeln

*Sie lächelte – ich ward verwandelt*
*und kam mir wie ein Flegel vor.*
W. B. Yeats

Der erste Gedanke, der Samantha kam, als sie Jack Kane in der Nähecke stehen sah, war, dass sie unmöglich aussehen musste.

Den ganzen Nachmittag hatte im Klassenzimmer eine fast unerträgliche Hitze geherrscht. Schon als sie die Kinder heimschickte, hatte sie sich geschafft und matt gefühlt. Aber da war ihr Arbeitstag noch längst nicht zu Ende gewesen. Rufus war vorbeigekommen, um das Fenster zu richten, und hatte ihr danach das Putzen der Milchküche abgenommen, während Samantha Staub gewischt, die Tafel geputzt und das Klassenzimmer aufgeräumt hatte.

Ihr Haar war verklebt, und ein paar Strähnen hatten sich gelöst und hingen ihr wirr in die Stirn. Ihre weiße Bluse war vorne staubig geworden, und womöglich war sogar ihr Gesicht schmutzig. Instinktiv fuhr sie sich übers Haar und strich die Strähne zurecht, die ihr übers Auge gerutscht war, wobei es sie nur noch nervöser machte zu sehen, wie Kanes Blick ihren Bewegungen folgte. Warum hatte sie sich bloß keine Zeit genommen, sich ein bisschen frisch zu machen, bevor sie aus der Schule ging?

Sobald sie sich aber von dem Schreck der unverhofften Begegnung ein wenig erholt hatte, registrierte sie, dass auch die äußere Erscheinung ihres Chefs von der Hitze des Tages nicht ganz unberührt geblieben war. Kane war nicht so makellos geschniegelt wie üblich.

*Also, auch der Gigant ist bloß ein Sterblicher,* dachte sie mit einem Anflug grimmiger Genugtuung. Unglücklicherweise indes schien der leicht ramponierte Aufzug des Mannes nicht einen Deut von seiner Ausstrahlung wegzunehmen. Bei dieser Erkenntnis ging ihr ein Stich von Unmut durchs Herz.

* * *

Jack fand, dass sie nie hübscher ausgesehen hatte – eine Wahrnehmung, angesichts derer er sich umso schäbiger vorkam. Irgendwie brachte er eine höfliche Begrüßung zuwege, die Samantha Harte mit kühler Förmlichkeit erwiderte.

Es war Rufus, der die Situation rettete, indem er Jack klatschend auf die Schulter schlug und in heiterster Laune sofort auf das heraufziehende Unwetter zu sprechen kam. „Besser, wir erfreuen uns der Ruhe, solange wir das noch können", sagte er. Schon in Hemdsärmeln zog er seinen Krawattenknoten lose. „Jeden Augenblick kommen die Kinder wie 'ne wilde Horde durch die Tür gestürmt. So wie der Himmel aussieht, gibt's 'n schönes Wetterchen, und sobald es losbricht, ist Schluss mit Kaffee und Kuchen im Kirchgarten."

Jack schickte sich an, sein Jackett wieder überzuziehen, aber Rufus hielt ihn davon ab. „Sie werden doch wohl nicht noch 'nen Rock anziehen wollen, Jack! Mir ist schon im Hemd zu warm. Ich glaube kaum, dass uns die Damen an einem Abend wie diesem einen etwas legereren Aufzug übelnehmen werden."

Und so ging es weiter – mit bedeutungsloser Konversation über die Hitze und das kommende Unwetter. Jack wünschte, er hätte es sich nicht von Amelia ausreden lassen, zu gehen. Aus irgendeinem Grunde fühlte er sich in der Gesellschaft Samantha Hartes außergewöhnlich unwohl. Nachdem er etwas von „mal frische Luft schnappen“ gebrummelt hatte, stellte er sich ans offene Fenster und sah nach draußen.

Rufus hatte recht gehabt, was den Himmel betraf. Dicke, düstere Gewitterwolken ballten sich über der Stadt zusammen, und zum ersten Mal seit Tagen wehte ein Lüftchen, das die trockenen Blätter ein wenig in Bewegung brachte. In der Ferne hörte man es schon donnern, und als er nach oben sah, zuckten die ersten grellen Blitze aus dem Gewölk hervor.

Die Luft jedoch war immer noch heiß, roch brenzlig und spendete keine echte Erfrischung. Trotzdem blieb er am Fenster stehen, bis er hörte, wie Amelia und Samantha Harte das Zimmer verließen.

Gott sei Dank! Rufus schien nichts von der Spannung zu bemerken, unter der er stand. Sie machten weiterhin Smalltalk, bis Amelia zum Essen rief. Bis dahin war es Jack gelungen, wenigstens ein Mindestmaß seiner Fassung wiederzugewinnen.

* * *

Die Carver'sche Küche war ein großer Raum mit hoher Decke, der der Familie zugleich als Speisezimmer diente. An einer Wand gab es zwei hohe Fenster, zwischen denen Herd und Ausguss ihren Platz hatten. Gegenüber befanden sich ein aus grob zurechtgehauenen Steinen gemauerter Kamin und ein großer Geschirrschrank. Der Raum war groß genug, um der ganzen versammelten Familie Platz zu bieten, samt Gästen, die hereinschneiten. Es war ein freundlicher, gemütlicher Raum, der zum Lachen und zu gutgelaunter Unterhaltung regelrecht einlud.

Normalerweise fühlte sich Jack in dieser Küche irgendwie geborgen. Schon beim Eintreten pflegte die Anspannung des Tages von ihm abzufallen, selbst wenn der ganze lärmende Carver-Clan um die Tafel versammelt saß. Doch heute Abend wollte es nichts Rechtes werden mit der Entspannung. Zum Teil ließ sich seine Rastlosigkeit vielleicht auf den nahenden Sturm oder auch auf die ungewöhnliche Ruhe des kinderlosen Hauses schieben. Doch wahrscheinlicher war, dass seine hoffnungslose Vernarrtheit in Samantha Harte daran schuld war.

Er war wie ein verknallter Pennäler – kein bisschen anders als Cavan Sheridan, nur dass der inzwischen von seiner Schwärmerei kuriert zu sein schien.

Innerlich kochte Jack seiner eigenen Blödheit wegen, bevor er sich noch zu Tisch gesetzt hatte. Amelias Knödel waren hervorragend wie immer, aber ihm hatte es buchstäblich den Appetit verschlagen. Mit Absicht hatte er sich den Stuhl ausgesucht, der dem von Samantha direkt gegenüberstand, anstatt sich neben sie zu setzen, wie er es zunächst vorgehabt hatte. Vielleicht ließ sich so vermeiden, dass allzu viel irritierende Nähe zwischen ihnen entstand. Recht bald freilich ging ihm auf, dass das ein kardinaler Fehler gewesen war; denn jetzt konnte er die Augen nicht mehr von ihr lassen.

Und alles, was recht war: Die Frau war wahrlich nicht leicht zu übersehen!

Allerdings war heute Abend etwas anders an ihr als sonst, und das machte ihn neugierig. Zum einen kam sie ihm in seiner Gegenwart merklich entspannter vor als bei früheren Gelegenheiten, wobei sie keineswegs alle Zurückhaltung abgelegt hatte: Nach wie vor beschränkte sie sich darauf, seine Fragen wortkarg und lakonisch zu beantworten. Und immer wenn sich ihre Blicke zufällig trafen und sie mitbekam, dass er sie unentwegt ansah, trat derselbe beunruhigte, unsichere Ausdruck in ihre Augen, den er nun schon so oft beobachtet hatte. Insgesamt aber schien sie ihn weniger widerwärtig zu finden als sonst. Ein-, zweimal hielt sie seinem Blick sogar stand, ohne sich gehetzt umzuschauen, als suchte sie einen Fluchtweg. Und fast unglaublich: Sie lächelte ihm zu, und das nicht bloß einmal.

Diesem Lächeln gab er die Schuld an seiner Aufgewühltheit.

Als sie halb mit dem Essen fertig waren, hatte Jack längst vergessen, wie verlegen es ihn anfangs gemacht hatte, dass sein Aufzug nicht makellos in Schuss war. Stattdessen schwelgte er in dem Genuss, ihre Schönheit in sich aufzunehmen. Absolut wundervoll sah sie aus mit diesem kaum merklichen feinen Staubrand entlang der Wölbung ihrer Wangen – dessen sie sich mit Sicherheit nicht bewusst war – und den beschwingten, leicht feuchten Löckchen, die sich aus ihrer Haartracht gelöst hatten und sich vor ihrem Gesicht kräuselten.

Nicht zum ersten Mal fühlte Jack sich betört von ihrer Stimme, herrlich weich, aber von unerwarteter Dichte und mit einem unwiderstehlichen Stocken von Zeit zu Zeit, das in ihm das Verlangen auslöste, seine Hand quer über den Tisch auszustrecken und die ihre zu ergreifen. Im Gespräch mit Rufus und Amelia lachte Samantha unbeschwert, und Jack ertappte sich bei dem Wunsch, ihr dieselbe spontane Heiterkeit entlocken zu können anstelle der ärgerlichen Förmlichkeit, die sie ihm gegenüber für angemessen zu halten schien.

Andererseits war es schon ein entscheidender Fortschritt, dass sie ihm mit neutraler Nüchternheit begegnete. Zumindest schien sie nicht den Argwohn zu hegen, er sei der Leibhaftige in Person.

* * *

Während sie aßen, hatte der Sturm auf sich warten lassen, jetzt aber frischte er auf und brauste heran. Merklich dunkler war es in der Küche geworden, und sowohl Rufus als auch Amelia waren rasch aufgesprungen, um im ganzen Haus Fenster und Läden zu schließen und die Markisen hochzurollen.

Auch Samantha stand auf, um die diversen Petroleumlampen herzurichten, die im Raum verteilt standen. Durch das einzelne Fenster, das noch geöffnet war, blies ein scharfer, herrlich kühler Wind herein.

Als sie die Lampen angezündet hatte und an ihren Platz zurückkehrte, sah sie, dass Jack Kane sie mit derselben unentwegten Stetigkeit beobachtete, die sie nach wie vor so nachhaltig aus der Ruhe brachte. Irgendwie war er ihr heute Abend anders vorgekommen als sonst. Vielleicht lag das an seinem nicht völlig makellosen Aufzug – immerhin einer für seine Person bemerkenswerten Veränderung.

Aber da war noch etwas anderes. Schon zuvor hatte Samantha in Kanes Augen, in der Haltung seiner Schultern, ja sogar an seiner Art zu reden etwas entdeckt, was sie bis heute nicht beobachtet hatte. Nicht dass er sich nicht perfekt unter Kontrolle hatte – im Gegenteil: Da war derselbe leichte Anflug von Arroganz, den sie mittlerweile automatisch mit seiner Person in Verbindung brachte. Und in seinem Blick lag dieselbe Andeutung von Interesse und Aufmerksamkeit für sie, die sie verwirrte und beunruhigte, solange sie ihn kannte. Alles schien wie immer zu sein: der harte, zynische Zug um seinen Mund, die grimmige Ironie, mit der er wohl alles im Leben betrachtete, die beschwingt kollernde Stimme, von der sie annahm, dass sie im Nu eisenhart werden konnte ...

Doch jenes andere, weniger Geläufige – es war ein Anflug von Verletzlichkeit, den sie bei einem Mann wie Kane niemals zu entdecken erwartet hätte.

Und diese Beobachtung zog sie zu ihm hin, wie es bis zu diesem Abend sonst nichts vermocht hatte.

* * *

Während Rufus und Amelia nicht in der Küche waren, erzählte Jack Samantha Harte von Avery Foxworths Bereitschaft, die Verteidigung Maura Shanahans zu übernehmen.

Der überraschte, aber erfreute Blick, mit dem sie darauf reagierte, wärmte ihm das Herz, und es ging ihm durch Mark und Bein zu begreifen, wie sehr er auf ihre Wertschätzung aus war.

„Dafür kann ich Ihnen gar nicht genug danken!", sagte sie mit strahlenden Augen. Doch schon im nächsten Augenblick bewölkte sich ihre Miene. „Aber ist der Mann nicht fürchterlich teuer? Die Einwandererhilfe hat natürlich einen Fonds für solche Fälle, davon hab ich Ihnen ja erzählt, aber ich fürchte, davon darf man nicht allzu viel erwarten."

Jack winkte ab. „Darüber machen Sie sich jetzt mal keine Sorgen. Foxworth weiß, dass er sein Geld kriegt. Er wollte sich übrigens noch heute Abend darum kümmern, ob er Mrs Shanahan nicht auf Kaution freibekommt. Vielleicht können Sie sie schon morgen zu Hause besuchen, wenn Sie wollen."

Sie versuchte weitere Einzelheiten über das Finanzielle aus ihm herauszuholen, aber Jack überging ihre Fragen, indem er ihr einiges über Avery Foxworth selber erzählte. Ihm lag daran, ihr klarzumachen, dass Maura Shanahan den besten Rechtsbeistand bekam, der sich auftreiben ließ, wobei er sich freilich hütete, etwas über Foxworths leicht anrüchigen Ruf verlauten zu lassen.

Die ganze Zeit über ging ihm der Blick dieser unglaublich dunklen Augen durch und durch. Der Schein der Petroleumlampen flackerte über ihr Gesicht, was ihrer Haut einen bronzenen Schimmer verlieh und ihr Haar wie mit Goldfäden durchwirkt aussehen ließ. Jählings überfiel Jack ein unwiderstehlicher Drang, den Arm auszustrecken und sie an sich zu ziehen. Niemals hatte er eine Frau so begehrt, wie er Samantha Harte begehrte, doch es war eine ganz andere Art von Begehren als die, die er gewöhnt war: mehr als schieres körperliches Verlangen, mehr als der primitive Trieb zu nehmen und zu besitzen.

Während ihm das Blut in den Kopf stieg und sein Puls zu rasen begann, ging ihm auf, was er – Verlangen hin und her – am meisten von dieser Frau wollte: ihre Anerkennung, ihren Respekt. Er wollte, dass sie ihm vertraute.

Ja, dass sie ihn brauchte – das wollte er.

War er jetzt nicht mehr ganz bei Sinnen? Die Frau hatte doch offenkundig mehr Angst vor ihm, als dass sie sich von ihm angezogen fühlte. Schlimmer noch, er mochte nicht ausschließen, dass sie sich sogar von ihm abgestoßen fühlte – kaum die Art von Reaktion, die er gern bei ihr hervorrufen wollte.

Im selben Augenblick tat es einen gewaltigen Donnerschlag, und eine heftige Windbö fegte durchs offene Fenster herein. Die Vorhänge begannen zu flattern, die Petroleumlampen flackerten wie irre. Plötzlich klatschte Regen gegen das Haus.

Samantha fuhr zusammen und schrie auf. Beide sprangen gleichzeitig vom Tisch auf und eilten zum Fenster, um es zu schließen, wobei Jack freilich ein paar Sekunden zögerte, weil ihn die Urgewalt des Sturms unwiderstehlich in ihren Bann zog. Er konnte nicht weiter blicken als über den schmalen Hofstreifen, der das Carver'sche Haus von dem der Nachbarn trennte. Die riesigen alten Ahornbäume ächzten und schienen sich beinah zu krümmen.

Ein weiterer Donnerschlag erschütterte das Haus, und ein gewaltiger Blitz tauchte die Szenerie in gespenstisches weißes Licht. Jack streckte die Hand aus, um das Fenster herunterzuziehen, aber noch ehe er es zu fassen bekam, flammte unmittelbar davor ein Blitz auf und jagte beiden einen Todesschrecken ein. Regen peitschte durchs offene Fenster, und instinktiv legte Jack den Arm um Samantha und zog sie an sich, während er mit der anderen Hand den Fensterflügel herunterriss.

Sie zitterte, und es schien die natürlichste Sache der Welt zu sein, sie noch dichter an sich zu ziehen, um sie zu beschützen. Ohrenbetäubend tosten Wind und Regen ums Haus – aber die Naturgewalten waren nichts im Vergleich zu dem Dröhnen in seinem Kopf, als er zu ihr hinuntersah.

„Samantha?“

Ihre Augen waren riesengroß, und sie erbleichte. Jack hielt sie noch fester, denn plötzlich war ihm der Gedanke unerträglich, dass sie sich wieder von ihm lösen könnte.

Sein Verstand, sein Herz – alles in ihm tobte mit ebensolcher Wildheit wie die Sturmnacht vor dem Fenster. Er hatte das Gefühl, ihm bliebe in der plötzlichen Enge des Zimmers und in ihrer Nähe die Luft weg, aber er schaffte es nicht, den Blick von ihr abzuwenden – von ihrem Gesicht, den Augen, die in dem flackernden Licht glitzerten und ihn gefangen hielten. Einen verrückten Augenblick lang glaubte er etwas anderes in jenen Augen zu sehen als die übliche Reserviertheit. Sein Herz schlug schneller, und ohne jede Vorwarnung fielen alle Vorsicht und Willensstärke von ihm ab. Er senkte den Kopf, schob sein Gesicht ganz nah an das ihre heran, und seine Lippen –

Da sah er die Veränderung ihrer Miene.

Was er sah, war schierer Schrecken, der ihn erstarren ließ – nicht bloß Abscheu, der ihn schon mehr als genug verletzt hätte, sondern eine fürchterliche, panische Angst, ein Schauder vor ihm, angesichts dessen er beinah laut aufgeschrien hätte.

Noch nie hatte ihn eine Frau so angesehen. Er schrak zurück, und augenblicklich war all sein Verlangen verschwunden. Stattdessen überrollten ihn Scham und Verwirrung. Er ließ sie los, aber sie rührte sich nicht vom Fleck. Es war, als wäre sie an Ort und Stelle festgefroren. Jack registrierte ihren leeren Blick, die wächserne, fahle Färbung ihrer Haut – und einen Moment lang dachte er, sie sei vielleicht krank oder werde jeden Augenblick in eine Art Ohnmacht fallen.

Endlich klarte sich ihr Blick auf. Jack sah, wie ihre Schultern absackten und sie das Gleichgewicht zu verlieren drohte. Er streckte den Arm aus, um ihr Halt zu bieten, ließ aber rasch die Hand wieder sinken, als ihm einfiel, wie sie ihn angesehen hatte.

Wütend auf sich selbst und zutiefst erschüttert von der Heftigkeit ihrer Zurückweisung, konnte er bloß dastehen und sich selbst verspotten ob so viel Torheit. Am liebsten wäre er augenblicklich im Boden versunken.

„Samantha ..., es tut mir leid“, sagte er mit rauer Stimme. „Ich ... ich weiß gar nicht, was ich sagen soll. Es tut mir so leid.“

Sie sah so verdattert zu ihm auf, als hätte er sie aus tiefem Schlaf geweckt. Und dann zeichnete sich in ihren Zügen ein ganzer Schwall von Gefühlen ab: ein allmählich heraufdämmerndes Bewusstwerden, vermischt mit etwas anderem, etwas wie Bestürzung oder gar Erniedrigung. Langsam begann sie den Kopf zu schütteln, wieder und immer wieder.

Jack wollte sich von ihr entfernen ... wütend auf sie sein ... sich nicht mehr um sie kümmern. Doch stattdessen konnte er nicht aufhören, sich zu entschuldigen. „Entschuldigen Sie, Samantha. Ich hab's nicht bös gemeint. Ich bin nur ... ich mag Sie, fast seit wir uns zum ersten Mal begegnet sind, und ich dachte, Sie wüssten's vielleicht – oder dass Sie sogar ... Ach, ich weiß auch nicht, was ich mir dabei gedacht hab. Ich wusste doch nicht, dass Sie mir so sehr ... abgeneigt sind und –"

Sie hob die Hand, und für eine Sekunde dachte Jack, sie würde ihn berühren. Stattdessen ließ sie die Hand wieder sinken und schüttelte nur den Kopf. „Nein. Sie verstehen das nicht."

Ihre Stimme klang wie stranguliert. Befremdet runzelte Jack die Stirn. Er hielt den Atem an, hätte so gern ihre Hand ergriffen und wusste doch, dass er es nicht wagen durfte, sie nochmals anzufassen.

„Es hat nichts mit Ihnen zu tun", sagte sie mit derselben fremd klingenden Stimme. „Nur mit mir. Es liegt nicht an Ihnen – ganz bestimmt nicht." In ihren Worten schwang eine eigenartige, unbändige Erregung mit, so als hätte sie von einem Augenblick auf den anderen rasender Zorn gepackt.

Sie schlang ihre Arme um den Körper, als wollte sie verhindern, dass er auseinanderbrach. Sie begann sich umzudrehen, aber Jack stoppte sie mitten in der Bewegung – nicht indem er sie berührte, sondern durch den flehentlichen Unterton, der in seiner Stimme lag.

„Samantha? Bitte wenden Sie sich nicht von mir ab! Sagen Sie mir, was Sie meinen!"

Ihre Augen waren verhangen von unvergossenen Tränen, und alles in Jack drängte danach, sie wegzuküssen. Doch er zog es vor, die Hände zu Fäusten zu ballen, um gar nicht erst in Versuchung zu kommen, sie erneut zu berühren. „Ich hab's nicht böse gemeint, Samantha. Unabhängig von dem, was Sie von mir gehört haben oder vielleicht meinen, würde ich niemals irgendwas tun, was Sie verletzt."

Sie sah zur Seite. „Ich ... das weiß ich doch. Aber ..." Sie stockte. Dann sagte sie: „Tut mir leid. Ich weiß, Sie verstehen nicht, aber ich kann's nicht erklären. Ich ... ich kann darüber nicht sprechen."

Ein hässlicher, gemeiner Verdacht begann sich in Jacks Gedanken einzuschleichen, ein Argwohn, der so widerwärtig war, dass Jack ihn gar nicht an sich heranlassen wollte. Wahrscheinlich versuchte er nur eine Erklärung für ihr Verhalten zu finden, die nichts mit ihm zu tun hatte. Doch ihre Reaktion war so überaus extrem gewesen – einfach unbegreiflich, selbst wenn sie ihn zutiefst verabscheute. Was er in ihrem Gesicht gesehen hatte, reichte an schieren Horror heran.

Was war ihr angetan worden, dass daraus eine solch brutale Reaktion auf ihn erwuchs – oder gar auf jeden Mann?

„Samantha ... Sind Sie ganz sicher, dass Sie's mir nicht erzählen können – was immer es auch ist?"

Sie sah immer noch weg, hielt den Kopf gesenkt und starrte auf den Fußboden. „Ich kann nicht. Bitte fragen Sie mich nicht."

Jack holte tief Luft. Er hatte sich sowieso schon restlos zum Esel gemacht – was hatte er noch zu verlieren, wenn er es noch mal versuchte?

„Also gut. Aber, Samantha, wenn Sie erlauben ... Dürfte ich noch ein einziges Wort sagen? Bitte! Ich hab gemerkt, dass Sie sich mir gegenüber ... nicht so richtig wohlfühlen, und ich glaube, ich weiß auch, warum. Und jetzt hab ich wahrscheinlich alles nur noch schlimmer gemacht – und das tut mir so leid. Ich ... äh ...“ Jack fuhr sich mit einer Hand durchs Haar, absolut grantig auf sich selbst, weil es ihm nicht gelang, auszudrücken, was er sagen wollte. „Ich weiß, dass ich das jetzt nicht so richtig rauskriege. Ich will nur sicher sein, dass Sie wissen, ich wollte Ihnen nicht wehtun, Sie nicht verletzen. Falls ich Sie, ähm ... verletzt oder in Verlegenheit gebracht habe, so tut es mir wirklich aufrichtig leid. Das ist die Wahrheit.“

Endlich sah sie ihn an, suchte seinen Blick, als könnte sie darin ablesen, ob seinen Worten zu trauen war. „Schon gut. Wirklich, es ist ... nicht Ihr Fehler.“

Was er in ihren Augen sah, machte ihm das Herz zentnerschwer. Es war so viel Schmerz in ihr! Er wollte sie festhalten, irgendwie sie beschützen vor der verborgenen Qual, die sie zu fesseln schien – was immer es auch sein mochte. Er wollte sie trösten. Sie heilen.

Aber *wovon* heilen?

„Samantha, hat es was mit Ihrem Mann zu tun?“, platzte es aus ihm heraus, bevor er sich beherrschen konnte.

Jack beobachtete sie genau, während er auf ihre Antwort wartete. Sie schien vollkommen erstarrt zu sein. Ihre zusammengepressten Lippen sahen aus, als wäre alles Blut aus ihnen gewichen, und ihre Miene war hart und kalt wie Stein. So stumm war sie, dass es schien, als atme sie nicht einmal.

Jack fühlte, dass sie sich von ihm zurückzöge, womöglich vor ihm davonränne, falls er auch nur den leisesten Versuch machte, sie anzurühren. Freilich musste er seine ganze Willensstärke zusammennehmen, um sie nicht in seine Arme zu ziehen.

Langsam schien das Leben in sie zurückzukehren.

„Bitte“, sagte sie endlich, immer noch ohne ihn anzusehen. „Nicht mehr. Ich kann ... einfach nicht weiter darüber sprechen.“

Jack beobachtete sie und wusste, es wäre ein Fehler, weiter in sie zu dringen. „Samantha?“, sagte er endlich. „Könnten Sie wenigstens darüber nachdenken, ob ich ... Ihr Freund sein darf? Ein Freund – sonst nichts?“

Sie sah ihn an und machte den Mund auf, um zu antworten, aber in diesem Augenblick kamen Rufus und Amelia wieder in die Küche marschiert, und sie wandte sich wortlos ab.

Fast zur gleichen Zeit stürmten die Kinder durch die Haustür und rannten durch die Vorhalle. Damit war jede weitere Gelegenheit dahin, allein mit ihr zu sprechen.

Wenige Minuten darauf traf Cavan Sheridan mit der Kutsche ein. Als Jack sie zu überreden versuchte, sich von ihm nach Hause fahren zu lasen, zauderte sie mit der Begründung, dass eigentlich Gideon sie habe bringen wollen.

Obgleich Jack nicht wusste, ob es klug war, auf seinem Angebot zu beharren, sagte er mit fester Stimme: „Rufus’ Wagen fliegt davon bei diesem Sturm. Ich bestehe darauf, dass Sie mit uns fahren.“

„Jack hat recht, Samantha“, warf Amelia ein. „Sonst werden Sie nass bis auf die Haut. Es wär’ wirklich das Beste, wenn Sie mit Jack führen.“

Schließlich lenkte sie ein, wenn auch mit unverhohlenem Widerwillen und wahrscheinlich bloß, wie Jack annahm, um nicht vor allen Anwesenden eine Szene zu machen.

Draußen nahm Jack ihren Arm und sagte mit gesenkter Stimme, damit Cavan Sheridan seine Worte nicht mitbekam: „Ich setz mich auf den Bock zu Sheridan. Ich denke, so wird es Ihnen lieber sein.“

Sie sah ihn entsetzt an. „Nein! Sie werden völlig durchnässt werden!“

Jack zuckte die Schultern. „Ich mag Regen. Ich geh oft spazieren, wenn's regnet.“

Sie musterte ihn eine kurze Weile, sagte aber nichts.

Jack schwieg seinerseits, half ihr in die Kutsche, machte von außen den Schlag zu und steckte den Kopf durch die Fensteröffnung. „Sie haben mir noch keine Antwort gegeben, Samantha. Deshalb frag ich noch mal: Geben Sie mir eine Chance, Ihr Freund zu sein?“

Sie betrachtete ihn lange und forschend. Ihr Blick war ernst und abwägend. Als sie endlich antwortete, wuchs Jacks Hoffnung. „Ja“, sagte sie leise und ohne die Augen von ihm zu wenden. „Das würde mir wohl gefallen, Mr Kane.“

Freude durchschoss Jack wie eine Sternschnuppe den Himmel. „Wie schön! Und – ähm ... wenn wir jetzt Freunde sind: Ob Sie's wohl fertigbringen könnten, mich Jack zu nennen?“

Sie blinzelte, sah ihn jedoch noch immer an. Es schien endlos zu dauern, bis die Andeutung eines Lächelns ihre Lippen umspielte. „Also schön, ja ... Jack.“

Mit einem Mal fühlte sich Jacks Herz leichter an als seit etlichen Tagen. Ach was, Wochen! „Prima! Ach ja, Samantha, und wir sollten uns wirklich bald zusammensetzen und die Pläne für das neue Immigranten-Eingliederungsprogramm besprechen. Könnten Sie sich vorstellen – wo wir doch jetzt Freunde sind –, dass wir uns gleich morgen Abend zum Essen treffen und einige Punkte durchgehen? Ich könnte Sie abholen – sagen wir, um sieben?“

„Wir *haben* doch gerade miteinander zu Abend gegessen“, bemerkte sie.

„Das zählt nicht. Es war Zufall.“

Sie hob eine Braue, und für den Bruchteil einer

Sekunde fürchtete Jack, sie werde sich schon wieder von ihm zurückziehen. Doch nein, zögernd nickte sie und sagte: „Also schön. Aber ich suche das Lokal aus, wenn's Ihnen nichts ausmacht."

Er drehte die Handflächen nach außen, um sein Einverständnis zu signalisieren. „Ganz wie's Ihnen beliebt." Er machte eine Pause. „Sonst noch was?"

„Ja, in der Tat", sagte sie und wies dabei auf die Zigarre, die aus seiner Tasche lugte. „Ich fürchte, Sie werden mir versprechen müssen, niemals eins von diesen stinkenden Dingern zu rauchen, solange ich in der Nähe bin."

Jack grinste übers ganze Gesicht, zog den Stumpen aus der Tasche und zerbröselte ihn in der Luft, so dass die Tabakkrümel in Wind und Regen davonflogen.

# 40. Von Stille und Schatten

*Liebe kann steigen in Himmelshöhen*
*und Erhabeneres lehren,*
*als Sterbliche verstehen.*
John Boyle O'Reilly

Der Sturm schien vorüber zu sein, jedenfalls für den Augenblick; nur noch ein weicher, stetiger Regen und die etwas kühlere Luft erinnerten an ihn. Während die Pferdehufe über das Pflaster der stillen Straße klapperten, sog Jack die klare Nachtluft tief in seine Lungen. Es machte ihm nicht das Geringste aus, auf dem offenen Kutschbock zu sitzen, war ihm doch der Regen hochwillkommen.

Sheridan hingegen schien es nicht wohl dabei zu sein, dass sein Chef sich neben ihn setzen wollte. „Bitte nehmen Sie's mir nicht übel, Sir", sagte er, „aber Sie sollten bei dem Regen nicht hier oben sitzen. Wäre es nicht besser, Sie ließen mich das hier allein machen und nähmen drinnen bei Mrs Harte Platz?"

Jack schlug seinen Jackenkragen hoch und hockte sich auf die Kutscherbank. Er freute sich auf die Fahrt. „Mach dir wegen mir keine Sorgen, Junge. Mir geht's gut hier oben. Wie ich schon Mrs Harte sagte, kommt mir der Regen gerade recht, überhaupt nach solcher Hitze wie heute."

„Jawohl, Sir." Sheridan schien nicht recht überzeugt zu sein, aber er ließ das Thema fallen. „Oh, Sir, das hätte ich fast vergessen: Mrs O'Meara sagte, ich solle Ihnen sagen, dass ein Brief gekommen ist – ein ziemlich dicker, sagte sie, von Ihrem Bruder."

„Aha! Das war ja auch an der Zeit! Ich bin gespannt, was Brady zu sagen hat.“

Es wurde still zwischen ihnen, und Jack dachte bei sich, dass die Verlegenheit Sheridans vielleicht nicht nur mit seiner Anwesenheit hier oben auf dem Kutschbock zu tun hatte. Aus dem Bauch heraus entschloss er sich, das Thema Samantha Harte mit dem Jungen anzuschneiden – teils, weil er empfand, dass er das Klima zwischen ihnen beiden bereinigen müsse, und teils, so vermutete er selbst, weil er einfach gerne über Samantha sprach.

„Kommst du im Unterricht bei Mrs Harte immer noch gut voran?“, fragte er.

„Aber ja, Sir. Sie ist eine ausgezeichnete Lehrerin, das hab ich Ihnen ja schon erzählt.“

„Wo wir schon von Mrs Harte sprechen, Junge: Schwärmst du immer noch für sie?“

Cavan Sheridan sah ihn verdattert an. „Sir?“

„Oh, du weißt sehr gut, wovon ich spreche, Sheridan! Vor ein paar Monaten warst du regelrecht vernarrt in die Frau. Hast du das nun inzwischen überwunden oder nicht?“

Jack beobachtete ihn. Sogar im Dunkeln konnte er sehen, wie Sheridans Gesicht rot anlief und er mühsam schluckte.

Er seufzte – hatte er den Jungen jetzt gekränkt? Jedenfalls wohl in Verlegenheit gebracht, obwohl das eine so wenig seine Absicht gewesen war wie das andere. Jack wusste ja nur allzu gut, wie es war, wenn man sich wegen einer Frau, die gar nichts von einem wollte, zum Narren machte.

Sheridan ließ sich lange Zeit mit seiner Antwort, aber was er sagte, überraschte Jack nicht: „Ich glaube, Mrs Harte ist die beste Frau, die mir jemals begegnet ist.“

Erneut seufzte Jack.

„Doch um Ihre Frage zu beantworten ..." Sheridan räusperte sich. „... ich glaube, ich hab's geschafft, sämtliche weitergehenden Gefühle auf Eis zu legen. Obwohl es eine schmerzhafte Enttäuschung war."

Es traf Jack, dass das feierliche Bekenntnis seines Kutschers beinah wie ein Nachruf klang. Zu jeder anderen Gelegenheit hätte ihm der Hang zum Dramatischen, den der junge Mann an sich hatte, ein mildes Lächeln entlockt. Anders heute Abend: Er verstand die Mutlosigkeit des Burschen viel zu gut, um sie auf die leichte Schulter zu nehmen.

„Sie halten große Stücke auf sie, nicht wahr, Sir?"

Verdutzt sah Jack ihn an. Ohne Weiteres hätte er dem Jungen eine Antwort geben können, die diesen in Grund und Boden gestampft hätte. Einem Kutscher stand es ganz und gar nicht zu, die Nase in die persönlichen Angelegenheiten seines Herrn zu stecken.

Stattdessen hob er, sich selbst auf die Schippe nehmend, nur eine Augenbraue. „Ist das so offensichtlich?"

Sheridan hielt den Blick starr nach vorne gerichtet. „Nun, Sir, wie soll ich sagen ... Nur ein Blinder oder ein Trottel würde sich von einer Frau wie Mrs Harte nicht angezogen fühlen. Und Sie sind ja wohl weder das eine noch das andere ..." Der Satz verwehte im Fahrtwind.

Jack gab sich Mühe, angemessen beleidigt dreinzuschauen, schaffte es aber nicht, ein schiefes Grinsen zu unterdrücken. „Blind bin ich nicht, so viel steht mal fest. Was den Trottel anbetrifft, hab ich allmählich so meine Fragen." Er unterbrach sich. „Wenn es dir nichts ausmacht, würde ich gern hören, wie du es geschafft hast, deine unerwiderte Zuneigung zu begraben, Sheridan."

Der Junge zuckte die Schultern. „Ich denke, ich hab

schließlich eingesehen, wie hoffnungslos das Ganze war. Mir war klar, dass da nie was draus werden konnte. Mrs Hartes Zurückweisung war mehr als deutlich. Letzten Endes, denke ich, war es so, dass sie sich einfach ... nicht zu mir hingezogen fühlte. Sie wollte mir zwar weismachen, es komme vom Altersunterschied, da lägen einfach zu viele Jahre zwischen uns, aber –"

„Genauso viele Jahre liegen zwischen ihr und mir", brummte Jack, „genauso viele wie zwischen euch beiden. Nur dass in unserem Falle ich der Ältere bin."

Stirnrunzelnd wandte Sheridan ihm das Gesicht zu. Anscheinend lag ihm etwas auf der Zunge, aber er überlegte es sich anders.

„Was ist?", bohrte Jack nach.

Am Mundwinkel des Jungen zuckte ein Muskel. „Das steht mir nicht an zu sagen, Sir."

„Und ob es dir ansteht, wenn ich dich danach frage!", fauchte Jack. „Du musst nicht immer so nervtötend formell sein, Sheridan, jedenfalls im Augenblick nicht. Also, was wolltest du sagen?"

Sheridan sah Jack lange von der Seite an, bevor er seine Augen wieder der Straße zuwandte. „Nur dass mir scheint, wenn es um Sie geht, stört Mrs Harte der Altersunterschied nicht. Das war alles."

„Ich wusste gar nicht, dass du so genau hinschaust", sagte Jack mit zusammengebissenen Zähnen.

Schulterzuckend sagte Sheridan: „Ich kenn mich ja in solchen Dingen nicht allzu sehr aus, aber ich muss schon sagen, dass Mrs Harte Sie ganz anders ansieht, als sie mich jemals angesehen hat."

Aus schmalen Augen musterte Jack den jungen Mann. War da irgendein Anzeichen von Missgunst an ihm zu entdecken? Doch nein, Sheridans Miene war gelassen und ohne jede Heimtücke, als er hinzufügte: „Zumindest kommt's mir so vor, Sir."

Ohne dass er den Regen überhaupt noch bemerkte, kreuzte Jack die Arme vor der Brust und starrte geradeaus. „So ist es, nicht wahr?"

„Jawohl, Sir."

„Und wie würdest du denn wohl die Art und Weise beschreiben, in der Mrs Harte mich ansieht?"

Absichtlich wandte Jack seinen Blick nicht von der regennassen Fahrbahn vor ihnen ab, während er auf Sheridans Antwort wartete.

„Nun ja, Sir", meinte dieser schließlich, „ich würde mal sagen, Sie scheinen sie ein bisschen einzuschüchtern." Er legte eine Pause ein, um dann rasch hinzuzusetzen: „Wobei sie Sie aber auch sehr ... interessant zu finden scheint."

„Sehr interessant", echote Jack. Ohne Frage lag Sheridan richtig, was das Eingeschüchtertsein anging, dachte er säuerlich, und ihm stand wieder der zu Tode erschrockene Blick Samanthas von vorhin vor Augen.

„Na ja, Sir, aber letzten Endes ist es offensichtlich, dass Mrs Harte Sie mag."

„Mich *mag*?" Damit Sheridans Bemerkung gar nicht erst falsche Hoffnungen bei ihm aufkeimen ließ, rief Jack sich ins Gedächtnis, wie Samantha vor seiner Berührung sichtlich zurückgeschreckt war. Andererseits: hatte er nicht selbst bei mehr als einer Gelegenheit auf die scharfe Auffassungsgabe und die bemerkenswerte Menschenkenntnis des jungen Burschen hingewiesen? Wie dem auch sei, es wäre töricht, zu viel auf seine letzte Bemerkung zu geben.

Er überlegte eine Weile und fragte dann: „Hat Mrs Harte dir gegenüber jemals ihren Mann erwähnt?"

Sheridan schüttelte den Kopf. „Eigenartig, nicht wahr? Aber nein, ich erinnere mich nicht daran, dass sie ihn auch nur ein einziges Mal erwähnte."

Das war in der Tat eigenartig, dachte Jack. „Trotzdem muss er 'n guter Mann gewesen sein. Ich kann mir nicht vorstellen, dass Sa-, äh, Mrs Harte jemand anderen geheiratet hätte."

„Da werden Sie wohl recht haben", stimmte Sheridan zu. „Aber ich hab mich oft gefragt ..., woher diese große Traurigkeit in ihren Augen kommt."

„Sehr gut beobachtet", sagte Jack leise, „wirklich gut beobachtet."

„Mr Kane?"

„Hm?" In Gedanken durchlebte Jack wieder die erschreckende Szene mit Samantha, und er musste sich zwingen, in die Gegenwart zurückzukehren.

„War das ungehörig, als ich von Mrs Hartes ... ‚Interesse' an Ihnen sprach?"

Jack winkte ab – eine Geste, mit der er zugleich seine Bedrückung zu vertreiben suchte. „Nein, nein, ist schon gut. Ich glaub allerdings, ich wär besser beraten, nichts darauf zu geben. Es sieht absolut nicht danach aus, dass Mrs Harte mir jemals andere Gefühle entgegenbringen wird als freundschaftliche. So weit wird's vielleicht gerade reichen, aber alles andere ..." Jack zuckte heftig mit den Schultern, so als wollte er eine schwere Bürde abschütteln. „Sie gehört zu einer Sorte Frau, die sich nicht mit einem Mann wie mir einlässt. Sollte sie sich jemals entschließen, wieder zu heiraten, so wird ihr der Sinn nach einem *guten* Mann stehen."

„Ich glaub, so was gibt's überhaupt nicht", sagte Sheridan ruhig.

Jack sah ihn an. „Für dein zartes Alter bist du viel zu zynisch, Junge. Derlei stumpfsinnige Ansichten solltest du lieber jemandem wie mir überlassen."

„Nein, es stimmt doch", sagte Sheridan. „Sehen Sie, Mrs Harte hat mir eine Bibel gegeben – ich hatte vorher gar keine –, und ich hab sie von vorn bis hinten durchgelesen. Und ich bin zu der Einsicht gekommen, dass es einen wirklich guten Menschen überhaupt nicht gibt – außer dem Erlöser natürlich, Gottes Sohn! Wir Übrigen, selbst die Besten unter uns, sind ganz und gar nicht gut – nicht wirklich. Wir dürfen noch nicht mal darauf hoffen, gut zu sein, es sei denn, wir ziehen das neue Leben an, das uns im Kreuz Christi angeboten ist."

Jack stand der Sinn nicht nach irgendwelchen theologischen Debatten. Das hatte er heute schon zur Genüge hinter sich, dank Amelia. „Das Thema möchte ich jetzt nicht vertiefen, Junge, wenn es dir nichts ausmacht."

„Glauben Sie denn nicht an die Erlösung in Jesus Christus, Mr Kane?"

Jack warf ihm einen finsteren Blick zu. „Glaubst du wirklich, dass dich das irgendetwas angeht, Cavan Sheridan?"

Der Junge erwiderte seinen Blick nicht, aber seine Antwort hätte kaum entschiedener ausfallen können. „O ja, das tue ich, Sir. Denn wenn ich denken müsste, dass Sie nicht glauben, müsste ich mir Sorgen um Ihre Seele machen."

„Ich würde es vorziehen, dass du dich um deine eigene Seele kümmerst, Sheridan. Und ums Kutschieren, wenn es dir nichts ausmacht."

Der Bengel kriegte es doch glatt fertig zu lächeln! „Entschuldigen Sie, Sir. Es war nur wegen dem, was Sie von Mrs Harte sagten: dass sie nur einen ‚guten' Mann verdiene und so. Das hörte sich so an, als würden Sie sich selbst noch nicht mal im Rennen sehen."

Jack starrte ihn an. „Sheridan", sagte er schließlich, „ist dir eigentlich schon mal in den Sinn gekommen, dass du manchmal regelrecht unverschämt sein kannst?"

„Das wollte ich nicht, Sir. Wäre es Ihnen lieber, wenn ich Mrs Harte nicht mehr erwähnte?"

„Das hab ich nicht gesagt. Ich fürchte allerdings, du nimmst mir mein ... Interesse an ihr übel."

„Das tue ich nicht, Sir – kein bisschen. Ebenso wenig wie das ihre an Ihnen."

„Aber sie hat kein Interesse an mir, Sheridan!"

„Wie Sie meinen, Mr Kane."

Jack brütete ein, zwei Minuten vor sich hin und fragte dann: „Was hast du vorhin gemeint? Was sollte das heißen: ‚das neue Leben anziehen'? Das hört sich an, als wenn's um Klamotten ginge: den alten Anzug an den Haken hängen und 'nen neuen anlegen. Steht das tatsächlich in der Bibel?"

Jack hatte noch nie gern zugegeben, über irgendein Thema nicht Bescheid zu wissen, aber seine Bibelkenntnisse waren bestenfalls schemenhaft. Einige der alten Geschichten hatte er von seiner Mutter gehört, und dann war Martha eine fleißige Bibelleserin gewesen: Abend für Abend hatte sie über dem Buch gesessen. Jack für seinen Teil hatte zwar stets ihre Hingabe bewundert, geteilt freilich hatte er sie nicht. Manchmal hatte sie ihm laut vorgelesen, und das, was die Worte in ihm auslösten, hatte ihm nie gefallen. Unbehaglich war ihm dabei gewesen. Unwohl. Außerdem hatte er sich mitunter unbeschreiblich einsam und verlassen gefühlt.

Merkwürdig genug, dass dieser Choral, den Amelia so gerne sang – *Amazing Grace* –, unweigerlich dieselben Empfindungen in ihm auszulösen schien.

Vor langer Zeit schon hatte Jack die Religion als etwas Weibisches abgeschrieben, seinetwegen auch etwas, das man ruhig Kindern beibringen sollte. Aber für ihn war das nichts.

Und doch hatte Sheridan mit seinem Reden von guten Menschen und dem „neuen Leben", das man „anziehen" solle, seine Neugier geweckt. Irgendwie erinnerte es ihn an das, was Amelia über ihre Westen gesagt hatte.

„Und ob das in der Bibel steht, Sir. An vielen Stellen."

Jack brauchte ein, zwei Sekunden, bevor er begriff, dass Sheridan gerade die Frage beantwortete, die er ihm vor einer Weile gestellt hatte.

„Kennen Sie die Geschichte vom verlorenen Sohn, Mr Kane?"

Jack nickte vorsichtig.

„Na ja, dann erinnern Sie sich vielleicht daran, dass der Sohn, nachdem er sein Erbe verprasst hatte, nach Hause gekrochen kam und vom Vater ein festliches neues Gewand angelegt bekam samt Sandalen für seine Füße. Und Mrs Harte sagt", fuhr Sheridan fort, „das Kleid ist wie das neue Leben, das wir in Christus anziehen. Alles, was wir tun müssen, sagt sie, ist, uns von unserem alten Leben abzuwenden, dann wird Gott uns ein neues Gewand geben – das Kleid seiner Vergebung und Erlösung." Er machte eine Pause, um fortzufahren: „Die Bibel ist sogar voll von Aussagen zu genau diesem Thema: ‚das Alte ablegen' und ‚das Neue anziehen'. Wenn Sie mögen, zeig ich's Ihnen bei Gelegenheit gerne mal, Mr Kane."

„Schon gut", sagte Jack trocken. Er hatte Mühe, die Flutwelle verwirrender Gefühle einzudämmen, die in seinem Inneren auflief. „Dein Wort genügt mir."

„Das ist Gottes Wort, nicht meins", wandte Sheridan ein.

„Jetzt halt den Mund, und fahr, Junge. Allmählich gehst du mir auf die Nerven."

„Jawohl Sir, tut mir leid, Sir." Pause. Dann: „Mr Kane?"

„Was denn nun schon wieder, Sheridan?", sagte Jack müde.

„Ich würd gern noch sagen, Sir, was Männer angeht, so bin ich der Meinung, dass Sie einer sind, den man bewundern kann, und ich glaube, dass Mrs Harte das auch tut, so wie sie Sie ansieht."

„Sheridan –"

„Ich weiß schon, dass Sie sich nicht so gerne in diesem Licht sehen mögen, aber Mrs Harte sagt, wir sollten uns nicht so sehr darum scheren, wie wir uns selber sehen oder was andere von uns halten." Der Bursche schien das, was er sagen wollte, so dringend loswerden zu müssen, dass seine Worte nur so aus ihm hervorsprudelten, als er fortfuhr. „Wie Gott uns sieht, sagt sie, das zählt, und dass er uns total anders sieht, als andere Menschen es tun. Jeder andere beurteilt uns danach, wie wir handeln oder was er über uns gehört hat, aber Gott sieht das Herz an."

Jack schoss durch den Kopf, dass es ihm lieber war, wenn niemand in sein Herz hineinschaute, schon gar nicht der Allmächtige, war es doch mittlerweile bestimmt so schwarz wie die Kohlegruben, in denen der junge Mann neben ihm einst geschuftet hatte.

„Mrs Harte sagt", sprach Sheridan weiter, „dass Gott unser altes Leben überhaupt nicht mehr sieht, sobald wir das Gewand seiner Erlösung angelegt haben."

Etwas in Jack versteifte sich. Sheridans letzte Worte drangen in ihn ein und sanken so tief, dass sie den Urgrund seiner Seele zu berühren schienen. Er wandte den Kopf und studierte das ausgeprägte, schmale Profil seines jungen Kutschers, während Sheridan den Blick resolut auf die dunkle Straße gerichtet hielt.

„Ich habe den Eindruck", sagte Jack, ihn immer noch musternd, „Mrs Harte hat dir einiges mehr beigebracht als Grammatik und Geschichte."

Sheridan lächelte zögernd. „Ich glaube, es ist nicht

übertrieben zu sagen, dass Mrs Harte mein ganzes Leben verändert hat, Sir."

Jack sah ihn noch einen Augenblick länger an, bevor er sich ein wenig zurücklehnte, den Kopf hob und den reinigenden Regen über sein Gesicht strömen ließ. *Meins auch,* dachte er mit einem Hauch Schwermut und tiefem Staunen. *O ja, meins auch ...*

* * *

Im Inneren der Kutsche machten Samantha ihre Gedanken zu schaffen.

Ohne Zweifel würde sie den Rest der Nacht an dem zu knabbern haben, was sich vorhin zwischen ihr und Jack Kane abgespielt hatte. Es war eine demütigende, erschütternde Erfahrung gewesen. Vielleicht hätte sie darauf eingestellt sein müssen – wenn sie an die lähmenden Erinnerungen dachte, die sie immer noch mit sich herumtrug, ganz zu schweigen von ihren Ängsten. Andererseits war Jack seit Bronson der erste Mann, den sie überhaupt in ihre Nähe gelassen hatte. Deshalb hatte sie nicht wissen können, was auf sie zukommen könnte. Und was zwischen ihnen geschehen war, hatte sie vollkommen überrumpelt.

Trotzdem peinigte sie der pure, unbemäntelte Schmerz, den sie in Jacks Augen beobachtet hatte, obwohl er zu ihrer ungeheuren Erleichterung auch nach dem Zwischenfall kein Anzeichen von Abneigung gegen sie gezeigt hatte. Im Gegenteil, er hatte sich bemüht, einen mehr oder weniger lockeren Ton mit ihr zu finden, bevor sie aufgebrochen waren.

Samantha hatte all ihre Selbstbeherrschung aufbringen müssen, um ihm nicht anzuvertrauen, was hinter ihrem Verhalten stand. Das Flehen und der Schmerz in seinen Augen hatten sie beinah herumgekriegt. Es war eines der wenigen Male seit Bronsons Tod gewesen, dass es sie danach verlangt hatte, ihr Inneres zu offenbaren, die ganze scheußliche Wahrheit vor einem anderen Menschen auszuschütten.

Wozu aber hätte das gut sein sollen? Glaubte sie wirklich, dass der einfache Entschluss, eine zweite Person ins Vertrauen zu ziehen, sie von dem Fluch ihrer Ehe befreien würde? War sie so naiv zu glauben, es würde ihr zur Heilung verhelfen, ihr Herz aufzuschließen?

Es gab keinen Anlass zu der Hoffnung, dass es zu irgendetwas gut sei, Jack von ihrer Vergangenheit zu erzählen. Wenn ihm überhaupt etwas an ihr lag – und inzwischen glaubte sie, dass es so war –, dann würde seine Zuneigung, sobald er die Wahrheit hörte, bloß in Mitleid umschlagen. Oder in Ekel, was umso schlimmer wäre. Samantha glaubte seine Zurückweisung eher ertragen zu können als sein Mitleid oder seinen Abscheu.

Und wie sollte sie es fertigbringen, Jack anzuvertrauen, was sie wahrscheinlich nicht mal ihrer eigenen Mutter sagen konnte? Wie sollte sie *irgendjemandem* jemals von Bronson erzählen – davon, wie er sie gedemütigt, entwürdigt, wie ein Tier behandelt hatte? Wie sollte sie jemandem erklären können, was sie hatte durchmachen müssen, als sein Verstand aus den Fugen und er auf die abschüssige Bahn geraten war.

Bis heute begriff Samantha nicht, wie er es angestellt hatte, so viele zu täuschen, und wie sie selbst dermaßen naiv und vertrauensselig hatte sein können.

Nein, Jack Kane konnte sie nicht heilen. Niemand konnte es. Etwas an ihr – vielleicht der Wesenskern ihrer Weiblichkeit – war geschändet und so verwüstet worden, dass kein Mann jemals wieder Zugang dazu finden würde.

Und selbst wenn dem nicht so gewesen wäre, blieb

ja immer noch die Tatsache bestehen, dass sie und Jack in zwei verschiedenen Welten lebten. Nach wie vor standen ihre unterschiedlichen Lebensauffassungen zwischen ihnen wie ein unüberwindliches Bollwerk. Sie hatte ihr Leben auf eine Glaubensüberzeugung und ein Wertesystem gebaut, von dem sie so gut wie sicher war, dass Jack es niemals akzeptieren oder auch nur verstehen würde, ebenso wenig wie sie für ihren Teil hoffen konnte, jemals zu akzeptieren oder nachvollziehen zu können, was es eigentlich war, was ihn antrieb.

Und dennoch: Als er sie gefragt hatte, ob er denn wenigstens ihr Freund sein dürfe, war es Samantha unmöglich gewesen, ihm das zu verweigern. Im Gegenteil, sie hatte es gern gewollt – zumindest das, wenn schon nichts anderes zu haben war. Einen Freund hatte sie bitter nötig, und Jack hatte irgendetwas an sich, was sie glauben ließ, ihm vertrauen zu können.

Wie lange war es her, seit sie einem Mann, seit sie *irgendjemandem* vertraut hatte?

Es hatte sie zutiefst aufgewühlt zu merken, dass sie Jack womöglich sogar die Wahrheit über ihre Ehe anvertrauen konnte, wie zweifelhaft es auch immer sein mochte, dass sie es jemals tun würde. Nein, sie würde ihr Schweigen wahren – aus Pietät Bronsons Familie und den Menschen gegenüber, die ihm vertraut und an ihn geglaubt hatten, und vielleicht auch aus Gründen des Selbstschutzes.

Im Übrigen: Selbst wenn sie letzten Endes die Wahrheit auf den Tisch legte, würde ihr sowieso niemand glauben. Bronson Harte war in den Augen aller, die ihn kannten, ein *guter* Mann, ein Mann Gottes gewesen. Nicht ein Einziger, der ihm jemals nahegestanden hatte, würde ihr etwas anderes abnehmen.

Endlich, eingelullt vom Tröpfeln des Regens auf das Dach der Kutsche, dem gleichmäßigen Trappeln der

Pferdehufe auf dem Straßenpflaster und einem beinah tröstlichen Gefühl des Alleinseins, spürte Samantha, wie der Aufruhr, um nicht zu sagen der Schmerz in ihr abzuebben begann.

Die Stimmen der Männer droben auf dem Bock nur im Unterbewusstsein wahrnehmend, war sie wohl ein wenig eingedöst, als sie plötzlich davon hochschreckte, dass die Kutsche schlidderte und sich bedrohlich zur Seite neigte, so dass sie mit Wucht gegen die Tür geschleudert wurde. Sie hörte jemanden rufen – wohl Cavan, dachte sie. Dann folgte ein scharfes Krachen, kurz darauf ein zweites, und mit jäher, erschreckender Klarheit ging Samantha auf, dass draußen geschossen wurde.

Sich an den Türgriff klammernd, versuchte sie aus dem Fenster zu sehen. Ohne Vorwarnung begann die Kutsche zu schlingern, wobei sie gleichzeitig an Tempo zulegte, bis sie plötzlich so abrupt zum Stehen kam, dass Samantha gegen die vordere Wand geworfen wurde.

Sie rief erschrocken nach Jack, aber es kam keine Antwort.

# 41. In die Nacht

*Was dem einen den Tod bringt,*
*bringt dem andern das Leben.*
Irisches Sprichwort

Die Kutsche war soeben um die Ecke Houston und Sullivan Street gebogen. Auf den Straßen herrschte wenig Betrieb, zweifellos infolge des Unwetters. Zu dieser Stunde wären sonst ein paar Hausierer mit ihren Handkarren unterwegs in der Hoffnung, vorm Feierabend noch den einen oder anderen Penny mehr zu machen. Zwei, drei Stadtstreicher – ältere Gesellen, deren verhärmte Gestalten besser in die Dunkelheit passten als in die Helle des Tages – lungerten in düsteren Winkeln herum, während ein Trupp Fabrikarbeiter von ihrer Schicht nach Hause gingen.

Erneut fiel dichter Regen, als hätte der Sturm seine Meinung geändert und schickte sich zu einem erneuten Anlauf auf die Stadt an. Der Wind war abgekühlt, und Jack, mittlerweile bis auf die Haut durchnässt, erschauerte unter seinem Jackett, von dem der Regen tropfte. Sheridan erging es in seinem dünnen Kutscherrock nicht besser, und Jack nahm sich vor, daran zu denken, dass der Bursche sich bei nächster Gelegenheit einen Regenmantel besorgen sollte.

Sicher, er würde ja gar nicht mehr lange als Kutscher arbeiten. Jack hatte fest vor, ihn alsbald vollzeitig bei der Zeitung zu beschäftigen. Doch auch als Reporter würde er einen Regenmantel gut gebrauchen können.

Langsam wurde er müde und seine Sinne stumpften ab, als er aus einer Seitengasse rechter Hand vor ihnen eine Gestalt hervortreten sah. Wer immer es auch war, er blieb wie angewurzelt stehen, als wollte er die Kutsche vorbeilassen, bevor er die Straße überquerte.

Die Gestalt war fast völlig verhüllt durch einen langen, wallenden Mantel. Auch von dem Gesicht des Mannes war wenig zu sehen, denn er trug einen breiten Hut aus weichem Stoff, dessen Krempe er weit in die Stirn gezogen hatte. Doch irgendetwas an seiner Haltung, die leichte O-Form seiner weit gespreizten Beine vielleicht oder die straff nach hinten gedrückten Schultern, ließ bei Jack die Alarmglocken schellen.

Mittlerweile voll auf dem Posten, legte er Sheridan eine Hand auf den Arm und sagte mit gedämpfter Stimme: „Was ist das da vorne? Pass auf!"

Er fühlte, wie Sheridans Unterarmmuskulatur sich anspannte, hörte ihn schnalzen, um die Pferde zu größerer Geschwindigkeit anzutreiben. Sie hatten die Gestalt beinahe erreicht, als Jack sah, wie der Mann den Arm hob und eine Pistole auf sie richtete.

Auch Sheridan hatte es gesehen. Wie auf ein Signal hin richtete er sich in geduckter Haltung halb auf und ließ die Zügel knallen.

Die düstere Gestalt trat in die Mitte der Straße, und Jack sah, dass die Waffe direkt auf ihn zielte.

Im selben Augenblick warf Sheridan sich vor Jack und rief: „Passen Sie auf, Sir!"

Völlig überrumpelt brachte Jack gerade noch die Geistesgegenwart auf, den Jungen zu packen. Er wollte ihn zur Seite drücken, aber es war zu spät.

In einem Nu explodierte es um ihn herum. Der erste Schuss traf Sheridans rechte Schulter, der zweite Schuss seine Brust. Er atmete leicht pfeifend aus, bevor er in sich zusammensackte und nach vorne kippte.

Die Stute wieherte, und die Kutsche schoss ratternd vorwärts. Jack packte mit seiner Linken die Zügel, während sein anderer Arm nach vorne schoss, um Sheridan nicht abstürzen zu lassen. Die Kutsche schlingerte und schleuderte, doch es gelang Jack, sich wieder aufzurichten, und er zog mit aller Macht die Zügel straff. Mit irrwitzigem Tempo schoss die Kutsche in die Nacht.

Als er über seine Schulter zurücksah, war der Schütze verschwunden, genau wie Jack es erwartet hatte.

Er schluckte den Kloß der Angst in seiner Kehle hinunter, während er sich abmühte, die verschreckte Stute wieder unter Kontrolle zu bekommen. Endlich gelang es ihm, und er brachte das Fuhrwerk zum Halten, während Sheridan stumm in sich zusammengesunken neben ihm lag.

* * *

Samantha taumelte aus der Tür und fiel Jack praktisch in die Arme. Er fing sie auf und drückte sie fest an sich.

„Was ist geschehen?" Sie suchte sein Gesicht ab, und als sie ihn unversehrt fand, wurde ihr ganz flau vor Erleichterung. „Jack, was ist los?"

„Ich bin in Ordnung. Aber Sheridan ist verletzt."

Samantha versuchte sich loszumachen, um nach Cavan zu sehen, aber Jack hielt sie fest. „Das sollten Sie sich nicht antun, Samantha. Bitte steigen Sie wieder ein."

Sie starrte zu ihm empor. Sein Gesicht war überschattet, aber sie sah deutlich die Strenge seiner Miene, den harten, zornigen Zug um seinen Mund.

„Er ist angeschossen, Samantha. Es geht ihm schlecht. Wir müssen ihn so schnell wie irgend möglich ins Spital schaffen."

*„Angeschossen?"*, fragte Samantha benommen. Für einen Augenblick konnte sie keinen klaren Gedanken

fassen, noch nicht einmal Luft holen. „Warum sollte irgendwer auf Cavan schießen?"

Jack sah sie an. „Der Junge hat sich vor mich geworfen", sagte er tonlos.

Samanthas Knie drohten nachzugeben.

„Die Kugeln galten mir", sagte er mit gepresster Stimme. „Ich kann wohl davon ausgehen, dass Sheridan mir das Leben gerettet hat."

Samantha wurde von Schwäche überschwemmt wie von einer Woge. „Ist er etwa ...?"

„Er lebt." Jacks Stimme klang hart, aber seine Augen waren noch härter.

Samantha versuchte sich an ihm vorbeizuschieben. „Ich muss sehen, ob ich helfen –"

„Samantha, dafür ist keine Zeit. Keine Zeit!"

Samantha sah in seinen Augen denselben Schrecken widergespiegelt, der in ihren eigenen Adern pulsierte. Sie zögerte nicht länger, sondern nickte nur und ließ sich von ihm in die Kutsche zurück helfen.

* * *

Sie waren ein ganzes Ende vom Bellevue-Krankenhaus entfernt, aber Jack war fest entschlossen, Sheridan die beste medizinische Versorgung zu sichern. Er raste mit der Kutsche durch die Nacht, als wären die Legionen der Finsternis hinter ihm her. Von Zeit zu Zeit wandte er den Kopf nach der stummen Gestalt neben sich, um sicherzugehen, dass der Junge noch atmete. Ein-, zweimal berührte er ihn, aber es kam keine Reaktion. Und die ganze Zeit hörte der Regen nicht auf, gnadenlos auf sie einzuprasseln.

Als sie endlich vorm Portal des Bellevue vorfuhren, lebte Sheridan zwar noch, aber nur mit knapper Not, wie Jack argwöhnte. Schon während er vom Kutschbock sprang und die Tür des Krankenhauses aufstieß, rief Jack gellend um Hilfe.

Als er mit zwei Wärtern und einer Trage zurückkam, fand er Samantha auf dem Kutschbock vor, wie sie dem bewusstlosen Sheridan die Hand tätschelte und über ihn wachte.

Sie hatte sich tief über ihn gebeugt, als wollte sie ihn mit ihrem Körper vorm Regen beschirmen. Ihre Lippen waren in Bewegung, und Jack wusste, dass sie betete.

* * *

Es dauerte mehr als zwei Stunden, bis endlich jemand ins Wartezimmer kam, um mit ihnen zu sprechen. Außer dass sie alle paar Minuten zum Empfangstisch am Eingang gingen, um nachzufragen, saßen Jack und Samantha fast die ganze Zeit stumm auf unbequemen hölzernen Stühlen, Seite an Seite.

Selbst nachdem es Jack endlich gelungen war, seinem mörderischen Zorn die Spitze abzubrechen, überschlugen sich seine Gedanken immer noch. Er musste sich zwingen, keine voreiligen Schlüsse aus dem Feuerüberfall zu ziehen. Höchstwahrscheinlich war der Attentäter selbst nur ein gedungener Mörder gewesen. Das Einzige, dessen er sich zurzeit sicher sein konnte, war, dass die Kugeln ihm gegolten hatten und nicht Cavan Sheridan.

Er wusste, dass er Feinde hatte; einige von ihnen kannte er mit Namen. Doch zweifellos gab es andere, die ihm im Stillen den Tod an den Hals wünschten, ihn bis zum Exzess hassten. Wer auch immer hinter diesem Anschlag stecken mochte – Jack schwor sich, ihn ausfindig zu machen und dafür bezahlen zu lassen.

Die Polizei hatte er bereits verständigt, aber morgen,

so früh wie möglich, würde er Avery Foxworth beauftragen, seinen besten Ermittler auf die Sache anzusetzen. Er zog in Erwägung, eine ansehnliche Belohnung auszuschreiben; andererseits aber widerstrebte es ihm, an die große Glocke zu hängen, dass jemand auf ihn geschossen hatte. Solche Sensationshascherei würde am Ende bloß andere Verrückte ermutigen, es dem Attentäter gleichzutun. Und doch: falls das nötig war, um die Ratte zu finden, die hinter dieser Tat steckte, würde er es tun.

Seine Gedanken wandten sich wieder Sheridan zu. Er konnte immer noch nicht fassen, was der Junge getan hatte. Sein eigenes Leben aufs Spiel zu setzen – Jack weigerte sich zu denken, dass der Junge inzwischen womöglich sein Leben hingegeben haben könnte –: Was in aller Welt hatte ihn da bloß geritten?

Ihm fiel eine Bemerkung ein, etwas, was Sheridan gesagt hatte, als sie sich zum ersten Mal trafen – seinerzeit, als er sich bei Jack um die Stelle des Kutschers beworben hatte –, und unvermittelt lief es ihm kalt den Rücken hinunter: Der Junge hatte Jack versichert, dass er stark war und gut mit Pferden umzugehen wusste, und dann hatte er angefügt, es werde vielleicht auch nützlich sein, ihn in der Nähe zu haben, „wenn es mal Probleme gibt".

Jack erinnerte sich noch an seine Entgegnung: dass er nicht darauf aus sei, einen Leibwächter einzustellen. Damals hatte er ja nicht wissen können, dass der schlaksige, linkische Junge ihm einmal das Leben retten würde.

Erneut dachte er über das Warum nach.

In dem Augenblick betrat ein Arzt das Wartezimmer. Jack sprang auf und wappnete sich für das, was sie zu hören bekommen würden.

* * *

Samantha blieb sitzen, die Hände fest gefaltet im Schoß. Der Arzt war jung, zu mager und hatte tiefe Ringe unter den Augen. Eine dünne Haarsträhne fiel ihm über ein Auge, und sein weißer Kittel war an mehreren Stellen befleckt.

Samantha fand, dass der Mann extrem übermüdet aussah. Doch seine Augen verrieten sowohl Intelligenz als auch Mitgefühl, und sie fühlte sich erleichtert, war die Miene des Arztes doch nicht übermäßig besorgt.

Flüchtig sah der Doktor erst sie, dann Jack an und fragte: „Sie sind Mr Sheridans Angehörige?"

Jack blickte verstohlen zu Samantha, bevor er nach nur leichtem Zögern antwortete: „Jawohl. Wir sind die einzigen Angehörigen, die er hier in New York hat."

Der Arzt nickte. „Sicher machen Sie sich Sorgen um ihn. Ich wünschte, ich könnte Ihnen etwas Besseres mitteilen, aber ich fürchte, sein Zustand ist überaus ernst."

„Er wird aber doch durchkommen?", drängte Jack. Unwillkürlich hatte er die Hände zu Fäusten geballt. In seinen Augen stand immer noch eine Spur der unbändigen Wut, die Samantha nach dem Anschlag darin gesehen hatte.

Der Arzt nahm seine Brille ab und ließ sie in die Tasche seines Kittels gleiten. „Das kann ich bis jetzt noch nicht sagen. Die Verletzung an seiner Schulter ist übel genug, aber am meisten Sorgen macht mir die Wunde an der Brust. Wir konnten die Kugeln entfernen, aber er hat gefährlich viel Blut verloren." Er zögerte. „Tut mir leid. Es wird noch eine Weile dauern, bis wir's genauer wissen."

„Wie lange?", fragte Jack knapp.

Der Doktor zuckte die Schultern. Es war keine achtlose Geste, nur ein Zeichen seiner Ungewissheit. „Ein paar Stunden vielleicht, es kann aber auch länger dauern. Ich werde dafür sorgen, dass er unter dauernder Beobachtung steht, darauf können Sie sich verlassen."

Er sah Samantha und dann Jack an. „Warum gehen Sie und Ihre Gattin nicht nach Hause und legen sich ein wenig zur Ruhe? Hier können Sie nichts ausrichten."

Samantha spürte, wie ihr Gesicht heiß wurde, als Jack mit keiner Silbe die Annahme des Arztes richtigstellte.

„Wir werden sehen", sagte Jack kurz angebunden.

Nachdem der Arzt gegangen war, setzte Jack sich neben sie. „Ich bleibe auf jeden Fall hier", sagte er. „Wenn Sie aber lieber gehen möchten, werde ich dafür sorgen, dass man Sie nach Hause bringt."

Samantha schüttelte den Kopf. „Nein, ich warte hier mit Ihnen. Ich könnte auf keinen Fall schlafen, ohne zu wissen, wie's steht."

Jack nickte und legte seine Hand auf ihren Arm. „Warum setzen wir uns dann nicht da rüber?", schlug er vor und zeigte auf eine hölzerne Bank mit dünnen, abgewetzten Sitzpolstern. „Da scheint's ein bisschen bequemer zu sein als auf den Stühlen hier, und ich glaube, es wird eine lange Nacht werden."

# 42. Erinnerungen und Geheimnisse

*Denn zu den alten Tagen,*
*so weh's auch tut,*
*schweift stets mein Geist.*
James Clarence Mangan

Die Geräusche eines Krankenhauses zu nächtlicher Stunde waren Jack schmerzlich vertraut: Schritte im Korridor, mal eilig, mal gedämpft; Ärzte und Pfleger, die sich mit gesenkten Stimmen unterhielten; ein Schrei, der einen frösteln machte, von irgendwo am anderen Ende des Flurs; das Klappern und Quietschen irgendwelcher Utensilien; Rufen und Weinen.

Mit Macht strömten die Erinnerungen auf ihn ein. Und dabei hatte er gedacht, all die Nächte, die er hier mit Martha zugebracht hatte, wären endlich als böse Träume in die Tiefen seiner Seele abgesunken – nicht wirklich vergessen, aber auch nicht mehr real genug, ihn noch länger zu quälen. Und jetzt saß er wieder hier, und die Erinnerungen verschafften sich ihr Recht, trommelten wie mit unsichtbaren Fäusten auf die alte Wunde in seinem Gedächtnis und seinem Herzen ein.

Es war schon nach zwei Uhr früh, und sie hatten seit Stunden keine Nachricht über Sheridans Zustand erhalten. Viele Male war Jack zu dem Zimmer gegangen, in das man ihn gelegt hatte, hatte die Tür aufgemacht und hineingeschaut, aber ein Wandschirm versperrte ihm die Sicht. Er wusste aus Erfahrung, dass solche Sichtblenden meistens dann aufgestellt wurden, wenn jemand im Sterben lag. Ein paar Mal hatte er es gewagt, auf Zehenspitzen weiter ins Zimmer zu treten, um hinter den Schirm zu schauen, aber jedes Mal hatte die Schwester, die am Bett des Kranken wachte, stirnrunzelnd den Kopf geschüttelt, damit er ja nicht näherkam.

Er atmete tief durch, stand dann auf und streckte sich. Verstohlen warf er einen Blick auf Samantha, fand ihre Augen geschlossen, vermochte aber nicht zu sagen, ob sie schlief oder vielleicht wieder betete.

Samantha, so viel hatte er schon mitbekommen, machte nicht viel Aufhebens um ihre Gebete, sondern saß einfach still da, hatte die Augen geschlossen und bewegte bloß leicht die Lippen, während sie – um es mit einer Standardvokabel von Rufus Carver auszudrücken – „Gemeinschaft mit dem Herrn hatte".

Er reckte sich nochmals und ging auf die Tür zu.

„Jack?"

Er drehte sich um. „Oh, Entschuldigung – habe ich Sie geweckt?"

Sie schüttelte den Kopf. Die einzige Lichtquelle im Zimmer war eine Petroleumlampe auf dem Tisch neben der Tür; dennoch waren die Zeichen der Müdigkeit, die sich in ihrem Gesicht widerspiegelten, nicht zu übersehen: tiefe, dunkle Ränder unter den Augen und ein ungewöhnlich blasser Teint. Doch selbst in diesem Zustand der Erschöpfung und leichten Unordnung ihrer äußeren Erscheinung fand Jack sie immer noch unglaublich anziehend.

„Nein, nein, ich hab nicht geschlafen", versicherte sie. „Wissen Sie, wie spät es ist?"

„Kurz nach zwei. Samantha, warum lassen Sie mich keine Droschke rufen, die Sie nach Hause fährt? Sie sind doch völlig am Ende."

„Nicht mehr als Sie", bemerkte sie. „Und außerdem

möchte ich hierbleiben. Vielleicht braucht Cavan uns, wenn er wach wird."

*Wenn* er wach wird, dachte Jack, behielt den Gedanken aber für sich.

„Aber einen Wunsch hätte ich doch", sagte Samantha. „Meinen Sie, Sie könnten Rufus irgendwie eine Nachricht zukommen lassen, damit er herkommt? Das würde er sicher tun, und ich glaube, Cavan würde ihn bei sich haben wollen. Außerdem wäre mir wohler, wenn ich nicht die Einzige bin, die für ihn betet."

Jack legte, etwas verwundert über diese Bitte, die Stirn in Falten. „Natürlich würde Rufus kommen. Aber ich wusste gar nicht, dass er und der Junge so gut miteinander bekannt sind."

„Cavan besucht regelmäßig die Gottesdienste in Rufus' Gemeinde", erklärte Samantha.

Überrascht sah er sie an. „Sheridan geht in Rufus' Gemeinde? Aber das ist doch eine Negerversammlung!"

„Zum größten Teil, aber nicht nur." Sie lächelte leicht. „Ich geh ja auch dort hin."

Jack musterte sie eine Weile. Dann schüttelte er den Kopf. „Sie sind doch immer wieder für eine Überraschung gut, Mrs Harte. Aber ja, klar doch, ich sorge dafür, dass Rufus eine Nachricht bekommt."

Schließlich lief es darauf hinaus, dass er nicht weit vom Eingang des Krankenhauses eine Droschke anhielt und den Kutscher dafür bezahlte, Rufus so schnell wie möglich zum Bellevue zu schaffen. Mit einem Blick auf die Uhr sagte er: „Wenn Sie binnen einer Stunde wieder zurück sind, sind zwei Dollar extra für Sie drin."

Nachdem er sich von einer der Schwestern je einen Becher Wasser für sich und Samantha erbeten hatte, kehrte er ins Wartezimmer zurück. „Eine Droschke ist unterwegs", sagte er, gab ihr das Wasser und nahm wieder auf der Bank neben ihr Platz.

Mit einem dankbaren Lächeln belohnt, ertappte er sich bei dem Wunsch, noch mehr für sie tun zu können. Es gefiel ihm sehr, wenn Samantha lächelte.

Um nicht immer an Sheridan denken zu müssen, versuchte Jack Konversation zu machen. Zuerst unterhielten sie sich über belanglose Allerweltsthemen, doch es dauerte gar nicht lange, bis Jack zu seinem eigenen Erstaunen bei Dingen angekommen war, über die er höchst selten, wenn überhaupt schon einmal mit jemandem gesprochen hatte. Samantha, so entdeckte er, hatte etwas an sich, was seine Zunge löste und ihn sogar Gefühle offenbaren ließ, die in Worte zu kleiden er normalerweise ausgesprochen schwierig, wenn nicht ganz und gar unmöglich gefunden hatte.

Noch überraschender freilich war, dass sie, jedenfalls in gewissem Maß, mit ebensolcher Offenheit antwortete. Vielleicht kam das von ihrer beiderseitigen Sorge um Cavan Sheridan, und die nächtliche Stille, das Gefühl, irgendwie aus dem wirklichen Leben herausgenommen zu sein, mochte das Ihre hinzutun. Jedenfalls unterhielten sie sich lange, locker und offen, und Jack kam viel besser mit ihr zurecht als sonst. Er war sich nicht sicher, mutmaßte aber, dass es ihr mit ihm nicht anders ging.

Er erfuhr, dass sie eine Tochter Samuel Pilchers war, des Mitinhabers einer der renommierteren Anlageberatungsfirmen der Stadt. Ihre Mutter schien eine bedeutende Rolle innerhalb der *Crème de la crème* der New Yorker Gesellschaft zu spielen. Samantha machte auch kein Geheimnis daraus, dass sie mit ihrer Familie zwar nicht direkt zerworfen sei, es aber „Spannungen" gebe.

Dass sie aus einer alten Familie – wohlhabend und

hochangesehen – stammte, war für Jack keine Überraschung. Diese Herkunft hatte er Samantha fast seit ihrem ersten Zusammentreffen abgespürt.

Ihn wunderte aber, dass er sich dabei ertappte, wie er ihr von *seinen* Eltern erzählte: seinem ganz und gar nicht angesehenen, ungebärdigen, rebellischen Vater, dessen Ende infolge eines nächtlichen Raubzuges einer der zahllosen irischen Untergrundgruppen, an dem er sich beteiligt hatte, der Strick des Henkers gewesen war – und seiner Mutter, die während der Niederkunft mit Brady gestorben war. Er berichtete ihr von seiner Schwester Rose – „eine Nonne und die Beste von unserem ganzen Verein" – sowie von Brady und seiner Kunst. Selbst den aufsässigen, egoistischen Zug im Charakter seines jüngeren Bruders, der Jack so sehr irritierte, verschwieg er Samantha nicht.

Samantha erzählte ihm, wie sie als verhätschelte, verwöhnte höhere Tochter aufgewachsen war. Als Jack das nicht glauben wollte, versicherte sie ihm, dass es genau so gewesen sei. Auch erfuhr er, dass sie sich dank des Unterrichts durch eine Reihe sorgfältigst ausgewählter Hauslehrer einer besseren Bildung erfreute als die meisten Männer, die er kannte.

Als er eine entsprechende Bemerkung machte, lachte sie nur und meinte: „Das bedeutet nichts weiter, als dass ich eine Menge über völlig nebensächliche Dinge weiß, dafür aber viel zu wenig über das richtige Leben."

Andererseits schien es sie ehrlich zu beeindrucken, wie er sich abgemüht hatte, es zu Bildung zu bringen, nicht ohne dabei so manchen Irrweg einzuschlagen. Jack hatte Abendunterricht besucht, ganz ähnlich dem, den Samantha gab – zwar nicht in Jugendjahren, in denen er viel zu viel hatte arbeiten müssen, um den Lebensunterhalt für sich und die jüngeren Geschwister zu sichern, sondern später –; das meiste, was er wusste, hatte er sich freilich in nicht endendem Fleiß selber beigebracht.

Es faszinierte ihn zu hören, dass sie sich vorgenommen hatte, einen eigenen Buggy anzuschaffen, auch schon eine ganze Weile dafür gespart hatte, aber noch eine ganze Menge zusammenkriegen musste, um ans Ziel zu gelangen. Überrascht registrierte er, wie sehr es ihm ins Herz schnitt, sich vorzustellen, wie sie knauserte und sparte, um sich etwas zu kaufen, was er vermutlich schon mit dem Geld, das er in seinen Taschen trug, hätte erstehen können.

Schließlich erzählte er ihr sogar ein bisschen von Martha, schaffte es plötzlich, von ihr zu sprechen, ohne dass die alten Wunden wieder aufrissen, lächelte sogar ein wenig, während er von den guten Erinnerungen sprach, von denen es ja so viele gab. Doch wenn er gehofft hatte, Samantha werde darauf antworten, indem sie nun auch ihre Ehe zur Sprache brachte, fand er sich enttäuscht. Stattdessen verfiel sie in Schweigen, so als hätte sie nunmehr nichts weiter zur Unterhaltung beizutragen.

Aus einer Eingebung heraus – würde er es denn nie lernen? – fragte Jack sie endlich nach Bronson Harte. „Ich muss gestehen, dass ich gar nicht weiß, woran eigentlich Ihr Gatte gestorben ist. Ich glaube, Sie haben noch nie davon gesprochen."

Eine lange Weile saß sie da und starrte auf ihre Hände, ohne etwas zu sagen. Auch als sie endlich antwortete, wich sie sorgsam seinem Blick aus. „Es ... kam sehr plötzlich", sagte sie nur.

„Ich verstehe. Wie lange ist das jetzt her?"

„Fast vier Jahre." Ihre Stimme war kaum mehr als ein Flüstern.

„Dann müssen Sie ja sehr jung geheiratet haben", sagte er.

Sie warf ihm einen raschen Blick zu. „Eigentlich nicht – wir waren nur zwei Jahre verheiratet, bevor er ... starb."

Wieder spürte Jack eine undefinierbare Spannung, die über ihr lag, aber ehe er noch weiterfragen konnte, schien sie fest entschlossen, von dem Thema wegzukommen.

„Meinen Sie nicht, wir sollten wieder mal nach Cavan sehen?", fragte sie.

Jack wusste sehr gut, dass sie in echter Sorge um Cavan war. Dennoch empfand er ihren Themenwechsel als Ausweichen, und ohne jeden Zweifel hatte genau das in ihrer Absicht gelegen. Doch in dieser Nacht hatte er mehr über sie erfahren als zuvor in Monaten, und es widerstrebte ihm, die Unterhaltung jetzt abzubrechen.

„Wieso warten wir nicht noch ein bisschen?", schlug er vor. „Die Schwester guckt mich schon bitterböse an."

Sie nickte zustimmend. Es folgte ein Augenblick der Unsicherheit, bevor Jack vorsichtig fragte: „Samantha? Ich komme nicht umhin, das zu sagen: Sie reden wirklich nicht gerne über Ihren Mann, oder?"

Über ihre Miene huschte eine plötzliche Unruhe, die seine Empfindung bestätigte, und doch überraschte ihn, was er zur Antwort bekam: „Nein, da haben Sie recht. Ich ... ich fürchte, meine Ehe war nicht so glücklich, wie die Ihre gewesen zu sein scheint."

Jack entging nicht, wie bei diesen Worten ihre Hände zu zittern begannen und sie sich die Arme um die Taille schlang, als fürchtete sie zu zerbrechen.

Er wünschte, er könnte es wagen, ihre Hand zu nehmen. Stattdessen sagte er nur leise: „Das tut mir leid."

„Ja, schon gut ... Es ist ja jetzt ... vorbei."

So konnte man es auch sehen, fand Jack, sagte aber

nichts. Der Verdacht indes, der sich in seine Gedanken eingenistet hatte, verfestigte sich. Wenn er in Rechnung stellte, wie sehr ihr die Shanahan mit ihrer speziellen Problematik zu Herzen ging, wie vielsagend das Schweigen war, in das sie sich unweigerlich zurückzog, sobald die Rede auf ihren verblichenen Gatten kam, und vor allen Dingen, welche Panik jedes Mal in ihrem Blick stand, wenn auch nur der Name dieses Herrn fiel, dann kam er nicht umhin sich zu fragen, ob der verstorbene Bronson Harte tatsächlich der Heilige gewesen war, für den er allenthalben gehalten wurde.

Er für seinen Teil hatte mehr und mehr Zweifel daran.

* * *

In Jacks Augen sah Samantha etwas, was sie in denen von Bronson niemals entdeckt hatte: eine unergründliche Zärtlichkeit und Güte. Aber da war auch noch etwas anderes: eine beunruhigende, düstere Gefühlstiefe, die sie nicht näher beschreiben konnte.

Unbehaglich fragte sie sich, ob sie wohl schon zu viel gesagt, ihm irgendwie einen Blick auf die schmutzige Wahrheit ermöglicht hatte, die hinter ihren Schanzen begraben lag. Mitunter schienen seine dunklen Augen die Mauern ihres Selbstschutzes glatt zu durchdringen und viel mehr zu sehen, als sie ihm oder irgendjemandem sonst je zeigen wollte.

Dabei hasste sie dieses ständige Ausweichen – immer wie die Katze um den heißen Brei zu schleichen, den Schmerz zu verbergen, so zu tun, als ob ... Wo sie ging und stand, musste sie sich verstellen. Es war ihr so zuwider!

Und mit Jack war es nicht so einfach. Er hatte um ihre Freundschaft gebeten, und ungeachtet ihrer anfänglichen Skepsis und Reserviertheit hatte Samantha festgestellt, dass sie die seine wollte.

Wäre sie weniger erschlagen, nicht so sehr am Ende ihrer Kräfte gewesen, so hätte sie sich vielleicht zusammenreißen und Smalltalk machen können. Schließlich war er ihr Chef, und da sie kaum damit rechnen konnte, irgendwo in der Stadt eine bessere Stelle zu finden, bei der sie so viel verdiente und zugleich so frei in ihrer Zeiteinteilung war, wäre es ja wohl mehr als ratsam, seine Freundschaft zu pflegen, oder?

Nein. Das war es nicht, und sie wusste es genau. Selbst wenn es im Kern darum gegangen wäre, ihre Stellung zu erhalten, gab es in Jack Kanes Charakter doch nicht den leisesten Hinweis darauf, dass er sie in Frage stellen würde, falls sie seine Freundschaft zurückwiese. Die Wahrheit war, dass sie angefangen hatte, den Mann zu *mögen*, ja von ihm angezogen zu sein – also konnte sie ebenso gut den Tatsachen ins Gesicht sehen, statt sie ständig zu verleugnen.

Vielleicht lag ein Teil seiner Attraktivität in seiner Freundlichkeit begründet. Mochte sie noch so viele Gerüchte über Jacks Skrupellosigkeit und kalte Gefühlsarmut gehört haben – sie behandelte er freundlich, obwohl sie ihm jeden Grund geliefert hatte, es nicht zu tun; und diese Freundlichkeit war Balsam für ihre geschundene Seele.

Die ganze Zeit über, seit sie der Gemeinschaft den Rücken gekehrt hatte, war Samanthas Dasein einsam und isoliert gewesen. Sicher, Beschäftigung hatte sie immer gehabt – Arbeit war nicht das Problem. Aber immer nur drehten sich alle ihre Tage um nichts anderes als die Arbeit für die Zeitung, den Unterricht und ihre Verpflichtungen im Rahmen der Einwandererhilfe. Ihr „gesellschaftliches Leben" – allein der Ausdruck ließ sie wehmütig lächeln – bestand aus nicht viel mehr als den wöchentlichen Abendessen mit Rufus und Amelia und einer gelegentlichen Eintopfmahlzeit mit der Gemeinde.

Was ihre vormaligen „Freunde“ unter Bronsons Anhängerschaft anbetraf, so hatten diese sich schon bald nach dessen Tod rar gemacht, und als Samantha sich schließlich von der Gemeinschaft trennte, hatten sie jeden Kontakt abgebrochen.

Die meiste Zeit gelang es ihr, ihre Einsamkeitsgefühle zu verdrängen. Doch immer wieder mal fiel ihr in der Stille ihrer Etagenwohnung die Decke auf den Kopf. Dann schnürte ihr das Alleinsein das Herz ein, und sie sehnte sich nach einem anderen Leben.

Es widerstrebte ihr, sich einzugestehen, dass womöglich Jack Kane dieses andere Leben repräsentierte. Wenn es aber so war – wie sollte es mit der harmlosesten Freundschaft zwischen ihnen klappen, wenn es da immer diesen Schleier der Heimlichkeit gab, hinter dem sie verborgen hielt, was wirklich mit ihrem Leben los war?

*Lieber Herr, muss ich denn wirklich den Rest meines Lebens inmitten dieser düsteren Schatten zubringen? Wird denn nie eine Zeit kommen, in der ich die Vergangenheit vergessen und ein normales Leben führen kann? Werde ich je den Mut finden, wieder jemandem zu vertrauen ... wieder jemanden zu lieben?*

„Samantha?“

Jacks Stimme, flüsternd zwar, aber voll Sorge, drang durch ihre Gedanken. Samantha sah auf und sah ihn, die Stirn in Falten, zu sich herübergebeugt.

Und wieder fand Samantha sich hin- und hergerissen zwischen der instinktiven Abwehr, die seine Nähe in ihr auslöste, und dem – was immer es war –, was sie all dieser Abwehr zum Trotz zu ihm hinzog.

„Entschuldigung“, sagte sie und zwang sich zu lächeln. „Ich fürchte, meine Gedanken gehen manchmal auf Wanderschaft.“ Fast körperlich spürte sie seinen forschenden Blick, und es entging ihr nicht, wie sorgfältig er seine Worte wählte.

„Er hat Ihnen wehgetan, nicht wahr?“

Samantha verspannte sich. Zuerst dachte sie, sie hätte ihn missverstanden. „Wie bitte?“

„Ihr Mann. Er hat Ihnen wehgetan. Deshalb fällt es Ihnen so schwer, über ihn zu sprechen.“

In Samantha schellten die Alarmglocken. Was hatte sie gesagt ...? Was hatte er mitbekommen, das sie verraten hatte?

Demütigung schwappte über sie, so dass sie am liebsten die Beine in die Hand genommen hätte und davongerannt wäre. Fort von Jack ... vom Krankenhaus ... von ihrem Schmerz. Irgendwie war er ihrer verborgenen Schande auf die Spur gekommen.

Er wusste Bescheid ...

* * *

Also hatte er richtig gelegen. Er wusste es in dem Moment, als ihr Kopf hochschnellte. Er sah sie starr werden, sah ihre Fingerknöchel weiß hervortreten, als sie die Hände – die Arme hatte sie immer noch unter der Brust verschränkt – zu Fäusten ballte, sah den verängstigten, verschreckten Blick in ihren Augen.

„Ich weiß nicht, wovon Sie sprechen“, sagte sie, mit einem Mal so unterkühlt, dass er erschauerte.

„Ich glaube doch, Samantha“, sagte Jack, so sanft er konnte. „Mir brauchen Sie kein Theater vorzuspielen. Ich habe schon eine ganze Weile den Verdacht.“

Sie straffte ihre Schultern und heftete den Blick auf irgendeinen nicht existenten Gegenstand an der anderen Seite des Zimmers. „Ich weiß nicht, wovon Sie reden, aber was immer es auch ist, ich glaube nicht, dass es Sie irgendetwas angeht."

Zorn war das nicht, was er an ihr sah, das spürte Jack. Es war der Versuch, sich zu schützen, die Dinge nicht an sich heranzulassen. Er hatte ihre Mauern zu plötzlich niedergelegt, war zu tief eingedrungen, hatte irgendeine Wunde aufgerissen, von der sie geglaubt hatte, dass sie verheilt gewesen sei, und die sie jetzt krampfhaft zuzudecken versuchte.

Er kam sich wie ein Schuft dabei vor, ihren Schmerz – worin auch immer er bestand – zu einem Zeitpunkt ans Licht gezerrt zu haben, an dem sie so sichtlich verletzbar war, aber irgendetwas hatte ihn dazu gedrängt, seinen Verdacht auszusprechen. Nicht um seinetwillen hatte er so gehandelt, sondern ihr zuliebe.

Jetzt blieb ihm nur noch die Hoffnung, dass sie ihm verzeihen würde.

„Sie können's mir ruhig sagen, Samantha", sagte er. „Nur wenn Sie wollen natürlich. Wenn nicht, versteh ich's auch. Aber Sie sollten wissen, dass Sie mir nicht länger was vormachen müssen."

Sie sagte nichts, sondern saß bloß hochaufgerichtet, bewegungslos da, die Lippen zusammengepresst, und vermied jeden Blick in seine Richtung. Und selbst jetzt, dem Mantel der Abweisung zum Trotz, den sie sich übergeworfen hatte, konnte Jack in ihren Augen die Verzweiflung sehen – ein Anblick, der ihm körperlichen Schmerz bereitete. Mehr als je zuvor sehnte er sich danach, sie in den Arm zu nehmen und so festzuhalten, dass er irgendwie den Schmerz aus ihr herauspresste, so dass sie nichts mehr fühlte – nichts als seine Liebe zu ihr.

Seine *Liebe* zu ihr. Zum ersten Mal hatte er dieses Wort in sich zugelassen, hatte seinen Gefühlen für Samantha diesen Namen gegeben, obwohl er schon seit einer ganzen Weile befürchtet hatte, dass sie genau in diese Richtung fortschreiten würden.

So also lagen die Dinge. Er liebte sie. Dieses Eingeständnis verblüffte ihn.

Und zugleich erschreckte es ihn.

Er faltete die Hände, um sie nicht unversehens zu berühren. „Es tut mir leid, wenn ich Sie in Verlegenheit gebracht habe, Samantha“, sagte er, erstaunt, wie rau seine Stimme klang. „Ich hab bloß gemeint, wenn Ihnen klar wäre, dass ich darum weiß, dann ... würde es Ihnen eventuell leichterfallen ..., mit mir zusammen zu sein – Sie selbst zu sein in meiner Gegenwart. Wir müssen das Thema nicht mehr anschneiden, nie wieder, wenn es Ihnen so lieber ist.“

„Woher wussten Sie es?“, flüsterte sie.

Jack schüttelte den Kopf. „Ich bin mir nicht sicher. Es war einfach ... da war was in Ihren Augen.“ Er zögerte. „Es stimmt, oder?“

Zaudernd nickte sie. Er sah, wie sich ihre Augen mit Tränen füllten, und einen Augenblick lang packte ihn blinde Wut. Das sollte dieser Bronson Harte ihm teuer bezahlen! Nur der Mann war tot ... „Möchtest du's mir erzählen?“, drängte er, die Stimme gesenkt, um sich ihrem Flüstern anzupassen.

Sie schüttelte den Kopf. „Ich kann nicht – niemals. Ich hab noch nie ... darüber gesprochen, mit niemandem. Noch nicht mal mit meiner Familie. Ich kann einfach nicht ...“

Beim Anblick ihrer zerquälten Miene glaubte Jack ersticken zu müssen. Die ganze Zeit hatte sie das allein tragen müssen ... Ihm kamen die Tränen. „Samantha ... Es tut mir leid ... Es tut mir ja so leid.“ Er konnte nicht mehr an sich halten und streckte ihr die Hand hin. Wie würde sie reagieren?

Sie starrte die Hand an, ehe sie den Blick hob und

seinem begegnete. Und schließlich – Jack wurde von Erleichterung, Hoffnung und Liebe auf einmal überflutet – ergriff sie seine Hand. Sie zitterte, und Jack wünschte, er könnte ihr einen Teil seiner eigenen Stärke einflößen. „Ist schon gut, Samantha. Vielleicht schaffst du's eines Tages, mir davon zu erzählen", sagte er. „Schau, ich hab auch meine Geheimnisse. Doch ich würde so gerne hoffen können, dass es irgendwann mal keine Geheimnisse mehr zwischen uns gibt – überhaupt keine. Das wär' mein Herzenswunsch."

Er holte tief Luft und fuhr fort: „Ich möchte dir etwas versprechen." Seine Stimme klang weich. Sie beobachtete ihn genau, und er drückte ihre Hand. „Zuerst sollst du wissen: wenn es etwas, irgendetwas von Wert an mir gibt, dann ist es mein Wort. Mein Wort breche ich nie, Samantha, das darfst du mir glauben. Und ich geb dir jetzt mein Wort, dass ich dich nie ... *niemals* verletzen werde. Verstehst du? Niemals werde ich dich irgendwie verletzen."

Ihre Hand zitterte in seiner. *Was für eine kleine und zerbrechliche Hand!* Sie war eine so zarte, zierliche Frau – und doch, welch unglaubliche Stärke musste sie besitzen, wenn sie ihre so schmerzlichen Geheimnisse stillschweigend zu wahren vermochte!

Ungeweinte Tränen glitzerten in ihren Augen. Wie gerne hätte er sie weggeküsst! „Ich sag's noch einmal, Samantha: Ich werd dich nie verletzen. Ich nicht", versprach er, „und auch sonst niemand. Auch darauf mein Wort: Ich werde dafür Sorge tragen, dass dich nie wieder jemand verletzt. Kannst du mir das glauben?"

O Liebling, bitte, bitte glaub mir ... Nie im Leben ist mir etwas ernster gewesen ...

„Ja", sagte sie endlich. Ihre Stimme war leise, ihre Augen glänzten. „Ich glaube dir."

Jack musste an sich halten, um sie nicht in seine

Arme zu ziehen, aber er bezwang sich. Und dann war der Augenblick vorüber, im Nu verdorben durch eine Krankenschwester, die plötzlich in der Tür stand.

„Mr und Mrs Kane?“, sagte sie barsch. „Die Ärzte sagen, Sie sollten jetzt kommen.“

Sie sahen sich an, und Jack sah seinen eigenen Schrecken und seine Furcht in Samanthas Augen widergespiegelt.

—

# 43. Wacht im Bellevue

Denn kaum wird jemand für einen Gerechten den
Tod erleiden –
doch für den Guten entschließt sich vielleicht noch
jemand dazu,
sogar sein Leben hinzugeben –;
Gott aber beweist seine Liebe zu uns dadurch,
dass Christus für uns gestorben ist,
*als wir noch Sünder waren.*
Römer 5,7-8 (nach H. Menge)

Als Rufus Carver eintraf, stand Jack am Fußende von Cavan Sheridans Bett und sah Samantha zu, die dem Jungen mit einem feuchten Tuch die Stirn betupfte.

Sheridan war, obwohl er von Zeit zu Zeit aufstöhnte oder seinen Kopf von der einen zur anderen Seite drehte, immer noch ohne Bewusstsein. Seine Augen waren geschlossen, sein Gesicht nass von Schweiß und seine Haut fahl und wächsern. Die dünne Narbe, die sich seitlich über sein Gesicht hinzog, stach blutrot von seiner aschfarbenen Blässe ab.

Soweit der Arzt sich nicht irrte – und Jack fürchtete, dass das nicht der Fall war –, bestand in der Tat nur wenig Hoffnung darauf, dass Sheridan am Leben bleiben würde.

Nachdem er Jack und Samantha diese entmutigende Botschaft überbracht hatte, hatte Dr. van Curen – derselbe Arzt, der Sheridan aufgenommen hatte – das Wartezimmer wieder verlassen, aber versprochen, bald zurückzukommen. Jack fragte sich, wann der junge Mediziner wohl zum Schlafen kam. Fast die ganze

Nacht hindurch hatte er ihn im Korridor hin- und hergehen sehen, und er sah zu Tode erschöpft aus.

An der anderen Seite des Bettes, Samantha gegenüber, stand eine neue Schwester, die umgänglicher zu sein schien als ihre Vorgängerin, der es nur um Ruhe und Ordnung gegangen war, und wohl auch mehr Anteil an Sheridans Ergehen nahm. Umso besser, dachte Jack, denn Rufus war es nicht gegeben, sich leise zu artikulieren.

Das Eintreten des großen, leutseligen Predigers hatte Jack ein Gefühl der Erleichterung verschafft. Zum ersten Mal nach einer Zeitspanne, die ihm schier endlos vorkam, hatte er tief durchgeatmet. Rufus hatte die Gabe, anderen die Dinge leichter zu machen. Jack hatte nie wirklich verstanden, woher sein alter Freund diese seltene Fähigkeit nahm, doch im Laufe der Jahre hatte er oft genug gesehen, wie Rufus' Anwesenheit schwierige oder verworrene Situationen immer wieder zum Guten veränderte.

Samantha drehte sich um, als Rufus eintrat, und Jack sah, dass sie dieselbe Erleichterung empfand wie er.

„Wie geht's ihm?", fragte Rufus, während er die Feuchtigkeit von seinem Mantel abstrich, bevor er Jack begrüßte, indem er ihm kurz die Hand auf die Schulter legte.

Jack schüttelte den Kopf. „Schlecht. Sie haben uns vor ein paar Minuten hergerufen, sagten, er werde schwächer."

Rufus sah Cavan Sheridan an, dann wieder Jack. „Sie ließen mir ausrichten, er sei angeschossen worden?"

Jack nickte. „Die Schüsse galten eigentlich mir", entfuhr es ihm. Da war er wieder, derselbe wütende Schmerz, der die ganze Nacht über an ihm genagt hatte. „Aber Sheridan hat sich vor mich geworfen. Er wurde zweimal getroffen."

„Irgendein Gedanke, wer's gewesen sein könnte?“

Wieder schüttelte Jack den Kopf. „Sein Gesicht konnte ich nicht erkennen. Ein Mann mit 'ner Kanone, das war alles.“

Rufus musterte ihn. „Sie sind sicher, dass er hinter Ihnen her war und nicht hinter dem Jungen?“

„Er hielt mir den Lauf praktisch mitten ins Gesicht, als Sheridan sich dazwischenwarf. Er hat mir das Leben gerettet, kein Zweifel.“

Jack konnte machen, was er wollte, er kam nicht daran vorbei, dass jemand sich absichtlich eine Kugel – nein, *zwei* Kugeln – hatte in den Leib jagen lassen, an seiner Stelle. Nach wie vor war ihm das unbegreiflich – und doch: Er war am Leben, dank der selbstlosen Tat Cavan Sheridans.

Als könnte er seine Gedanken lesen, legte Rufus seine Hand erneut auf Jacks Schulter. „Das war tapfer von dem Jungen, keine Frage. Aber es ist nicht Ihre Schuld, Jack. Denken Sie nicht, dass es Ihre Schuld war.“

Sie standen einen Augenblick wortlos da und sahen Samantha zu, die sich über den bewusstlosen Sheridan beugte und seine Hand nahm. Ihre Stimme war so leise, dass Jack große Mühe hatte, überhaupt zu verstehen, was sie sagte. Es lag aber auf der Hand, dass sie davon ausging, Sheridan höre jedes Wort.

„Cavan ... Hör mir zu – du darfst nicht aufgeben. Du hast noch so viel Arbeit vor dir, so vielen Menschen etwas zu sagen mit dem, was du schreiben wirst. Und deine Schwester – du musst Terese finden, weißt du noch? Du musst sie finden und hierherbringen, damit sie mit dir zusammen sein kann. Das willst du doch immer noch, oder nicht? Du musst kämpfen. Bitte, Cavan – kämpf ...“

Jack schnürte es den Hals zu. Er drehte sich zu Rufus

um. „Er darf nicht sterben, Rufus! Er ist noch viel zu jung! Und er ist ein besserer Mann, als ich es jemals sein werde, so viel steht fest. Er hat's nicht verdient zu sterben – nicht für einen wie mich!"

Rufus sah ihm in die Augen. „Ihr Erlöser ist für einen wie Sie gestorben, Jack", sagte er mit ungewöhnlich ruhiger Stimme. „Er hatte es auch nicht verdient und tat es dennoch. Sie sollten erkennen, dass Jesus diesen Jungen in seiner Hand hält, Bruder. Ich denke, unser junger Cavan hier hat bloß getan, wozu der Herr ihn bewegt hat."

Jack war genauso böse auf Rufus, wie dessen Worte ihn erschütterten. Dies war ja wohl kaum die Zeit, ihm Predigten zu halten! Aber als Jack ihm das klarmachen wollte, trat Rufus beiseite und ging zu Samantha.

Jack sah, wie er ihr aufmunternd zunickte, während sie beide dastanden und den bewusstlosen Cavan Sheridan beobachteten. „Amelia hat mir aufgetragen, Ihnen zu sagen, dass sie auch für den Jungen einsteht", sagte Rufus zu Samantha. „Sie betet gerade jetzt mit uns. Und mir scheint, wir sollten jetzt besser damit anfangen, kräftig den Thron des Herrn zu bestürmen!"

Es tat ein bisschen weh, kurzerhand außen vor gelassen zu werden, aber Jack verstand es. Denn was für einen Sinn hätte es machen sollen, ihn in das einzubeziehen, was ohne jeden Zweifel eine von Rufus' Gebetsstunden werden sollte?

Und wieder war es Rufus, der seine Gedanken lesen konnte. „Es kann nicht schaden, wenn Sie auch 'n Wort einlegen würden, Jack", sagte er, ohne den Blick von Sheridan abzuwenden. „Der Herr weiß ja, wie sehr Ihnen an diesem Jungen liegt."

Jack sah erst ihn, dann Sheridan an. O ja, ihm lag an dem Burschen, allerdings. Aber wenn er betete, würden seine Worte wohl kaum höher steigen als bis an die

Decke. Schon als er für Martha betete, hatte sich der Allmächtige taub gezeigt, und das war das einzige Mal in seinem Leben gewesen, dass er inbrünstig die Tore des Himmels bestürmt hatte. Und wenn damals seine Seele so befleckt gewesen war, dass Gott ihn ignoriert hatte, dann war es ja wohl noch umso unwahrscheinlicher, dass er es heute tun würde.

Rufus jedoch beäugte ihn, als erwartete er irgendeine Bemühung von seiner Seite. „Kommen Sie her, Bruder“, sagte er leise und streckte Jack den Arm entgegen. „Zumindest sollten Sie hier mit uns bei dem Jungen stehen. Das würde Cavan gefallen, glaube ich.“

Jack versuchte den Kloß in seinem Hals runterzuschlucken. Doch während er über die Aussichtslosigkeit des ganzen Unterfangens den Kopf schüttelte, machte er schon den ersten Schritt auf Rufus und Samantha zu.

Von der Welle des Gefühls, die ihn durchflutete, völlig überrumpelt, sah Jack, wie Rufus die Hand des bewusstlosen Cavan Sheridan ergriff und den Jungen liebevoll anlächelte, so als schaute er auf ein schlafendes Kind.

Und dann hob er das Gesicht gen Himmel, immer noch Sheridans Hand haltend, und begann zu beten. Sein Ausdruck verriet intensive Sammlung und eine Stärke, fast als würde er in jenem Augenblick eine ganz andere Person. „O Herr, lieber Herr, es ist doch dein Kind, das hier liegt und deiner Gnade, deiner heilenden Hand bedarf. Cavan Sheridan, Herr – du kennst ihn beim Namen, und du kennst sein Herz. Du weißt, dass es dieses gute, edle Herz war, was ihn zuvörderst in diese Situation gebracht hat. Die Kugeln, die ihn so zugerichtet haben, waren für jemand anderen gedacht, aber er nahm den Schmerz bereitwillig auf sich, aus Liebe zu einem Bruder. Und, Herr, es muss dir doch ans Herz greifen zu sehen, dass einer deiner Söhne hier auf Erden willens war, sein Leben für einen anderen hinzugeben, genau wie dein eingeborener Sohn bereit war, sein Leben dranzugeben für uns alle. O Herr, ganz gewiss ergreift das dein Herz ..."

Jack dachte, sein eigenes Herz werde zerbrechen unter dem Druck, der sich binnen der letzten paar Minuten in ihm aufgestaut hatte. Sein Mund war trocken wie Baumwollwatte, und er glaubte jeden Augenblick an dem Knoten in seiner Kehle ersticken zu müssen.

Doch zur gleichen Zeit brach sich eine eigenartige, ihm ganz fremde Freude in ihm Bahn, während er zuhörte, wie sein alter Freund und Samantha für Cavan Sheridans Leben den Himmel bestürmten. Sie hatten sich bei den Händen genommen, Rufus und Samantha, und während Rufus mit gestrafften Schultern und zurückgeworfenem Kopf dastand, verharrte Samantha fast bewegungslos. Kaum die Lippen bewegend, kamen ihre Worte bloß als Flüstern.

Ohne Zweifel wandten sie sich alle beide an dieselbe Kraft. Und es war überwältigend deutlich, dass sie ihren Gott gut kannten und um ihr Recht wussten, ihn als guten, treuen Freund anzurufen.

„Es liegt in deiner Hand, Herr", sprach Rufus weiter, „ob du den Jungen jetzt und hier, heute Nacht, zu dir nach Hause holst oder ihn weiter unter uns leben lässt. Das liegt nicht in unseren Händen, und wir sind froh darüber, dass du uns eine solch schicksalsträchtige Entscheidung nicht aufbürdest. Wir möchten aber bitten, dass du erwägst, ob du ihn nicht am Leben lassen kannst. Er ist ein guter Junge, Herr, einer, der vielleicht in dieser armen alten Welt mit all ihren Nöten noch was ausrichten kann, so es dir gefällt, ihn lange genug am Leben zu lassen. Herr, wir vertrauen auf deine Weisheit – in dieser Sache wie in allen anderen.

Auf deine Weisheit und auf deine Gnade und auf dein Vaterherz voller Liebe, o Herr. Gieß diese deine Liebe aus, o Gott, gieß sie aus auf Cavan Sheridan jetzt, in dieser Stunde ..., und gieß sie aus auf den, für den er sein Leben eingesetzt hat, auf dein Kind, unseren Bruder Jack. Nimm sie beide in deine Arme, Herr, und drück sie dicht an dein Herz ..."

Rasselnd holte Jack Luft. Es war nicht das erste Mal, dass Rufus in seinem Beisein betete, und wenn Jack ihn auch nur ein bisschen kannte, wusste er, dass er nicht zum ersten Mal für *ihn* gebetet hatte. Bis heute Nacht hatten die Bemühungen seines Freundes um seine Seele bei ihm immer nur eine Art ironischer Herablassung ausgelöst, gepaart mit unverhohlener Skepsis. In dieser Nacht jedoch fiel es ihm irgendwie schwer, sich vorzustellen, dass der Allmächtige sich dem inbrünstigen Gebet entziehen könnte, das in diesem Zimmer gesprochen wurde.

Und das war, um es gelinde zu sagen, ein beunruhigender Gedanke.

Endlich kam Rufus zum Schluss, und Jack ertappte sich bei dem verwirrenden Gefühl, dass er selbst ebenfalls gebetet hatte – trotz seiner bohrenden Gedanken und obwohl er während der ganzen Litanei weder die Augen zugemacht noch, soweit er wusste, auch nur ein einziges Wort von sich gegeben hatte.

Aus der Fassung gebracht und zutiefst erschüttert, stellte er sich ein wenig abseits von den anderen. Rufus tat es ihm nach, so dass Samantha ihren vorigen Platz dicht bei Sheridan wieder einnehmen konnte, wo sie aufs Neue begann, ihm zärtlich, besänftigend, eigentümlich mütterlich zuzusprechen – Worte, die nur für Cavans Ohr bestimmt waren.

* * *

Cavan Sheridan träumte von zu Hause. Er war dort, drüben in Irland, zusammen mit seinen Eltern, seiner Schwester Honor und Mada, dem Baby. Doch eigenartigerweise verspürte er kaum etwas von der Freude, die er erwartet hätte, sollte sich jemals so etwas ereignen. Gewiss, seine Familie schien alles in allem zufrieden zu sein, doch die anfängliche helle Freude, die er bei ihrem Anblick empfunden hatte, verflog rasch, und an ihre Stelle trat Verwirrung.

Sie spazierten alle miteinander an der Küste entlang, wo sich die Brecher an den Klippen brachen und die Gischt hoch aufsprühte. Während er träumte, wusste Cavan, dass es ein Traum war und nicht die Realität – obwohl es ihm real genug vorkam, um zu versuchen, mit all seinen Leuten zu reden, sogar mit dem Baby.

In erster Linie fragte er nach Terese, nach ihrem Ergehen, hatte er sie doch noch nicht gesehen. Sie war die Einzige, die fehlte, und in ihm keimte Angst um sie auf.

Seine Angehörigen benahmen sich ausgesprochen merkwürdig. Sie unterhielten sich lachend miteinander, aber außer der kleinen Mada, die Cavan mit großen, fragenden Augen anstarrte, beachtete ihn niemand auch nur im Geringsten. Cavan hatte gedacht, sie würden sich freuen, ihn zu sehen, nach so langer Zeit. Stattdessen sahen sie buchstäblich durch ihn hindurch, ignorierten sogar seine Fragen nach der fehlenden Terese.

Da er wusste, dass alles nur ein Traum war, hätte er eigentlich keinen Grund gehabt, ungeduldig mit ihnen zu werden. Doch er dachte, sie könnten sich ruhig ein bisschen mehr für seine Erschöpfung, seine Schwäche interessieren – und sein Verlangen, etwas von Terese zu erfahren, bevor er endlich seine Ruhe finden konnte. Aber nein, sie spazierten einfach weiter am Ufer entlang und kümmerten sich nicht mal um ihn, als er hinter ihnen zu Fall kam.

Plötzlich hörte er, wie jemand seinen Namen rief, und drehte sich um in der Erwartung, jetzt endlich Terese zu sehen, wie sie ihm nachgerannt kam, um ihm um den Hals zu fallen. Doch da war niemand.

Die Brecher klatschten immer mächtiger gegen die Felsen, nachdem über der See ein beängstigender Wind aufgekommen war. Über ihm hatte der Himmel die Färbung dunklen Zinns angenommen, und die Wolken hingen so tief, dass er sie beinah berühren konnte.

Seine Familie war weitergegangen, ohne auf ihn zu warten, und mittlerweile konnte Cavan sie kaum noch sehen. Er kam nicht mehr mit. Das Atmen tat ihm weh, das Herz klopfte gegen seine Rippen, und er schaffte es nicht mehr, mit den anderen Schritt zu halten, geschweige denn hinter ihnen herzurennen.

Cavan ...

Kein Zweifel, da *war* jemand, der seinen Namen rief. Wieder drehte er sich um, konnte aber nichts sehen – nichts außer einem leichten, aber düsteren Nebel, so als berührten hinter ihm die Wolken die Erde.

Cavan ...

Die Stimme klang jetzt näher ... die Stimme einer Frau, ja, aber nicht Tereses Stimme.

Noch einmal drehte er sich um, um seinen Eltern und Schwestern nachzuschauen, aber inzwischen waren sie in der Ferne verschwunden, verschluckt von den Wolken, die ihn jetzt von vorne und hinten eingekesselt hatten und seine Familie, die Klippen, ja sogar die Brandung des Meeres verbargen.

Schließlich kehrte er um und ging denselben Weg zurück, den er gekommen war, zurück entlang der Küste, heraus aus den Wolken – heraus aus dem Nebel. Jemand hielt seine Hand, und er ließ sich führen, während er auf die Stimme zuging, die fortwährend seinen Namen rief …

* * *

Mehr als eine Stunde später sah Jack, wie der Junge sich leicht regte und dabei stöhnte. Sofort fürchtete er das Schlimmste, und alles in ihm verkrampfte sich. Doch während er weiter hinsah, blinzelte Sheridan, kniff die Augen zu und öffnete sie dann wieder.

Jack schlug sich die Hand vor den Mund, um nicht vor Erleichterung aufzuschreien. Samantha stieß einen leisen Ruf aus und drehte sich zu ihm und Rufus um. Dieser brach in ein enthusiastisches „Preis dem Herrn! Danke, Herr!“ aus.

Sheridan musterte Samantha, die immer noch seine Hand hielt. Sie lächelte ihn an und murmelte etwas, was Jack nicht verstehen konnte. Der Junge schien seine liebe Mühe damit zu haben, seine Augen scharf zu bekommen, aber er schaute – angesichts seines ernsten Zustandes – überraschend wach drein.

„Mr Kane?“

Beim Klang seines eigenen Namens, dem Ersten, was Sheridan von sich gab, als er das Bewusstsein wiedererlangt hatte, zuckte Jack zusammen.

Die Schwester war schon hinausgelaufen, um dem Arzt Bescheid zu geben, so dass Jack ihren Platz gegenüber von Samantha einnehmen konnte.

Kaum hatte er Sheridan in die Augen gesehen, da wusste er, dass der Junge sich ganz erholen würde. Er konnte nicht anders, als ihn anzustarren, verwundert darüber, wie der Junge seinen Blick suchte. Endlich nickte Sheridan leicht, als hätte er sich überzeugt, und sagte: „Also sind Sie in Sicherheit.“

Es war das Natürlichste auf der Welt, dass Jack sofort in ihre gemeinsame irische Mundart verfiel, mochte auch seine Kehle fast zugeschnürt sein. „Ja, ich bin in Sicherheit, Junge. Und das verdanke ich dir.“

Das Lächeln des Jungen fiel etwas unsicher aus, als er sich mit einer matten Bewegung Samantha zuwandte. „Sie waren es, die ich gehört habe.“

Mit fragender Miene beugte Samantha sich noch ein wenig weiter über ihn. „Was, Cavan? Was hast du gehört?“

„Sie waren es, die mich aus meinem Traum rausgerufen hat“, sagte er. „Ich hab Sie gehört, Mrs Harte. Ich hörte, wie Sie meinen Namen riefen ...“

Seine Lider zuckten leicht, und Jack widerstrebte es, ihn anzustrengen, so schwach, wie er war. Die Frage jedoch, die ihn die ganze Nacht hindurch aufgewühlt hatte, würde ihm sonst keine Ruhe lassen. Er musste es wissen.

Er beugte sich über den Jungen und sah ihm eine Weile in das blasse, hagere Gesicht. „Warum hast du das gemacht, Cavan Sheridan?“, fragte er, die Stimme belegt vor Bewegung. „Du hättest tot sein können, mein Junge! Viel fehlte nicht, weißt du. Wieso machst du so was Dummes?“

Der Bursche antwortete nicht gleich, sondern lag da und sah zu Jack auf, als wäre er nicht sicher, was er sagen sollte. Als er endlich sprach, kamen seine Worte so leise, dass Jack sich ganz tief über ihn beugen musste und dennoch Mühe hatte, ihn überhaupt zu verstehen.

„Um Ihnen mehr Zeit zu geben, Sir.“

„Wie jetzt?“ Jack runzelte die Stirn. Er war nicht sicher, ob er richtig verstanden hatte.

„Ich musste Ihnen ... mehr Zeit geben, verstehen Sie nicht? Sie brauchen ... noch Zeit. Der Vater kennt Sie, kennt Ihr Herz ... Aber Sie kennen ihn nicht und ...

können sich doch nicht ... entscheiden ..., nicht, solange Sie ... seine Liebe nicht kennen ..."

Jetzt war Jacks Kehle endgültig verknotet. Er versuchte zu schlucken, brachte es aber nicht fertig. Bewegungslos blieb er einen Augenblick länger stehen und sah Cavan Sheridan die Augen schließen und davontreiben, diesmal, wie es schien, in einen natürlicheren Schlaf.

Dann richtete Jack sich auf und sah über das Bett hinweg zu Samantha hinüber, die nichts weiter tat, als leicht eine Braue hochzuziehen, so als wollte sie ihn fragen, was er mit diesem Geschenk anfangen wollte – mit der Zeit, die er geschenkt bekommen hatte.

# Epilog: Gaben von Gold und Gnade

*'s ist nichts als Gnade, das Gestern fahren zu lassen,*
*preiszugeben vergang'ne Tage und Wege,*
*dass Raum werde für Gottes Geschenk:*
*das Morgen.*
Cavan Sheridan (aus Notizen am Wegesrand)

*New York*

Es war am folgenden Montag, als Samantha zusammen mit Rufus und Amelia Cavan Sheridan einen Besuch abstattete, als mit einem Mal Jack ins Krankenzimmer kam.

Es war später Nachmittag, aber der Mann sah ganz und gar nicht danach aus, als hätte er den Tag in seinem Kontor zugebracht. Samantha konnte sich nicht helfen: Sein heiteres Auftreten und die beschwingten, fast tänzelnden Schritte, mit denen er auf sie zukam, nötigten ihr ein Lächeln ab. Er war untadelig in Schale wie immer: perfekt vom Scheitel bis zur Sohle, frisch barbiert und in einem elegant geschnittenen grauen Anzug samt seidenem Halstuch in der Farbe edler Perlen.

Er hatte etwas bei sich – einen ziemlich dicken Brief, wie es schien. Zwar begrüßte er alle Anwesenden, als er ans Bett trat; sein Lächeln jedoch schien ihr allein zu gelten.

„Hoffentlich hast du jetzt bald mal genug davon, hier die Schlafmütze zu spielen, Jungchen!", sagte er dröhnend zu Cavan Sheridan, der noch schwach wirkte und ersichtlich nicht auf der Höhe war, immerhin aber schon mit einem Stoß Kissen im Kreuz beinah aufrecht im Bett saß. „Ich geb dir bloß noch 'n paar Tage, und dann heißt's wieder 'an die Arbeit'!"

Beim Sprechen wedelte er mit dem Brief in seiner Hand in Samanthas Richtung. „Und das Gleiche gilt für Sie, verehrte Mrs Harte – es kommt Arbeit auf uns zu!"

Samantha fragte sich, wovon in aller Welt er wohl redete, doch dann ging's ihr auf. „Sie haben Nachricht von Ihrem Bruder!"

„So ist es! Wie sich's ergab, hat der Brief seit letztem Freitag zu Hause rumgelegen. In all dem Durcheinander hab ich glatt bis heute Morgen vergessen, ihn überhaupt zu lesen. Wir werden wohl bald 'nen kleinen Jungen samt einem Mädchen rüberkriegen, und mein Herr Bruder hat nicht mal vergessen, den Entwurf für ihre Geschichte mitzuschicken!"

Er hielt inne und sah eine Weile Cavan Sheridan an, bevor er sich dicht an sein Bett stellte. Als er weitersprach, senkte er die Stimme und legte die Hand auf die unverletzte Schulter des Jungen. „Und du solltest dich wappnen, Sheridan, denn die anderen Neuigkeiten im Brief meines Bruders werden dich glatt vom Stuhl hauen." Wieder machte er eine Pause. „Er hat deine Schwester gefunden, Junge, und schon in diesem Moment ist sie höchstwahrscheinlich auf dem Weg nach Amerika."

* * *

Glücklich sah Jack, wie die Augen des Jungen fast aus ihren Höhlen traten, als er ihm die Neuigkeit überbrachte. Wenigstens einmal, dachte er sarkastisch, war der Junge wirklich sprachlos.

„Kannst es ruhig glauben, es stimmt wirklich“, versicherte ihm Jack. „Sie ist wohl nach dem großen Sturm nach Galway gezogen, und da ist Brady ihr über den Weg gelaufen. Anscheinend hat er's so eingerichtet, dass sie zusammen mit den Kindern reist und sich um sie kümmern kann.“

„Terese ...“ Der Junge hauchte den Namen wie ein Gebet. Plötzlich wurden seine Augen feucht, und einen Sekundenbruchteil lang fürchtete Jack, die Neuigkeit sei zu viel für ihn gewesen. Vielleicht hätte er damit warten sollen, bis der Junge mehr bei Kräften war.

Dabei hatte er noch den Teil der Nachricht zurückgehalten, der weniger erfreulich war. Den bitteren Umstand, dass das Mädchen infolge einer Vergewaltigung schwanger war, würde er verschweigen, bis Cavan so weit wiederhergestellt war, dass er die ganze Geschichte verkraften konnte. Fürs Erste sollte er sich über die *gute* Neuigkeit freuen. Der Rest hatte noch Zeit.

Der Bursche sah aus, als würde er jeden Augenblick in Tränen ausbrechen. Jack blickte zur Seite und kramte in der Hosentasche nach einem Taschentuch, für alle Fälle.

„Und – geht's ihr gut, Sir? Geht's Terese gut?“

Jack wählte seine Worte sorgsam. „Dem Brief meines Bruders nach zu urteilen ist deine Schwester einigermaßen wohlauf. Bloß die beiden Kinder scheinen ein bisschen zerbrechlich zu sein.“

Er hielt erneut den Brief hoch. „Sobald's dir ein bisschen besser geht, kannst du alles selbst lesen. Fürs Erste aber musst du dich darauf konzentrieren, so bald wie möglich wieder gesund zu werden. Ich kann's mir nicht leisten, dass mein neuester Reporter vom Bett aus arbeitet. Wozu soll das gut sein? Du wirst in der Redaktion gebraucht – je eher, je besser.“

„Wie bitte, Sir?“ Das verwunderte Stirnrunzeln des Jungen erhöhte noch Jacks Genugtuung.

„Wie – bist du jetzt schwerhörig, Junge? Mir ist klar geworden, dass ich von dir viel mehr Nutzen habe, wenn du ’n Block und ’n Bleistift in der Hand hast, als wenn du auf dem Kutschbock sitzt. Sobald du wieder arbeiten kannst, stehst du auf der Gehaltsliste des *Vanguard*.“ Jack unterbrach sich, um fortzufahren: „Und damit du nicht denkst, das hätte irgendwas mit deiner Verletzung zu tun: hat es nicht. Die Entscheidung hatte ich schon längst getroffen, bevor du Freitagabend diese verrückte Artistennummer hingelegt hast.“

„Mr Kane, was haben Sie über die Schießerei herausgekriegt? Hat die Polizei den Mann schon gefunden?“

Jack schüttelte den Kopf. „Nein, aber sie tun, was sie können. Sie haben natürlich nicht viel in der Hand, nachdem der Halunke so mühelos davongekommen ist, aber sie haben ein paar ihrer besten Leute für die Sache abgestellt.“

Jack hegte seinen eigenen Verdacht, was die Angelegenheit betraf, aber jetzt war nicht der Moment, ihnen davon etwas zu sagen. Auch wenn man sich kaum vorstellen konnte, dass Turner Julian einen gedungenen Mörder anheuerte, durfte man diese Möglichkeit nicht außer Betracht lassen. Es war aber so, wie er Avery Foxworth gesagt hatte: An Feinden gebrach es ihm nicht. Und deshalb konnte halb New York diesen Attentäter engagiert haben.

„Jack, äh – Mr Kane ...“

Jack drehte sich um und sah Samantha über und über erröten, nachdem sie ihn in Gegenwart der anderen beim Vornamen genannt hatte. Ihre Verlegenheit brachte ihn zum grinsen. „Bitte, *Mrs Harte*?“, sagte er mit übertriebener Betonung.

Ihre Lider flatterten ein wenig, aber sie wäre nicht

Samantha gewesen, hätte sie sich nicht bewundernswert rasch wieder unter Kontrolle gehabt. „Haben Sie schon mal dran gedacht – was ist, wenn er's wieder versucht?"

Natürlich war ihm das durch den Kopf gegangen, und ihm war klar, dass man die Möglichkeit nicht ausschließen konnte. Allerdings hielt Jack es für unwahrscheinlich, dass ein zweiter Versuch dem fehlgeschlagenen ersten auf dem Fuße folgen würde. Dennoch gefiel ihm ihre Besorgnis.

Freilich wollte er sie nicht beunruhigen. Stattdessen tat er ihre Frage mit einer Handbewegung ab. „Na ja, ich denke, wir sollten unseren Sheridan hier am besten mit 'ner schusssicheren Weste ausstatten, was meint ihr?"

Sie setzte ein erzürntes Gesicht auf, was Jack zum Lachen brachte. „Keine Sorge, Samantha. Anders als Sie vielleicht in der Zeitung gelesen haben", er grinste, „lebt unsere Polizei nicht ganz hinterm Mond. Und außerdem habe ich bereits in Betracht gezogen, einen Privatermittler mit der Sache zu beauftragen."

Er wandte sich wieder Sheridan zu. „Was deine Schwester angeht, Junge: Sie wird 'ne Unterkunft brauchen, wenn sie hier eintrifft, und wenn du mich dann auch nicht mehr kutschieren wirst, wär's mir trotzdem ganz recht, meinen Leibwächter stets in der Nähe zu haben. Deshalb hab ich dran gedacht, dass wir das Zimmer überm Stall in zwei Räume aufteilen könnten, damit ihr beide dort wohnen könnt, jedenfalls fürs Erste. Groß genug ist es, und auf diese Weise hättest du Zeit, 'n bisschen zu sparen, bis du dir was Besseres leisten kannst."

Sheridan schüttelte den Kopf, als könnte er das Angebot nicht recht fassen. Er setzte sich so weit aufrecht, wie er irgend konnte, streckte Jack die Hand hin und sagte: „Wie kann ich Ihnen für all das jemals danken, Mr Kane?"

Jacks Blick wanderte von der Hand des Jungen zu seiner bandagierten Schulter und dem ebenfalls stramm verbundenen Oberkörper. „Na ja ..." Er nahm Sheridans Hand in seine. „... mir scheint, das hast du längst mehr als genug getan."

* * *

Bevor Jack Samantha aus dem Krankenzimmer hinausbegleitete, überraschte Amelia ihn, indem sie ihm ein Päckchen in die Hand drückte. „Was ist das denn?", fragte er und sah auf den in braunes Packpapier eingeschlagenen Gegenstand in seiner Hand.

„Herzlichen Glückwunsch zum Geburtstag, Jack", sagte Amelia. „Ich wette, Sie haben gedacht, das hätten wir in all dem Trubel ganz vergessen, stimmt's?"

Jack sah sie an und fing an zu lachen. „In der Tat", gestand er. „Ich hab ihn ja selbst total vergessen. Also, was ist das hier?"

„Nun, warum machen Sie's nicht auf und finden's raus?", lockte sie und hängte sich bei Rufus ein.

„Das werde ich, und ob." Jack sah erst Amelia, dann ihren Mann an, bevor sein Blick zu Samantha weiterwanderte. Er war ein bisschen verlegen, denn es kam höchst selten vor, dass ihm jemand etwas schenkte. Doch Amelia erwartete eindeutig, dass er das Päckchen aufmachte, während sie alle zusahen, also begann er an der Kordel zu nesteln.

Mit steifen Fingern befreite er den Inhalt von seiner Verpackung. Dann konnte er einen Augenblick lang nur dastehen und die elegant geschneiderte Weste anstarren – offensichtlich eine von Amelias eigenen Kreationen.

Während er das Kleidungsstück hochhielt, damit alle es sehen konnten, schnürte es ihm bedrohlich die Kehle zu. Es war eine wunderbare Arbeit, gewoben aus sorgfältig aufeinander abgestimmten weinroten und goldglänzenden Farbtönen mit sauber in Goldfaden ausgeführten Nähten. Jack freute sich ungemein.

„Amelia, ich bin ... Ich weiß gar nicht, was ich sagen soll!"

„Na ja, das ist ja schon mal ein Anfang", sagte Rufus, ohne sich um den Puff in die Seite zu kümmern, den seine Frau ihm verabreichte.

Samantha trat näher, um die Weste in Augenschein zu nehmen. Lächelnd sah sie zu Jack auf, als spürte sie sowohl seine Verlegenheit als auch seine Freude. „O Amelia", rief sie aus, „ist die schön!"

„Das ist sie wirklich, Amelia", sekundierte Jack. „Ich muss zugeben, dass ich Rufus von jeher um seine schönen Westen beneidet habe. Ich kann Ihnen nicht genug danken!"

Er ging zu ihr hinüber und hauchte ihr einen Kuss auf die Wange. Als er sich wieder entfernen wollte, hielt ihn Amelia fest, indem sie ihn am Ärmel zupfte. „Ich hab 'ne ganze Weile an dem Stück gearbeitet, aber erst nach unserem Gespräch letzten Freitag hab ich mich entschlossen, es bis zu Ihrem Geburtstag fertigzustellen."

Jack runzelte die Stirn. „Letzten Freitag?"

„Freitagabend", sagte sie. „Im Nähzimmer. Wissen Sie noch, was ich Ihnen da über das Himmelsgewand gesagt habe?"

Zögernd nickte Jack. Worauf wollte sie hinaus?

„Also, ich möchte, dass Sie mir versprechen, immer, wenn Sie diese Weste tragen, an jenes kleine Gespräch zu denken, das wir hatten – daran, was der Herr aus Ihrem Leben machen kann, wenn Sie ihn bloß machen lassen. Darauf will ich Ihr Wort, Jack Kane."

„Dann bleibt mir wohl keine Wahl“, sagte Jack trocken.

„Sie haben immer eine Wahl, Bruder“, warf Rufus ein. „Mir scheint, dass Amelia bloß das Ihre dazu tut, dass Sie die richtige treffen.“

**Auf dem Atlantik, vor der irischen Küste**

Terese Sheridan stand an Deck der *Providence* und warf einen letzten Blick auf Irland. Sie zog sich ihren smaragdgrünen Mantel fester um die Schultern und versuchte nicht an den Abend zu denken, an dem Brady ihn ihr gekauft hatte. Zugleich bemühte sie sich, die Melancholie abzuschütteln, die sie seit heute Morgen befallen hatte. Sie erinnerte sich daran, wie gut sie es hatte, hier oben an Deck stehen zu können und frische Luft zu schnappen, statt seekrank im Bauch des Schiffes zu liegen. Dafür immerhin konnte sie Brady danken – durch den Extrabetrag, den er für die Fahrkarten zweiter Klasse aufgewandt hatte, hatte er ihr und den Madden-Kindern die berüchtigten Torturen des Zwischendecks erspart.

Mehr gab es nicht, wofür sie ihm jemals dankbar sein würde, so viel stand fest. Sie sah über die Schulter, wo der kleine Tully Madden auf dem Stück Deck herumhumpelte, über das hinauszugehen Terese ihm verboten hatte. Sie schaute ihm eine Weile zu, und es tat ihr weh, das Hinken zu beobachten, das ihn beim Herumtollen behinderte. Doch seiner guten Laune schien das keinen Abbruch zu tun: Jedes Mal, wenn sein Blick den von Terese traf, belohnte er sie mit einem Lächeln.

Tullys ältere Schwester, Shona, stand dicht an Terese gedrängt neben ihr. Terese spürte die Blicke des Mädchens, drehte aber nicht den Kopf, um sie zu erwidern.

Diese großen, gehetzt und betrübt zugleich dreinschauenden blauen Augen machten Terese verlegen. Das Kind schien ständig etwas anzustarren und dabei doch nichts zu sehen.

So entschlossen sie auch war, das Vergangene hinter sich zu lassen, so unweigerlich wanderte ihr Blick samt ihren Gedanken zu der allmählich hinterm Horizont versinkenden Küste. Einen Augenblick der Erinnerung an Inishmore und all das, was sie hinter sich ließ, gestattete Terese sich noch: ihr Zuhause – das Einzige, das sie jemals gekannt hatte –, ihre Mutter, Dad und ihre Schwestern, Brady ...

Beim Gedanken an Brady krampfte sich ihr Herz zusammen, aber es war ein Schmerz, der aus Wut entsprang. Sie hatte sich fest vorgenommen, nie mehr an ihn zu denken, ohne sich seines Betrugs zu erinnern, seiner Zurückweisung. Sie wollte über ihn hinwegkommen, indem sie ihn verachtete.

Das Einzige, was sie wirklich traurig machte, war der Gedanke an Jane Connolly. Die arme Jane, für immer gefesselt an ihren Stuhl am Fenster, hinausschauend in eine Welt, an der sie keinen echten Anteil mehr nehmen konnte. Am Ende war sie freundlich gewesen, freundlicher, als Terese es jemals hätte erwarten dürfen. Am Vorabend ihrer Abreise hatte Jane ihr sogar einen vollen Wochenlohn extra ausgezahlt.

Und sie hatte ihr den Ring geschenkt.

Terese streckte die rechte Hand aus und besah sich den goldenen Ring, den Jane ihr am Abend vor ihrem Aufbruch auf den Finger gedrückt hatte. „Der ist genau hier gemacht, in Claddagh“, hatte sie ihr gesagt. „Er gehörte meiner Mutter, die ihn mir vermacht hat. Dann hat ihn meine Tochter ’ne Zeitlang getragen, aber sie ließ ihn zurück, als sie heiratete und von Claddagh wegging. Und jetzt trägst du ihn, Mädchen. Trag ihn rüber nach Amerika und denk an Jane Connolly, die ihn dir gab. Denk an mich, denk an Claddagh und denk an Irland. Denn Irland, das ist nicht bloß, wo du herkommst, Terese Sheridan – Irland, das ist, was du *bist.*"

Terese hob die Hand vor die Augen und musterte den Ring. In den *Fede*-Ring – den „Ring der Treue" hatte Jane ihn genannt – waren zwei Hände eingraviert, die ein Herz hielten, darüber eine Krone. Der Ring war aus feinem Gold gearbeitet und stand für Liebe und Freundschaft, für Ehrerbietung, Anhänglichkeit und für die Hoffnung auf die kommende Herrlichkeit.

Er war das einzige Schmuckstück, das Terese jemals besessen hatte. Sanft berührte sie den Ring und drehte ihn so, dass die beiden Hände und das Herz deutlich zu sehen waren.

Endlich riss sie die Augen von dem Ring los und warf einen letzten Blick auf ihre Heimat. Im selben Augenblick legte sie die Hand auf das Kind, das in ihr heranwuchs, und verlieh mit leisen Worten dem Sehnen ihres Herzens Ausdruck.

*„Bitte ..., du gnädiger Erlöser ..., lass mein Kind in Amerika in ein besseres Leben hineingeboren werden ..., ein Leben der Hoffnung und nicht des Hungers ..., der Freiheit und nicht der Furcht ... Bitte, Herr, schenk uns ein besseres Leben ... ein besseres Leben ..."*

Dann drehte sie sich um – wandte Irland den Rücken, Irland und allem, was gewesen war. Und als sie ihr Gesicht nach Westen richtete, dorthin, wo Amerika lag, hob sie die Hand, die den Claddagh-Ring trug. Sie hob sie zum Abschied von ihrem alten Leben – und zum Gruß an das neue.